MR CLARINET

黑管先生

群众出版社

[英] 尼克·斯通 著
Nick Stone

许艳 译

# 引子

1996年11月6日，纽约市

请帮我找回孩子。把孩子活着带回来，给你一千万美元。带着尸体回来，给你五百万美元；查找到凶手另外再给五百万美元，不管凶手是死是活，只要手上沾了孩子的血就算数。

这就是开出来的条件。只要他决定接受这些条件就是一笔大交易。

麦克斯·明戈斯以前是警察，现在是私人侦探。寻找失踪人员是他的专长，找到他们是他的天赋。绝大多数人都说他是这一行的龙头，至少1989年4月17日之前人们都是这么认为的。因为杀人，他从1989年4月17日开始在雷克斯岛服了七年刑，执照也被永久性地吊销了。

这个客户的名字叫阿连·卡弗。他儿子名叫查理。查理失踪了，怀疑是被绑架。

乐观地看，事情如期发展，结局相关各方皆大欢喜，麦克斯进入暮年的时候就是百万富翁的十倍甚或十五倍。很多事情他就不用再担心了。最近他一直在担心，担心很多东西，除了担心还是担心。

到目前为止一切都好，现在剩下的就是这个问题：这个案子的办案地点在海地。

"海地？"麦克斯问，以为听错了。

"对。"卡弗回答说。

见鬼。

关于海地他了解的就是：伏都教、艾滋病、医生爸爸、医生宝宝、偷渡人员。另外还有最近在电视上看到的名为"重建民主行动"的美国军事入侵。

他认识或者说曾经认识的海地人还真不少，都是当警察的时候在迈阿密的小海地侦破一桩案子的过程当中定期打交道的侨民。那些人提起自己的家乡根本说不出什么好话来，用到的频率最高、最温和的词就是"糟糕的地方"。

尽管如此，记忆当中见过的大多数海地人还都不错。实际上，麦克斯钦佩他们。他们诚实、勤劳、值得尊敬，在美国的处境鲜有人羡慕。他们位于食物链的底层，处于贫困线的下面，要改善的地方还有很多。

绝大多数海地人在他的记忆里都是这样。说到人，不管怎么分类总是有很多例外，他曾经直面过这些例外。他们留给他的糟糕的回忆宛如一直都不会真正愈合的伤口，稍微一戳一碰就会开裂。

整件事听起来已经不像是个好主意了。他刚从一个恶劣的地方出来，为什么要到另一个恶劣的地方去呢？

钱。这就是原因。

查理1994年9月4日失踪了，那一天是他的三周岁生日。从那以后，既没人看见过他，也没人听到过他的任何消息；既没有人来索要赎金也没有目击证人。卡弗家族寻找了两个星期之后不得不停了下来，因为美国军队入侵了海地，封锁了这个国家，对全体国民强制实施了宵禁和行动限制。直到去年十月份才又重新开始寻找。到了那个时候，本来就少得可怜的蛛丝马迹也就完全无影无踪了。

"还有一件事。"卡弗介绍完情况之后又说，"如果你接受这个工作，干起来会有危险……可能会非常危险。"

"怎么会呢？"麦克斯问。

"你的前任，他们……他们的结果都不怎么好。"

"他们死了？"

停顿。卡弗严肃起来，脸色也稍微变了一点。

"不是……不是死了。"最后他说，"比死更糟糕。糟糕得厉害。"

# 第一部

## 1

　　诚实和直率不总是最佳选择，但麦克斯总是尽可能地选择诚实和直率而不是吹牛。这样他夜里能睡得着觉。
　　"我办不到。"他对卡弗说。
　　"是办不到还是不愿意？"
　　"因为办不到所以不愿意。这个我办不到。你让我寻找一个两年前失踪的小孩，而且还是到一个可以追溯到石器时代的国家去找。"
　　卡弗努力微笑了一下。那微笑浅得几乎没在嘴唇上停留，却足以让麦克斯明白对方认为他不谙世故，也让麦克斯了解到自己是在和什么样的富人打交道。不仅仅是富人，是豪富：最起码也是拥有祖传财产；关系网遍布角角落落，结交的都是名家名人，而且交情深厚；拥有数层的银行保险库，大量的股票，利息高昂的海外存款；和各行各业的头面人物称兄道弟，权力大得可以让你荡然无存。对这些人你从来都不会说不，从来都不会让他们失望。
　　"更艰难的任务你也成功过。你完成过……创造过奇迹。"卡弗说。
　　"卡弗先生，我没有让死者起死回生过，只是把他们掩埋了而已。"
　　"我已经作好了最坏的心理准备。"
　　"你在跟我谈就说明你没有。"麦克斯说。他后悔自己这么直截了当了。监狱改造了他过去的圆通，并且用粗鲁取而代之。"从某种意义上讲你说得没错，我年轻的时候是到地狱般的地方寻找过幽灵，可那是美国的地狱，总有机会出来。我不了解你的国家。我从没去过那里——说句大不敬的话——我也从来不愿意去那里。见鬼，他们说的语言都不是英语。"
　　就在这个时候卡弗跟他说了钱的问题。

　　麦克斯做私家侦探并没有发迹，但也算过得去——足以谋生，另外有点小钱玩玩。他的妻子是位有资质的会计，掌管理财方面的事宜。她把不小的一笔钱存在三个存折里以备不时之需，并且他们还有 L 酒吧的投资利息。L 酒吧位于迈阿密的闹市区，是雅皮士聚集的娱乐场所，店主弗兰克·纽内兹经营得很成功。纽内兹是麦克斯的一个退休的警察朋友。他们还拥有一座房子，两辆车，都是一次性付款买的。每年三次休假，每个月到高档酒店吃一次饭。

麦克斯没什么个人开销。他的衣服——适合工作和特殊场合的西装以及其他时间无一例外穿的卡其布的裤子、T恤衫——总是裁剪得体却鲜有昂贵。这个教训是他办第二个案子时吸取的。那次办案的过程中，他那价值五百美元的西装上溅上了血，不得不交给法医鉴定，之后法医又交给了地方检察官，地方检察官又呈给法庭变成了证据了。他每周都给妻子送花，生日、圣诞节和结婚纪念日还不惜重金给她买礼物。他对最亲密的朋友和教子也很慷慨大方。他没有不良嗜好。离开警察局的时候就戒了烟，戒酒花的时间稍微长一点，不过也戒掉了。音乐是他唯一真正沉迷的东西，包括爵士乐、旋转舞曲、摇滚乐、爵士灵歌、乡土音乐和迪斯科。他的激光唱片、唱片集和单曲总共有五万张，里面的每一个音符每一句歌词他都熟悉。他花钱最多的一回是在一次拍卖会上用四百美元买了一张有弗兰克·辛那卓亲笔签名的十寸双曲唱片《凌晨时分》。他把那张唱片装进镜框，挂在了书房里，正对着书桌。妻子问他的时候，他撒谎说是在奥兰多一家搬迁大处理的店里淘到的便宜货。

总而言之，那是一种舒适的生活，让你幸福、发福、渐渐地越来越保守的生活。

后来，他在布朗克斯区撞死了三个人。车轮子都飞了，突然间一切都停止了，刺耳、难看。

出狱之后：麦克斯在迈阿密仍然拥有房子、车子，另外再加存折里那九千美元的存款。靠这笔钱他可以再过四五个月的好日子，然后就不得不卖房子找工作。找工作会很难。谁会雇用他呢？前警察、前私人侦探、前罪犯，都是负号没有正号。他都四十六了，学新东西太老了，可放弃又太年轻了。他该干什么？到酒吧打工？到厨房干活？给顾客打包？干建筑？做大楼的保安？

诚然，有些朋友、有些人欠他人情，可他这辈子从来没求过人，也不会开始跪下来求人。那和乞讨没什么两样，而且违背自己的各项做人的原则。他曾经帮助别人渡过难关，那是因为当时他能做到，而不是贪图对方日后能为自己做什么，不是为了在情感银行里存款以求日后回报。他妻子曾经骂过他幼稚，说他把钢筋水泥似的外表展示给别人看，其实里面跟糖稀一样软弱。或许她说得没错。或许他应该把自己的利益放在第一位。那样他的生活和现在会有什么两样吗？很可能会的。

他看见了自己今后一两年的生活，非常清楚。他住在那种一室户的公寓里头，墙纸污渍斑斑，烟灰纷飞，门上贴着用半通不通的西班牙语写的规定：什么什么能做、什么什么不能做。他会听到邻居们争吵、谩骂、说话、打架，楼上楼下，前后左右。他的生活就是一只有豁口的盘子、一副刀叉、一条围裙。他会买彩票，盯着便携式电视机摇晃的画面看摇奖，结果不遂自己的心愿。那是慢性死亡，一次一个细胞。

是接卡弗委托的任务还是在刑满释放后的世界里碰运气呢。他别无选择。

麦克斯跟阿连·卡弗第一次通话是在监狱服刑的时候。他们之间的开端并不顺利。卡弗刚做完自我介绍麦克斯就告诉他让他走开。

卡弗在麦克斯服刑的最后八个月里每天都死缠烂打。

先是从迈阿密来了一封信：
"亲爱的明戈斯先生：
我叫阿连·卡弗。我极其钦佩您和您的一切主张。我一直在密切关注您办理的案子……"

麦克斯读到这里就停下不看了。他把信递给了自己的狱友贝拉斯克斯。贝拉斯克斯用它卷大麻烟卷。麦克斯的信件，除了私人信件之外，都被他吸烟吸掉了。麦克斯给他起了个外号叫"垃圾焚化炉"。

麦克斯是个名人罪犯。他的案子上了电视，并且在所有的报纸上都刊登了。曾几何时，几乎一半的国民都对他和他的所作所为众说纷纭，赞成和反对的比例是6:4。

刚开始服刑的六个月，狂热的仰慕者给他寄来了一麻袋一麻袋的信件。他一封信也没有回。就连最真诚地向他表达美好祝愿的信件也让他心寒。那些跟电视上、报纸上看到的或者是通过该死的罪犯笔友俱乐部认识的囚犯有书信往来的陌生人，他一向鄙视。如果换成是另一个人，而这个人又把他们深爱的人害死了，他们就会第一个要求给他判死刑。麦克斯当了十一年的警察，知道好多这样的情况。他有很多亲密的朋友还在警察局，保护的恰恰就是诸如此类的人，保护他们免受他们在写信联系的这些禽兽的危害。

卡弗寄来第一封信的时候，麦克斯的信件少了，只剩下妻子、姻亲和朋友的来信了。他的仰慕基地已经转移到了更懂得感激的类型那里去了，比如说辛普森、梅嫩德斯兄弟。

麦克斯对卡弗第一封信的沉默结果是卡弗两周以后又寄来了一封信。这封信也没有得到回音，随后的一周麦克斯又收到了卡弗写来的另一封信，之后又收到了两封信，七天之后又是两封信。贝拉斯克斯相当高兴。他喜欢卡弗的信，因为卡弗用的信纸是厚厚的奶白色带水印的信笺，信笺右上角还有卡弗的名字、地址和联系方式，都是翠绿色烫金的凸体字，那里面有什么东西和他的烟草反应绝佳，让他能比平时更加醉意朦胧。

卡弗尝试了各种各样的策略吸引麦克斯的关注。他改换信纸、亲笔写信、采用群众来信的方式，可是不管他尝试什么策略，所有的东西都进了"垃圾焚化炉"。

所以信不来了，电话开始打进来了。麦克斯猜想卡弗打通了上层关节，因为只有不惜重金贿赂的犯人和即将重新审判的犯人才允许接打进来的电话。一名狱卒把他从厨房带到了一个有电话的囚室。那间囚室接上了电话，就是因为他才接上的。他跟卡弗通了电话，时间很短，听他报了自己的名字，根据他的口音猜测他是个英国人，然后说明了自己的真实想法，并告诉他以后不要再打电话了。仅此而已。

可是卡弗没有放弃。麦克斯常常在工作的时候、在运动场地、在吃饭的时候、在洗澡的时候、在一级防范禁闭期、在熄灯睡觉之后被他打扰。他和以往一样对待卡弗："喂？"一听到卡弗的声音，就把电话挂断。

麦克斯最终向监狱长抗议了，监狱长认为这是他听到过的最滑稽的事。大多数囚犯都抱怨在监狱里发生的冲突。他告诉麦克斯别像个娘们儿似的，还威胁他说要是再拿这种事来烦他就在他的囚室里装上电话。

麦克斯把卡弗打电话的事告诉了自己的律师戴夫·托雷斯。托雷斯把电话的问题解决了，还主动提出要搞点卡弗的信息，麦克斯说算了。在自由世界里他会极其好奇，可是在监狱里，好奇心和华丽服饰、手表一起都放弃了。

麦克斯释放的前一天卡弗来探视过他。麦克斯拒绝见他，卡弗就留下了最后一封信，是第一次写信的时候用的信纸。麦克斯当做离别礼物送给了贝拉斯克斯。

出狱之后麦克斯一门心思地要去英国伦敦。

环游世界曾经是他妻子的主意，那是她一直想要做的事。她长期以来对其他国家以及那些国家的文化、历史、博物馆、人民都很着迷。她总是去博物馆，排队参观最新的展览、听课、参加专家讨论会，而且总是在阅读——看杂志、看报纸、一本一本又一本地读书。她竭尽所能地用自己的热情感染麦克斯，可是麦克斯却丝毫不感兴趣。她给麦克斯看各种图片，上面有能把比萨盘子戴在下嘴唇上的南美印第安人、有脖子像长颈鹿一样简直可以和工业弹簧相媲美的非洲妇人，可是麦克斯却一点也看不出有什么吸引人的地方。麦克斯去过墨西哥、巴哈马群岛、夏威夷、加拿大，可是他的世界就只有美国，这个世界对他来说已经足够大了。在他们家里有沙漠，有极地荒原，以及两者之间的几乎所有的东西。为什么还要到国外找寻同样的鬼东西呢？就因为那些更古老吗？

他妻子名叫桑德拉，是他还当警察的时候遇见的。桑德拉的一半血统是古巴人，一半血统是美籍非洲人后裔，美丽、机灵、凶悍、滑稽。他称呼桑德拉从来不叫她的昵称桑迪。

桑德拉计划阔气地庆祝他们的十周年结婚纪念日，环游世界，见识她只在书上读到过的大多数东西。如果是另外一种境地，麦克斯很可能会说服她到宾夕法尼亚度假一周，并承诺下半年再进行一次比较适度的国外游，比如去欧洲或澳大利亚。可是当桑德拉把自己的旅行计划告诉他的时候，他在坐牢，没有办法拒绝。另外，从他个人的角度来说，尽可能地远离美国似乎是个好主意。外出的这一年可以让他有时间考虑自己的余生以及该如何度过余生。

桑德拉花了四个月的时间组织并预订这次旅行。她把旅行计划都做好了，回到迈阿密的日期和离开的日期刚好相差一年整，也就是结婚十一周年纪念日回来。这一年他们会游览整个欧洲，从英国开始，然后继续游览俄罗斯和中国，再到日本和远东地区。之后他们将飞往澳大利亚和新西兰，转道非洲和中东地区，最后在土耳其结束整个行程。

她每周有一次探视时间，每次她都给麦克斯讲自己的旅行计划。她越说麦克斯就越向往这次旅行。他开始喜欢在监狱的图书馆里阅读了解他们要去参观的某些地方。一开始这只是他捱过这一天进入下一天的方式，可是他越钻研妻子梦想的东西，和妻子之间的距离就越近，或许比以往任何时候都近。

桑德拉把旅行费用付清的那一天就遭遇车祸去世了。那场车祸似乎是桑德拉造成的。她莫名其妙地突然变道撞上了迎面驶来的卡车。尸体检验发现脑动脉瘤是让她在车轮下丧生的罪魁祸首。

监狱长把桑德拉的死讯告诉了麦克斯。麦克斯目瞪口呆没有任何反应。他点点头，什么也没说，离开了监狱长的办公室，和往常一样过完了那一天余下的时光：清理厨房的灶台，做服务员，把托盘放进洗碗机，用拖把拖地。他什么也没跟贝拉斯克斯说。人家都不会说的。表达和愤怒无关的悲伤、忧郁等任何情感都是脆弱的表示。人们把这些都藏着，尘封起来，让别人看不见，感觉不到。

桑德拉的死直到第二天，星期四，他才真正理解。星期四是桑德拉来探视的日子。她以前每次都来。前一天晚上坐飞机过来，借住在昆斯区的姨妈家里，第二天开车来看他。大约下午两点左右，通常他厨房的活就要干完或者正在和厨师亨利吹牛皮的时候，扩音广播就会呼叫他到探望室。桑德拉总是在那儿等着他，在玻璃隔板墙的另外一边等他。她总是打扮得完美无瑕，嘴唇上刚刚涂过唇膏，脸上带着灿烂的微笑，眼睛闪亮，就像她在第一次约会一样。他们会说这说那：麦克斯感觉怎么样，看起来怎么样，然后桑德拉会告诉他家里的情况，说说自己的情况，房子的情况，工作的情况。

亨利和麦克斯达成了不成文的协议。亨利星期四帮麦克斯的忙，给他分配能很快干完的活儿。这样只要一叫到他的名字他就能马上出去。星期天麦克斯也以同样的方式帮助亨利。亨利的妻子和四个孩子星期天来探监。他们相处得很好，足以让麦克斯不计较亨利因为持械抢劫造成一名孕妇死亡被判十五年徒刑，也不计较他参加了雅利安人同盟会。

表面上看来那个星期四一切照常。可是，麦克斯醒来的时候觉得胸口疼痛，堵得慌，而且有一种空荡荡的感觉。随着上午的推进，这种空荡荡的感觉发展成了麻木的空洞。他总是听到耳朵里有一股怪异的气体在冲撞，就像陷在风道里一样，额头的血管也开始在皮肤下面扭动。他想告诉亨利自己的妻子今天不来了，下周再告诉他原因。可是他无法让自己说出什么来，因为他知道自己一说就会语无伦次，很有可能会精神崩溃。

厨房没有那么多的活儿让他的大脑一直忙个不停。他把几乎一尘不染的锅里里外外揩得干干净净。锅的控制区中间有个表。他想控制住自己，可还是忍不住盯着表看，看着黑色的指针"滴答滴答"地走着，马上就到两点了。

他把上星期探视的过程又在脑海里想了一遍，他们最后在一起的每一秒钟都想了一遍。他记得她跟他说的每一句话：设法从一家航空公司得到的意外折扣；竞赛赢了，因此在一家豪华宾馆免费过了一夜；多么钦佩丈夫对澳大利亚历史的了解。她曾经说过任何偏头痛、头痛、眩晕、一时眼前昏黑、流鼻血的话吗？他又一次透过防弹玻璃墙看见了她的脸。玻璃上都是光怪陆离的手印、唇膏印，上百万的犯人在上面触摸、亲吻过自己爱着的人。他们从来没那样过。他们一致认为那样没有意义也太孤注一掷。就像再也不会真正接触、接吻一样，不是吗？他现在希望他们也那样做过。比现在根本什么也没给他留下好得多。

"麦克斯。"亨利从水池那边叫他，"该去当丈夫了。"

两点已经过了几秒了。就像得到信号一样，麦克斯开始解围裙，然后停了下来。

"她今天不来了。"他说，任凭围裙落到地上。他感到热泪一下子涌了上来，漫过了眼眶。

"为什么？"

麦克斯没有回答。亨利走过来，边走边用餐巾擦着手。他看起来吃了一惊，甚至还倒退了一步。跟这里所有人一样，他也以为麦克斯是个硬汉，一个普通群众当中的前警察，高昂着头，以暴治暴的时候绝不会退缩。

亨利笑了。

这微笑可能是嘲笑，可能是监狱里拿别人的痛苦取乐的虐待狂似的高兴，也可能仅仅是被搞糊涂了。硬汉不哭，除非他们一直是娘娘腔，或者更糟糕一些，遇到了灾难。

麦克斯深陷在悲痛之中。他在亨利的脸上看到的是嘲笑。

他耳朵里的咆哮声静了下来。

他朝着亨利的喉咙就是一拳，用了他全身力气的一记短刺拳，直奔气管。亨利的嘴巴大张着，大口喘着气。麦克斯又一记右钩拳打在他的下巴上，打断了他的下巴骨。嘭的一声巨响，亨利倒在了地上。亨利又高又壮，是个每天进行自由举重比赛都能赢的怪物，举起三百五十公斤的杠铃简直易如反掌。

麦克斯逃离了厨房。

这种举动真糟糕，糟糕透顶。亨利在雅利安人同盟会里身居要职，而且是该组织主要的收入来源。他们卖的是雷克斯监狱最好的毒品。亨利的手下把毒品藏在肛门里偷偷带进来。雅利安人同盟会会杀人报仇，为了面子也要杀人。

亨利在医院住了三天。他不在的时候麦克斯代理厨师，同时也等待着还债。雅利安人同盟会的人不单独出来杀人，他们喜欢四五个人一起来。值班的狱卒会提前知道杀人的事。他们拿了贿赂，会扭头往别处看，附近的其他人也一样扭头看不见。在他受伤最深的内心深处，他祈祷他们干得干净利索些，一刀捅在自己致命的器官上。他不想最后成为坐在轮椅上的自由人。

可是什么事也没有发生。

亨利声称自己踩在厨房油腻的地板上滑倒了。星期天他就回来打理厨房了，下巴还用金属丝固定着。他已经听说了麦克斯丧妻的事，一看见他第一件事就是跟他握了握手，拍了拍他的肩膀。这让麦克斯觉得更过意不去了。

桑德拉死后一周在迈阿密举行了葬礼。麦克斯得到许可参加了葬礼。

桑德拉被放在开着盖的棺材里。殡仪馆的人给她戴上了黑色的假发，根本不适合她。她本人的头发从来没有那么直、那么黑过，她会把一些头发染成黄褐色，把其余的头发染成棕褐色。化妆也都不对劲儿。她活着的时候根本不需要怎么化妆。麦克斯亲吻她冰冷僵硬的嘴唇，把自己的手指插到她合着的双手中。他站在那里永远地凝视着桑德拉，觉得她在千里之外。面对死尸对他来说根本不算什么新鲜事，可是面对一生中最重要的人的尸体却绝不一样。

麦克斯又吻她。他不顾一切地想要把她的眼睛摇得睁开，再看最后一次。他们亲吻的时候她从来都不闭着眼，始终没有闭过眼睛。他伸出手，然后注意到从杂乱的陈列品上垂下的白百合的花粉落在了她穿的深蓝色细条商务套装的领子上。他把花粉擦干净了。

丧礼上桑德拉最小的弟弟卡尔文演唱了《让我们永远在一起》，那是桑德拉最喜欢的歌。卡尔文上一次是在姐姐的婚礼上唱这首歌的。他的嗓音真是不可思议，像罗伊·奥比逊，那样忧伤而有穿透力。麦克斯听了都要崩溃了。麦克斯痛哭流涕。从孩提时开始他就没有哭过。他哭得那么厉害，衬衫领子都湿了，眼睛也肿了。

在回雷克斯监狱的路上，麦克斯决定：桑德拉用生命的最后一段时光组织的旅行他一定要去。这一是为了完成她的心愿，二是要去参观她从来都没能看见的所有东西，三是要实现她的梦想，最主要的是因为他不知道他一个人除此之外还能干什么。

麦克斯的律师戴夫·托雷斯在监狱大门外接他，开车把他送到了阿瓦隆雷克斯旅馆，位于纽约布鲁克林区的一家便宜的小旅馆，距离前程公园只有几个街区。旅馆的房间是经济实用型的，有床、桌椅、壁橱、床头柜、落地灯、定时自动开关收音机和电话。顶楼有公共浴室和槽式洗脸盆。他预约登记了两天两夜，之后就从肯尼迪机场出发去英国。

麦克斯做的第一件事就是打开门，从房间里走出去，再走回来把门关上。他喜欢这么做，反反复复做了五六次，直到他对来去自由的新鲜感不那么好奇了才罢手。接下来他就脱掉衣服审视穿衣镜里的自己。

麦克斯失去自由之后从来没有赤身裸体照过镜子。八年了，他脖子以下看起来还都不错。他有两处文身，宽肩膀，鼓起的二头肌，壮实的前臂，粗短的脖子，粗壮的大腿，让他摆个姿势，再涂点润肤油，他可能会赢得监狱健美先生纪念章。度过监狱生活使他拥有了一种本领。那不是追求名利的本领也不是争取称职的本领，而是求生存的本领。强大就是安全：如果你投下的影子令人敬畏，别人找你麻烦的时候就会三思而后行，一般情况下会躲着你。但你也不要过于强大，以免鹤立鸡群成为第一次入狱的年轻人为了树立自己的声望而故意攻击的对象，因为没有什么比一个庞然大物因为一把牙刷做的刀猛插进他的喉管死亡更让人觉得不可思议了。麦克斯进监狱之前非常健康。十几岁的时候他就三次赢得金手套奖中量级拳击比赛的冠军。他还一直跑步、游泳、在加贝尔礁岸附近的一家地方拳击馆练拳击，身材保持得不错。他的运动量一直没有什么变化，因为他练就了内在的纪律性，这种纪律性源自于要学会不假思索地迎接对手出拳。在雷克斯监狱他得到许可每天练习半个小时。他一个星期有六天都对着沙袋练习，一天练上身，一天练腿。他每天早晨在囚室里一共做三千个俯卧撑、三千个仰卧起坐，分六次做，每次各做五百个。

他还具有某种生硬野蛮的英俊，说不定能吸引那些喜欢性粗暴和敢死队式性关系的女人和同性恋。可是脸却不怎么样。皮肤还没松垂，不过有皱纹了，而且脸色蜡黄，由于缺乏日晒几乎是惨白的。嘴唇四周缝针的疤痕不怎么明显了。蓝眼睛里透着一种新出现的刻薄，嘴角还尖酸地往下撇着，这些特征他意识到母亲也有。母亲和他一样，中年之后都剩下孤零零的一个人了。和母亲一样，他在同样的年纪头发也都灰白了。囚禁期间他没有注意到头发是怎么从深褐色变成灰白色的，因为他为了看起来更可怕些一直留着光头。刑满释放前的最后几周他把头发留起来了。留头发是个错误，他打算离开纽约之前就改正这个错误。

第二天上午他出去了。他需要购置暖和的棉袄、夹克。要是剃掉老人似的头发，他还要买一顶帽子。这一天天气晴朗，冰冷，空气简直冻伤了他的肺。街上熙熙攘攘地挤满了各种各样的人。他一下子茫然了，不知道自己在做什么、要去哪里。他正好走在上班高潮的中央，每个人都走在路上去赚钱，去挨骂，在微笑着说"谢谢你"的过程当中留下一路的埋怨和憎恨。他出门前就应该作好心理准备，可感觉就像自己是极不情愿地从另外一个世界被发送到这里来的。八年的时光悄悄溜走了，又一齐向他袭来，他目瞪口呆，身无分文。一切都变了。服装、发式、步调、脸、品牌、价格、语言都变了，让人无法接受、无法吸收、无法分解、无法分析、无法比较。出狱之后变化太多太快。监狱里一切都保持原样，见到的每个人至少都觉得面熟。现在他直接到了另外一极。他能浮着却忘了该怎么划水游泳。他拖着沉重的步子吃力地跟着走，和前面的人保持两步的距离，和后面的人保持两步的距离，一种被铁链拴在一起的囚犯队的模式。他心想：或许，无论我们以为自己多么自由，从某个角度来说我们都是囚犯。或许他只是需要时间醒过来跟上进度。

他从人群里溜出来，偷偷进了一家小咖啡馆。里面挤满了人，都要在赶到办公室之前过咖啡因瘾。他叫了一杯浓咖啡。咖啡上来了，装在有杯座的纸杯里，杯子侧面还印着警示性的"滚烫"字样。等他尝的时候，不过温吞而已。

他在纽约干什么？这里甚至不是他的城市。他还没有回过家，还分不清东西南北，还没有自我调整好享受自由，他在干什么？怎么会想到环游世界呢？

桑德拉不会愿意他这么做的。她会说："这毫无意义，既然最终要回来，逃跑有什么意义呢。"的确如此。他怕什么？桑德拉不在那儿？桑德拉走了，他不得不迈过这道坎儿。迈过去的方式就是走过缺失地带，拥抱你的损失，继续前进。

见鬼去吧。他要赶第一班飞机回迈阿密。

麦克斯在旅馆房间里给航空公司打电话。两天半之内的所有航班都订满了。他订了一张星期五下午的机票。

尽管他对回到迈阿密之后干什么还一无所知，可是他感觉好多了，因为要去某个熟悉的地方。

他考虑着要洗个澡弄点吃的东西。如果能找到地方，或许该去把头发理掉。

电话铃响了。

"明戈斯先生吗？"

"您是？"

"阿连·卡弗。"

麦克斯什么也没说。他怎么找到这里来了？

戴夫·托雷斯。他是唯一知道麦克斯在什么地方的人。戴夫·托雷斯什么时候开始为卡弗效力了呢？很可能是从麦克斯在监狱里请他帮忙终止卡弗打来电话的时候开始的。托雷斯没有去找相关部门，而是去找了卡弗本人。搞两面派的卑鄙小人从来都不会错过一次弄钱的机会。

"喂？你还在听吗？"

"干什么？"麦克斯说。

"我有个工作你也许会感兴趣。"

麦克斯同意第二天见他。他的好奇心又回来了。

卡弗给了他曼哈顿区的一个地址。

"明戈斯先生吗？我是阿连·卡弗。"

第一印象：飞扬跋扈的蠢货。

麦克斯走进俱乐部的时候卡弗已经从一张沙发椅后面站起来了。他没有走过来，而是向前迈了几步，说出了自己的名字，然后站在原地倒背着手，那架势就像是皇室接见一个旧殖民地的大使，而这位大使现在一贫如洗，极度需要施舍。

卡弗是个瘦高个儿，穿着剪裁得体的海军蓝毛料西装，浅蓝色的衬衫，系着配套的领带，就像是从二十年代音乐剧里华尔街那一幕的舞台上走下来的临时演员。他的额头光溜溜的，浅黄色的短头发都往后梳着，从中间分开。结实的下巴，尖长的脸，皮肤晒得黝黑。

他们握了握手。卡弗握手有力，皮肤光滑柔软，没有经过体力劳动的磨损。

卡弗示意他走到一组黑皮红木半圆形靠背安乐椅前，椅子前面放着一只圆桌。他等麦克斯坐下了才在他对面就座。椅子是高背的，他的头顶离椅背上边还有两英尺的距离。他要伸长脖子往前使劲儿探着身子才能看见自己的左右两边。这就像是在他自己隔开来的小房间里，很私密。

在他后面是个吧台，和房间的宽度一样长。一切能想到的各种烈酒似乎都在那里排了一排。绿色的、蓝色的、黄色的、粉红色的、白色的、棕褐色的、透明的、半透明的瓶子闪闪发光，就像阔气的妓院里的塑料珠帘一样花哨。

"想喝点儿什么？"

"请来杯咖啡。加奶不加糖。"

卡弗看了看房间远处的尽头，举起了手。一名女服务员走过来。她瘦得跟照相机的三角架似的，高颧骨，嘴唇撅着，趾高气扬地迈着猫步。麦克斯目前看到的所有工作人员看起来都像模特：酒吧的两个男侍者都有像广告商雇来诱惑你购买白衬衫和剃须后搽的润肤香水的模特所具备的那种慢热的、满是胡茬的相貌；那个接待也很容易被他当成是某家服装公司目录上的模特；在侧面办公室监控闭路电视画面的保安或许就是到建筑工地宣传销售健怡可乐的人。

麦克斯差点没找到这家俱乐部。俱乐部位于公园街延伸出来的一个死胡同里，在一座普通得没有个性特征的五层楼房里面。那座楼房太普通了，他走过去两趟才发现门旁边的墙上模糊地印着"34号"。坐电梯上三楼就到了酒吧。电梯里装了镜子，绕中间一周还有闪亮的铜把手，通过折射作用制造空间无限的感觉。电梯门打开，麦克斯走出来，感觉自己走进了一家特别豪华的旅馆的大厅。

里边很宽敞，非常安静，像图书馆，也像个陵墓。整个地面都铺着厚地毯，地毯上到处都是同样的黑色半圆形靠背安乐椅，仿佛是被亵渎的森林里烧焦的橡树桩子。椅子排列得让人只能看见椅子后背却看不见坐在椅子上的人。他本来以为只有他们两个人，后来看见一张椅子后面冒出了团团的烟雾才知道并非如此。他更仔细地环顾四周，看见一个穿着棕色便鞋的男人的脚旁边还有另外一个人的脚。靠他们最近的墙上挂着一幅单框油画，画的是一个小男孩在吹笛子。他穿着破烂的内战时期的军装，大得等他再长十年都穿得下。

"你是这里的会员吗？"麦克斯问，为了打破僵局。

"我是这里的人。这里和全世界几家类似的机构一样。"卡弗回答说。

"这么说你是经营俱乐部的？"

"不怎么对。"卡弗回答说，脸上露出了顽皮的神情。"我的父亲古斯塔夫五十年代后期设立了这些机构招待最好的商务客户。这是第一家。我们在伦敦、巴黎、斯德哥尔摩、东京、柏林以及别的地方还有。一种特殊待遇。个人或者他们的公司和我们交易的净值超过某个固定的金额，就能得到终身免费会员资格。我们鼓励他们做保证人介绍他们的朋友和同事加入俱乐部，这些人当然要付费了。我们有很多会员，利润可观。"

"这么说不是填张表格就行了？"

"不是。"卡弗呵呵笑起来。

"为了不让农民加入，啊？"

"这只是我们经营的方式。"卡弗冷冰冰地说，"这样切实可行。"

卡弗原本利索的英国口音带有东海岸祖先是英国新教徒的上层美国人的痕迹，某些元音不自然地收住了，其他的又过于夸大了。是英国学校出来的，难道是常春藤等名牌大学的学位？

卡弗要当受女戏迷欢迎的男演员但未能如愿，看上去衰败得惬意。麦克斯猜他和自己同龄，或许还要小一两岁；饮食均衡，身体健康。他的脖子上有皱褶，敏锐的小蓝眼睛四周爬上了深深的鱼尾纹。他皮肤金黄，应该是南美白人，阿根廷人或者巴西人，追根溯源是德国血统。毫无疑问很英俊，除了嘴巴。这是他失败的地方。嘴巴好似剃刀切的一个切口，刚开始有血液汩汩流淌的声音，其实还没有真正流过来。

咖啡装在白色陶瓷壶里上来了。麦克斯自己倒了一杯，又从一个小奶盅里取了一份奶油加在里边。咖啡纯正浓郁，奶油没有在上面形成一层油渍，是行家正品，买了咖啡豆自己研磨出来的，不是在超市挑选的杂七杂八的东西。

"我听说了你妻子的不幸。"卡弗说，"很遗憾。"

"我也是。"麦克斯简短失礼地回敬了一句。他让这个话题消失在了空气当中，然后言归正传办正事。"你说有个工作想让我看看？"

卡弗给他讲了查理的事。麦克斯听了基本情况就直截了当地拒绝了。卡弗提到了钱数，麦克斯不说话了，与其说是因为贪婪倒不如说是因为震惊。事实上，根本就没有任何贪婪的成分。卡弗说着递给麦克斯一个 A4 的牛皮纸信封。里面是两张大光相纸的黑白照片，一个小姑娘的一张头部照和一张全身照。

"我想你说过是儿子丢了,是吧卡弗先生?"麦克斯举着照片说。

"查理对自己的头发有一直痴狂的爱好。我们给他起了个绰号叫萨姆森,因为他不让任何人靠近头发。他一出生,有点不同寻常,就是满头的头发,像一层膜一样盖住了整个脸。我记得在医院里他们试图给他剪掉,他尖叫起来,痛苦的震耳欲聋的号叫。很可怕。之后也是那样,不管什么时候任何人试图拿着剪刀偷偷给他剪,他都那样。我们就随他去了。他最终会长大走出这种恐惧症的。"卡弗说。

"也许不会。"麦克斯说,不拐弯抹角,不紧不慢。

麦克斯觉得自己看见卡弗的脸色一下子变了,就像一丝人性的影子偷换了一部分他那一副公事公办的神情。这还不足以让他对自己潜在的客户热情,可却是一个开端。

麦克斯自顾自地端详着那张头部照。查理长得一点儿都不像父亲。眼睛和头发黝黑,大嘴巴,饱满的嘴唇。查理没有笑,看上去很恼火,一个在工作过程中被打断的伟人。很成人化的一种表情。目光热切、毫无遮拦。麦克斯能觉得他在戳自己的鼻子,在哼着小曲,在朝着他抱怨。

第二张照片里的查理站在一些九重葛属的灌木丛前,脸上几乎还是那副表情。他的头发长就算了,还用蝴蝶结扎成两束散落在肩膀上。他还穿着一条花裙子,袖口、下摆和领子上都有荷叶边。

这让麦克斯感到恶心。

"卡弗,这不关我的事,我也不是什么心理学家,可把孩子的头发胡乱弄成这样真他妈的糟糕。"麦克斯说,敌意袒露无疑。

"这是我夫人的主意。"

"你看起来不像那种妻管严。"

卡弗很快笑了笑,听起来像是清了清喉咙。

"在海地人们都非常落后。即使最成熟老练的、受到良好教育的人也相信各种各样的胡言乱语——迷信……"

"巫术?"

"我们称之为伏都教。百分之九十的海地人是基督教徒,百分之十是伏都教徒,明戈斯先生。它也不是什么邪教。不过就是崇拜一个被钉在十字架上的半裸的男人,吃他的肉,喝他的血。"

他仔细端详麦克斯的脸看他有什么反应。麦克斯毫不避讳地跟他对视,无动于衷。卡弗只要愿意崇拜,崇拜手推车好了。就他本人而言,他相信一个人的上帝就是另一个人嘲弄的对象。

他把目光转向查理穿裙子的那张照片,心想:你这个可怜的孩子。

"我们找遍了每个地方。"卡弗说,"1995年上半年我们发起了一场运动,在报纸、电视上登广告、张贴带有他照片的告示、在电台广播,一切办法都用了。对提供信息者、最好是找回查理者我们将给予大量酬金。结果可想而知。所有的下层社会的人都从石头底下蹦出来了,口口声声地说他们知道'她'在哪里。甚至还有一些人声称自己绑架了'她',索要赎金。不过如此而已。他们要的金额微不足道,规模太小。

我知道他们显然在说谎。海地的这些农民只能看见自己鼻子尖儿底下的东西，而他们的鼻子又非常平。"

"所有的线索都彻底调查了吗？"

"只调查了合情合理的那些。"

"这就是第一个出问题的地方。都应该仔细查。每个线索都不能放过。"

"你的前任们也是这么说的。"

麦克斯心想：诱饵挂在钩上了。不要去那儿。会被拖进恼人的竞赛。可是他仍然好奇。这个案子多少人已经接手过了？他们为什么失败？现在还有多少人在那边办这个案子？

他假装无所谓。

"不要想那么远。现在我们只是在谈论。"麦克斯说。卡弗被刺痛了，他应该不常这样垂头丧气。他周围的那些人肯定都是听到他说笑话就会大笑的主儿。极其富有的人，富生富养的人就是这样：他们在自己的海域徜徉，和别人呼吸的空气都不一样；他们过的是与世隔绝、与人平行的生活，不受促使人养成个性的奋斗和失败经历的影响。卡弗被逼到过一定要等到下个月发工资才能买双新鞋的地步吗？被女人拒绝过吗？典当行的人上过他家的门吗？不会吧。

卡弗跟他谈到了危险性，又提到了他的前任，暗示他们身上曾经发生过不幸的事。麦克斯仍然没有接话茬儿。他来见面的时候就带着三成不接这份工作的决心。现在他已经有五成的决心不接了。

卡弗意识到了麦克斯的无动于衷，把话题转到了查理，讲到他刚开始蹒跚学步的时候，怎么怎么有音乐天赋。之后他又详细地讲了更多海地的细节情况。

麦克斯听着，眼睛一动不动假装饶有兴趣，可是暗地里心却游离了，回到了自己身上，翻来覆去地算计这个委托能不能接。

他得到的结论出奇地空洞，没有结论。这个案子有两个显而易见的角度：一是获利动机，二是可能和某种见鬼的巫术有关。没有赎金，这就只剩下第二种可能性了，这方面他知道的比透露给卡弗的要多一点。或许卡弗了解他和所罗门·博克曼之间的瓜葛。事实上，这一点他肯定卡弗确实了解。他当然了解。托雷斯都拿他的钱给他办事了，他怎么还会不了解呢？卡弗还了解他什么？他知道多久之前的事？他有没有藏着什么准备随时跟自己摊牌呢？

如果他想进一步介入，这是个糟糕的开端。他不信任自己将来的客户。

麦克斯结束了会面，告诉卡弗自己要好好考虑考虑。卡弗给了他一张名片，并且给了他二十四个小时的期限作决定。

麦克斯坐出租车回到旅馆，膝盖上放着查理·卡弗的照片。

他想了想一千万美元，思考着没有钱自己会怎么样。他会卖掉房子，在某个安静的居民区买套价格不太高的公寓，可能是在肯达尔地段。或许他会搬走，到偏远的基斯去。或许他要离开迈阿密。

然后他考虑到海地去。在他入狱前的鼎盛时期会接手这个案子吗？会，当然会。光凭挑战本身就够吸引他的了。不依靠法庭，没有捷径可走，只有单纯地解决问题，脑力工作，他的智力和另外一个人的智力相抗衡。可是他坐牢之后才智就束之高阁了，和肌肉一样，不知不觉就浪费掉了。接查理·卡弗这样的案子就是重新攀登，一路爬到顶峰。

回到房间，他把两张照片立在桌子上，凝视着。

他没有孩子。他从来也不怎么喜欢孩子。孩子会考验他的耐心、磨损他的神经。没有什么比被拴在房间里带一个哭得父母哄也哄不好也不知道该怎么哄的孩子更让他难以忍受了。然而，具有讽刺意味的是，他做私人侦探办的很多案子都涉及寻找孩子，其中一些是寻找连走路都走不稳的婴儿。他的成功率是百分之百。不管他们是死是活，他总是能把孩子带回家。他也想为查理做同样的事。他担心做不到，担心会让查理失望。那双眼睛，闪动着恼怒，又盯上了他，横穿整个房间盯着他。虽然他自己认为这种感觉很愚蠢，可他还是觉得那双眼睛在召唤他，祈求他来救命。

一双有魔力的眼睛。

麦克斯走出去，想找个安静的酒吧喝一杯，然后把事情前前后后想一想。可是，他路过的每个地方都人满为患，大多数人都比自己年轻一代，大多数人都愉快而喧哗。比尔·克林顿再次当选总统。到处都在搞庆祝活动。他决定到商店买一瓶水果白兰地。

他在找商店的时候撞上了一个穿白色帕发厚夹克的家伙。那个人戴着滑雪帽，帽檐压得很低，几乎都遮住眼睛了。麦克斯道了歉。那个人的夹克里掉出来了什么东西，落在了他本人的脚上。一个透明的密封塑料袋，里面装着卷成止血塞样的五根大麻卷烟。麦克斯把袋子捡起来，转身去交给那个人，可是那个人已经走了。

他把东西塞进自己的外套口袋，继续走，找到了一家卖酒的店。水果白兰地卖完了。有波本威士忌，可是没有和水果白兰地劲道相仿的东西。

大麻卷烟当然还在身上。他还买了一个廉价的塑料打火机。

从前，麦克斯·明戈斯和他的伙伴乔·李斯顿最喜欢的就是抽点儿大麻卷烟放松。他们的大麻卷烟是从一个叫"五指偷"的扒手兼毒品贩子那里弄的。"五指偷"给他们的是有合格证的便宜货，然后在里面加上几盎司的加勒比海女王——牙买加烟草里极其浓烈的一个品种，那是他本人享用的。

那是麦克斯曾经吸过的上上品，比他刚才吸的那种放了一年的陈货不知道要好上多少倍。

一个小时之后，他坐在床上，全神贯注地盯着墙，模模糊糊地觉得反胃。

他躺下，闭上了眼睛。

他想到了迈阿密。

家，温暖的家。

他住的地方靠近霍比海滩，在通往里肯巴克公路的比斯坎尼堤岸上。天气晴朗的夜晚，他和桑德拉过去常常在外边阳台上坐着，看着将要入睡的迈阿密闹市区霓虹灯闪烁的壮阔，比斯坎湾的气息随着清凉的风飘过来，夹杂着鱼腥和船上燃油的味道。无论他们看多少次，每次的景色总是不一样。天气好的时候，曼哈顿根本比不上他的家乡。那时候他们喜欢谈论将来。那个时候，他们的生活不错，而且有希望更好。对桑德拉来说，未来就是开始生儿育女。

麦克斯应该告诉她在他们相遇的几个月之前他已经做了输精管切除手术，可是他一直没有说——呀，他一直没有胆量。

看到工作当中寻找到的那些人的结局，他怎么能把孩子带到这个世界上来呢？那些人他不得不一块一块地捡起来然后再重新拼在一起。他不能。他不会让孩子离开自己的视线。他会把他们锁在家里再把钥匙扔掉。他会阻止他们上学、不让他们在外面玩、不会让他们去看朋友以防他们被偷走。他会对所有的亲朋好友进行背景调查以免他们就是隐藏的对儿童犯罪的坏蛋。对孩子们、对妻子、对他，那将是怎样的生活呢？一个也不要。最好还是忘掉生儿育女这件事，最好还是忘掉继续生命循环，最好是连提也不要提。

1981年：他倒霉的时候，一个该死的年份。1981年：从小海地来的黑帮头领所罗门·博克曼之年。1981年：剑王之年。

如果他一开始就坦诚相见，桑德拉会理解的。可是他们起初约会的时候，他仍然是一个独身主义者，对跟他见面的每一个女人撒谎，假装是一个可以长期交往的人，她们喜欢听什么就说什么，这样才能先跟她们上床然后逃跑。结婚之前，他有无数的机会可以跟她坦白，可是他觉得那样会失去她。桑德拉来自一个子女众多的家庭，喜欢孩子。

现在他后悔没有在有条件的情况下重新接上被切除的输精管。结婚一年后他就考虑过。当时和桑德拉在一起生活已经让他开始向好的方面转变了。有了输精管，他对开始有孩子有家庭的态度也会一点一点地改变。仍然拥有她留下的什么东西，即使是一个让他能够像爱她那样、珍视她那样爱和珍视的痕迹，对他来说也意味着一切。

他又一次想到了他们的房子。

他们有个大厨房，中间是吧台。他过去常常在夜里坐在那儿，努力把脑子集中在让他无法入睡的案子上。有时候桑德拉也来和他一起坐着。

他现在又看见她了：穿着T恤衫、凉鞋，头发乱蓬蓬的，一只手拿着水杯，另一只手里拿着查理的照片。

"我看你应该接这个案子，麦克斯。"她说着从台子那边看过来，眼睛因为睡眠不好都肿了。

"为什么？"他听见自己在问。

"因为你别无选择，宝贝儿。"她说，"就是这样，要不就是你自己拿定主意了。"

他猛然惊醒了。他衣服没脱就在床上躺着呢，眼睛瞪着空无一物的天花板，嘴巴干涩，一股烂牛肉味儿。

房间里弥漫着大麻卷烟的臭味，让他又仿佛回到了囚室：贝拉斯克斯在用拉丁语祷告之前刚过了一通大麻瘾。

麦克斯站起来，摇摇晃晃地走到桌子前，脑袋就像要炸裂一样疼。他还是有些云里雾里似的。他打开窗户，冰冷刺骨的空气涌进房间。他猛吸了几口，脑子里的雾气散了。

他决定洗澡换衣服。

"卡弗先生吗？这是麦克斯·明戈斯。"

此时此刻是上午九点。之前，他到一家饮食店吃了一顿分量十足的早餐：四只鸡蛋的蛋饼、四片吐司面包、橙汁、两壶咖啡。他把事情前前后后又想了一遍：利弊得失、危险成分、钱。然后他找了个电话亭打了电话。

卡弗回答的时候有点儿气喘吁吁，似乎是晨跑后要平静下来一样。

"我给你找儿子。"麦克斯说。

"这个消息太棒了！"卡弗几乎叫了起来。

"条件要白纸黑字写下来。"

"当然可以。"卡弗说，"两个小时之后到俱乐部来。合同我会准备好的。"

"行。"

"你什么时候能开始？"

"假定能订到航班，星期二到海地。"

## 2

麦克斯回到迈阿密，从机场叫出租车回家。他让司机绕远走六月马路。这样他就能仔细看看小哈瓦那和加贝尔礁岸，感知一下八年里家乡有哪些变化，控制一下脉搏的节奏，适应从说西班牙语的居民集中区这一极转换到千万富翁那一极之间的变化。

麦克斯的岳父一直在照看房子，所有的账单都是他支付的。麦克斯欠他三千美元，不过那并不是什么问题，因为在纽约签合同的时候卡弗提前付给麦克斯两万五千美元现金。他装傻把戴夫·托雷斯一起带去看合同内容、做证人。看着托雷斯和卡弗假装从来都没见过面真有意思。律师都是了不起的演员，天赋仅次于委托他们的罪犯。

麦克斯从客座的窗户看出去，可是看到的东西不多。八年后的迈阿密在轿车、更多的轿车、棕榈树和蓝色的天空组成的闪亮的模糊中和他擦肩而过。飞机着陆的时候一直在下雨，那些万能的阳光中倾泻下的一场滂沱大雨，雨点打在地上又弹跳起来。他走出机场的前几分钟大雨才停。他心里想着那么多的东西，根本没法集中精力看外面。他在想要不要回过去的家。他希望妻子家的亲戚没有准备什么欢迎回家的聚会给他惊喜。他们都心地善良，总是充满善意，可他们就会搞这种好心的、善意的蹩脚东西。

　　他们走过了小哈瓦那和加贝尔礁岸，他都没注意到。现在他们在比斯卡亚的高速公路干线上，里肯巴克大道的出口都出现在指示牌上了。

　　麦克斯出去办案子了，到别处见潜在客户去了，回来的时候桑德拉总是到机场接他。她会问麦克斯事情办得怎么样，尽管她说自己不问光看看麦克斯的脸就知道结果。他们会从到达区一起走出来，然后桑德拉让他一个人在航站楼外面等着，自己去开车。如果事情进展顺利，他会开车回去。回家的路上，他会告诉桑德拉发生了什么事，自己做了什么促成了这种结果。等他们到了门口，案子的事就说完了，这个话题也就画上了句号，永远不再提了。有时候，他到了到达区域眉开眼笑。因为他完全凭直觉飞到某个地方，竟然发现了一条宝贵的线索，把案子迅速而圆满地结束了。成功了，事实证明他判断准确。这种情况少见，但总还是有的。他们或者出去跳舞，或者出去吃饭，如果还要感谢别人就到 L 吧去。但是有三分之二的时候是桑德拉开车，因为她从麦克斯的肢体语言看出了失败，他脸上写着投降和绝望呢。她会稍微说点儿什么，麦克斯就坐着一言不发，透过车窗凝视外面的天空。她会用家里的琐事在他的思路上激起水花，类似帘子修补好了、地毯吸过尘了、新添了家用器具等等琐事，让他知道尽管他不得不把发掘出来的死讯告诉死者仍然心存一线希望的配偶、亲属或者朋友，他们的生活还要继续下去。

　　她总是在那儿，在隔离带外等着，那里总有一张期待他的脸。

　　当然，从到达区域出来的时候，麦克斯搜寻过，寻找她。他在那一张张的女人脸里找桑德拉，那些女人可能是在等男人，可没有一个像她原来那么张望着。

　　他不能回去。现在还不能。他还没准备好去面对那个幸福回忆博物馆。

　　"司机，一直开，别转弯。"麦克斯说。他听到车上的变向指示灯启动了。

　　"要去哪里？"

　　"拉迪逊旅馆，走北肯达尔车道。"

　　"嘿，麦克斯·明戈斯！你怎么样？"乔·李斯顿的声音在电话里轰鸣着。麦克斯从旅馆房间给他打去的电话。

　　"听到你的声音真好，乔。一直都好吧？"

　　"好，麦克斯，好。现在在家？"

　　"不是。我在肯达尔的拉迪逊住几天。"

　　"你的房子出什么问题了，老弟？"

　　"桑德拉的表亲在那里。"麦克斯撒谎了。"我觉得该让他们再住些日子。"

　　"是吗？"乔说着呵呵笑起来了，"他们带身份证了吗？"

　　"身份证？"

　　"你他妈的是这里的大英雄，明戈斯。不要糟蹋了这个。"乔说，他笑不出来了。"没有什么人在你房子里，老弟。我每小时正点派巡逻车到你那条街上转，每个小时都派，从桑德拉去世之后一直在派。"

　　麦克斯应该不至于撒那样低级的谎。他感到尴尬。

"我不会因为你伤人高看你,也不会因为你伤人小看你。要是你耍我,把我当成刚从俄亥俄州的落后城市开来的汽车上下来的傻瓜,我就会瞧不起你。"乔说,责备他的方式可能就是责备自家孩子的方式,让对方产生了愧疚感就停下来了。

麦克斯什么也没说。乔也没说。麦克斯从听筒里听见办公的声音:交谈声、电话铃声、开门关门的声音、传呼机的嘟嘟声。乔很可能已经习惯这个时候孩子们跟他道歉,然后哭起来的情况了。乔会把他们抱起来,紧紧抱一抱,告诉他们说"好了,下次不能这样了",然后亲一下他们的额头,放下来。

"对不起,"麦克斯说,"这很难。"

"没关系,明戈斯。"乔故意停了一会儿才这么说,让麦克斯认为自己在评价他是否真诚。

"只要你逃跑,这对你来说就会一直困难。事不迁就人,人要迁就事。你也一定要迁就事,否则你就是个笨蛋。"乔说。很可能孩子们抱怨家庭作业太难的时候他就是这么跟他们说的。

"我知道。"麦克斯说,"我正在努力呢。实际上,这也是我给你打电话的一个原因。我要你帮两个忙。需要有关阿连·卡弗的记录、旧档案、任何东西。他是个海地人……"

"我知道他。"乔说,"儿子丢了,对吧?"

"对。"

"以前到这儿来登记过,留下了一份案情报告。"

"孩子不是在海地丢的吗?"

"有人报告说在这里的海厄利亚见过他。"

"还有呢?"

"那人是个疯老太太,说她能未卜先知。"

"这个你调查过吗?"

乔哈哈笑了,真心大笑,同时也是讽刺式的干笑,经典的警察之笑,干这一行干了二十年之后人才会这样笑。

"麦克斯?我们开始调查这个的话就得到迈阿密北部海滩上查未成年人了。那个老太太是从小海地来的。那个孩子的面部照片贴得到处都是,贴在墙上、门上、商店里,那个孩子的照片和对提供信息者给予五千美元回报的布告。我敢打赌他们喝的水里都有。"

麦克斯想到了卡弗在海地的第一场寻亲运动。迈阿密这边的情况很可能也一样。

"你有那个女人的地址吗?"

"你接了这个案子,对吧?"乔说。他听起来很担心。

"是。"

"卡弗来见我的主要原因是想跟你联系上。听说你不是难以接近吗?什么让你改变了主意?"

"我需要这笔钱。"

乔一言不发。麦克斯听见他迅速写下了什么。

"你需要一张。"乔说。

"那是想要你帮的第二个忙。"

麦克斯被终身禁止携带枪支。他本来预计乔会拒绝他的这个要求。

"第一个呢?"

"我需要你们了解的有关卡弗家这个孩子、加上这个家族的任何信息。"

他听到了更多的写字的声音。

"没问题。"乔说,"今晚在 L 吧见面怎么样,八点左右?"

"星期五?找个安静的地方怎么样?"

"L 吧不是有新的雅座酒吧吗?和主酒吧分开的?那里很安静,连跳蚤放屁都听得见。"

"好的。"麦克斯笑起来。

"能再看见你真好,麦克斯。是真的很好。"乔说。

"看见你也是一样,大个子。"麦克斯说。

乔想要说什么,然后停下了。然后他又试着要说,又停下了。麦克斯能听见他张开嘴巴吸进足够的气体努力把喉咙下面的词说出来时发出的轻微的吮吸声。

那种老搭档之间的心灵感应,他们仍然有。

乔在担心什么。

"什么事让你烦恼,乔?"

"你肯定要到海地去?"乔问,"现在退出还为时不晚。"

"这是出于什么原因,乔?"

"你去那儿不怎么安全。"

"我了解这个国家的形势。"

"不是这个。"乔慢悠悠地说,"是博克曼。"

"博克曼?所罗门·博克曼?"

"啊哈。"

"他怎么了?"

"他出来了。"乔说,声音低得简直就是嘟哝了。

"什么?!他不是在死囚区吗!"麦克斯大叫着站起来,声音也高了起来。他的反应让自己都吃了一惊。在监狱待了八年,他几乎一直控制着自己的情绪,最低限度地表达自己的感情。在监狱里让人家看出什么让你高兴什么让你沮丧可不得了,因为他们会利用这个来对付你。他已经适应自由世界了,重新找到了失落的自我。

"那个再次当选的狗屁克林顿给了他自由通行证回国。"乔解释说,"我们正把罪犯送回家。到处都是这样,联邦一级、州一级都在干这个。"

"他们不知道他做了什么吗?"麦克斯说。

"那不是关键,就他们而言不是。能送回家为什么要浪费纳税人的钱留在监狱里呢?"

"可是他自由了。"

"是,可现在这是海地的问题了。现在也是你的问题了,你在那里遇见他……"

麦克斯让自己重新坐下。

"这是什么时候的事,乔?他什么时候出来的?"

"三月份。今年。"

"操他妈的混蛋!"

"还有别的呢……"乔开始说,然后又停下跟什么人说话。他把听筒放在办公桌上。麦克斯听见对话声越来越大。他听不清楚说的是什么,可听出来有人干了蠢事。对话变成了独白,乔的声音压过了一切。乔猛地拿起听筒:"麦克斯?今晚见面!到时候再说别的!"他大声吼叫着"嘭"的一声挂断了电话。

麦克斯笑起来,想象着那个可怜的下属又要听乔激烈的长篇演说了。他总是利用自身宝塔般的身躯赢得一场争论,把自己的脸贴到你的脸上,直视你的双眼,等你简直变成他在去教堂的路上踩到的一摊臭狗屎的时候,他才开始说话。

他突然停止了大笑,这时候他记起了第一个儿童牺牲品,想起了那个孩子的尸体放在太平间停尸台上的样子。

所罗门·博克曼:屠杀儿童犯。自由了。

所罗门·博克曼:大众谋杀犯。自由了。

所罗门·博克曼:屠警犯。自由了。

所罗门·博克曼:犯罪集团首领、毒枭、恶棍、洗钱犯、绑架犯、强奸犯。自由了。

所罗门·博克曼:他作为警察的最后一个案子,他逮捕的最后一个犯人,差点杀了他的人。

所罗门在法庭上对他说:"你给了我活下去的理由。"在被告席上低声微笑着说的,那微笑让麦克斯感到寒气刺骨。这句话让他们之间发生的一切都极端私人化了。

麦克斯反驳的话是:"再见,操他妈的混蛋。"他真是大错特错了。

博克曼曾经是一个名为"欢度周末爵爷俱乐部"组织的首领,这个组织的名称就是从伏都教的死神萨摩迪爵爷改编来的。该组织成员声称自己的首领具有超自然的能力,既能看出人的心思也能预测未来,还能同时出现在两个地方,就像影片《星际旅行》里那样在房间里幻化成形。他们说他是从自己崇拜的某个恶魔,从什么麦钱特·洛亚那里获得魔力的。麦克斯和乔把他给抓住了,把俱乐部给封了。

麦克斯气得直发抖,拳头攥起来,怒火往头上涌,额头的青筋如同煎锅里的蚯蚓一样扭动着。麦克斯抓到所罗门·博克曼这个人感到非常自豪,他也很高兴在把这个人登记在册进行指控之前用拳头和警棍好好教训过他。

现在博克曼自由了。他逃避了罪责。他打过麦克斯,在他脸上撒过尿。这太过分了,太过分了,不得不重新想到这些让人无法忍受。

**3**

麦克斯认识乔已经有二十五年了。他们是从巡逻警开始搭档的,并且一起一级一级地升上来。

　　这一对搭档在迈阿密警察局内部以"为跑而生"闻名。这个绰号是他们的老板埃尔顿·彭斯起的。他说他们两个人站在一起让他想起了布鲁斯·斯普林斯汀著名的专辑封面。封面上，脸色苍白、骨瘦如柴的歌手靠着他那庞大的、戴着恶棍帽的萨克斯管手克拉伦斯·克莱门斯站着。这个比较还不算坏。乔比任何人都高大。他有一副橄榄球中后卫的身材，简直能吞下整个队，赤脚身高六英尺五，进大多数门都不得不弯腰低头。

　　乔喜爱这个绰号。他爱布鲁斯·斯普林斯汀，有他所有的专辑和单曲以及几百小时的现场直播录像。那似乎就是他实际上听的所有东西。不管布鲁斯什么时候有巡回演唱会，乔总是买佛罗里达州所有演唱会第一排的门票。乔看见自己的英雄本人之后麦克斯都害怕得不和自己的搭档坐一辆车，因为乔会把整个过程事无巨细地描述一遍，一首歌接一首歌，一声嘟哝接一声嘟哝。斯普林斯汀的演唱会每场平均要三个小时，乔的报告要进行六个小时。麦克斯真受不了斯普林斯汀，不知道这到底是怎么回事。在他听来，这位所谓的"数一数二的人物"的声音可以定位在清嗓子和喉癌之间，声道最适合穿着摩托车夹克衫开旅行车的那些白人。他曾经问过乔：这个歌手哪里吸引他。乔说："这就像能让一个人走让另一个人站着不动的任何东西：你或者能理解，或者理解不了。不仅仅是音乐和布鲁斯的声音。还有所有的其他很多东西。你听明白我的意思了吗？"麦克斯没有，可是他就此罢休了。品位差从来都伤害不了任何人。

　　尽管如此，他们的绰号他接受起来也没有什么问题。这意味着他们被人关注着。他们都做了侦探之后，麦克斯把这个专辑的人物和名称文在了右前臂的里面。一年之后他又在左手臂上文了一个警察的传统文身：一个带骷髅和交叉的六支枪的盾牌，周围环绕着"死是必然，生却未必"的铭文。

　　L吧是以大楼形状命名的，这只有从上面看见了才能知道。那是侦探弗兰克·纽内兹在乘坐警察直升机横穿迈阿密闹市区追踪一车银行抢劫犯的时候第一次发现的。他让几个朋友跟他一起投资入股，报以红利。这些朋友包括麦克斯和桑德拉，他们投入了两万美元。每年酒吧给他们的回报都是投资金额的两倍。后来，他们不得不卖掉了股份来赔付麦克斯的诉讼费。这个酒吧很受闹市区商务人士和银行职员的青睐，这些人把酒吧从星期一到星期六挤得满满的。

　　从前面看，L吧形似典型的酒吧，宽宽的黑色百叶窗，亮丽的霓虹闪烁着挤牙膏式造型的凸出的啤酒招牌。酒吧有两个入口。右边的入口直接把人带到酒吧：天花板很高，空间很深，红漆的木地板，墙上镶嵌的舵轮、锚和鲨鱼鱼叉，渲染着海运的主题。右边的入口连着长长的一节楼梯通往L雅座。雅座被一面染色的窗墙和酒吧隔开来，里面的主顾可以看见下面的事态却不为人察觉。这里被隔成了私密的小间，每个小间里都点着红金两色的中式灯笼，最适合第一次约会和办公室的秘密恋情。雅座有其独立的酒吧，供应的是迈阿密上好的鸡尾酒。

　　麦克斯走进去的时候看见乔坐在中间靠窗户的一个雅间里。他穿着蓝色的西装，系着领带。麦克斯穿着宽松的长袖无领运动衫、卡其布裤子和跑鞋,觉得自己的穿着过于随便了。

"李斯顿中尉?"麦克斯一边叫一边朝朋友走过去。

乔眉开眼笑,露出的牙齿像倾斜的弦月在黑色的脸下部闪着光。他站起来。麦克斯都忘了乔的身躯多么巨大了。他的腰四周又长了几磅肉,脸圆一点了,可是看起来仍然像每个嫌疑犯在审讯室的噩梦。

乔好好拥抱了一下麦克斯。尽管麦克斯在监狱锻炼,他双肩之间的距离还是比不上乔胸部的宽度。乔拍了拍麦克斯的肩膀,后退了几步上上下下仔细打量起来。

"看来他们给你吃饱饭了。"他说。

"我在厨房干。"

"不是理发室?"乔说着拍了拍麦克斯的光头。

他们坐下来。乔占据了自己那边的绝大多数空间。桌子上有本四眼活页夹。一名男侍走过来。乔点了健怡可乐和一小杯波本威士忌。麦克斯要了大杯的可乐。

"你戒酒了?"乔问。

"正在戒。你呢?"

"喝得越来越少,这样也能戒了。中年跟在屁股后面到了。不能再像从前那样宿醉了。"

"这样感觉好吗?"

"不好。"

乔的脸并没怎么变老,在雅间的灯光下根本就没有变老,不过额头有点秃了,发际线已经从额头向后退了,他把头发留得比以前长了,这让麦克斯怀疑中间的头发是不是越来越稀疏了。

楼下酒吧里有几对,都还穿着办公的西装。角落的扬声器里叮叮当当响着无名的钢琴曲背景音乐,曲调艰涩难懂,还是演奏马在风铃上撒尿的声音更好一些。

"莉娜好吗?"麦克斯问。

"她很好,老弟。还让我给你带好呢。"乔说。他把手伸进西装口袋,拿出一些照片,递给了麦克斯。"脸部照片。看看你能认出来吗。"

麦克斯把照片一张一张地看。第一张是全家福,正中间是莉娜。莉娜很瘦小,站在乔身边简直就是个胎儿。乔是在当地的浸礼教教堂认识莉娜的。他并不是特别信教,可是比起泡吧、泡俱乐部和警察朋友聚会,教堂是个又好又便宜的选择。他称之为"天堂之外的最佳单身场所"。

莉娜从来没喜欢过麦克斯。麦克斯也不责怪她。他们第一次见面的时候,麦克斯的衣领上有血迹。那是因为一个嫌疑犯咬了麦克斯的耳垂,血滴到上面了。莉娜误以为那是口红印儿,所以从那以后她看待麦克斯就像麦克斯干过什么坏事一样,他们之间的关系就像他们之间的对话一样总是保持着一般的礼貌交往水平。他离开警察局之后情况也没怎么改善。他和桑德拉结婚让莉娜惊骇不已。在她的世界里上帝都不会跨越各色人种的界限。

上一次麦克斯和乔见面的时候,乔有三个孩子,都是男孩,老大叫杰士鲁,老二德维和老三迪安只相差一岁，可是莉娜的腿上坐着两个小姑娘。

"呀，左边那个是阿什莉，右边那个是布里俄尼。"乔自豪地说。

"双胞胎吗？"

"双重麻烦。单胞胎。"

"多大？"

"三岁。我们没计划要更多的孩子。她们是意外。"

"人家都说计划之外的是最宠爱的。"

"人们说过很多东西，大多数都是胡说八道。我爱所有的孩子，没偏没向。"

他们看上去都是很可爱的孩子，长得像妈妈，眼睛一模一样。

"桑德拉从来没跟我说过。"麦克斯说。

"我敢肯定你们俩有更要紧的事探讨。"乔说。

侍者送来了可乐和波本威士忌。乔拿起小酒杯，迅速往四周看了看，把酒往地板上洒了一点。

"敬桑德拉。"他说。

为死人倒点烈酒，给予精神慰藉。每次亲近的人死了乔都会这么做。就在当时，气氛一下子严肃起来，一本正经简直要侵入他们的空间了，要占上风。麦克斯不需要这个。他们有正事要谈。

"桑德拉不喝酒。"麦克斯说。

乔看看他，读懂了他双唇上残留的幽默，爆发出一阵笑声。他大笑了一通，那高亢的笑声响彻了整个房间，引得所有人都朝他们这边看过来。

麦克斯凝视着教子的照片。杰士鲁用收拢的五指指尖托着个篮球。这个男孩只有十二岁，可是身高和块头都足以让人以为他十六岁了。

"长得像他的爸爸。"麦克斯说。

"杰士鲁喜欢球。"

"将来可以在这方面发展。"

"可以，最好将来的事将来再说。另外，我想让他在学校好好学习。小孩子的脑瓜好使。"

"你不想让他步你的后尘？"

"就像我说的，这个孩子脑瓜好使。"

他们碰了杯。

麦克斯把照片递还回去，朝大堂酒吧望过去。人都挤满了。都是布里克尔大街的银行家、商务人员、工人白领，领带都松了，手提包放在地上，外套漫不经心地搭在椅子背上，下摆都拖到地上了。他把注意力集中在了两个行政人员模样的人身上。他们穿着相似的浅灰色西装，手里都握着酒瓶，在和两个女人说话。他们刚相遇，交换了名字，找到了共同基础，现在正在寻找进一步交谈下去的引子。这些他都能从他们紧张的肢体语言看出来：他们后背挺直，警觉，随时准备去找下一个尤物。两个男人都对同一个姑娘感兴趣，那个穿着海军蓝商务套装的，灯光下她金黄色的头发很漂亮。这个姑娘的女友也知道什么情况，已经开始环顾酒吧四周了。麦克斯以前单身的时候，专门找这种相貌丑陋的作陪女友，理由是长得好看的会期待人们更多的关注，难以抓住，夜晚结束的时候留下他一个人性饥渴还要支付一张大账单。不期望被看中的女人更可能放弃希望。这种方法命中率高达百分之九十，有时候还有不期而至的奖励，好看的也让他玩了一把。约会的大多数女人他从来都没喜欢过。她们是挑战、交媾对象、被占有的东西。等他遇见桑德拉，态度就完全改变了。可是现在她去了，所有这些旧想法就都回来了，就像被切除的肋骨的精灵不知从什么地方给他送来了这种感觉。

他八年里没有过性生活。葬礼之后就从来没有考虑过这个。甚至从来没有手淫过。出于对妻子的尊敬，他的性欲之门紧闭。

他一直忠于桑德拉，是一个只爱一个女人的男人。他不是真的想要别的人，某个新人，现在不要。他甚至无法想象那会是什么样子，重新经历所有的那些狗屁交谈，假装是个敏感的家伙而去找她的唯一原因就是为了看是否能骗她上床。他看着下面的整个场景，带着先驱对模仿者的不屑。

乔把文件夹推到他这边。

"挖掘了一点关于海地卡弗家族的情况。"乔说，"绝大多数是过去的事，没有什么当前的东西。录像是许多关于入侵海地的新闻镜头。阿连·卡弗在里面的某个地方。"

"多谢了，乔。"麦克斯说。他拿起文件夹，放在了身边的座位上。"有他们在这里的内容吗？"

"没有犯罪记录，不过是关于古斯塔夫·卡弗的。是他爸爸吗？他在加贝尔礁岸有栋富丽堂皇的房子。六年前被非法破门而入。"

"拿了什么东西？"

"什么也没拿。一天夜里有个人破门而入，拿了一个精致的瓷餐盘，在上面拉了屎，放在了餐厅的桌子上，没有留下任何踪迹。"

"保安的监控录像呢？"

"根本没有。我看这个案子没有调查过。案情报告只有两页纸，看起来更像是抱怨而不是报案。很可能是被解雇的某个用人干的。"

麦克斯哈哈笑起来。他听说过更奇怪的犯罪，可是想到阿连·卡弗去吃早餐的时候发现桌子上的东西就觉得滑稽。他开始微笑，然后想到了博克曼和他那让人委靡不振的话。

"哦，你想告诉我所罗门·博克曼发生了什么情况吗？我到纽约去的时候他在死囚区等着呢，还有最后一次上诉机会就要接受注射死亡了。"

"我们不是在得克萨斯州。"乔说，"在佛罗里达州办事都要慢慢来。这里连时间都要慢慢来。一个律师能用长达两年的时间提起上诉。这在系统里又要留存两年的时间。然后你还要再过另外两年的时间才能由法庭裁决。把这些都加起来就到了1995年。他们驳回了博克曼的最后一次上诉，和我想的一样，我知道他们会这么做，只是……"

"可是那些该死的把他放了，乔！"麦克斯说。嗓门提高了，简直是在吼叫。

"你知道到海地的单程机票是多少钱吗？"乔说，"一百美元上下，另外加税。你知道把一个人养在死囚区要花州政府多少钱吗？见鬼——忘了这个吧。你知道执行一个死刑要花州政府多少钱吗？成千上万。明白这个逻辑关系了吗？"

"被害人的家人'明白这个逻辑关系'吗？"麦克斯讽刺道。

乔什么也没说。麦克斯能看出来他为此也很气愤，可是还有别的什么事在烦扰着他。

"你想告诉我别的吧，乔？"

"博克曼离开的当天他们清理了他的囚室。找到了这个。"乔说着递给麦克斯一张学生练习簿上撕下来的纸，那张纸封存在证据袋里。

博克曼剪了一张麦克斯接受审讯的新闻照片，贴了那张纸的正中间。下面是他那奇特的孩子气的笔迹，用铅笔写着：你给了我活下去的理由。所有的字都是粗体，没有弧线，笔画都是用点连接的，画得非常直，他似乎是用尺子比着画的。在那下面他又画了一张海地的小轮廓图。

"他妈的这是什么意思？"乔问。

"他审判的时候也跟我说过这句话，当时我在提供证据。"麦克斯说，然后就此打住了。他不打算把实情突然告诉乔让他大吃一惊。现在不告诉他。如果可能的话，永远都不告诉他。

在他被捕之前和博克曼正面交锋过两次。他这一生当中从来也没有对别的任何人这么恐惧过。

"我不知道你怎么样，可是博克曼确实有某种骇人的东西。"乔说，"你还记得我们搜查那里——蛇神宫殿那个地方吗？"

"他只是个人，乔。一个病态的、变态的人，可同样还是个人。和我们一样用血肉做成的人。"

"你狠狠打他的时候，他几乎都没呻吟。"

"是吗？他坐着扫把飞跑了吗？"

"我不关心卡弗付给你多少，老弟。我认为你不该去。算了吧。"乔说。

"如果我在海地见到博克曼，我会告诉他你问候他。然后我就杀了他。"麦克斯说。

"你不当回事可不行。"乔说，他生气了。

"我没不当回事。"

"知道你的意思了。"乔压低了声音，探过身子来。"崭新的法冠，外带两百发子弹。把航班细节告诉我。东西会放在出境口，上飞机之前去拿。有一点要注意：别再带回来，留在海地。"

"武装一个有前科的家伙，你因为这个会遇到大麻烦。"麦克斯开了个玩笑。他把运动衫的袖子卷起来，卷到了胳膊肘。

"我不认识这样的家伙，却的确认识做过错事的好人。"乔微笑着说。他们碰杯。

"多谢，老兄。多谢我不在的时候你为我做的一切。我欠你的。"

"你欠我个屁。你是个警察。我们要照顾好我们的人。你知道现在是什么样，将来同样如此。"

　　警察进监狱，根据他们入狱的原因，除了大多数强奸罪和所有的轻微的性犯罪，体制都会对他们进行保护。全国范围内有一个非官方的网络，一个州警察局会照顾另外一个州警察局内部的重犯，他们知道帮了这个忙将来某个时候在这条线上肯定会有回报。犯罪的警察有时候会在一个看管措施最严的监狱关一两个星期，然后就悄悄地转到看管措施最松散的白领看管所。那些杀了嫌疑犯的警察、收回扣或者偷了毒品到街上卖的警察都是这样对待。如果办不成转移，入狱的警察就会被隔离开来，关在单人间里，看守会从自己的餐厅打好饭菜直接给他送去，并且还能单独洗澡、锻炼。如果单人间都满了，经常会出现这种情况，这名警察就会和一般的犯人混在一起，但会有两名看守一直在背后看护他。如果一个犯人真的对被关押的警察采取了行动，他就会被扔进地牢，足以让看守们有足够的时间透出风声说他是个告密的探子，只有等病得快不行的时候才会让他从地牢里出来。尽管麦克斯是在纽约被捕的，乔毫不费力就能确保自己的朋友在雷克斯监狱得到五星级的安全待遇。

　　"你离开之前该去看看克莱德·贝森。"乔说。

　　"贝森？"麦克斯说。在佛罗里达州所有的私人侦探里面，只有克莱德·贝森是他的主要竞争对手。麦克斯一直很鄙视他，从博克曼那个案子开始。

　　"卡弗在找你之前雇佣了他。干得不怎么好，听说是这样。"

　　"发生了什么事？"

　　"最好让他告诉你。"

　　"他不会跟我说的。"

　　"你要是告诉他你打算去海地了，他就会告诉你。"

　　"有时间我会去见他。"

　　"想办法找时间。"乔说。

　　濒临午夜了，下面酒吧的人数达到了高峰。他们醉得更厉害了，更随便了，脚步蹒跚地出入洗手间，嗓门儿也大了，喊叫的声音盖过了背景音乐，穿梭成了几百个不同的交谈。他能听到透过玻璃传来的模模糊糊的嗡嗡声。

　　麦克斯核实了一下那些行政人员是怎么对待那女人的。他看见了那个金发女子和行政人员当中的一个在靠近里面的桌子那里。他们的外套都脱了。男的撸起了袖子，摘掉了领带。女的穿着一件无袖的黑色吊带衫。她的双臂匀称而有弹性，麦克斯据此判断她或许是个私人教练或许是个健康杂志的模特。也许是个在外面抛头露面的主管人员。那个男人开始行动了，从桌子对面探过身子靠近她，摸着她的手。他还在让她笑。或许根本没有那么可笑，可是她对他感兴趣啊。女人的作陪女友已经走了，那个男人的竞争对手也走了，很可能是分别走的。失败者难得一起离开。

　　麦克斯和乔又谈了好多：谁退休了；谁死了，死了的总共三个：一个得了癌症，一个被子弹打死，一个醉酒淹死；谁结婚了谁离婚了；现在的工作是怎么回事；罗德尼·金之后发生了哪些变化。乔告诉麦克斯他不在的时候自己看过的布鲁斯·斯普林斯汀的十五场演出。他仁慈地把细节缩减到了最低的水平。他们喝了更多的可乐，评价了雅座里的一对对情侣，谈论着越来越老了。这真好，真温暖，时间过得很快，麦克斯在这段时间完全忘记了博克曼。

到了两点，酒吧都空了，只剩下几个喝酒的人。麦克斯一直注意的那对男女已经走了。

乔和麦克斯也往外走。

街上凉爽，微风吹拂。麦克斯狠狠吸了一口迈阿密的空气——海洋的空气，夹杂着沼泽的气息和适量的尾气。

"感觉怎么样？出来了怎么样？"乔问。

"就像学习走路，发现自己还能跑。"麦克斯说，"想跟我说什么？你怎么从来都没来看过我？"

"你希望我去吗？"

"不。"

"看见你在那里边会乱了我的道德伦理尺度。警察不进监狱。"乔说，"另外，我觉得自己也有责任。过去能教的时候却没教给你要克制自己。"

"一个人的本性你没法教，乔。"

"你的意思我明白。可是你能教给他什么是理智什么是不理智。你过去扯的那些乱弹琴呢，老弟？那都是些毫无意义的不理智。"

又是做父母的语调。麦克斯都快五十了，生命的三分之二基本上都过去了。他不需要乔来教训自己，乔只比他大三岁，做派就像年长十多岁。不管怎么说，这也不会产生任何区别。发生的就是发生了。丝毫也不能再改变了。另外，乔也不是什么圣人。他们做搭档的时候，对他进行残忍申诉的和对麦克斯的一样多。迈阿密一直就是战争区。这个城市需要用暴力对抗暴力。

"我们冷静冷静吧，乔？"

"一直冷静。"

他们拥抱了。

"我回来的时候再见。"

"囫囵着回来，老弟。我只想看见你那个样。"

"你会的。问候孩子们。"

"小心，兄弟。"乔说。

他们各自回家了。

刚打开租来的本田车的车门，麦克斯猛然意识到乔第一次叫他"兄弟"，他们认识的整个二十五年里的第一次。他们或许一直是最好的朋友，可是在表示亲爱的举动方面他是个种族隔离分子。

这个时候麦克斯才猜想到了海地的事情可能会很糟糕。

开车回肯达尔旅馆，麦克斯想到了所罗门·博克曼，血液又开始沸腾起来。他开始吼叫、谩骂、猛砸方向盘。

他把车靠在路边，熄了火。

他深呼吸，让自己平静下来，告诉自己集中精力找查理·卡弗，聚焦这一点把其余的都放在一边。博克曼是在海地，可他是在查理消失之后才回去的，所以他和这事儿没瓜葛。

麦克斯想：没关系。要是看见他就杀了他。他不得不这样。否则博克曼就会杀了他。

到了旅馆，麦克斯洗好澡想补点觉，可是睡不着。

他一直在想博克曼自由活动的时候自己还被关在监狱里，博克曼嘲笑他，博克曼残害更多的小孩子。他不知道还有什么让他更恼火。他有机会的时候就该杀了他。

他起来，打开灯，拿起乔给他的卡弗家族的文件。他开始看，看完了才停下。

似乎没有人特别确定卡弗家族的起源，也不确定他们刚开始在海地出现是什么时候。一种传言说这个家族是波兰战士的后裔。那些波兰战士在十八世纪九十年代一起逃离了拿破仑的军队，和图森·路维杜尔的起义队伍并肩战斗。其他的说法又把这个家族和苏格兰一个叫麦加弗的宗族联系起来。麦加弗宗族在十八、十九世纪住在海地岛上，拥有并经营种植园，种植谷物和甘蔗。

为人所知的是，到了1934年，弗雷泽·卡弗，阿连的祖父，已经成了拥有数百万家财的富翁。他不仅是海地的首富，而且是加勒比海诸岛最富有的人之一。他的发财手段是把廉价的、必不可少的食品大量充斥海地岛，包括大米、豆子、奶粉、淡炼乳、玉米粉、食用油等，都是美国军队以巨大的折扣为他购买然后免费运到国内的。这极其迅速地让众多贸易商歇业关门了，最终导致了卡弗实际上垄断了在国内销售的所有进口食品。二十世纪三十年代后期，他开立了第二国家银行，即海地人民银行。

弗雷泽·卡弗于1947年去世，把自己的商业帝国交给了阿连的父亲古斯塔夫。1959年，有人发现古斯塔夫的双胞胎兄弟克利夫德死在一条沟壑里。虽然官方给出的死因是车祸，可是尸体附近没有发现任何车辆，不管是失事的车辆还是其他的车辆都没发现；死者的每根骨头似乎都断了，至少断了一次。美国中央情报局的报告中提到：一位匿名目击证人声称看见国民军的成员也就是人们通常所说的私人卫队或通顿马库特把克利夫德从一条居民街上拉走，捆绑着塞进了一辆轿车里。报告得出的结论是，古斯塔夫借助朋友兼亲密的合伙人国家总统"医生爸爸"弗朗索瓦·杜瓦利埃杀害了自己的兄弟。

古斯塔夫·卡弗1943年第一次在密歇根遇见弗朗索瓦·杜瓦利埃。海地派了二十名医生到密歇根城市大学接受公共医药卫生培训，杜瓦利埃是其中之一。卡弗在该市出差。杜瓦利埃由于卡弗家族的声望和传奇了解这个家族，坚持要求见古斯塔夫，两个人通过他们共同的某个朋友介绍认识了。卡弗后来跟一位朋友提起这次见面时说他深信杜瓦利埃肯定会成为大人物，将来就是海地的总统。

当时，这个国家四分之三的人口都饱受雅司病之苦。雅司病是一种高度传染且极其有害的热带疾病，侵蚀损害四肢、鼻子和嘴唇。罹病者无一例外都是赤脚的穷人，因为疾病以螺旋体的形式通过赤裸的双脚进入他们的体内。

杜瓦利埃被派到了格雷塞郊区诊所。那里是海地疫情最严重的地区，在太子港西南十五英里的地方。他很快就用光了用于诊治病人的盘尼西林，派人到首都寻求更多的供应，却得悉首都的库存几乎告罄，他不得不再等待一周才能从美国得到供应。他给古斯塔夫·卡弗带信寻求帮助。卡弗即刻运来了十卡车的盘尼西林以及床铺、帐篷。

杜瓦利埃治愈了整个地区的雅司病，他的声名在穷人中传播开来。穷人拖着溃烂的双腿一瘸一拐地从远处赶来治病。他们给他起了个雅号"医生爸爸"。这样，"医生爸爸"就成了大众英雄，穷人的救星。

古斯塔夫·卡弗资助了杜瓦利埃1957年的总统竞选，而且还提供了一部分打手胁迫那些无法通过贿赂让他们支持这位好医生的选民。杜瓦利埃最终以压倒性多数当选。卡弗得到的回报就是这个国家利润丰厚的咖啡业和可可业相当可观的一大块儿。

"医生爸爸"宣布自己为"终身总统"，并且变本加厉地变成了这个国家历史上最可怕、最为人唾弃的暴君。海地进入了另一个黑暗时代。根据政府的命令，更多的是出于个人原因，通常是为了抢一块儿地或者接管一家商业，军队和通顿马库特杀害、折磨、强奸了成千上万的海地人。

古斯塔夫·卡弗继续财源滚滚，这多亏了他和杜瓦利埃之间的密切勾结。杜瓦利埃不仅回报给了他更多的垄断权，包括垄断甘蔗和水泥，并且他还在海地人民银行开了账户，把每个季度收到的千百万美元都定期存到这些账户里。大多数钱都被悄悄转移到了瑞士银行。

"医生爸爸"死于1971年4月21日。让－克洛德取代父亲成了"终身总统"，当时十九岁。虽然"医生宝宝"名义上当权，他对执掌海地根本没有兴趣，把事务先后交给母亲和妻子米奇丽全权处理。他和妻子的婚礼因为是最奢华的第三大婚礼而写入了1981年的吉尼斯世界纪录。同年，国际货币基金组织的报告把海地评为西半球最贫穷的国家。

迈阿密凌晨。麦克斯看完了，走出去到了阳台上。卡弗家族和最好的商人一样都是无情的机会主义者。他们也和最好的商人一样，敌人能写满整整一本电话号码簿。

微弱的阳光还没有让大多数星星失去光泽，微风仍然和夜里一样寒冷刺骨，可是他肯定这会是一个好天。出了监狱每一天都是好天。

克莱德·贝森跌惨了。生活不仅仅让他受到了重大挫折，简直就是重塑了他的人生。他连房子都住不起了，住在欧帕－洛卡的一个拖车式活动房屋停车场。

欧帕－洛卡是个极其肮脏破旧的地方，达迪县最破烂的区域之一，是迈阿密晒成古铜色的、光滑没毛的、强壮的、享乐的屁股上的一个灰色的肉瘤。这一天天气晴朗，浅蓝色的天空和明媚的阳光浸润着大地，映衬得这个由被忽视的、支离破碎的、摩尔风格的建筑物构成的区域更加荒凉了。

贝森春风得意的时候住在椰子街一个豪华的公寓里。那里可以俯瞰滨海公园，能看见里面跑步的人、游艇俱乐部和完美得跟明信片一样的佛罗里达落日。麦克斯向在那里大楼门房上班的接待员要到了地址。那个接待员以为麦克斯是个要债的，他要求麦克斯把这个臭婊子的两条腿都打断。

依靠住户和位置的不同，一些拖车式活动房屋停车场在近郊地区经营得相当成功。这些停车场隐藏在白色尖木桩的篱笆后面、蔷薇花丛中、干净而长满高灌木的草地上和根本空无一物的众多信箱后面。甚至还有家一样可爱的名字，像什么克林顿农舍、华盛顿平房、罗斯福小屋。不过，大多数拖车式活动房屋停车场还没到这种程度。他们不愿意费心。他们举着手，承认自己的情况，在仅次于赤贫的废物堆里找个地方算数。

贝森住所附近看起来就像是被路过的飓风风眼里掉下的炸弹轰炸过一样。到处都是垃圾和残骸，锅子啦、电视啦、被掏空的车子啦、冰箱啦什么破烂儿都有，如此之多都成了风景了。一些有胆识有魄力的人把一些废品变成了小丘，然后插上了箭头状的木牌，用油漆写着大大的、似通非通的门牌号。那些房车从外面看上去情况太糟糕了，麦克斯刚开始还以为是燃烧报废的残骸，后来他透过窗户看见了里面生活的影子。看不见能开的车，看不见狗，也看不见孩子。住在这里的人都是福利制度之外的人、有毒瘾的人、大罪不犯小罪不断的人、完全没有希望的人、天生的失败者。

贝森的房车是一个破旧的、几乎倒塌的、似白非白的长方形，一扇看上去很结实的棕色门，门顶上、中间、底部共装着三把锁。门两侧各有一个百叶窗。房车停在红砖墩上，永远哪里也去不了了。麦克斯照直开过去，停了车。

他敲了敲门，然后后退了几步，这样里面的人从窗户里能看见他。他听见了大声的叫骂，门后面有爪子挠的声音，然后嘭的一声，之后又是一声。贝森养了一条美洲鬈犬。左边窗户的百叶帘动了一下，然后缝隙更大了些。

"明戈斯?！麦克斯·明戈斯吗？"贝森从百叶窗后面喊道。

"呀，是我。开门，我想谈谈。"

"谁派你来的？"

"没有谁。"

"你要是找活儿干，这里的厕所需要清理。"贝森呵呵笑了。

"好，等我们谈完了。"麦克斯说。这个自以为是的混蛋还没有失去嘲笑他人不幸的能力。说话还是那个声音，半嚎叫半尖叫，在高音之间没音儿了，像是失声了，又像是等着他的另一个睾丸掉下来。

百叶窗卷起来了，麦克斯看了看贝森的脸：圆鼓鼓的，被抽干了血一样惨白。贝森瞅了瞅麦克斯的左边右边，核实了他的处境。

过了一会儿，他听见门后有半打链子被撤掉的声音。门上还留着一根粗链子，高度和他的脖子齐平。狗在他的脚边把嘴伸出门缝，冲着麦克斯龇牙咧嘴地叫。

"想干什么,明戈斯?"贝森问。

"谈谈查理·卡弗。"麦克斯回答说。

他从贝森站立的方式看出他一手持枪,另一只手牵着狗。

"卡弗派你来的?"

"不是来找你的,绝对不是。不过现在我在调查这个案子。"

"你要去海地?"

"是。"

贝森把门关了,把链子撤掉,推开了门。他斜了一下头示意麦克斯进去。

里面黑乎乎的,从太阳底下走进来就更黑了,恶臭也更加强烈更加难以忍受了。一阵巨大的、刺鼻的、被蒸烤的粪便的臭味冲过来,打在麦克斯的脸上,然后沿着鼻孔冲下去。他摇摇晃晃后退了几步,胃在痉挛,一股东西擦着他的嗓子在翻滚。他用手绢捂住鼻子,用嘴巴呼吸,可舌头上都是可怕的气味。

到处都是苍蝇,嗡嗡地在他耳朵边叫着,撞到他的手上、脸上,他还来不及赶就落下来品尝着他。他听见贝森把非洲獒犬拽到了角落里拴在了什么东西上。

"最好看着你开来的那辆车。"贝森说,"在那儿停的时间太长,小混蛋们会用铅笔划上面的漆。"

麦克斯打开左边的百叶窗,看着房间里的苍蝇一窝蜂地嗡嗡地朝亮光飞过去,白色的亮光把黑暗劈开一条缝。

麦克斯都忘了贝森有多矮了,贝森的身高几乎还不到五英尺。他都忘了贝森那饭勺状的脑袋大得和身子多么不成比例了。

贝森和达迪县的许多私人侦探不一样,他从来没当过警察。他刚开始的时候为佛罗里达州民主党奔走调停解决争端,搜集对手和同盟的内幕,铸成政治交换手段。

1976年卡特获得总统提名之后,他退出了政治改行做私人侦探。人们都说他靠葬送生命赚了千百万,葬送了婚姻、政治生涯、生意,把他四处打探到的一切都用上了。他吃过、穿过、开过好车、玩过女人,享受过自己成功的果实。麦克斯记得他颠峰时期的样子:穿的是设计师专门设计的西装、专利皮做的带穗状饰品的锃亮的懒汉鞋、白得简直要闪光一样的白衬衫;用的是浓郁的古龙香水;手指甲修得很漂亮,小指上一枚大戒指。不幸的是,鉴于他侏儒般的身材,登峰造极时代的贝森并没有像他以为的那样穿几千美金的行头就能让他大出风头。他看起来不像是佛罗里达的某个大人物,倒是总让麦克斯想到一个过于急切的孩子,穿着妈妈为他挑选的星期日礼拜服,赶着去领受第一次圣餐。

现在他就在这里,里面穿一件破烂的背心,外面敞着怀套一件廉价的黑底沙滩衬衫,上面全是橙色和绿色的棕榈树图案。

麦克斯看见他的样子大吃一惊。

不是因为衬衫和背心……

是因为那尿布。

克莱德·贝森裹着尿布呢,一团厚厚的灰棕色的毛巾尿布,在腰间用大号蓝头儿的儿童安全别针别在一起。

他妈的到底发生了什么事？

麦克斯环顾了一下房车。看起来像空的。他和贝森之间是铺着油地毡的地面；一个橄榄绿色的皮扶手椅，支座附近填充的东西都鼓出来了；一个板条箱平放在地上当桌子用。地板肮脏得很，一层看起来油乎乎的黑色污垢，本来的黄色从美洲器犬爪子挠抓的缝隙里透出来。到处都是狗屎，新鲜的、干的、半干不干的都有。

贝森怎么能让自己这样呢？

麦克斯看见靠着墙摞着纸箱，从地板一直摞到房顶，堵住了右边的窗户。很多箱子都潮湿了，中间垂下来，里面的东西都要露出来了。

从百叶窗透进来的光线把空气切割成一层一层的。空气里弥漫着浓重的烟味，绿豆蝇从他们身边猛冲过去，扑向开着的窗户，以为那是大出口。连苍蝇都想从这个悲惨的、垃圾坑一样的地方冲出去。

狗从一个昏暗的角落朝麦克斯的方向叫着，那里的黑暗已经退却了，缩成了一小块儿。他只能看出狗的眼睛在闪动着、观望着。

他猜想身后的厨房里肯定堆满了肮脏的盘子和腐烂的食物。他根本不愿意想贝森的厨房和洗澡间里有些什么。

热得跟蒸笼一样。麦克斯已经满身是汗了。

"进来吧，明戈斯。"贝森拿枪的那只手朝他招了招。那是一支长管钢壳点 44 口径夸脱枪，和柯林特·伊斯特伍德在电影《肮脏的哈里》里用的六发左轮手枪相似。枪的长度几乎和持枪人的手臂一样长。

贝森注意到麦克斯没有动地方。麦克斯原地不动，用手绢捂着鼻子，眼睛里是厌恶的眼神。

"你活该。"他耸了耸肩膀，笑了。他用睁不开的、像蟾蜍一样从灰乎乎的肿胀的皮肤里鼓出来的眼睛看看麦克斯。他肯定睡觉睡得不多。

"你在躲谁？"麦克斯问。

"只是躲着。"他回答说。"这么说阿连·卡弗让你找他的孩子啦？"

麦克斯点点头。他想把手绢拿掉，可是房间里的恶臭浓重得很，他能感到眼皮上都落了厚厚的一层灰。

"你跟他说过什么？"

"我告诉他孩子很可能已经死了。"

"我真不知道你这么一副态度怎么会在这座城市里赚到一毛钱。"贝森说。

"诚实有回报。"

贝森听了大笑。他一天肯定至少抽三包烟，因为他的欢笑引发了剧烈而沙哑的嘎嚓嚓的咳嗽。他咳出了满满一舌头的痰，吐在地板上，又用脚撵得和其他污渍融合在了一起。麦克斯想知道里面是不是混杂着血丝。

"我不会为你做艰苦繁重的准备工作，如果你来是为了这个的话……除非你付给我钱。"贝森说。

"某些东西还是没有变。"

"强迫的习惯。不管怎么说，钱现在对我不是一点用没有。"

麦克斯再也忍受不了了。他退回到门口，一下子把门打开了。光线和新鲜空气猛攻这个房车。麦克斯在那里站了一刻，深深地呼吸，把肺里的脏东西冲刷掉。

美洲鬣犬在叫，咬链子和拴链子的东西，很可能是要不顾一切地逃离这个它一直居住的垃圾坑。

麦克斯走回贝森身边，躲闪着像障碍滑雪道上的障碍物一样的狗粪团，那些粪团一直通往厨房。他差一点没踩上像圆锥形帐篷的一摊狗粪，看起来像是精心摆放的一样，根本不是什么自然的产物。贝森根本没动地方。他看起来也不在意门开着。

所有的苍蝇都从麦克斯身边逃跑了，冲开空气寻求自由去了。

"你怎么搞到这种地步了？"麦克斯问。他从来都不信什么命运、摩羯还有那个上帝，即使有的话也不会真的介入个案。事情发生了，没有什么特别的原因，就是发生了，很少发生在理应发生的人身上。你有梦想，有抱负，有目标。你为了这些而努力。有些时候你成功了，可大多数时候你失败。那就是麦克斯对生活的感悟。就是这么简单。可是站在那里看着贝森他停下来思考了，这让他怀疑自己的信念。如果这不是天罚，那就根本没有什么天罚。

"什么？你可怜我吗？"贝森问。

"不。"麦克斯说。

贝森不怀好意地笑了。他上上下下仔细打量着麦克斯。

"好。他妈的什么事啊？我告诉你。"贝森说。他从窗户旁边走开了，坐在扶手椅上，枪放在膝盖上。他从衬衫口袋里拿出一包没有过滤嘴的帕摩斯香烟，摇出一根来，点燃了。"我去年九月份去了海地。在那里待了三个月。知道吗？卡弗把细节告诉我的时候我就知道这个案子不能接。没有赎金，没有目击证人，什么也没看见，什么也没听见。可是他妈的怎么回事？我要了三倍的费用，鉴于海地和巴哈马群岛根本不能同日而语。他说好，没问题。另外他还提到了或死或活的奖金，很可能和跟你说的一样。"

"他说了多少？"

"我找到尸体，整整一百万；我找到孩子，孩子还活着，整整五百万。他也这么跟你承诺的吗？"

麦克斯点点头。

"现在，我知道这个家伙是个商人，你把钱花在希望上面是没法得到卡弗的那种金钱树的。我对自己说这个孩子肯定死了，当爸爸的只是想把尸体埋葬了，烧了，或者按他们那里处理死者的任何一种狗屁方式处理了。我猜这一百万赚得很容易，另外我自己还有个小假期。最多就是两周的活儿。"

贝森的烟都吸到了品牌名的位置，然后他又用烟屁股点了另外一根。他把烟头扔在地上，用光脚踩灭了，没有一丝一毫疼痛的迹象。麦克斯猜想他肯定在吃很厉害的药剂，一些让人上瘾的止痛片让身体冰冷却让大脑做烛光泡泡浴。

贝森说话的时候，一直不错眼珠地死盯着麦克斯的眼睛。

"结果并不是那样。我到了那里的前三周，到处把孩子的照片给人看，总是不断地听到相同的一个名字——文森特·保罗。我发现他经营着那个国家最大的贫民窟。

正因为这个，人们都说他才是国家真正的当权者。他的意思是已经建成了某个现代化的完整的城市，没有人去过也没有人知道在哪里。他们说他让人赤裸着在那里干活儿，在他那里的药厂里。还让他们戴上比尔·克林顿和希拉里·克林顿的面具。忘掉阿里丝泰德和克林顿安置在那里的任何猴子傀儡吧。保罗这个家伙？他是犯罪团伙的歹徒。让我们这里所有侦缉犯罪团伙的黑子看起来都像博格斯·邦妮一样嫩。另外他恨卡弗一家。没查到为什么。"

"这么说你猜是他偷走了孩子？"

"是，明摆着的嘛。他有动机也有能力。"

"你跟他谈过吗？"

"我尝试过，可不是你跟他谈，而是他——跟——你——谈。"后面这几个字他拖着长腔。

"是吗？"

贝森没有回答。他的眼睛先往地上看去，脑袋也跟着低下去了。他沉默不语。麦克斯瞅了瞅他的头顶，都秃了，只剩下几小绺儿棕红色的长头发。后面乱蓬蓬的一圈，像是半个伊丽莎白衣领。他那样足足待了一分钟，一言不发。麦克斯想要说点什么，就在这时候他缓慢地抬起头来。之前，他的双眼挑衅似的眯缝着，肮脏得肆无忌惮；现在，那种神情消失了，眼睛也睁大了，眼袋也缩小了。麦克斯看出里面偷偷露出了胆怯。

贝森瞟了一眼窗外，猛吸着烟，直到又开始咳嗽吐痰。等这一阵突然发作的咳嗽过去了，他挪到椅子边上，向前倾斜着。

"我从来没想过我会一无所获，不过或许就是这样，或许有人这么想。不管怎么说，第一天我正在旅馆里睡觉。第二天我就在一个陌生的房间里走动，那些有黄色墙壁的房间，不知道怎么进去的。我被绑在床上，赤身裸体，脸朝下。那些人进来了。不知什么人在我屁股上打了一枪，'咯蹦'，我就没感觉了。像灯灭了一样。"

"你看见那些人了吗？"

"没有。"

"后来呢？"

"我又醒了。显然是。我以为自己在做梦，因为我在飞机上。美国航空公司的，在半空中。我在飞回迈阿密的途中。没有什么人像发生了怪事一样看我。我问空姐自己在飞机上多长时间了，她说一个小时。我问后排的人有没有看见我上飞机，他们说没有，他们上来的时候我就躺在那里睡觉。"

"你不记得上飞机了？不记得去机场？什么也不记得？"

"一点儿也不记得。我走过迈阿密机场。我拿起自己的包。每样东西都在。只是在出来的时候，我注意到了圣诞节的装饰。我抓起一张报纸，看见上面写着12月14号。这把我吓得屁滚尿流！有他妈的两个月的时间我根本无法解释！他妈的整整两个月，明戈斯！"

"你给卡弗打电话了吗？"

"我本来要打，不过……"贝森深呼吸了一下。他摸了摸自己的胸口。"我这里疼。撕裂般地疼，热辣辣地、撕裂般地疼。所以我去了机场的卫生间，解开了衬衫。这就是我发现的。"

贝森站起来，脱了衬衫，把肮脏的背心撩起来。他的身上长着一层浓密的黑褐色的卷毛，从肩膀往下直到肚脐为止，模模糊糊像只蝴蝶的形状。可是有个地方体毛是分开的，没有长。那是一条半英寸宽的长长的粉红色伤疤：从脖子的边缘开始，沿着胸口中间往下，在两肺之间穿过，越过圆圆的肚子，在小腹结束。

麦克斯感到冷气逼人，胃里有一种下沉的感觉，就像地面就在那个混蛋房车里裂开了，他正往无底深渊里坠呢。

当然，这不是博克曼的手笔，可是看起来那么熟悉，那么像那些可怜的孩子的尸体。

"他们对我干了这个。操他妈的狗杂种。"他说，因为麦克斯看起来惊恐万状。

他把背心放下，倒在椅子上。然后，他两只手抱着脸，开始哭，胖墩墩的身体像果冻一样摇晃着。麦克斯把手伸进口袋拿手绢，可是他不想让贝森那传播瘟疫似的手碰自己的手绢。

麦克斯讨厌看男人哭。他从来都不知道该说什么做什么。像个女人似的安慰他们似乎是侵犯他们的男子汉气概。他站在那里，感到尴尬而无奈，让贝森哭个痛快，希望他快点哭完因为还有好多东西他都需要知道。

贝森的哭泣渐渐止住了，他在抽搭、喘粗气。他用手把泪抹掉，擦了一下脑袋后面长头发的地方。

"我直接住进了医院。"他能控制住自己的声音了，马上继续说了下去。"什么也没少，可是……"他用两根手指指了指尿布，"我吃了第一顿饭就发现了。直接排出来了。他们海地人毁掉了我的排泄系统。这里没人能解决。我什么东西都不能在里面装太久。永久性痢疾。"

麦克斯感到一阵怜悯之情。贝森让他想到了他在锻炼场地看见的那些监狱妓女。她们带着尿布四处摇晃，因为她们的括约肌被多次轮奸弄得永久性松弛了。

"你认为是这个叫文森特·保罗的人干的？"

"我知道是他。要把我吓跑。"

麦克斯摇摇头。

"只是为了把人吓跑，那他妈的可真算得上大费周折了。他们对你干的事需要时间。另外，我了解你，贝森。你好吓唬。要是他们突然冲进你的房间，用枪抵住你的咽喉，你就会一溜烟似的离开那里。"

"你说得已经算很客气了。"贝森说着又点了一根烟。

"干到什么程度了？"

"什么意思？"

"你没发现关于这个孩子的什么情况吗？没发现一条线索、一个嫌疑人？"

"一无所知。"

"肯定吗？"麦克斯问。他盯着贝森的眼睛查看有没有撒谎的迹象。

"什么也没发现。我告诉你了。"

麦克斯不相信他,可是贝森不肯就范。

"那么,你说他们为什么这么糟蹋我?给卡弗一个教训?"

"可能是。我需要知道更多。"麦克斯说,"那么,之后发生了什么事?你本人?"

"我崩溃了。到这里了。"他说,一副就事论事的样子,拍着自己的脑袋。"我就这么崩溃了,这么衰竭了。我不能工作了。停下不干了。放弃了。我工作没干完,还欠委托人的钱。我不得不全还给他们,所以剩下的就不多了,可是这算什么?至少我还活着。"

麦克斯点点头。他完全明白贝森现在的处境。去海地是唯一一个能让他本人不找个满是粪便的房车住进去的方法。

"不要去海地,明戈斯。那个地方有许多臭狗屎。"贝森说。他的声音像飕飕的一股冷风路过一所温暖的房子,呼啸着从缝隙里穿过,试图吹进去。

"即使我不想去,我也没什么选择。"麦克斯说。他最后环顾了一下房车。"克莱德,你知道,我从来都没喜欢过你。现在也不喜欢。你曾经是个二百五,一个贪婪的、搞两面派的叛徒,一个不顾伦理道德的卑鄙小人。可是你知道吗?就算是你也不该这样。"

"你不是想留下来吃饭吧?"贝森说。

麦克斯转身朝门口走去。贝森拿起枪站起来。他蹑手蹑脚朝麦克斯的方向走去,踩了一脚刚拉的狗屎。

在房车外面,明戈斯站在干净的空气和阳光里,用鼻子猛吸着气。他希望衣服和头发上没染上臭味。

"嗨!明戈斯!"贝森在门口大叫。

麦克斯转过身。

"他们在监狱里操你了吗?"

"什么?"

"有哪个黑人把你当妓女吗?有哪个黑人叫你'玛丽'吗?你从哪个罪犯身上得到那种监狱的浪漫爱情了吗,明戈斯?"

"没有。"

"那你他妈的发生了什么特别的事,让你也变得有同情心了?以前的麦克斯·明戈斯会说我罪有应得,会踢掉我的牙再在我脸上擦鞋子。"

"照顾好自己,克莱德。"麦克斯说,"别人不会照顾你的。"

然后他上了车,开走了,感觉麻木。

## 6

麦克斯开车回到迈阿密,奔小海地去了。

二十世纪六十年代,他还是个孩子,他有个叫贾斯汀的女朋友住在这个地区。当时这里叫柠檬市,绝大多数是中产阶级的白人,特别适合购物。他妈妈经常去那里买圣诞节礼物和生日礼物。

十年后等麦克斯当上了警察，白人都搬走了，只有那些最贫困的留了下来，商店也关门了，或者迁到了别的地方，曾经一度繁荣的周边地区也衰败了。首先搬进来的是古巴难民，之后从自由城搬来的更有钱的美国黑人买光了便宜的房子。七十年代，数量可观的海地人涌进来，他们都是"医生宝宝"统治时期的难民。

美国黑人和海地人之间关系很紧张，经常发展成流血事件。一开始大多数是海地人吃亏，后来这些新来的移民开始自发地组织起来成了帮派，互相照应。这些帮派里面最臭名昭著的就是所罗门·博克曼领导的欢度周末爵爷俱乐部。

麦克斯最后一次来这个地方是1981年，他当时在调查博克曼和他的帮派。他开车穿过一条又一条满地垃圾的大街，走过关门歇业的商店、弃置或倒塌的房屋，一个人影也看不见。然后就是那场暴动，把他和乔都卷进去了。

十五年之后，麦克斯预计情况还是那样，只能更糟糕。可是，等他到了西北第54大街，他还以为走错地方了。这个地区很干净，大街上都是行人，大街两边是粉刷得五颜六色、亮丽生动的商店，有粉红色的、蓝色的、橘黄色的、黄色的和绿色的。有小饭馆、酒吧、露天咖啡吧和各种商店，出售从服装、食品到木雕、书籍、音乐、绘画等各色物品。

麦克斯停下车，下车开始步行。他是街上唯一的白人，可是根本没遇到本来以为会在黑人贫民窟遇到的麻烦。

快到傍晚了，太阳开始下山了，天空染上了第一抹粉红色。麦克斯走到十来岁的时候父母曾经带他去过的一个地方，一家位于第60大街的家具店，他们曾经在那里买过餐桌。那家店早就没有了，在那个位置矗立着气势宏伟的加勒比市场，这个市场是完全仿照太子港的旧钢铁市场建成的。

他走进去，走过出售更多的食品、光碟、衣服以及基督教饰品的小摊位。每个人都说克利奥尔语，一种融合了部分法语、部分西非部落语言的海地方言。说话的方式听起来像是交锋似的，就像双方马上就要爆发全面的争论。克利奥尔语不是说出来的，而是半喊出来的，音调紧张急切，听起来就像在大打出手之前说最后一句话一样。可是，等麦克斯核查说话人的肢体语言的时候才意识到他们所做的很可能和说闲话或讨价还价一样，根本没有什么威胁性。

麦克斯从市场里走出来，穿过马路朝海地圣母院教堂和相邻的皮埃尔图森海地基督教中心走去。中心没开门，所以他走进了教堂。或许他一生当中没有什么时间来感知上帝，可他喜欢教堂。只要是他需要思考的时候，他总是到教堂去。那是他知道的最安静、最不拥挤的地方。这个习惯在他还当巡逻警的时候就已经养成了。他坐在教堂长椅上，陪伴他的只有自己思想的声音和一本记事本。就这样他破获了许多案子。这个他从来没有告诉过任何人，包括妻子，怕万一他们以为自己私下里是个有救世主认同情结的耶稣迷，也是怕万一他们自己最终成了耶稣迷。

教堂里空荡荡的，只有一个老妇人坐在中间的长椅上，大声朗读着克利奥尔语版本的祈祷书。她听见麦克斯进来了，回头看了看他，没有中断诵读。

麦克斯看见墙上装着不锈钢的窗户，也看见了墙上的壁画，画的是海地人从家乡到佛罗里达州南部的征途，圣母玛利亚和襁褓中的耶稣在天空中注视着。空气中散发着不新鲜的香和冷却的蜡烛的味道，还夹杂着百合的香味。圣坛两侧的金属架上放着花瓶，花瓶里插着粉红色和白色的百合花。

那个女人仍然在大声诵读，枪管一样的黑眼睛却一刻也没有离开过麦克斯。麦克斯能感觉到她的视线就像你在银行金库附近能感觉到摄像镜头跟着你一样。他仔细打量了她一下：瘦小、柔弱、白头发、满是皱纹且下垂的脸上长着雀斑。他尝试着露出了对存在潜在敌意的陌生人用的微笑，很灿烂、满怀好意、坦诚的、双唇和脸颊都绽开来的微笑，可是在对方身上没有效果。他沿着走道慢慢地后退，第一次感到尴尬、不受欢迎。该走了。

他离开的时候瞟了一眼门附近角落里的书橱。有克利奥尔语版、法语版、英语版的《圣经》，还有关于教徒的各色书籍。

书橱旁边是一个大的软木公告板，公告板把余下的墙面占了一大部分。公告板上满是海地孩子的小照片。每张照片的下面都贴着一张黄色的粘纸，写着孩子的姓名、年龄和一个日期。那些孩子肤色各异，年龄在三岁到八岁之间，男孩、女孩都有，很多都穿着校服。查理·卡弗的形象映入了他的眼帘。他拥有的那张照片的缩小版缩在右手边的一个角落里，几十张脸里的一个，很容易被忽略。麦克斯看了一下印着的字：查理·保罗·卡弗，三岁，1994年9月。这是他失踪的年份和月份。他细看了其他照片上的日期，最早的是1990年。

"你是警察吗？"一个男人的声音从身后传来，法裔美国人的口音，黑人的语调。

麦克斯转身看见一个神甫站在他面前，倒背着手。他比麦克斯稍微高一点儿，可是人相对要单薄些，肩膀也窄些。他戴着银色圆金属框眼镜，镜片反光隐藏了他的眼神。花白的头发，花白的山羊胡子。五十岁上下的年纪。

"不是。我是个私人侦探。"麦克斯说。他在教堂里从不撒谎。

"又一个为了获得赏金而追捕逃犯的人。"神甫嗤之以鼻。

"有那么明显吗？"

"我都习惯你这种人了。"

"那么多吗？"

"一个、两个，或许更多，我忘了。你们要去海地了都到这里来。你们和记者。"

"总要从什么地方入手。"麦克斯说。他能感觉到神甫的目光在刺探着。神甫身上有股淡淡的汗味儿和老式肥皂的味儿，像是卡梅牌的肥皂。"其他这些孩子是……"

"失踪的孩子。"神甫说。

"也是被绑架的？"

"这些是我们了解情况的。还有很多很多。大多数海地人买不起相机。"

"这个发生了多长时间了？"

"在海地孩子总是失踪。我1990年来到这里工作。工作后不久就开始把照片往公告板上贴。在我们那里其他的宗教里，一个孩子的灵魂为人所殷求。能打开很多的门。"

"这么说你认为这是伏都教干的事？"

"谁知道啊？"

神甫的声音里带着悲伤，一种疲惫，似乎在说他已经千万次地考虑过各种可能性了，可是却一无所获。

然后麦克斯意识到这对神甫来说是私事。他又重新看公告板，在如悲伤的鳞片一样挂在那里的照片里搜索，希望找到显著的家人间的相似性，这样就能讨论这个话题了。他什么也没找到，不过还是开始提及这个话题了。

"这里面哪一个孩子是你家的？"

神甫一开始惊诧不已，然后就开心地笑了。

"你是一个观察敏锐的人。你肯定是上帝挑选的。"

"我凭直觉猜对了，神父。"麦克斯说。

神甫走到公告板前，指着查理的照片右边一张小姑娘的照片，说："我侄女克劳德特。"然后神甫又说，"我承认，我把她放在那里，一些富家子弟的光环就会减弱。"

麦克斯把克劳德特的照片拿下来："克劳德特·托多，五岁，1994年10月。"

"一个月后丢的。托多？这是你的姓氏吗？"

"是的。我是亚历山大·托多。克劳德特是我兄弟卡斯珀的女儿。"神甫说，"我把他的地址和电话号码给你。他住在太子港。"

神甫从口袋里掏出一个小笔记本，把他兄弟的信息写在一张纸上，把纸撕下来递给了麦克斯。

"你兄弟告诉你发生什么事了吗？"

"第一天他和女儿在一起，第二天就在找孩子了。"

"我会尽最大努力找到她。"

"这个我毫不怀疑。"神甫说，"顺便说一下，说到海地的孩子呢，他们给偷孩子的怪物起了个外号叫'通顿黑管'。黑管先生。"

"黑管？怎么像一种乐器？为什么？"

"这就是他诱拐孩子的工具。"

"像花衣魔笛手一样？"（注：中世纪传说中解除普鲁士哈默尔恩鼠疫的魔笛手，因未付其酬劳而把当地的孩子全部拐走。）

"据说通顿黑管为伏都教的死神萨摩迪爵爷工作。"托多神甫说，"他偷孩子的灵魂来娱乐死人。有人说他的外形是半人半鸟。还有人说他是只独眼的鸟。并且只有孩子才能看见他。那是因为他本人是个孩子，死的时候是个孩子。传说他最初是法国的一个小士兵，一个吉祥物，那时候是一种很普遍的现象。他所在的团被派到海地统治，那是远在十八世纪的事。他吹奏黑管给军队消遣。在地里干活的奴隶过去常常听到他吹奏，他们对此很气愤，因为他们总把这个孩子吹奏的音乐声跟囚房和压迫联系在一起。奴隶起义的时候以较强的力量打败了他所在的团，抓了很多俘虏。他们一个一个地杀戮他的战友，杀的时候还让他吹奏他那讨厌的乐器。然后他们就把他活埋了，他还在吹黑管呢。"托多神甫声音低沉地说。这或许就是个民间传说，可是他对此非常严肃认真。"他是个相对较新的幽灵，我不会产生畏惧感。我第一次听到人们谈论他大约是在二十年前。他们说他所到之处都会留下他的记号。"

"什么样的记号？"

"我一个也没看见过。应该像个'大'字，有两条腿和半个横梁。"

"你刚才说在海地孩子经常失踪？你知不知道一年有多少？"

"说不出来。"托多神甫摊开手掌表示无奈。"那里的情况和这里不一样。没有地方去报告，也没有人听你报告孩子失踪了。更没有办法知道这些孩子是谁，因为穷人没有出生证和死亡证，这些证只有富人才有。失踪的孩子几乎都是穷孩子。他们失踪了就像根本没有存在过一样。可是现在，有了卡弗家的男孩，这就不一样了。这是一个富有阶层家的孩子。现在一下子每个人都在关注。就像在迈阿密一样。要是一个黑人的孩子丢了，谁管呀？或许一两个地方警察会去找找。可如果是个白人的小孩儿就会惊动国民警卫队了。"

"神父，我绝对没有冒犯的意思，你说的最后一句话可不是真的，不管有时候表面看起来是怎么样。"麦克斯说，尽量控制着自己的语调，"我在这里做警察的时候，从来就不是这么办事的。从来没有过。"

神甫狠狠地盯着他看了片刻。他本人就有警察般的眼睛，能用一千倍的速率分辨出哪些是真诚，哪些是吹牛皮。他主动跟麦克斯握手。他们的手紧紧地握在了一起。然后托多神甫祈求上帝保佑他，并祝他健康。

"把她带回来。"他小声对麦克斯说。

# 第二部

飞往海地的航班滞留了一个小时，等候回家的一个罪犯和押送他的两个美国狱吏。

飞机里面几乎都挤满了。海地人，大多数是男人，回家的，带着一袋又一袋的食品、肥皂、衣服和一箱又一箱的廉价电器，有电视机、收音机、录像机、电扇、微波炉、计算机、便携式大收录机。他们把购买的商品塞进头顶上方的行李柜里，有一半或者四分之三都悬在外边；要么就滑到座位底下；哪里都放不下的话就留在走廊里。违反了一切安全条例和应急条例。

空姐们也不抱怨。她们看起来已经习惯了。她们见缝插针地走过各种品牌的障碍物，保持后背挺直的姿势，脸上粘着职业化的微笑，不管空间多么紧张总是能设法挤过去而又不失风度。

麦克斯能分辨出哪些是来访的侨民哪些是本国人。侨民都是一副标准贫民窟的打扮，佩带着金链子、耳环、手镯，身上穿的、戴的比银行的存款多；而本国人穿得都很保守，男的都是便宜而时髦的宽松裤、短袖衬衫，女的都是周中礼拜服。

飞机上的气氛活跃，似乎对延误漠不关心。谈话你来我往声音高昂而清晰。克利奥尔语决斗似的韵律在彼此之间跳来跳去，从飞机的各个角落传出来。每个人似乎都认识。各种声音低沉而粗哑，混在一起湮没了机舱里传出的飞行前广播和所有的三次飞行员声明。

"这些人里的大多数都住在没有通电的房子里。他们买这些东西都是装饰，身份的象征，就像我们买雕塑或者油画一样。"那位女士说，她坐在麦克斯旁边靠窗户的位置上。

她的名字叫温迪·艾博特，三十五年来一直和丈夫乔治住在海地。他们在俯瞰太子港的山里开了一家小学，收的学生有穷有富。富孩子的父母付钱，穷孩子的父母报以善心。他们总是赚钱，因为穷人鲜有相信教育的，更不用说知道教育有什么用了。他们的很多学生要么继续去教授美国课程的联邦学校读书，要么继续到法国公立中学读书，准备好拿法国学士学位。

麦克斯也只是向她做了自我介绍，说出了自己的名字而已。

大约有五十个加拿大军人一起坐在飞机中间的位置，他们是联合国维和部队的一部分。这些人的脸或红或白都汗渍斑斑，头发左边分，留着乡下人的短髭，坐在一群他们帮助征服的喧嚣的人群中间默不作声、神情紧张，总而言之一副可怜相。鉴于他们脸上的表情，你甚至会发誓说他们不是征服者而是被征服者。

罪犯上飞机了，跟在两个押送人员后面，哐啷哐啷地戴着手铐脚镣。麦克斯观察着他：厚重的劳动布裤子，没有腰带，宽松的白色T恤衫，蓝白相间的头巾，没佩金戴钻；犯罪集团里的低级成员，很可能是在卖钻石的时候或者第一次杀完人之后被捕的；身上散发着一股慢性病和炮烟味儿。绝对是个小喽啰，甚至还没有到低级成员里的第二档。他还穿着监狱里的囚服，那是因为他在露天工场里干活，接受审判时穿的衣服已经小得穿不下了。他喘着粗气，还保持着在监狱的面部表情，可是麦克斯能看出来他的眼神中流露出了惊恐，因为他看见了飞机上的人群，承受着不通过假释就获得的第一次巨大的自由带来的压力。他本来很可能以为要死在监狱里呢。

海地人没理会这个罪犯，可是加拿大人却都在严密注视着。他们审视着美国的狱吏，似乎期待着其中一个走过来跟他们解释一下事情的原委。

他们没有解释。相反，他们当中留山羊胡子的跟空姐说了。他们想坐在第一排最靠近门的三个座位上，可是那些座位已经有人坐了。空姐在抗议。狱吏从外套里面的口袋里抽出一张纸来递给了空姐。空姐接过去，看了看，走进她身后的帘子里面，消失了。

温迪看着那个罪犯说："我在想他是否知道他对后人来说是什么样的侮辱？和他的祖先到达时一样，锁着镣铐。"

"我看他毫不在意，夫人。"麦克斯回答说。

之前罪犯一直把视线锁定在某个模模糊糊的中间位置，没有特意去看任何人、任何东西。可是，他肯定是感觉到了麦克斯和温迪注视的目光，因为他朝他们这边看过来。温迪刚一和罪犯的目光碰撞就赶紧低头避开了，可是麦克斯却跟他互相瞪着眼珠子。罪犯认出了他的同类，淡淡地一笑，朝麦克斯点点头。麦克斯面对这种问候也不由自主地点了点头。

这种事在监狱里是不会发生的，一个黑人罪犯不会和白人罪犯交往，除非是为了买卖什么东西，最常见的就是毒品和性。一旦被关进监狱，你总是和自己的同类紧密地团结在一起，绝不混杂混交。就是这样，没有其他办法。各个部落之间总是混战。白人首当其冲被黑人和拉美人轮奸、鸡奸和摧残，因为他们把白人看成是从他们一出生就贬低他们的司法制度的象征。你要是精明的话，只要囚室的门在你身后一关上，你就要忘掉自己的自由主义观点，捡起自己的偏见。那种偏见——憎恨和恐惧——让你保持警觉、保住性命。

空姐回来了，告诉坐在麦克斯前面的那三个人不得不换位置。她们开始抗议。空姐告诉她们去坐头等舱，可以享受免费香槟，座位之间的空间更大。一听这个，乘客立即站起来收拾自己的东西。她们都是修女。

美国的狱吏让罪犯坐在中间的座位上，他们俩则一边一个坐在他两边。

十分钟之后飞机离开了迈阿密国际机场。

海地的形状像是个顶端大部分被咬掉的龙虾鳌。看过了古巴浓密而苍翠欲滴的绿，经过了所有其他更小的岛屿，从天空看到的海地简直格格不入。海地是酸性贫瘠的不毛之地，一片锈黄色接着一片锈黄色的地面似乎完全没有草和树。飞机在相邻的多米尼加共和国边境地区转弯的时候，一下子就能看清两个国家的分界线。两个国家的土地像在地图上一样截然分开，一个是干巴巴的荒原，相邻的则是郁郁葱葱的绿洲。

前一天夜里麦克斯没怎么睡觉。他在乔的办公室。先是影印所罗门·博克曼和欢度周末爵爷俱乐部的旧档案，然后在数据库里查找这个团伙以前的成员。

尽管博克曼创建了欢度周末爵爷俱乐部，他曾经还是个议员。他有十二个副手，对他都是极度忠心，也和他一样冷酷无情。其中六个已经死了，佛罗里达州执行了两个，得克萨斯州执行了一个，警察开枪打死了两个，剩下的一个在监狱里被谋杀了。六个活着的里边有一个在看管最严格的监狱里服刑，刑期至少二十五年，最长终身；另外五个在1995年3月到1996年5月之间被遣返回了海地。

博克曼手下最令人生畏的有四个：鲁迪·克雷夫科尔、琼·德斯格洛特、萨拉查·福斯丁和唐·莫伊斯。他们是执行人，监管着整个团伙，确保没有人偷溜、没有人告密、没有人在不该多嘴的时候多嘴。莫伊斯、克雷夫科尔和德斯格洛特还直接负责绑架博克曼在庆典仪式上牺牲的儿童。

萨拉查·福斯丁负责欢乐周末爵爷俱乐部在佛罗里达州的毒品交易。他曾经是个通顿马库特，即杜瓦利埃的私人卫队当中的一员。他运用自己在海地的关系建立了高效的走私网络，把可卡因运进迈阿密。毒品从玻利维亚的生产商那里直接购买，然后用双座客机运到海地，客机在这个国家北部的一个秘密简易机场着陆。之后，换了飞行员，给飞机加过油，继续飞到迈阿密。美国海关根本不屑于检查这架飞机，因为他们想不过是从海地来的，那里是非毒品种植区。一旦到了迈阿密，可卡因就被弄到了南海岸一家便宜的小旅馆，旅馆的名字叫落日帐篷。这家旅馆的老板是福斯丁，由他和他的母亲玛利亚-菲丽兹共同经营。这些可卡因在地下室用葡萄糖混合，分发给欢度周末爵爷俱乐部在街上兜售的毒品贩子，由他们在整个佛罗里达州销售。

萨拉查·福斯丁和玛利亚-菲丽兹·福斯丁都因贩毒被判终身监禁。他们同样都是在1995年8月8日这一天被遣返的，到了海地机场泪流满面。

飞机于下午两点四十五分着陆。穿着海军蓝制服的机场人员把一架白色的梯子推到飞机门口。他们进航站楼不得不横穿用柏油碎石铺的飞机跑道。航站楼既不雄伟也不清洁，长方形，白色墙面，墙体有裂缝，墙皮剥落。右面凸出来的是指挥塔，中间是三根空旗杆，前面底部在入口上方用黑色方体的大字写着"欢迎来到太子港国际机场"。

飞行员请乘客们让犯人先下飞机。

门开了。美国的狱吏现在都戴上了太阳镜。他们和罪犯一起站起来，带着他出了机舱。

麦克斯下飞机的时候，因为天气炎热而感到吃惊。他像是裹着密不透风的毯子，即使有些微的风也不能把毯子吹掉或者让它裹得松一些。相比之下，佛罗里达最热的日子似乎也是凉爽的。

他跟在温迪后面走下悬梯，手里提着沉重的旅行手提箱，呼吸着蒸气一样的空气，每个汗毛孔都在冒汗。

他们肩并肩跟着乘客们一起走向航站楼。温迪注意到了麦克斯红彤彤的脸和额头的一层汗。

"你没在夏天来算幸运了。"她说，"那就像穿着皮衣进地狱。"

在离港区域有几十个军队的人，都是穿着短袖的美国海军，往卡车上装着板条箱，不慌不忙，很放松，慢悠悠的。只要他们愿意，这个岛就是他们的。

在他们前面，麦克斯看见狱吏把罪犯交给三个穿着便服佩带短枪的海地人。一个狱吏正蹲着给囚犯开锁在脚踝上的脚镣。从麦克斯站的地方看去，他还做了一件考虑周全的事，在移交罪犯之前把罪犯的鞋带系好了。

狱吏把罪犯的手铐脚镣卸下来之后马上坐进了一辆等在那里的军用吉普车，朝飞机的方向开去。与此同时，三个海地人在和罪犯说话。那个罪犯按摩了手腕又按摩脚踝。等他按摩完之后，他们带他到了航站楼最远端的一个边门。

从航站楼里传来了音乐声。一个五人乐队正在入口附近表演，演唱一首中等节奏的克利奥尔语歌曲。麦克斯一个字也听不懂，可是恬美而无忧无虑的曲调却让他心头一阵惆怅。

他们都是年老的音乐人，消瘦、弯腰坐着，穿着相似的迈阿密廉价杂货店卖的沙滩衬衫，印着落日余晖下的棕榈树图案。他们一个敲小手鼓，一个弹贝斯，一个演奏键盘乐器，一个主吉他手，一个歌手，靠着航站楼的墙边放着一架扩音器。麦克斯看见一些人一边走一边及时摇摆着，还听见自己前后的人都在跟着一起唱。

"这叫《海地，我的珍爱》，一个流亡者的挽歌。"温迪解释说。他们走过了乐队，来到进口处。进口处被分成了两个门，一个是海地公民通行的，一个是非海地公民通行的。

"我们要在这里分手了，麦克斯。"温迪说，"我有两个国籍。这样少排队、少办手续。"

他们握了握手。

"噢，小心行李传送带。"她说着排进了队伍接受护照检查，"1965 年以来一直没有换过。"

麦克斯把护照敲上了红章之后进入了到达区。他发现到达区和候机区、海关、检票、售票、租车、旅游咨询、入口、出口同在一个幽暗的房间。这个地方涌动着人潮，老的、少的、男的、女的都有，你来我往，你推我搡，都可着嗓门喊。他看见一只鸡从人群中冲过去，挤过一条又一条腿，疯狂地咯咯咯地叫着，扇动着翅膀，把屎拉在地上。一个人在后面追，弯着腰，伸着胳膊，把没给他让路的人统统撞倒在地。

麦克斯在登机之前给卡弗打过电话，航次和飞机到达的时间都告诉他了。卡弗说会有人在机场等着他。麦克斯环顾四周，没有看见哪个陌生人举着有自己名字的牌子。

然后他听见从左边传来一阵骚乱。一大群人聚集在到达区的尽头，里里外外挤了四五层，每个人都在往前边推呀挤呀，每个人都在叫，每个人都急躁。麦克斯看到他们的注意力聚焦在一点上——行李传送带。

他不得不去拿自己的衣箱。

他走到人群那里。一开始他试图轻手轻脚地从边上过去，可是发现距离传送带一点也没有近，他就跟海地人一样推呀、挤呀、用胳膊肘搡、用肩膀扛地穿过人群，只停下来过一次，就是怕踩上那只鸡和鸡的主人。

他到了人群的前头，一直移动到一个能看清楚传送带的位置。传送带没有运转，似乎好多年没有运转了。铬制的两侧都是用铆钉钉在一起的，很多都处于破裂或半破裂的状态，尖尖的、破旧的边缘朝外伸着，很危险。传送带本身曾经是黑色橡皮的，现在几乎全部磨损了，露出了底下的钢板；在零零星星的几个地方，最初的橡胶外层固执地贴在上面，像是口香糖的化石残迹。

行李传送带所在的区域是最突出的。这个区域四周是破烂的白色高墙，深色的大理石地面，宽大的摇摇欲坠的电扇。电扇几乎搅动不了空气，无法减轻积聚的热量，却随时会从上面砸下来，毁灭站在底下的人。

麦克斯再仔细看，才发现传送带实际上还在动，在运行李呢，不过速度极其慢，箱子像是小心翼翼地踮着脚挪过来的，一寸一寸的，挪一次就要用一会儿时间。

站在行李传送带四周的人比他乘坐的那架飞机上的乘客多好多。他们当中的大多数人是来偷行李的。麦克斯开始迅速分类，分辨哪些是合法的乘客，哪些是小偷。小偷争抢每一个能拿到的箱子。真正的主人则会努力去拿自己的行李或者夺回自己的财产。小偷们都会抵抗一会儿，然后放弃，再挤回到传送带旁边碰运气，试图拿更多的箱子。一切都是免费的。附近根本没有什么机场保安人员。

麦克斯决定：在海地逗留期间不能以把人狠揍一顿的方式开头，不管自己的行为多么正当。他又挤过人群，尽量靠近箱子出现的地方。

他那黑色箱子过了一个世纪才出来。他双手抓住，野蛮地从人群中冲了出来。

麦克斯出了人群，走开了，又看见了那只鸡。鸡的主人在它脖子上拴了一个铅套索，正拉着它朝出口走呢。

"明戈斯先生吗？"一个女人在他背后问。

麦克斯转过身。他首先注意到了她的嘴——双唇丰润的大嘴，嘴巴撅着，牙齿雪白。

"我是尚蒂尔·迪普莱克斯。卡弗先生派我来接你。"她说着伸出手来。

"你好，我是麦克斯。"他说，握了握她的手。尚蒂尔的手不大，一副精致的样子，可是皮肤却粗而硬，握手有力。

尚蒂尔非常美丽，麦克斯忍不住在微笑。浅棕色的皮肤，鼻子和颧骨处有几点雀斑，蜜黄色的大眼睛，黑色直发长及肩膀。穿着高跟鞋比麦克斯稍微矮一点儿。尚蒂尔穿着长及膝盖的深蓝色裙子，宽松的短袖衬衫，最上面的扣子没扣，露出了细细的金项链。看上去二十五六岁的样子。

她说："很抱歉你拿包遇到了麻烦。我们本来要来帮你的，可是你干得不错。"

"你们国家在这里没有安排保安吗？"

"我们有。可是你们的人收走了我们的枪。"尚蒂尔说。她的眼神黯淡了，声音也严肃了。麦克斯能想象到她发脾气什么样、该怎么服软。

"你们的军队解除了我们的武装。"尚蒂尔解释说，"他们没有意识到海地人尊重的唯一权力就是武装的权力。"

麦克斯不知道该说什么。他不怎么了解政治形势，无法还击也没法评论，可是他知道外部世界大多数都憎恨美国在海地的做法。当时他就知道日后的工作多么艰难，即使尚蒂尔本意不是要和他对立。

"不过，这个不要放在心上。"尚蒂尔说，向他露出了灿烂的微笑。他注意到尚蒂尔的嘴右边有颗小小的美人痣，就在脸和下嘴唇交界的地方。"欢迎来到海地。"

麦克斯低头行了个礼，希望这个姿势不要被以为带着讽刺意味。他把尚蒂尔的年龄提高了，有二十八九了。她身上透露出成熟和自我控制，一种圆滑的外交能力，这只能在经历中积累起来。

尚蒂尔带麦克斯通了关。海关就是两张桌子，那里每个人都要打开行李检查。有两个高个子男人一直站在后面，注视着。他们留着短髭，戴着太阳镜，腰里显然别着枪，鼓鼓的，藏在下摆垂在裤子外面的衬衫底下。他们跟在麦克斯身后。

尚蒂尔冲海关官员微笑，他们也报以微笑，然后一挥手就让她过去了，目光一直跟踪着她直到看不见了。麦克斯自己也情不自禁地要看她。他从后面仔细打量着尚蒂尔。他看出他们是什么意思了，默默地吹了一声口哨。尚蒂尔肩膀宽，后背笔直，脖子细长；细细的脚踝，运动员般的曲线。她把自己照顾得很好，毫无疑问在跑步，保持身材，不增加体重。她的屁股无懈可击，鼓、翘、圆、紧。

他们走出机场，穿过马路到了一前一后停在那里的两辆海军蓝丰田陆地巡洋舰前。尚蒂尔上了前边那辆车，打开了后备厢让麦克斯把行李放进去。那两个男人上了后面那辆车。

麦克斯坐在前排，坐在尚蒂尔旁边。尚蒂尔打开了空调。麦克斯出了一身大汗，他的身体在努力适应机场的炎热。

麦克斯透过车窗看了看机场入口处，看见了和他乘一个航班来的那个罪犯。他正站在入口附近，搓着自己的手腕，熟悉周围的环境，左看看右看看。那个人看起来失落而脆弱，只是在怀念他的囚室，熟悉的安全感。一个女人盘腿坐在地上跟他说话，面前摆着一双破旧的帆布胶底运动鞋。他耸了耸肩膀，抬起空空的两只手表示无可奈何。他的脸上带着忧虑，一种对黎明的恐惧。要是小流氓和怙恶不悛的家伙们看见现在的他被自由世界逼得走投无路、在被迫接受生活的挑战，那该有多好啊。麦克斯想要做个乐善好施的撒玛利亚人，让这个罪犯搭顺风车进城，可是作罢了。错误的相互关系。麦克斯坐过牢，但并不把自己当罪犯看待。

尚蒂尔似乎看穿了他的心思。

"会有人来接他。"她说，"他们会派车来接他，像我们接你一样。"

"'他们'是谁?"

"这取决于你偷听到了哪一点闲话。有人说这里有个流亡犯人集中管理处,像是一个联盟。只要有人从美国监狱过来,就被接去,加入这个团伙。也有人说根本没有这种东西,都是文森特·保罗的安排。"

"文森特·保罗?"

"太阳城之王。太阳城是这个国家最大的贫民窟。紧邻太子港。人们说统治太阳城的人统治海地。所有的政府变迁都是从那里开始的,包括让-克洛德·杜瓦利埃的倒台。"

"那是保罗背后指使的吗?"

"人们说各种各样的东西。在这儿他们聊得很多。有时候都是他们说出来的。聊天就像全国性的消遣,经济是这副样子还能干什么呢。没有工作。没有足够多的事干。时间多,用途少。你能注意到。"尚蒂尔说,摇摇头。

"我怎么能见到文森特·保罗?"

"要见的话他会来见你。"尚蒂尔说。

"你认为会吗?"麦克斯问。他想到了贝森。是尚蒂尔把贝森从机场接走的吗?她知道贝森出了什么事吗?

"谁能说得清楚呢?或许是他指使的,或许不是。他不是唯一一个憎恨卡弗家族的人。他们有很多敌人。"

"你恨他们吗?"

"不恨。"尚蒂尔说。她哈哈笑了,和麦克斯四目对视。她有一双美丽的鹿一样的眼睛,笑得流露出了内心——声音大而嘶哑、粗俗、有抽烟的习惯、世故、魅力十足的猥亵,是那种喝醉了酒、吸了毒然后再和完全陌生的人性交的人发出的笑。

他们开车走了。

离开机场之后走了很长的路。路上满是灰尘,灰白色的。路面千疮百孔,大坑小坑、大裂缝小裂缝不计其数,很容易碰上大小不一、深浅各异的涡穴。这条路竟然没有在很早之前就散架、没有重新倒退成泥巴路,这真是奇迹。

尚蒂尔开车技术娴熟,或躲过或绕过路上最大的坑洞,不得不开过小坑洞的时候就减速。他们前面所有的车和对面开过来的所有的车都是这么行进的,有些人就像经典的醉汉驾驶员一样跟路面进行协商,比起其他人来,动作幅度更大一些。

"第一次到海地吗?"她问。

"是。希望不要都跟机场一样。"

"比那更糟。"她说着大笑,"可是我们都这么生活。"

海地似乎只有两种车:豪华车和破车。麦克斯看见了奔驰、宝马、凌志和大量的吉普车;看见了一辆加长豪华车;看见了一辆宾利后面还跟着一辆劳斯莱斯。可是,每看到一辆这样的车就能看见几十辆锈迹斑斑、冒着黑烟的土方车。车斗里满是人，太满了，有些人就用手抓着车斗边缘身子吊在外面，还有些人趴在驾驶室的顶棚上。然后还有老式的旅行车，车身上涂满了标语和圣人或田间工作者的图片，颜色非常亮丽。还有出租车。也都坐满了人，车顶上还装着乘客的东西：塞得满满的篮子、纸板箱、包袱卷。在麦克斯看来，似乎每个人都在逃离自然灾害的现场。

"你要住进卡弗家在佩蒂翁维尔镇的一所房子。那是郊区，出了太子港半个小时的车程。现在首都太危险了。"她说，"房子有个女仆叫鲁比，人非常好。她给你做饭、洗衣服。你看不见她，除非你一整天都不出门。那里有电话、电视机和淋浴房。所有的生活必需品。"

"多谢。"麦克斯说，"这就是你在卡弗家的工作吗？"

"司机吗？"她一脸坏笑地问，"不是。这个是一次性的。我是阿连手下的。他说我接了你，这一天就可以放假了。"

车在一片没有尽头的、干燥的平原上穿过。平原是一个干旱尘暴区，零零星星地长着瘦弱的、泛黄的杂草。车子飞驰而过。他注意到左边是黑黢黢的山脉，云层垂得那么低，那么接近地面，似乎挣断了牵引的绳索，从天空飘下来了，马上就要掉到地上来了。偶尔会有车辆暂停指挥牌，上面白底黑字写着60、70、80、90，可是没有人注意这些东西，更不用说停在路边的某处了，除非对面开过来的车更大。尚蒂尔一直保持七十公里的匀速。

路边立着油漆的广告牌，三十英尺高，六十英尺宽，宣传地方品牌和国际品牌。这样的广告牌中间是小一点、窄一点的广告牌，介绍当地的银行、广播电台和相互竞争的彩票辛迪加。查理·卡弗的脸过一会儿就会出现一次，那些热切的、烦恼的脸被放大了，黑白的，高高地挂在那里，眼睛仍然直视你的眼睛。图像上方用红色字体写着"回报"，下面一行写着"一百万美元"。左边是一个电话号码，黑色字体。

他们开车经过第一个这样的脸的时候，麦克斯问："那个挂了多长时间了？"

"这两年都在那儿挂着。"尚蒂尔说。"他们每个月换一次，因为退色。"

"我看肯定有很多电话。"

"过去有很多，现在安静多了。人们都搞明白了：编造故事拿不到钱。"

"查理什么样？"

"我只在卡弗家里见过他一次，美国入侵之前。他还是个婴儿。"

"我猜卡弗先生把公事和私生活分开吧。"

"这在海地是不可能的。不过他尽了最大努力。"尚蒂尔回答说，和他对视了一下。麦克斯从她的语调里听出来一丝酸溜溜的味道。尚蒂尔带着法裔美国人的口音，前一个音砸在后一个音上，产生一种勉强的碰撞；她是在欧洲大陆出生的，在美国或加拿大的什么地方读书。绝对二十八九了，年龄够大了，足以放弃一种观点找到另一种观点。

尚蒂尔非常美丽。麦克斯想亲吻她的大嘴巴，玩味她那饱满而微微上翘的嘴唇。他趁着自己还没有盯着她看得太紧，还没有暴露自己的内心，赶紧朝车窗外看去。

附近有几个人。有放羊人，穿着破衣烂衫戴着草帽，黄山羊一小群一小群的，又瘦又脏，真可怜；有人牵着驴，驴背上是装得满满的草篮子；还有，或成双成对或一人独行的男男女女，肩上挑着装满水的五加仑桶，或者头上顶着巨大的篮子。他们行动都非常缓慢，懒散地、歪歪斜斜地迈着步。继续向前走到了路过的第一个村庄：一撮儿一窒户的四方平房，漆成橘红色、黄色和绿色，屋顶都是瓦楞铁的。女人坐在路边桌子前卖融化的棕色糖果。赤身裸体的孩子在附近玩耍。一个男人意欲在火上放锅做饭，翻腾起滚滚的白色烟雾。野狗在地上嗅着。所有的这一切都在强烈的阳光下煎烤。

尚蒂尔打开了收音机。麦克斯以为要听到更多的《海地，我的珍爱》呢，结果听到的却是熟悉的说唱乐里都有的"嘭嚓、嘭嚓"的机械节拍。那是《不是无名小卒》的翻唱版。《不是无名小卒》是桑德拉曾经喜爱的一首歌，却被一个说唱歌手给糟蹋了，这个人的声音听起来像是雷克斯监狱一半的囚犯说话发出的声音。

"你喜欢音乐吗？"尚蒂尔问他。

"我喜欢音乐。"麦克斯回答说，看着她。

尚蒂尔正跟着节拍摇头晃脑呢。"喜欢什么？布鲁斯·斯普林斯汀？"她问，用头示意了一下他的文身。

麦克斯不知道该说什么。解释实情需要花费太多的时间，而且会开启进入他内心世界的太多路径。

"我弄这个的时候还不怎么明智。"他说，"现在我喜欢安静的东西了。老年人的东西。像《噢，蓝眼睛》。"

"西纳特拉的？那个真老。"尚蒂尔说，斜过身子来看着他，眼睛圈住了他的脸和胸膛。

麦克斯看到她的眼睛扯下了自己的衬衫。他已经那么长时间没有调情了。过去他知道该怎么左右诸如此类的情形。那时候他会知道自己想要什么。现在他没有那么确定了。

"这里最流行的音乐叫联唱。就像一首很长的歌，可以唱半个小时或者更长时间，不过实际上是由很多短歌组合在一起的。不一样的节奏。"尚蒂尔说，眼睛盯着路面。

"像个大杂烩。"

"就是这个，大杂烩，可又不全是。你要听了才能明白。最受欢迎的当地歌手是可爱的米奇。"

"可爱的米奇？听起来像个小丑。"

"麦克尔·马特雷。他混合了鲍勃·马利和冈斯特快板歌的特点。"

"有意思，可是我没听说过他。"

"他在迈阿密演唱过好多次。你是从迈阿密来的，对吧？"

"不止这一个地方。"麦克斯说，观察她的脸看她了解自己多少。尚蒂尔没有反应。

"那儿还有流亡者三人组。你听说过他们，对吧？"

"没有。"麦克斯说，"他们也表演联唱吗？"

她大笑起来——又是那种笑。

她龌龊的暴笑在麦克斯脑子里回荡。他想象着自己在和尚蒂尔性交。他忍不住这么想。八年没有性爱了，只有用手自慰。

现在他有个问题——阴茎勃起了。他偷偷瞥了一眼裤裆。他感到勃起得厉害，一个坚硬的日晷直着冲出了短裤，顶在裤子上，在裤裆里形成了一个圆锥形的帐篷。

"那……跟我讲讲流行三人组。"他说，几乎喘不过气来了。

"是流亡者三人组。"尚蒂尔咯咯笑着纠正说。然后她跟他讲了：演唱者是两男一女。男歌手都是海地裔美国人，女歌手是美籍非洲人后裔。他们表演嬉蹦乐的精髓，最新的唱片集叫《起跑线》，在全世界销售了几百万。他们因为演唱《准备好了吗》、《弗-吉-拉》和《温柔地杀死我》而一举成名。

"是罗伯特·弗莱克的歌？"麦克斯说。

"就是一首歌。"

"都变成说唱了？"

"不是。劳伦直接唱，克里夫从头到尾说'一次……一次'，不过节奏是那种嬉蹦乐的节奏。"

"听起来糟糕透顶。"

"这样很好，相信我。"她自我捍卫似的说，有一点屈尊俯就，好像麦克斯无论如何也不明白一样。"劳伦真的很会唱。我来试试在这上边找找。收音机里有他们的直播。"

她调起收音机来，迅速闪过了一个个播放乡土音乐、雷盖、即兴歌、流行榜、克利奥尔语、嬉蹦乐的频道，可是却没有找到流亡者三人组。

尚蒂尔往后靠在座椅背上的时候，麦克斯偷眼看了看她的胸部。他的目光穿过衬衫纽扣间的缝隙，看见了有胸托的乳罩，乳杯四周镶着蕾丝花边，娇小的柚木色的乳房几乎撑出了乳罩的边缘。他注意到尚蒂尔的嘴角带着一抹微笑，鼻孔也在快速地微微张合着。尚蒂尔知道他在仔细看自己而且知道他喜欢看见的一切。

"那你本人呢？"麦克斯问，"说说你自己的情况。你在什么地方上的学？"

"我在迈阿密大学读的经济学专业。1990年毕业。在花旗银行工作了几年。"

"回来多长时间了？"

"三年。我妈妈病了。"

"要不然你就会待在美国？"

"是。我在那里有生活。"她说，职业化的微笑后面涌动着遗憾。

"那你为阿连·卡弗干什么工作？"

"大多数是私人事务。他们在考虑让我搞市场营销，因为他们想发放一种信用卡，可是这个一直要等到经济复苏了才着手做。美国应该提供一揽子援助，可是还没有看见一美元。不要以为我们会看见的。"

"你不怎么喜欢我们，是吗？"

"我不知道你们的人以为自己在这里干什么，可是这一点也没有让情况好转。"

"也没有良好开端的迹象。"麦克斯说，他朝车窗外看去。

二十分钟之后他们到了第一个小镇。尘土飞扬中一群墙皮剥落的、破旧的建筑，道路比他们来的时候走的路破坏得还要严重。

陆地巡洋舰拐进了主要街道慢了下来。街上满是人，肮脏的穷人。他们穿着国际慈善机构援助的衣服，肩膀和腰身都过于肥大了；他们都没穿鞋子，脚后跟上都是厚厚的老茧。所有的人"踢拖踢拖"地慢慢走着，决定速度的不是紧急程度和目的而是习惯。他们看起来像是被打败的军队，被征服的人民，碎成了两半，拖拖拉拉地走着，没有未来。这就是海地，离奴隶社会仅一步之遥。很多人推着粗制滥造的手推车，用木板、波纹铁和塞满沙土的旧轮胎拼凑起来的；还有些人头顶着、肩扛着草编的大篮子和旧衣箱。动物自由地和人搅和在一起，与人一致，与人平等，有黑色的猪、中暑的狗、驴子、瘦骨嶙峋的羊、肋骨凸出来的牛和鸡。麦克斯只在电视上看到过这种贫穷，通常是在播报遭瘟疫袭击的非洲国家或者南美贫民窟的新闻片段里。他在美国看见过悲惨的情景，可是跟这个一点也不一样。

这让他的阴茎勃起消失了。

"这是佩蒂翁维尔。"尚蒂尔说，"只要你住在这里，这就是家，甜蜜的家。"

他们的车开上了一个陡峭的山坡，左转，慢慢走在一条坑洞极其多的支路上，两边林立着石灰墙面的房子。路的尽头耸立着两棵棕榈树，路就在那里转弯，下坡通往一个矮树林。在两棵棕榈树之间是一条私人车道。两棵树的树干上都用黑色字体写着"卡弗私宅，闲人免入"。

尚蒂尔转弯把车开上了那条私人车道。车道昏黑，因为两旁耸立着更多的棕榈树，从高墙前面向上伸展开来，枝叶在空中交汇，过滤着透进来的阳光，形成了昏暗的、似水般的绿色烟雾，偶尔被突然迸发出来的灿烂阳光打破。地面十分水平光滑，从破烂不堪的街面上过来之后让人如释重负。

麦克斯住的房子在车道的尽头。大门开着，尚蒂尔转弯进了一个更多棕榈树悬垂着的院子。麦克斯在照片背景里见过这所房子，一座一层的橘红色建筑，高出地面三四英尺，六级宽石头台阶通往一个阳台，波纹铁的屋顶坡度很大。离墙很近的地方长着一丛丛的九重葛和欧洲夹竹桃。

尚蒂尔停了车。保镖过了一会儿也开车进了院子。

"卡弗一家今晚请你吃晚餐。八点左右有人来接你。"尚蒂尔说。

"你也在吗？"

"不，我不在。"她说，"来。我带你看看房子。"

她带着麦克斯看房子就像房产中介带第一次来看房的买主参观一样，告诉他的内容超出了必要的程度，而且很热衷于讲述房子的设备和设施。这是所小房子：两个卧室，一个起居室，一个厨房，一个卫生间。这个地方一尘不染，铺着瓷砖的地面光滑得闪亮照人，空气里飘荡着一种肥皂和薄荷的香味儿。

尚蒂尔介绍完了，告诉他到后面花园里走走，然后跟他握手微笑告别。虽然握手和微笑还是彻头彻尾的职业化，但是麦克斯以为在里面察觉到一丝温暖。难道是他会错了意？还是他在痴心妄想——一个八年里没有性生活的鳏夫在一个女人不知道多么轻微的触动之下产生了性欲之后的幻觉？

## 9

海地的夜晚来得迅速。一分钟之前还是傍晚，阳光仍然明亮；一分钟之后天就黑了，突如其来，犹如有人突然按了一下按钮一样。

麦克斯一直在巡视房子后面的场地。有一个日式的岩石园，打造得完美无缺，照顾得也完美无瑕。绿色的大理石碎石铺地，铺路石横穿其中，通往一块四方形的花岗岩石板，石板上摆放着一个白色金属网面的大圆桌和六个配套的椅子。椅子面上略有薄尘；桌子面上也是，中间有红蜡烛的点点蜡烛细末儿。他想象着一对夫妇夜晚坐在那里，在月光中品着鸡尾酒，或许还握着彼此的手品味这一时刻。他想到了桑德拉。桑德拉喜欢做这样的事。品味这一刻，珍惜这一刻，握着他的手就像紧紧抓着时间本身一样，让时间的手在中途停下，声称这一时刻是属于她的。他还记得他们的结婚一周年纪念日，在基斯租的房子里吃烤鱼。他们每天都看日出日落，在海滩上随着海浪的节奏跳舞。他在想桑德拉会怎么看待这遥远的海地。这是一个她从来都没有提到过的地方。

花园的边缘种的是小棕榈树，最多也就是两三年的树龄，还很细，容易折断，刚刚可以看得出干围。尽头是一排芒果树、橘子树和酸橙树。在小棕榈树和果树之间有一堵高高的篱笆墙，墙头上装着铁丝电网，不断发出像被击打的音叉轻微地震颤一样的响声。这堵篱笆墙里外两面都用深绿色的冬青掩盖着。他走到篱笆墙远端的尽头，到了一堵二十英尺宽的白墙前面，那堵墙也装着铁丝网。墙前面的地上撒满了碎玻璃，玻璃一半都埋在土里。他在掩盖篱笆的冬青丛里找了个缝隙往外看。房子后面是条沟壑，跟院子一样长。他所在的这一边被一面挡土墙分隔开来。对面那边是隆起的黑土地，地上长着高大的树木。不过树木都弯在沟壑上，痛苦地以直角倾斜着，很危险，有一半的树根都从土壤里暴露出来了，紧紧抓着稀薄的空气，就像被泥石流连根拔起来、可是半中间泥石流又突然停下来一样。沟壑的底部是油乎乎的黑色死水。前面是家加油站和类似饮食店的铺子。

他听到街上传来了噪音。每个城镇都有自己独特的交通定音鼓。纽约的定音鼓是汽车喇叭、汽笛以及交通全面大阻塞和紧急情况。在迈阿密是交通顺畅的声音、刹车、打滑、回火的摩托车和抛锚的低底盘汽车。在佩蒂翁维尔，汽车就像拖着破旧的防护板沿着坑坑洼洼的路面喀嚓喀嚓地行进、汽车喇叭听起来就像跑调的中音萨克斯管。

他正站在那里凝视外面的世界，突然天就黑了，让他大吃一惊。

什么也看不见了，他感到万分感激。周围的空气里响着蟋蟀和蝉的叫声，萤火虫点缀着漆黑的夜，酸橙绿色的萤光一闪就永远消失了。

天空清澈。能看见上千颗星星在他头顶上方闪耀，比他在美国见到的距离更近，几乎触手可及。

他朝房子走去。走着走着,一种全新的声音让他停了下来。是一种轻微的、遥远的声音。他侧耳倾听。他费力地分辨着虫子的鸣叫、交通噪音以及等待施舍食物的队伍发出的声音、贫穷小镇的人们在肮脏的汽车旅馆蹲坐着熬过又一个夜晚的声音。

他找到了。他稍微向右边转了转身。就是它,从小镇上方传来的。一种单调的打鼓声,每隔十到十二秒敲一声,咚……咚……咚……

是大鼓,声音穿透夜晚喧闹的嘈杂声,持续而强大,就像巨人的心跳。

麦克斯感到这声音进入了他的身体,孤独的鼓韵渗入了他的胸膛,流进了他的心房,两种敲击声合而为一了。

从机场跟过来的保镖来接麦克斯去吃晚餐。

他们开车出了院子,沿着街道开到了尽头,然后左转朝上山的斜坡开去。他们路过一家酒吧,酒吧的名字叫"拉古乌拉",名字四周用色彩亮丽的灯泡围成了一个拱形结构。六七个白人,手里拿着酒瓶子在酒吧外面晃悠,跟穿着紧身短裙、紧身连衣裙的当地女人搭讪。麦克斯一下子就认出了自己国家的人,一看他们的衣服就和自己的相仿:他们都穿着卡其布的裤子,和他的一样;还有他们的衬衫、T恤衫,和他这次旅行带来的衬衫、T恤衫都是一样的款式。那是要离开酒吧的美国兵,是征服之师,在浪费美国纳税人的钱。他在脑子里写了一条备注:见过自己的客户之后就到酒吧停留一下。今晚就开始寻找查理·卡弗。

卡弗家族的香蕉种植园等地产增加了一倍。他们的香蕉种植园是海地产量最高的种植园之一。根据美国联邦调查局报告的脚注,这个家族把每年收获的利润都播种到了慈善项目中,最著名的是诺亚方舟,为岛上最贫困的孩子办的学校。

卡弗的家是一所惹人注目的、白色和菘蓝色相间的四层种植园建筑,宽阔的台阶通往灯光明亮的正门。房子前面是一片管理到位的草坪,草坪中央有个汩汩喷涌的喷泉和一个养咸水鱼的水池,四周都是泊车的车位。这个区域用泛光照明,就像足球场一样,在周边树林里安排了人工高塔。

他们开车转过草坪来到台阶前,一个挎着乌兹冲锋枪、牵一条德国种短毛猎犬的保安迎了过来。麦克斯恨狗,从小时候被狗追赶过之后一直恨狗。呆头呆脑的狗易于察觉这一点,会冲着他发威、冲着他叫、冲着他龇牙咧嘴。训练过的狗则等待时机,等待信号。这条狗让他想到了一条袭警的狗:顺从地站在主人的身边,积聚杀人的情绪,训练有素,一接到命令就会直奔你的睾丸和咽喉。

一个女仆带麦克斯走进了客厅,卡弗家的三个人正在等他:阿连、一个老人和一个金发女郎。麦克斯猜想那个老人是古斯塔夫,那个女人是查理的妈妈、阿连的妻子。

阿连站起来，朝麦克斯走过去，手已经伸出来了。他的皮鞋底在黑白相间的瓷砖地面上发出咔哒咔哒的响声，脸上闪动的还是同样的职业化的微笑，可是其他方面却和麦克斯在纽约看见的冷冰冰的人物有显著的区别。他头发上抹的头油也洗掉了，这样年龄足足大了五岁，也不怎么严肃了。

"欢迎，麦克斯。"他说。他们使劲握握手。"旅程还好吧？"

"好，多谢。"

"你住的房子可以吗？"

"好极了，多谢。"

卡弗看起来像个刻板规矩的旅馆老板，穿着棕色的拷花皮鞋、卡其布裤子、淡蓝色的牛津短袖衬衫，衬衫和他那没有光彩的眼睛色彩互补。他的胳膊细瘦，还有斑点。

"过来吧。"卡弗说，带着麦克斯穿过了房间。

卡弗家的人围坐在一个纯玻璃的长咖啡桌前。咖啡桌的底层整整齐齐地摆放着五摞杂志和一个插满黄色、粉红色和橘红色百合花的花瓶。古斯塔夫坐在镶金边的黑色皮扶手椅里。那个女人坐在相匹配的一个沙发椅上。

这个地方有一股家具抛光、窗户清洁、地板打蜡以及和医院走廊用的一样的灭病媒药混合的气味。麦克斯还能闻出淡淡的烟臭味。

麦克斯穿着从第五大道的达迪蓝德大厦买的米色亚麻西装、开领的白衬衫、黑皮鞋，法冠枪就别在左边腰上。他进来之前没有受到搜身检查的待遇。完成工作之后就把这个告诉他们，表示对他们的感谢，这一点他记在心里了。

"这是我妻子弗朗西斯卡。"阿连说。

弗朗西斯卡·卡弗没精打采地微笑了一下，似乎幕后人员不顾一切地把她费力挤出来的微笑收起来了。她紧紧握了握麦克斯伸过去的手。弗朗西斯卡的手冷冰冰、潮乎乎。这让麦克斯回想起了他和乔一起开巡逻车巡逻的日子。那时候他们过滤过屎，用手指头搜寻藏在积存的粪便底下的毒品。大多数时候他们不得不用手，因为没把手套带到突击搜查的地方。他记得积存了一个月的粪便和冷冰冰的生汉堡包的质地如何相似。跟卡弗夫人握手让他产生了同样的感觉。

他们四目对视。弗朗西斯卡的虹膜是水冲洗过的淡蓝色影子，和眼白的反差很小，就像清洗衣物时被早已忘记的墨水渍的印迹。神情如同尽职尽责的值勤警察，警惕、刺探、怀疑、敏锐。弗朗西斯卡很美丽，可是从某种程度上讲并不吸引麦克斯：一个与众不同的、冷淡的美人，显示的是身份而不是性感。皮肤细嫩、如瓷器般光滑；身材匀称得完美，加一分则多减一分则少，所有的地方都是对称的，而且位置都恰到好处；高个子，高颧骨，尖下巴，微微上翘的鼻子刚好是不屑或者咄咄逼人的表情完美的发射台。弗朗西斯卡·卡弗拥有那种推介了一打类似曼哈顿黄蜂、弗罗里达贝迩、棕榈泉公主、贝莱尔蓝血等需要年卡或关系网才能靠近的乡村俱乐部的脸。在麦克斯看来她的生活就是：花四个小时吃午餐、实践快速减肥食谱、每个月灌肠、修指甲、修脚、做面部护理、按摩、排毒养颜、每周做两次头发、有一个家庭女教师、有一个私人培训师、有或按天或按周或按月领的零花钱、保留着无数的私房话无处诉说。她就是阿连·卡弗完美的陪衬。

可是所有的这一切对她来说又都不怎么对。有几件事让她瘫痪了，打破了她的形象。她正在喝纯正的伏特加，用的大高脚杯肯定可以喝四大口；她黑黄色的头发紧紧地梳成了一个朴素的发髻，这样就把她的脸都露出来了，也让人注意到了她的脸很消瘦、脸色苍白、眼睛下面有黑影、左边太阳穴的青筋在皮肤下面怦怦在跳、她的脉搏加速。

弗朗西斯卡什么也没说，他们之间的交流一直是无言的。麦克斯能看得出来弗朗西斯卡并不认可自己，这很奇怪，因为那些请他来找失踪孩子的父母一般都会把他看成仅次于超人的人。

"这是我的父亲，古斯塔夫·卡弗。"

"很高兴见到你。"古斯塔夫对麦克斯说。他的声音低沉沙哑具有渗透性，是个大嗓门，而且吸烟。

他们握了手。老卡弗比一般同龄的老人表现得更有力量，他也中过风。他握手只用了最小的力气，却足以把人的骨头捏碎。他有一双可怕的大手，大小和棒球接球手的手套相仿。

他拿起了放在椅子扶手上的黑色银头拐杖，敲了敲左边离他很近的长沙发。

"和我坐在一起，明戈斯先生。"他低吼了一声。

麦克斯坐下了，离老头儿很近，足以闻见他身上传出淡淡的薄荷脑的气味。父亲和儿子一点儿也不像。古斯塔夫·卡弗像个在魔鬼般爆发的间隙休息的怪兽。他的脑袋巨大，浓密而硬的银发涂抹了润发油全部向后梳着；鼻子宽大；鸭嘴形的嘴巴上长着浓密的胡子；黑褐色的小眼睛在眼皮下垂着的眼窝里往外看，像两个刚炒熟的咖啡豆一样闪亮。

"想喝点什么吗？"古斯塔夫问，更像是命令而不是邀请。

"好的，请……"麦克斯说，想要一杯水，可是古斯塔夫打断了他。

"你应该尝尝我们的朗姆酒。是世界上最上乘的。我该和你一起喝一杯，可是泵房叛变了。"他拍了拍自己的胸口，呵呵地笑了，"你喝了就等于是我喝了。"

"巴朋沽朗姆酒吗？"麦克斯问，"我们在迈阿密也有这个。"

"不是那种奢侈的变种。"古斯塔夫厉声说，"不是给外国人喝的。从来没有离开过这个岛。"

"我不喝酒，卡弗先生。"麦克斯说。

"你看起来不像拼命酗酒的人。"古斯塔夫说，仔细观察麦克斯的脸。他的口音和儿子相比更接近英国人。

"还没到那个程度我就戒酒了。"

"太遗憾了。你也许喜欢我们的朗姆酒呢。"

"朗姆酒我不会喝。我也就喝点儿波本威士忌和啤酒。"

"那我能给你喝点儿什么？"

"请给我来杯水。"

"又是这里的一种奢侈饮料。"卡弗说。

麦克斯大笑。

古斯塔夫朝一个男仆叫了一声，那个人从门附近迅速过来了。麦克斯进门的时候根本没注意到他站在那里。古斯塔夫给麦克斯要了水，说话就像一梭子子弹从枪口打出去一样。

麦克斯正看着那个仆人几乎逃跑般离开了房间，一眼瞥见了阿连。他坐在长沙发的另一头，茫然地瞅着前面，摆弄着自己的手指头。麦克斯意识到自己被介绍给古斯塔夫之后根本就没有意识到阿连的存在。他偷眼看了一下坐在对面沙发上的弗朗西斯卡，看见她还是那样坐着：后背挺直、双手放在膝盖上，和阿连一样茫然，只不过盯着的东西不一样而已。

这个家庭的关系就确定了。古斯塔夫·卡弗绝对控制着这个家，毋庸置疑、不容反对。这是他的表演，周围的每一个人都是多余的，都是短期雇工，即使他的家人也不例外。

这个老头儿吸收了这个房间所有的能量和个性，然后输入了自己体内。这就是阿连看起来和麦克斯最后一次见他时变化如此大的原因，从帝王降到了臣民。这也是弗朗西斯卡几乎被变成了性感同伴的原因，而她冒着怒火的眼睛表示自己是任何人可就不是性感同伴。麦克斯心想：在古斯塔夫手下成长肯定很可怕，他这个父亲是那种不能折断、不能弯曲的东西就弃之不要的人。

客厅开阔。三面墙都排列着古书，有几百本，一本又一本带金色浮雕的文集，书脊构成了有品位的色块，有栗色的、绿色的、品蓝的、咖啡棕色的，家具是背景，映衬着书的精致。他在想这些书卡弗家的人实际上读过多少。

只有某一种类型的人才会专心读书。麦克斯不属于这一类。比起坐下来读书他更喜欢体育活动。他已经长大了，不再像孩子那样编故事了。在他坐牢之前，他一直只看报纸以及任何与他正在调查的案子相关的东西。

桑德拉曾经是家里的读书人，而且是一个如饥似渴的读书人。

房间里的灯光，从屋顶的聚光灯和四个角落里的落地台灯发出来的，是一种温暖的、舒适的、让人感到亲切的金赭色，类似壁炉、蜡烛和油灯发出的光。房间的右边是书柜，在书柜两侧都有座架，麦克斯能看见上面摆放着甲胄和有帽檐的头盔。他对面的墙上，两个拱形窗户中间是一个女人的大画像。画像下面有个壁炉架，聚集着各种形状、各种尺寸的带镜框的照片。

"你的姓是怎么回事？是明戈斯吗？是美国黑人的，不是吗？"古斯塔夫说。

"我爸爸是新奥尔良人。一个失败的爵士乐音乐人。在他遇见我妈妈之前改了自己的名字。"

"根据查尔斯·明戈斯的名字改的？"

"是的。"

"他的一首歌叫……"

"《海地战歌》。我知道。"麦克斯插嘴说。

"是关于加古的，也就是我们的斗鸡。"古斯塔夫告诉他说。

"我们在迈阿密也有……"

"这里的更粗野,更原始。"卡弗对着麦克斯灿烂地微笑着。老头儿的牙齿是沙黄色,牙根是黑色的。

麦克斯的目光停留在了花瓶里的百合花上。这些花有点不对劲儿,有点和房间的贵族气不协调。

"你喜欢爵士乐吗?"卡弗问他。

"喜欢。你呢?"

"喜欢一部分。我们看过一次明戈斯在这里举办的演唱会,在太子港的奥尔弗森旅馆。很久之前了。"

古斯塔夫安静下来了,凝视着墙上的画像。

"来。"他说,拄着拐杖努力从椅子上站起来。麦克斯站起来去帮他,可是古斯塔夫"嘘"了一声示意他别过去。他和麦克斯差不多高,可是有些轻微的驼背,胸围也要窄很多。

卡弗带麦克斯来到壁炉前。

"我们的名人纪念堂,或者叫要人纪念馆,取决于你的政治见解。"卡弗大笑着宣布,一伸胳膊,从壁炉这边指到了墙上。

壁炉是用花岗石制的,中间是稀疏的烫金的月桂枝条组成的圆环。比麦克斯预想的要宽得多,说是壁炉,样子看起来更像岩石。麦克斯扫了一眼所有的照片。聚集在上面的足足有一百多,纵深有五排,每一个都朝着不同的角度,这样里面的中心人物都能看得见。

照片都镶在黑色的镜框里,内框四周有同样的金叶子图案。乍一看,麦克斯只看见了陌生的脸和他对视,有黑白色、深褐色和彩色,都是卡弗的列祖列宗:男女都有,男的一个比一个老,女的大多数都年轻,所有的都是白种人。然后他在贵族头像和前一年用方镜箱照相机照的快照之间看见了古斯塔夫年轻时的照片:有钓鱼的、穿着宽大运动裤玩槌球的、结婚时和妻子一起拍的,大多数照片还是和名人偶像们握手的。在这些人里边,麦克斯认出了约翰·菲茨杰拉德·肯尼迪、菲德尔·卡斯特罗(这两张照片是并排摆放的)、约翰·韦恩、玛丽莲·梦露、诺曼·梅勒、威廉·赫尔顿、安-玛格丽特、克拉克·盖博、米克·贾格尔、杰瑞·霍尔、杜鲁门·卡波特、约翰·吉尔吉德、格雷厄姆·格林、理查德·伯顿、伊丽莎白·泰勒。卡弗在这些明星的光彩下看起来丝毫也没有低人一等,也没有显得无关紧要。在麦克斯看来,他才是主角,似乎是他在端着架子和名人们拍照。

那里有两张西纳特拉的照片:一张是他在迎接卡弗,另一张是他亲吻充满敬畏的卡弗夫人的脸。

"你怎么找到他的?西纳特拉?"麦克斯问。

"一个以为自己是大鲨鱼的小蝌蚪。也是彻头彻尾的俗人。没有品位。"卡弗说,"尽管如此,我妻子仰慕他,所以我原谅了他的一切。他还在给我写信。或者是他的秘书写的。他给我寄来了最新的激光唱片。"

"《洛杉矶我的女郎》?"

"不是。《二重唱》。"

"一个新专辑？"麦克斯说，太为他喜欢的人激动了。他出来之前没有想到去音像店看看。在他坐牢之前他一直有每逢星期二、星期五就去买新歌的习惯。

"你想要就给你。"卡弗微笑着说，"我甚至还没打开呢。"

"我不能要。"

"你能要。"卡弗说。他深情地拍了拍麦克斯的肩膀，又抬头看了看画像。

麦克斯仔细看了看。从壁炉上放的照片看出来了，那是卡弗夫人年老的画像。她那几乎没有嘴唇的脸证明了她是阿连·卡弗的母亲。她坐着，跷着二郎腿，两只手一上一下叠放在膝盖上。作为背景，身后的架子上放着和咖啡桌上一模一样的花瓶和百合花。就在这个时候麦克斯才意识到花的什么地方在困扰着他——原来那是假花。

"这是我妻子，犹滴。"卡弗说，朝着画像点点头。

"你什么时候失去她的？"

"五年前。她死于癌症。"他说。然后他转身对麦克斯说，"丈夫不应该埋葬自己的妻子。"

麦克斯点点头。从他这边看去，古斯塔夫满眼是泪，下嘴唇哆嗦着，使劲儿咬着才停下来。麦克斯想做点什么或说点什么来安慰他、让他分神，可是却说不出话来，而且他自己也不相信自己的动机。

他这才第一次注意到他和这个老头儿穿得一样：古斯塔夫穿着米色亚麻西装、白衬衫和油光锃亮的黑皮鞋。

"对不起，古斯塔夫先生？"仆人在他们身后说。他把麦克斯的水端过来了。一只高玻璃杯，里面还放着冰块和一片柠檬，孤零零地放在一个银质大圆托盘的中间。

麦克斯拿起了玻璃杯，点头微笑表示感谢。

卡弗从一堆照片里找到了一张家庭照。麦克斯能看出来是在客厅拍的。卡弗坐在扶手椅里，怀里抱着个婴儿，眉开眼笑。麦克斯模模糊糊地认出来那孩子的脸是查理的脸。

"这是在这个小家伙洗礼之后。"卡弗说，"整个仪式他一直在瞎折腾。"

卡弗自顾自地笑了。麦克斯看出他爱自己的孙子。从照片上他抱着孩子的方式、从他回想他们两个人在一起的样子就能看出来。

他把照片递给麦克斯，沿着壁炉一直走到最尽头的位置，从后面一排拿出一张更小的照片。他站在原地仔细端详起来。

麦克斯看了看那张照片：卡弗全家围在这位家长和他孙子周围。卡弗有四个女儿：其中三个长得像母亲，仿佛都是和弗朗西斯卡从一个模子里刻出来的美人；另外一个又矮又胖，看起来像她父亲年轻时穿着异性服装的翻版。照片里还有一个男人，年纪和阿连相仿，但是个子高很多，长着黑色短头发。麦克斯猜是位女婿。

卡弗回到了他刚才站的地方。麦克斯注意到他走路的时候左腿有点儿瘸。

他把洗礼的那张照片收回来，朝麦克斯靠近了一些。

"我非常高兴你来干这件事。"他放低了声音小声耳语，"我很荣幸请你这样的人到这里来。一个理解价值和原则的人。"

"就像我跟你儿子说过的一样，不一定有美满的结局。"麦克斯说，也是小声耳语。他通常在客户面前克制自己的感情,可是他不得不承认自己喜欢这个老头儿,尽管看了很多关于他的材料。

"明戈斯先生……"

"叫我麦克斯,卡弗先生。"

"那我就叫你麦克斯了。我老了,中过风,剩下的没有多少时间了。一年,或许再长一点,可是不多了。我想让我们的孩子回来。他是我唯一的孙子。我想再看看他。"

古斯塔夫的眼泪又涌出来了。

"我会尽最大努力的,卡弗先生。"麦克斯说,他是真心实意的,尽管他几乎百分之百确信查理·卡弗死了、自己已经害怕不得不告诉老头儿这个消息了。

"我相信你会的。"卡弗说,崇拜地看着麦克斯。

麦克斯感到自己高大了十英尺,准备好开始工作了。他会找到查理·卡弗的,即使找不到他的尸体,也会找到他的灵魂或他的灵魂出没的地方。他会查出他出了什么事,谁该负责任。然后他要查明原因。不过他会到此为止。他不会主持正义。卡弗一家喜欢自己亲自来。

他的目光落在了之前没有看见的某个东西上,除非走近了否则不会一下子发现的某个东西上。那是字,刻在壁炉的柱子上,然后又涂上了金漆。那些是从《诗篇》最广为人知的第二十三首里节选的,开头是"上帝是我的牧羊人……"这里节选的只是其中的第五节:

"在我敌人面前,你为我摆设筵席;

你用油膏了我的头,使我的福杯满溢。"

一个女仆朝他们走过来。

"晚餐准备好了。"

"好的,凯琳。"卡弗说,"晚餐,希望你是空着肚子来的。"

麦克斯和卡弗开始朝门口走的时候,阿连和弗朗西斯卡从座位上站起来,跟了过来。有一阵子麦克斯完全忘记了他们是在同一间房子里。

晚餐由两个穿着黑制服、系着白围裙的女仆招待。她们不言不语,也不惹人注意,上了第一道菜:两片呈十字交叉的帕尔马火腿,冰镇罗马甜瓜、白兰瓜、加利亚瓜和西瓜分别刻成蜗牛壳、四方形、星星和三角形摆放在十字的四个角上。她们上菜的时候动作麻利,影子只在肩膀这里停留了片刻。

餐厅和客厅一样都铺着黑白相间的瓷砖,两个巨大的枝形吊灯照得房间明亮,最显眼的是宴会桌,可以坐二十四个人。犹滴的画像挂在左边的墙上。她的脸和躯干赫然耸立在餐桌的这一头,她的必要性占据了这个地方,毫无疑问她在世的时候更是如此。餐桌也用三瓶假百合花装饰。麦克斯和卡弗一家靠在一起,坐在餐桌的另一头。

古斯塔夫坐在上首位置，弗朗西斯卡和阿连对着坐，麦克斯被安排坐在弗朗西斯卡旁边。

麦克斯低头看了看自己眼前的餐位餐具，他简直是掉进了亚麻堆里。麦克斯不怎么受得了仪式和礼仪。除了带自己的妻子和女朋友去饭店之外，参加过的唯一的正式宴会就是警察酒会，而那些都像大学生联谊晚会，最后都蜕变成了面包战和粗犷的食品雕刻比赛。

麦克斯开始吃火腿了。他看了看卡弗家的人，他们还在吃瓜呢。他们安安静静地吃着，彼此谁也不看谁。金属碰瓷器的声音是偌大的餐厅里唯一的响声。古斯塔夫的眼睛一直盯着食物。麦克斯注意到了他把食物往嘴边送的时候叉子在手指间颤抖的样子。阿连戳着自己的食物就像试图用铅笔尖扎死一只爬来爬去的蚂蚁却没有扎到一样。他把一片片的水果送进没有嘴唇的嘴里，像蜥蜴吃苍蝇一样猛地吞了进去。弗朗西斯卡拿餐具就像拿编织针一样，把水果切成一小块一小块的，然后轻轻塞进嘴里，嘴巴连张开都没张开。麦克斯看见她的胳膊那么细、那么苍白，都看不出血管来。他注意到她也在颤抖，一种紧张的战栗，内心忐忑不安。他又看了看阿连，然后又看了看弗朗西斯卡。没有相互作用。什么也没有留下。分房睡了吗？可怜的夫妻。他们还在争吵呢还是一直沉默？不光是孩子的问题。这是两个像蚜虫吸树汁一样待在一起的人。麦克斯肯定阿连身边有什么人。他自己照顾自己，保持自己的形象，大出风头。弗朗西斯卡已经放弃了。可怜的女人。

"你在海地多长时间了，卡弗夫人？"麦克斯问，他的声音响彻整个房间。父子俩都朝他看过来，然后才是弗朗西斯卡的目光。

"太久了。"她说，说得很快，声音只比耳语大一点，似乎暗示说麦克斯不应该跟她说话。她根本没有转过头来看麦克斯，只是用眼角的余光朝他那边瞥了一下。

麦克斯猛地噎了一下才把火腿吞下去。咽下去的时候嗓子都磨疼了。还有一片呢，可是他连碰也没有碰。

"那么，麦克斯，告诉我监狱是什么样的？"古斯塔夫从桌子那头吼了一声。

"父亲！"阿连见老头儿这么粗鲁失礼欠谨慎，倒吸了一口冷气。

"我不介意谈论这个。"麦克斯对阿连说。他一直在等着老头儿问他的过去。

"我不应该接加西亚家的案子。"他开始讲了，"太亲近了，太私人化了。我妻子和我都认识这家人。我妻子和他们是朋友。他们首先是她的朋友，然后成了我的朋友。我们有时候还会照看他们的女儿曼努拉。"

他又看见曼努拉了，就是现在，在他面前。四岁，她长大的样子含苞欲放，皱着鼻子，棕褐色的眼睛，棕褐色的卷头发，放肆的微笑，总是在说话，一个小印加人。她曾经很爱桑德拉，叫她"姨妈"。有时候即使父母在她身边，她也会来和他们过一个夜晚。

"理查德和路易丝拥有大多数人所希望的一切。他们是百万富翁。他们好多年一直想要孩子。总是有困难。路易丝流产过三次，医生告诉她再也不能怀孕了。所以，当曼努拉出生的时候，他们以为是个奇迹。他们爱那个小女孩。"

曼努拉不怎么喜欢麦克斯，可是她遗传了父亲圆滑的外交技巧，小小年纪就已经懂得了除非肯定不会受到惩罚否则就不能冒犯他人的重要性。她对麦克斯一直很礼貌，当面都叫他"麦克斯叔叔"，可是当她以为麦克斯听不见的时候就叫"麦克斯"或者"他"。这一直会让他微笑，从孩子身上听到未来成年人的叫法。

"他们一接到要赎金的命令就跟我联系了。我告诉他们报警，可是他们说绑匪警告他们不要报警，否则小姑娘就会死。电视、电影上经常会看到的垃圾。"麦克斯对着房间说，"永远也不要相信绑匪，至少所有的人都会告诉你不能报警。你会发现他们根本不知道自己在干什么，十次有九次被害人都会受到伤害。我把这些跟理查德说了，可他还是想遵守绑匪的游戏规则。他让我去送赎金。按照要求，我应该把赎金放下，等绑匪打电话告诉我到哪里去找曼努拉。我在奥兰多一个电话亭附近交了钱。一个骑摩托车的家伙把钱拿走了。我记住了他的牌照、摩托车的品牌和骑车人基本的面貌特征。电话一直也没来。我从线上的一个朋友那里了解到摩托车的详细情况。是理查德手下一个雇员的。我从那个人身上了解到了想要的信息，然后把他交给了警察。他告诉我说曼努拉被关在奥兰多的一所房子里。我到了那里，她已经不在那里了。"麦克斯说。他看见弗朗西斯卡·卡弗在桌子底下紧紧扭动着餐巾，松开了，然后又使劲儿扭着。

"来拿赎金的那个家伙把他同伙的名字告诉了我。有三个，都是十几岁的孩子。十七岁。两男一女，黑人。三个都有前科。那个女孩是个离家出走的，变成了妓女。其中一个男孩是匪首的表弟。"

女仆进来了，收走了盘子，又往杯子里加了水和果汁。阿连和古斯塔夫全神贯注，注意力全部在麦克斯身上。他感到他们被他说的每一个字吊着。弗朗西斯卡没有看他。她太阳穴的青筋又在跳了。

"搜捕开始了。先是全州缉捕，然后是全国通缉，联邦调查局都介入了。他们花了六个月的时间找曼努拉和绑匪，可是什么也没找到。我也出去找她了。理查德提出给我一百万美元。可我是免费找的。"

那次搜索麦克斯记得太清楚了。没日没夜地一英里又一英里无穷无尽的高速公路接高速公路，多少小时多少天除了赶路就是赶路，坐在租来的车里而且所有的车都有不一而足的缺陷：没有空调的、没有暖气的、没有左向指示灯的、换挡反应慢的、没有收音机的、收音机声音太吵的、前面用车的人留下快餐臭味的。还有汽车旅馆、电视机、坐飞机；疲倦、用一壶壶咖啡冲下去的合法的兴奋剂；给家里打电话、给加西亚家打电话；绝望就像下午到傍晚的影子在他心头积聚。他又一次感受到了这一切，随着时间的流逝远了，冲淡了，可是痕迹却依然那么清晰可辨。

"我当年见过一些相当可怕的事。见过人与人相互做一些你无法想象的事。可是那时候还算可以。那是我工作的一部分。有其自身的限定范围。每次值班结束我就能把它忘在脑后，冲洗掉了，几个小时之后再重新一头扎进去。可如果是私人化的事，打击就很严重。那几个小时的停工期，也就是干工作和不干工作之间的空间，都消失了。你再也不是职业人员了。和被害人最近的亲属们在一起，和被害人的爸爸和妈妈、丈夫和妻子、男朋友和女朋友、室友、宠儿在一起，看见这些人都在流泪。你们知道吗？侦探的课程里有专门培训人如何披露坏消息的。他们训练你职业化同情的艺术。有个失业的好莱坞演员当教练培训过我。我是班里的尖子。只要帽子一落,我就能表现出职业化的同情。我试图对自己表示一点那样的同情。不起作用。曼努拉被绑架差不多有一年了我才找到她。在纽约。她都死了六七个月了。他们对她干了坏事。可耻的事。"麦克斯说。他及时让自己停了下来没有说出细节。

女仆送来了主菜。都是海地食物。烤肉——用大蒜、胡椒和辣椒煎的方块肉,外面裹着一层柠檬;切成长薄片的大蕉,煎得金黄;配菜是玉米粉配四季豆和大米饭配当地蘑菇任选其一。另外还有西红柿色拉。

麦克斯吃不准卡弗家的人平时是否真的吃地方风味的饭菜,这些吃食是否都是为了欢迎他就职专门准备的。他们并没怎么在自己的盘子上放这些吃食。他要了大米饭、大蕉、烤肉,还夹了满满一夹子西红柿色拉放在主菜的盘子上,没用小的色拉盘。弗朗西斯卡把几片西红柿放在色拉盘里,只拿了一块烤肉放在主菜盘里,他这才意识到自己失态了。不过他并没有放在心上。

阿连·卡弗和他要的一样。弗朗西斯卡把四方的烤肉切成一条一条的,像扇子一样在盘子里摊开,然后专注地看着,仿佛占卜自己的命运一样。

他们默不作声地吃了几分钟。麦克斯努力慢慢地吃,可是他饿了,饭菜也很美味,八年多来吃过的最好吃的东西。

交谈重新开始的时候他的盘子几乎都空了。

"那接下来发生了什么事,麦克斯?"古斯塔夫问。

"哦。"麦克斯喝了一大口水,开始说,"你们知道吗,有一个精神病专家,专门绞尽脑汁研究出最可恶的折磨办法强加在另外一个人身上并且从头到尾看着受罪的那些人的思维。同样这些时髦的喉舌辩护律师会到法庭上解释说某个有病的杂种之所以干了什么事是因为他们孩提时代遭到了虐待,因为他们的父母本身就是些蠢驴。我不买那样的账。从来不买。我相信我们大多数人都知道对和错,如果小时候经历的是错的,成年之后就会追求对的。可是对大多数美国人来说,疗法就像坦白,精神病医生就是神甫。他们不说万福玛利亚却谴责父母。"

古斯塔夫·卡弗大笑,鼓掌欢迎。阿连也拘谨地微笑着。弗朗西斯卡又在扭餐巾了。

"我知道这些小家伙们将会逃脱严厉的惩罚。纽约没有死刑。他们会打精神病这张牌,而且会赢。他们当中两个有可卡因毒瘾,这恰恰就是减轻刑事责任的借口。他们会最大程度地谴责匪首,谴责年龄最大的人,谴责组织绑架的人,也就是理查德的那个雇员。在这之间曼努拉会被遗忘,审讯更多地是在讨论这些小家伙。媒体会紧紧抓住这个,然后大肆谴责非裔美国人的青少年。他们会被判十五年到二十年的有期徒刑。他们在监狱里会被强奸,肯定无疑。男的会得艾滋病,或许会。可是,就算他们的生命浪费了、腐烂了,曼努拉也活不过来了。我先找到了那个女孩。找到她并不难,她要出来拉客。她带着我找到了另外两个。他们躲在哈莱姆区。他们以为我是个警察。他们坦白了一切,连最令人发指的细节也没遗漏。我听他们说完了,绝对肯定就是他们干的了……然后我开枪打死了他们。"

"就是那样吗?"阿连问,看起来吓坏了。

"就是那样。"麦克斯说。

关于加西亚这个案子他从来没有对任何人讲过这么多,说出来了感觉是对的。他不追求绝对主义,甚至不需要理解和同情。他只是想把实情说出来让自己自由。

古斯塔夫对着他眉开眼笑。他的眼睛闪了一下,仿佛被故事感动了,获得了活力。

"这么说,你坦白犯了杀人罪而实际上你犯的是有预谋的、残忍的谋杀罪,对吧?你判的刑非常轻。你所谴责的制度同样也照顾了你。"古斯塔夫说。

"我有个好律师。"麦克斯说,"还有个了不起的精神病专家。"

古斯塔夫大笑。

阿连也跟着笑起来。

"好啊!"古斯塔夫高兴得吼叫起来。他的赞叹声在房间里产生了回音,又响了两三声,这样麦克斯就有了虽然数量很少却高度欣赏他的幻觉听众。

阿连站起来也跟着叫。

麦克斯既高兴又尴尬又希望自己走开。这两个姓卡弗的和在监狱里给他写信的那些热衷于维持社会治安的狭隘保守的家伙一样,都不是什么好东西。他现在希望自己能把说过的话收回来,也跟他们说那些自己跟警察和律师说过的自卫过当的瞎话。

弗朗西斯卡打破了欢乐的场面。

"我就知道。"她恶狠狠地说,眼睛眯成了一条缝在麦克斯身上转悠。"这根本不是为了查理。是为了他们。"

"弗朗西斯卡,你知道这不是真的。"阿连说,屈尊俯就似的,好像告诉一个孩子不要撒弥天大谎。他剜了弗朗西斯卡一眼,让她低下了头。

"弗朗西斯卡感到不安,可以理解。"阿连把身子凑近麦克斯解释说,不让弗朗西斯卡听见。

"不安?我没有不安!我是难以不安!"弗朗西斯卡尖叫。她的脸通红,蓝色的眼睛鼓出来了,更加发白了。太阳穴跳动的血管变成了粉红色,形成了一个颜色像淤血的涡。她和丈夫一样都是英国口音,不过她的口音货真价实,没有东海岸上层美国人的痕迹,也没有声音不对称的元音。

"你知道自己为什么在这里,知道吧?"她对麦克斯说,"他们让你到这里来不是来找查理。他们以为他死了。他们一直这么认为。他们让你来找出绑架人,找出是谁这么胆大包天敢和有无上权力的、无人不知无人不晓的、洞察一切执掌一切的卡弗家族作对。你刚才讲的那个故事证实了所有这一切。你不是什么'私人侦探'。你无非就是个被美化了的职业杀手。"

麦克斯看着她,遭到了申斥非常尴尬。这是他没有预料到的。

从某些方面来看,她说得没错。自己容易激动,凭一时冲动做事。他的脾气占了上风。的确,他的脾气有时候蒙蔽了他的判断力。但是,只有在他还没有和自己的制度冲突、仍然还在乎的时候才那样。

"弗朗西斯卡,求你了。"阿连说,现在他在央求她了。

"你混蛋,阿连!"弗朗西斯卡大叫,扔下餐巾,猛地站起来,椅子都挫到后面摔倒了。"我还以为你保证过了要找到查理呢。"

"我们在努力。"阿连说，求她。

"和他吗？"弗朗西斯卡指着麦克斯说。

"弗朗西斯卡，请坐下。"阿连说。

"你混蛋，阿连！你也混蛋，古斯塔夫！你们混蛋，混蛋家庭！"

弗朗西斯卡用充满仇恨的泪眼盯着麦克斯。眼角的血管就像清晨的蚯蚓一样冲撞着皮肤。她的双唇因为愤怒和恐惧而抖动着。她发火时看起来更年轻了，不那么颓唐也不那么弱不禁风了。

她转身跑出了房间。麦克斯注意到她光着脚，左脚踝上有个小小的文身。

爆发之后是沉默。整个场景笼罩在虚无当中。房间里那么统一、那么安静，麦克斯能听见外面德国种短毛猎犬的爪子在石子路上抓挠，蟋蟀在夜色中唧唧鸣叫。

阿连一副蒙受了耻辱的样子。他的脸涨红了。他的父亲坐在椅子上，后背靠着椅背，看着儿子的不安，厚厚的嘴唇上流露出感到好玩的痕迹。

"我为妻子感到抱歉。"阿连对麦克斯说，"所有这一切她非常难以接受。很显然，我们都难以接受，可是她……这对她的打击尤其严重。"

"我理解。"麦克斯说。

他确实理解。被害人的父母有两种：做好最坏打算的和生活在希望当中的。前者不会崩溃。他们经历了损失，更加不计较面子，变得多疑而偏执。后者从来都恢复不了。他们破裂了、崩溃了。他们失去了曾经爱和为之而生活的一切。他们年纪轻轻就死了，得了癌症的、吸毒的、服毒自杀的。麦克斯一眼就能看出幸存者里面的受伤人员，还站在莫大的不幸的门槛上，还没有迈过去。他从来没有失误过，到目前为止。他本来以为卡弗家的人会还好，他们已经挺过来了。弗朗西斯卡的爆发让他改变了想法。

他把另外一块烤肉放进嘴里。

"查理被绑架的时候她和查理一起坐在车里。"阿连说。

"告诉我发生了什么事。"麦克斯说。

"就在美国入侵之前。弗朗西斯卡带查理到太子港看牙齿。他们去的路上，车被一群敌对的暴民包围了。他们把车砸碎了，带走了查理。"

"弗朗西斯卡发生了什么事？"

"她被打晕了。神志清醒的时候在路中央。"

"你们没有保安吗？"麦克斯问。

"有，车夫。"

"就他一个吗？"

"他非常能干。"

"他发生了什么事？"

"我们认为当天他就死了。"阿连说。

"告诉我，"麦克斯对阿连说，"你妻子在这里经常上电视吗？经常上报纸吗？"

"不是。或许只有过一次，几年前为美国大使举办的宴会上。为什么？"

"你儿子呢？经常被媒体关注吗？"

"从来没有过。你这是什么意思，麦克斯？"

"你的司机。"

"他怎么了？"

"不管怎么样，他叫什么名字？"麦克斯问。

"埃迪，埃迪·福斯丁。"阿连回答说。

福斯丁？麦克斯的心跳停了一下。这个福斯丁和欢度周末爵爷俱乐部的萨拉查·福斯丁有什么关系吗？他还不想沿着这个线索往下走。

"绑架查理可能是他规划的吗？"

"埃迪·福斯丁没有脑子，连系鞋带都学不会，更不用说规划一次绑架了。"古斯塔夫说，"可他是个好人。非常非常非常忠心。他就算为你折断脊梁骨也不会问你要一片阿司匹林止痛。他有一次为我挨了一颗枪子儿，知道吗？没有怨言。一个星期之后就回来干活了。他和他兄弟曾经都是通顿马库特，就是私人卫队，你知道吗？没有多少人喜欢他们，因为他们在杜瓦利埃手底下干的那些事，可是每个人都怕他们。"

是的，同一个人。麦克斯记起来了。萨拉查是前海地秘密警察。他们对他进行了邪恶训练。这些故事审讯的时候他都讲过——在入会仪式上他们不得不徒手和被困的公牛打斗、徒手打死人。同一个人。一个快乐的大家庭。自己知道就行了。

"也许人们是去找他报仇。"麦克斯说。

"这个我们也考虑过，可是他们随时都可以来找他。每个人都知道他为我们工作。每个人都知道到哪里找我们。"阿连说。

"包括绑架人，对吧？你肯定他不可能是幕后黑手吗？或许他参与了呢？"麦克斯对古斯塔夫说。

"他不会。埃迪没有参与，我敢拿性命打赌。"老头儿说，"不管看起来多么清楚。"

麦克斯相信古斯塔夫的判断，有一点相信。绑架涉及很多细节：安全藏身处、劫持计划、监视被害人、劫持、逃跑。把这些组织到一起而且要成功需要冷静、有谋略、有条不紊、相当理智的大脑。还要残忍、冷酷无情。古斯塔夫·卡弗不会把智商那么高的人安排得离自己这么近。大多数保镖都是反应敏捷并且有九条命的愚蠢的笨蛋。埃迪·福斯丁吃了一颗子弹之后还继续工作，肯定像他以前的老板说的那么愚蠢。

如果埃迪参与了绑架，那他就是被指使的。暴民可能就是烟雾弹，故意组织起来的，为了把埃迪杀掉，不让他挡路。与此同时绑匪带着查理溜走了。他们是暴民的一部分呢还是他们开车来把孩子带走了呢？

等一下……

"埃迪的尸体在哪里？离卡弗夫人近吗？"

"没有尸体。"阿连说。

"没有尸体？"

"车子旁边只有一摊血。我们认为那是他的。"

"所有的血看起来都一样。可能是任何人的。"麦克斯说。

"确实是。"

"目前我把埃迪也看成一个失踪的人。"麦克斯说，"目击证人呢？你妻子？"

"她只记得暴民袭击车子之前的事。"

"这么说如果埃迪活着，那他会知道谁带走了查理。"

"那是个好大的如果。"古斯塔夫插话说，"埃迪死了。暴民把他杀了。我肯定。"

也许，麦克斯想，可是光也许不能解决案子。

"埃迪的哥哥叫什么？"

"萨拉查。"阿连说，瞟了一眼父亲。

"就是你们扳倒所罗门·博克曼时逮捕的那个。"古斯塔夫说，就像被提醒了一样。

"你可真够消息灵通的。"麦克斯说，"我猜你也知道他们都被遣返回这里来了吧？"

"对。"古斯塔夫说，"这个让你讨厌吗？"

"如果他们先看见我的话。"麦克斯说。

一阵沉默。古斯塔夫冲着麦克斯微笑。

"派个向导给你。"阿连说，"带你四处转转，做你的翻译。实际上，你已经见过她了。是尚蒂尔。"

"尚蒂尔？"麦克斯说。

"她将是你的助手。"

古斯塔夫狂笑，冲着麦克斯眨了眨眼睛。

"我明白了。"麦克斯说，"她看起来不像那种有贫民窟万能钥匙的人。"

"她知道怎么走。"阿连说。

"这个她确实知道。"古斯塔夫大笑。

麦克斯想知道她和这两个人当中的哪一个上过床。他猜是阿连，因为他的脸都红到脖子根儿了。麦克斯觉得自己傻乎乎地妒忌。卡弗的金钱和地位是一种催欲剂。麦克斯努力想象尚蒂尔和阿连在一起的样子，可是想象不出来。有什么东西不配合。他把尚蒂尔从脑子里赶了出去，告诉自己集中精力，只把她当做同事———一个伙伴，一个维持生命的部件，和他当警察时一样。那总是能消灭他的激情。

他又吃了一块烤肉，可是肉冷了，硬得跟石头一样。他还饿着呢，就又吃了一些西红柿。

"我儿子在助手方面运气不怎么好。"古斯塔夫说。

"父亲！"阿连生气了。

"我认为你该告诉麦克斯他会遇到什么情况，你看呢？这对他不怎么公平，不是吗？"古斯塔夫说。

"我见到了克莱德·贝森。你们说的是这个吗？"麦克斯说。

"我考虑更多的是不幸的米迪。"古斯塔夫说。

阿连看起来很不舒服。他怒气冲冲地瞪着自己的父亲。

"他是什么时候参与的？"麦克斯问。

"一月份，今年。"阿连说，"达尔文·米迪。前特种部队队员。他在南美缉捕过贩毒卡特尔的成员。他没取得什么进展就……"

阿连的声音越来越小，目光从麦克斯身上移开了。

"米迪消失得无影无踪。"古斯塔夫说，"他消失前一天告诉我们说要去圣水，也就是伏都教版本的卢尔德市，一个人们去净化自己的瀑布。有人显然在那里看见了查理。"

"你们再也没有得到过他的消息？"

阿连点点头。

"你们知道消息是谁给他的吗？"

"不知道。"

"你们查过吗，瀑布这条线索？"

"查过。假的。"

"之前付给过米迪很多钱吗？"

"比付给你的少。"

"查过机场？"

"还有港口、边境。没看见他的人影。"

麦克斯什么也没说。离开一个国家除了正规渠道还有很多办法，海地也不例外。冲到佛罗里达州海岸的偷渡人员就是证据。那么，米迪可能在看守最不严格的边境轻而易举地溜进了多米尼加共和国。

可是，假设他还活着，如果他离开了这个国家，为什么那么快就想走了，都不告诉卡弗呢？

"你还没把一切都告诉他，阿连。"古斯塔夫对儿子不满意了。

"父亲，我认为那个不相关。"阿连说，避开不看他们任何一个人。

"哦，可那是相关的。"古斯塔夫说，"你看，麦克斯，米迪和贝森之前还有一个人……"

"父亲，这个不重要。"阿连说，龇牙咧嘴、眼睛冒火、攥着拳头。

"以马内利·米开朗琪。"古斯塔夫说，声音提到了最高程度。

"他也消失了吗？"麦克斯问阿连，试图把他从他父亲的轨道上拉开，也希望避免另外一场家庭爆炸。

可是这个问题阿连没有准备，恐惧爬上了他的双眼。

古斯塔夫动了动。他要开口说话，可是麦克斯迅速把食指放在嘴唇上示意他安静。

阿连没有注意到。他脸色苍白，眼睛一动不动，两只眼珠却没有集中在一个点上。他的大脑离开了现在，在挖掘过去。他聚拢糟糕的回忆没用太多的时间，额头的皱纹上满是汗了。

"不，只是，只有米迪失踪了。"阿连说，声音颤抖着，"以马内利在太子港找到了。"

"死了?"麦克斯问。

阿连回答了,可是力气太小了,话卡在了他的嗓子眼里。"他被劈成两半了?"麦克斯主动提示着。

阿连低下头,用大拇指和食指托着下巴。

"发生了什么事,卡弗先生?"麦克斯厉声说,但是还表示着适当的同情。阿连摇摇头。麦克斯以为他要哭了。以马内利·米开朗琪肯定是位关系密切的朋友。

"卡弗先生,请说。"麦克斯还是那种语气,不过身子探过去了,制造一种亲近感。"我知道这对你来说很难,可是我真的应该知道发生了什么事。"

阿连沉默不语。

麦克斯听见古斯塔夫的座位附近有什么东西在地上拖了一下。

"告诉他!"古斯塔夫在桌子那头爆发了。

麦克斯和阿连及时抬头,看见老头子站了起来,把拐杖挥到空中砸了下来。

拐杖敲在桌子和餐具上,爆发出了哗啦啦的巨响。杯子和陶器都粉碎了,残渣碎片飞了一地。

古斯塔夫靠着桌子站着,愤怒、站立不稳、充满恶意。他的存在仿佛毒气充满了整个房间。

"按我说的做,告诉他。"古斯塔夫一字一顿高声地说,举起拐杖指着阿连。麦克斯看见拐杖边缘沾着攥碎的四季豆和米粒。

"不!"阿连吼叫着回敬他,双手猛力一推从椅子上站起来,对父亲怒目而视,怒火灼烧着他的脸。麦克斯已经准备好了,一旦小的袭击老的就跳到他俩中间去。

古斯塔夫挑衅地和他对视着,面颊上浮着镇定的假笑。

"以马内利·米开朗琪,"古斯塔夫说,他用餐巾把拐杖擦干净,立在了椅子旁边,"是我们征募的唯一一个当地人。"他怒气冲冲地把这话说出来,就像那是一团他正用力咳出来的毛一样。"我反对用国内人,又愚蠢又懒惰,就是这样。可是这里的小的非要坚持。所以我们就试了试。他几乎就是废物。只撑了两个星期。他们在太子港发现了他,在他的吉普车里。车轮子和引擎都已经卸走了,还有呢。以马内利就坐在驾驶座上。他的阴茎和睾丸全被弄掉了,实际上并不是全部,他们用的是剪刀。"

麦克斯感到恐惧在自己的肚子里积聚起来,然后朝睾丸流过去。

古斯塔夫说话的时候一直盯着阿连。阿连也盯着他,拳头还攥着呢,可是麦克斯能看出来他不会用拳头的。这一点他父亲心里一直都明白。

"米开朗琪是被他自己的器官憋死的。"古斯塔夫说,"阴茎插在他嗓子眼里。两个睾丸分别放在两个脸蛋儿里边,像这样……"古斯塔夫把两个手的食指放进嘴巴里,把面颊撑开演示着。他看起来很丑陋,不过也很滑稽可笑。然后他把舌头冲着儿子伸出来,从这边摆到那边,从那边摆到这边。现在他这个酷似怪兽的人怪异可怕。

"我看这是尚蒂尔不必担心的事。"麦克斯说。

古斯塔夫大声狂笑,拍打着桌子。

"最后!"他大声说,"某个性感的人。"

"狗杂种!"阿连大叫。麦克斯以为是冲着他叫的,可是儿子还在看着父亲。他气冲冲地出去了。

恐怖的宁静又降临在大房间了，一个真空里的真空。麦克斯低头看了看自己没有吃完的东西，希望自己是在别的什么地方。

古斯塔夫坐下叫女仆。她们进来先是把古斯塔夫周围收拾干净了，然后把盘子都收走了。

其中一个女仆从厨房回来的时候到客厅给他拿来了银质烟盒、打火机和烟灰缸。他又跟女仆说话了，嘟哝着，所以女仆不得不弯腰听他说。老头儿跟女仆说话的时候手抓着她的肩膀。

女仆离开了房间，卡弗从烟盒里拿了一支烟，点燃了。

"第一次中风之前我每天抽四十根。"古斯塔夫说，"现在减到一根了，保持记忆鲜活。你呢？"

"戒了。"

古斯塔夫微笑着点点头。

有些人是天生的烟民。卡弗就是其中的一个。他热爱自己的习惯。他把香烟的烟雾吞进去，在肺里存一会儿，再慢慢吐出来，每吸一口都最大程度地享受着。

"很抱歉你不得不这么早就看见这个。所有的家庭都争吵。粗暴却健康。你有家人吗，明戈斯先生？"

"没有。母亲去世了。我不知道爸爸在哪里，很可能也去世了。我猜自己有很多表亲堂亲什么的，可是我不认识他们。"

"你已故的妻子的家人呢？你和他们保持联系吗？"

"断断续续。"麦克斯说。

古斯塔夫点点头。

"阿连对以马内利感到不安是因为他们是孩提时代的朋友。我一直供以马内利读书，读完大学。他的母亲是阿连的保姆。阿连爱她胜过爱自己的母亲。"卡弗说，"在海地我们有一种仆人文化。我们叫他们'一起的人'。克利奥尔语里的'待在一起'，是从法语里的'待'和'一起'演变来的。你知道吗，我们不给用人报酬。他们和我们住在一起，'待在一起'。我们供他们吃，供他们穿，给他们舒适的地方住。反过来，他们做饭、清扫、干房子里里外外和花园里的活儿。这是封建制度，我知道。"卡弗微笑，露出了焦糖色的牙齿。"可是看看这个国家。百分之九十的人口还在钻木取火。我冒犯你了吧？"

"没有。"麦克斯说，"这个跟监狱有点像。妓女文化。你能看见有人一包烟就被买了、卖了。一个录音机能买来一辈子口淫。"

古斯塔夫呵呵笑了。

"这里没有那么野蛮。这是一种生活方式。奴役是海地基因里的东西。试图改革本性没有意义。"卡弗说，"我尽可能地对手下的人好。我供他们所有人的孩子上学。很多已经升到了普通中产阶级，当然是在美国啦。"

"那以马内利呢？"

"他非常聪明，可是嗜女人如命，阻止了他集中精力干事。"

"他母亲肯定很自豪。"

"她本来应该会的。儿子十五岁的时候她就去世了。"

"那样的话太糟糕了。"麦克斯说。

古斯塔夫把烟头在烟灰缸里掐灭了。女仆又回来了。他给麦克斯送来了什么东西,放在了他面前的桌子上。弗兰克·西纳特拉的激光唱片《二重唱》,用蓝色墨水笔亲自签名送给古斯塔夫的。

"非常感谢。"麦克斯说。

"希望你喜欢。"卡弗说,"你的房子里应该有个影碟机。"

他们隔着桌子彼此对视。尽管亲眼目睹了这个老头儿不可否认的残忍,麦克斯还是喜欢他。他管不住自己。对古斯塔夫来说要有最基本的诚实,让人知道自己的处境。

"我应该请你喝咖啡,可是现在觉得要进房间去了。"卡弗说。

"这没什么。"麦克斯说,"还有一件事:你能跟我说说文森特·保罗的情况吗?"

"我说到他能说一夜,不过大部分你都不会感兴趣。"卡弗说,"可是我要告诉你这么一件事:我认为他是查理被绑架的幕后黑手。他不仅是一个我认为能够组织的人,而且是唯一一个会组织的人。"

"为什么是这样?"

"他恨我。很多人恨我。是一种存在的危险。"卡弗狞笑。

"他被审讯过吗?"

"这不是美国。"卡弗粗野地笑了,"另外,谁敢去跟他说话?一提到那个猿人的名字都会让勇士尿裤子。"

"可是卡弗先生,"麦克斯说,"肯定,你,像你这样地位的人,你应该能够花钱派人去……"

"去什么,麦克斯?杀了他?逮捕他?用你的话说,什么罪名呢?怀疑绑架我的孙子?站不住脚。相信我,我想尽办法要把保罗带进来……'审讯',就像你说的。做不到。文森特·保罗在这里势力太大了,太强大。毫无根据地把他弄过来,内战马上就会临头。可是,有了证据,我就能对他采取行动。所以,给我找到证据。把孩子带回来。劳驾。我求你。"

# 12

回到车上,麦克斯长出了一口气,车朝山下的佩蒂翁维尔开去。他很高兴离开了那所房子。他希望再也不要跟卡弗家的人一起吃饭了。

他之前还没有意识到这个晚上给他造成了多大的压力。他的衬衫都被汗浸透了,和上衣的内衬粘在一起,而且眼睛上面的头皮因为紧张都开始疼了。他需要散步、放松、一个人独处、呼吸自由的空气、思考、把所有的东西放在一起考虑。

他让那两个人停车,在去吃饭的路上看见的那家酒吧门口把他放下。他们对此不是很高兴，告诉他说"这儿不安全"，而且还坚持说他们接到命令要直接把他送回家。麦克斯考虑把枪露出来给他们看看，不过还是只告诉他们说一切都没问题，他不会走远。

他们连挥手都没挥手就开车走了。麦克斯看着尾灯在夜色中消失了，比硬币掉进水井的速度还快。他沿着路面往下看，判断自己的位置。

最底下是佩蒂翁维尔的中段，环形中心广场和市场，明亮的橘黄色的霓虹灯照得通明，空无一人。这中间几乎漆黑一片。这里那里零零星星的门口窗口发出的灯光、路边的小火堆、偶尔的车灯会打破黑暗。麦克斯知道他不得不转到一条支路上，走到尽头，找到"卡弗私宅，闲人免入"，然后到家。他现在才意识到应该让那两人开车送他回家：不仅是在黑暗中找到院子的大门不容易，而且眼下的问题是，他不知道哪条街道通往住所。他能看见至少有四条路供他选择。

他不得不走下山，每条街都试着走走，直到找到正确的那一条。他记得年轻的时候也陷入过这么头脑简单、愚蠢的境地，还没有瞄准就已经醉了、神志不清了。他总能击中要害。安然无恙。他会没事的。

不过首先他需要喝一杯。只要一杯，或许一小杯卡弗老头儿之前邀请他喝的那种六星级的奢侈的巴朋沽。那个能送他回家，帮助他继续走路，把他和脑子里一直在嘀咕的恐惧分隔开来。他又看见了裹着尿布的克莱德·贝森，正在问自己达尔文·米迪发生了什么事；他想象着以马内利·米开朗琪的阴茎被剪下来塞进喉咙的情形，想知道他们这样对待他的时候他还活着吗。而且他也在想博克曼，坐在那里，大街上的某个地方，或许在那些小火堆当中某一个的旁边，看着他，等着他。

从外面看，拉古乌拉是个亮蓝色的小房子，波纹铁的屋顶生了锈，屋檐下吊着一串五颜六色摇曳的灯泡，和招牌四周的差不多。招牌就是两块木板，用白色油漆涂画着酒吧的名字，字迹潦草而凌乱，一部分大写，一部分连笔，一部分直，一部分弯。小聚光灯排列在墙壁上，照亮了水泥地上的坑洼缝隙。窗户都用木板钉起来了。其中一块木板上有人用黑色的喷漆写着"拉古乌拉欢迎美国人"；另一块木板上写着饮料酒水的名字和价格，有水果白兰地和可乐，只有这些。

音乐从里面传出来，可是声音不大，他只能听出贝斯的声音。这是街上唯一的噪音，尽管很多人——所有的都是当地人——都围在酒吧外面聊天。

一个十几岁的光头坐在一辆没有挡泥板的旧摩托车上，穿着邋遢的西装，没穿衬衫，也没穿鞋。摩托车座四角露出了弹簧和泡沫。一群小男孩围成半圆围在他身边，也是光头，全都敬畏地抬头看着他。这个画面应该出现在教堂里，耶稣的扮演者是一个穿着肮脏的约翰·特拉沃尔塔迪斯科西装的海地贫民窟的孩子。

麦克斯走进去。灯光昏暗，带着锈色，不过他什么都能看清。比他本来预料的要大很多。他能看出他们在什么地方把原来的后墙推倒了，然后又把房子加宽了，因为他们没有把所有的墙都刷成一个颜色，花不起钱也怕麻烦。里面有三分之一的墙面是和外面一样的蓝色，其余的就是原始状态，没有装饰、没有用水泥抹过，露出了灰砖结构。地面是赤裸的水泥地面。

木头桌椅摆放在房间的周边，集中在各个角落里。哪两张桌子、哪两把椅子都不一样。一些是高的、圆的，另外一些是方的、矮的；一张是四面钉在一起的学校课桌，另外一张是大桌子锯成两半之后改造出来的。有那么一张桌子用黄铜还是红铜包着角，看起来很显眼，像是古玩。

里面有好些人，大部分是男性白人。在麦克斯看来是联合国的部队，都是不当班的美国人。麦克斯能一眼看出是本国人。他们都比多国部队的战友高大一倍，一方面是因为运动，一方面是因为贪吃，还有一方面是因为基因。粗壮的胳膊、宽肩膀、小脑袋、没有脖子，和他一样。甚至附近少有的几个女人当中大多数也是同样的身材。他们都在自己这些人内部交谈着，讲故事、说笑话、大笑、拿着瓶子只喝清爽啤酒和可乐。麦克斯从他们身边走过的时候，他们只是吵嚷着扫了他一眼。麦克斯穿着西装、亮光光的皮鞋，鹤立鸡群，在一屋子牛仔、短裤、T恤衫、旅游鞋中间穿得太正式了。

他朝吧台走过去。没有圆凳子，只有站着、斜倚着的地方。柜台后面恰好有一瓶酒摆在那里——标准的巴朋沽朗姆酒，没有打开过，黄色的纸帽封还完整地贴在上面。啤酒和可乐都是从冰箱里拿出来的。

麦克斯要朗姆酒让酒吧老板吃了一惊。老板把酒瓶拿下来，打开，把双份儿稍微多一点儿的量倒进一个干净的大口酒杯里。他想把一些冰块放进去，可是麦克斯被警告过不能喝自来水，于是就摇摇头表示不要。他用美元付的账。两美元。没有找零。

音乐是从左边的庭院传出来的，穿过一个没有门的门口就是院子。一个表情顽皮的海地播音员正在一张桌子后面操纵一台影碟机，播放的歌非常令人讨厌，是一个男不男女不女的歌手带着德国口音在唱，把"爱"的音都发成了"害"。与此同时，他面前有几十个不值班的维和部队人员在跳舞，就像溜冰场突发癫痫病一样。

麦克斯感到有人在看着他。他扭头，视线跟着感觉移到了吧台附近一个黑暗的角落里。两个海地女人在冲着他微笑，看见了他的目光，示意他过去。妓女。她们的表情全世界都一样。他的胯下被顶了一下，睾丸被拽了一下。黑色和棕色的女人是麦克斯的最爱，她们总是能吸引他，总是能让他停下来再仔细看第二眼。

其中一个妓女朝他走过来了。穿着过紧的黑色长裙和高跟鞋，走路都不稳。他意识到自己虽然在看她们却没有看见她们，而是一直在回忆和幻想。她们一下子就感觉到了他的需求，嗅到了他身上积聚的性欲。麦克斯瞪着那个女人的眼睛，让她在半路上停了下来，担心的表情取代了刚才脸上的微笑。他摇摇头，转移了视线，重新看那个播音员和跳舞的人。

他小口呷着酒。朗姆酒出奇地好喝：尝起来醇香甜美，喝下去嗓子不难过。他本来以为这酒会毫不留情地钩痛他的肠子，相反感觉却特别舒服。十几年来第一次喝酒。这种感觉温暖而熟悉。

人永远不会真的战胜自己的嗜好。你这一辈子剩下的时间再也不碰了，可是重新开始的冲动总是存在着，像影子一样跟着你，和你同行，准备好了，只要你一摔跤就抓住你。最好是在愉快多烦恼少、快乐多痛苦少的时候放弃一个习惯。那样，你就保存着美好的回忆，没有任何遗憾，就像你度假的时候遇到并离开的人一样。

麦克斯从来都不是嗜酒如命的人，可是却差一点到了那种地步。他每次换班都要喝一杯，不管他们什么时候结束。早上七八点钟，他和乔就会找到第一家开门的酒吧，和他们坐在一起的都是要跌跌撞撞去上班或者一夜狂欢之后准备要找个地方吃早饭的人。早晨总是只喝一种酒，一小杯爱尔兰威士忌，纯的，不加冰块。

等他出来的时候已经喝了很多了，但还没有多到失去控制。酒帮助他忘记了自己是个警察，帮助他忘记了操行端正遭受重创后受到的冷嘲热讽，忘记了其他警察对他的评头论足。这让他比较容易地度过了艰难的社会处境。这让他吃得下饭，能度过孤独的夜晚。而且这还帮助他被解雇了。很多很多。

麦克斯从来都不会只享受一半的快乐。他曾经一天吸一包红万宝路，喝酒的时候吸得更多，马上就要破了一个案子的时候吸得就更加多了。他还和乔一起吸过大量的大麻卷烟，纯正的牙买加烟草，每次都把他送入美好的境界。乔看报得知吸太多的烟草会让人精神错乱，神志恍惚，就停了。麦克斯没当回事，只把这看成是联邦调查局人力资源部做梦编造出来骗人的鬼话，不管不顾地继续吸着。

桑德拉帮助他放弃了所有的东西——酒、大麻、香烟和工作。

然后桑德拉就同意结婚了。

结婚前的那个晚上他故意开了戒。他买了一瓶威士忌、一包万宝路。烟酒不沾已经一年了，他想有派头地告别过去，让烟、酒和独身三者最后团聚一次。

他开车到了海边栈桥，坐在海边，重新开始认识烟酒。香烟的味道糟糕透顶，酒灼痛了他的喉咙，他感觉就像一个不正常的怪物，独自一个人出来到沙滩上找麻烦，和妓女、罪过不大的罪犯、海滩乞丐以及样子傻乎乎的在拍照的游客混在一起。他把香烟丢进酒瓶里，拧紧了盖子，扔到大海里就走开了，没有感到满足反而感到了愚蠢。

现在酒瓶被冲回来了。

酒吧里没有人吸烟。麦克斯喝完了那一玻璃杯，又要了一杯。

喝酒让他不那么紧张了。酒能让他放松和思考。

卡弗一家人：古斯塔夫恐怖可怕但卓然超群。麦克斯崇拜他。老头儿尽管有病却掌管一切。他们只能等他死后才能撬开他冰冷的手夺得控制权。相比之下阿连很可能是个好人。他对家族企业有其他的想法，有更全面的经营方法。尽管他在家里被压制了，但是他并不缺乏勇气。

父子之间并没有很多爱，或许根本就没有什么爱，可是却有尊重，至少从阿连这个方面有尊重，还有查理。查理·卡弗把整个家庭捆在了一起，团结了他们。

弗朗西斯卡·卡弗也不例外。她恨麦克斯，可是麦克斯了解她的处境，对她表示同情，甚至怜悯她。她想走出婚姻，走出卡弗家族，走出海地，可是没有儿子她不会走，不管是实际离开还是象征性地离开。一旦查明儿子发生了什么事，她就会做个了断。

卡弗一家有机能障碍，但还不是他见过的最糟的家庭。他们在逆境中团结一致，以自己的方式相互支撑着。

偷走查理很有可能是在报复老子而不是报复儿子。古斯塔夫可能有满满一电话号码本的敌人。他们如果富有就会有足够的钱财和能力雇人制造绑架案而不让被雇用的人知道在为谁干事。

他们会吗？三个私人侦探来了又走了。一个死了，一个失踪的也假定死亡了，还有一个被吓破了胆。所有这三个人肯定就快找到孩子了，或者让某个人以为他们快要找到了。

贝森肯定被吓坏了，不敢再回来干了。有一次办案子他的肠子中了一枪，一出院他就重新回来干了。为了钱他什么都不在乎。

可是达尔文·米迪出了什么事呢？他在哪里？

他喝下了第三杯朗姆酒。人们都躲着他。有两个美国人正在和妓女说话。他们一直用名字来称呼彼此，可是没有干什么出格的事。妓女们看起来百无聊赖。这些士兵很可能不想染上艾滋病。没有一个避孕套厚得可以让人消除疑虑，没有一个人不在乎这种病已经在海地蔓延的谣言。

一个海地人贴在一小撮儿美国人的外围，聚精会神地听他们交谈，每一个字都不放过，听懂了的就学着说。如果有人说了"见鬼"、"该死"等粗话，或者提到了一个品牌或一个名人，那个海地人就会拍拍大腿，嘲笑这种粗俗，或者点点头用他印象当中的美国口音说声"是的"或"没错"，听起来像是中文里的假嗓子唱腔。偶尔那些人会看着那个家伙大笑，一些是宽容的笑，一些是嘲笑。有几个人会一直不说话，他们特别不喜欢被别人这么缠着。这一点麦克斯能从他们的神态看出来，从他们站立的方式、他们不想看他的时候眼睛睁得那么小、听见他模仿他们的时候眨眼睛的样子就能知道怎么回事。他们很可能就喜欢出来过一个安静的夜晚。

那个海地人戴着一顶棒球帽，穿着前后都有星条旗图案的T恤衫、宽松的牛仔裤和耐克运动鞋。一个真正崇拜自己的征服者的人。

然后麦克斯看见了正在发生的是什么事。

海地人事实上是在和麦克斯没有看见的某个人说话。那个人站在人群的中间，被他的同僚们挡住了，别人看不见。他们其中的一个人到吧台去拿饮料，只是在这个时候，麦克斯才注意到他。

那是个白人，短平头，小鼻子，留着浓密的小胡子。他正在逗弄那个海地人，假装教他英语，实际上他就是在让他贬低自己。

麦克斯听着。

"跟着我读：'我'。"短平头说，两只手像乐队指挥一样动来动去。

"我住在一个叫海地的动物园里。"

"矮地？"

"什么？对，对，管你他妈的这些杂种怎么叫这个肮脏的鬼地方呢。"短平头大笑，他的同僚们也随时附和，只有那些不同意这种做法的人除外。他们注意到了麦克斯，带着无助的歉意看着他，仿佛在说："是他们干的，不关我的事。"

麦克斯根本没有理睬他们以及他们那受过教育的愧疚。他同情的是那个海地人。看着都让人觉得可怜，这让麦克斯发疯。他想起了自己看的那些耗子帮维加斯电影录像里小塞密·戴维斯扮演的汤姆大叔的日常生活。弗兰克和迪安一直在台上侮辱他，在观众面前叫他的绰号，又叫又笑，每一个都是侮辱性的，而塞密则又是拍大腿，又是鼓掌，又是张大嘴巴，看上去就像他以为那都是善意的玩笑，可是他的眼神是冷漠的，灵魂完全在别的什么地方，张开的嘴巴会突然间似乎在痛苦地、更多的是愤怒地吼叫，被敲锣打鼓的声音湮没了，引来观众更粗野的狂笑。这个海地人和塞密曾经扮演的角色差不多，只有一点不同：他忍受起来不那么困难，因为他至少不理解短平头在对他说什么、做什么。

就在那个时候，麦克斯平生第一次因为自己是个美国人而感到了羞耻，非常短暂。

他转身回到吧台，朝老板晃了晃酒杯要求再给他倒上。酒吧老板给他倒了第四杯巴朋沽，问他怎么样。麦克斯告诉他说棒极了。

有一个人走到吧台前，点了一杯酒，说克利奥尔语。他跟老板稍微聊了几句，把老板逗笑了。

他转身对着麦克斯，冲他礼貌地微微一笑点点头。

麦克斯也点点头。

"你刚到这里吗？"那个人问。

麦克斯不知道他指的是这个酒吧还是这个国家。朗姆酒的后劲儿上来了。他在寻找清醒的界限，考虑着要不要一头扎到另一边去。

"麦克斯·明戈斯，对吧？"那个人问。

麦克斯盯着他看了很久，没法假装对方认错人了。他什么也没说，等着看这个人下一步的举动。

"我是肖恩·赫胥黎。"那个人微笑着伸出了手。麦克斯没有去握手。"别紧张，我是个记者。"

讨好的语调、讨好的微笑、讨好的肢体语言，一切都是毒蛇那一套不自然的真诚，像二手车的推销员。

"你看，我有一张机场的眼线提供的每天到达海地的人员名单。姓明戈斯，名麦克斯，乘坐AA147航班。这可不是个普通名字。"

法裔美国人口音。不是海地人，不是法裔路易斯安那州人。加拿大人吗？

一个好看的家伙，几乎算得上帅气。光滑的皮肤，东方人的眼睛，上嘴唇留着稀疏的短髭，头发剪得很有层次，沿着额头和太阳穴精心梳理。他穿着卡其布的裤子，白色短袖衬衫，结实的黑皮鞋。身高和麦克斯差不多，块头只有麦克斯的三分之一。

"不是我。"麦克斯嘟哝着说。

"好了，又不是什么大不了的事。我请你喝一杯，谈谈我自己。"

"不用。"麦克斯说，转过身对着吧台。

"我能想象得出来你对报纸是什么看法，麦克斯。《先驱报》的那些家伙在你接受审讯之前挖了那些和你相关的东西，还有他们给你的妻子造成的所有那些麻烦，他们要干什么……"

麦克斯怒目注视着赫胥黎。他不喜欢记者，从来没有喜欢过，甚至他们千方百计地要跟他交朋友、和他立场一致的时候也不喜欢他们。他受审的新闻在全国播放之后，报纸挖出了他们能找到的他的每一个污点，足以把他埋葬二十次。效果好极了：佛罗里达州受表彰最多、最受人尊重的侦探之一，一个英雄式的警察，实际上是把自己闪闪发光的事业建立在把嫌疑犯屈打成招、据说还伪造证据的基础上。他们还在他的住所外边露营，有几十个人呢。他们对他那跨种族的婚姻总是打探个不停。白人记者问过桑德拉是不是麦克斯的清洁工；黑人记者说桑德拉是一个叛徒、一个杰迈玛姨妈，还谴责她有种植园主的心思。

"听着，不是我在惹你，而是你在惹我。"麦克斯猛地一嗓子，声音大得每个人都不说话了，都朝他这边看过来。"你再敢提到我妻子，我就把你的脑袋拧下来，往你身子里拉屎。听见了吗？"

赫胥黎看上去吓呆了。就在那个时候，麦克斯本来可以再戏弄戏弄他，耍他玩玩儿，再发泄一下不满，让他的害怕变成恐惧，但是他没有，就那么算了。这个家伙，还有媒体所有的那些家伙，只是在干自己的工作，寻求升迁的机会，和每一个生来就有野心并且有足够的狠毒踩着别人实现目标的人一样。如果他是个正直的警察，从来也不走捷径，任何事都绝对按照《圣经》上讲的办，媒体就会站在自己这一边，捍卫他的事业。这样，他仍然会因为杀人而进监狱。不管怎么做，他都会输。

麦克斯要小便。从他去卡弗家一直到现在他都没有小便过。这一天晚上的紧张气氛让他忽视了自己不断涨大的膀胱。他环顾了一下酒吧，看上去似乎没有一个门口是走进去之后可以消失的，更不用说什么指示牌了。他问了老板，老板朝妓女们站着的那个地方后面甩了甩头。

麦克斯走过去。妓女们振作起来，手猛地往下一划整了整裙子，露出了开放的、期待的眼神。她们的表情让麦克斯想到了赫胥黎，速溶的、用勺子一搅就好的友谊、信任和谨慎，随叫随到，只要你付钱。一个销售商每做成一笔交易就要把自己的灵魂一点一点地扔掉。记者和妓女都是一丘之貉。注意，他想，自己又有多少区别呢？为什么为以前雇用他的那些人工作？为什么在替他们收拾烂摊子的时候眼睛会往别的地方看呢？为了钱我们都做自己不愿意做的事。这个世界的方式就是：早早晚晚，每个人、每个东西都是明码标价的。

有两个卫生间，男、女的标志用亮蓝色和粉红色模模糊糊地漆在各自的门上，门高出有斜坡的肮脏的地面大概到脚踝那么高。两扇门中间是一个房间，门口挂着木珠的帘子。里面有一张打开的行军床，上面放着一个枕头，没有枕套或枕巾。麦克斯猜这就是老板或者看门人住的地方。

卫生间里边一个闪亮的蓄水箱装得很低，和麦克斯的脸齐平。马桶并没有坐的地方，水箱里也没水，只有一个黑洞。他尿了长长的一泡尿，听着水流击打在几英尺下面柔软、潮湿、空洞的东西上发出汩汩的声音。那东西闻起来有一股淡淡的氨水和烂花的气味，是他们在今天的粪便底下撒的工业用石灰和杀菌剂。

麦克斯听见有人从卫生间外面走过去，点了一支烟，狠狠吸着。他从里面走出来，看见肖恩·赫胥黎在走廊里，离得很近，背靠着墙，一只脚搭在另一只脚上。

"这个有意思吗？听我撒尿？你录下来了吗？"麦克斯嗤笑他。他醉了，不怎么严重，但是足以让他重新调整自己的身体平衡中心。

"卡弗家的男孩儿，"赫胥黎说，"这就是你来这里的原因，对吧？"

"是又怎么样？"麦克斯回答说，逼近了赫胥黎的脸，吐了他一口唾沫，不是存心的。赫胥黎眨了眨眼，但没有擦。一颗唾沫星子挂在记者短髭的边缘，逼近嘴唇的位置，他伸出舌头来就能舔到。

麦克斯醉得比他自己想象的厉害。他把该停下来的地方搞错了，在没有回头路的地方又想转身。已经好长时间没有这样过了。他向别人的脸上吐口水就说明自己已经失控了。

"我能帮你。"赫胥黎说，猛吸了一口烟。

"不需要。"麦克斯说，上上下下打量着赫胥黎。这个记者在明亮的灯光下更单薄了，仿佛他是靠芹菜、香烟和水维持生命的。

"我在这里已经快三年了。入侵前几个月到的。我了解周围的环境。我了解这里的人。我知道怎么把他们组合起来，怎么让他们开口。"

"我找到一个更好的人。"麦克斯微笑着，想到了尚蒂尔。

"这也有可能，不过我了解一件事可能和绑架有关联。"

"是吗？什么事？你怎么没有跟踪到底最后去拿赏金呢？"麦克斯问。

"不是能一个人干的事。"赫胥黎说，把他已经吸到过滤嘴的香烟头扔在地上，用脚碾灭了。

麦克斯不能确认赫胥黎是不是当真的。这就是和记者打交道的麻烦事。你不能相信他们，从来都不能。他们大多数都是天生的用暗箭伤人的人，脸比钻石的面还要多。

还有，赫胥黎为什么主动提出帮助他呢？记者从来不帮别人，只帮自己。赫胥黎的动机是什么？很可能是经济方面的，麦克斯猜测。查理的案子绝对不可能上北美报纸的头版头条。

麦克斯决定和赫胥黎合作，尽管要小心提防。他在一个似乎无法紧紧抓住二十世纪要在时间上继续后退的陌生国度，赫胥黎对他可能会有用。

"你见过我的任何前任吗？"麦克斯问。

"那个矮个子——看起来差劲儿的花花公子。"

"克莱德·贝森？"

"就是他。我看见他经常在我住的旅馆外面转悠……"

"旅馆？"

"奥尔夫森旅馆，我住的地方。"

"他在那儿干什么？"

"围着记者转悠，听他们说的支言片句。"

"听起来好像就是。"麦克斯喃喃地说，"那你怎么知道他去那里了？"

"一天晚上我听见他在酒吧问人家去瀑布怎么走。"

"瀑布？"麦克斯打断了他，记得那是米迪去的地方。"是伏都教的地方吗？"

"是呀。听说他在跟踪一个线索。最后一次见到他。"赫胥黎说，"你认识他吗？"

"佛罗里达州的私人侦探。你以为呢？"麦克斯回答说。

贝森也去了瀑布。他们在追踪的是什么线索呢?

"你们是朋友吗?"赫胥黎问。

"不是,恰恰相反。"麦克斯说,"我到这里来之前去看过他。他至少也是吓得够呛。"

"他出了什么事?"

"别问了。"

赫胥黎盯着麦克斯的眼睛,露出了模棱两可的微笑,又像知道又像是被逗乐了,那种微笑在人们想让你以为他们了解的情况远不止这些的时候才会露出来。麦克斯可不会上这个当。这一招他本人也用过。

"贝森跟你提过文森特·保罗吗?"

"是,提过。"麦克斯说。

"文森特·保罗,太阳城之王。他们就是这么叫他的,那些被吓坏的富人们。典故来自路易十四,那个光彩四射的法国国王。这是一种侮辱。"

"怎么会是这样呢?"

"文森特住在太阳城里或者附近,我叫它颓阳城。就是太子港外面靠近海边的那个大贫民窟。让你回家开的汽车发动机罩看起来就像派克大街。事实上,全世界都没有任何一个像太阳城这样的地方。我到过孟买、里约热内卢、墨西哥城的贫民窟,相比之下那些地方就是天堂了。这里,大约五十万人,将近全国百分之十的人口,居住在六平方英里的垃圾和疾病上,毫不夸张地说。这个地方甚至还有自己的海峡,'波士顿海峡',他们是这么叫的。里面都是从电厂运出来的废油。"

麦克斯把一切都听明白了。把注意力集中在流入的信息上让他的大脑清醒了。

"你是说我到那儿就能找到文森特·保罗?"

"是。人们说统治太阳城的人统治海地。那里的人那么穷,如果你承诺给他们食物、洁净的水和衣服,你指谁他们就会拿着砖头打谁。有人说中央情报局付给保罗钱。他们什么时候想罢黜总统,就什么时候让他煽动太阳城叛乱。"

"你认为这些是真的吗?"

"要知道真假唯一的办法就是问他本人,可是你不会那么做。他找你谈,而不是反过来你找他谈。"

"他找你谈过吗?"

"先前预约过,可是他又改变了主意。"

"为什么?"

"没说。"赫胥黎呵呵笑了。

"他应该建成了一座都会。你了解任何关于这个都会的情况吗?"

"只有一点:没有人知道在什么地方。没有人去过。"

"你认为存在吗?"

"或许存在,或许不存在。在海地什么都说不准。这个国家运行的基础是神话、谣言、道听途说和闲言碎语。真相容易被忽视、被怀疑。"

"你认为文森特·保罗和查理·卡弗的失踪有什么关系吗?"麦克斯问。

"我们为什么不明天或者后天见个面好好谈谈，弄明白能弄明白的事，或许还能找到一个相互帮助的办法。"赫胥黎说，微笑着。他把烟掐灭了。

麦克斯猜想赫胥黎一手促成了这个得意时刻的到来，告诉他越来越多的信息片段，让他越来越饥饿，然后他就关上了厨房门，用自己的方式改写了游戏规则。他被耍了。

"你参与进来有什么好处呢？"麦克斯问。

"我的普利策奖。"赫胥黎微笑着，"我正在写关于入侵及其后果的书——你知道，是报纸上你从来都不会看的垃圾。你不会相信这里正在进行的一切，人们在不知不觉中失去了什么。"

"举个例子说？"

就在这个时候，短平头走了进来。他上上下下打量了一下麦克斯和赫胥黎，卑鄙地微微一笑，露出了狼一样的尖牙。

"你们好，女士们。"他嗤笑着说。

他厌恶地看了麦克斯一眼。他那灰绿色的眼睛在写满卑鄙的脸上像两个冰冷明亮的针尖，要不是那么小那么冷酷，可能会有些吸引力。

他走进了两个卫生间之间的那个房间。他们听见他把尿撒了一床、一盒子、一地面。他们互相对视了一下。麦克斯在赫胥黎的眼睛里看到了鄙视，从很深的地方流露出来的，穿过他整个人，从心底流露出来的。

那个士兵完事了，从房间里出来，拉着拉锁。他又瞅了他们一眼，冲着他们大声地打着嗝。

麦克斯看了看他，适当地注意到了他，但是很小心没有和他对视。大多数人你都能用目光压倒他们，只要你想让他们知道你没有什么可以损失的；另外一些人你不得不让他们用目光压倒你，尽管你心里知道你能搞定他们。这一切都是关于选择时机、了解对方。不能搞错了。

短平头走出走廊，回到酒吧。

赫胥黎又拿了一根烟。他想把烟点燃，可是手颤抖得比戒酒瘾的醉鬼还厉害。麦克斯从他手里把打火机拿过来，打着了火。

"他妈的就像……就像我写的就是他。"赫胥黎吐出第一口烟雾之后啐了口唾沫，声音气愤地颤抖着。"该死的美国人应该为自己感到耻辱，竟然让这种卑鄙货色以他们的名义打仗。"

麦克斯同意他的观点，但是没有那么说。

"这么说你是海地人，肖恩？"

赫胥黎大吃一惊。

"你能看透很多，是不是，麦克斯？"

"只是表面的东西。"麦克斯说，他不过是猜测而已。

"你说对了，我出生在这里。四岁的时候被一对加拿大夫妇收养了，我父母去世之后。几年前他们把我的身世告诉了我，在我上大学之前。"赫胥黎解释说。

"这么说这儿对你来说就像是《根》一样的东西？"

"更像是从树一样的东西上结的果子。我知道自己从哪里来。"赫胥黎说,"把这个,我在做的事,称之为做一点回报吧。"

麦克斯对他产生了好感。并不只是朗姆酒的效果,也不是因为他们同样都憎恶短平头。赫胥黎身上有一种媒体所缺乏的真诚:或许他还是这个行业里的新手,还基本保留着自己的童贞;或许他根本没把这当成一种行业,尽管他在执行任务,在寻求"真相"。麦克斯曾经也有理想,他刚开始当警察的时候,年轻得足以相信那些鬼话,什么人生来都是善良的啦,什么事情会向好的方面发展啦;他也曾经把自己幻想成某种超级英雄。到街上巡逻不到一个星期他就成了一个极端的犬儒主义者。

"我在哪里可以找到你?"麦克斯问。

"我住在奥尔夫森旅馆。海地最著名的旅馆。"

"这说明什么呢?"

"格雷厄姆·格林住过的。"

"谁?"

"米克·贾格尔也住过。事实上,我住的房间就是他写《情感拯救》时住的。你看起来没什么印象,麦克斯。你不是斯通迷?"

"这个地方的客人里有什么重要人物吗?"麦克斯坏笑。

"没有一个你认识的。"赫胥黎大笑,递给他一张自己的名片。上面写了他的名字、职业以及旅馆的地址和电话。

麦克斯双手接过来,放进了外套的口袋里,紧靠着卡弗送给他的西纳特拉的签名唱片。

"我熟悉情况之后会马上跟你联系的。"麦克斯承诺。

"拜托要跟我联系。"赫胥黎说。

## 13

麦克斯在凌晨两点左右离开了拉古乌拉酒吧。巴朋沽朗姆酒让他的脑袋眩晕,但并不是一种不愉快的眩晕方式。烈酒总是能把他提升到某个舒服的位置,最终让他失去控制,并在半途让他搁浅,让他感受无法避免的坠落。这是一种不同寻常的醉,更接近吃了鸦片的那种漂浮的感觉。他的脸上带着微笑,心头有一种美好的感觉:一切都不是问题,这个世界真的不是那么糟糕的一个地方。这种酒是那么好。

黑乎乎的电话线杆立在水泥地上,稍微朝前面佩蒂翁维尔灯光明亮的中心倾斜着。电线架得那么低那么松,麦克斯想碰的话就能碰到。他正在街上走,几乎控制不了自己的脚步,支撑着身体对抗着向下的重力,随时都可能来个嘴啃泥。他身后的人们从酒吧走出来,四溢的交谈和笑声面对眼前的寂静变成了喃喃低语和语无伦次。某些美国人发出了一声或尖叫或喊叫或狗叫声或猫叫声,可是静谧把噪音吸收了,更安静了。

麦克斯不清楚该走哪条街。他没记住上山的时候路上过了几条街才看见酒吧的。

他快到镇中心了,可是还没有那么近,大概在半路上。他过了一条路,沿着那条路看了看,不是。路左边有家超市,右边有一面满是涂鸦的墙。或许是下一条路。或许是再下一条。也许是前面那一条。他本来想问问赫胥黎该怎么走。他们在一起喝了四五杯,刚开始喝第一杯他就忘了问路的事了。然后,等他记不清楚自己喝了多少酒的时候,他就不担心了。巴朋沽朗姆酒告诉他,他能找到回家的路,没有问题。他继续走路。

他的鞋开始夹脚,磨破了脚踝。他憎恨在第五大道的达德大厦买的这双崭新的、锃亮的无带皮鞋。他在穿之前就该弄破。他不喜欢鞋底走在路上发出的"哒哒哒"的声音。听起来就像一头第一次挂上掌的小马驹。

然后还有鼓声,和他第一次听到的时候一样遥远,可是清晰多了,就像生锈的刀剪声一样从山上洒落下来;一整套的鼓声,有带响弦的小军鼓、锣、大鼓和定音鼓。韵律带着刺耳的刀锋,直插他脑子兴奋的部位,也是他开了酒戒就会捶打的部位,更是早晨疼得要命的部位。

有人扯了扯他左边的衣服袖子。

"布兰,布兰。"

是一个孩子的声音,沙哑的,几乎是结结巴巴的。一个男孩儿的声音。

麦克斯这边看看,那边看看,看不见人。他转身,看了看上山的路。他看见了酒吧的灯光和远处的人,可是别的就没什么了。

"布兰,布兰。"

在他身后,另外一边,山下。麦克斯转身,缓慢地转身。

他的大脑想的是在墓地值班,每一样东西都开始慢慢成形、调整、凸现。他看到的东西都带着跳动的光圈,就像他在深深的湖底,看着石子从湖面上掉下来。

他几乎看不清黑暗中的男孩,只是橘黄的霓虹灯下一个模糊的侧影。

"哎?"麦克斯说。

"给我美元!"男孩大叫。

"什么?"

"给钱!"

"你受伤了?"麦克斯问,一会儿以为自己是警察一会儿又怀疑不是。

男孩照直朝他走过来。他的双手伸着。

"美元!给美元!"他尖叫。

麦克斯捂住了耳朵。这个小畜牲会尖叫。

"美元?"钱。他想要钱。

"没有钱。"麦克斯说,把手举起来露出了空空的手掌,"没有钱。"

"给美元?"男孩哭哭啼啼的,呼吸的热气都吹到了麦克斯仍然张开的手掌上。

"没有美元。没有比索,没有他妈的一分钱。"麦克斯说着继续朝下面走。

男孩在后面跟着他。麦克斯脚步快了一点。男孩站住了,在他身后叫着,声音更大了。

"布兰!布兰!"

麦克斯没有转身。他听见孩子的脚步急匆匆地追赶着自己，轻微的脚步声敌不过他咔咔的皮鞋声。这个男孩没有穿鞋子。

他走得更快了。孩子就紧紧跟在他后面。

他路过一条路，看着面熟，突然就停下了。男孩撞上了他的腿，推了他一下。麦克斯踉跄了两步，失去了平衡和自己的方向。他绝望地乱走了几步想要让自己站稳，可是脚却踏在了本来应该是路面的空荡荡的空间。他的腿向下、向下、再向下，然后他的脚陷进了泥潭。到了那个时候，他已经倾斜得太厉害了。他直挺挺地摔了下去，脸朝下，磕破了下巴。他听见什么东西沿着路面滑了下去。

他静静地躺了几秒钟，估计受伤的程度。他的双腿都没问题。不是真疼。他的躯干和下巴伤得也不算厉害。他感到了烦人的什么东西，是疼痛的感觉，在模模糊糊的玻璃后面朝他招手，可那仍然是美丽的、丝一般的雾气里一种变形的影子。在没有麻醉剂的时期，他们肯定让将要截肢的人吃巴朋沾大餐。

男孩笑了，像青蛙一样，在他头顶上大笑。

"布兰，萨索！布兰，萨索！"麦克斯不知道这是他妈的什么意思。他站起来，把腿从烂泥里拽出来，转过身上山。他恼火得要命，胸口现在疼痛难忍。朗姆酒的魔咒消失了，所有的噩梦都冲回来了。他一半的裤腿都在尿、废油和污水的混合物里浸湿了。

"滚开！"他大叫。

可是他没看见那个男孩。他走了。取而代之的是十几个街头顽童，站在他面前，个头儿看上去有十来岁。他看到了他们的脑袋和牙齿的边缘，那些有脑袋和牙齿的，或者把脑袋和牙齿露出来的，以及他们的眼白。他能闻到他们的味儿，有污浊的木柴烟、煮沸的蔬菜、泥土、月光、汗臭味、腐烂味。他能感觉到他们在透过黑暗偷看他。

这一片路上没有路灯，也没有进来、出去的车。酒吧的灯光现在就是远处的针眼。他下来多远了？他迅速朝左边的街道看了看。两排男孩横在路上，挡住了他的去路。他甚至都不能确信这就是他要走的街道。他不得不走回头路，或许要走回酒吧，再重新开始。这次要问问路了。

他朝前走，又停下了。他把鞋掉在坑里了。他看着路面，却找不到自己掉进去的坑。他用脚在地上蹚了蹚，可是感到都是坚实的沥青。

鼓声停了，仿佛演奏的人看见什么事发生了，都过来看了。麦克斯觉得自己聋了。

他把另外一只鞋也脱下来，塞进外套口袋里，开始往山上走。他又停下来了。孩子比他想象得还要多。他们一字排开，占了整个路面。他就站在他们面前，近得只能吸进刚从他们的身上发出的臭气。他正想要说什么，就听见身后传来嘟哝声，字词都像雨滴落在滚烫的白铁皮屋顶上一样在空气中蒸发了。

等他转过身，又有一排孩子沿着路走过来。他注意到现在有影子从佩蒂翁维尔镇中心那边过来。更多的孩子，朝他这里来。他们还拿着东西，似乎是棍子，粗棍子。

他们是来找他的。他们来杀他。

他听到他左边一块石头从一堆石头上掉下来滚到街上去了。他周围的喃喃低语声变成了谩骂，现在所有的声音都从同一个方向传过来。他跟着这个声音，跟到一个空院落的门口。他看得更仔细，探听到了黑暗中最轻微的声音，看见他们正在传送石头，沿着队列一个传给另一个。有一半的人手里已经有一块石头了，贴着身体一侧拿着。麦克斯想：等他们每个人都武装起来的时候，就会把石头像雨点一样往他身上砸。然后，其他人就用大棍子把他打死。

他的嘴巴干渴。不知道该干什么。无法思考。冷静不下来。

朗姆酒的作用突然又回来了。他的身体一下子感觉很好，胸口钻心的疼痛感觉不到了，脑袋又开始轻飘飘的了。他勇敢而不可战胜。

情况似乎没那么糟糕。他经历过比这还严重的。他可以冲过去。为什么不试试呢？他妈的怕什么？

他往后退了两步，挺直了肩膀准备像推土机一样开过去。他能听见他们在自己身后。他不看。他们能看见他在做什么吗？很可能能看见。这些孩子住在黑暗里。他们预见到他要干什么了吗？

他往前冲的时候会撞倒三四个。他们会朝他扔石头，不过要是他捂住脑袋拼命跑就能逃离最密集的火力网。

上山、喝醉了、不再那么年轻了。他往哪里去？

他们会追赶他，而且他不知道往哪里跑。这个他以后再担心。

他们有多少人？

一百个。简单。他们死定了。

朗姆酒的作用消失了。乐观主义精神也在他身上破灭了。

鼓又开始敲了，只有一个，和他傍晚时分在院子里听到的一样，是低沉、缓慢的节奏。这一次听起来像是炸弹落在遥远的小镇上，也像是攻城槌在槌击一座城市的城门。鼓声没有钻进他的心里，就在耳朵边上响着，每一个音符就是一枚手榴弹在他头盖骨里爆炸，冲击波从脊椎骨传下去，让他退缩、战栗。

再考虑考虑，他自言自语。再试一下，失败的话就跑。

"你想要钱？"他恳求地问，不由自主。没有回音。石头还在默默地传递着，杀手的手里都拿着石头了，圈几乎都围起来了。看起来希望渺茫。

这时候他想起了自己的枪。他有武器，子弹满着。

突然间山顶一辆摩托车马达轰鸣，发动机惊动了夜色就像链锯惊动了教堂。是那个穿白色西装的小家伙。

他从山上下来了。摩托车"铿铿"地慢下来了，到了围住麦克斯的人墙外面"噗"地一声停下了。

那个小家伙放下摩托车，朝麦克斯走过去。

"萨瓦发勒，布兰？"他说话的声音低沉、粗哑，应该是比他大四倍的人的声音。

"我听不懂。"麦克斯含糊地说，"你会说英语吗？"

"英语？"

"是的，英语，你说吗？"

小家伙站在那里，看着他。

麦克斯没看见就听见了，有个很重的东西划过空气直冲他的脑袋来了。他一缩脖子，那个穿西装的小家伙纵身一跃跳到了空中。

麦克斯愤怒地左右开弓猛击他的肋骨和心口窝。那个小家伙倒吸了一口冷气，大声叫起来，身体像纸一样折叠起来，下巴直接伸出来，碰上了麦克斯的右手直拳。麦克斯把他打翻在地。

麦克斯扼着小家伙的脖子紧紧抓着他，掏出了法冠枪，把枪管插进了他的嘴巴。

"往后退，否则要他的命！"他大叫，环顾四周。小家伙用双手不停地打他，在地上踢腾，试图把麦克斯弄倒。麦克斯用光着的脚后跟踩着他的一只手，他听见骨头断了，小家伙的嗓子眼里发出了窒息的哭声。

没有一个人动地方。

现在怎么办？

他不可能真的拖着这个小家伙寻找回家的路，一条街一条街地找，直到找到为止。或许他可以把他当成挡箭牌，尽量推着他远离人群，然后把他放了，自己走路。

他们绝不会让他这么做的。

他可以试试开枪打出一条路。

可是，他不能用。不能用在他妈的孩子们身上。

他要朝空中开枪，然后等他们趴下、散开或者吓坏了的时候逃跑。

"把你的枪拿开！"

麦克斯吓了一跳。

隆隆的声音是从上面黑乎乎的天空传来的，从他身后、山下。麦克斯仍然抓住小家伙，转过身去面对佩蒂翁维尔。往上看什么也看不见，完全被那个男人的身体挡住了，麦克斯看不见，只能感觉到翻滚的黑云里巨大的、沉闷的雷声。

"我不会再说第二遍了。"那个人坚持着。

麦克斯把枪从小家伙的嘴里抽出来，放回了枪套。

"现在放了他。"

"他想把我杀了！"麦克斯大叫。

"放了他！"那个人咆哮着，让一些孩子跳起来扔石头。

麦克斯把人放了。

那个人用克利奥尔语吼了声什么，炫目的白光在头顶亮了。麦克斯赶紧扭头，用手遮住光线。他看见小家伙躺在地上，血从他西装的前面流下来。

突然间麦克斯能看清楚临近街道上每一毫米的东西了。孩子们围着他站着，整整三圈。他们都骨瘦如柴，穿着肮脏的破衣烂衫，很多只穿着短裤，头扭开躲避着光，双手挡着耀眼的光芒。

同样的声音又用克利奥尔语吼叫了一声。

孩子们集体把石头扔了。石头沿着路面滚下来，有的撞到了麦克斯赤裸的脚上。麦克斯眯着眼透过那些光看。声音是从一排鬼火上面传过来的。

声音又咆哮了，孩子们匆匆忙忙地跑起来，一群小脚，大多数都是光脚丫，敲打着地面，尽可能快地扑腾着跑了。麦克斯看见他们跑过佩蒂翁维尔的广场，有一百多人。他们本来能把他撕成碎片。

他听见一台大型发动机的声音，看见两股废气从光线后面升起来，形似倒立的松树。看起来是军用吉普。他甚至都没听见吉普车过来的声音。

那个人一口纯正的英国英语，没有一丝一毫法国口音或者美国口音。

麦克斯感到那个男人在低头看他，至少比他高足足一英尺。而且感到了他的存在，强大、魔力四射、压倒一切，足以填满一个宫殿。

他离麦克斯更近了。

麦克斯看了看，可是看不见他的脸。

那个人伸手抓住了那个小孩子的外套前襟，一下子把他从地上提起来，就像掉了什么东西回来捡起来一样。麦克斯只看见了他赤裸的前臂，脉络粗大、肌肉发达，比乔的一个二头肌还要粗；他的拳头像个大铁锤，厚、重、粗。麦克斯肯定这个人有六根手指头。当他看见那只手把小家伙的西装攥成一把的时候看见的是六个而不是五个指关节。

这个人是个巨人。

麦克斯猜这个人就是文森特·保罗。

头顶的光灭了，强光又亮了，麦克斯又睁不开眼了。发动机发动起来了。

麦克斯的目光及时收拢，看见吉普车朝山下急速驶去。到了转弯的地方，左转，沿着路下山了。麦克斯试图看看里面的人，可是一个也看不到。从他站的地方看过去，里面似乎是空的，由精灵驾驶着。

等他们都走了，麦克斯在眼下空荡荡的街上跌跌撞撞地走着，寻找难以分辨的回家的路。酒醉像波浪起伏一样来了又去了，一阵阵麻木的眩晕紧接着一阵阵清醒。

他又重新走回酒吧，然后在酒吧和镇中心之间的四条右手转弯的街道上一条一条地走。通过这种排除法，他最终找到了"卡弗私宅，闲人免入"。

那是他被孩子们包围的时候靠得最近的一条路。

回到住处，麦克斯进了自己的房间，拿出钱包、解下枪套和枪，扔到床上。他把西装剥下来，米色已经变成了棕褐色，汗水浸透了后背、腋窝和屁股等部位。不能穿了。裤子也有异味了。左边的裤腿一直到膝盖都黏乎乎的又黑又硬。

里面又热又潮湿。他把电扇打开搅动一下凝滞的空气，吹一点儿凉风。他的双手颤抖，恐惧和愤怒在他的动脉和静脉间来回流动，让他的心跳加速，把刺激性的肾上腺素抽到血流当中。他又在回想那些孩子们。他有一部分想回到外面，踢他们穿得相当破烂的屁股，把他们踢回伏都教的天堂；他的另一部分希望马上乘坐偷渡的渔船离开这个被上帝遗弃的国家；他还有一部分蜷缩在一起，羞辱地要把卑贱的头藏起来。

他想起来了，赫胥黎的名片和西纳特拉的唱片还在口袋里。名片还在，可是唱片没有了。他意识到可能是自己掉进水坑里去的时候从口袋里摔出去了。他把西装揉成一团，扔在房间的一个角落里。把衬衫脱了，把自己上上下下擦了擦，然后脱下了短裤，都团在一起，走进了卫生间。他把脏衣服丢进洗衣筐，然后才进去淋浴。

他打开水龙头，冰冷的白色水带从淋浴喷头里喷涌而出，喷射在他的皮肤上。他惊讶得倒吸一口冷气，把喷头关上了。可是他感觉到所有被压抑的愤怒、恐惧和挫败感在心里搅来搅去，全部封存着没有开启。这种东西如果他不释放、不发泄，每次走出这个房子都会烦扰他。他把淋浴喷头的水开到了最大，管子都在摇晃，似乎要把将管子固定在墙上的支架摇断。他让冰冷的水猛烈撞击自己的肉体，感到了疼痛。他坚持忍受着疼痛，集中精力关注着自己不得不爬出来的这种耻辱。

他被羞辱了，被一帮孩子羞辱了。要不是吉普车里的那个家伙，他们本来会杀了他。如果是孩子要威胁你、取你的性命，你该怎么办？如果你杀了他们就会在地狱里被焚烧。如果你不杀他们，他们就会烧了你。

没有解决办法，没有解脱。他的愤怒爬走了，找到了一个足够大的洞藏了进去，等待可怜的、毫无提防的笨蛋引发它。

他擦干了身子，回到自己的房间。太兴奋了，睡不着。他想再喝朗姆酒。他知道不该喝，他知道喝酒是一个错误的选择，他知道如果喝了就会踩着熟悉的脚印重新回到酗酒的习惯中。可是现在，就在眼下，他对此一点都不介意。

他换上了卡其布裤子和白色T恤衫，走向了厨房。

他打开门，开了灯。

弗朗西斯卡·卡弗坐在桌子那儿。

"你他妈的在这儿干什么？"麦克斯厉声说，吓得后退了一步。

"我来和你谈谈。"

"你怎么进来的？"

"我们是房子的所有人，记得吗？"她傲慢地、不耐烦地说。

"你想谈什么？"

"谈查理，关于一些你需要知道才能继续深入调查的东西。"

麦克斯去拿笔记本和录音机。与此同时，弗朗西斯卡坐在桌子边喝一瓶在冰箱里找到的瓶装水，吸一种法国捷登牌香烟，装在看起来很时髦的蓝白相间的香烟盒里的。烟有异味，但很适合她——那种四五十年代的经典老电影里，女主角总是这样喷云吐雾。

麦克斯才走进房子的时候没有闻到她的烟味是因为从自己身上发出来的臭气要浓重得多。

麦克斯回来的时候，弗朗西斯卡说："在我开始讲之前，你必须承诺一件事。"

"这要看是什么事了。"麦克斯说。弗朗西斯卡看起来大不一样，漂亮了很多、放松了很多，被摧残得不那么严重了。她换了一件浅蓝色的衬衫，劳动布的长裙和旅游鞋。把头发披下来了，画了点儿妆，主要集中在眼睛四周。

"任何话都不能学说给古斯塔夫听。"

"为什么不能呢？"

"因为他知道了会心碎的，他已经是心悬一脉了。你能答应我吗？"

麦克斯心想：什么臭狗屎。她根本不爱古斯塔夫。另外，她把我当成什么样的笨蛋了？用这么轻柔、直白的语调说话，试图拨动我的心弦。她肯定上过表演学校才能那样处理自己的声音，改变音高，一字一泪，还没有说话泪就先流下来了。

"真实的原因是什么？"麦克斯问，直视她的眼睛，盯着她的瞳仁。

弗朗西斯卡的眼神没有回避。她和麦克斯对视着，一直对视着。她的目光冰冷、严厉、无情，似乎在说：看见了最糟糕的，看见了一切，看得太多了，还承受着。你这混蛋。

"如果古斯塔夫知道我要告诉你的事，他绝对会大发雷霆。"

"你的意思是说查理不是他的孙子？"

"不是这个！你怎么敢这么说！"她厉声说。她看起来很气愤。她的脸红了，成了淡淡的粉红色，目光恶狠狠地瞪着麦克斯。她吸了口烟，然后把烟扔进了一个盛了半杯水的杯子，她拿来当烟灰缸用的。烟头咝咝地灭了。

"对不起。"麦克斯冲着她微笑着，"只是猜测。"

她一下子中了圈套。好，一个弱点。麦克斯不知道是触动了埋藏在真相下面的原始神经还是打乱了小心谨慎的计划。他在暗中刺探着，检验弗朗西斯卡的真诚程度。到目前为止，弗朗西斯卡还挺得住。

"把你知道的告诉我，卡弗夫人。"

"我要你保证。"

"肯定吗？"麦克斯问。

"你也不能给我提供别的，能吗？"

麦克斯大笑。自命不凡的坏女人。她想要我保证？当然，为什么不呢？这有什么大不了的？他总是能不守诺言。这又不是第一次。保证、承诺、握手、宣誓对他来说什么都不是，除了在朋友之间。

"我向你保证，卡弗夫人。"麦克斯说，听起来是真心实意的，并且紧盯着弗朗西斯卡的眼睛表示自己是真心实意的。她对麦克斯进行了评估，看起来满意了。

录音机开着，把她说的每一件事都录下来了。麦克斯把和隐姓埋名的所有客户、证人、嫌疑犯的谈话都录下来，他经常这么做。

"你找对了路线，追溯到房子里面的人，考虑到了埃迪·福斯丁。"她开始说了，"他确实参与了绑架。他就是内线。"

"你到这里来告诉我这个？"

"我本来想无拘无束地跟你说。我不能在古斯塔夫面前跟你谈。说福斯丁一句坏话他都听不进去。这个人为他挡了一颗子弹，那就让他成了古斯塔夫典籍里的圣人。"弗朗西斯卡说，使劲吸着另外一支烟。"他那么固执己见。不管我告诉他绑架的时候发生了什么事，他总是完全否定。说什么我不可能记得任何东西，因为我被打晕了。甚至后来，我们搜查福斯丁的住处，发现了他藏在那里的东西……"

她停下了，手指顶着额头，在上面不停地按摩着。看起来不像有疗效，倒像是戏剧性的动作。

"你们发现了什么？"

"福斯丁过去住在旧马厩那个地方，在大种植园房子的后面。那里被改建成了小公寓，供这个家族最信任的仆人住。绑架发生之后，他的公寓空了，他们发现了一个布娃娃，在他床底下的一个盒子里。那个布娃娃就是我的样子。"

"他恨你吗？"

"不。这是爱或者是贪欲的魔力。用的是我的真头发，手和脚上粘的都是我的手指甲和脚趾甲。他搜集的，也可能是买通一个女仆搜集的。"

"他这么做你怀疑过吗？"

"根本没有。福斯丁是个受到信任的雇员。总是彬彬有礼，非常职业化。"

"你没有感觉到他对你有什么欲望？甚至没有看见他在看着你……不合时宜地看着你？"

"没有。这里的仆人都知道自己的地位因而安分守己。"

"他们肯定是，卡弗夫人。那就是福斯丁协助绑架了你儿子的原因。"麦克斯讽刺地插话说。

弗朗西斯卡气愤地涨红了脸。

麦克斯不想让她太恼火，怕她拒不开口了。他沿着原来的话题问下去。

"绑架那天发生了什么事？"

弗朗西斯卡把烟头扔了，紧接着又点了一根。

"那是查理的三周岁生日，那一天的上午。你能看见美国的战舰，把入侵的部队运进来，就在太子港对面的地平线上。每个人都在说美国人要把总统府炸了。太子港到处都在暴乱，都在抢劫。人们都离开在山里的家，带着牛车、手推车到城里来运他们在首都商店和房子里抢的东西。一种无政府状态。闻闻空气你就能知道情况多么糟糕。如果你闻到了烧橡胶的味道，这就意味着暴乱和抢劫正在进行中。抗议的人用燃烧的轮胎封锁道路。有时候，你往外面看，就能看见两三个黑乎乎的浓烟柱一路延伸到太子港的天空。这就意味着情况确实很糟糕。

"那天上午我们坐着防弹的 SUV 进城的时候，情况就确实很糟糕。我、查理和查理的保姆罗斯坐在后排。查理开心着呢。他让我摆弄他的头发：我用手指在他头发里滑来滑去。我们要去尚马尔斯，离总统府不远。那天市里非常非常危险，一直有枪响。我都数不清在街上看到过多少尸体了。福斯丁说我们需要停在某个隐蔽的地方，等待枪击结束，所以我们就在乌维斯大道停了车。那条街通常挤满了人，可是那一天空荡荡的。我知道福斯丁肯定出了严重的问题。他出了很多汗，开车过去的时候一直在后视镜里盯着我看。我们所有的车都会在座位底下放着枪。我摸了摸我的座位下面。空无一物。福斯丁看见我检查了，我和他对视的时候他微笑了，似乎在说，'枪不在那儿，是吧？'他把车门锁上了。我努力不表现出来自己有多么害怕。枪声渐渐消失了。罗斯问福斯丁我们为什么还不走。福斯丁让她别管闲事，真的很粗鲁。我冲着他吼叫，让他注意自己的言辞。他让我闭嘴。就在那个时候我知道确实坏事了。我歇斯底里起来。我冲着他尖叫，要求他把我们放下车。他没有反应。然后外面出现了一些孩子。只是街上的流浪儿。他们看见了我们的车，走过来。他们往里面看。其中一个叫出了福斯丁的名字，然后开始喊叫，冲着我们指指点点，更多的人开始聚拢过来了。现在是大人了，拿着大砍刀、粗棍子、轮胎和汽油桶。他们单调而有节奏地一遍又一遍地反复喊着'福斯丁该死，福斯丁该死'。福斯丁过去曾经是令人畏惧的通顿马库特。他树敌众多，许多人都想让他死。人群聚集在车的四周。有人朝后窗扔了块石头。石头弹下去了，车子根本没事，不过那是某种信号，因为他们朝我们蜂拥过来了。福斯丁发动了汽车，可是没走远，因为人们在路的尽头挡上了路障。他又开始往回倒车，可是暴民已经赶上来了。我们陷入了包围。"

弗朗西斯卡讲到这里停了下来，深深地吸了一口气。她已经脸色苍白了，目光也露出了畏惧。

"别着急，慢慢说。"麦克斯说。

"人们从路障后面冲出来，冲向车子。"她继续说下去，"很快车子就被团团围住了。人们有节奏地重复着'福斯丁该死'、'福斯丁该死'，然后他们就用粗棍子、石头砸车，用脚踹，使劲摇晃。然后他们又开始用什么东西刺车顶的四个角。福斯丁从他座位底下拿出一挺机关枪。罗斯在尖叫，我想我也在叫。经历这一切，查理一直镇定自若，只是看着外面的一切，就像看着很美的风景一样。我记得的最后一件事是用手抚摩着他的头发，抱着他，告诉他一切都会没问题的。之后……我记得的下一件事是在路中间醒过来了。我躺的地方还是那条街，可是距离车子的位置有好几百码。我不知道怎么会到那么远的地方。有那么一个老妇人，穿着粉红色的裙子，坐在路的另一边，在一个鞋店前面，直勾勾地看着我。"

"她坐在哪里？"

"坐在一个鞋店前面，一个做鞋子的店前面。"她解释说。

"接下来你干了什么？"

"我回到车子那里。车翻了。街上空荡荡的。到处都是血。"

"你伤得有多重？"

"就是脑震荡。有几处淤血，两处刀伤。罗斯死了。福斯丁不见了。我的小孩儿也不见了。"她说，低下了头。

她开始哭。一开始是默默地流泪，然后是抽噎着哭，最后是号啕大哭。

麦克斯把录音机停了，到卫生间拿了些卫生纸。他把卫生纸递给弗朗西斯卡，坐在那里看着她把自己的眼泪都哭干了。他把弗朗西斯卡抱在怀里，这样帮助她度过了最伤心的时刻。他现在对弗朗西斯卡不那么心存芥蒂了，而且肯定弗朗西斯卡对自己也不那么心存芥蒂了。弗朗西斯卡别无选择。

"让我来弄些咖啡。"弗朗西斯卡主动提出来，站起身。

他往椅背上一靠，看着弗朗西斯卡从一个玻璃门的橱柜里拿出一个钢质渗滤式咖啡壶和一个圆金属罐。水斗上方沿墙有一排固定的玻璃门橱柜。厨房漆的是亮奶黄色，容易擦干净。

弗朗西斯卡把瓶装水和咖啡加进咖啡壶里，然后放在了炉子上，又到另一个橱柜那里拿了两个杯子、两个碟子。之后她在冰箱上面找了洗碗布，擦了擦杯子里面。她似乎在自我陶醉，忙碌的时候双唇露出了微微的笑意，眼睛也开始闪亮了。麦克斯觉得她在怀念没有用人的生活。

麦克斯看了看手表，四点一刻了。外面仍然黑乎乎的，可是他能听见清晨第一批鸟在花园里叽叽喳喳地叫着，和昆虫在竞赛。尚蒂尔八点就该到这里了。太晚了，上床睡觉都来不及了。他不得不一天一夜都不睡觉了。

哨子一响，咖啡煮好了。弗朗西斯卡把咖啡倒进一个膳魔师保温壶里，连同杯子、碟子、勺子、一罐奶油和一碗糖都放在一个托盘上端到桌子上。麦克斯尝了尝咖啡。和他在卡弗家的俱乐部里喝的东西完全一样。很可能是这个家族自己种植的品牌。

他们几乎闷声不响地坐着。麦克斯称赞她咖啡煮得好。弗朗西斯卡吸了一支烟，然后又是一支。

"卡弗夫人……"

"你为什么不叫我弗朗西斯卡呢？"

"弗朗西斯卡……那一天你和儿子到太子港干什么？"

麦克斯按了一下录音机上的暂停键。

"我们有个预约。"

"和谁的预约？"

"一个叫菲列斯·杜弗尔的人。哦，不是什么普通人，是祭司——伏都教教士。"

"查理过生日，你带他去见一个伏都教教士？"麦克斯说，听起来非常惊讶，他实际上并没有感到那么惊讶。地方宗教信仰牢固地盘踞在卡弗家里，他记得阿连曾经是怎么维护它的。

"我每周带他去见一次菲列斯，已经连续去了六个月了。"

"为什么？"

"菲列斯在帮助我们——我和查理。"

"怎么帮？"

"你有多长时间？"

"你需要多长时间就有多长时间。"麦克斯说。

弗朗西斯卡看了看麦克斯的手表。麦克斯检查了一下录音机里的磁带。那是两小时的盒带，一面几乎都录到头了。他快进，然后翻了过来。弗朗西斯卡开始说的时候他按下了录音键。

"查理是1991年9月4号在迈阿密出生的。一看到他的脸就有个护士尖叫起来。他看起来就像是戴着一个漆黑的胎头羊膜出生的，不过那只是他的头发。你看，他长着这些就出生了。有时候就会发生这样的事。三周之后我们回到海地。当时这个国家还是阿里斯蒂德在掌管，一种暴民统治伪装的政府。很多人都要离开。不光是乘船出逃的难民，还有富人，所有的商业老板。古斯塔夫坚持原地不动，尽管阿里斯蒂德公开演讲的时候有两次把卡弗家族单独提出来，说我们是白人，一切都是从可怜的海地黑人那里'窃取'来的。古斯塔夫知道阿里斯蒂德会被推翻的。他和军界的一些人关系不错，而且和阿里斯蒂德政府的关键人物也同样友好。"

"他回避。"麦克斯说。

"古斯塔夫的信条是'离朋友近，离敌人更近'。"

"他有什么朋友吗？"麦克斯问。

弗朗西斯卡大声笑起来，然后目光和麦克斯相遇了，对视了一会儿。麦克斯感觉到她在刺探自己，判断自己的评价是什么意思。她没有找到自己能确定的任何东西。

"阿里斯蒂德9月30号被推翻了。古斯塔夫那天晚上举办了宴会。本来要暗杀阿里斯蒂德的，可是计划发生了变化。尽管如此，那还是一个兴高采烈的宴会。一个月之后给查理施洗礼。我从一开始就知道他不怎么对劲儿。我十几岁的时候照看过侄子、侄女，他们当时也是小婴孩，可是和查理非常不一样。他们有回应。他们认识我。查理就不那样。他从来不正眼看我。他看起来从来都不会对什么东西特别感兴趣。他从来不朝我伸手，从来不微笑。什么也没有。还有一件怪事，他不哭。"

"一点也不？"

"从来没有哭过。他发声音，婴儿的声音，可是我从来没听见他哭过。婴孩总是在哭。他们尿湿了、拉大便了都会哭。想让你关注他们的时候也会哭。查理可不这样。他非常非常安静。有时候就像根本不存在一样。我们有个医生大概一周左右给他做一次检查。我跟他提到过这个，这个孩子不哭。他跟我开玩笑，让我好好利用，说这不会长久的。"

弗朗西斯卡停下来，又点了一支烟。麦克斯都习惯这个气味了。

"实际上，我说查理不回应，可是他总是对古斯塔夫微笑。而且，只要这个老头儿对他做鬼脸、挠他的痒痒，我总是听见他哈哈笑。他们之间有真正的纽带联结着。古斯塔夫非常非常为查理而自豪。他总是挤时间陪查理，带他到银行去过好几次，晚上陪着他、喂他、给他换衣服。看见他们在一起非常令人感动。我从来没看见古斯塔夫比这更高兴过。他和自己的其他孙辈们都不怎么好。没有这么用心。查理是他唯一的孙子。我认为他想在去世的时候知道这个家族的姓氏会留存、会继续，这样他就能瞑目了。他守旧过时，可是这个国家和他相比也不怎么先进发达。"

麦克斯又给自己倒了一杯咖啡。第一杯咖啡已经把他骨头里和眼底的疲倦驱赶跑了。

"这么说，这个，就是查理的情况，正烦扰着你，这个时候你去见伏都教的教士了？根本不是为了你自己的事，是吗？是为了查理的事。你以为他出了什么问题，所以你带他去见教士征求他的意见？"

"也是也不是。和这个不完全相符。查理对他的头发有癖好……"

"我看见照片了，"麦克斯皱着眉说，"他穿着那样的裙子。"

"他不让任何人剪头发……"

"你丈夫已经这么解释过了。"麦克斯有点反感地说。

"我们真的别无选择。人们把查理的生活搞得很悲惨。"

"在你给他穿裙子之前还是之后？"麦克斯讽刺地说。

"那是为了他本人好。"弗朗西斯卡坚持说，辩白似的。"你知道吗？任何时候有人拿把剪刀靠近他，他就会尖叫。"

"是的。阿连告诉我了。"

"他告诉你查理怎么尖叫了吗？那不是婴孩的尖叫，甚至也不是小孩子的尖叫。那是纯正的痛苦，令人毛骨悚然、震耳欲聋的号叫。想象一下一窝号叫的蝙蝠吧。人们说两英里之外都能听见它们的叫声。"

麦克斯暂停了录音。弗朗西斯卡因为回忆而惴惴不安。她正咬着嘴唇，努力不哭出来。麦克斯想抱着她，让她在自己的肩膀上释放悲伤，可是感到并不合时宜。他在问话，搜集证据，而不是扮演她的私人顾问和告解神父。

"解释一下裙子。"麦克斯说。弗朗西斯卡已经忍住了，没哭。他已经知道答案了，可是想让弗朗西斯卡重新回到提问、回答的状态。

"查理的头发从来没剪过，乱蓬蓬的。我们用头绳和蝴蝶结给他扎了起来，后来就编起来了。让他穿着裙子，当成小姑娘带到外面的世界比解释他的头发为什么会那样更容易一些。确实奏效，你知道吧。他一直穿裙子。"弗朗西斯卡说。

"你是怎么知道有这么个伏都教教士的？"

"一天，罗斯出乎意料地给我带来了他的亲笔信。信上提到了关于我和查理的事，那些事没有人会知道，我的意思是说任何人都不知道。"

"能详细说说吗？"

"不能。"她直言不讳地说，"不过，如果你确实像阿连说的那么优秀，你肯定能发现。"

麦克斯继续发问。

"罗斯是怎么认识这个教士的？"

"她的朋友伊利恩为他工作。"

"我明白了。"麦克斯说，已经把潜在的嫌疑人联系起来了。"罗斯有没有可能知道你不肯告诉我的这些'事'？"

"不可能。"

"在这么小的地方也不可能吗？"

"不可能。"

"好。这么说你和查理就去见了教士？在那里发生了什么事？"

"他跟我谈，然后又跟查理谈，分别地、私下里谈的。"

"当时查理多大，两岁？"

"两岁半。"

"那时候他开始说话了吗？"

"没有。一个字也不会说。"

"这样的话，他们怎么交流？"

"我不知道，因为我不在场。不管怎么样，见效了，因为查理对我的态度发生了变化。他敞开心扉了。他看着我，甚至开始朝我微笑了。他的微笑真可爱，看见他的微笑真的让你一天都开心。"

弗朗西斯卡的声音低下去了，变成了喃喃低语，哭声掩盖了所有的话。

她大声地擤鼻子，像海豹那样喘息，然后又点了一支烟，也是她的最后一支烟。她把烟盒攥在手里揉烂了。

"你和查理多长时间去见一次教士？"

"一周一次。"

"同一天同一时间吗？"

"不是，总是在变。罗斯会告诉我什么时候去。"

"那我不得不去会会这个家伙。"

弗朗西斯卡从她的内衣口袋里拿出一张折叠的纸，放在桌子上推到他面前。

"菲列斯的地址和路线图。他今天下午两点等你。"

"他等我？"

"他看见你要来了。他两个月前就告诉我了。"

"你说他两个月前就'看见我要来了'是什么意思？我自己两个月前还不知道要不要来呢。"

"他有预见能力。"

"像算命先生？"

"有点像，不过他做的不是一回事。"

"你吃晚餐的时候怎么会那样呢？"

"我没有意识到是你。"

"这么说，你没有间断和杜弗尔交谈。"

"没有。"

"这也是你到这里来的原因？"

弗朗西斯卡点点头。

"他肯定抓住了你的什么把柄。"

"不是这么回事。"

"你跟在我之前来调查的人说过这些吗？"

"没有。我只告诉了他们绑架的情形。"

"为什么？"

"以马内利是个好人，可是他不够谨小慎微，喜欢饶舌。我憎恨克莱德·贝森，也不怎么喜欢米迪。他们到这里来就是为了钱。"

"这是他们谋生的手段，卡弗夫人。"麦克斯说，"和别的任何人干某个工作一样，不管是在办公室干、在加油站干还是当警察、救火队员，大多数人做他们做的事都是为了钱。那些不为钱的要么就是运气好要么就是愚蠢。"

"那你肯定就是愚蠢，麦克斯。"她微笑着，直视麦克斯的眼睛，"因为你运气不好。"

之后她没有什么要说的了。

麦克斯把她送到大门口。她摇摇头，为自己在晚餐时候的爆发道了歉。她恳求麦克斯找到查理。麦克斯说他会尽最大努力的，看着她朝路的尽头走去。弗朗西斯卡说路的尽头有辆车等着她。

破晓了。灰蓝色的光线荡漾在院子和花园里。院子和花园都是鸟叫声，毫无疑问鸟都在吃怠惰的虫子。外面的街道也开始活跃起来了。

他往房子里走的时候，听见私人车道上一辆车发动的声音。车门打开、关上，车开走了。

## 15

麦克斯洗脸、刮胡子，又煮了些咖啡。

他拿着杯子坐在阳台上。太阳升起来了，不出几秒钟周围就完全明亮了，仿佛探照灯的灯柱直接对着这个国家在照似的。

他小口品着咖啡。他不再疲倦了，甚至没有因为余醉未醒而感到难受。

麦克斯看了看手表，六点半。迈阿密也是六点半。乔该起来为妻儿们准备早餐了。

麦克斯到了卧室，往乔的家里打了个电话。电话还是老式拨盘的。

"乔吗？这是麦克斯。"

"嗨，怎么回事，老弟？我心里正想着你呢。"

"从前那个巫术开始蠢蠢欲动了。"麦克斯说，心里想着查理的教士。

乔大笑。

"你在厨房吗，大个子？"

"不是，在我的家庭办公室。隔音的。这样我妻子说就不用非听布鲁斯唱歌不可了。她讨厌布鲁斯，跟讨厌你差不多。"

"对此要说声阿门。"麦克斯说，"听着，我需要某个人的信息。这有问题吗？"

"没有问题。我在这里马上就能干。我面前就是数据库。"

"怎么会这样？"麦克斯问，简直无法相信。

"现在所有的东西都上网了。"乔说，"现在我都是在家思考问题。工作的地方只是用来注意下级的动向、和上级交流、不时地摆脱一下家人的牵绊。你离开之后情况发生了很多变化，麦克斯。科技就像东西生锈那样，从不睡觉，总是在向前进，慢慢地把我们懒得做的东西都收归己有……你想要的搜索可能需要时间，长短取决于现在有多少人在网络上搜索。"

"我有时间，只要你不忙就行，乔。你可能需要互见参照警际数据库。"

"开始。"

"名：文森特，姓：保罗。"

"他是海地人？"

"是的。"

麦克斯听见乔键入了信息，背景音乐调低了。布鲁斯·斯普林斯汀的声音响在不用电传音的吉他声中。麦克斯心想古斯塔夫送给他的西纳特拉的唱片是不是还在大街上。

"麦克斯？全国的数据库里没有，不过警际数据库上有个文森特·保罗。信息显著性低。作为失踪人员列出来的。英国人找他。苏格兰场。"

乔又敲击了几下。

"这里还有照片。面目可憎的混蛋，像极其背运的伊萨克·海斯。也是个庞大的畜牲。这里记录的身高是六英尺九挂零。穿着鞋很可能要七英尺。巨无霸！我这里要做很多互见参照的工作……出现了一个已知委员会。还没有身份证。机器速度慢……听着，这可能至少还需要一个小时，我要去照顾孩子了。我会启动自动搜索进行选择。一得到结果就给你打电话。你的电话号码是多少？"

麦克斯把电话号码给了他。

"最好我给你打，乔。我不知道什么时间回来。"

"好。"

"如果我需要，你能不能做一些刑侦鉴定？"

"这取决于你要找的东西是什么。"

"DNA、血型、指纹的互见参照呢？"

"这个没问题，小事一桩。只要别把整个尸体送过来鉴定，也别送一只鸡来鉴定。"

"我努力不送过去。"麦克斯大笑。

"那边情况怎么样？"乔问。

"才刚刚起步。"麦克斯说。

"现在放弃的话，唯一的损失就是钱。记住这个，兄弟。"乔说。

麦克斯已经忘记乔是多么了解自己了。乔已经从自己的语气里听出了疑虑。麦克斯想把在拉古乌拉酒吧外面发生的孩子夜袭的事告诉他，可是想了想，最好还是别提了，让它去吧，在自己的记忆里沉淀吧。如果自己老是想这个，这就会混淆自己的视线，影响自己的洞察力。要保持思路清晰。

"这个我会记住的，乔，别担心。"

麦克斯听到了音乐声——布鲁斯不用吉他了，开始像鲍勃·德兰吃了兴奋剂一样用口琴吹奏音符。他猜现在是乔最幸福的时光了，经常听听自己喜欢的音乐，就在自己热爱的家庭的怀抱当中。乔身边总是有个人，关心他，愿意为他操心。麦克斯想再等一会儿挂电话，再听听乔的生活、听听温暖而温柔的声响、听听他的家、听听和新生儿一样娇嫩的孩子们。

# 第三部

## 16

"麦克斯，你身上有味儿。"尚蒂尔告诉他说，又发出了她那龌龊的笑。

尚蒂尔说得没错。尽管他洗了脸、刷了牙，但是喝了一夜纯烈酒的气味在炎热的天气里却难以完全消除。之前他几乎一直在一杯接一杯地喝朗姆酒，那不过是几个小时之前的事。现在酒精通过他的汗毛孔都蒸发出来了，散发在陆地巡洋舰里面，又甜又酸又臭，像糖果在醋里沸腾一样。

"对不起。"麦克斯说，透过车窗看着外面的风景。他们沿着那条蜿蜒的路朝太子港开去，路过棕一片、黄一片偶尔也有绿一片的模模糊糊的东西。

"不是恶意的。"尚蒂尔微笑着说。

"没当成恶意的。我喜欢心里想什么就说什么的人。这样的话，他们说的什么都是真的，省得再努力去猜是什么意思了。"

尚蒂尔身上的气味棒极了。她浑身散发着一种新鲜、刺激而又轻淡的柑橘味儿，这种气味也保护着她免得沾上麦克斯身上发出的臭气。她还为了今天穿上了合适的衣服：碧绿的短袖衬衫、退色的蓝牛仔裤、沙漠靴。头发从额头往后梳拢梳成了一个马尾辫。太阳镜、笔和小记事本从她的衬衫口袋里鼓出来。她来不只是开车，她是来和麦克斯一起工作的，不管麦克斯喜欢不喜欢。

她七点半就早早地到了麦克斯的住处，开着一辆满是灰尘的本田车轰隆隆地进了院子，车的挡风玻璃就像一年没有擦洗过一样。当时麦克斯正在吃女仆鲁比为他烹制的早餐。他本来想要煎鸡蛋，有蛋黄的一面朝下，可是等他努力跟鲁比解释的时候，鲁比误解了他那故意慢下来的英语、音响效果和符号语言混合在一起的表达，因为他最后吃到的是一个放在木薯玉米粉圆饼上的杏仁蛋。尽管如此，吃到嘴里还是美味可口，而且能填饱肚子。他是用特浓的黑咖啡和一大玻璃杯果汁冲下去的，果汁是葡萄汁，但是一点酸味儿都没有。

"繁忙的夜晚？"尚蒂尔问。

"可以这么说。"

"你去了拉古乌拉酒吧？"

"你怎么知道的？"

"你不是一心想在附近找酒吧嘛。"

"你到那里去了?"

"没有。"她大笑,"他们会把我错当成妓女。"

"这个我看不会。"麦克斯说,"你太有气派了。"

这里,他对尚蒂尔采取了第一步行动,没有深呼吸,没有使出浑身解数,没有不知说什么好。他只是张开嘴巴,说出来的恰恰就是该说的话,圆滑而简单明了。这种模棱两可的恭维决不会流于不切实际的逢迎。他又直接而准确无误地采用了软刀子,就像从来没有放弃使用过一样。从这里开始可能有两种发展方向:一是尚蒂尔理解他的意思,然后回敬他一句;二是尚蒂尔会让他明白没有办法再继续深入。

尚蒂尔两只手紧握方向盘,握得有点太紧了,目不斜视地看着前方。

"我认为你们国家的人根本不知道这里面的区别。"她尖酸刻薄地说。

她没有上钩。这不是直接断然拒绝,可是她并不屈从。麦克斯努力在想她曾经和多少男人相处过。麦克斯从她的话音里听出了讥讽刻薄,在心碎之后才建立起来的一种抵御机制。或许她已经识破了麦克斯的诡计,因为她以前上过当,而且被烫伤了。

"他肯定把你害得够呛,尚蒂尔。"麦克斯说。

"的确。"她简单地回答,对着挡风玻璃说的。她打开收音机,然后把音量调高了,谈话无法再继续进行下去了。

他们在山的右面开,现在往左边拐了个急转弯。等转过去,麦克斯看见太子港就展现在他的面前,就在下面几英里的地方,在海岸线上溢出来的,像是一大堆已经干了的呕吐物,等待大海的冲刷。

太子港中心有美国的重兵驻守着。总统府四周和对面是一个由亨维吉普、架着机关枪的吉普车和身穿防弹衣的步兵组成的包围圈。总统府里住着现任总统普雷瓦尔。他曾经是阿里斯蒂德的心腹,继阿里斯蒂德之后上的台,过去是个面包师,谣传还是个酒鬼。他在这里居住,掌管着这个国家,只要操纵他这个傀儡的绳子还能拽得动就行。

赫胥黎跟麦克斯讲过海地的情况。根据他的说法,目前的海地宪法禁止总统连任,但是允许他或者她有间隔性地多次执政。在很多人看来,普雷瓦尔不过就是阿里斯蒂德的当差,占着这个位子,准备好等待自己的主人不可逆转的回归。民主仍然是可以变通的。

"去他妈的美国人!"他们路过一吉普车海军的时候尚蒂尔说,"不是冲你的。"

"没以为是冲我的。你不认可现行的一切吗?"

"我一开始认可,后来我意识到侵略这个地方不过是克林顿在总统大选之前在公众面前的惊险表演。他在索马里搞得一团糟,美国蒙受了耻辱,他的信用遭到了破坏。该怎么办呢?找一个几乎没有反抗能力的黑人国家,然后以'民主'和'自由'的名义侵略。"尚蒂尔尖酸刻薄地说,然后她大笑,"全国执政委员会拒绝下岗,你知道他们怎么派吉米·卡特来和他们谈判的吗?"

"知道,我看见那个了,在……"麦克斯说,在监狱,他心想,"人权先生本人。

我恨这个蠢驴。他毁了迈阿密。"

"1980 年。是偷渡事件吗?"

"是。迈阿密过去是个不错的地方,到处都是退休的犹太人和谋划要杀了卡斯特罗的右翼古巴人。安静、保守、犯罪率低,一个宁静的地方。然后卡斯特罗用船把罪犯和精神病运过来了,混杂在所有那些正派的、遵纪守法的、只想重新开始新生活的难民当中。多亏了埃尔·任博,我们被搞得没了指导原则。那个时候当警察简直就是下地狱,让我来告诉你吧。我们不知道遭到了什么打击。之前迈阿密还是养大孩子的好地方,刚过了一分钟就成了美国的谋杀之都。"

"我猜你把票投给了里根?"

"1980 年每一个迈阿密的警察都投给了他。那些没投的要么病了,要么还没当警察。"麦克斯微笑着说。

"我过去是个民主主义者。1992 年我投了克林顿的票。之前投了杜卡基斯。再也不会了。"尚蒂尔说,"卡特和全国执政委员会的首领切德拉斯将军之间所谓的和平会谈你听说了吗?"

"没有。跟我说说。"

"卡特走过来了,电视直播的摄像机运转起来了。他会见了切德拉斯将军和夫人。进行磋商的是切德拉斯夫人。第一,她说服卡特同意给全国执政委员会的每一个成员一千万美元,保证他们从这个国家安全离开并且保证他们不受迫害。成交。第二,她要求美国保护他们的房子。她和卡特协商让美国政府把他们的房子租给使馆人员。成交。第三,这也是几乎谈崩的地方。他们都要搬到委内瑞拉去,切德拉斯想把自己的黑皮沙发也一起搬运过去。卡特说不能成交。为什么呢?因为卡特没有得到授权,不能支付搬家公司的费用。其他的都没问题,就这个不行。他们吵呀、辩呀,争论来争论去。最后,这一点简直就要让整个谈判破裂了,卡特给克林顿打了电话,把他从床上叫起来跟他解释情况。克林顿十分恼火。他简直要把卡特给吃了,大声冲着他吼叫,据说他们在另外一个房间都能听见克林顿说了什么。不管怎么说,克林顿同意了这一点,沙发和全国执政委员会一起流放去了。"

麦克斯哈哈大笑。"胡说八道!"

"真实的谣言。"尚蒂尔说。

他们大笑起来。

总统府本身是一座两层的宏伟建筑,白色的,庞大而耀眼,沐浴在阳光下,部分反射着阳光,在周围黑乎乎的高山的映衬下显得光芒四射。海地红蓝两色的国旗飘扬在主入口上方的桅杆上。

他们开车绕过了一个雕像的基座,雕塑雕的是骑着马的亨利·克里斯托弗将军,面对着总统府和美国军队。他是海地第一批领导人之一。一群群的海地年轻人或坐或站在基座的底部,衣服在瘦骨嶙峋的身上晃荡着,有的斜睨着占领者,有的看着车辆,有的茫然地望着天空。

在麦克斯看来,这个城市总统府之外的其他部分就是垃圾场:腐臭、荒废、破烂不堪。太子港不仅是状况不好,简直就是没有状况。摇摇晃晃、七歪八斜、摇摇欲坠，处在崩溃的边缘，实际上这个地方所有的一切都需要一百万美元进行整饬，最好是全部推倒重建。这里过去肯定是城里的繁华地段，现在却肮脏而破烂。有一排姜汁饼色的房屋，门早就没有了，百叶窗吊在合叶上。里面挤着多少人只有上帝才知道，麦克斯看见其中有些人就在阳台下面吊着呢。

哪里都没有交通信号灯。他们离开佩蒂翁维尔之后，麦克斯就看见一处交通信号灯，而且还不亮。街道，和他在海地走过的每一条街道一样，都是裂缝和坑洞。在街上跑的车都是七拼八凑起来的，简直就是废旧机械处理场的废品，打着嗝冒着烟，辆辆都爆满，挤得全是人。有几辆涂满颜色的黄鱼车鸣着喇叭开过去了，装满了人和他们的财物，都超载了。能上多少乘客就上了多少乘客，财物都用衬衫、衣服打成捆，堆在车顶上。偶尔还有豪华车，需要成百上千万美元购买并且还需要高昂维护费用的进口车，优雅地在满是缝罅且颠簸不平的路面上穿行。

这个城市让麦克斯感到了一种从来没有过的悲伤。车子在残骸和类似废墟之间走过，麦克斯看见几处高傲的、宏伟的老建筑，在鼎盛时期看起来肯定是富丽堂皇，修复之后肯定也会光彩夺目。可是这样的地方总是难得一见。如果首都应该是窗口，可以看见国家的其他地方，那么太子港就是一个汽车展室，被掳掠了、放了一把火在慢慢烧着，火灾几乎没有引起任何人的关注，后来终于来了一场雨，浇灭了火焰。

"我记得教皇到这里来了。"尚蒂尔调低了收音机的音量，然后说，"那是1983年，我到美国去的前一年。当时，让-克洛德·杜瓦利埃，也就是'医生宝宝'还当权。哦，实际上是他的妻子米奇丽在执掌政权。她把街道都清理干净了，你在这里看见的一切都清理了。这里本来到处都是乞丐和放着大木头桌子卖东西的人。她让他们收拾东西搬到别的地方去，搬到教皇看不见的地方去。这里本来还有残疾人，身体残疾、心理有问题的人，他们过去都是在这里露营，在路边乞讨的。她把他们也弄走了。街道的地面都重新铺过了，也都清扫干净了。教皇的车队开过来之前的几个小时，米奇丽让人用管子在路上洒夏奈尔香水。这一切发生的时候我就站在那里。气味儿太浓了，我都感到头痛，衣服里的气味多少个月都去不掉，不管我妈妈洗了多少次。从那以后我就对夏奈尔香水过敏。只要有人用，我一闻到就会头痛。"

"他们是怎么对待那些残疾人的？"

"七十年代中期同样的事也发生在这些人身上。当时他们决定要让这个国家更能吸引游客，就把这些人都驱赶到了一起，有病人、瘸子、贫困的人，然后把他们运到了戈纳夫岛。那是远离海岸的一个小岛。"

"我明白了。"麦克斯说，他摸摸身上找笔记本，可是没找到。"他们怎么样了？还在那里吗？"

"我不知道。我猜其中一些人还在那里。他们都是极其贫穷的人，和老鼠一样生活在最底层。没有人关心他们。"尚蒂尔回答说。这时候，麦克斯拿起了脚边上的军用帆布小背包，他在里面放着相机和录音机。他也放了一支笔，可是没放纸。

尚蒂尔打开了胸前的衬衫口袋，把自己的小笔记本拿出来递给了他。

"永远也不要忘记最基本的。"她大笑。

麦克斯把详细情况都刷刷刷写了下来。

"麦克斯，你要说通顿，不是通蹬。你听起来像是在模仿大象走路。"她又笑了。"通顿黑管是个市区的传奇，父母吓唬小孩子的鬼怪故事：要乖呀，要不然通顿黑管就要来抓你了。他就像花衣魔笛手，用音乐蛊惑孩子，把他们偷走，永远也别想回来。"

"他们有没有说通顿黑管带走了查理？"

"说了，当然说了。我们贴布告的时候街上的人就凑过来说：'你们永远也找不到这个孩子了。通顿黑管抓走了他，就像他抓走我们的孩子一样。'"

麦克斯点点头，他想到了克劳德特·托多。

"看见那边了吗？"尚蒂尔说，用手指着一条看起来破破烂烂的街道。街两边都是矮小的房屋，屋顶和墙上刷着标语，都退色了。人们正从一辆垃圾车里跳出来，车就停在马路中间。"那里曾经是红灯区，有许许多多的同性恋酒吧、妓院和俱乐部。真的是无所顾忌、无忧无虑的地方。这里每个夜晚都举办派对。人们可能没有什么钱，可是他们知道怎么取乐。现在到了晚上车都不让你开过去，除非是军车。"

"那些酒吧怎么样了？"

"1983年艾滋病袭击期间，让－克洛德都让它们关门了。那些富有的美国同性恋过去常到这里来过肮脏的周末，现在大多数也都不来了，因为你们的媒体说海地是艾滋病的发源地。让－克洛德把所有的同性恋也都驱赶到了一起。"

"他把他们也送到戈纳夫岛去了吗？"

"没有。没有人知道这些人怎么样了。"

"换句话说他们被杀害了？"

"很可能是。没有人确切知道是怎么回事。没有人跟踪调查过，至少没有公开调查过。不想制造任何闲言碎语。同性恋在这里绝对不可行。克利奥尔语把男同性恋叫'疯厮厮'，把女同性恋叫'疯得瘟'。现在有个说法：'海地没有同性恋，他们都结婚生子了'。那是一个秘密社会。"尚蒂尔说，"可是让－克洛德一时间成了众所周知的双性恋者。我认为这是他搞的烟雾弹，而且他和每一个他想要的海地女人都发生了关系。他应该有一个高等社会的男朋友，叫雷尼·希尔维斯。一个又高大又肥胖的家伙，开着金车牌的劳斯莱斯四处晃悠，还穿着裙子。"

"听起来像是利贝拉切。"

"人们都叫他'非常真实先生'，根据那个同性恋迪斯科歌手叫的。"

"就像《你让我感觉非常真实》里唱的那样？"

"你知道这个？"

"当然知道。我珍藏着一张十二英寸的唱片。"

"你？"

"是呀。"

"是真的？"

"是真的。有什么大惊小怪的？我是正宗的托尼·马内罗。《你让我感觉非常真实》吗？那是我唱的！"

"这个我看不出来。"她又那么大笑了。

"再仔细看看。"麦克斯说。
"我们会看到的。"

他们的车走在哈里·杜鲁门大道上。哈里·杜鲁门大道道路宽阔，路两边都种着棕榈树，路面出奇地平滑，顺着海岸线延伸。麦克斯能看见左侧有一辆坦克，地平线上还有艘战舰；前面远处能看出是港口，锈迹斑斑、沉了一半的船只塞满了水面。一队戴着蓝色头盔的联合国维和部队从他们旁边经过，从路的另一边过去了。

海地人民银行，即卡弗家族的商业核心是一座雄伟的乳白色立体建筑，或许更适合做图书馆或者法庭。这模模糊糊地让麦克斯想到了在巴黎看到的凯旋门的样子。

银行离马路有段距离，建在缓坡上，周围环绕着水灵灵绿油油的广阔草地。建筑物四周围着沙石墙，墙头上长着白色、粉红色的花，其中半隐半露着细长的钉子和铁丝网。街道和银行之间耸立着高大的铁门，两边各站着一个全副武装的保安。尚蒂尔把车开过去的时候，其中一个保安对着无线对讲机说了什么，大门从里边朝内打开了。

"这是特殊人员入口。"尚蒂尔说。他们开车进去，开上了一条不长的小路，小路把环绕的草地分成了两个长方形。"只有家族的人、某些职员和特殊客人才允许从这里走。"

"你是哪一类？"麦克斯问。他注意到一辆银灰色的梅塞德斯奔驰吉普车跟着他们进来了，车窗遮得严严实实的。

他们沿着小路转弯到了一个空着一半的停车场。不断有人从银行的转门里走进走出。

他们出来的时候，麦克斯看见梅塞德斯奔驰吉普车在他们后面几个车位的地方停下了。麦克斯往那边瞥着，时间长得足以看清楚是怎么回事，却没有长到让别人注意到他在看。从车上下来四个人，都是大块头的西班牙型。他们走到已经开启的后备厢前。

麦克斯看见了需要看见的一切。他知道接下来要发生的是什么事，甚至在他们没有赶上并超过他和尚蒂尔的时候就知道了。他们抬着两个非常沉重的大箱子一路小跑进了银行。

"特殊客户吗？"麦克斯问。

"钱都不知道从哪里来的。我的雇主们也不知道。"尚蒂尔说，没有丝毫的尴尬、惊讶和担心，就像之前已经不得不应对过这样的问题一样，也许她已经经过培训，知道该怎么处理这种事了。

麦克斯什么也没说。他预计人民银行经手了大量的毒品交易的黑钱。从八十年代早期以来，全世界至少百分之十到百分之十五的可卡因是通过海地走私到四面八方的，而且南美洲大多数主要走私卡特尔都和这个国家建立了牢不可破的关系，很多都把这里当成隐身的地方，在这里藏上一两年。他肯定卡弗家族没有积极主动地参与毒品交易，古斯塔夫太狡猾了，不会干这样的事，可是客户来敲门的时候他们也不会把客人拒之门外。

麦克斯打算从卡弗家的地皮上着手进行调查，从银行开始。这是他一贯的工作方式，以客户为中心往外查：他对花钱雇用自己的人越了解，就越能理解这些人的敌人心里是怎么想的，这样他就能弄明白他们憎恨什么、觊觎什么、想要夺取什么、想要毁灭什么。他首先要确定动机，然后在可能的嫌疑犯周围布网、收网。他会把这些嫌疑犯一个一个排除，直到找到罪犯。

他们跟着抬箱子的人进了门。里面可想而知是多么富丽堂皇，集飞机棚的顶棚和公司陵墓于一体，过世的首席执行官或许就躺在地面上镶嵌的铜饰板底下安息，未来一代又一代的人对他们视而不见、在他们身上践踏。巨大的深色花岗石特尔斐柱擎着屋顶，屋顶离地面几乎有一百英尺高，装饰着壁画。壁画画的是淡蓝色的天空飘着蓬松的云彩，上帝的手张开着，洒落了世界上所有的主要纸质货币，从美元到卢比、法郎到日元、英镑到比塞塔种类繁多。海地古德因为缺席而显得尤其惹人注意。

柜台在银行远端的尽头，至少有三十个，用花岗石和防弹玻璃分隔成带编号的隔间。麦克斯注意到客户的衣着是多么考究，就像来办理业务之前专门光顾过服装店和理发店一样。他猜在海地有个银行账户就让人拥有了某种社会地位，进了一个排外的圈子，而存款、取钱的整个仪式其社会意义绝对不亚于星期日领受圣餐、向教堂捐款。

抬箱子的人被领进了柜台右边的一个门。两个保安站在门口，拉维枪栓式猎枪随意地斜挎在肩膀上。

非常光洁的深色花岗石地面中间镶嵌着国旗，国旗的面积占了整个地面的一半。麦克斯绕着国旗走了一圈，研究着：两个平行相等的横长方形，上蓝下红，中间耸立着一棵棕榈树，树的一侧是大炮、旗杆，另一侧是带刺刀的火枪，树顶是一顶红蓝两色的帽子，底部的饰带上写着"团结就是力量"。

尚蒂尔看见麦克斯一边绕着图案走一边仔细在看，就说："杜瓦利埃时期的国旗更好看一些，不是红蓝两色的而是红色和黑色，代表着务实。十年前国旗重新恢复了最初的颜色，地面也不得不重新铺过。这是一面非常法国式的国旗。颜色，也就是这里的红色和蓝色，就是法国三色国旗的颜色去掉了白色，象征着白人被拔掉了。标语和武器都象征着这个国家通过团结一致和武力革命取得自由的斗争。"

"一个尚武的国家。"麦克斯说。

"曾经是。"尚蒂尔酸溜溜地回答说，"我们再也不战斗了，只是翻过身去忍受。"

"麦克斯！"阿连·卡弗叫了一声朝他们走过来。几个人，都是在排队等候办理业务的富家女人，扭过头来，一直看着卡弗轻快地走过来。他的脚后跟哒哒地敲打着地面，双手在身子前面微微伸着，似乎准备接球一样。

他们握了握手。

"欢迎！"卡弗说。他带着还算热情的微笑，西装笔挺而合身，头发服帖地往后梳着。他又重新掌权了，一副君王、主人的派头。

麦克斯又环顾了一下银行，猜想着这里有多少是用毒品交易的钱修建的。

"非常想带你参观参观，可是我一整天都会被客户缠住无法分身。"卡弗抱歉地说，"我们的保安主任可达达先生将带你四处看看。"

卡弗带着他们沿着自己来的路线返回，请他们过了一道有人把手的门，进了一条凉爽的、铺着蓝色地毯的长走廊，再走过去一点就是电梯。

他们在走廊唯一的一间办公室外面停了下来。卡弗在门上敲了两下然后才粗暴地把门打开了，似乎希望让里面正在干什么难堪的或者天理难容的勾当的人被抓个猝不及防。

可达达先生正在打电话，一只脚放在办公桌上，大声笑着，专利懒汉皮鞋上的饰针也跟着他爆笑的节奏晃动着。他扭头看了看他们三个，含含糊糊地摆了摆手，继续打电话，姿势也还是那个姿势。

办公室很宽敞，一幅带框的现代油画占了一面墙，画的是一座房子俯瞰瀑布。另外还有一幅传统油画，也是镶在镜框里的，画的是教堂外的露天聚会。他的办公桌上除了电话、一个记事本和几个黑色的木头小雕像之外就没有别的东西了。

卡弗在门口附近没有动地方，就用克利奥尔语粗暴地跟可达达说起来了，提到麦克斯的时候用头朝麦克斯示意了一下。可达达一声不响地点了点头，脸上的表情混合了职业的严肃性和刚才欢笑的残迹。麦克斯马上就明白是怎么回事了。可达达是古斯塔夫的人，根本不把这个小的看在眼里。

然后卡弗就对尚蒂尔交待什么，态度温柔得多了，微笑着。他跟麦克斯告别的时候又是一副表面化的客套。他说："参观愉快。我们以后再谈。"

莫里斯·可达达站起来，从办公桌后面走过来。

可达达飞吻了尚蒂尔的两面脸颊，热情地拍打着她的肩膀。尚蒂尔把麦克斯介绍给了他。

"欢迎到海地人民银行来，麦克斯先生。"可达达一边哒哒哒地说着一边鞠躬致敬，麦克斯看见了他的头顶，一个粉红色的、带斑点的、怪里怪气的秃头顶。尽管他消瘦、矮小，比麦克斯也矮也瘦，他握手却非常有力。尚蒂尔解释说自己不得不进行翻译，因为可达达不会说英语。

可达达带着他们出去到了主入口外面，马上就开始向他们介绍银行，用克利奥尔语连珠炮一样讲了一通，字从他的嘴里跳出来就像他一边走一边在打电传一样。

尚蒂尔把他喷涌而出的话压缩成了简单句："柱子是意大利进口的。地板也是意大利进口的。海地国旗也是。柜台也是意大利进口的，工作人员不是。"

可达达在排队的客户间穿梭，握手、拍肩膀、给女士飞吻，带着政客竞选的高昂情绪煽动着人群。他甚至抱起一个小孩儿亲了亲。

可达达像装扮成马戏团小丑的狮子，一个寻找机会上连环漫画的卡通人物。扁平的大鼻子，圆鼓鼓的生姜埃弗罗头型，皮肤是红头发人天然的苍白色，脸上布满了密密麻麻的雀斑。他的双唇红润——下嘴唇的边缘是粉红色，而且嘴唇总是湿润的，因为他那粉红色的舌头尖总是不停地一圈一圈地舔着嘴唇，就像一只奢望的螳螂在拼命追赶一只快腿的臭虫，追呀追呀追不上。他的眼睛半张半闭着，烤咖啡豆似的虹膜从和意大利面条一样横七竖八的血管交叉的眼皮下面往外偷觑着。

可达达的很多地方都和身份不符。首先金银首饰就都不对劲儿。他戴着很多金首饰：每个手腕上都戴着两根粗手链，小手指上还各戴着一个大号金戒指；他微笑的时候露出了金门牙；他在银行的地面上蹿上蹿下，麦克斯听见他的衬衫底下叮叮当当地响，猜想他脖子上至少缠了三根金项链。

麦克斯认为可达达实际上缺乏在保安行业工作的各种个性特征。干保安这一行的人都内敛、讳莫如深，而且尤其显著的一点就是谨小慎微。他们三缄其口，什么也逃不过他们的眼睛，思维和行动都很敏捷。可达达恰恰相反。他喜欢人群，或者说喜欢人群的关注。保安人员融入人群但把人群中的每一个人都看成潜在的威胁。就连他的衣服也不对劲儿：白色的帆布裤子、海军蓝的便装上衣、紫红色和白色相间的领带。保安人员一般偏爱暗色调的衣服或者是朴实无华的制服，而可达达很可能会被看成是某个游艇上的总管。

他们坐着装有镜子的电梯上了一层楼，到商务区。可达达站在电梯门的左边，这样他就能在自己的位置允许的情况下尽可能看见尚蒂尔的整个三维视图。麦克斯本来以为可达达是个同性恋，可是电梯运行的那几秒钟可达达的目光始终在尚蒂尔的胸部逡巡，把所有细节都吃透了。电梯马上要停下来的时候，他肯定是感觉到了麦克斯强烈的目光，因为他和麦克斯对视了一下，然后又迅速瞟了一眼尚蒂尔的胸部，然后又看了看麦克斯，轻轻朝麦克斯点点头，让麦克斯知道他们俩发掘到了共同点。尚蒂尔没有注意。

商务区铺着地砖、开着空调，有一股橡皮泥的味道。走廊的墙上挂着一排排的黑白照片，都标注着日期，照片上是这家银行资助过的主要建设和项目，从教堂到超市不等。可达达带着他们走过了各色办公室。每间办公室里都有三四个衣着时髦的男女坐在配置了电脑和电话的办公桌后面，可是他们没有一个人在真正做事。事实上，整个楼层似乎什么也没有发生。很多电脑显示屏都没有亮，没有电话铃响，有些人甚至都嫌装腔作势麻烦索性没有掩饰自己的无所事事。他们坐在办公桌上聊天、看报、交流。麦克斯看了看尚蒂尔寻求解释，可是尚蒂尔并没有说什么。可达达的声音直接打破了安静。很多人都抬起头来，眼睛注视着这个导游，有些人听见他说什么话哈哈大笑起来，可是不管他们笑什么都没有被翻译出来，麦克斯也无法理解。

麦克斯开始能理解古斯塔夫的心态了，也就是他对待人的态度。对此有让人憎恨的地方，同时也有更多值得称道的地方。

再上面一个楼层气氛稍微活跃了一点，那是抵押和个人贷款区。布局都一样，可是麦克斯听见了几声电话铃响，看见有些电脑是开着的，在用。可达达通过尚蒂尔解释说海地人都倾向于白手起家建造自己的房子而不愿意购买二手房，因此他们需要贷款购买土地、雇用房屋设计师和建筑队。

卡弗家族的办公室在顶楼。可达达对着电梯的镜子墙面挺直了腰身，捋顺了头发。尚蒂尔和麦克斯对视了一下，她微笑着的表情似乎在说"这是多么愚蠢的家伙"。麦克斯也捋了捋自己的光头。

电梯门开了。出了电梯是接待区和等候区。负责接待区的是个女人，坐在高大的红木办公桌后面。等待区摆放着黑色皮质矮沙发椅，一张咖啡桌和一个水冷却器。两个持乌兹冲锋枪、穿防弹马甲的保安在这个区域的另一面徘徊。可达达带着他们出了电梯来到左边一组厚重的双层门前。他在门边的袖珍键盘上键入了密码。右面有个探视镜头对着他们。门打开了，是个走廊，尽头是另外一组双层门。

他们走向古斯塔夫的办公室。可达达通过内部对讲系统报了他们三个人的名字，嗡鸣声表示让他们进去。

古斯塔夫的女秘书四十六七岁，气宇不凡，皮肤颜色比较浅。她跟可达达敷衍了事地打了个招呼。

可达达向她介绍了麦克斯，却没有跟麦克斯介绍她，所以麦克斯也不知道这位秘书的名字。她的办公桌上也没有放名牌。她跟麦克斯握了握手，头微微点了点。

可达达问了她什么事，她回答说"不"。可达达跟她道谢，然后带着麦克斯和尚蒂尔出了办公室沿着走廊走回去。

"他问我们是否可以看看古斯塔夫·卡弗的办公室，可是珍妮说不可以。"尚蒂尔低声耳语说。

"那阿连的办公室呢？"

"他是副总裁。他的办公室在二楼。我们刚才已经经过了。"

可达达带他们回到底楼。麦克斯交给他两百美元让他给换成海地货币。可达达滑向现金出纳处，路上还和更多的客户热情地打着招呼、甩着飞吻。

没几分钟他就回来了，用拇指和食指夹着像一小块儿砖头那么厚的一沓棕褐色的古德。海地货币因为美国入侵和国家困难的经济状况严重贬值，以至于一美元可以兑换五十到一百古德不等，具体多少取决于到哪家银行兑换。海地人民银行在海地的兑换率最高。

麦克斯从可达达手里接过钱，数了数。这些票子不管是蓝色、绿色、粉红色还是红色，都潮湿、油腻，底色全部都是灰棕色。面值越小（面值最小的是五古德），数字和图案就被灰尘和油渍弄得越不清楚，而最大面值的五百古德的票子就不怎么脏旧，上面的细节完全能辨别清楚。钱有一股臭脚丫子味儿。

可达达把他们送出转门，他们和他说再见。他们正在说话的时候，那几个抬箱子的人出来了，箱子现在都空了。可达达结束了送别赶紧去和他们打招呼，热情地拥抱了其中一个人。

麦克斯和尚蒂尔回到车上。

"你有什么看法？"尚蒂尔问。

"古斯塔夫是个慷慨大方的人。"麦克斯说。

"怎么会这么说呢？"

"他花钱雇用了那么多人却没有什么事让他们做。"他说。他想把可达达也归入这一类人，可是并没有这么做。单凭外表和直觉判断从来都没什么好处，即使凭外表和直觉都对这个人评价很差也不能妄下断言。

"古斯塔夫理解海地人的心态：今天为别人做点什么，一生都能拥有一个朋友。"尚蒂尔说。

"我猜这有利也有弊。"
"确实是这样。多花一分心思帮助朋友,多花二十分心思埋葬敌人。"

## 18

他们驱车到了乌维斯大道,查理被绑架的地方。

他们停了车,从车里下来。热浪像一张严密的熔岩网一下子包裹住了麦克斯,煎烤着他的皮肤,让他的五脏六腑都沸腾了起来。他一下子就大汗淋漓,汗水顺着后背往下淌,浸湿了衬衫。在银行外面的时候,热被从海上直接吹来的海风驯服了,可是这里连空气都沉闷、纹丝不动、十分干燥。热是那样强烈,他能看见实实在在的热流在他眼前跳跃,模糊了视线。

人行道高出路面,因为上亿双脚的践踏和年久失修,危险的地面像冰一样打滑,像镜子一样反光。他们沿着街极其缓慢地走着。街上挤满了人:有的在卖,有的在买,有的在以货易货,很多是在闲荡、闲聊。麦克斯在烘烤似的水泥地上走着,听见自己的橡胶鞋底发出吱嘎吱嘎的响声。每个人都在看着他们,目光追随着他们,尤其是对麦克斯。麦克斯感到大量的困惑和不信任的眼光朝他投过来,而不是他在故乡走过贫民窟时常常遇到的怀疑和敌视的目光。他牢牢记住了几个小时之前发生的事,所以避免和别人有眼神交流。他们走下了人行道,走在了路上,路上稍微不那么拥挤一点。

整个城市在靠着过去残留的气力疲惫地费力前进。如果不是这样,麦克斯会说他们正在走的这个地方很糟糕。乌维斯大道曾经是用六边形的石头铺的,除了紧贴人行道边缘的石头以外,其余的全都不见了,被撬出来了。有些撬得很专业,留下了几何图形,有些就是随意撬的,一下子撬走了十块、二十块。每隔两米就有阴沟,就是把路沿豁开的四四方方的洞;每隔四五米部分路面就塌陷下去,形成了巨大的、恶臭难闻的、苍蝇大量出没的黑色的坑。这种坑有双重功能,既是垃圾坑,又是公共厕所,男的、女的、小孩子都在众目睽睽之下大小便,丝毫也不受往来车辆的影响。这个地方弥漫着大便、臭水、腐烂的水果、蔬菜和动物尸体的恶臭。

灰尘无处不在,所有的东西外面、里面都是灰尘,从环绕首都的高山上吹过来的。这些高山曾经翠绿苍郁,可是几代人连续不断地砍伐树木建造家园、做手推车、当柴烧,都砍光了。山光秃秃的,暴露在阳光下,太阳把曾经富饶、肥沃的土壤晒干了,风又把浮土吹回来,吹到了海地人的脸上。他用舌尖舔了舔,就明白了:自己只要闭一下眼睛,努力跳进这个地方,就能确切地知道在这个被上帝遗忘的、脏乱的地方被活埋是什么滋味了。

查理的头像贴得满大街都是,醒目的黑白照片布告写着提供关于查理被绑架的信息可以得到现金回报。和这些黑白照片竞相存在的是大幅的彩色广告,宣传海地歌手在迈阿密、马提尼克岛、瓜德罗普岛和纽约的演唱会。

他揭下一张查理的布告开始四处给人看。他注意到布告左手边的空白处有一个手画的黑色标志：像一个"大"字，中间略微弯曲，上端有个圆头，右边缺了半边横梁。他看了看其他布告，每张上面都有这种记号。

他把记号指给尚蒂尔看。

"通顿黑管。"尚蒂尔说。

他们开始在大街上打听有谁目睹了绑架查理的过程。他们先到了各种店里：没有空调而且货架都磨光露底的几家小食品店，出售汤锅、煎锅、木头勺子的锅碗瓢盆店，几家酒肆，一家面包店，一家挂着一只皮肉不全的死鸡的肉铺，一个卖旧汽车零部件的地方，另外还有一个只卖亮白色鸡腿的地方。回答的方式各异，但答案只有一个：什么也没看见。然后他们在大街上一个人一个人地问。一直都是尚蒂尔把布告给人看，跟人交流。

没有人知道什么。他们摇摇头耸耸肩膀，或者用一两个字回答，或者用粗哑的声音叫嚷了好久，但没有人知道什么。麦克斯观察着，被问到的人回答的时候他都用审讯员的眼光审视他们，看有没有人撒谎、知情不报，可是他看到的都是疲惫不堪、半醒不醒、年龄无法判断的男女，对这个白人男子和浅肤色的女人为什么关注他们感到迷惑不解。

这样问了一个多小时，麦克斯考虑要找弗朗西斯卡提到过的那家鞋店。他们在大街上问的时候他一直在注意找那个店，可是根本没看见一家那样的店，连相仿的都没看见。或许他们已经走过去了，或许这家店关门了。他看见的人至少有一半光着脚，脚都那么厚、变形得那么厉害，脚底板和脚后跟都是蜡一样的角质层，他都怀疑他们是否穿过鞋子。

他们往回走，到停车的地方去。一个卖果味冰霜卷的老头儿正在往纸杯里铲冰。他用的是一辆木头推车，车上放着一个冰箱，旁边还摆放着一瓶瓶色泽鲜艳的果子露。麦克斯能看出来他一直在等他们过来。他一直用眼角留意着麦克斯，与此同时还在搜索着人群。无论他们走到哪里，他总是在附近逡巡，推着推车，时不时地铲两下冰箱里的冰块，注视着他们。

麦克斯走近的时候，他开始跟麦克斯说话。麦克斯以为他想卖给自己一些脏乎乎的甜品，挥挥手让他走开。

"你想听听吗，麦克斯？"尚蒂尔说，"他在说绑架的事。"

那个人说他看见那事发生了，离他们停车的地方不远，不过是在街对面。他对事件的描述和弗朗西斯卡说的非常相似。福斯丁把车停在路上，等了很长时间。卖冰霜卷的说他听见福斯丁朝两个女人大声叫骂了。到了那个时候，车子四周已经围了一群人。福斯丁放下车窗让他们该干什么干什么去，别挡道。他们没有动，他就掏出一支枪来，朝空中开了两枪。福斯丁开枪的时候，罗斯从后面抽了他的脸，试图把他的眼睛抠出来。这个时候福斯丁才开枪打死了她。

到了那个时候，人群当中有很多人都认出了福斯丁。他们拿着大砍刀、短刀、拍子、铁棍子、石头开始袭击车子。他们砸碎了玻璃，把车子弄翻了两次，跳到车顶上，要把车子砸开进去。那个人说有差不多三百个人把车子围了个水泄不通。

人们把福斯丁从车上拽出来。尽管他浑身是血，但还活着，大喊着饶命。他们把他扔进暴动的人群当中。那个人说他们肯定把这个保镖剁成了肉泥，因为等那些人走开的时候，留下的只是一大摊血和内脏，还有碎骨头末和沾满血的衣服碎片。他笑着说自己记得他们怎样砍下了福斯丁的脑袋，戳在笤帚把上，朝萨林跑去。他说福斯丁的舌头大得不同寻常，简直就是奶牛的舌头、驴子的舌头。他们把他的眼珠子抠了出来，同样也想把他的舌头扯下来，可是长得太结实了，只好让它耷拉着，从嘴巴垂到了下巴。人群带着战利品，一路唱着、跳着朝贫民窟跑去，他的舌头就在空中摇着、甩着。

卖冰霜卷的不是很清楚接下来发生了什么事。远远站着的人们开始拆车子的零件。然后文森特·保罗带着人开着三辆吉普车过来了，人群散开了。然后保罗大叫着在街上走来走去，问女人和孩子在哪儿。有人指了指暴民带着福斯丁的头去的方向。他们把罗斯的尸体放在吉普车后面，飞也似的追了过去。

那个人说他一直不知道后来发生了什么事。那个人说这件事就发生在美国军队入侵海地岛的前几天，当时海地军队和民兵正在四处巡逻，偶尔朝贫困的居民区打上一阵子、放上一把火。所以在那种恐惧的气氛当中，人都被搞糊涂了，常常发生误解，很多事都忘了、不管不顾了。

麦克斯谢过了他，给了他五百古德。卖冰霜卷的看见钱，一把从麦克斯的手上拿过去，许诺下次去寺庙的时候一定会替他捐上点儿什么。

## 19

那个老太婆正如弗朗西斯卡描述的那样，穿着退色的粉红色裙子，坐在乌维斯大道尽头的一家鞋店外面的大门口。店就在一所房子里，房子前面墙上有壁画，画的是一个穿着劳动布裤子、卷着袖口的黑人男子，敲打着一只靴子底儿，一个赤脚的男孩儿在旁边看着，他们的头顶上方是个天使，就在两个人中间。这是唯一可以看出经营什么业务的地方。门虽然开着，可是露出来的是一片漆黑，阳光都无法渗透。有人在她正对面的墙上贴了一张寻找查理的布告。

尚蒂尔给他们彼此做了介绍，然后告诉她他们有什么事。这个老太婆告诉尚蒂尔站得再近一点，对着她的耳朵说话。麦克斯并不怪她。大街上熙熙攘攘，人们都大声嚷嚷着、嘟哝着、吆喝着在堵塞的路上挤过去，他自己也是勉强能听见尚蒂尔说什么。

老太婆一边听着，一边大声说着什么，她费劲地说着，和她听起来一样费劲，不过还是设法把声音降低到了克制的程度。

"她说她看见发生了什么事。她刚好就在这里。"尚蒂尔说。

"她看见什么了？"麦克斯问。尚蒂尔还没等老太婆的话音落地就翻译说："她说她听说你付钱买别人的记忆。"

老太婆露出了微笑，麦克斯看见她的牙齿只剩下了两个弯曲的、带着黄渍的犬牙。那牙看起来就像长在一只恶毒的狗的嘴里。她回头看了看开着的门里面，看了一会儿，点点头，然后瞅完麦克斯又瞅尚蒂尔，用更低的声音对翻译说了什么。尚蒂尔的脸上露出了怪笑，摇了摇头，然后才把自己听到的翻译给麦克斯。

"她想要钱，比你刚才付给那个家伙更多的钱。"

"只要她说的情况属实而且有用。"

老太婆知道麦克斯说了什么话以后哈哈笑了。她用一根像树枝一样瘦长而弯曲的手指指着路对面，那里有人贴了一张寻找查理的布告。

"他就在那个地方。"她通过尚蒂尔转述说。

"谁？"麦克斯问。

"高大的男人。"她说，"最高大的男人。"

"文森特·保罗？"

"你以前见过他吗？"

"没有。"

"之后又见过他吗？"

"没有。"

"你认识文森特·保罗吗？"

"不认识。"

"你们的人叫他什么？"麦克斯问。

"太阳城之王？"尚蒂尔问，得到的回复是迷茫的一瞥。老太婆不知道尚蒂尔在说什么。

"好吧。这个人在干什么？"

"在跑。"这就是答复，然后又冲着对面墙上的布告一点头，"和那个男孩儿一起跑。"

"那个男孩？"麦克斯说，指着查理的脸，"你肯定吗？"

"肯定。"她说，"那个男人把他扛在肩膀上，就像扛着一个空的煤袋子。男孩的脚在踢、手挥舞着。"

"后来发生了什么事？"

老太婆又向麦克斯露出了脏乎乎的犬牙。麦克斯把手伸进口袋，给她看了看自己那一卷油乎乎的古德。她朝麦克斯伸出手来，用手指做着付给我钱的手势。

麦克斯微笑着摇摇头，指了指她，用手指做了一个闲聊的手势，让她继续说。

老太婆又冲着麦克斯微笑了，然后大笑，跟尚蒂尔说了他一句什么。尚蒂尔露出了微笑，但是没有翻译她说的是什么。

老太婆七十多岁了，身体还相当硬朗。麦克斯看见她的头发从系着的绿头巾里露出来一点，全都白了，和她的眼眉一样白，眼眉都一块一块地脱落了。她的鼻子和斗拳犬一样平，看着麦克斯的眼睛像是影子，比皮肤黑一些，皮肤是米色的。

"一辆车从太阳城那条路过来。"老太婆告诉尚蒂尔，指给他们两个人看。"高大的男人和男孩一起上了车，走了。"

"你看见司机了吗？"

"没有。车窗黑乎乎的。"

"那车是什么样的？"

"一辆不错的车，富人家的车。"尚蒂尔把老太婆的话翻译过来。

"她能再说得具体点吗？是辆大车吗？什么颜色的？"

"一辆黑车窗的黑色车。"尚蒂尔说。老太婆继续说着。"她说她曾经在这附近看见过，那件事发生前看见过几次，总是从那条路开过来。"

"之后又见过吗？"

尚蒂尔问她。老太婆说没有，没有见过，然后又说她累了，回忆太久之前的事让她想睡觉。

麦克斯付给她八百古德。老太婆快速数了数钱，朝麦克斯狡黠、搞阴谋般地挤挤眼，似乎他们共享了一个极其私密的秘密。然后，她迅速地又回头看了一眼，把钱分到两只手里，那张五百古德的票子放进了裙子里，又灵活地把剩下的塞进了鞋子里。她动作迅速，手和手指的动作快得几乎让人看不清楚。麦克斯看了看她的裙子，退色了、磨平了、补着补丁。然后他又看了看她的脚，两只脚上穿的鞋子根本不是一双，大小和颜色也不一样：一只原本应是黑的，不过现在成了灰色，用磨损的麻绳系在了一起；另一只本来是红褐色的，有个坏扣子，搭扣都弯了。两只鞋子都太小了，可能是小孩穿的。他看不明白她怎么能把钱藏到一只鞋子里。

麦克斯朝店门里面看去，看她一直留心查看的是什么。里面太暗了，根本看不见什么，也没有传出来什么声响，尽管他能感觉到有人在那里面，正注视着他们。

"店关门了。"老太婆说，似乎看出了麦克斯的心思。"一切都会及时关门。"

# 20

"那你怎么认为？文森特·保罗绑架查理了吗？"

"我不知道。"麦克斯说，"没有他绑架查理的证据，也没有他没绑架查理的证据。"

他们坐在车里，车停在奥夫里博士路上，正在分享麦克斯放在便携式冰箱里的一瓶水。

尚蒂尔喝了一小口水。她正在嚼桂皮口香糖。一辆联合国的吉普车开过去了，发出一连串的嗒嗒声。

"这里发生的一切他们都归罪于文森特·保罗，一切坏事，所有的犯罪行为。"尚蒂尔说，"一家银行遭到了抢劫？是文森特·保罗干的；一辆车被拖走了？是文森特·保罗干的；一家加油站被持械抢劫了？是文森特·保罗干的；一家人家被偷了？是文森特·保罗干的。都是胡说八道。不是他干的。可是这里的人，那么麻木不仁，那么冷漠，那么恐慌，那么……他妈的那么落后，他们相信自己想要相信的，不管这是多么愚蠢、多么不合逻辑。说这个的并不只是没有受过教育的广大群众，还有接受过高等教育的人，这些人应该明白事理不至于如此吧。他们也这样说，而这些人也正是管理我们的商务的人，也正是管理这个国家的人。"

"哦，从这个地方的情况来看，这也不足为奇。"麦克斯呵呵地笑起来，"你是怎么看待文森特·保罗这个人的？"

"我相信他肯定搅和在什么重大的事情里面了，非常严重的事情。"

"毒品？"

"别的还能有什么？"她说，"你了解克林顿送回到我们这里的那些罪犯的情况吗？嗯，不管他们谁回家，文森特·保罗总是会派个人到机场把他接走。"

"接他们去哪里了？"

"太阳城。你知道，我昨天跟你说过的贫民窟。"

"统治太阳城的人统治这个国家。难道不是这样的吗？"麦克斯说，记起了赫胥黎跟他说过的话。

"深刻。"尚蒂尔微笑着把水递还给他，"可是你知道这个地方的情况吗？"

"了解一些。"麦克斯点点头，把赫胥黎跟他讲过的重复了一遍。

"没有向导千万不要到那个地方去，还要有防毒面具。你自己去那里走丢了怎么办？那里的人不杀你空气也会把你毒死。"

"你愿意带我去吗？"

"绝对不会！我不认识这个地方，而且也不想认识。"她回答说，几乎生气了。

"那就太糟糕了，因为我明天想到那里去。查查这个地方。"麦克斯说。

"你什么也发现不了，光看看根本没用，发现不了什么。你必须知道自己想要干什么。"

"真是至理名言。"麦克斯大笑，"好。我一个人去。只要告诉我怎么去就行。我会没事的。"尚蒂尔看着他，一副担心的样子。"别担心，我不会告诉你的老板。"

她微笑了。麦克斯咕嘟咕嘟喝了一气儿水，品尝着尚蒂尔的嘴唇曾经碰过的瓶口留下的桂皮的味道。

"关于文森特·保罗你还能告诉我点儿什么？他和卡弗家族之间是怎么回事？"麦克斯问。

"古斯塔夫让他的父亲破了产。佩里·保罗是个大批发商。他跟委内瑞拉、古巴的公司之间有大量的独家代理业务，卖东西非常便宜。古斯塔夫利用自己在政府的影响力让他破了产。佩里失去了一切，开枪自杀了。这一切发生的时候文森特在英国。他当时还很年轻，可是在这里仇恨是遗传的基因。整个两个家族的人都会因为曾祖父之间的过节而彼此仇视。"

"这真是糟糕透顶。"

"这就是海地。"

"他在英国干什么？"

"接受教育，上学，上大学。"

麦克斯记起了前一天夜里那个人的英国口音。

"你见过他吗？"麦克斯问。

"没有。"尚蒂尔大笑，"我告诉你的也是道听途说，是别人告诉我的，不是确凿的事实。"

他在本子上记了几笔。

"去哪里，侦探？"

"尚马尔斯。"

"尚马尔斯？那是什么地方？"

"菲列斯·杜弗尔。"麦克斯念着记事本上的记录。

尚蒂尔一言不发。麦克斯抬头的时候，看见尚蒂尔脸色苍白，看起来吓坏了。

"怎么回事？"

"菲列斯·杜弗尔？大法师？"

"你说的最后一个词是什么？"

"大法师。在这里，拥有真正权力的不是政客们，也不是卡弗家族，甚至也不是你们的总统，而是像你要去见的这个人一样的人们。菲列斯·杜弗尔是'医生爸爸'的私人算命先生。杜瓦利埃事先不请教他从来都不会做任何重大的决定。"尚蒂尔压低了声音，生怕被人家听见一样，"你知道'医生爸爸'死了至少两个月之后死讯才公布出来吧。他非常害怕敌对势力发现自己的尸体、捕获自己的灵魂，所以命令把自己的尸体埋葬在秘密的地方。到今天为止，没有人知道这个地点，除了菲列斯·杜弗尔。据说他主持了下葬仪式。同样，据说他在'医生爸爸'死的那一天让'医生宝宝'在神圣的瀑布旁边娶了自己的母亲，某种罕见的伏都教仪式，世界上也鲜有人知道如何举行。这样就能保证权力从父亲的手里平稳地传到儿子的手里。杜瓦利埃倒台之后，他们的同党要么流放了，要么判刑了、处死了，每个人都是这样，只有菲列斯·杜弗尔例外。他什么事也没有。每个人都太怕他了，太怕他能做到的事了。"

"我本来以为他不过就是个伏都教教士。"

"祭司吗？他？不。法师像算命先生，可是要高深很多。打个比方：如果你真的很想得到一个不可能得到的女人，比如说她已经幸福地结婚了，或者说对你不感兴趣，你可以去找祭司，他就能替你搞定。"

"怎么搞定？"

"咒语、祷告、吟诵、祭祀。非常私人化、不正式，用什么方式完全取决于祭司。很多都涉及十分恶心的东西，比如把女人用过的月经棉塞用水煮，然后把煮的水喝掉。"

"有用吗？"

"尝试过的人我一个不认识。"尚蒂尔大笑，"可是我见过足够多的丑男人和漂亮女人一起走来走去。所以，你自己下结论吧。"

"法师会干什么呢？"

"他们大不一样。和巫术绝对毫无关系，可是跟一个非海地人说这个，他们根本不会相信。"尚蒂尔一边说一边仔细观察着麦克斯，看他是不是把自己说的话当真。看见麦克斯打开了记事本，正在奋笔疾书，她很高兴。

"全世界都有算命先生，用塔罗纸牌的、看手相的、吉卜赛人、通灵的、招魂的五花八门。法师和那个有些像，不过法术更高明。他们根本不用耍伎俩，根本用不着这些花招。你脑子里带着某个特定的问题去找他们，比如说你一个月后就要结婚了，可是还有疑问。法师看着你，然后光明正大地告诉你会发生什么情况。就像你在聊天一样。他或者她从来都不会告诉你要做什么，只是跟你讲将来是什么样的，让你自己拿主意。"

"到目前为止还是通灵热线。"麦克斯说。

"当然，可是大法师能改变你的未来。整个海地只有两个，菲列斯·杜弗尔就是一个，他们要多强大有多强大。如果你不喜欢他们跟你说的，大法师可以直接和神灵说。再回到你得不到的女人那个例子，想象一下有神灵在上面注视着你的情形。"

"就像守护天使一样？"

"是。大法师能直接和这些神灵说话，和他们做交易。"

"交易？"

"如果这个女人拒绝了他们，不遵从自己的命运，残忍地对待她周围的人，那么他们就会同意让法师进去把她推向这个男人。"

"这样做对吗？"麦克斯说。"当然了，这一切能否成功完全取决于是否相信你告诉我的这些？"

"在不相信的人身上也奏效。对他们来说更糟糕，因为他们不知道遭受的是什么打击，可能是突然间遭了厄运，也可能是结婚一起生活了十五年的妻子离开了自己投入了死敌的怀抱，也可能是才十几岁的女儿竟然怀孕了，都是这一类的事。"

"你怎么会知道这么多？"

"我母亲是个女祭司。她十三岁的时候菲列斯·杜弗尔点化了她。他也点化了我。"

"怎么点化的？"

"参加了一个仪式。"

麦克斯看了看她，可看不懂她脸上的表情。

"他是怎么做的？"

"我母亲让我喝了神奇的药水。这种药水让我离开了自己的躯体，从上面看见了一切。不是从非常高的地方，很像是两米高。你知道人脱离了皮肤之后皮肤看起来是什么样的吗？"

麦克斯摇摇头。即使他吸了最好的哥伦比亚烟草或者牙买加烟草感到云里雾里的时候也不知道那是什么样。

"就像是葡萄变质了，皱了、空了、下垂了，即使我当时那么年幼的时候也不例外。"

"他做了什么？"麦克斯又问。

"没干你想到的那种事。"她回答说，从他的语调弄懂了他的心思，"我们的宗教虽然原始，但并不是野蛮宗教。"

麦克斯点点头。"你最后一次见杜弗尔是什么时候？"

"那一天之后就没有见过。你找他干什么？"

"这是调查的一部分。"

"还有呢？"

"客户秘密。"麦克斯厉声说。

"我明白了。"尚蒂尔气恼地说,"我刚刚给你讲了非常私人化的事,我从来都不会外传的事,而你却告诉我说……"

"那是你主动说出来的。"麦克斯说。说完之后马上后悔了,想要把话收回来。说这种话简直就是混蛋。

"我什么都不会主动说出来。"尚蒂尔嗤笑道。然后她口气软了下来,"我喜欢告诉你。"

"为什么?"

"我就是喜欢。你身上有那种让人坦诚相告的气质。那种聆听但不妄下结论的气质。"

"很可能是当警察的结果。"麦克斯说。尚蒂尔对他的判断有误:他一直在评判。不过尚蒂尔是在和他调情,不是公开的,一切都是试探性的、模棱两可的,一切她都能公然否认,权当成是麦克斯一相情愿。桑德拉一开始也是这样,给他吃了足够多的迷魂药,让他怀疑她是不是对自己有兴趣,可是却一直让他猜来猜去,直到她有把握了才对他表白。他想知道如果他和尚蒂尔真的能走到一起,桑德拉会怎么看待尚蒂尔。他想知道桑德拉会不会赞成尚蒂尔继任自己的位置。然后他抛开了这种想法。

"好吧,尚蒂尔。我就告诉你好啦。查理·卡弗消失之前每个星期去见一次菲列斯·杜弗尔,连续去了六个月。他被偷走的那一天也是要去见他。"

"嗯,我们去找他谈吧。"尚蒂尔说。她发动了车子。

## 21

鲁瓦耶曾经是一个有大门控制进出的社区,整个社区全都是姜汁饼色的房子,掩映在椰子树和木槿属植物之间。"医生爸爸"在其统治时期把皇亲国戚都迁到了这里;"医生宝宝"统治期间把其中两座房子改造成了有独家经营权的妓院,里面养的都是来自洛杉矶的金发美女,每个小时的要价高达五百美元,供哥伦比亚的卡特尔首领享用。这些首领总是从这个国家出出入入,掌管毒品的运输,在海地国家银行洗黑钱。医生政权倒台了,皇亲国戚和妓女也都逃跑了,广大群众把路据为己有,先是掳掠房舍,把房子拆得只剩下了地板,然后他们就住进了废墟,一直住到今天。

麦克斯不明白杜弗尔为什么还选择留下来没有搬走。这条街就是一个垃圾倾倒场,和他在任何贫民窟或者社会底层的拖车式活动房屋停车场看见过的街道一样糟糕。

他们开车经过了残存的大门。大门只剩下了一个铁框,向路的反方向倾斜,一个角都弯下来了,触到了地面;破裂的铰合弯曲变形了,变成了有毒的蝴蝶、带刺的天线和锋利的翅膀。路面满是常见的障碍物,高低不平,到处是大坑小洞和裂缝;曾经辉煌、雅致的三层楼房惨不忍睹,只剩下了漆黑的、模糊的、对称的影子,所有的特色都荡然无存,被突如其来的贫困侵蚀着,只能等着落锤破碎机来拆除了。这些房子现在成了几个小村庄的村民的家。这些人老的老，小的小，几乎一律都穿着破衣烂衫。衣服破得都不足以遮羞，有时候也模糊了他们的性别。他们都整齐划一地注视着开过来的车，一片空洞的、茫然的目光锁定了车窗。

杜弗尔住在路尽头最后边的一所房子里。路到了那里就成了死路一条。他的房子和其他房子截然不同。房子是暗粉红色的，阳台的顶端和底部都是蓝色的饰边，全部紧闭的百叶窗是亮白色。房前的院子里长着绿油油的青草，一条两边嵌着岩石、种着植物的小路通往门廊的台阶。

一群孩子正在路上玩耍，大概有十几个。他们都停了下来，看着麦克斯和尚蒂尔下了车。

麦克斯听见身后传来一声口哨。他看见一个小男孩飞快地跑过草地，在房子这一边消失了。他们开始朝小路走的时候，路上的孩子集合在一起组成了紧密的团队，挡住了他们的去路。他们的手里都拿着石头。

这些孩子和他在大街上看见的其他所有的孩子都不一样，他们穿着得体的衣服和鞋子，看起来健康、干净。他们的年龄都不到八岁，可是他们的脸却因为和他们的年龄不相称的经验和智慧而冷酷无情。麦克斯试图对着一个头上扎着蝴蝶结的小姑娘微笑来消除她的敌意，可是却被恶狠狠地瞪了一眼。

尚蒂尔试着跟他们交谈，可是没有人管理她也没有人动地方。手里的石头抓得更紧了，小小的躯体都绷紧了，挑衅地晃动着。麦克斯往地上看了看，这些孩子有足够的炮弹，只要他们需要，这条路就是一个采石场。

他拉着尚蒂尔的胳膊，拖着她后退了几步。

突然，他们听见房子里传来一声口哨。那个男孩叫喊着跑回来。尚蒂尔如释重负地叹了口气。孩子们扔了石头，重新做游戏去了。

一个十来岁的小姑娘打开门把他们放了进去。她面带温暖的微笑，牙齿上套着矫正架。她示意他们在铺着黄绿色瓷砖的门廊等着，自己跑上很宽的一节铺着地毯的楼梯，楼梯通往二楼的平台。

从室外蒸烤似的炎热环境到了房间里面，一开始感到凉爽宜人，可是适应了之后，清凉就变得有些寒意了。尚蒂尔搓着双臂让自己暖和一点。

门廊有天窗，光透进来照得很亮，可是麦克斯注意到没有任何人工照明，电灯什么都没有，墙上也没有任何灯座开关。前面五英尺之外的东西他几乎什么也看不出来。他们周围笼罩着黑暗，几乎坚不可破，却异常活跃，在光线的边缘等待着，准备等他们一离开有亮光的地方就扑过来。

麦克斯注意到墙上有幅巨大的油画，画面上两个面孔消瘦、近乎僵化的男人站在一个黑皮肤的美女身后，男人的样子像是西班牙裔美国人。他们都穿着内战年代的服装，男的穿着黑色双排扣礼服大衣、灰色细条子长裤，像密西西比赌徒；女的穿着带白色毛领子的橘红色长裙，手里拿把伞。

"这些人里有哪个是杜弗尔吗？"麦克斯问尚蒂尔。尚蒂尔正相当认真地研究着画像。

"两个都是。"她小声说。

"他有个双胞胎兄弟？"

"这个我可没听说过。"

小姑娘重新出现在了楼梯上头，招手让他们上去。

他们上楼梯的时候，麦克斯注意到墙上挂着带框的黑白照片，有些标着日期，有些黑乎乎的，在现有的光线下所有的照片都难以看清楚。他们离地面越远光线就越暗，尽管相对来说他们离天窗越来越近。有一张照片特别吸引麦克斯的眼球，画面上是一个戴眼镜的黑人穿着白色外套坐在门外和一群孩子说话。

"'医生爸爸'，在他还当权的时候。"尚蒂尔注意到了麦克斯在看什么就告诉他说。

小姑娘带着他们到了一间房门大开的房间。里面一片漆黑。她仍然微笑着，拉起尚蒂尔的手，然后让尚蒂尔拉着麦克斯的手。他们摸索着走进去，绝对什么也看不见。

他们被带到一张长沙发椅前，坐下来。小姑娘擦燃了一根火柴，一瞬间照亮了房间。麦克斯一瞥，看见杜弗尔就坐在他们面前的一把扶手椅里，腿上盖着毯子，正看着他，微笑着。只是一瞬间，然后火柴碰到了油灯的灯心变成了小火焰，他再也看不见杜弗尔了。这也不是什么坏事，因为他看见的那一点点杜弗尔并不怎么令人愉快。这个人让他想到了一只巨大的乌龟。他的鼻子又长又尖，看起来似乎是从两眼之间伸出来的；一个松松垮垮的肉瘤耷拉着垂在下巴底下。如果他没有一百岁，那离一百岁肯定也相差无几了。

油灯发出微弱的古铜色的光。麦克斯能看见尚蒂尔、他们面前的红木桌子、一个放着一罐酸橙汁的银托盘和两个中间部位有一圈蓝色图案的玻璃杯。他们看不见杜弗尔，也看不见房间里的任何其他东西。

杜弗尔首先开口说话，说的是法语而不是克利奥尔语。他解释说他只知道三个英语词"你好"、"谢谢"和"再见"，声音轻得几乎听不见。尚蒂尔把这个翻译给了麦克斯听，然后问杜弗尔是否反对自己在那里做口头翻译。他说不反对，还叫尚蒂尔"夫人"。片刻间麦克斯恍惚到了另一个时代，男士们都脱帽致意，站起来为女士搬椅子、开门，可是幻觉很快就被眼下的事取代了。

"很抱歉这么黑，可是我的眼睛不能像以前那样看东西了。光线太亮会让我头疼。"杜弗尔用法语说，尚蒂尔翻译着，"欢迎到我的住处来，麦克斯先生。"

"我们会尽量不占用你太多的时间。"麦克斯说着把录音机、笔记本和笔放在桌子上。

杜弗尔开玩笑说自己年纪越大看到的东西就变得越小，记得有个时期录音机对跳里尔舞的人来说就像是笨重的里尔舞曲。他请他们尝一尝柠檬汽水，那是专门为他们准备的。

尚蒂尔给他们俩各自倒了一杯。麦克斯看见杯子上的图案是东方风格的,是男男女女各式各样的做爱方式,有的稀松平常,有的异乎寻常,有的需要专业柔体杂技演员的柔韧性才能完成。他在想杜弗尔都多长时间没有碰过女人了。

他们一边喝着饮料一边闲聊着。柠檬汽水苦中带甜,但是非常提神。麦克斯分别把柠檬和酸橙汁都加了糖放在水里尝了尝。杜弗尔问麦克斯在这个国家住了多长时间了,对这个国家有什么看法。麦克斯说他在海地时间还不长,还没形成什么看法。杜弗尔听了哈哈大笑,既不是讽刺的笑,也不是驳斥的笑。

杜弗尔说:"我们开始吧。"

麦克斯打开了记事本,按下了录音键。

"你第一次见到查理·卡弗是什么时候?"

"他失踪之前几个月他母亲带他来见我。我不记得具体日期了。"杜弗尔说。

"你是怎么见到她的?"

"她找到了我。她非常苦恼。"

"怎么会这样?"

"如果她没告诉你,我也不能告诉你。"

他对最后一个问题的回答礼貌而强硬。杜弗尔剩下的时日已经不多了,可是麦克斯能觉察到他钢铁般的意志支撑着那即将崩溃的身体。麦克斯把采访搞得像谈话一样,保持着中立的语调,肢体语言也放松而友好,不把胳膊支在桌子上,也不向前倾身子,只是靠着沙发后背坐着。告诉我一切,用我的方式给我。

尚蒂尔正好相反,她几乎从自己的座位上离开了,竭尽所能地听着老人说话,因为杜弗尔那点声音的残余时强时弱,就算语调升高了也不过像热沙砾打在冰封的路面上发出的粗哑的嘶嘶声。

"你是怎么看待查理的?"

"一个非常聪明、非常幸福的男孩。"

"你多长时间见他一次?"

"每周一次。"

"每周同一天同一时间吗?"

"不是,每周见面的时间都有变化。"

"每周都变吗?"

"每周都变。"

从杜弗尔的方向传来了盖子被打开的声音,随后一股煤油和烂蔬菜的味道中和了新鲜酸橙散发出来的宜人香气,并且盖过了香气。新鲜酸橙散发出来的香气也是刚才这个房间唯一的香味。尚蒂尔皱起了眉头,扭头避开了臭味最重的方向。麦克斯暂停了录音机。

杜弗尔没有做任何解释。他搓了搓手，然后搓了搓手腕和手臂，然后一个一个地搓着手指头，之后一个一个拽了拽手关节。味道从难闻变得恶心，最后简直让人无法忍受了，在麦克斯的喉咙后面变成了酸溜溜的橡胶味儿。

他从老人的方向移开视线，环顾房间四周。他的眼睛已经适应了这个地方的光线，现在能看见更多东西了。在他周围所有的平面都反射着油灯的微光，让麦克斯想到了一些照片，照片上一群人在摇滚音乐会上都高举着打火机，形成了一条丁烷的银河。他的左边是百叶窗，强烈的日光穿透木头上最微小的裂缝，从外面射进来，形成了一个个闪着磷火的点和线，一种耀眼的电码。

杜弗尔盖上了容器，对尚蒂尔说了什么。

"他说他准备好了，可以继续了。"尚蒂尔对麦克斯说。

"好。"麦克斯又把录音机打开，然后直视前方。他能模模糊糊地看出主人的头，脸那里只看见影影绰绰的惨白。"谁预约的？是你还是卡弗夫人？"

"我。"

"你是怎么通知他们的？"

"电话通知。我的女仆伊利恩——你们进来的时候看见的——给查理的保姆罗斯打电话。"

"你提前多长时间通知他们的？"

"四五天。"麦克斯把这个记在了记事本上。

"当时还有什么人和你在一起吗？"

"只有伊利恩。"

"你和他在一起的时候没有人到这所房子来吗？没有来访的客人？"

"没有。"

"查理要来见你的事你有没有告诉谁呢？"

"没有。"

"有人看见查理到这里来吗？"

"街上的每一个人。"

尚蒂尔刚翻译完杜弗尔就笑了，确认自己在开玩笑。

"他们知道他是谁吗？"麦克斯问。

"不知道。我认为不知道。"

"你有没有注意到任何可疑的人监视你的住处？有没有任何你从来没有见过的人？"

"没有。"

"没有人在附近转悠？"

"我会看见的。"

"我本来以为你不喜欢阳光呢。"

"要看见的方式可不止一种。"尚蒂尔翻译说。

系好座椅安全带，抓紧了，我们到了神秘的芒博琼博迪斯尼乐园（注：芒博琼博：西非某些部落的守护神，附身于戴假面具的巫医，能驱邪并能让妇女事事顺从）。

麦克斯想要这么说，可是没有说出口。他以前到过这里，在类似的情形下，和一位据说有超自然力量的伏都教教士交谈。那要追溯到他寻找博克曼的时候。那个家伙最强有力的东西就是他的气味：他用朗姆酒浸泡自己，而且几个月不洗澡。他迁就了那个教士，放了他一马，带着对海地的宗教比较实际的理解结束了会面。有时候，宽容和忍让是合算的，但不是经常。

"你没有问该问的问题。"杜弗尔让尚蒂尔对他说。

"是吗？那我该问什么问题？"

"我不是侦探。"

"你知道谁绑架了查理吗？"

"不知道。"

"我本来以为你能预见未来呢。"

"不能预见一切。"

说得多么轻巧。我猜有个人的亲属突然死亡的时候他就是这么说的。

"比如说，"杜弗尔继续说着，"我不能告诉人们他们的亲属什么时候去世。"

麦克斯的心跳骤停了一下。他干咽了一口唾沫。

巧合：没有看穿别人的心思这回事。

有什么东西还是什么人在他身后动了一下。他听见一块地板轻微地响了一声，仿佛有人有力而缓慢地踩在了上面。他回头瞅了瞅，什么也看不见。他看了看尚蒂尔，尚蒂尔看起来像是什么也没听见。

麦克斯重新把视线转向杜弗尔。

"给我说说查理。说说他来见你的情况。他来的时候你们做些什么？"

"我们交谈。"

"你们交谈？"

"是的。我们无声地交谈。"

"我明白了。"麦克斯说，"那你用什么？用电码吗？超感觉、电传还是别的什么？"

"我们的神灵交谈。"

"你们的神灵交谈？"他问，语调尽可能中立。他想歇斯底里地笑。

他们正式进入了胡说八道的境地，在这个境地一切都会发生，再牵强附会的也有可能实现。他告诉自己要继续演下去，一直要演到规则变得一塌糊涂、自己马上就要失去主动为止。然后他就出击，掀翻桌子。

"我们的神灵。我们内在的自己。你也有一个。不要混淆了自己的躯体和灵魂。你的躯体只是你在这个地球上存在时住的房子。"

不要用这种白痴的傻话迷惑我。

"那么，你是怎么做的呢？怎么和他的神灵交谈的呢？"

"那是我做的，尽管……我以前从来没有和活着的人做过。查理是独一无二的。"

"你们谈了些什么？"

"他。"

"他告诉了你什么?"

"你知道他为什么来见我了吗?"

"因为他不说话,是的,而且……"

"他告诉了我为什么这样的原因。"

麦克斯眼角的余光看见有什么东西穿过了他右边,迅速扭头去看,可是什么也没看见。

"那么,让我把这个弄明白:查理告诉了你或者说他的'神灵'告诉了你他出了什么问题?告诉了你他为什么不说话?"

"是的。"

"还有呢?"

"还有什么?"

"他有什么问题?"

"我告诉他母亲了。既然她没有告诉你,我也不会说。"

"这有助于我的调查。"麦克斯说。

"没帮助。"

"这个该由我来判断。"

"没帮助。"杜弗尔坚决地重复说。

"他母亲相信了你的话?不管你说查理告诉了你什么她都信?"

"没有。和你一样,她也疑心重重。实际上她并不相信我说的话。"尚蒂尔现在说话都犹豫了,语气带着疑问和不解。她听到的在她看来根本不合逻辑。

"什么让她改变了主意?"

"如果她想告诉你会告诉你的。我什么也不会说。"

麦克斯也知道从他身上什么也问不出来,这样问不行。不管是什么,弗朗西斯卡·卡弗或者阿连·卡弗都不得不告诉他。他继续问了下去。

"你说你们的'神灵交谈',对吧?你的神灵和查理的神灵交谈?你们还在交谈吗?你现在和查理还有联系吗?"

尚蒂尔翻译了。杜弗尔没有回答。

麦克斯意识到他没有看见女仆离开了房间。她和他们一起在房间里面吗?他扫视了一下门那个方向,可是周围的黑暗限制性太强了,坚定不移地毫不放松一丝一毫能占领的领地。

"有。"杜弗尔最后才说,在座位上动了动。

"有吗?你们最近交谈过?"

"是的。"

"什么时候?"

"今天早晨。"

"他还活着?"

"是的。"

麦克斯的嘴巴干了。他的兴奋劲儿一时间驱散了所有的疑虑和怀疑。

"他在哪里?"

"他也不知道。"

"他能跟你描述一下吗?"

"不能,只说一男一女在照顾他。他们就像他的父母一样。"

麦克斯把这个记了下来,尽管他一直在录他们的谈话。

"他没说他在什么地方?"

"没有。"

"他受伤了吗?"

"他说自己被照顾得很好。"

"他告诉你是谁把他带走了吗?"

"这个你不得不自己找出来。这就是你到这里来的原因。这就是你的目标。"杜弗尔说,声音提高了,暗示着自己有一点生气。

"我的目标?"麦克斯放下记事本。他不喜欢自己听到的,不喜欢里面暗含的傲慢、妄自尊大。

"每个人来到世上都有一个目标,麦克斯。每一个生命都有其存在的原因。"杜弗尔平静地继续说着。

"那么……所以呢?"

"这,此时此地,就是你的目标。事态如何发展取决于你,而不是取决于我。"

"你是不是说我'生来'就是要找到查理的?"

"我从来没说过你会找到他。这一点还没有决定呢。"

"噢?这由谁决定呢?"

"我们还不知道你为了什么在这里。"

"'我们'指的是谁?"

"我们不知道什么把你留在了这里。其他人的很容易看见。他们来这里是为了钱。唯利是图的人。不对,那不是你来这里的原因。"

"嗯,我可不是来享受这里的气候的。"麦克斯挖苦地说,然后他立刻就记起了在纽约旅馆里做的那个梦,梦里桑德拉告诉他接这个案子因为他"别无选择"。他记得自己是怎么衡量选择余地的,怎么预见自己的前景的,一切看起来是多么的惨淡。这个老头儿说得对,他来这里是为了拯救查理的生命,也是为了拯救自己的生命。

杜弗尔已经了解自己多少了?他还没来得及问,老头儿又开始说了。

"上帝给了我们自由意志和悟性。两方面都被赋予了很多的寥寥无几;一方面多于另一方面的有很多;两个方面都有限的却是大多数。那些两方面都具备的人明白自己的未来在什么地方。政客想当总统,雇员想当经理,士兵想当将军,演员想当超级明星,等等等等。一般情况下你在起跑时就能判断这些人将来怎么样。他们还不到二十岁就知道自己想怎么对待自己的生活。现在,我们怎么实现自己的目标、什么时候实现目标,或者说实现我们的'命运'基本上取决于我们自己,也有一点点是我们自身所无法控制的。如果上帝为我们想好了更高的目标,见我们在一个低级目标上浪费时间,他就会干预,让我们重新回到正确的轨道上来。有时候,这种干预很痛苦,有时候看上去像是个'意外'或者'巧合'。悟性高的人意识到上帝的手在塑造他们的生命，就沿着上帝指的路走。麦克斯，你就是上帝指引到这里来的。"

麦克斯深深地吸着气。臭味消失了，酸橙汁甜美的味道又回来了。他不知道想要什么。

紧扣你知道的，而不是你喜欢知道的。你在调查一个失踪的人，一个小男孩。这就是唯一要紧的，也是你要努力的。就像埃尔顿·彭斯过去常说的那样：做你做的事，其他的都别管。

麦克斯把寻找查理的布告从口袋里拿出来，在桌子上展开了，指着布告上的那个"大"字形的标记。

"这个你能看见吗？"他指着标记问杜弗尔。

"能。通顿黑管。这是他的标记。"杜弗尔回答说。

"我本来以为通顿黑管是神话里的。"

"在海地，一切事实都建立在神话的基础上。"

"那你是说他是真的了？"

"这全要由你来发现。"杜弗尔微笑，"到神话的根源去。找出神话是怎么来的，为什么来的，谁传出神话来的。"

麦克斯想到了贝森、米迪，还想到赫胥黎告诉他的他们去过了什么地方。他又记了一笔，要和赫胥黎再谈谈。

"重新回到查理上来。"麦克斯说，"他看见通顿黑管了吗？"

"看见了。"

麦克斯瞟了一眼尚蒂尔。她和麦克斯对视了一下。麦克斯在她的眼里看见了恐惧。

"什么时候？"

"他最后一次来这里的时候，他告诉我说他看见了通顿黑管。"

"在什么地方？"麦克斯向前倾着身子。

"他没说。他只告诉我看见他了。"

麦克斯在记事本里写下了"询问卡弗家的仆人"。

"这里的人偷孩子，对吧？"麦克斯问。

"发生了很多，是的。"

"他们为什么偷呢？"

"在你们国家他们为什么偷？"

"因为性——绝大多数，占百分之九十九。其次就是为了钱，再就是没孩子的夫妻想不通过收养机构要个孩子，迷恋做母亲的孤独女人想要个孩子，诸如此类。"

"这里我们要孩子有其他的用途。"

麦克斯回想了一秒钟，很快就想到了博克曼。

"伏都教？"

杜弗尔嘲讽地呵呵笑了。

"不，不是伏都教。伏都教并不邪恶。它就像印度教，只是不同的东西有不同的神，所有的东西都是一个巨大的神。在伏都教里没有一个孩子被当成牺牲。再试试。"

"邪恶崇拜？巫术？"

"巫术，说对了。"

"巫术为什么要牺牲孩子呢？"

"有各种各样的原因，他们大多数都是神经病。大多数巫术都是哄骗白痴的，人们认为如果他们做了什么足够惊骇的事，邪恶就会从地狱里出来和他们握手，然后实现他们的三个愿望。可是在这里大不一样。这里人们确切地知道他们在做什么。你看你、我、我们所有的人都有人在上面看着，都有神灵守护着……"

"守护天使？"

"是的，随便你想怎么称呼。现在，任何人能得到的最强大的保护就是孩子的保护。孩子们清白无邪。纯洁。一个人在上面看着你的时候，你受到的连续不断的伤害就会微乎其微，而确实能伤害你的就是你学会了而且从中成长起来的伤害。"

麦克斯仔细考虑了片刻。这又是博克曼案的一个翻版。博克曼就牺牲过孩子喂养某个他以为用魔法蛊惑了的恶魔。

"你说孩子们因为清白无邪、纯洁，因此是最强大的守护天使？"麦克斯问，"那查理呢？他们想要他干什么，除了他是个孩子以外？"

"查理非常特殊。"杜弗尔说，"他提供的保护更强大，因为他属于更纯洁的神灵的行列。这些神灵有时候被称之为至纯至真，永远都不知道邪恶。其他神灵信任他们。他们能打开众多的门。能把他们当成守护天使的人并不多。那些把他们当成守护天使的是像我一样的人，能透过现在看得更远的人。"

"这么说是有可能……'偷一个神灵'了？"

"是的，当然。不过这不是一个简单的过程，也不是每个人都能做到的。这是非常专业化的。"

"你能做到吗？"

"能。"

"你做过吗？"

"要做好事你不得不知道坏事。你，麦克斯，比起大多数人来更知道我是什么意思。我做的事有坏的一面：逆转我的程序，一种巫术，涉及奴役神灵，强迫他们成为邪恶的保护者。这里面孩子是主要成分。在海地这里，孩子就是酬金，一种货币。"

尚蒂尔刚一翻译完，女仆进了房间，朝他们走过来。

"时间到了。"杜弗尔说。

他们告别。女仆拉起尚蒂尔的手，尚蒂尔拉着麦克斯的手，他们鱼贯走出了房间。在门口，麦克斯回头看了看他们一直坐的地方。他发誓看见了不是一个人而是两个人模模糊糊的外形，就站在杜弗尔的那个位置上。他无法确信。

他们回银行，现在是麦克斯在开车了，他已经习惯了太子港破烂的街道。他打算把尚蒂尔放下就回住处。他的头很沉,在嘭嘭地响。这一天要收工了。他不能清醒地思考,还没有时间释放这一整天一直在不断积累的信息,脑袋简直要爆炸了。他需要加工所有的数据:首先把数据分成有用数据和无用数据两类;然后把垃圾信息清除,把有用信息再分类,寻找共同点和联系、有希望的线索以及看起来不怎么合适的东西。

自从他们离开杜弗尔那里以来,尚蒂尔几乎没说一句话。

"今天多谢你帮忙了,尚蒂尔。"麦克斯说着看了看她。尚蒂尔脸色苍白,脸上冒过一层汗之后闪着亮,汗水在她上嘴唇上集聚在一起成了一个个的小水滴;脖子和下巴的肌肉紧绷着。

"你还好吧?"

"不好。"她声音低沉而沙哑地说,"停车。"

麦克斯在一条喧嚷的街道上停了车。尚蒂尔从车上跳下来,走了几步,往街沟里呕吐起来,引得一个正在附近墙边上小便的男人猛然间厌恶地大叫起来。

尚蒂尔再一次呕吐的时候麦克斯扶住了她。

她吐完了,麦克斯扶着她靠着车子站着,让她深呼吸。他把水瓶子拿出来,往自己的手绢上洒了一些,给尚蒂尔擦额头,还用笔记本给她扇风。

尚蒂尔恢复过来了,脸上有了血色。她说:"好多了。"

"你受不了吗?重新回到那里?"

"我其实是紧张。"

"没表现出来。"

"相信我,我是紧张。"

"你干得棒极了。"麦克斯说,"这么棒我明天要给你放一天假。"

"你要去太阳城,对吗?"

"你把我的心思都看透了!"

他们重新回到车上,尚蒂尔给他画了一张地图。尚蒂尔告诉他弄些医用口罩和手套,这些他都能在两家大型超市中的任何一个找到;还告诉他计划要下车四处走动的时候就把鞋子扔掉。地面实际上都是大便,动物的、大多数还是人的。在这个贫民窟呼吸到的所有东西都携带病菌、孕育病菌,这些病菌能写满一本教科书。

"在那里真的要小心谨慎。带着你的枪。除非绝对必要千万不要停车。"

"听起来像是人们过去常常讲到的自由城的传说。"

"太阳城不是儿戏,麦克斯。那是个糟糕又糟糕的地方。"

麦克斯把尚蒂尔送到海地人民银行,目送着她和她的屁股,一直等到她进了大门。尚蒂尔没有转身。麦克斯没有把握,不知道现在这是否还有什么特别的意思。

他从住处给阿连·卡弗打了电话,简明扼要地说了一下自己做了什么、跟哪些人谈过了以及下一步打算干什么。卡弗只是肯定地"嗯"着让麦克斯知道他仍然在听，却没有问任何问题。麦克斯从他听电话的这种方式就知道尚蒂尔已经全部跟他汇报过了。

然后他给弗朗西斯卡打电话。没人接电话。

麦克斯坐在外面阳台上，手里拿着记事本，播放面谈的录音带。

他想到了这些问题：

首先，查理为什么被绑架了？

为了钱？

没有索要赎金这个动机就被排除了。

为了报仇？

可能性很大。富人总是罪有应得地有其致命的敌人。卡弗家族有自身的历史，敌人肯定能写满一本电话簿。

查理有什么问题？

他还没有开始说话。有些人开口晚。

他的头发是怎么回事？

他是个小孩子。麦克斯能记得爸爸告诉他的寥寥无几的事当中有一件就是：他孩提时期，别人大笑的时候他是怎么哭的。自然而然就发生了，然后人就长大了。

肯定是，可是杜弗尔发现了什么东西。

绑架者知道那是什么吗？

或许知道。在这种情况下动机就成了敲诈。卡弗家族的人没有提供过任何相关信息，可是这也并不意味着没有发生。如果这个孩子确实有什么问题，阿连和弗朗西斯卡很可能因为古斯塔夫不堪一击的健康状况而瞒着他。

为什么弗朗西斯卡没有亲口把查理的情况告诉自己？

太痛苦了？还是她认为不相关？

这个孩子是因为巫术的目的被绑架的吗？

有可能。

他将不得不核查卡弗家族的敌人，然后相互参照哪些人参与了巫术。可是这个他怎么做呢？这个国家都底朝天了，靠着微弱的脉搏维持着。根本没有警察队伍可言，而且他怀疑根本没有可以查阅的刑事犯罪的卷宗。

他要用艰难的方式来做，翻开每一块石头看看，追踪每一个影子。

埃迪·福斯丁呢？

埃迪·福斯丁已经卷入其中了。他是一个关键人物，会知道谁是幕后主使。查出他知道的是谁。

做鞋的老妇人看见的那个高大的家伙是谁？

福斯丁？假定他被杀了，在车子附近被杀了头，那就不可能是他。不过，如果他和自己的母亲、哥哥的基因一样，那他也不是个高大的人。那对福斯丁母子都是中等身材，也不结实。

当然文森特·保罗曾经到过现场。

查理还活着吗?

在这一点上他只听到了杜弗尔说他活着,除非杜弗尔是绑架者,或者说捕获了他。他放弃了这种假定,继续假设查理死了。

杜弗尔真的知道谁绑架了查理吗?

同上。

他对弗朗西斯卡的控制有多严重?

她富有而脆弱,适合被剥削。这样的事一直发生。虚伪的通灵巫师和神秘主义者利用孤独的人、丧失亲人的人、长期迷恋自己的人、天真的人和平庸的笨蛋,向他们承诺:只要付99.99美元加税,就会享有妙不可言的前景。

如果杜弗尔说的是真的呢?

紧扣你知道的。

杜弗尔是个嫌疑犯吗?

仍然没法断定。也是也不是。一个离"医生爸爸"和"医生宝宝"那么近的人肯定有成功完成一次简单的绑架的能力。他肯定认识几个被解雇的通顿马库特,这些通顿马库特渴望现金、怀念过去辉煌的日子,只要他一声令下肯定会干的。他们过去一直在拐卖人口。可是他的动机是什么?在他这个年龄根本没有几年好活了,有什么动机呢?古斯塔夫·卡弗过去欺骗过他或者他的家人吗?他怀疑这一点。古斯塔夫不会招惹"医生爸爸"的红人。就目前而言,他仍然不能把任何东西排除掉。

后来他努力想睡觉可是睡不着。他到了厨房,发现一个壁橱里有瓶没启封的巴朋沽朗姆酒。他把酒瓶子拿出来的时候看见角落里有个什么东西。那是一个用铁丝编的四英寸高的人像,一个男人戴着草帽,两腿分开站着,双臂背在身后。

麦克斯把人像立在桌子上,一边喝酒一边仔细看。人像的头涂的是黑色,衬衫和裤子都是深蓝色,戴着红领巾,肩上斜挎着个小袋子,像上学的书包。姿势是军国主义者的姿势,表情是一个彩色稻草人的表情。

朗姆酒喝下去真舒服,他的肚子里装满了给人慰藉的温暖感。这种温暖很快渗透到了身体的其他地方,演变成了完全没有根据的希望引发的愉悦的感觉。他明白自己已经习惯喝这个东西了。

# 26

不管赫胥黎和尚蒂尔跟麦克斯讲了太阳城的什么情况,他还是没有做好足够的准备应对跋涉进入贫民窟之后在挡风玻璃上相继闪过的种种可怕的景象。他的一小部分,曾经指向其自身的坚硬与顽强的方向,现在改变方向了,开始向他隐藏着怜悯的地方漂流。

一开始进去的时候,他沿着被当做轴线大道的煤渣路开着车,太阳城看起来像是错综复杂的棚户区，成千上万密密麻麻的单间棚屋延伸开去，前后左右，从这边的地平线到那边的地平线，只要目力所及的地方都是，没有清晰的进出路线，只有尝试、错误、幸运的猜测。他看见的棚屋越多，离这些棚屋越近，就越来越清楚地认识到这个贫民窟有一种长幼尊卑制度，一种下层社会的等级体系。大约四分之一的家是波纹铁屋顶的土坯小屋，看起来还算结实，可以居住。再下面一级就是用薄木板搭成墙、用淡蓝色塑料布做屋顶的小屋，中等强度的风可能就会把这些棚子和里面的住户吹到海里去，可是至少这也比这个贫民窟最底层的金字塔要好一些。最底层的金字塔是用纸板拼凑起来的，有几个麦克斯刚看了一眼就坍塌了。他认为土坯小屋属于老练的贫民窟居民，那些存活下来爬到了这个垃圾堆顶上的人。纸板做的窝棚属于新来的、弱的、体衰的、将死的，而木板小屋属于介于两者之间的那些贫民。

浓重的黑色煤烟烟柱从屋顶中间粗陋的洞里冒出来，升到了天空中，形成了齐柏林飞艇模样的灰色烟雾笼罩着这个地区，在微风中旋转翻腾着却聚拢着散不开。麦克斯经过的时候，感觉到了从小屋里射过来的目光，上千双眼睛盯着他的车，刺透了挡风玻璃，把他剥得只剩下了本质——朋友还是敌人、穷还是富。他看见那些人靠着自己的茅舍站着，消瘦、衰弱、皮包骨头，挣扎在灭绝的边缘。

在一段一段的棚屋区之间是大小不一的空地，还没有人要，没建造房舍。这里的地面就是一个通道，从巨大的垃圾堆通往一战的屠杀阵地，冲突已经结束了，阵地破烂不堪、满地泥泞、被炸得面目全非，弥漫着死亡和绝望。有些地方垃圾被堆成了令人恐怖的大圆丘，孩子们在上面嬉戏、搜寻食物。他们的腿细瘦如昆虫，肚子胀鼓鼓的，头大得脖子都快撑不住了。

他遇见两匹马，蹄子陷在烂泥里，几乎一动不动，瘦得都能清楚地看见胸廓，数得清肋骨。

到处都是开放式阴沟，报废的小车、公共汽车、卡车都被当成了家。麦克斯把所有的车窗紧闭，空调也开着，可是外面浓烈的臭气还是钻进来了，每一种糟糕的、令人作呕的气味都混合在了一起，愈发难以忍受：死了几个月的尸体、发酵的垃圾、人的粪便、动物粪便、死水、污浊的油、污浊的烟、被蹂躏的人性。麦克斯开始感到恶心。他戴上了那天早晨出发前在一家超市买的口罩。

他跨越了"波士顿海峡"，走的是铁质大梁用绳索捆到一起的临时桥。这条浓稠的废油垃圾河把太阳城在中间一分为二，是这个贫民窟中毒的灵魂上一个永久的伤口，黑色的毒液从伤口渗出来流入大海。这就是他见过的最恶劣的地方，是一个警示地球的地狱圈。联合国和美国占领了这个国家整整两年却没有对太阳城采取任何措施，这一点他无法相信。

他到了一片地势较高的地方，下车四处看了看。麦克斯记得尚蒂尔警告过他在贫民窟走路是什么情形，已经从一个女人那里买了一种一次性的鞋子，一双平跟的破军靴。那个女人在"卡弗私宅，闲人免入"附近的人行道上卖一篮子的这种破军靴。他很高兴自己买了这种鞋，因为他每走一步，脚就陷进地面一点。尽管地面无遮无拦地暴露在酷热的阳光下，却没有被烤得像石头那么硬，而是柔软、发粘。

他眺望着四周杂乱无章的脏乱场面，看着那一大堆棚屋，像金属脓包从地面上喷涌出来一样，整个地形仿佛一个破烂的、被腐蚀的干酪磨碎机。这个地方住着五十万人口，可是却怪异地安静，只有一种噪音超过了大海的声音，从四分之一英里外传过来。这种令人畏惧的寂静和他在自由城最恶劣的地方意识到的寂静一样，死亡每个小时都会光临自由城那些最恶劣的地方。在他看来，死亡每一秒钟都会光临这里。

文森特·保罗真的可能在这里建立了基地？他会住在这么肮脏的地方吗？

他的双脚突然间深深陷入了地面，发出了沉重的咕噜声，泥浆没过了他的脚踝，感觉在吸他的脚后跟。他把脚抽出来，回到了硬地面上。他陷下去的时候留下的深深的脚印立刻就模糊了，地面修正了其黏稠的表面，在伤疤那里吐出了浓稠的毒浆。

麦克斯听见了声音，有车子开过来了。

他看见远处，在他左边，一小队军车朝大海开去。前面是三辆军用卡车，后面跟着吉普车。

他跑回陆地巡洋舰，发动了引擎。

麦克斯跟着车队到了大海附近的一块空地，那里橄榄绿的大帐篷围成了半圆。其中两个帐篷上方飘着红十字会的旗帜。

几百个太阳城的居民正在排队领取食物，战士们站在长形折叠桌子后面把食物盛在盘子里端给他们。那些人拿起纸盘子，就站在原地吃，很多人回到队伍后头吃，然后再回来要一份。

别处还有些人在一辆水车前排队，手里拿着空桶、空盒子和一加仑的水箱。远处还排着三队人，分别等着领配给的大米、玉米粉和煤。这些队伍都安安静静、秩序井然，简直不可思议。没有人推搡拥挤，没有人打架斗殴，也没有恐惧。每个人都能领到他们等着领的东西，就像领受圣餐的时候一样。

麦克斯开始觉得自己想错了，联合国确实采取了措施减轻了其以民主的名义解放的这些绝望的人们的痛苦。可是，等他再仔细看那些车辆的时候，注意到车辆都没有标志。没有一个战士戴占领部队戴的那种天蓝色的头盔，而且他们手里拿的武器也不是整齐划一的。相反，他们的硬件五花八门，有乌兹冲锋枪、拉维枪栓式步枪和AK冲锋枪。

麦克斯意识到他看到的是文森特·保罗手下的弟兄。过了一会儿文森特从一个医疗帐篷里出来了，他这才第一次仔细地看清楚了文森特本人。他和自己的手下一样，也没有戴口罩、没有戴手术手套、没有穿一次性鞋子。他从头到脚一身黑，T恤衫、格斗裤、伞兵靴都是黑色的。他个子高耸，身躯庞大，黑皮肤，光头。文森特的块头到底是和乔一样大还是文森特比乔更高大一些，麦克斯确定不了。文森特的身影肯定更长一些，比自己的朋友乔更气宇轩昂，尽管乔的确也不乏高大魁梧。

这个高大的人走到其中的一个餐桌旁边，帮忙分发食物，给大家端饭菜，和他们交谈，和他们一起大笑。正是这种笑声，这种深厚、滚雷一般的、就像喷气式飞机从远处发出来的笑声，确认了文森特·保罗的身份。前天夜里自己被从当街抢劫的人手里救了下来,麦克斯根据那次经历听出了这个声音。

保罗给排队的人分了几盘食物之后开始在人群中走动。他和孩子们说话,蹲下身去和他们平等地相互对视;他和男男女女交谈,弯下腰听他们说话。他跟他们握手,接受别人的拥抱和亲吻。一位老妇人亲吻了他的手,他马上亲吻了老人的手,逗得老人哈哈大笑。人们都在队伍里原地站着,停下不动了,注视着他。一些人开始离开自己的位置,朝他走过去。

然后麦克斯听见了一首歌的片断,一开始是喃喃的低唱,然后更多的人跟着唱起来了,声音大起来了,也能听出来歌词了,"文森特,文森特"。文森特·保罗成了众人关注的核心,瞩目的焦点。太阳城的居民全都忘记了自己的饥饿和痛苦,围绕在他的周围,完全把他给围起来了,在他四周恭恭敬敬地留下了一圈圆晕一样的空间,这样他就能从容地走动、握手、接受拥抱。麦克斯注意到两个穿着劳动服的女人很惹人注意,她们站在文森特·保罗的两侧,手放在胯部,胯部别着手枪。

保罗举起手,人群安静下来。他比那里最高的人还要高出好几英寸,所以大多数人都能清楚地看见他那巨大的、穹顶状的脑袋。他操着淳厚的男中音给他们讲话,麦克斯能听得见,可是他说的话麦克斯一个字也听不懂。他的话音刚落,人群就爆发出了欢呼声、掌声、口哨声、跺脚声和叫好声。即使是保罗自己的人也带着自然的激情跟着鼓掌,他们肯定都听过几百万遍了。

麦克斯之前曾经看见过这种场面,在迈阿密的大街上。每隔几年,最大的本地产品经销商,也就是那些靠着运气、残酷无情、金钱和良好的社会关系设法活着走出监狱的人会决定"回报"他们用毒品和争夺地盘的战争摧残的社会。他们和他们的全体成员会在圣诞日穿上圣诞老人的衣服,散发烤火鸡、散发礼物甚至还散发钱。这通常发生在他们的街道生涯即将结束的时候,那是他们被对手或者警察拿下的最后一个辉煌的姿势。他们拥有了自己有限的头脑所能梦想到的一切,财富、女人、小权小势、恐惧、车子、衣服,现在他们也需要爱和尊敬。

麦克斯钦佩保罗在这里的慈善行为,尽管他知道保罗有其长期的最终目的。他开始理解这就是这个世界的一部分,在这个世界上他了解并认为理所当然的一切要么早就消失了,要么从来没有存在过。人们能够帮助自己的唯一方式就是完全脱离这个国家,就像每年成千上万的人那样,到海上偷渡,冒着生命危险朝佛罗里达进发。留下的命中注定要跪着生活,做陌生人怜悯和善心的奴隶。应该有人帮助他们。既然这个来帮助他们的人看起来不会是美国和联合国,为什么不能是人们称之为加勒比最大的毒枭呢?

看着保罗激发起人们过度的赞许,看着他和更多的人进行肌肤接触,麦克斯肯定他眼前看到的这个人就是绑架查理·卡弗的人。他能轻而易举地偷走孩子,然后把他藏在太阳城。他有能量绑架成功并逃脱罪责。他有能量做一切自己想做的事。

傍晚时分,文森特·保罗上了一辆吉普车,离开了贫民窟。一辆卡车和另外两辆车也跟在后面离开了。

麦克斯跟着他们出了城，穿过尘土飞扬的、平坦的不毛之地和一簇簇要么是建了一半，要么是毁了一半的房屋。然后，夜色降临的时候，他们朝山区开去，走在一条陡峭的、路面狭窄的土路上，土路之外就是上千米高的稀薄的空气。

最后一段路程是横穿一个高原。他们朝一小堆篝火开了过去，车队到了近前停了下来。后面两辆车开到对面调了个头，这样四辆车就头对头了，头灯的光相互交织，照亮了一块四四方方的崎岖不平的石头地面。

麦克斯熄了车灯，又向前靠了靠，离他们停车的地方更近了一点，然后下了车。他记住了自己的位置，这样才能找到回来的路，然后靠近了车队。

卡车的后车厢打开了。里面和外面都有激烈的喊叫声，然后一个人被扔了出来。那个人"嘭"的一声掉到地上，发出了一声尖叫，还有锁链哗啦啦的响声。文森特的一个手下把那个人提起来，让他靠着卡车站着。

然后更多的人被推出了卡车，都一个压着一个掉到了地上。麦克斯数了数，一共有八个人。他们被带到了车辆中央被照亮的空地上。

麦克斯又靠近了一点。一群平民正在围观，有十几个人的样子。

麦克斯走到左边，藏在黑暗中。他能看清楚这些囚徒了。他们站成了一排，都穿着联合国的军装，看起来像是印度人。

保罗背着手检阅着他们，一边走一边低着头一个挨着一个地怒目注视着他们。他就像一个对难以管教的孩子发火的父亲；和他相比较而言，那些人就都很渺小，简直用手一捏就断。

"你们有人会说英语、能听懂英语吗？"保罗问。

"有。"他们异口同声地说。

"这里谁是指挥官？"

一个人向前迈了一步，立正站好了。他努力要直视保罗的眼睛，可是他的头向后仰得太厉害了，简直就像是在望着天空，寻找远处的某个星星。

"是你啦？"

"上尉拉梅什·萨格。"

"这些是你的部下吗？"

"是。"

"你知道为什么把你们带到这里来吗？"

"不知道。你是谁？"上尉带着浓重的口音问。

保罗迅速瞟了一眼那些平民，然后又看着那个上尉。

"你知道你们为什么来这个国家吗？"

"什么？"

"你们在这里，在海地的目的是什么？你们在这里干什么？你，你们的人，联合国部队孟加拉支队在这里干什么？"

"我，我，我听不懂。"

"你听不懂什么？问题吗？你们在干什么？"

"你为什么问我这个?"

"因为我是问问题的,你是回答问题的。这都是简单的问题,上尉。我并没有要你泄露军事秘密。"

保罗一副公事公办的腔调,语气是批评性的,但语调很平,没动感情。麦克斯猜如果一直把这个审讯程序看下去,保罗这平静的、没有废话的举止就是爆发的前奏。乔在这方面极为出色:他首先用高大的身躯让嫌疑犯胆怯、恐惧;然后再用合理、平静、一针见血的问题把他们搞糊涂——"看,只要把我想知道的告诉我,我就会看看能在地方检察官面前怎么替你减刑";然后,如果这一招不奏效或者这个卑鄙的家伙特别难对付或者乔那一天心情糟糕,他就会大吼一声把他们打倒在地。

"请回答我的问题。"

"我们来这里是为了维持和平。"

麦克斯听到上尉的声音第一次颤抖起来。

"为了'维持和平'?"保罗重复着,"你们是在干这个吗?"

"这是怎么回事?"

"回答我的问题。你们是在干自己的工作吗?你们是在'维持和平'吗?"

"是,我……我认为是。"

"为什么?"

"这里没有内战。人们也不打架。"

"对。眼下是。"保罗看了看另外七个战士,他们都在稍息站着。"你们说你们的工作,这个'维持和平',你们认为干得好吗?你们说这个工作的一个方面是不是涉及保护海地人民?"

"保护?"

"是的,保护。你知道吗,就是阻止对他们造成伤害。你们明白吗?"

现在保罗的声音里带着一丝怨恨。

"明白。"

"嗯,然后呢?你们是在这里干自己的工作吗?"

"我……我……我认为是。"

"你认为是?你认为是?"

上尉点点头。保罗怒目注视着他。上尉避开了他的视线。保罗打破了平静。

"那么,告诉我,上尉。你认为'保护海地人民'包括不包括强奸妇女?当然不包括。让我说得更具体一点。萨格上尉,你认为'保护海地人民'包括强奸、毒打十几岁的姑娘吗?"

萨格一言不发。他的双唇在颤抖,他的整个脸在哆嗦。

"嗯?"保罗问,靠得更近了。

没有回答。

"他妈的回答我的问题!"保罗咆哮着,所有的人,包括保罗自己的军队,都吓了一跳。麦克斯感到这个声音就像浑厚的扩音低音回响在他的五脏六腑。

"我……我……我……"

"我……我……我……"保罗捏着嗓子模仿着,"你的脚站在火上了吗,上尉?没有?嗯,回答我。"

"不,不,不,不包括,可是……可是……可是……"

保罗举起手示意大家安静,萨格畏惧地退缩着。

"现在你知道这是怎么回事了吧……"

"对不起!"上尉脱口而出。

"什么?"

"我们说我们对不起。我们写了信。"

"什么……这个吗?"保罗从口袋里拿出一张折叠着的纸,大声念道,"'亲爱的芬先生'——就是吉普车旁边那个人,穿红衬衫的,就是他——'我代表我的手下和联合国维和部队为你的女儿和我指挥下的一些士兵之间发生的令人遗憾的事件写信向你道歉。我们会竭尽所能确保这类事件不会重复。拉梅什·萨格上尉。'"

保罗慢慢地把信折好,放回自己的口袋。

"你知道海地百分之九十的人口都是文盲吗?这个你知道吗,上尉?"

"不……不……不知道。"

"不知道?还有,你知道英语在这里不是第一语言吗?"

"知道。"

"英语实际上是第三种语言,如果你想知道的话。可是百分之九十九的人不说英语。芬先生就是这绝大多数当中的一个。那一封用英语写的信有什么用?哦?更直接的是,一封蹩脚的信对韦里泰·芬有什么用?那是谁你知道吧,上尉?"

萨格没有回答。

保罗朝人群叫了一声,伸出了自己的胳膊。一个姑娘走过来了,瘸得厉害。她面对着萨格。他们身高相当,尽管这个姑娘不自然地低着头垂着肩。麦克斯看不见她的脸,可是从上尉的表情来看,她的样子肯定很差劲。

麦克斯又看那些士兵。一个留着浓密的短髭、皮包骨头的光头正在颤抖。

"你认出她来了吗,上尉?"

"我非常抱歉。"萨格对她说,"我们对你做了坏事。"

"就像我解释过的那样,上尉,她听不懂。"

"请……请……请翻译。"

保罗告诉了姑娘。她对着保罗的耳朵小声说了什么。保罗看了看萨格。

"她说什么?"

"字面意思是'你母亲的阴道'。比喻意思是'操你妈的'。"

"你……你们要对我们干什么?"

保罗又把手伸进了胸前的口袋。他拿出来了什么东西,很小,递给了萨格。萨格看了看,呆了,然后露出了不相信的表情,继而又成了迷惑不解的表情。那是一张照片。

"你……你从哪里弄来的?"

"在你办公室。"

"可是……可是……"

"漂亮姑娘。她们都叫什么名字?"

萨格看着照片,开始啜泣。

"她们的名字,上尉?"

"如果……如果你……如果你伤害我们这里的任何人你就会有大麻烦。"

保罗示意排在最后头的那个人过来。保罗让他站在萨格的对面,自己往后退了几步,拔出手枪,朝着他的太阳穴开了枪。那个士兵的尸体倒在地上缩成了一堆,鲜血从他脑袋上的洞口喷涌而出。萨格大叫起来。

保罗把枪插到枪套里,走过去,把尸体踢到了一边。

"你的女儿们都叫什么名字,上尉?"

"米……米……米娜和苏……苏……苏尼娜。"

"米娜?"保罗指着照片。"这个大的?梳辫子的这个?"

他点点头。

"她多大了?"

"十……十三岁。"

"你爱她吗?"

"爱。"

"要是我把她强奸了你会把我怎么样?"

萨格什么也没说。他低头看着地面。

"不要看你的脚,上尉,看着你的女儿。"

"好。现在,想象一下我强奸了你的女儿。你能想出来吗?"保罗看着这个上尉长官,"想象一下这个场景:一天我和我的手下在街上开车。我们一共八个人。我们看见了米娜,在走路,独自一个人。我们停车和她说话。我们让她和我们一起去兜风。她拒绝了,可我们还是把她带走了。就在那里,光天化日之下,很多目击证人都能认出我们,可是没有一个人来阻止我们,因为我们穿着军装、带着枪。噢,我忘记说无关紧要的这一点了:我们闲暇的时候是联合国'维和'部队。我们来这里是为了'保护'你们。只是,我们保护的人们实际上对我们是惊恐万分。你知道为什么吗?因为我们总是在街上劫持像米娜这样的年轻姑娘。"

萨格又看地面了,头耷拉着,肩膀垂着,姿势变形了。他恐惧、愧疚,但还没有向命运低头。他不相信保罗会杀了他和他的部下。这一点他还没有意识到。麦克斯知道保罗会的。他本人曾经对绑架曼努拉的那帮人说过类似的话;他曾经拿那个家伙的小妹妹当例子,把犯罪行为甩到他们的脸上,把那种伤害、那种痛苦激活了,让他们感受到。可是计划没有达到预期效果。匪首告诉麦克斯自己被大麻和天使粉(注:苯环已哌啶,一种麻醉药和致幻药)弄得神魂颠倒的时候,有一次就把阴茎插进了小妹妹的肛门。五个月之后,他就开始把妹妹交给当地的恋童癖患者让他们糟蹋。麦克斯把那个狗杂种打得脑浆迸裂,毫不遗憾、毫不自责。

"我们开车把你的女儿带到了一个偏僻的地方。她是个勇敢的姑娘,一个勇敢到能把人挑逗得心里痒痒的姑娘,你的女儿米娜。她是个战士。她咬了我的一个伙伴,差点没把他的手指头咬下来。所以他用来复枪枪托打碎了米娜的牙齿。然后，他拽着米娜的耳朵，把自己的阴茎塞进米娜的喉咙，与此同时我们另外一个家伙拿枪抵着米娜的脑袋。每个人都轮流来了一遍。每一个人，除了我和司机。我不屑于干那个。你知道吗，如果我想射精，我要戴上两个安全套，到营房附近去找一个多米尼加妓女。至于我的司机呢？他拒绝参与。我们的人在小米娜嘴巴里弄完了，就强奸了她。两次。每一个人强奸了她两次。我们弄开了她的处女膜。我们其实是把她的阴道扯开了，把里面撕裂了。毫不夸张。她在大出血。我们注意到了，显而易见。那我们怎么办呢？停下来带她去看医生？不。我们把她翻过来，操她的肛门。两次。每一个人两次。然后，你知道我们又干了什么？我们在她身上撒尿，撒完以后就开车走了，去寻找下一个姑娘。米娜找到了，两天之后。奄奄一息。你知道要缝多少针吗，光是把阴道缝起来要多少针？一百八十三针！而她只有十三岁。"

萨格开始放声大哭。

"我……我……我……我什么也没干。"他抽抽搭搭地说。

"你站在旁边，眼见着这事儿发生了。他们是你的人，听你的指挥。你说句话，他们就会停下。你不得不承担全部责任。"

"看……把我告到我上司那里。我签悔过书。他们会……"

"会按照联合国军事规则处分你？他妈的绝对不可能！"保罗吼叫，"芬氏家族的人在找我之前去找了你的上级。这个你知道吗？你的上级们做了什么？他们让你跟这家人书面道歉。那他们这次又会怎么做？罚你来给我洗车？"

"求你。"萨格说着跪下了，"求你不要杀了我。"

"那要是你的女儿，你会想杀了我，对不对？"

"求你了。"他抽泣着。

"回答我的问题。"

"我会让你受到司法制裁。"萨格声嘶力竭地大叫。

"你知道我们海地这里没有法律吗？绝对没有任何法律吗？比尔·克林顿撕碎了我们的宪法，那他能付钱给他的阿肯色州律师团给我们制定一部新宪法吗？那么，在等比尔充当制定法典的伟人摩西的过程当中，我们为什么不让你试试孟加拉国的司法制裁呢？告诉我，上尉，在你们国家强奸判什么刑？"

萨格没有回答。

"说吧，你知道。"

萨格啜泣着但并没有回答。

"我知道判什么刑，这一点你该知道。我查过了。"保罗说，"我只是想听你说出来。"

"死……死……死……死刑。"

"什么？"

"死刑。"

"这么说强奸在你们国家是那么极端的罪刑要处以死刑，可是你们认为在这里就没事？是这样吗？"

"你说过这里没有法律。"

"只是在海地人当中。你看,这是我们的国家,不是你们的国家。你们不能来到这里这么对待我们。糟蹋完我们不能没有任何后果。而我就是这些后果。"

"我的人只是想找点乐子。他们不是故意伤害这个姑娘。"

"试着跟她解释解释,好吗?你们这些畜牲不仅仅是永久性地毁了她的脸,你们还造成了她脊椎骨骨折,所以她永远都不能正常走路了。你知道吗?她背上不能背任何东西。在这个国家,所有的东西都是女人背。所以,等她长大了就和死人一样没用。你们毁了她的生命。你们等于是杀害了她。"保罗说。

萨格的脸上闪动着泪光。

保罗指着右边。"去,站到那边去。"萨格跌跌撞撞地往前走。"停。站住。"保罗的一个手下用来复枪瞄准了上尉的脑袋。

保罗走到孟加拉士兵的面前,抓住了其中一个的胳膊。他查看了一下他的胳膊,然后把他从队伍里拽了出来。那士兵还没来得及挪动脚,他的双腿瘫了,保罗扯着他的衬衫衣襟一路把他拖到萨格站的地方,把他提着竖了起来。

"你是桑吉·维扎吗?"

"是!"他大叫。他是光头,脸也刮得很干净。他的声音里透着刚性。

"她咬了你的手指头,所以你用来复枪破了她的相。你是第一个强奸她的。你把她伤害得最厉害。对此你有什么要说的吗?"

"没有。"维扎说,完全无动于衷。

"把裤子脱下来。"

"什么?"

"裤子。"保罗指着他的裤子缓慢地重复,"脱下来。"

维扎回头看了看他的战友。他们当中没有一个人看他。他服从了。保罗从他身边走开,开始在地面上仔细找,捡起一块石头,在手里掂掂,然后扔掉了再捡,如此反复了几次直到找到了自己想要的:两块光滑扁平的石头,他那巨大的手掌刚好能握住。

"还有你的内裤。那个也脱了。"保罗说,连身子都没有转。

维扎又回头看了看自己的战友,小心翼翼地脱下了白色的平脚短裤。

保罗朝他走过去,倒背着手。

"把你的阴茎竖起来。"保罗看着,确定他服从了。"现在稍息。"

麦克斯看见保罗弯下腰,像肌肉绷紧的接球手一样叉开双腿站好,和那个士兵四目相对。他用鼻子深呼吸了一下,然后以迅雷不及掩耳的速度把握着石头的双手从后背后面打过去,一起猛砸在维扎耷拉着的阴囊上面。麦克斯听到两种响声:一是石头相撞的喀嚓声,二是不自然的、湿漉漉的"嘭"的一声。

那个士兵的嘴巴全张开了,仿佛下巴的肌肉都碎了一样。他的眼珠鼓到了眼窝的边缘,头颅上的每一根血管都鼓了起来,形成了一个用粗重的、被阻塞的结组成的网络。

维扎一开始用不自然的低声尖叫了一下。然后,等他意识到自己发生了什么事才会这么疼的时候，尖叫一下子变成了可怕的、骇人的嗥叫，是从他灵魂的深渊爆发出来的灼痛的惨叫。麦克斯感到维扎的叫声一股脑儿地钻进了自己的身体，想要呕吐。维扎的一些战友确实吐了，与此同时还有两个晕倒了，其余的包括萨格上尉在内都哭了，抽泣着，尿裤子了。

这还不算完。保罗把双臂甩到左边，胳膊肘和脖子齐平了，整个身体因为用力而在颤抖。麦克斯看见那个士兵赤裸的右腿从地上抬起来了，他的脚在摇晃。保罗又朝左边重复了这个动作，然后把胳膊又复位放下，然后迅速地前后扭动着，就像在拧湿衣服一样。

保罗停下来了。他大口吸气，冲灌并清理自己的气门，然后沉重而竭尽全力地吼了一声，猛地往后一用力，把维扎被拍烂的阴囊扯了下来。那声音让麦克斯想到了撕裂开来的一排针脚，想到了一大把鸡毛一下子从鸡身上被撕扯了下来。

维扎摇摇晃晃地后退，两步、三步、再一步，嘴巴无声地动着，喉结上下痉挛着，尖叫都叫不出声儿了，那剧烈的疼痛再也无法驱散掉哪怕一丝一毫了。他突然前倾，然后又往后斜。

麦克斯看见了维扎两腿中间血淋淋的大口子，绛红色的溪流顺着他的大腿往下淌。

维扎伸手去摸自己被侵犯的阴部，碰到了阴茎下面黏糊糊的东西。

保罗把血迹斑斑的石头和肉球扔到了一个角落里。

维扎把血淋淋的手指头举到眼前，仔细看着，然后，就在他的脸开始泪水纵横的时候，突然往后一仰，摔到了地上，摔碎了头盖骨。

他死了。

保罗拿出枪，照着维扎的脑袋开了一梭子子弹。然后他把另外一个尖叫的、苦苦哀求的、哭喊的士兵从散了架的队伍里拉出来。保罗用巨大的、血淋淋的手扇那个人的脸。

"你在这里看着你的朋友们。就像他们强奸这个姑娘的时候你做的那样。"他说着让他转过身去，面对自己的同志。然后他冲着监视萨格的两个保镖叫了一声。他们把萨格推进了自己人的队伍。

"你这个畜牲——怪兽！"萨格大骂保罗。"你会为此受到惩罚的。"

保罗走到角落，吹了声口哨。石头开始飞起来了。

第一批齐发的石头是那个姑娘的家人投掷的。他们端好了架势，站在强奸犯的对面。大石头他们扔过去，小石头他们用弹弓打。所有的石头都命中目标，只看见脑袋开花了，眉毛破了，眼睛掉下来了。

强奸犯们试图往后面逃窜，可是马上就遇到了从黑暗中飞出来的雨点般的石头，看不见的手在朝他们投掷着、射击着。一个士兵被打晕了，另一个倒在地上了，手抱着腿蜷缩起来。

石头飞到了脑袋上、脸上、膝盖上、胸膛上。麦克斯看见弹弓打过去的一块石头打在了一个人的脸颊上，他一侧脸正好碰到了另外一块高速飞过去的石头，太阳穴被打开了一个洞，头盖骨的碎末儿刺进了脑子，死了。

萨格手脚并用，在地上滚爬，摸索着地面，从额头的大口子淌出来的血盖住了他的脸，一只眼睛被挡在了肿起的小山后面。

强奸犯们没有一个是站着的。这时候，芬氏家族的人手里拿着棍棒、大砍刀逼近了。韦里泰走在最前面，她的父亲扶着她。其他投掷石头的人也从黑暗中出来了，他们聚拢起来围成一个圆圈，把这些倒在地上的士兵围了起来。

过了一会儿，从圈里面传来了击打、重击、戳、刺、砍的声音。麦克斯听到几声痛苦的哭喊，可是听过维扎的尖叫之后，这些喊声都微不足道了，维扎的叫声还在他脑袋里清晰地回荡呢。

那些尸体他们也没放过。他们发泄着内心的憎恨，趁着肌肉还没怎么酸痛、疲劳还没有战胜自己之前在尽可能地复仇。

等他们蹒跚着离开了，留在身后的是一堆肉浆，一汪因果报应留下的黏稠的、闪光的湖水。

一名保镖走过去，把子弹象征性地射进仍然还完整的头盖骨里面。

保罗看了看那个司机。

"现在，你，我让你回到太子港的营房，告诉所有的人发生了什么事。先告诉你的朋友和同事，然后告诉你的长官。告诉他们这件事我负责。我，文森特·保罗。你明白？"

那个人点头，牙齿在打战。

"你告诉他们发生了什么事，也把我的话传给他们：如果你们当中的任何人再以任何方式强奸、伤害我们的妇女、儿童，我们就会杀了你们，这就是下场。"他说着，指了指那一堆尸体的零部件。"如果你们当中的任何人回来报复，抓我们的人民，我们就会全部起义，把你们的人都屠宰光，一个也不剩。这不是威胁，这是承诺。现在就去。"

司机开始走，一开始走得非常缓慢，低垂着脑袋，没精打采的，迈步都没有信心，似乎好久没有走路了，这是第一次迈步，还以为站都站不住呢。离开这个场地有好几米了，他就像身上着火的人看见了水一样狂奔起来，消失在了夜色当中。

保罗来到那一家人当中。

麦克斯动弹不了了。他因为惊恐和嫌恶都麻木了，大脑因为斗争都瘫痪了。他憎恨所有的强奸犯，而且从理论上讲，到目前为止，他一点都不反对保罗的做法。

诚然，这些士兵干的事是邪恶，他们正式的"惩罚"就是个玩笑，是对被害人的侮辱，可是保罗的行为并没有给他们正义的惩罚。那姑娘并没有重新得到自己的生命和纯洁，得到的只是一种满足感：强奸犯被惩处了，他们死之前遭了罪。可是，到了明年、后年，这对她来说又有什么用呢？现在对她来说有什么用呢？

诚然，保罗进行的惩罚是一种威慑，可只是在海地。一旦联合国的军队走了，他们会在别的某个地方干这事，在他们被派往"维和"的另外一片国土上干这事。

一个更好的、更负责的方式是保罗跟媒体谈，把强奸这件事搅成一潭臭水，逼迫联合国彻底法办其军队，发出清晰无误的信号：这种行为无法容忍。

可是，就在这个时候，麦克斯想到了桑德拉，然后他问自己：如果你处在保罗的位置上会怎么做？把他们抓起来，等上一年，等到那个时候，如果证据确凿，也许哪个法官会判他们十五年徒刑，也许会判个终身监禁？不会，当然不会。他也会自己赤手空拳阉割了这些猪狗不如的畜牲。

他到底在想什么？保罗做得对。保罗为什么要管联合国的维和部队在其他地方干什么？这里是他的祖国，这些是他的国民。他能看到的就只有这么远。

公平竞争。去他们的吧。

麦克斯偷偷溜回到车上，开车走了。

## 29

麦克斯开车走在通往市场广场的主干道上，这时候佩蒂翁维尔的夜生活正处在高潮。几家酒吧和饭店的门对着人行道大开着，油漆的招牌都点亮了，表示已经准备好营业了。那里面几乎没有什么人。

麦克斯需要喝一杯，也需要身边有几个人陪伴重新找到心理平衡；他需要一点光亮和千篇一律的乏味驱逐掉内心感到的、在血管里上下蹿动的、惊恐之余的阴影。他最后一次看见有人死已经是好多年前的事了，自从他开枪打死那几个小家伙之后就没看见过死人。他们也是罪有应得，可是这一点并不能让人更容易接受并忘掉这一切。小小的死亡总是缠着你。他很高兴现在接受起来不像过去那么困难了，那时候他还为了更多的东西活着、还关心更多的东西。有人被处以坐电椅的死刑，他看见过几次。他们的头在罩子下面都着火了，皮肤马上就像好多蜡一样从骨头上融化了。他看着警察用枪把罪犯打死，也看见过罪犯谋害警察。另外还有那么多他本人杀死的人——在执行任务的时候，多多少少有点过火。他不知道有多少，他没办法让自己去数，可是他记得所有的那些人的脸、所有的那些人的表情；那些求他饶命的人；那些告诉他去死吧的人；那些祷告的人；那个谅解了他的人；那个把最后一口气吹到他脸上的人，闻起来是那种烤焦的火药和泡泡糖的味道。他的老板埃尔顿·彭斯统计了他拿下的所有人，但是当时他就是那么变态，他喜欢这样的数字。他把值班用的左轮手枪放在办公桌的玻璃盒子里，每杀一个人都会在枪柄上画条线。麦克斯曾经画到了十六条线。

他经过拉古乌拉酒吧，看见赫胥黎站在门口跟三个街上的流浪儿说话。他停了车朝酒吧走去。

"再次看见你真好，麦克斯。"他们握手的时候赫胥黎热情地说。刚才在跟他说话的那几个孩子躲开了一点点，最小的藏在了三个人当中最大的后面。

赫胥黎跟他们说了什么。个子最高的男孩咕噜咕噜回了几句，语速很快，也很激动，喉咙有些沙哑，声音像一群唱歌的麻雀撞到了锡屋顶上。他用手指着麦克斯，眼睛也看着他。

"他在说什么？"麦克斯问。他猜这个孩子肯定是曾经袭击过他的那些孩子当中的一个。

"他说要告诉你那天夜里对不起了。"赫胥黎说，不解其意地皱着眉头。麦克斯看了看那个孩子。那个孩子脑袋很小,头发稀稀拉拉的,小眼睛像缟玛瑙的扣子一样闪亮。这个孩子看起来不像是在道歉,更像是害怕。"他说他当时不知道你是谁。"

"他现在以为我是谁?"

赫胥黎问他。麦克斯在随后发出的咕噜咕噜声里听到了文森特·保罗的名字。

"他说你是保罗的朋友。"

"他的朋友?我不是……"

这个男孩又说了一大串打断了他。

"他说保罗要他们在这儿附近留心找你。"赫胥黎翻译着,看上去印象深刻。"你要见他了?"

麦克斯没有回答。

"问这个男孩他最后一次看见保罗是什么时候。"

"昨天。"赫胥黎说,"想喝一杯也顺便请我喝一杯吗?"

麦克斯告诉赫胥黎他们上次见面之后发生了什么事,赫胥黎哈哈大笑。

"对这个孩子你只要稍微尊敬一点就行了。只要说不,语气要坚定。他就会随你的便了。他们不会坚持的。"赫胥黎解释说,"对天生就一无所有的人粗鲁并不明智;在他们自己的国家、自己的街道上对他们粗鲁就是他妈的有点傻帽儿了,麦克斯。你真运气,文森特·保罗来了。"

酒吧几乎空荡荡的,也没有演奏什么音乐。外面院子里却有一大群美国人。听他们的口音像是中西部地区的,像是周末叼着稻草在野外放牧的牛仔。麦克斯听见来复枪在空放,枪里没装子弹,装的是用杂志做的纸弹。

麦克斯一口气一杯巴朋沽朗姆酒,现在已经第三杯了。酒给的量绝对慷慨大方。烈酒又开始展示其魅力了,让他放松了。

"臭屎城怎么样?你今天到那里去了,对吧?"赫胥黎点了一支烟问。麦克斯怀疑地盯了他一眼。

"行了,麦克斯。你身上的气味就像臭鼬撞上了你。"赫胥黎大笑,"你知道这里的每个人是怎么知道暴民要来了吗?因为空气的气味就像你身上的气味,臭屎城的气味。所有的人都从太阳城出来往太子港进发去推翻政府的时候,云彩都撅起了鼻子,风都朝相反的方向吹,鸟都从天空掉下来了。我了解这种气味。你骗不了我,明戈斯。我是海地人。"

麦克斯意识到自己还穿着一次性的靴子,靴子头上糊满了太阳城的烂屎泥。

"关于这一点对不起了。"

"别担心。你在那里发现什么了吗?"赫胥黎问。

"没发现什么。"他不想告诉他目击的一切,"只是某种救济活动,文森特·保罗的慈善活动。"

"绿帐篷?是的,因为那个他很出名。那就是贫民窟的人为什么爱戴他的原因。他照管他们。不是谣传他应该已经建成这个神秘的镇了吗?镇上还有穷人的医院和学校呢。都是免费的,用他毒品交易的利润来支付的。这个家伙像个可卡因卡斯特罗。"

麦克斯大笑。

"知道这个地方在哪里吗?"

"不知道。这个地方像黄金国。没有人知道它在什么地方、怎么去,可是每个人都发誓说它存在。你知道这里的情况是怎么样的。"赫胥黎说,"调查得怎么样?"

"刚刚开始呢。"麦克斯回答说,一饮而尽。

美国人进来了。海军,有三十来个人,咚咚地踏着步穿过酒吧到了街上,全副武装,一身黑,从头到脚穿戴整齐准备好战斗了。

"怎么回事?袭击?"麦克斯悄悄地问。

"不是。"赫胥黎微笑着摇摇头,看着这队人马鱼贯而出,"你知道整个这次'入侵'是怎么拿下来的吗?没费一枪一弹。没有抵抗。哦,很多士兵都抱怨说他们没有见过任何战斗,所以他们每两个星期就去市中心和联合国的军队玩战斗游戏。联合国的那些家伙们守卫太子港家乐福区的这个旧营房。这帮海军要去把它拿下。"

"听起来挺有意思。"麦克斯讽刺说。

"这里面有蹊跷。"

"是吗?"

"他们用真枪真炮。"

"胡说八道!"

"字字属实。"

"决不会!"

"以我母亲的名义发誓。"

"她健在吗?"

"当然。"赫胥黎大笑。

"那伤亡呢?"

"不会像你想象得那么高。两边曾经都死过两个人,可是高级将领把这事给隐瞒住了,说是因为敌人进攻或者醉酒打架发生了伤亡。"

"我还是不相信。"麦克斯咯咯笑了。

"我也是亲眼看见了才相信的。"赫胥黎说着站起来。

"你去哪儿?"

"我车上有个录像机。我正等着其中一个家伙直接被击中呢,这样就能把带子卖给有线电视新闻网了。"

"我本来以为你在这里是为了高尚的事业呢。"麦克斯大笑。

"我是为了高尚的事业。可是一个人要吃饭呀。"赫胥黎大笑,"想来吗?"

"今天晚上不行。我干了整整一天了。其他时间或许可以。小心别被子弹打到。"

"你也是。小心点。"

他们握手告别。赫胥黎跟在队伍后面出发了。麦克斯又要了一杯,注视着记者留下的仍然没熄灭的烟头,看着烟往上冒一直升到了屋顶上。他刚才听到的消息不是真的,所以他并不在意。那是个好听的故事,让他发笑。现在重要的就是这一点,只要能笑就好。

## 30

第二天早晨麦克斯给阿连·卡弗打电话,告诉他自己想和查理被绑架期间所有在他们家工作的仆人面谈。

阿连说这个他来安排。

麦克斯在正房二楼的一个小房间里面见了所有的仆人。正房俯瞰草地,四周环绕着一圈树木。房间里面除了他和尚蒂尔用的一张桌子、坐的两把椅子之外没有其他家具。麦克斯很快就意识到这种布局是故意在强化这个家庭的社交法则:跟仆人说话的时候仆人总是站着。麦克斯故意在跟每一个人说话的时候都把自己的椅子让给他们坐。每一次都被礼貌地拒绝了,而且都得到了感谢,感谢他的善意,不管年纪非常大的还是年纪非常小的;他们所有的人都惧怕地迅速瞅了一眼房间里唯一的画像。那是现在的古斯塔夫的大型油画,穿着米黄色西装、系着黑领结,在问他们话的人上方目光炯炯地注视着他们;古斯塔夫身边坐着一只哈巴狗,用粗皮带拴着,颜色和古斯塔夫穿的西装的颜色一模一样,脑袋和表情与主人怪兽般的外表不仅形似简直神似。

卡弗家的家仆大概分为负责厨房、清扫、机械、园艺和保安等方面。这些人直接为古斯塔夫工作。阿连和弗朗西斯卡雇佣自己的侍从。

面谈按照同一个模式进行。麦克斯从老人这一批开始问。他问的内容包括:他们的姓名;干什么工作;和谁一起干;在这里干了多长时间了;绑架发生的那一天他们在哪里;绑架发生前几周是否看见或者听见了什么可疑的东西。除了姓名、差事和工作年限之外,他们的回答都非常相似。1994年9月4日,他们在房子里面或者房子周围干活,要么是和其他几个人一起干的,要么就是自己在干活的时候其他人都能清清楚楚地看见。

等他问他们埃迪·福斯丁的情况时,发现这个保镖在他们的生活当中似乎是个彻头彻尾的陌生人。他们都记得有这么个人,可是关于他的情况就没什么可说的了。他们只是看见这个人能认得而已。古斯塔夫·卡弗禁止家里的仆人和他的保镖有任何私人接触,也禁止私人保镖和家里的仆人有任何私人接触。埃迪·福斯丁不值班的时候他们也看不见他,因为他不和他们这些人住在仆人的房间里,而是住在正房里,住在地下室专门为重要人员准备的房间里。

这些仆人本身的个性是如此相像,态度都是面带微笑、和蔼宽厚、恭恭敬敬,一个离开之后另外一个又进来了,麦克斯费了好大的劲儿却一个也没记住。

他们中间休息吃午饭。午饭是给他们送过来的:烤鱼新鲜得要命,都能尝出鱼肉里海的味道;还有用番茄、四季豆和红、绿辣椒做的色拉。

他们吃完了,尚蒂尔摇了摇送饭的时候一并送来的铃铛。仆人们来到房间,把盘子拿走了。

麦克斯翻笔记本找一张空白页的时候看见了笔记本上面记着"诺亚方舟"这个

词，就对尚蒂尔说："我本来要问你诺亚方舟是怎么回事呢。"

"问下一个进来的人。"尚蒂尔简约地说，"关于这个他们知道得比我多。他们都是从那里来的。"

他就这么做了。接下来面谈的就是阿连和弗朗西斯卡的侍从。他了解到诺亚方舟是卡弗家族拥有并经营的位于太子港的一所孤儿学校。这个家庭从那里选拔的不仅是家里的仆役，实际上所有为他们工作的人都是从那里录用的。

这一批接受面谈的人和古斯塔夫的仆人大不一样：他们的个性清晰可辨。

他们打开了关于福斯丁的话匣子。他们描述了过去怎么常常看见他翻弗朗西斯卡的垃圾，从垃圾箱里偷东西，偷回自己的房间。他们在他失踪之后清理他的房间，发现了一个用弗朗西斯卡的头发、指甲以及她用过的卫生纸、唇膏筒、月经棉塞做的伏都玩偶。有些人告诉麦克斯他们听见谣言说这个保镖在佩蒂翁维尔找浅皮肤的多米尼加妓女，额外付给她们钱让她们在跟他上床的时候戴上金黄色的长假发。很多人说他们看见福斯丁定期出入一个叫红与黑的酒吧，那家酒吧是他以前的通顿马库特的朋友们经营的。有一两个含糊地说他们看见他在垃圾里捡查理的脏尿布。接受他们面谈的最后一个人声称不经意间听到福斯丁谈论过在太子港置办的房子。

傍晚时分他们结束了面谈。他们开车下山回佩蒂翁维尔的时候，麦克斯打开车窗，让空气进来。尚蒂尔看上去精疲力竭。

"再次感谢你帮忙。"他说，然后又笨嘴拙舌地加了一句，"没有你我都不知道该怎么办。"

"想喝一杯吗？"尚蒂尔主动提出来，带着一丝微笑。

"当然。你建议去哪里？"

"我肯定你脑子里想到的就是这个地方。"她微笑着说。

"埃迪·福斯丁过去经常出没的地方怎么样？"

"你带我去这么高档的地方。"她说，带着她那肮脏的笑。

红与黑酒吧是按照杜瓦利埃时期海地国旗的颜色黑色和红色命名的。"医生爸爸"把国旗的颜色从最初的蓝色改成了黑色，坚决和过去的殖民地历史划清了界限，更好地反映了这个国家最大的多数民族，突出了他的黑色至上主义信仰。这种信仰没有体现在他娶的女人西蒙身上，西蒙是一个浅皮肤的穆拉托女人；他这种信仰也不包括前内战权利法案时期对美国的态度，他非常高兴地接受了美国的军事和财政援助维持自己的政权。对很多人来说，修改后的国旗颜色象征着这个国家已经动荡不安、充满暴力的历史中最黑暗、最血腥的时期。

在麦克斯看来，这面国旗让他想到了纳粹的旗，颜色和这个一样。武力的外衣——大炮、火枪以及主要由棕榈树顶着个滑雪帽组成的旗杆——可能是一个渴望十八世纪军国主义历史的、神魂颠倒的冲浪运动员的作品。谁他妈的会认真对待这么一个国家呢？

国旗非常自豪地展示在吧台的后面，陈列在装着镜框的"医生爸爸"和"医生宝宝"的照片中间。"医生爸爸"的头发黑白相间，厚厚的黑边眼镜让他那皱缩的脸露出了些许人性，他的面部特征说明他又极端残忍。他的儿子让－克洛德是个面团似的傻大个儿，面部线条柔和得像阿拉伯人，皮肤是古铜色的，目光迟钝。

酒吧坐落在大山和佩蒂翁维尔交界的一条路上，位于一座孤零零的、只有一个房间的房子里面。很容易错过，想找的时候也很容易找到。

麦克斯带着尚蒂尔走进去的时候，他首先注意到的不是国旗也不是画像，而是那个正在扫地的敦实的老头儿。他在一个灯泡照亮的宽阔的区域周围扫着地，灯泡悬在天花板顶端那么亮，看起来几乎就是液体状的，像一滴融化的钢在不断增大体积似的，然后就会掉到地上把水泥地面烧个洞钻进去。

"米好。"麦克斯用克利奥尔语说着点点头。

"你好。"那个人给他纠正。他穿一件松宽式的白色短袖衬衫，退色的、带红色背带的蓝牛仔裤，一双露脚趾头的破凉鞋。他已经扫了黄乎乎的一小堆，堆在了自己的左边。

吧台后面有个水冷却器，旁边就是长长的一排干净的瓶子。那一排瓶子的最尽头，正好在一个落地扇的前面，麦克斯看到用粗黑字体写着"土朗姆酒"，就写在一个黑板上。"土朗姆酒"下面是两个等式：一玻璃杯等于一只举着五个手指头的手；一瓶等于所有手指头都举着的两只手。

麦克斯在酒吧里找座位，根本一个也没找到。靠着墙摞着小宝塔般的板条箱。他猜店主是把这些当桌子、椅子用的。这里是以最原始的、最前沿的方式喝酒。

那个人看了看尚蒂尔，开始跟她说话。他的声音像是一辆脱轨的火车从又高又陡的山上滚下来，每转一下、颠一下、撞一下都把装运的木头摔了下来。麦克斯听见他在说话的过程中两次提到"卡弗"这个名字。

"他说如果你也在寻找卡弗家的男孩，那你就是在跟他浪费时间。"尚蒂尔翻译着，"他只会再跟你说一遍自己跟其他人说过的话。"

"是什么？"麦克斯问那个人，努力去看他的眼睛，却没有看到，因为他站在灯泡底下，眼睛被笼罩在了阴影里。那个人大笑着挥挥手，作出了答复。

"我没有窝藏他，再见。"

"非常有意思。"麦克斯说。麦克斯的头上开始冒汗了。他感到整个头皮都在冒汗，相邻的汗珠融合在了一起，再寻找其他的，找到了，再融合，变大了，开始要跑。酒吧里一股不新鲜的烟味、汗味，更浓烈的是乙醚的气味。

"他们为什么以为你窝藏了这个男孩？"麦克斯问。

"因为我伟大的朋友埃迪·福斯丁。"那个人回答说，指了指他的右面。

麦克斯走过去，灯泡的反光显示出一张装在镜框里的照片。他一下子就认出了福斯丁，因为福斯丁遗传了家族的特征，像头暴怒的驴子：大脑袋，球茎状的鼓鼻子，凸出的下巴、凸出的眼睛、扇风耳，基因遗传似的一脸威胁，鼻孔张开着，上面的牙齿全部暴露出来。福斯丁并不高大。他身体瘦弱，相对他的脑袋而言太小了。他替卡弗挡了一枪竟然能活下来，对此麦克斯感到相当诧异。

照片里他站在两个人中间，一个是他的哥哥萨拉查，另一个就是酒吧老板。酒吧老板手里拿着左轮手枪，一只穿着靴子的脚踩在一具尸体上，尸体的头部和背部附近的地面上溅得都是血迹，手脚都被绑着。那三个人对着相机自豪地微笑着。

"那是美好的时光。"酒吧老板说。

麦克斯转身看见他在笑，露出了几个参差不齐的牙齿，牙齿之间有足够大的空洞。

"谁给照的照片？"

"我记不得了。"他回答说。尚蒂尔在翻译，他斜眼看着尚蒂尔，眼睛四周的空白区域在跳在抖，脑袋沿着尚蒂尔的曲线微微上下摆动，握着笤帚把的手抓得更紧了。

就在那个时候，有一个轻微的噗噗声，就像有什么撞到了灯泡上之后摔到了地上冒出了一点轻微的烟。是个飞蛾，翅膀一下子就被灯泡烧得没用了。飞蛾仰面朝天躺在地上，奋力挣扎了一会儿，然后就一动也不动了。

那个人呵呵笑了，把飞蛾扫进了他正在堆积的垃圾堆上。麦克斯看了看，看出来了：那一堆东西就是死飞蛾。笤帚做工粗陋，是自制的，一个长棍子，头上绑了一圈干草。

"你叫什么名字？"

"贝都因。"那个人说，身子挺直了一点。

"贝都因……贝都因·德西？"尚蒂尔问，她的声音一下子低得听不见了。

"对。"

"德西……"尚蒂尔轻声说着往后退。

"是什么？"麦克斯走上前去问她。

"我以后再告诉你。"尚蒂尔说，"我们从这里出去之后。"

另外一只飞蛾在灯泡上自灭了。那只飞蛾掉到了麦克斯的头上，弹落到他的肩膀上燃烧、蹬腿。他把飞蛾拂掉了。德西喷喷着，轻声嘟哝着什么，拿着笤帚走过来，灵活地把死蛾子扫过地板扫进了一堆里面，就像那是个小妖精。

"土朗姆酒？"他对麦克斯说，用手做了一个喝的动作。

麦克斯点点头，跟着德西到了吧台。德西从柜台下面拿出来一个纸杯，凑到水冷却器下面。液体出来了，在塑料瓶里面开始冒气泡，同时也散发出和汽油差不多的化学气味。

德西把纸杯递给麦克斯。麦克斯接过来，酒气灼痛了他的双眼。

"人们喝这个？"麦克斯问尚蒂尔。

德西呵呵笑起来。

"是的。没法弄到汽油的时候也用这个清理引擎、当燃油。跑起来几乎没什么两样。标准酒精度是朗姆酒的百分之一百八十。喝这个要极其小心。能让你变成瞎子。"

麦克斯呷了非常小的一口土朗姆酒。浓烈得要命，没什么味道，灼痛了他的舌头，一直烧到了喉咙里。

"上帝啊！"麦克斯说，真想吐出来。

德西哈哈大笑，示意麦克斯一下子全倒进嘴里。麦克斯领悟到这也许能赢得酒吧老板的一点信任，然后他或许能告诉自己关于福斯丁和这次绑架的更多的情况。杯子里只有大约一指深的烈酒。

他深呼吸了一下，一仰头把酒倒进了喉咙。酒像火焰炸弹击打在嘴巴深处，然后一路燃烧着掉进了胃里。

酒精的强烈刺激几乎立竿见影。刹那间，相当于五杯双份波本威士忌一下子灌进空胃的感觉冲击着他，让他的脑袋有一种眩晕的兴奋。他的双眼努力要重新聚光，可是视线模糊、摇摆不定。泪水顺着脸流下来，血往脑门上冲。他的太阳穴在咚咚咚地跳，鼻子在滴鼻涕。这种感觉就像把可乐、亚硝酸戊酯和嗅盐都混合起来一起喝了一样。只是他一点儿美好的感觉都没有。他双手紧抓吧台，可是手心上都是汗，滑了下来。他感到胃里在翻滚。他深呼吸，闻到的只有土朗姆酒的气味。他妈的为什么想到要喝这个玩意？

"哇塞！"德西在他面前拍着手叫好。

"你没事吧，麦克斯？"尚蒂尔在他的耳边小声问，用手臂撑在他背后。

我他妈的看起来像没事吗？他听见自己心里在说可是没说出口。他又深深吸了一口气，慢慢地吐出来，然后又来了一次，之后又来了一次。从他嘴巴里呼出来的气是热的。他重复着深呼吸，眼睛锁定在德西身上。德西在饶有兴趣地看着他，毫无疑问在等着他突然倒下去。

恶心劲儿过去了，脑袋也不感到天旋地转了。

"我没事。"他对尚蒂尔说，"多谢。"

德西又冲着他摇了摇另外一杯。麦克斯摆摆手不要。德西哈哈大笑，又朝着尚蒂尔像滚翻的火车一样说了更长的一通。

"他说你是唯一一个喝了土朗姆酒没有晕过去的白人。你也是海地人当中能喝得了这个的寥寥无几的几个人当中的一个。"

"那真是太了不起了。"麦克斯说，"告诉他我请他喝一杯。"

"谢谢你。"尚蒂尔说，"可是他不碰这种东西。"

麦克斯和德西同时大笑起来。

"埃迪·福斯丁在这里喝酒，是吗？"

"对。"德西说着从柜台下面拿出一瓶巴朋沽朗姆酒，往一只纸杯里倒了点儿。"他死之前喝得比平时多。"

"他说为什么了吗？"

"他要走到未来的尽头了，这让他紧张。"

"他知道自己要死了？"

"不。根本不知道。他告诉我说他的祭司预见到了他的事——好事，女人方面的事。"德西说，呷着朗姆酒，斜眼看着尚蒂尔。他从裤子口袋里掏出烟盒，给自己卷了支烟卷。"他爱上了卡弗家那个金发女人。我跟他说这是发疯了，不可能的——他和她？"他在柜台台面上划着了一根火柴，把烟点燃了。"那是他去找拉巴利克的时候。"

"这是他的祭司吗?"

"拉巴利克只干巫术。"尚蒂尔解释说,"人家说如果你准备出卖灵魂就去找他。他不像其他巫师一样只收钱,他收……我不知道。没有人确切地知道,除非那些去找过他的人。"

"福斯丁去见了祭司之后跟你说过什么吗?"麦克斯问德西。

"没有。可是他变了。之前他总是谈论过去的时光哈哈大笑。他经常和我们玩多米诺和扑克,可是他见过拉巴利克之后就不这样了。他就站在你站的地方,一个劲儿地喝酒。有时候他会喝上一瓶。"

"那种玩意?"

"对。可是那对他不起作用。"

麦克斯开始想或许这个祭司要求福斯丁绑架查理。

"他跟你谈论过这个男孩吗?谈论过查理吗?"

"谈过。"德西大笑,"他说这个男孩恨他。他说这个男孩能看明白他的心思。他说都等不及要除掉他了。"

"这是他说的?"

"是的。可是他并没有偷走那孩子。"

"谁干的呢?"

"没有人。他死了。"

"你怎么知道的?"

"我听说他被袭击车子的人杀了。他们把他给踩死了。"

"没有人发现他的尸体。"

德西说了句什么,一捏把烟掐灭了。

"他刚才说什么?"

"他说……"

德西又说了一通。

"他说……"尚蒂尔开始翻译,"他说他们把他吃了。"

"胡说八道!"

"他就是那么说的。"

土朗姆酒让麦克斯的胃里、胸口热得难受。酒在肠子里动的时候他能听见消化气体的喃喃低语。

"这个拉……"

"拉巴利克……"尚蒂尔替他说了。

"这个拉巴利克住在哪里?我在哪里能找到他?"

"离这儿很远。"

"哪里?"

又是一次火车事故,这一次时间更长,因为尚蒂尔一直在打断他,问更多的问题。麦克斯仔细听看有没有能听出来的词。德西说了几次"噢",尚蒂尔说了什么,然后他听见了他能听懂的词——"黑管"。

"他说黑管什么?"麦克斯打断了他们的话。

"他说你能在圣水找到拉巴利克。"

"伏都教的瀑布?"麦克斯问。贝森和米迪消失之前都去了那里。"那黑管呢?"

"那是个镇,一个小镇,离瀑布最近的一个镇。镇的名字叫黑管。那是拉巴利克住的地方。福斯丁过去常去那里见他。"

"你听说过这个地方吗,尚蒂尔?"

"没有听说过这个镇,可这并不意味着什么。这里有人在一块地上建起家园,然后起个名字就变成了一个村庄。"

麦克斯看着德西。

"这个地方你也告诉其他人了,对不对?来这里的其他一无所知的人?"

德西摇摇头。

"没有,先生。"他呵呵笑了。"我不可能告诉他们。他们没有经过土朗姆酒的测试。"

"他们晕倒了?"

"没有。他们拒绝喝我的酒。所以我什么也没告诉他们。"

"那,他们怎么会到……到瀑布那里去的呢?"

"我不知道。我没有告诉他们。或许是别人说的。我不是埃迪唯一的朋友。他们找拉巴利克了吗?"

"我不知道。"

"那他们到那里去也许是别的原因。"

"也许吧。"

另外一只飞蛾撞到灯泡上,掉到了地板上。很快麦克斯听见又有一只也扑上去掉下来,然后两只飞蛾几乎同时撞向灯光,灯泡摇晃起来。

德西友好地拍了一下他的肩膀。

"我喜欢你,所以要告诉你这个:如果去圣水,一定要在午夜之前离开。"

麦克斯大声笑起来。

"否则怎么样?蛇神要来抓我吗?"

德西冲着他露出了不快的表情。

"好的魔术、诚实的魔术午夜之前起作用。"他说,直接对着尚蒂尔说的,"巫术午夜后起作用。不要忘记这一点。"

"你为什么帮我?"麦克斯问。

"为什么不呢?"德西大笑。

尚蒂尔开车带麦克斯到了一家咖啡馆,要了一壶浓咖啡和一瓶水。之后一个小时，麦克斯让自己清醒下来了，脑袋再也不受土朗姆酒的影响了。

"你总是这么粗心大意吗？你该知道那也可能是炮台苦水。"

"我是那种绝大多数东西都要尝试一次的人。"麦克斯说，"不管怎么说，他为什么要毒害我们呢？"

"贝都因·德西吗？我看他什么事都干得出来。过去人们常叫他'种马贝都因'。不过不是你理解的那个意思。贝都因·德西还当通顿马库特的时候，是个系列强奸犯。他就是那种在丈夫面前强奸他们的妻子、在孩子们面前强奸他们的母亲、在父亲面前强奸他们的女儿的人，年龄他不在乎。"

"他怎么会还活着？还这么生活在光天化日之下？"

"神话比死亡更厉害，麦克斯。很多人还是惧怕通顿马库特。"尚蒂尔解释说，"他们做了那么多丧尽天良的事却鲜有几个被逮捕接受审讯。就算在当时，他们也不过就是到监狱待上一个星期然后就被放出来了。一些被暴民杀了。可是大多数只是消失了，去了这个国家的其他地方，去了国外，去了多米尼加共和国。更聪明的加入了军队或者跟阿里斯蒂德勾搭上了。"

"阿里斯蒂德？"麦克斯说，"我本来以为他应该是反对这一切的。"

已经入夜了。他们是咖啡馆里唯一的客人。头顶的电扇转着，收音机里在放着歌曲联唱，声音很多，足以让人不注意从外面街道上传进来的嘈杂声和扇页拍打里面死沉的热空气发出的吱嘎声。在音乐和人行道上喧嚷的间隙，麦克斯听见了那熟悉的、探究性的鼓韵又在山里响起来了。

"他就是那么开始掌权的。"尚蒂尔说，"我当时还信任他呢。很多人信任他，不仅仅是穷人。"

麦克斯微笑着说："不要告诉我，我们这些邪恶的种族主义分子美国白人决定自家门口不想要另外一个共产党，特别是不想要一个黑人共产党，所以我们把他推翻了。"

"不完全对。"尚蒂尔反驳，"阿里斯蒂德演变成'医生爸爸'的时间比'医生爸爸'自己演变成'医生爸爸'的时间还要短。他一开始就是派暴民四处拷打或者杀害反对自己的人。天主教皇的教廷大使谴责他的所作所为，他就派人把他狠狠地揍了一顿，然后在街上把他的衣服剥了个精光。到了那个时候人们才认定：够了，不能再这样下去了，然后军队接管了，多亏了布什总统和中央情报局。"

"那阿里斯蒂德回到这里在干什么？"

"比尔·克林顿今年再次当选。1993 年，他第一次任期刚满一年，就在索马里搞得一塌糊涂。他的支持率跳水。美国一下子看起来软弱、脆弱了。他不得不做点什么挽回自己的信誉。重新扶持一个傀儡总统似乎是个好主意。美国作为民主的捍卫者，即使当时等待他们的是阿里斯蒂德——第三个杜瓦利埃。"尚蒂尔解释说，"现在他们给他套上绳索了，所以他不得不放规矩点，直到克林顿下台为止。然后谁知道呢？希望我能离开这里走得远远的。"她说着往街上看去。一辆联合国的车停在了街上，司机正把一纸箱一纸箱的香烟递给街上的某个人。

"你计划到哪里去？"

"回美国，只是有这么个想法。或许我会去洛杉矶。我在佛罗里达州什么也没有了。"尚蒂尔说，"你呢？你在这里结束了以后干什么？"

"我一点想法也没有。"麦克斯大笑。

"你自己想过搬家吗？"

"什么？比如去洛杉矶？"麦克斯看着她，和她四目相对了。尚蒂尔垂下眼帘。"洛杉矶不是我喜欢的地方，尚蒂尔。"

"我还以为你说过你是个绝大多数东西都想尝试一次的人。"

"我了解洛杉矶。"他大笑，"到那里办过几次案子。每次去都憎恶它。大得杂乱无章，没有规则。我工作速度加快两倍，就为了尽快离开。电影、履历、头部照片、以牙还牙、胡说八道。每个人都想从同一个洞里钻过去。很多人被挤出来了。受害人和破碎的梦。我在家里就知道那种垃圾了，只是在那里我真的会为他们当中的一些人感到遗憾。他们惨遭厄运的故事每次改变的都只是一点点。在洛杉矶他们解读的都是同样的东西。如果你要搬到那里去，我看还是待在这里要更好些。"

"这里我一秒钟也不想多待。"她摇摇头。

"你们这里真这么糟糕？"

"不是，可是也好不到哪儿去。"她叹了口气，"我在这里长大，曾经拥有美好的回忆。可是，回来以后，我所熟悉的一切都没有了。我猜我的童年很幸福，这让我成年之后回到这里更加困难，那么难以接受、那么令人失望。"

一对夫妇走进来，和男侍者握手打招呼。麦克斯认定这是他们一系列约会的开端，最早是第一次，最晚是第三次，彼此还在试探着对方，在兜圈子，一切都正式、彬彬有礼，选择时机开展行动。他们都二十七八岁，穿着考究。那位男士的牛仔裤熨烫过，那位女士的牛仔裤是新买的，也可能是只在特殊场合穿。他们俩上身都穿着波罗牌（注：英文为Polo）运动衬衫，女的穿的是青绿色的，男的穿的是深绿色的。男侍者带他们去了角落里的座位。尚蒂尔注视着他们，脸上露出了渴求的神情。

"跟我说说福斯丁的祭司。"

"拉巴利克？"她说，降低了声音。"首先，他不是个祭司。祭司们都不坏。拉巴利克是个巫师。他想和杜弗尔一样强大，可是却要糟糕一百倍。你知道，生命中有些事本来不会发生在你身上。比如说，你爱上了某个人，这个人就是不想知道，或者说你真的想拥有一份不可能拥有的工作，这样的失望，这样的不遂心愿的事。大多数人甩甩头，继续朝下一件事前进。这里的人们就去找他们的祭司，不管男祭司还是女祭司。他们预见未来，看这个人的愿望是不是将来可以实现。如果不是，祭司或许会努力让它实现，只要不改变这个人的生命的轨迹。可是很多你想要却不能拥有的东西就是不会实现。"

"所以他们就去找拉巴利克？"

"是的，找他这一类的人。他们被称为上帝的影子。他们是在上帝身后走的人，在黑影里，上帝不看的地方。他们给你你本来不该拥有的东西。"尚蒂尔喃喃地说，看起来很恐惧。

"怎么给呢?"

"记得杜弗尔给你讲的关于巫术的话吗?他们是怎么利用孩子来愚弄你的守护天使的。"

"拉巴利克杀害小孩?"

"我不想说。"尚蒂尔说,往后靠到椅子背上。"没有人确切地知道他们干什么。那是他和他为之服务的人们之间的秘密。可是保证会很极端的。"

"什么样的人会去找他?一般来说?"

"丧失了全部希望的人。绝望的人。站在死亡之门门口的人。"

"这在某个特定时候就是每个人都要遇到的情况。"麦克斯说。

"福斯丁去过。"

"为了让弗朗西斯卡·卡弗爱上他还是因为别的什么原因。或许那就是他为什么偷走查理的原因。"麦克斯说,把事情理了一遍,"杜弗尔说查理非常特别。拉巴利克也是这么认为的。"

"也许是吧。"尚蒂尔说,"也许不是。也许查理就是报偿。"

"报偿?"

"'上帝的影子'从来不问人要钱。作为回报,他们让人为他们做事。"

"比如说绑架?"

"或者是谋杀。"

"如果魔咒不起作用怎么办?"

"等你得到你想要的东西了,他们才会要求你做什么,之前不会要求你做任何事。然后你就开始回报了。就是这么开始的。"

"什么?"

"哦,不管你要求别人发生什么事,你受到的都是三倍的惩罚。"尚蒂尔说,"事情就是这样保持平衡的。没有什么坏事是不遭受惩罚的。八十年代早期,艾滋病登上报纸的头版头条之前,让-克洛德·杜瓦利埃有一个情妇、一个男朋友。他既是同性恋也是异性恋。情妇的名字叫韦罗尼卡,男朋友的名字叫罗伯特。韦罗尼卡嫉妒罗伯特,因为罗伯特更受让-克洛德的青睐。她害怕失宠,也害怕因为一个男人被甩掉。所以她去找了拉巴利克。我不知道她提出了什么要求,可是罗伯特相当意外地死在了太子港中心。就像这样,"她打了个响指,"死在驾驶座上。他们给他解剖的时候发现他的肺部有水,像是淹死的那样。"

"不可能是有人把他淹死了再扔到车上吗?"

"很多人看见他在开车。他死之前几分钟甚至还停车下来买过香烟。"尚蒂尔说,"话传到让-克洛德的耳朵里说有人在圣水看见韦罗尼卡和拉巴利克在一起。他知道这是什么意思。他十分惧怕拉巴利克。有人说即使'医生爸爸'也怕他。他和韦罗尼卡断绝了关系。一个月之后,有人发现韦罗尼卡、她母亲和她的两个兄弟都在家里的游泳池里淹死了。"

"在我听起来一点都不像魔鬼通神。"麦克斯说。他已经醒酒了,尽管感觉还很疲劳。"知道这个拉巴利克长什么样吗?"

"不知道。我认识的人都没见过他。我们什么时候去找他？"

"明天怎么样？"

"后天吧？要走很长的路，而且路况很糟糕。我们不得不一早动身，凌晨三四点钟。"她说着看了看手表，"你能好好休息休息，把土朗姆酒的酒劲儿彻底睡过去，焕然一新地去。"

尚蒂尔说得有道理。如果他要到他的一个前任消失、另一个前任的躯体被从脖子到肚脐都切开了的地方去，需要头脑清醒。

"并不是我们不在意。我们确实在意，不过不表现出来。外表象征是一切。"阿连·卡弗龇牙一笑说。他三个小时之前给麦克斯打电话把麦克斯吵醒了，告诉他在诺亚方舟见面。

麦克斯因为余醉未醒而感到非常难受，感觉比前一天夜里还糟糕，胃里像堵着油乎乎的一堆炮弹，脑袋感觉就像有人在用他的头盖骨当搅拌器用。他不理解是怎么回事。从床上起来的时候还算不错，刚喝完第一杯咖啡恶心和痛苦就猛然间开始袭击了。他吃了四粒治偏头痛的特效药，可是一点作用都没有。

诺亚方舟位于哈里·杜鲁门大道的一条支路上。卡弗带着麦克斯和尚蒂尔过了一道锻铁的栅栏门，走上了一条两边砌着深蓝色方砖的白色走道。他们走过了一片郁郁葱葱的草地，倾斜的椰子树在部分草地上形成了树荫，草地上星星点点的喷水装置喷出的水雾在地面上形成了小彩虹。右边是一个小运动场，有秋千、跷跷板、旋转木马、滑梯和攀缘架。

路的尽头是楼梯，通往一座宏伟的三层楼建筑，楼房的墙刷得亮白，海军蓝的瓦屋顶。窗框和前门也都是海军蓝色的。这个机构的标志是一艘深蓝色的船，船中央不是船帆而是一所房子。标志在门上方的墙上，像是一种调剂。

进去之后和他们面对面的是一幅壁画，画面上是一个穿着旅游装的白人。他的双手各拉着一个半裸体的海地孩子，一个男孩，一个女孩，都穿着破衣烂衫。他正领着他们离开一个黑暗的村庄，里面的居民要么死了、要么可怕地变形了。这个人直视看画的人，下巴绷紧显得坚定不移，脸上带着英雄般的表情。他们身后的天空风雨大作，闪电劈开了地平线，滂沱大雨袭击着病态的小镇。这个人和他拉着的孩子都没淋湿，沐浴在旭日金色的阳光中。

"那是我的父亲。"阿连说。

麦克斯再仔细看了看，认出来了，确实是年轻时候的古斯塔夫，光线非常能突出他的优点，让他看起来更像自己的儿子而不是真实生活中的本人。

阿连一边带着他们沿走廊去这个机构的中心，一边解释说古斯塔夫帮助他的朋友弗朗索瓦·杜瓦利埃治愈了雅司病，功不可没。雅司病是一种高度传染的热带疾病，病人不加治疗就会全身长满流脓的疮，苦不堪言，然后烂掉鼻子、嘴唇，最后烂掉四肢。四肢在烂掉之前都会萎缩，颜色和形状就像任其燃烧的香烟留下的烟灰。古斯塔夫从美国购置了所有的药品和供给，并帮忙送到杜瓦利埃的手里。古斯塔夫到壁画上描绘的那个村庄去，路上遇见了两个孤儿，一男一女。他决定拯救他们、照顾他们。这后来又促成了一所孤儿学校的成立，也就是卡弗家族出资兴建的。

他们走过的走廊里挂着一排全体师生的年度合影，远自1962年就开始了。再往前走就是一个个宽大的软木板，板上都是孩子们的绘画，按照年龄分组，基本上一组一个软木板，年龄最小的是四岁组，最大的是十二岁组。十岁以上孩子的画那么少，他们所有的作品都贴在了一个软木板上还没有占满一半的空间，而且都是两个孩子画的，他们俩都特别有天赋。

卡弗继续介绍说诺亚方舟从孩子一出生就开始照料，一直照料到十几岁或者大学毕业。他们有吃、有穿、有住，要么按照美国课程要么按照法国课程接受教育。法语是诺亚方舟的第一语言，可是在英语方面表现出天分的学生就转而接受美国的教育体系，好多学生因为生活当中盛行美国电视节目和美国音乐就表现出这种天分倒也不足为怪。讲法语的课程在楼下上，讲英语的课程在楼上上。他们完成了正规教育之后，那些想上大学的就被送到大学，全部由卡弗家族资助。

走廊的两侧都有教室。麦克斯从门上的窗口看进去，看见每个教室里都有不多的一群小学生，每个教室里的人数都一样，男孩子女孩子都穿着漂亮的学生服，白衬衫、蓝裤子或者蓝裙子。他们都不遗余力、全神贯注地看着老师，最后一排的也不例外。麦克斯想象不出来美国的哪一间教室会这么秩序井然、学生会这么遵守纪律、对学习这么感兴趣。

"那这里面有什么鬼？"麦克斯问，这时候他们正在上楼。

"鬼？"

"卡弗家族是商人。你们不会白白扔钱。你们从中得到什么？肯定不是公众舆论，你们太富有了，根本不在乎人们怎么看待自己。"

"简单。"卡弗微笑着说，"他们完成学业之后来为我们工作。"

"他们所有的人吗？"

"是的。我们有很多业务，不仅仅是在这里，在世界各地。他们可以在美国、英国、法国、日本、德国工作。"

"如果别处给他们提供更好的机会呢？"

"啊——这里就有你所谓的'鬼'。"卡弗大笑，"所有诺亚方舟的学生十六岁就签一份合同，说明完成学业之后，要么为我们工作直到重新返还我们在他们身上的投资，要么……"

"投资？"麦克斯说，"从什么时候开始慈善事业成了投资了？"

"我什么时候说过这是慈善事业吗？"

他们在二楼走动的时候，麦克斯听见有人在说混杂了美式英语、海地法语的英语。往教室里看看，看见的都是模范学生。

"一般用六到七年就能偿还我们的投资，女孩子们的时间更长些，要八九年。"卡弗说，"当然，他们也可以一下子把全额付给我们，然后就自由了。"

"可那是不可能的，他们从哪里才能弄到那笔钱呢？"麦克斯说，语调和双眼里都透着怒气，"我的意思是说他们是不可能有钱的，不像，比如说不像你，卡弗先生，一出生就穿金戴银。"

"我出身富贵自己也没办法，他们出身贫穷也没办法，这都一样，麦克斯。"卡弗回答说，薄薄的嘴唇露出了难堪的微笑。"我理解你的疑虑，可是他们对这种安排百分之百开心。我们的留用率高达百分之九十五。就拿在这里教学的这个人来说吧。"他指着一个矮小的浅皮肤女子，穿着肥大的橄榄绿的裙子，那裙子设计的时候似乎是僧侣的袍子，简直就像是一种习惯。"艾洛伊塞·克鲁拉克，我们留下的人当中的一个。她现在是这里的女校长。"

"克鲁拉克？那不是波兰人的姓吗？"麦克斯问。他又仔细看了看这个女校长。女校长的头发往后梳成了一个朴素的髻，除了发根有一圈灰白之外都是黑的。她的小嘴有点凸出，牙齿有点覆咬合，说话的时候像是一只啮齿类动物在啃柔软的食物。

"我们最初是在杰米镇镇外发现艾洛伊塞的。很多人的皮肤都非常浅。有很多都像艾洛伊塞一样长着蓝眼睛。他们的父母是波兰游击队的士兵，离开了拿破仑的军队成为图森·路维杜尔的战士。他们帮助推翻了法国政权之后，图森·路维杜尔把杰米镇奖赏给了他们。他们相互结婚，生养了一些相当漂亮的后人。"

也有例外。麦克斯看着女校长心想。

他们继续往上走到了三楼。卡弗带他们参观了食堂和教职工区，包括一个公共休息室和五花八门的办公室。

"孩子们在哪里睡觉？"麦克斯问。

"在佩蒂翁维尔。每天早晨开车把他们送进来，这一天结束再接回家。"卡弗说，"这是小学生之家。到十二岁为止。下一条路上还有另外一个诺亚方舟。"

"你只给我讲了成功的学生，对吧？他们也就是那些聪明的学生。"麦克斯说。

"我听不明白。"

"你们的仆人也是从这里选的，对吧？"

"我们不可能全部在高处飞，麦克斯。天空的空间也是有限的。我们当中的某些人不得不走路。"

"这么说，你怎么来区分他们呢？高的和低的？在低处走的有没有表现出擦鞋的天赋呢？"麦克斯说，努力不让话音里充满愤慨，却没有做到。这里就是这些人，他们的祖先为了把自己从奴隶制度下解救出来而上战场；这里就是卡弗家族，简直就是把他们重新放到了起点上。

"你不是这里的人，所以你不明白，麦克斯。"阿连回答说，声音里透着不耐烦。"我们承担了这些孩子当中的每一个孩子的生活费用。我们照顾他们。我们找事给他们做，适合他们干的事，让他们赚钱的事，赋予他们尊严的事。我们提供的工作足以让他们或者修建或者购买一所房子、买一些衣服，足以让他们吃饱，让他们的生活水平比你在街上看见的那些穷鬼当中的百分之九十都高。如果我们能帮助他们当中的所有人，相信我，我们会这么做的。可是我们还没有那么富有。你在用你们美国的标准衡量我们——这个地方、我们的所作所为。你的这种空洞的言辞——自由、人权、民主，这些对你们的人民来说也只是空话。你口口声声说着这些，可是你们国家的黑人，他们享受的权利不及你四十年前享受的权利多。"卡弗降低了声音，可是目标明确的狂怒都发泄到位了。他从口袋里掏出一块手绢，擦了一下积聚在上嘴唇上的汗水。

麦克斯当时就有可能说出很多事来捍卫自己的国家，美国如何至少给予人民自由选择的权力啦，在那里任何人如何只要有足够的意志、决心、纪律性和动力就能自己取得成功啦，那里如何仍然是机遇之乡啦。可是他没有走那么远。这不是争论的时间和场合。

相反，麦克斯问："犯过错误吗？有没有爱因斯坦式的人物一辈子在为你清理厕所？"

"没有。从来没有过。"卡弗目空一切地说，"任何人都可能是傻瓜，不是每个人都是智者。"

"我明白了。"麦克斯说。

"你不'同意'，对不对？你认为这不'公平'？"

"就像你说的，卡弗先生。这不是我的国家。我只是个愚蠢之至的美国人，满脑袋都是空话，没有权力谈论对和错。"麦克斯讽刺地回答说。

"海地人的平均寿命是四十八岁左右。这就意味着二十四岁就是中年了。"卡弗的语气重新开始平和起来了。"为我们工作的人，我们的体系培养出来的人，他们的寿命比这个长。他们老了，看着孩子们长大了。就像人应该的那样。我们在救命，我们在给予生命。你或许不理解，可是整个欧洲在法国战争之前就是这样的，富人照顾穷人。人们看见我们过来了，就把自己的孩子丢弃，这样我们或许会捡起来，让他们过更好的生活。这个你知道吗？这种事一直都在发生。你在这里看见的从远处看起来可能不好，麦克斯，可是走近了看到的却恰恰相反。"

第二天他们凌晨四点就动身去圣水了。尚蒂尔开车。瀑布在太子港北边，离太子港只有四十英里的距离，可是其中三十英里的路在海地都是路况最糟糕的。好天开车来回平均要用十个小时，天气不好就需要双倍的时间。

尚蒂尔为这次旅行买了一小篮子食物。尽管路上有足够的地方可以停下来买东西，而且瀑布附近还有一个叫博纳尔的旅游小镇，可是你从来没有把握会吃到什么东西。家养的宠物还有害虫都可能拿来充当猪肉、鸡肉和牛肉。

"我们为什么要去圣水，确切地说？"尚蒂尔问。

"首先，我想和这个叫拉巴利克的家伙谈谈。福斯丁知道谁绑架了查理。他或许把相关信息告诉了他，也可能留给了他一条线索。另外，黑管镇是我的前任们失踪之前去的最后一个地方。我想找出原因，他们看见或者听见了什么。他们肯定在找某种东西。"

"不管谁是幕后主使人，现在都会把任何微小的证据看管好了，你不这么认为吗？"

"是的。"麦克斯点点头，"可是谁也说不准。或许他们忽略了什么。总是有这种可能性。"

"微乎其微。"

"总会有办法。人总是希望罪犯比自己更愚蠢、更不利索。有时候就会很幸运。"麦克斯呵呵一笑。

"你没有提到过菲列斯·杜弗尔。"

"什么，那个'到神话的根源去'的废话？我最不可能做的事就是根据算命先生的建议行事。我处理的是事实，而不是幻觉。你知道，把神秘学带入调查当中，调查就是在烟雾里进行了。"麦克斯说。

"我看你也不相信那个。"尚蒂尔说。

"如果他关心这个孩子，而且真的了解什么，他会说出来的。"

"或许不允许他说什么。"

"噢？谁不许？跟他说话的那些神灵，他妈的不管他跟他们做了任何事。好了，尚蒂尔！这个家伙和我知道的一样，一无所知。"

他们第一个小时是在漆黑当中开车的。他们离开了佩蒂翁维尔，横穿了平原，平原上招牌似的电话线杆总是突然出现在车前，出现在正在去山区的路上。这段路顺利得让人吃惊，然后他们绕过第一座山的时候来了一个长长的 U 字形急转弯，盘山道一开始变成了砾石路，然后又成了毛石路。尚蒂尔关了变速器，打开了收音机。美国军队电台正在播放 R·凯利演唱的《希望自己能飞翔》。尚蒂尔迅速调台，调到了吴唐土著的快板月《美国在缓慢地消亡》；然后她又调到了另外一个电台，找到了说海地语的节目；之后一个台播放的是教堂礼拜，再接下来听到的都是多米尼加共和国的节目，有萨尔萨舞曲、谈话节目、球赛——从速度上判断可能是足球、另外一场教堂礼拜，所有的节目都是西班牙语的。这让麦克斯微笑起来，因为这让他想起了迈阿密广播电台，只是这里比他们在家乡许可播放的节目要杂乱得多。

尚蒂尔从手提包里拿出一盒磁带，放进去，按下了播放键。

"可爱的米奇。"她解释说。

是一场音乐会的录音。可爱的米奇的声音像是砂纸打磨干酪磨碎机发出的声音，他的演唱包括一整套的叫喊、狗嗥、尖叫、大笑，高音的地方就像斗猫发出的急切的哀号；他的背景音乐是冲动的乡土音乐，步调疯狂，一刻也不舒缓。一点也不像麦克斯之前听过的。尚蒂尔融入歌曲中了，全身都在跳舞，双手敲打着方向盘，双脚敲击着踏板，扭动着脑袋、胸部和屁股。她轻声哼着合唱，把手握成枪的形状，戳着空气，自顾自地微笑着，眼睛里闪动着快乐和挑衅。她冲开表面进入了歌曲内部，和这首歌狂怒的风格融合起来了。

歌曲结束之后，她把磁带弹了出来。麦克斯说："我猜那并不是《想象所有的人都生活在和平中》吧？"

"不是。"她说,"是关于拉拉舞的。一种人们在狂欢节的时候边走边跳的舞,跳着走过大街小巷,从一个村庄到另一个村庄。持续好多天。也相当狂野。大量的纵酒、纵欲和谋杀。"

"听起来有意思。"麦克斯俏皮地说。

"你也许能看见。"

"什么时候?"

"复活节之前。"

"我能不看就不看。"麦克斯大笑。

"你要一直住在这里直到找到查理为止吗?"

"希望不要花费我那么长时间,不过是的,我要一直住在这里直到这个活儿完事。"

等仪表板上出现红绿灯的时候,麦克斯看见了尚蒂尔脸上的微笑。

"这条线索再查不出结果来你怎么办?"尚蒂尔问。

"现在也不是有结果啊。我们在核实谣言、神话传说、道听途说。没有什么实在的东西。"

"这些都查完了呢?那个什么怎么办?"

"我们再看。"

"要是他死了呢?"

"他很可能就是死了,如果我理解的和你一样。我们只不过需要找到尸体、找到要了他性命的人,以及他或者他们这么做的原因。动机总是很重要。"麦克斯说。

"你不是那种容易放弃的人,对不对?"

"我相信凡事都有始有终。"

"这是你小时候就养成的习惯吗?"她转过脸来看着他问。

"是,我猜是。不是父母遗传的。我不知道我爸爸是谁。我六岁的时候他就离家出走了,从来没有回来过。我所拥有的和爸爸最接近的人就是这个叫埃尔顿·彭斯的人。他曾经是个警察,在自由城经营一家拳击馆。培训当地的小孩子。我就是在拳击场上学会了一些终生受用的教训。埃尔顿把这些规则贴在更衣室的每面墙上,这样你就不会看不见了。其中一条是'开始的事总是要做完'。如果是赛跑,你跑到了最后,不要中途退出,把剩下的距离走完,不管怎么说那也是跑到了终点。如果是搏斗,你要输了,不要说'我认输了',然后退出来坐在凳子上看,而是要战斗到最后铃响的时候。"麦克斯回忆着,微笑起来。"他会说'被淘汰去站着旁观,那么有一天你就会一事无成。'这是条有用的原则。"

"他是你成为警察的原因吗?"

"是的。"麦克斯说,"他也是我那个时候的老板。"

"你们还保持联系吗?"

"不直接联系。"麦克斯说。他在蹲监狱之前和埃尔顿闹翻了,八年多来没有说过话。埃尔顿参加了他的审讯,也参加了桑德拉的葬礼,可是这两次他都是为了尽义务,偿还恩惠。他们现在恩怨两清了。

尚蒂尔察觉到了麦克斯的敌意，又打开了收音机，调来调去最后调到了某个不唐突的钢琴曲，演奏的是《我想在你身边》。

太阳开始露脸了，山在他们前面显露出来。日出把天空染成了黑色、靛蓝色和紫色，山峰黑黝黝的影子映在天空中。

"你呢？"麦克斯问，"你母亲怎么样？"

"奄奄一息。"她说，"慢慢地。有时候很痛苦。她总是说结束了她会高兴的。"

"你爸爸干什么？"

"从来没见过他。"尚蒂尔说，"我母亲在一次仪式上怀孕了。当时被一个神灵给占了，那就是我父亲。人们称之为'雪佛利尔'。法语的意思是'骑士'，我们的语言里的意思是'被上帝驱使'。"

"这么说你是一个神的孩子？"麦克斯说俏皮话。

"难道我们不都是吗，麦克斯？"她微笑着反驳。

"那个曾经发生在你身上吗……雪佛兰？"

"是雪佛利尔，不是'雪佛兰'。"她假装生气地纠正说，"没有，从来没有过。我十岁之后就没有参加过仪式。"

"总是有时间的。"麦克斯说。

她扭头看了麦克斯一眼，一双勾人魂魄的眼睛，透露出寻求的目光，麦克斯的胯下都感觉到了。他管不住自己的眼睛，目光滑落到了尚蒂尔的嘴巴上，然后又看到了下嘴唇下面那颗深棕色的圆痣。不是浑圆的，更像是个逗号，尾巴被打断了。他想知道尚蒂尔在床上是什么样的，猜想肯定妙不可言。这种想法已经不是第一次了。

现在天亮了。他们正在一条土路上行进着。土路镶嵌在干燥的、贫瘠的盆地里，盆地里满是白色的岩石、大石头以及偶尔出现的动物骨架——肉被啄光了，晒得苍白。根本看不见树木，只能看见仙人掌。这让他想起了自己收到的明信片，都是那些到广袤的西南部各州旅行的朋友们寄给他的。

他们开车进了山。这些山根本不像他家乡的山。他曾经去过落基山脉和阿巴拉契亚山脉，可是这些山却完全不一样。这些都是棕褐色的、光秃秃的山丘，被每一丝风、每一滴雨缓慢而又有条不紊地侵蚀着。很难想象整个岛屿曾经一度被雨林覆盖；很难想象遭受这种环境灾难的地方曾经生机勃勃，而且曾经是一个异域帝国的经济基石。他试图想象住在山区里的人是什么模样，想象中的他们和集中营的幸存者以及埃塞俄比亚遭受饥荒的难民毫无二致。

可是他错了。

他们或许一样贫穷，可是乡村的人比城里那些悲惨的灵魂活得更好些。孩子们虽然瘦却不像太子港的孩子肚子那么大，脸上也没有那种饥饿的、烦恼的表情。他们路过的村庄和太阳城那些绝望的棚屋一点都不相像。那是一群群的小屋，茅草屋顶，厚厚的墙，墙都刷着亮丽的颜色，有红色的、绿色的、蓝色的、黄色的、红白相间的。连动物看起来都过得富裕一些：猪就是猪，不那么像山羊；山羊就是山羊，不那么像狗；狗就是狗，不那么像狐狸；鸡就是鸡，不那么像外国的鸽子。

路况更糟了，他们慢得像是在爬行。他们不得不绕开五英尺深的洞，从坑里开进开出，缓慢地通过U字形的弯道，唯恐有人从对面开车过来。他们根本没看见什么小汽车，看见的只不过是几辆残骸，被拆得简直就是铅笔画的框架了。他心里在想司机变成什么样了。

尽管空调开着，车里面凉爽，麦克斯还是能感觉到外面的炎热，从没有一丝云彩的淡蓝色的天空倾泻下来。

"阿连没有把诺亚方舟的一切都告诉你。"尚蒂尔说，"考虑到你的态度，这也毫不奇怪。"

"我只是说了我该说的话。"

"你们俩都对。"她回答说，"是，是都没错儿，可是看看这个地方。人比谷物还多。"

"他没告诉我什么？"

"背景知识，关于那些合同。那些孩子长大的过程中，他们不断地受到提醒，问他们是从哪里来的，是谁把他们从那里带走的。他们被带到太阳城、带到家乐福、带到其他令人恶心的地方。他们看见了人们因为饥饿和疾病而奄奄一息，不是为了教给他们慈善、教给他们同情，而是为了教给他们要感激、要尊敬，教给他们卡弗家族是他们的救世主，他们的命都是这一家子给的。"

"这么说他们被洗了脑子？"

"不是，不完全是。他们受到了教育，被教授了卡弗信条以及他们的动词和时间表。"尚蒂尔说，"不管怎么说，他们从根本上认同了，一旦他们离开诺亚方舟，他们的结局就是成为贫民窟当中的穷人。"

"所以，等他们十七八岁的时候，合同来了他们就高高兴兴地签名把自己卖了？"麦克斯这么下了结论，"所以他们把诺亚方舟交换成了卡弗帝国？"

"就是这样。"

"他们怎么会雇佣你？"

"阿连喜欢雇佣外面的人。"尚蒂尔说，"不过他的用人除外。"

"可是这个合同……如果去国外就不能强制执行了，对吧？比如说你在美国学习，决定去为摩根大通银行工作而不是为古斯塔夫·卡弗工作，他们就不能阻止你。"

"对，他们不能阻止，可是事实上他们被阻止了。"尚蒂尔压低嗓门说，似乎有人在偷听一样。

"怎么阻止的？"

"他们到处都有关系。他们非常富有、非常有能量。都是有影响力的人。试着违约一次，他们就会毁了你。"

"你知道这种事发生过吗？"

"这不是他们要吹嘘或者任何人能查出底细来的事，不过我肯定这发生过。"尚蒂尔说。

"那些不听话的孩子发生了什么事？那些有问题的孩子？那些在班级后面一排造反的孩子？"

"这又是他们不公开谈论的事,不过阿连告诉我说,不能接受课程教育的孩子都被送回了他们被发现的地方。"

"噢,那可真够有教养的。"麦克斯恶狠狠地说。

"这就是生活。生活在哪里都不容易,不过在这里更困难。这是地狱。那些孩子不可能不知道他们有多幸运。"

"你需要换工作。听起来像是喜欢自己的老板。"

"去你的。"尚蒂尔低声说。她又把收音机的音量调高了。

麦克斯把自己听到的仔细想了想,然后他把收音机关了。

"多谢。"他对尚蒂尔说。

"谢什么?"

"又给这次调查打开了一个全新的视角:诺亚方舟。"

"你在想绑架查理的人或许是从那里被驱逐出去的?"

"是的,也有可能是让卡弗家族把未来给毁了的。一命抵一命。圣经里最古老的第三个动机。"

"你本来就该知道。"她说。

对大多数海地人来说,圣水是个水里流动着奇迹的地方。传奇故事讲到:1884年7月16日,一名妇女正站在溪流中洗衣服,圣母玛利亚出现在了她面前,然后变成了一只白色的和平鸽,飞进了瀑布,让瀑布永远浸润了圣灵的魔力。从那以后,圣水每年都吸引着成千上万的来客,都是些善男信女,来到这里,站到被神灵庇护的瀑布下面,大声祈祷着请求治愈疾病、免除债务、粮食丰收、买辆新车、迅速解决到美国的护照签证问题等等的灵丹妙药。圣母出现的纪念日也在瀑布周围以著名的节庆庆祝着,庆祝活动整日整夜不停。

麦克斯第一眼看见这个地方的时候,他本人几乎就把这个传说信以为真了。在不毛之地的荒野中开车走了几个小时之后,他最没有想到的就是会看见一小块儿热带的天堂。这个地方就是个天堂,一个有口皆碑的绿洲,一个幻觉成真的海市蜃楼,一个避难所,让人又能回想起这个岛屿曾经的模样,以及它所失去的一切。

要到达瀑布,麦克斯和尚蒂尔不得不沿着一条宽阔的河流的堤岸走过去。河流穿过一片森林,森林里树木郁郁葱葱,到处都是草本植物、茂密的葡萄藤和气味甜美、颜色鲜艳的花海。他们并不是孤零零的行人。离目的地越近,路上加入到他们中间来的人就越多,绝大多数是徒步走路的,不过还有一些骑着驴子和面带疲惫的马,他们所有的都是来祈求灵丹妙药的善男信女。一旦他们到了溪流边就会涉水,庄严而谦卑地朝上百英尺高的瀑布走去。尽管头顶上方倾泻的湍流发出了巨大的隆隆声,森林里面却依然沉静,仿佛安静的要旨本身已经锁定在了土壤和各种各样的植被当中。人们似乎体会到了这一点,因为没有一个人说话,也没有一个人在水里弄出很大的噪音。

麦克斯注意到沿途的一些树上插着蜡烛，还贴着各种照片，有人的、基督教三圣的、小汽车的、房子的；还贴着明信片，大多数都是迈阿密和纽约的明信片；另外还有从杂志报纸上剪下来、撕下来的图片。这些树木，树干巨大粗壮，枝条细长，有些挂着黄瓜样式的水果，尚蒂尔解释说这些果子在海地语里叫"马蒲"，是伏都教的圣果，这些树的根被称之为神的通道，从这个世界通往下一个世界的通道，树应该尽可能地靠近流水。树和海地的历史难解难分：据说最终导致海地独立的奴隶起义就是在戈纳伊夫镇的一棵马蒲树下爆发的。当时，把一个被偷来的白人孩子当做牺牲献给了恶魔，以此交换恶魔的帮助，打败法国的军队。1804年，海地独立也是在这棵树下面宣布的。

他们到了瀑布之后就停在了岸上，靠近一棵马蒲树。麦克斯放下了一直提着的篮子。尚蒂尔打开篮子拿出了一个紫色天鹅绒的、带拉绳的小袋子。她拿出四个金属的蜡烛架子，等距离插进树里，像罗盘的四个点一样。按照逆时针的顺序插上了四根蜡烛，分别是白色、灰色、红色、淡紫色。然后她从钱包里拿出一张照片，闭着眼睛亲了亲，放在了蜡烛中间。她用一个透明的玻璃瓶把双手洒上了水，把闻起来像是檀香木的油涂在了双手和双臂上，轻声嘟哝着，用一根火柴把每一根蜡烛都点燃了，然后头往后仰，仰望着天空，伸展开了双臂，手心朝上。

麦克斯走开了一点，走到了尚蒂尔碰不到自己的地方，给她一点私密性。他看着瀑布。左边的树林中间有断间隔，阳光涌照过来，在湍流的水雾中形成了巨大的彩虹。人们正站在瀑布正下方的岩石上，水冲击着他们的身体。其他人站得远些，站在瀑布的冲击力不那么强烈的地方。他们嘴里念念有词，双手举向天空，和尚蒂尔的姿势几乎一模一样；有些摇着像沙球一样的仪器，其余的拍着手跳舞。他们都一丝不挂。他们一旦靠近瀑布近前的岩石就把衣服扔进溪流里，任凭衣服随急流漂走。在溪流里，朝圣者从在岸上挎着篮子兜售的男孩那里买来草药和黄色肥皂，站在齐腰的水里，清洗着自己。麦克斯注意到几个朝圣者都处于被催眠的状态，以耶稣钉死在十字架上的姿势站着岩石般一动不动；其他的都着魔了，身体晃动着，头前前后后地甩着，眼睛睁得大大的，眼珠子乱转，嘴巴一刻不停地在动，舌头不断地吐出来收进去。

尚蒂尔走到他身边，把手搭在了他的肩膀上。"那是为了我母亲。"她解释说，"这是我们为病人做的事。"

"他们怎么会脱掉衣服？"麦克斯问，朝那些朝拜的人努努嘴。

"这是礼仪的一部分。首先他们卸下了过去坏运气的负担，衣服就象征着这些负担；然后他们在瀑布里把自己清洗干净。像是一种浸洗礼。他们脱掉衣服做出了重大的牺牲，因为你在这里看见的所有人都穿得很少。"

尚蒂尔开始走下堤岸走向水里，手里拿着个空瓶子。

"你要进去？"麦克斯问，简直不敢相信。

"你不进来吗？"尚蒂尔回答说，微笑着，眼睛里全是劝诱。

麦克斯被诱惑得不得了，可他还是忍住了。他说："或许下次吧。"

尚蒂尔从拿篮子的男孩那里买了一块肥皂和一把叶子，然后走进水里，开始穿过溪流朝深色的岩石走去，亮闪闪的飞流的银河击打着他们这些信徒。她还没到瀑布就把衬衫脱掉扔在了水里，把脸上和上身都擦上了肥皂，然后坐到了岩石上。她先甩掉了鞋子，然后扔掉了裤子，脱得只剩下黑色的丁字裤了。

麦克斯无法把眼睛从尚蒂尔身上移开。她不穿衣服的样子比自己想象中的还要好。她的双腿结实、肚子平坦、肩膀浑圆、乳房小而坚挺。她的身材是舞蹈演员的身材，不是强壮而是柔韧、优雅。他试图计算出让她的身材这么好的遗传部分和锻炼部分之间的比例，可是这个时候意识到自己看得太入迷了，就猛地不想了。

尚蒂尔看见他在看自己，微笑着挥着手。他也报以挥手，不由自主地、愚蠢地挥着手，猛地从幻想中醒了过来，为尚蒂尔看见自己这么看她而感到尴尬。

尚蒂尔往后退了一步，迫使自己到了湍流的中心，就在彩虹最里面的那一层下面，水泻下来的冲击力最大、打得最重。麦克斯一点也看不见她了，把她和五花八门的其他裸浴者、他们被水雾和动作模糊的外形、他们制造的影子混淆了一次又一次。有时候，那里似乎有很多人和她在一起，清洗着自己，然后突然间瀑布会看起来一下子全空了，似乎朝圣者像那么多泥土一样都被溶解了，冲刷进了用遗弃的衣服当堤岸的溪流中。

麦克斯在寻找尚蒂尔的过程中感觉到自己的注意力被吸引开了，在他的左侧，他感觉到有人在观察自己；他在被一双训练有素的眼睛估量着、评判着。他了解这种感觉，因为作为警察他学过这个而且能够意识到这个。绝大多数罪犯都多疑得要命，疑心病天生就重，就像瞎子的嗅觉和听觉开发得更好一样。他们被监视的时候就会知道；他们真的能感觉到其他人的存在，嗅到他人的每一丝呼吸，追踪他人的每一种思路。这就是为什么警察要学"观察的太阳规则"的原因。规则里提到：永远不要直视目标，而是要把注意力集中在他左边或者右边五度的位置，把主要目标牢牢锁定在视线范围之内。

这一点看他的那个人没有学会。他也没有学会另外一条重要规则：一直要处在对方看不见的位置；如果自己要看就不要被人看见。

那个人站在岩石上，远离喷溅的瀑布，一半掩映在水雾里；是个瘦高个儿，穿着破烂的蓝色裤子和一件长袖的滚石T恤衫，T恤衫都旧了，边都毛了。那个人留着长及肩膀的骇人长发塔发型，头发浓密得像个拖把，从脑门上垂下来，像一只死了以后变形的狼蛛的腿。他看着麦克斯，脸遮在头发后面，露出来的那一部分脸上一丝表情也没有。

尚蒂尔又出现在了岩石上，把头上的水甩掉，用手指梳理着头发。她走下岩石到了溪流里，朝着麦克斯的方向往回走。

与此同时，骇人长发塔迈步进了水里，也开始朝麦克斯这边走过来。他的双手捧着什么东西，而且不想把东西弄湿，因为他高高地捧出了水面。没有处于其他精神空间的朝拜者都躲开了不挡他的路，交换着担忧的表情，有些人匆匆忙忙地朝堤岸走。一个着魔的女人猛地伸手去抓他拿的东西。他用力用胳膊肘捣了一下她的脸，把她打得飞出去倒在了水里。那个女人扑腾着站起来，魂灵离开了她的躯体，血从她脸上流下来。

骇人长发塔走近了，麦克斯示意尚蒂尔回到岩石那里去。骇人长发塔现在靠近堤岸了。麦克斯想用枪指着他让他停下，可是如果这个家伙是个疯子，那样一点用都没有。有些人就想让你开枪打死他们，因为他们自己没有勇气解除自己的不幸。

骇人长发塔速度慢下来了，就站在麦克斯的对面，脚踝以下都在水里。他把手里的东西送过来，是个破旧的、生锈的锡盒，上面还残留着最初的某些图案——一大朵蓝色的玫瑰。

麦克斯正想朝他走过去，一块大石头飞过来，打在了骇人长发塔这一侧的脑袋上。

"伊哇！伊哇！"孩子们被吓坏似的尖叫声就在麦克斯身后响着。

突然间，骇人长发塔的四面八方都被击中了，大大小小的石块交织在了一起，都惊人地精准，都打在了他身体的某个部位上。

麦克斯缩起脖子弯下腰，回到岸上，扔石头的人都聚在岸上，是一群小孩子，最大的大概十二岁。

"伊哇！伊哇！"他们大叫着。

这让朝拜的人胆子大起来，之前他们还一直纹丝不动地站着、看着。眼下他们也开始朝骇人长发塔扔石头，不过他们没有孩子们的准头，打的石头四处飞散，要么打在僵直的人身十字架上，让他们倒进水里，要么打在着魔的人身上，结果要么就是完全解除了他们身上的魔咒，要么就让他们进入了更加可怕的痉挛状态。

然后骇人长发塔的双手被直接击中了。他把盒子扔了，盒子掉到了水里，消失在了水面底下，然后在几英尺以外的地方又冒了出来。骇人长发塔在盒子后面追，尽可能快地跑着，蹚着水，后面跟着的是齐发的石头和几个更大胆的朝拜者，他们以为他要逃离，拿着棍子在他后面追，可是并不急于追上他。

骇人长发塔在水下消失了。

等事态明朗了，他不会再回来了，一切又重新恢复了平静。神灵又重新占据了他们遗弃的身体，朝拜者又重新回到了溪流的水中用肥皂搓洗，爬到瀑布的岩石上，岸上的孩子看管着自己的篮子。

尚蒂尔回来了。麦克斯从篮子里拿了一条毛巾和几件衣服递给她。

"'伊哇'是什么意思？"麦克斯一边看着尚蒂尔擦头发一边问。

"伊哇？意思是恶魔的帮手。和巫师一起工作的人。不过我认为那个家伙不是。他很可能只是当地的一个变态。周围有大量这样的人。尤其是在这里。他们来的时候很正常，然后被神灵附了体，再也不会离开了。"

"他想对我干什么？"

"或许他以为你是个神。"尚蒂尔说着戴上了运动文胸。

"那可就不一样了。"麦克斯哈哈笑了，可是他把这次事件重新过了一遍，难以释怀。他肯定骇人长发塔知道他是谁、在那里干什么、在找谁。这都体现在他一开始注视他的方式上，故意的，确信引起了他的注意。然后他才开始行动。盒子里装的是什么呢？

## 36

黑管是个村庄，正处在演变成小镇的过程当中。其主体位于一座小山上，俯瞰瀑布，不过小山的山坡上散落着一群单间的房舍、小屋和用护墙楔形板搭建的棚屋。这些小屋随意地排列着，麦克斯从远处看去，以为是一堆被遗忘的纸板箱，从一辆早就开走的卡车上颠落下来的。

他们从车里出来，人们都停下来盯着他们看。成年人把他们从头到脚打量了一番，又把陆地巡洋舰端详了又端详，然后继续忙自己的去了，就像他们之前都见识过了，不过对升级换代的产品仍然感兴趣一样。孩子们都跑开了。他们尤其惧怕麦克斯。有些去把父母找来了，跟他们指点着麦克斯；其余的去把朋友叫来了，一个个由三英尺高的人组成的团伙畏畏缩缩地过来了，麦克斯一看他们，他们就尖叫着跑开了。麦克斯不知道他们怕他是因为他们从来没有见过他这样的人，还是因为怀疑这个白人不是这里的基因遗传下来的、不是能和这里的 DNA 混合在一起的东西。

黑管村最高的建筑就是其威严的教堂：一圈暗黄色的加固水泥墙，茅草屋顶，屋顶上一个朴素的黑色十字架。排行第二的建筑是一座蓝色的平房，体积是教堂的四分之一，把其他以业余水平建造的土棚屋和锡棚屋映衬得小多了，那些棚屋都乱糟糟地围绕在这所房子四周。教堂就坐落在村子的正中央，麦克斯从这一点判断教堂是最先建造起来的，然后社区就在它四周扩展开来了。这座教堂看起来也就只有五十年的历史。

十字架的顶端擦到了云彩的边缘。云彩在这里低得难以置信，把这个村庄封在刺穿不透的尘雾罩子里，阳光就算是在最强烈的时候也难以穿透。尘雾逐渐侵蚀临近的山脉，让天空变得那么近，简直触手可及。

空气带着清新，橘子和野草药健康的气息淡化了柴火和做饭的气味。作为背景，位于下面几英里的瀑布发出持续不断的声响盖过了人们各行其是的喧嚣声，巨大的咆哮声变成了无休无止的潺潺声，像是水流进了排水沟。

他们在村子里走着，和路上的人说话。没有人知道什么查理、贝森、米迪、福斯丁、拉巴利克。根据麦克斯的判断他们并没有撒谎。有关通顿黑管的问题只是引发了大笑。麦克斯怀疑贝森和米迪是否真的来过这里，德西是否在故意误导他们。

他们离教堂近了，听见从里面传来了敲鼓的声音。麦克斯感到鼓声直接钻进了自己的手腕，中低音的音符锁住了骨头，爬进了血管，和脉搏融合在了一起，然后延伸到双手、手指，在里面上蹿下跳，让他握紧拳头又展开，就像针扎一般。

教堂的门上挂着锁。墙上固定着一块布告板，上面显眼地贴着一张圣母玛利亚的图像。尚蒂尔看了看，露出了微笑。

"这个地方不是你想的那样。这不是教堂，麦克斯。"她说，"这是伏都庙。而且，那也不是圣母玛利亚，是埃尔齐利·弗里达，我们的爱之女神，我们的阿弗洛狄忒，是最高的、也是最为人所颂扬的女神之一。"

"在我看来像是圣母玛利亚。"麦克斯说。

"这是伪装。海地还是法国的奴隶殖民地的时候，奴隶主试图把奴隶们从非洲带过来的伏都教连根拔掉并让他们皈依天主教，从而控制他们。奴隶们知道反抗奴隶主没有什么意义，奴隶主都有大量的武装，所以他们表面上接受了这种改变宗教信仰的安排，不过他们非常狡猾。他们就像应该做的那样去教堂，可是敬奉的不是罗马的神像，而是把那些神像当成自己的神来敬奉。圣彼得变成了失去之神帕帕·莱格巴，圣帕特里克就是听他们祈祷的蛇神达姆巴拉，圣詹姆斯变成了战神厄居·费拉耶。"

"真是聪明人。"麦克斯说。

"我们就是这么获得自由的。"尚蒂尔微笑着。她又回头看了看布告板，然后回到了麦克斯身边。"今天六点有个宗教仪式。我们能留下来参加吗？我想为母亲捐献。"

"当然可以。"麦克斯点点头。他无所谓，即使这意味着要在漆黑的深夜回佩蒂翁维尔也没关系。他本人也想看这个宗教仪式，只是为了满足自己的好奇心。他从来都没有参加过真正的宗教仪式。这样，至少在他离开的时候，他带着这个地方的什么东西走了。

他们离开了村庄的主体，向东走，那里长着两棵马蒲树。麦克斯惊叹离开首都之后乡村是多么静谧啊。

他们来到一条长长的砂岩矮墙前，墙还没有筑完就被遗弃了。这墙如果筑完了，站在朝南的那一头的顶层，就能清楚地看见一英里下面瀑布的壮观景象。

"谁想在这里建造房屋？简直四邻不靠。"尚蒂尔说。

"或许这就是在这里建造的理由。"

"如果是建造房子的话，太大了，不可能。"尚蒂尔说。她的目光顺着墙一直望到了村庄后面的大山。

两棵马蒲树上都点缀着燃尽的蜡烛头儿、彩带、一簇簇的头发、照片、写着字的小纸片。再远一点，一条浅浅的溪流无声地淌入了瀑布的汹涌。要不是那两条正在水中央嬉戏的罗特韦尔狗，这就是田园风光。狗的主人，一个矮胖子，穿着牛仔裤和白衬衫，站在溪流的另一边，注视着自己的狗和麦克斯、尚蒂尔，眼睛似乎同时一个也没放过。他的左手端着一支拉维枪栓式猎枪。

他大声喊着说："嗨，美国人吗？"

"不错。"麦克斯说。

"你是军队的？"他问，口音听起来在新泽西住的时间比在海地住的时间更长。

"不是。"

"你来瀑布旅游？"那个人问，沿着他那边的堤岸走了走，这样就能和他们面对面了。狗也跟着他走。

"对，旅游。"

"喜欢吗？"

"当然。"麦克斯说。

"能和尼亚加拉大瀑布比吗？"

"不知道。"麦克斯说，"从来没去过。"

"那里有些平坦的石头，你们到这边来不用蹚着水走。"他指着水里模模糊糊的某个点说。"也就是说，你们想到这边来吗？"

"那边有什么？"麦克斯问，没有从树荫下走出来。

"只是法国墓地。"

"为什么是'法国'墓地？"

"这里是埋葬法国士兵的地方。拿破仑的士兵。看见整个儿的这片土地了吗？过去是个烟草种植园。有支小卫戍部队驻扎在小镇所在地的后面。一天夜里，奴隶起义了，俘虏了卫戍部队。他们把士兵们带到这里，就在你站的那个地方，两棵马蒲树中间。他们让这些士兵一个一个地跪在萨摩迪爵爷前——萨摩迪爵爷是死亡和墓地之神，然后割了他们的脖子。"他说着，手指头在喉咙上横着比画了一下，嘴里"喀嚓"了一声，完成了动作。"他们控干了他们的血，做成了饮剂，所有的人都喝了。然后他们穿上那些士兵的军装，把脸和手都涂白了，这样就能骗过从远处看到他们的人，然后继续他们的残暴行径，杀戮、强奸、折磨他们发现的每一个白人男人、女人和孩子。他们毫发未损，干完了，自由了，就回到这里安顿了下来。"

麦克斯看了看那两棵树和自己站的地方，似乎它们有什么地方能泄露历史，但没发现什么值得注意的东西。然后他和尚蒂尔一直沿着溪流的岸边走，发现了露出水面的垫脚石，踩着可以过河。

那个人和他的狗过来接他们。麦克斯认为他和自己的年龄相仿，四十五六岁，或许再年长几岁。他长着黑乎乎的圆脸，小眼睛闪闪发光，闪动的都是欢笑，似乎听到从来没有听到过的最有意思的笑话之后表情刚刚恢复到平静状态。他的额头上皱纹很多，耳朵四周也有深深的括弧形纹理，嘴角也有浅浅的沟痕，下巴上的胡子茬儿是银白色的。他看上去强壮健康，胳膊圆鼓鼓的，胸膛像炮筒。麦克斯想：他年轻的时候可能是专业健美运动员，现在仍然在锻炼，每周要练习几次举重，保持精力旺盛，避免肌肉松弛。他们从来都没有见过面，可是麦克斯已经知道他是干什么的了，他的姿态、口音、身材和目光暴露了他的身份：前警察。

麦克斯伸出手，作了自我介绍并介绍了尚蒂尔。

"我叫菲利普。"他说着笑了，露出了麦克斯在当地人当中看见的最好的一副牙齿。他的声音沙哑，麦克斯认为不是因为喊叫，也不是因为感染，而是因为用得少，没有人说话，或者不值得跟和他在一起的人说什么。"来！"他热情高涨地叫道，"我们去看墓地吧。"

他们横穿一块田地，又过了另一条小溪，到了一个野橘园。橘园那强烈的、让人眩晕的气味在黑管村周围留下过痕迹。菲利普在前面带路，他们穿过树林，躲避着一堆堆甜乎乎的烂果子。那些果子自然而然地聚拢成了松散的形状，有的地方是方形，有的地方是个圆圈，果子从树枝上掉下来，跳着滚着然后在有果堆的地方停了下来。这些橘子是麦克斯见过的最大的橘子，大小和葡萄柚相仿，和笑香瓜差不多，果皮厚而缺少光泽，梗上微微透出一点红。果实爆裂开来的，露出里面斑驳的红色。果园里嗡嗡嗡的都是苍蝇，都饱餐着大量的腐烂糖汁。

大墓地在果园的里边，要走进去一段路。墓地是长方形的，用齐腰高的铁柱子栏杆围着，栏杆这边有四个门。墓地里面长满了高而密的野草，墓碑有的大，有的小，有的直，有的变形了。

那些战士都被一视同仁地掩埋了，六十具尸体分成了五排，每排埋十二具。他们安息的地方用巨大的灰石头标识了出来，石头大小基本相同，石头表面被磨平了，上面用潦草的大写字母深深地刻着死者的姓氏。

"我没有把一切都告诉你们。"菲利普说，这时候他正带着他们走过临时墓碑。"奴隶们不仅仅是喝了他们的血、偷了他们的军装，也偷了他们的姓名。明白吗？"他指着一块刻着"瓦伦廷"的石头说，"在小镇四周问问，你听到的每一个名字都能在这里找到。"

"这难道不是自相矛盾吗？"麦克斯问，"如果他们想得到真正的自由，为什么要用这些奴隶主的名字呢？"

"矛盾？"菲利普微笑着，"这就是连根拔起。"

"那为什么又留下这个呢？为什么把尸体掩埋了呢？"麦克斯问。

"海地人尊敬死者。即使是白人死了也不例外。不想被不说法语的神灵附体。"他面带微笑看着麦克斯。走过来的路上麦克斯已经打开了枪套，扣住了手枪的扳机。

"不过咒语还是有什么地方出了差错。"菲利普说。他带着他们来到一块宽阔的空地，空地把士兵的墓和墓地里其他的坟墓分隔开来了。一块石头立在空地中央，标识出一块干燥的、光秃秃的红褐色土地，上面没有长一棵草。石头上什么名字也没有刻。

"拿破仑的军队有很多男孩，有些才八岁，都是些被强征入伍的孤儿。这里的卫戍部队真的很年轻。指挥官只有二十岁。"菲利普低头看着墓地说，"那就是他们埋葬卫戍部队的吉祥物的地方，不知道他有多大，不过只是个男孩子。也不知道他叫什么名字。他过去常常对着在这些地里干活的奴隶吹奏黑管。他们最后才解决他。他们让他吹奏黑管，与此同时把他的战友们头朝下吊起来，割开他们的喉咙让血流到桶里。他们并没有这么对待他。他们把他放在一个盒子里，活埋了，就埋在这里。"菲利普用脚点了点地。"他们说把最后一把土撒到他脑袋上好长时间了还听到他在吹奏黑管。这种死亡的单薄的音乐响了好多天。有人说，有大风从这里吹过的时候，他们听见黑管的声音混杂在这里的这些橘子树的恶臭当中，没有人想吃这些橘子，因为这是给死人吃的。"

"咒语出了什么问题？"麦克斯问。

"如果你相信那种东西，那么就是萨摩迪爵爷显灵了，来要奴隶们奉献给他的那些士兵的尸体。他发现那个孩子仍然活着，就把他收养了，成了他的随从，并让他分管孩子的事宜。"

"这么说他成了孩子们的死神？"

"是的，不过他还算不上是神，因为没有人像敬奉爵爷一样敬奉他。他更像是个鬼怪，而且也不等孩子死了，活着就把他们带走了。"

麦克斯想起来了，杜弗尔告诉他到黑管先生神话传说的发源地查明查理发生了什么事。他在这里了，到了这个地方，神话传说出现的地方。那，答案在哪里呢？

"你怎么知道所有这些的？关于士兵等等的这些事？"

"我是和我们的历史一起长大的。我小的时候母亲告诉我的。之前她母亲告诉她的,依次类推。口口相传能让事情鲜活,比书本好。纸容易烧毁。"他回答说,"事实上,除非是我的雷达系统出了问题,你们来这里找的人就是我母亲,对吧?"

"你母亲?"麦克斯停下来,感到迷惑不解。"你姓什么?"

"拉巴利克。"菲利普微笑着。

"你为什么不早说?"

"你没问。"菲利普呵呵笑起来,"你是为那个男孩来的,对吧?查理·卡弗?和其他那些白人一样。"

就在这时候,麦克斯听见身后的果园里传来沉重的脚步声和树枝断裂的声音。他和尚蒂尔转身看见三个大橘子在地上滚,朝篱笆滚过去。一个滚过来,停在了尚蒂尔的脚下,尚蒂尔把橘子踢开了。

"那你母亲是……"

"巫师,是的,不错。我敢肯定你没想到,对吧?女人怎么会在这里搞些乱七八糟的东西?在这个国家女人干所有的事,除了统治这个糟糕的地方。她们要是统治的话,海地就不会像现在这样搭乘上开往臭屎堆的火车了。"

"她在哪里?"麦克斯问。

"不远的地方。"菲利普朝东面歪了歪头,开始走,然后他停下来、转身、盯着麦克斯的眼睛,问,"你什么时候退役的?"

"你什么时候退的?"麦克斯反问。他总是能认出前警察,从他们绷紧的脖子和肩膀看出来的,从他们的身体总是处于永久性警觉状态、总是随时准备着迎击袭击的方式看出来的。这些在菲利普的身上体现得非常明显,麦克斯身上也一样明显。

"两年前。"菲利普咧嘴笑了。

"他们把你遣返回国了?"

"当然。这是我能活着走出运尸袋的唯一方式。我是第一批被派过来的,试验品。"

"你遇到过一个叫文森特·保罗的人吗?"

"没有。"

"知道他是谁吗?"

"知道。当然知道。"

菲利普用拇指示意他们开始走,往前走了几步,然后又停了下来。

"万一你想知道我干了什么呢?是谋杀。"他说,"有预谋的。和一个家伙发生了不快。发展到了无法解决的境地。一天我就去找了他,把他干掉了。唯一遗憾的是被抓住了。你呢?"

"半斤八两。"

拉巴利克一家住的地方离墓地有半个小时的路程,在一条土路的尽头。那条土路横穿另外一片田地，沿着一个陡坡往下到了一片芳草萋萋的、俯瞰瀑布的平原，最后被一条小溪截断了。他们根本不需要到远处寻找建筑材料：他们的房子是长方形的，只有一层，很结实，垒墙用的砂岩和黑管村附近被遗弃的建筑物的外壳用的砂岩一模一样。

菲利普让他们和狗一起在外面等着，他进去告诉母亲。

麦克斯听见瀑布在远处喷溅的声音，回想起了自己刚到雷克斯岛那几个月，他听到的所有声音都是监狱四周环绕的水声。那声音应该是一种慰藉，让他有一种内心平静的感觉，可是却产生了相反的作用，简直让他发疯了。他发誓说水流在跟他耳语，从下面很深的地方朝他喊叫。他听说过，同样的事曾经发生在第一次服长期徒刑的警察身上，偏执狂、恐惧、焦虑和压力都一齐发挥作用，和脑子开玩笑，把精神错乱当成简单的解脱哄骗大脑。他坚持神志清醒，站稳脚跟，非常努力。他闯过来了，学会了不再听水。

一个黑乎乎的身形出现在最靠近前门的窗户下方，在窗玻璃那里逗留了片刻，然后消失了。

过了一会儿，门开了，菲利普示意他们进去。狗原地不动。

里面凉爽黑暗。空气闻着有一种宜人的甜味儿，像个存放了大量货物的糖果店，能闻到巧克力、香子兰、桂皮、茴芹种子、薄荷和橘子的味道，都是一会儿闻得到，一会儿闻不到，从来都不会只有一种确定的香气。

菲利普请他们进了一个房间，他母亲坐在一张长桌子旁边等着。桌子上铺着带皱褶的黑色丝绸台布，边上绣着紫色、金色和银色的丝线。她坐在轮椅里。

房间没有窗户，可是被紫色的粗蜡烛照得很明亮。有的蜡烛插在地面上固定的结实的长菱形架子上，有的插在多层的铜烛台上，烛台放在高矮不一、长短不一的物体上，这些物体也都裹着黑色的罩子。地面上的蜡烛组成了四分之三个十字架的样子，顶端被火焰取代了。

房间里本来应该滚烫，可是温度却让人感到稍微有点冷，多亏了开足了马力的空调和一架吊扇，能听见吊扇在头顶上方呼呼地转。人工造风吹得烛光忽高忽低地轻轻摇曳着，墙似乎在他们四周缓慢地转动着，就像一个巨大的、无形的怪兽一边悄悄跟踪着猎物一边耐心等待着时机，品味着制造畏惧的乐趣。

菲利普做了介绍。提到自己母亲的时候，他的声音温柔，肢体语言谦恭。麦克斯从这一点了解到母亲是菲利普既爱又怕的人，爱和怕的成分相当。

"明戈斯先生，我向你介绍一下默西迪斯·拉巴利克夫人。"菲利普说着站到了一边。

"你好。"麦克斯说着不由自主地低头致意。默西迪斯·拉巴利克有种天然的权威，一种让其他人产生自卑和胆怯的力量。

"明戈斯先生，欢迎到我的住处来。"默西迪斯说的是法国腔的英语，缓慢而殷勤，每一个词都是用平滑的声音发出来的，听起来做作而不自然，是她对陌生人说话才特别使用的。

麦克斯估计她有六十八九岁或者七十出头。她穿一件长袖的蓝色粗斜纹棉布长裙，前面从上到下有一排浅色木头纽扣。头全秃了，头颅那么光滑，亮闪闪的，似乎从来没有长过头发。额头高而直，五官都扭曲地凑得很近，被挤压平了，比本来应该有的样子要小，轮廓也更不分明。她的眼睛那么细小，麦克斯都找不到她的白眼球，眼睛动起来就像猫眼后面的影子。她既没有眼睫毛，也没有眉毛，不过却画了两道抽象的眉毛，形状像两道醒目的黑色拱形笔画，从两边太阳穴的边缘开始，越来越细，一直画到额头和扁平的、漏斗形鼻子之间的落差巨大的位置，两根假眉毛差一点就连在了一起。嘴巴很小，像鱼一样鼓着，上下颚结实，下巴呈 V 字形凹陷，凹陷得那么厉害，就像个马蹄子。麦克斯想到了一个稍微有点骇人的老电影里行为怪异、遁世隐居、接受过化学治疗的女王。他迅速把她和菲利普对照了一下，却没有看出一丝一毫相像的地方。

默西迪斯帝王般地一挥手，示意他们坐。

菲利普低头垂肩地坐在她身后的一个凳子上，双手放在腿上。

"你在找那个男孩——查理？"他们刚一坐下默西迪斯就问。

"正是。"麦克斯回答说，"你这里有吗？"

"没有。"默西迪斯强调地回答说。

"可是你认识埃迪·福斯丁？"

"过去认识。埃迪死了。"

"你怎么知道他死了？他们一直也没有找到他的尸体。"

"埃迪死了。"默西迪斯重复着说，一边转动轮椅靠近桌子。

麦克斯注意到她脖子上套着个细绳，绳子上挂着一个不锈钢的大哨子。他想知道吹哨子是为了叫谁——是叫狗、叫菲利普还是狗和菲利普一起叫？

"埃迪有没有告诉过你他在为谁或者和谁一起工作？"

"要是他告诉我，我们现在就不能坐在这里了。"

"这是为什么？"麦克斯问。

"因为我就会富有，你就不会到这里来了。"

默西迪斯左肩膀后面的什么东西吸引了麦克斯的注意力。那是一个铜雕塑，雕的是一双祈祷的手，和真人的手一样大，直立在一个蒙着台布的桌子中央。桌子的两侧各有一根长蜡烛，插在特尔斐式的烛台上。雕塑手的两侧各有一个圣餐杯和一个透明玻璃瓶。这些东西的后面是一个狗的头盖骨、一把匕首、一对骰子、一个金属的圣心和一个布娃娃，呈半圆形排列着。不过这些摆设的焦点是他最后一个注意到的，那是一对陶瓷的眼睛，大小和乒乓球相仿，直接放在雕塑手下面的一个铜盘子上，那盘子或许曾经是圣饼盘。那双眼睛明亮的蓝色瞳孔正直视麦克斯的眼睛。

这是巫术仪式里用的祭坛。他记得八十年代早期在迈阿密发现了很多这样的东西，当时古巴的犯罪潮打击了整个城市并泛滥开来；坏家伙们出去干坏事之前都祈求恶神保护。绝大多数警察都口口声声地要把祭坛当成迷信的垃圾简单地处理掉，不过他们内心被这些东西吓得可不仅仅是起鸡皮疙瘩那么简单。这是他们不理解的某种东西，他们不能削弱的一种影响。

"这么说，埃迪根本没有说过自己在为谁卖命？"麦克斯继续问。

"没有。"

"一个细节也没有提过?他甚至没跟你说他在为一个男人还是女人做事?是黑人还是白人?是不是外国人?"

"什么也没说。"

"难道你没问?"

"没问。"

"为什么?"

"我不感兴趣。"她回答说,语调平淡,一副就事论事的样子。

"可是你知道要出什么事了?"麦克斯身子稍微往前倾斜了一点,探在桌子上方,就像他过去在审讯室让一个固执的证人动摇时做的那样。"你知道他要绑架那个孩子。"

"这不关我的事。"默西迪斯非常平静地回答说,绝对泰然自若。

"可是你肯定以为这个不对,他要干的事不对?"麦克斯坚持着。

"我不是任何人的法官。"默西迪斯回答说。

"好。"麦克斯点点头,身体收回来了。他瞟了尚蒂尔一眼,又看了看菲利普。尚蒂尔正全神贯注地跟踪整个进程;菲利普在打哈欠。

他又看祭坛,和凝视自己的眼球对视了一下,然后把背景看到了眼里。默西迪斯身后的墙刷的是青绿色。墙的中间吊着一个没有头的木十字架,其对角线和墙的对角线一致,横梁上林立着长钉子,敲得很野蛮,有些弯了,大多数都穿透了,角度歪歪扭扭的。十字架看起来似乎要从天堂掉下来了。

"你认识埃迪多长时间了?"

"我帮助他得到了卡弗家的那份工作。"默西迪斯回答说。她看见麦克斯在看她身后的东西,微微笑了笑。

"你是怎么帮他的?"

"这就是我的工作。"

"是什么?"

"你知道。"默西迪斯说,嘴巴咧开了,形成了微笑,露出了一排小牙。

"巫术吗?"麦克斯问。

"想怎么叫就怎么叫。"默西迪斯轻蔑地一挥手说。

"你为他做了什么?"

"卡弗先生要在埃迪和其他三个人当中进行选择。埃迪给我带来了每个竞争对手的某样东西,他们碰过或者穿过的东西,然后我就开始工作了。"

"然后呢?"

"不可能永远都是好运气。这不得不偿还,而且要加利息。"默西迪斯把轮椅往后推了一点。

"他们说埃迪死得很惨。他就是这么偿还的吗?"

"埃迪欠得很多。"

"想告诉我欠什么吗?"麦克斯催促着。

"他得到卡弗家那份工作之后带着所有的问题来找我。我帮助他摆脱了问题。"

"什么样的问题?"

"常见的问题——女人、敌人。"

"谁是他的敌人?"

"埃迪曾经是个通顿马库特。他曾经毒打、勒索过的每个人几乎都想让他死。然后还有他杀害的一家一家的人,他强奸的女人,他们都来索他的命。一个人失去权势之后就会发生这样的事。"

"你从他那里得到什么回报?"

"你不会理解,而且也和你无关。"默西迪斯坚定地说,等着看麦克斯的反应。

"好吧。"麦克斯说,"跟我说说埃迪和弗朗西斯卡·卡弗之间的事。"

"一生当中有些东西就是不能拥有。我试图警告他不要追求那种疯狂。这事我没有预见到好的结局。埃迪不听。他不得不拥有她,和他不得不拥有他生命当中其他的一切一样。他以为自己爱上了她。"

"他没有吗?"麦克斯问。

"埃迪不会的。"默西迪斯扑哧一声笑了,"这个他一无所知。他强奸的所有的女人他都没有付出过代价。"

"你为他工作?"

"你没有为坏人工作过吗?"默西迪斯深沉地笑出声来,就在嗓子眼里笑,没有张开嘴巴,"我们俩没什么两样,都是受雇于人。"

就麦克斯看来,默西迪斯没有什么可隐藏的,可是她还是隐瞒着什么不让自己知道。他感觉到了,某种至关重要的信息从她说的所有这些东西的缝隙里溜掉了。

"你怎么努力把埃迪和卡弗夫人往一起撮合的?"

"我什么没有试过?我把知道的一切都用上了。什么也不奏效。"

"你以前这样过吗?"

"没有。"

"你告诉埃迪了吗?"

"没有。"

"为什么没有?"

"他花钱不是让我失败的。"默西迪斯说。

"你跟他撒谎了?"

"没有。我试了点别的,一种罕见的仪式,只有在绝望的时候才做的事。非常冒险。"

"是什么?"

"我不能告诉你。"默西迪斯说,"而且我也不会告诉你。"

"为什么?"

"我不许谈论这个。"

默西迪斯看起来有点害怕。麦克斯没有穷追不舍。

"这个奏效了吗?"

"是的，一开始的时候。"

"怎么回事？"

"埃迪告诉我说他有机会和这个卡弗女人逃跑。"

"'逃跑'？就像私奔那样？"

"是的。"

"他有没有说得更具体一些？"

"没有。"

"你也没有问因为这个你不感兴趣？"麦克斯说。

默西迪斯点点头。

"那怎么会出差错了呢？"

"埃迪死了。不可能出比这还大的差错。"

"他死了是谁告诉你的？"

"他告诉我的。"默西迪斯说。

"谁？埃迪？"

"是的。"默西迪斯回答说。

"他怎么会这么做？"

默西迪斯又重新靠近了桌子。"你真的想知道吗？"她身上有一股薄荷香烟味儿。

"是的。我想知道。"麦克斯说。

"你容易神经紧张吗？"

"不。"

"很好。"默西迪斯把轮椅往后推了推，轻轻地用克利奥尔语跟菲利普说话。

"你们两位请站起来，离开桌子走到一边去，我们好作准备。"菲利普说。他从凳子上站起来，朝右边模模糊糊地指了指。

麦克斯和尚蒂尔走到靠近门的地方，站住了。靠墙的地方都被木头展示架占满了，架子固定在墙上，上面接近屋顶，下面刚好贴着地板。总共有二十个各自独立的格子，每个格子里展示着一个圆柱体的厚玻璃罐，盛着清澈的、黄乎乎的液体，里面放的东西绝对处于悬浮状态。麦克斯随意地扫了一眼那些罐子，注意到里面分别放着一只巨大的蛋、一条黑色的树眼镜蛇、一个小脚丫、一只蝙蝠、一个人的心脏、一只胖蟾蜍、一只鸡爪子、一枚金胸针、一只蜥蜴、一只人手……

"那些是干什么用的？"麦克斯问尚蒂尔。

"咒语。好的咒语和坏的咒语。其中的几个是我母亲留给我的。用蛋可以让女人盛产或者不产。"尚蒂尔说，然后指了指脚丫，麦克斯注意到是从脚踝上面用专业手法剔下来的。"脚可以用来治愈骨折，也可以让一个人变成瘸子。"然后她又让麦克斯看那只手，萎缩了，灰绿色的。"那是一个已经结婚了的男人的手。看见结婚戒指了吗？"麦克斯看见了靠近小指的手指底部松垮垮地戴着个退色的金圈。"这既可以促成也可以破坏一桩婚事。你在这里看见的所有东西都有两种用途。这完全取决于谁在求、谁在占卜。好的咒语午夜前问，坏的咒语午夜后问。不过，我认为这里没怎么用过好咒语。"

"他们是怎么弄到这些东西的?"麦克斯问。

"他们买的。"

"在哪里买的?"

"这里什么东西都卖,麦克斯。"尚蒂尔说,"就连未来都卖。"

麦克斯再次观察拉巴利克家的人在干什么。

菲利普把桌子上的台布收起来了,露出了本来盖在底下的红漆木桌子。桌子面上有大小各异的符号,即黑色的刻痕。桌子正中间两排弧形是第一批,也最突出,正对着默西迪斯,刻的是英文字母,第一排从 A 到 M,第二排从 N 到 Z。下面是直线排列的阿拉伯数字从 1 到 10。上面每个角上都刻着"对"和"错",下面则刻着"奥喝瓦(再见)"。

"这个和我想的一样吗?"麦克斯问菲利普。

"这不是独裁。你刚才说你想知道。"菲利普微笑着,"这是知识。你们俩到这里来吧。"

麦克斯犹豫了。这要是胡说八道怎么办?

"我想这个你要收费吧?"麦克斯没动地方。

"那你是想做了?"

"是的。"

"好。"默西迪斯微笑着,"那就当成是我送给你的礼物。你比你的前任——贝森先生和米迪先生更像男人。"

"你见过他们?"

"贝森非常粗鲁、傲慢无礼。他叫我'故弄玄虚的妓女',一看见我们在做什么就走了出去。米迪更礼貌一些。他离开之前感谢我给了他时间。"

"他们没再回来过?"

"没有。"

这说明他们也不相信这些胡言乱语,麦克斯心想。这让他显得更像个天生的傻瓜。

"我们现在可以开始吗,麦克斯?"

桌子是个巨大的灵乱板。默西迪斯的身边放着一个笔记本、一支铅笔和一个椭圆形实心透明玻璃的指示物。

他们要开始进行降神会了。

麦克斯和默西迪斯面对面,尚蒂尔和菲利普对座,他们坐在桌子四周,头低着,手拉成一个圈,好像他们在感谢天恩一样。除了麦克斯以外,每个人的眼睛都闭着。他不会认真对待的。他不相信这个。

"埃迪?埃迪·福斯丁?"默西迪斯大声喊道,房间里都是她的声音。

麦克斯想:如果她在伪装,那她把身心和灵魂都投入进去了。她的脸在集中精神的努力下比放松的时候更怪异可怕,皱缩得那么厉害,五官几乎都完全看不见了,消失在扭曲了的、挤压在一起的肌肉轮和肌肉块儿里。她那么用力地攥着尚蒂尔和菲利普的手,她的拳头都在颤抖了。他们俩都痛苦地皱着眉。

房间暗了一点。麦克斯以为自己看见什么东西在架子旁边动了一下,就往那个方向看了过去。展示的东西似乎亮了一分、鲜活了一分,栩栩如生而又空洞,就像漆黑的、空无一人的街道上一家亮着灯的服装店里的人体模特。他发誓自己能看到其中某些东西在动:手的脉搏跳了一下、脚趾头动了动、蛇吐出了舌头、弹壳上有了裂缝。可是,当他集中精力一个一个地看的时候,它们又全然没有生命力了。

菲利普和尚蒂尔都分别把麦克斯的手握得更紧了,他们的嘴唇出声地嚅动着。

房间里的气氛已经变了。他在这里面从来没有感觉到压抑过,尽管所有的巫术装备都在这儿,而且他也知道自己的前任们在走上残疾、有可能是死亡之路时曾经在这里路过。现在他感到前胸和后背慢慢地开始发紧,感觉有一种沉重的东西压在上面。

他一开始听到声响的时候,没以为是什么特别的东西。他把那错当成电扇发出的声音了。等他再听到的时候,声音更近、更大了,就从他的鼻子底下传过来:轻轻地敲了一下,之后是什么小东西在光滑的表面擦过的声音,和拉链从头拉到尾的声音相像,从下头拉到了上头。

他低头看桌面。东西都变了。指示器移动了位置,或者是被移动了,从默西迪斯的身边到了字母上。它指着字母"A"。

尚蒂尔和菲利普都松开了他的手。

"对吗?"默西迪斯问。

他看见指示器自己转过来指向了"I"。

麦克斯想问问默西迪斯这是怎么做到的,可是嘴巴太干了,睾丸冰冷。

尚蒂尔的脸没有表情。

默西迪斯把前两个字母写了下来。

指示器向左转,在桌面上轻轻地移动了一下,在"D"前停了下来,动作不滑畅但稳当,似乎真的被无形的手拿着。看起来给人印象深刻,即使这是骗人的。麦克斯一直在对自己说这是骗人的,这样他就不会产生梦魇般的幻觉了。

他考虑到桌子底下看看,看看下面是不是有个机器控制着这个幽灵表演,可是他又想等等看这最终会是什么结果。

默西迪斯的两只手都放在桌子上。

指示器又回到了字母"I"那里,然后就不动了。看起来像是一大滴凝固的眼泪。

"他在这儿。"默西迪斯说,"你想知道什么就问吧。"

"什么?"

"拿你的问题问他。"默西迪斯一字一顿地说。

麦克斯突然觉得自己很愚蠢,就像自己被耍了、被骗了,与此同时被看不见的观众大声嘲笑着。

"好吧。"他说,决定眼下还是继续演下去。"谁绑架了查理?"

指示器没有动。

他们等着。

"再问他。"

"你肯定他懂英语吗?"麦克斯嘲讽地问。

默西迪斯气愤地瞪了他一眼。

麦克斯刚想说电池电量不足了,指示器就开始动起来了,在两排弧形的字母上动起来,停留的时间只够默西迪斯把字母写下来,然后又移向下一个字母。

指示器停下不动了,默西迪斯举起了手中的拍纸簿,说:"这是庙。"

"就是在伏都教的庙里?"麦克斯问。

"说得对。"

"哪一个?什么地方?这里吗?"

默西迪斯问了,可是指示器没有动。

而且指示器再也不动了。他们重复了这个仪式。麦克斯甚至清空了脑子里所有的疑虑和讥讽,假装真的相信他们正在做的这一切,即使这样指示器还是一动不动。

"埃迪走了。"默西迪斯总结说。她已经试了最后一次。"他一般都会说再见。肯定有什么东西把他吓坏了。或许是你干的,明戈斯先生。"

"那是真的吗?"麦克斯问尚蒂尔。他们正朝着橘园的方向往回走。

"你看见任何弄虚作假的地方了吗?"尚蒂尔说。

"没有,可是这并不意味着没有。"麦克斯说。

"你需要偶尔也相信一下不能相信的事。"尚蒂尔反驳说。

"我确实相信了。"麦克斯嘟哝着,"我在这里,不是吗?"

他肯定他们在拉巴利克家亲眼目睹的一切都有完全合情合理、单调乏味的解释。按照表面情况接受他所看见的一切就太像是把某种意愿强加于人了。

麦克斯相信生和死。他不相信生和死会交叉在一起,尽管他的确相信有些人可能表面看起来活着实际上内心已经死了。他在监狱里看见的绝大多数终身监禁的犯人和长期服刑的犯人都是那样。他也差不多那样了,一具裹着活人皮的死尸,愚弄着所有人却愚弄不了自己。

他们回到黑管村就开始询问谁负责他们到小溪去的路上看见的那个建筑工地。他们问了每一个看上去年龄足够大可能记得的人或者可能给他们一个合理答案的人。从这个人到那个人,答复都是一样的:"保罗先生。"他们都说,"好人。非常慷慨大方。给我们建了村镇和庙。"

不是文森特·保罗,尚蒂尔解释说,而是他过世的父亲佩里。

他们在那里工作是多长时间之前的事了?

没有人清楚。他们不是用年来计算时间的,而是用他们曾经能够做到的事情:他们能承受的重量、他们能跑的长度以及他们能做爱、能跳舞、能喝酒的时间。有些人说五十年,而他们看上去不过四十几岁;还有人说二十年;还有几个人声称他们一百年前曾经在工地上干过活儿。他们当中没有一个人知道在建什么。他们只是听从命令。

尚蒂尔估计应该在六十年代中期到七十年代初之间，保罗家族破产之前。

保罗先生是什么样的？

"他是个好人。慷慨大方、心地善良。他给我们建了镇和庙。他给我们带来了食物和药品。"

麦克斯心想：有其父必有其子。

那个时候有孩子失踪吗？

"有。两个：疯子默维莉·加斯佩西家的孩子。兄妹两个同一天失踪的。"他们摇着头说。

然后他们都讲述了同一个故事：加斯佩西家的孩子常常在建筑工地附近玩。他们都是小毛孩，大概七八岁。一天他们两个都突然间在人间蒸发了。人们上上下下都找遍了，可是再也没有找到他们。有些人说他们掉到瀑布里去了，还有人说他们在墓地外面遇到了通顿黑管。然后，有一天，他们的母亲默维莉，现在已经是个老太太了，到所有的朋友家里说她儿子回来了，他们都该来看看他。她聚集了一大群人，带回了自己的住处。可是等他们到了，那里根本没有人。她坚持说儿子已经回来了，说他穿着考究、非常富有。她给大伙儿看儿子给她的那厚厚的一沓钱，都是崭新的票子。她问儿子发生了什么事、他失踪之后去了哪里，儿子说一个脸变形的人把他和妹妹带走了。人们不是真的相信她，不过还是追随着她，因为她是镇上最富有的女人。他们私下里都说她疯了。默维莉等着自己的儿子回来。儿子再也没有回来过。她等呀等呀，不肯离开自己的住处，唯恐儿子出现了自己不在家。她不断地大声喊着他的名字"鲍里斯"。最后她疯了，患上了幻觉症，人们只要想帮她她就言行激烈。她没有家人了，也失去了所有的朋友。然后，有一天，她家里的所有噪音都停了。一群人鼓起勇气进了房子，等到那个时候她已经走了，以后再也没有人看见过她。没有人知道她发生了什么事。这是个谜。

"那你有什么看法，侦探？"尚蒂尔问，用纸巾擦着嘴。

"关于失踪的孩子？或许他们被拐卖了，或许那个女人的儿子没有回来——可她怎么会有那么多钱呢？"麦克斯说，"不过你知道，整个故事可能就是另外一个神话。"

他们正坐在车里吃尚蒂尔准备的午餐：猪里脊肉、用自制的厚切片面包夹鳄梨和泡黄瓜做成的三明治、土豆和红辣椒做的色拉、香蕉、普莱斯蒂日啤酒。收音机开着，声音很低，一个美国电台在连续不断地播放成人摇滚歌曲，有老鹰乐队的、伯斯顿的、蓝牡蛎合唱团的、快速马车合唱团的。麦克斯调到了一个说海地语的台，然后就随它去了。

"文森特·保罗呢？"

"他仍然是我认定的主要嫌疑人。他是唯一恒定不变的，唯一一个到处都会冒出来的。或许他绑架了查理对卡弗家对他的家族造成的实际的或者是潜在的伤害进行报复。当然，对此我确实还没有找到证据。"麦克斯喝完了自己那瓶啤酒。"我需要跟保罗谈谈，相比较而言，可能跟比尔·克林顿进行一对一的交谈更容易一些。另外，我猜贝森、米迪和那个叫以马内利·米开朗琪的家伙也都试图做这件事，这可能就是他们各自有各自的下场的原因。"

"如果不是他呢？"尚蒂尔说，"如果是某个你还一无所知的人怎么办？"

"我不得不等着瞧。那也是绝大多数侦探工作最终要走的路，你知道，等待着、观察着。"

尚蒂尔大声笑起来，摇摇头，疲惫地叹了口气。

"你真的让我想起了我的前夫，麦克斯。他知道自己在某件事上毫无结果的时候常常会说这样的话。他过去是个警察。现在还是。实际上是迈阿密警察局的。"

"是吗？他叫什么名字？"麦克斯吃了一惊，可是几乎与此同时马上又意识到自己不该这样大惊小怪。抛开巫术不说，尚蒂尔循规蹈矩、保守、可靠，正是绝大多数警察娶的那种女人。

"雷·埃尔南德斯。"

"不认识他。"

"你不认识。你退役的时候他还在当兵。"她说，"他了解你的一切。每天都看你的审讯。常让我在他出去值班的时候录你的新闻，以防错过了什么。"

"这么说你过去就知道我是谁？你为什么只字未提？"

"有什么用？不管怎么说，我想你能猜到阿连已经把你的基本情况告诉我了。"

"这个你猜对了。"麦克斯说。

"雷鄙视你。说你是个佩带警徽的凶手。你、乔·李斯顿、埃尔顿·彭斯，整个的迈阿密特别工作组都不例外。他恨你们这些人，恨你们玷污警察好名声的方式。"

"你的雷蒙德，他过去是干什么的？什么部门？"

"他当便衣警察的时候吗？一开始是刑警队，然后是缉毒。他想进重案组，可是一进去就不得不和对你敬仰有嘉的那种人一起合作。"

"这就是全世界的方式。这一切都是关于政治、相互依赖、在恩惠银行的信誉。"麦克斯说，"你想到自己想去的地方就要伤心、就要踩在别人头上。"他能想象得出来尚蒂尔的丈夫是个什么样的家伙：那种自以为是、野心勃勃的讨厌鬼，最后只能干内勤工作，因为他们提升得太快，结果就是被暗箭所伤、遭到背叛。"你和他怎么会分手呢？"

"他欺骗我。"

"真是个蠢驴！"麦克斯哈哈大笑，她也跟着笑起来。

"他就是那样。你对妻子忠诚吗？"

"忠诚。"麦克斯点点头。

"我能想象得到。"

"哦，是吗？"

"你伤心欲绝，跟我见过的其他任何人都差不多。"她说。

"那么明显吗？"麦克斯问。

"是的，麦克斯。"她说，直视着麦克斯的眼睛。"你来这里不是找查理的。你来这里甚至不是为了钱。别人才是为了这个。你来这里是为了摆脱你的神灵、摆脱自从你的桑德拉去世之后就一直背负着的所有的那些愧疚和遗憾。"

麦克斯把目光移开了，什么也没说。对此他没有什么反驳的话，无法张开嘴就否认。尚蒂尔的话刺伤了他，而且刺得很深；她说的都是实情，这种真实性带着和蛇、蝎的毒液毫无二致的剧毒。

外面，庙门被打开了，人们开始往里面走，不拘礼节地荡进去，似乎被好奇心和一次新鲜体验的需求所推动着。

鼓也开始敲起来了，一种缓慢的节奏，麦克斯感到鼓声进入了他的脚踝，在骨头里回响着，敦促他的双脚动起来、跳起来、走起来、跑起来。

庙里面比麦克斯预计得要大很多，足以分别进行两场仪式、容纳仪式上一百多个参加者和旁观者。一个由鼓手们组成的乐队，纵深有四排，几乎绕着墙的一周全都坐满了。看见他们，麦克斯预计会听到纯正的杂乱无章，听到用部落的鼓声演绎的太子港闹市区的旋律。他们的乐器都是自制的：有样式粗糙的中空的木头，有改良的油桶，盖上展开的兽皮，用钉子、大头针、细绳和橡皮筋固定，可是他在那些东西里面也认出了手鼓、小军鼓、小手鼓、大鼓和定音鼓的模样。乐师们随意坐着，只要有地方坐就坐，没有人指挥、没有人导演、没有人喊号子；他们注视着进程，侧耳倾听，双手跟着演奏，保持同样的节奏，像节拍器一样稳定，敲出的声音如同远处的雷声，既不大也不小。

麦克斯认为这只是前奏。

里面像蒸笼一样，这都是多亏了众多的身体、通风不良以及插在墙上支架里的火把，火把闪动着琥珀色的光。空气纹丝不动、浑浊不堪，简直就像贴在身上一样。焚香缭绕的烟飘到屋顶，然后又飘下来，像轻柔的雾。

麦克斯深呼吸，想让血液里吸入更多的氧气，却感到一阵头晕，接近被麻醉的头晕，既有镇定作用，又有催眠作用，后背有一种清凉的、抚慰的感觉，接下来血液冲到了双眼，心跳加速。他闻到了天然气味的混合体，有樟脑、迷迭香、熏衣草、栀子花、薄荷、桂皮、新鲜的汗液和不新鲜的血液。

人们正聚在庙中间又唱又跳，围绕着一个变形的黑色岩石的大柱子，岩石雕刻成了一根巨大的马蒲树树干的形状，从地面上长出来，从屋顶的一个大圆洞钻出去，树顶上挂着他们从街上就看见过的那个十字架。雕塑和真的马蒲树一样，上面也插着几十根点亮的蜡烛。朝拜的人在上面走着，把照片、纸片、彩带和蜡烛贴到石头上，然后就步入了由身体围绕起来的转动的圈，跟上节奏，扭着屁股甩着头跳起来唱起来。麦克斯努力想听听他们在说什么，发现能听懂只言片句，可是那些嘴巴里念叨的是什么根本听不出来，只是一些低沉的音符，忽长忽短、忽上忽下，被玩味着、转换着。

地面是光秃秃的土地，被激情踏平了，被炎热烤硬了。地上有三个黄色的大祭坛画，其中两个是蛇，一条蛇的身子缠绕在杆子上，朝庙的入口吐着舌头，另外一个咬着自己的尾巴，两条蛇中间是个水平的棺材，被分成了四部分，每一部分都有一个十字架、一只眼睛，十字架和眼睛画的都是沙土色。

"洛亚·盖德，"尚蒂尔的声音高过了敲鼓声和吟唱声，指着棺材上的祭坛画说。

"死亡之神。"

"我以为那是爵爷呢。"麦克斯说。

"他是死神。"尚蒂尔说,注视着麦克斯的眼睛,几乎是在挑逗他。她有点轻佻、站立不稳,就像那天夜晚喝完第三杯的时候一样,开始感到烈酒让她无所顾忌了。"你知道伴随死亡的是什么吗,麦克斯?性。"

"他也是这种神吗?"

"噢,是的。"尚蒂尔微笑,然后接着是她那肮脏的大笑。"要进行班达了。"

"进行什么?"

尚蒂尔没有回答。她没有解释。她开始跳舞,从腿肚子往上摆动,身体像平滑、缓慢的波浪一样起伏着,从脚到头,再从头到腿。麦克斯现在感觉到鼓声响在自己的大腿和屁股上,刺激着他和尚蒂尔一起跳。

尚蒂尔拉起了他的手,他们开始朝马蒲树雕塑跳过去。他在跳舞,不由自主地,模仿着前面的人,鼓帮助他的双腿和双脚跟上节拍,实际上是把他转变成了自然人。

他感到有人在注视着他们,可是太暗了,而且有太多的人在朝着他们看,找不出这个人是谁。

在右边远处,麦克斯看见一伙人站在一池子冒泡的、灰乎乎的水四周。两个半裸的小伙子站在里边,水在他们齐腰的位置。他们示意旁观的人下来,有些人在往里面投硬币。然后一个穿着浅蓝色袍子的女人走了进去。两个小伙子抓着她的胳膊,把她按到水底下,按得很用力,就像他们想把她淹死一样,然后松开了手,摇摇晃晃后退着。那个女人慢慢地重新出现了,现在几乎赤身裸体了,只剩下短裤和浑身上下裹的那一层厚厚的灰泥。她回到坚实的地面,往前走了几步,然后倒在了地上,滚过来滚过去,用张开的双手拍打着地面,然后把土往整个身子上扔,最后填进了嘴里。然后她朝聚集在那里看朝拜者围着柱子跳舞的人群冲过去,抓住了其中一个男人的衬衫,朝他的脸上吐了一摊紫色的流体。那个男人摇摇晃晃往后退,哭叫着,疯狂地搓着脸和眼。女人拉着他的手腕,把他拉到池塘那里,推了进去。那两个小伙子把他头朝下按着,直到他再也不扭动了。他们松手了,那个男人从水里缓慢地站起来。他也是一身牛奶和灰混合的颜色,而且是赤身裸体。那个男人蹲在地上,注视着那些跳舞的人。

尚蒂尔站到雕塑上,把一个坐在床上的女人图片贴在了上面。然后她点燃了一根蜡烛,固定在了岩石的一个孔里。她用克利奥尔语嘟哝了几个字,然后就开始和她周围那些人一起吟唱。他们加入了在他们四周活动的那些人的圈子。

鼓敲得更快一点了,以大鼓为主,在麦克斯的大腿里颤动着。

他们跳舞。麦克斯跟着尚蒂尔和其他所有的人,拖曳着舞步,把屁股从一边扭到另一边,先用左手触地面,再用右手触地面,两只手合在一起再分开,就像模拟表演爆炸动作一样。他们在空气当中燃烧的东西一开始让麦克斯放松了下来,现在他开始感觉到自己被剥离了躯体,他的自我在那由骨头和筋组成的笼子周围漂浮着。他的大脑功能降低了,只剩下基本功能了。感官被裹进了棉絮,塞进了一根试管,扔进了深而温暖的河里,在河里慢慢地漂走了,够不着了。他看着它们走了,而且毫不在意。

这是天赐之福。

他听见鼓的节奏加快了，他的脚步也动得快了一点。他听见自己也加入到了吟唱的行列，不知怎么的发出了一个共同的音符，从肚子里发送了出来。他不善于唱歌。他孩提时期从来没有在教堂唱过歌。太尴尬了。一开始的时候，他的声音细得像个小姑娘。等喉结长出来了，声音听起来像是在嗳气。爸爸试图教他音乐，一天夜里，钢琴前只有他们两个，当时他五岁。没有用。爸爸告诉他说他不能辨别音高。他再也不能唱歌了，在这里也不能唱。

他的目光落到尚蒂尔身上。她看起来那么美丽，那么性感。

他们现在动得很快。朝拜者们开始离开圈子了。女人们站着摇晃，眼睛转着，舌头伸着，口吐白沫，完全处于某种精神的控制之下。与此同时，满身泥巴的再生者从池塘里跑出来，朝看跳舞的观众吐着紫色的黏液，把他们拽到灰色的水中去。

麦克斯现在感觉棒极了。他在微笑，听见脑袋里都是笑声，从身体深处发出来的。

现在他正面对着尚蒂尔，他们两个人独自站着，离开了那个圈子。鼓声跳进了他的腰里，让他的胯部发热。尚蒂尔正直勾勾地看着他，揉搓着自己的乳房，摇摆着把自己的胯部推出来推进去。她贴在麦克斯的身上，手在他裤子前面搓来搓去。麦克斯闭上眼睛片刻，让她触摸的欢快把自己完全充满了。

可是等他睁开眼睛，尚蒂尔不见了。

取而代之的是个男人，他看见那个男人正朝他走过来。那个人赤裸着，身上都是干的灰泥，裂开了在往下掉，连他的眼白都像制动信号灯那么红。他在快速地撮着脸颊，紫色的汁水从他双唇之间的缝隙里淌出来。

麦克斯一下子神志清醒了，就像被人从沉睡中一巴掌打醒了。

他的双腿发软，摇晃着，努力寻找着尚蒂尔，还时刻留意着那个男人。他周围所有的场景都在变，变得迅速。他看见一身灰泥的男人从跳舞的圈子里拽女人，把她们扔到地上，撕掉她们的衣服就强奸她们。那些女人根本不反抗。绝大多数似乎欢迎这种袭击。

鼓现在敲得又快声又大，一种无节奏的进攻，全然没有了形式和秩序，从四面八方传过来，噪音砸在庙的中间就像一排又一排的炮弹和火箭。鼓声现在就像是带锯齿的轮子洞穿了麦克斯的脑袋。

他把双手捂在耳朵上阻止这种声音。就在那个时候，那个泥人朝他跑过来，照直朝他脸上吐了一口紫色的流体。麦克斯及时一猫腰，躲过了绝大部分，但手关节上还是沾了几滴飞沫，像湿乎乎的熔岩一样烫人。

泥人抓住他的胳膊，试图拉着他往前走。麦克斯往后倾着身子，把抓着他的三根手指头折断了，然后猛踢泥人的胸膛。泥人飞出去，摔在了地上，滑了一段距离才停下来。不过他几乎一下子就站了起来，又朝麦克斯扑过来，红眼睛闪耀着疯狂的愤怒。

麦克斯对着他的脑袋一顿钩拳加直拳，迫使他不断往后退。然后他迅速地两记力大无比的上钩拳，两拳交会在下巴底下的同一点上，一拳接着一拳，间隔不到一秒钟，打得他双脚离地，分不清东西南北。这个家伙被打得晕头转向。麦克斯没有再接着对着他的头部重击，相反只是把他推到了一边，任凭他倒下，失去了知觉。

麦克斯寻找尚蒂尔。她不在柱子那里，不在池塘边。他朝人群走过去。他们彼此挎着胳膊，不让他过去。

麦克斯往后退。鼓敲得脑袋疼死了，像一百万个风钻轰鸣着，在他大脑周围跑接力。

他转身朝雕塑那里去。她不可能走远。他周围所有的男男女女都躺在地上，一丝不挂，在做爱，千姿百态，双方都很疯狂。空气里弥漫着性和汗臭味。

他朝池塘走去。

然后他看见尚蒂尔站在水边。一个泥人已经把她的衬衫扯掉了，正在撕扯她的文胸。她丝毫也不反抗，看着那个人费劲儿地弄她的短裤，表情麻木，带着茫然的微笑。

麦克斯全速冲刺过去，把那个泥人头朝下推到池塘里。他一把抓住尚蒂尔的手，可是她却挣脱了，给了麦克斯一个耳光，还用克利奥尔语骂他。麦克斯站在那里傻了，不知道该怎么办。然后尚蒂尔猛然抱着他的头，把自己的嘴唇压在他的嘴唇上，把舌头伸进他的嘴里，在他的舌头上蹭上蹭下，舔着，玩味着。然后，她一把抓住麦克斯的裤裆，拉着他靠向自己，开始给他手淫。

疼痛离开了麦克斯的头盖骨，鼓声又重新转移到了他的阴茎上。他又感到自己在下滑，在屈服，只想在泥巴里和尚蒂尔做爱。

他正看着尚蒂尔脱他的牛仔裤，这时候一个泥人撞到了他身上。他们同时倒下，麦克斯在底下，他们两个人的重量都压在了他的一个肩膀上。泥人想要用拳头狠狠揍他，可他只是胡乱打，完全没有击中目标。麦克斯狠狠地用膝盖顶了一下他的心口窝，力气那么大，那个人放出了臭气，全放在了麦克斯的脸上。

泥人缩到了一边，往地上吐着胆汁。麦克斯抓住他的脖子和他那瘦骨嶙峋的屁股上能抓住的地方，把他提了起来，就像提一件轻飘飘的行李，朝池塘扔了过去。

尚蒂尔还在刚才的地方，只是和另外一个男人在一起，一个正常人，不过也是赤身裸体，浑身冒汗。那个人正站在尚蒂尔前面，手淫着，让阴茎硬起来，准备好要攻占尚蒂尔了。

麦克斯猛地抓住尚蒂尔的胳膊，迅速带她走向出口。一开始尚蒂尔咆哮着，踢腾着，试图挣脱，然后等他们离人群近了，离仪式远了，她就不挣扎了，变得软弱无力，然后身子发沉，双脚踢蹬着。麦克斯问她还好吗。她没有回答。她努力用溜溜转的眼睛看麦克斯。

他把尚蒂尔抗在肩膀上。他把枪拔出来，用拇指打开了保险。人群丝毫不后退。

然后，骇人长发塔出现在了他的面前。人们正躲闪着他，露出了空隙。

麦克斯没有放慢脚步。

骇人长发塔走出人群，朝他们走过来，双手把有蓝色玫瑰的盒子捧在胸前。麦克斯举起枪，瞄准了骇人长发塔的脑袋。"站住！"

骇人长发塔毫不在意。他把盒子塞进麦克斯怀里，从他身边冲了过去。麦克斯用空着的那只手拿着盒子。

他回头看了看。

骇人长发塔不见了，不过五个泥人正朝他们跑过来，挥舞着大砍刀。

麦克斯背着尚蒂尔左推右搡、肘击脚踢，从庙里挤了出来。

回来的路上，尚蒂尔绝大多数时间在睡觉，穿着麦克斯的衬衫，呼噜声就像一个繁忙的农家小院的摹本。

麦克斯开车的时候开着车窗，收音机播放着一个通宵的海地脱口秀节目。他们说的他一个字也听不懂，可是总比其他各个电台都在狂轰乱炸的那些无所不包的日安节目好。

五个小时之后他回到了通往机场的路上，朝佩蒂翁维尔方向开。尚蒂尔醒了，盯着麦克斯看，仿佛本来以为自己在家里的床上睡觉一样。

"发生了什么事？"她问。

"你记得的最后一件事是什么？"麦克斯把收音机关了。

"我们一起在庙里跳舞。"

"后面的什么也记不得了？"

尚蒂尔想了一会儿，还是一脸茫然。麦克斯把尚蒂尔忘记的跟她说了一遍，从盒子开始往回讲，撇开了他们之间发生的事，不过却事无巨细地描述了自己怎么挽救了她让她免遭强奸。

"我不会被强奸的，麦克斯。"尚蒂尔气愤地说，"这是宗教仪式的纵欲。人们被神灵附了体，要彼此性交个痛快。没有人知道他们在干什么。"

"在我看来像是强奸——伏都教日强奸，不管是有意识也好无意识也好，不管你想怎么给它命名。那个家伙在撕扯着扒光你的衣服。"麦克斯说。

"人们两相情愿做爱的时候就那样，麦克斯。这叫激情。"

"是吗？嗯，我不知道你们怎么能那样和一个陌生人性交。他可能有艾滋病。上帝啊！"

"你的意思是说你以前从来没有和陌生人性交过，麦克斯？"

"什么？有过，可那不是一回事。"

"为什么？你遇见一个女人，在什么地方？酒吧、夜总会？音乐声很大，你们俩都醉醺醺了。你们去了某个地方，性交，早晨你们分开了，再也不会看见对方了。一回事，不过对我们来说更有意义。"

"对。"麦克斯嘲讽地哼了一声，"我们这些堕落的、没有灵魂的美国人只会四处闲逛进行虚无的一夜风流，可是这里呢，你们在一座伏都教的庙里做这事就成了宗教经历。你知道我是怎么想的吗，尚蒂尔？我认为这全是屁话。性交是性交，强奸是强奸。那个家伙就是要强奸你。没什么好说的。你要是头脑清醒的话，绝对不会和一个浑身泥巴的人干那事。"

"你怎么知道？"尚蒂尔咆哮着，"你根本什么都不知道。"

麦克斯没有回答。他双手紧紧抓着方向盘，咬牙切齿，后悔自己为什么没有把这个不知感激的臭女人扔到那里让她在土里被集体强奸。

他本来想让尚蒂尔在自己的住处过夜,可是现在却迅速开过佩蒂翁维尔,开上了去首都的路。夜晚美国每个大城市都是灯火通明,就像个小型的银河。可是太子港只有几片黯淡的光漂浮在黑暗当中,就像迷路的白蝴蝶掉在了浮油上,其他的就一无所有了。他从来没见过哪个城市这么黑过。

他回来的时候天还黑着,可是昆虫已经钻到地里去了,鸟已经开始在树上歌唱了。白天就要来了。

自动应答机上有乔的留言。现在回电话太早了。

麦克斯在骇人长发塔给他的盒子里找到了一个鳄鱼皮的夹子,里面装着无数的卡——自动取款机的卡、美国运通信用卡、威莎卡、几张万事达信用卡、借书证、献血卡、健身卡,都是达尔文·米迪的。

麦克斯还找到了五六张用纸夹夹在一起的黑底白字的名片。米迪如果还活着,应该在陶洛哈斯工作,专门负责失踪人员和公司事务。公司事务这一项很可能是最近才增加的,一种他逐渐让自己熟悉的东西,这样等他太老了、行动太迟缓了不能再寻找离家出走的人或者被绑架的人了,仍然还能工作。商务工作更安全,而且报酬也更优厚。坐在办公桌后面,用电话、传真、计算机跟踪书面线索。涉及的唯一的野外作业就是陪客户吃午饭、吃晚饭、喝酒。如果干得好永远都不用退休。有些公司会给你下聘用定金。你干得越好,下定金的公司就越多。那是一种不错的生活。无聊得要命,不过麦克斯曾经一度也计划转到这一行来。

皮夹里没有钱,不过在放零钱的夹层角落里麦克斯找到了一张折叠的纸片。那是从1990年版海地电话簿上撕下来的,其中一部分用蓝色圆珠笔圈了出来:太子港所有姓福斯丁的人,总共有十三个。

米迪曾经也是走的这条路线。

骇人长发塔是谁?他为什么把这个盒子给自己?他是米迪吗?不是。骇人长发塔是个黑人。他举止疯狂,而且很可能是个哑巴。他在瀑布附近没有发出过声响,在庙里也没有说过话。

或许米迪去见默西迪斯·拉巴利克的时候骇人长发塔在瀑布见过他。或许米迪和他成了朋友。或许他只是发现了米迪的尸体,拿走了米迪的钱包。或许他只是发现了钱包。他把钱包封在盒子里,送给了在圣水看见的第一个白人。

麦克斯想到的最好的办法是回到圣水问他是怎么回事,可是他不想再回到那里去了,能不去就不去。

麦克斯六点半给乔打了电话。电话铃响了第二声他的朋友就接了。乔在厨房,电视新闻节目的声音调得很低。麦克斯能听出来乔旁边还有他的两个女儿。

他们聊着、开着玩笑，绝大部分都是乔在说。他的生活是三维立体的。麦克斯的生活是他自己自找的。

"你要我查的那个家伙——文森特·保罗？"

"哦？"

"你知道，我跟你说过英国警察本来想要审讯他。"

"哦？"

"这和一个失踪人员的案子有关联。"

麦克斯握着听筒的手握得更紧了。

"谁？"

"一个女人。"乔解释说，"七十年代早期，文森特·保罗还是英国剑桥大学的一个学生。他在和一个当地的学生约会。"麦克斯听见乔在翻记事本，"这个学生叫约瑟芬·拉蒂默，艺术专业的。约瑟芬·拉蒂默还喜欢喝酒。很喜欢喝酒。一天晚上，她开车撞了一个孩子逃跑了。一个目击证人记住了她的车和车牌照。她被捕了，关在监狱里，一直到开保释听证会为止。当时她的父母都是这个小镇的大人物。每个人都知道他们是谁，所以他们的女儿卷入肇事逃逸案在当地是头条新闻。警察想拿她当个例子，证明法律面前人人平等。他们把保释听证会推迟了两个星期。在监狱里这个女孩被打了、强奸了。等她从里面出来时已经心理失常了，想要自杀。一年之后即1973年进行了审判，她被认定为过失杀人罪。两天之后就要判刑。他们说至少要判五年。她知道自己根本坐不了那么长时间的牢。她知道自己再也不能到那里面去了。该出庭的那一天她失踪了。然后就进行了大搜捕，一开始是在当地，然后扩大到全国范围。她的男朋友文森特也不见了。文森特是个巨人，六英尺八九，所以找到他应该不会很困难，我说的可是真的。可是，不知怎么回事，她失踪了两个月之后才有人来报告说看见他们坐船去……去……荷兰湾了。"

"那么，坐船的那个时间，是最后一次看见他们吗？"麦克斯问。

"是。最后一次看见他和他的女朋友。英国现在仍然在缉拿她，罪名是过失杀人罪和潜逃罪。不过，现在这都不怎么为人关注了。他们又不是邦妮和克莱德。"

"在那边不为人关注了，或许是。"

"你在海地看见这个文森特·保罗了？"

"是的。"

"你跟他谈过了？"

"还没有……不是你跟他谈，是他跟你谈。"麦克斯打趣道。

"什么？像是火焰中燃烧的荆棘里的上帝？"

"有点像。"麦克斯大笑。

"这个女人呢？约瑟芬？看见她了吗？"

"据我所知没有。她长得什么样？"

"我没有她的照片。不过你看见这个文森特·保罗的时候就问问她在哪里或者到哪里去了。"

"我会这么做的,如果我有这个机会。"

"你知道,英国人曾经派了两个警官到海地去找他们。两个苏格兰场的家伙。"

"不要告诉我……他们什么也没找到?"麦克斯说。

"完全正确。你看文森特或者他的家人会不会把他们收买了?"

"或许吧,不过他还在英国的时候,他的家族就破产了。另外,就我目前了解的情况来看,花钱收买人不是他的风格。他宁肯杀了他们。"

他们俩都哈哈大笑起来。

"你认识一个叫雷·埃尔南德斯的警察吗,你手下的一个人?"麦克斯问。

"认识,当然认识,我了解他。"乔压低了声音,这样他的孩子就听不见了。"如果是同一个人的话,我们叫他雷混球。"

"听起来就是这样。"

"你怎么认识他?"

"调查的时候有这么个人。"麦克斯撒谎了。

"过去是个缉毒探员。"乔低声说,"和他搭档的老婆乱搞。然后他发现他的搭档吸毒,就向主管部门告发了。他受到了奖励,得到一张办公桌,提升到了上尉。他是个不折不扣的混蛋。我遇见他的时候,他跟我说话就像我一文不值似的,我说的可是真的。还需要我了解他什么吗?他妻子可是个暖水袋。背着这样的妻子乱搞的人肯定既是瞎子又是傻瓜。"

麦克斯猜乔的妻子肯定听不见他说这个。他从来没有见过像她那么爱妒忌的女人。要是她发现乔胆敢看画报上的美女就会大发雷霆。

"乔,我还需要你为我做另外两件事。"

"说吧。"

"我需要你查一下这些人,看看能查到什么:达尔文·米迪。他是从陶洛哈斯出来的私人侦探。"

"没问题,不过不能保证什么时候查出来。"乔说,"嗳,麦克斯?"

"啊?"

"知道我听见什么了吗?"

"什么?"

"你快活的声音。"

"我不这么以为,乔。"

"我不是说玩得开心,而是你可能喜欢把这些垃圾处理掉的想法。你的声音有弹性。是以前的明戈斯了,不是一块没有知觉的钢。"

"你这么认为?"

"我知道是这样。我了解你,明戈斯。你又回来了,麦克斯。"

"如果你这么说的话,乔。"麦克斯呵呵笑了。他根本没有感觉到自己恢复了自我。他也不想那样。

之后他上床睡觉,阳光已经从窗户射进来了。

他梦见自己回到了那个伏都教的庙里,浑身裹着灰泥,在地上和尚蒂尔做爱,鼓敲得都疯狂了。乔、阿连、维拉斯克斯、埃尔顿都在他们四周跳舞。那时候他看见查理坐在杜弗尔的腿上,凝视着自己。他们都在池塘边。他看不见杜弗尔的脸,只能看见他坐着的侧身。他努力要站起来,可是尚蒂尔拉着他,她的双臂、双腿都死死地缠在他的身上。他最后设法站起来了,开始朝查理走去,可是他和杜弗尔都不见了。他们刚才坐的那个地方只有他杀害的那三个孩子。他们的手里都拿着他的枪。他们朝他瞄准射击,他倒下了。他仍然活着,透过屋顶的洞仰望着十字架。桑德拉来了,坐在他身上,微笑着。她牵着个小女孩。那个女孩很漂亮,可是看上去极度悲伤。麦克斯认出来了,她是克劳德特·托多,小海地那个神甫失踪的侄女,而且他也记起来自己忘记去看她的父母了。

他告诉小姑娘说自己早晨要做的第一件事就是去看她的父母,然后他再去找福斯丁的房子。

桑德拉俯身来亲吻他。

他伸手去摸桑德拉的脸,手伸在空中就醒过来了,手指在触摸着,什么也没摸到。

又是夜晚了。他看了看表,晚上七点。他睡了整整十二个小时。他口干舌燥,喉咙发紧,眼角湿润。他猜睡觉的时候自己哭了。外面,蛐蛐在叫,山里的鼓声直接把节奏敲进了他的胃里,和他的饥饿一起跳舞,告诉他该吃东西了。

克劳德特·托多在1994年10月失踪之前一直跟父母卡斯珀和玛蒂尔达住在太子港的埃曲里斯街,靠近一个破旧的军营。

埃曲里斯街连接着两条繁忙的主干道。实际上,从两头来看这条街都很隐蔽,掩映在巨大的椰子树下。属于那种细小得一眨眼就消失了的地方,只有当地人会知道,外面寻找捷径的人从这里走过之后就把它忘得一干二净了。

麦克斯从玛蒂尔达那里知道了该怎么走。玛蒂尔达操一口纯正的英语,口音带着中西部抑扬顿挫的语调,可能是伊利诺斯州的语调,没有丝毫法裔加勒比人的痕迹。

麦克斯和尚蒂尔刚下车,麦克斯就闻到了鲜花混杂着薄荷的气味。前面站着个人,用水桶和拖把在清洗路面。他们走近了,气味更浓烈了,麦克斯的鼻孔都被刺激得发疼了。房子的每一面墙都隐藏在铁门和高墙的后面,墙头上一层锥形长钉子,装着剃刀网。只能看见树头、电话线杆、卫星接收器的边缘和电视天线,别的就什么也看不见了。麦克斯猜这里的房子都是平房和一层的房屋。他听见大门下面狗鼻子疯狂地在嗅着的声音,从门缝里吸着他们的气味,看他们是熟悉的还是不熟悉的。没有一只狗叫着提醒自己的主人有生人来了。麦克斯知道这是因为它们都是攻击犬。它们从来都不出声,让你一路径直走进它们的领域,等你走近了,想退都退不回去了就朝你扑过来。

他最憎恨搜查的时候带警犬。那些狗都是些卑鄙、变态的家伙，只尊重驯狗师，那些驯狗师恶毒地毒打它们，如果它们是人的话肯定会谋杀上一串儿人，而且还会在杀人之前残酷地折磨人。你不能和警犬理论。你没法安抚它们，没法迷惑它们，没法朝它们扔根棍子然后趁机爬上最高的一棵树。如果一条警犬朝你扑过来，唯一的办法就是当场把它打死。警犬都被训练得会去咬人体的不同部位，各个州都有差异。在佛罗里达州，警犬咬睾丸；在纽约市，警犬咬前臂；在纽约州，警犬咬脚踝；在某些南部的州，警犬咬脸，还有的咬喉咙；在加州，警犬会从你屁股上撕下一块肉；在得克萨斯州，警犬偏爱大腿。麦克斯不知道海地的狗会咬哪里，他也不屑于去调查。他希望托多家不要养狗。

他们走近的时候，那个拿拖把的人密切注视着他们，却一刻也没有停下手里的活儿。尚蒂尔点点头跟他打招呼。他没有理会，只是眯缝着眼睛恶狠狠地上上下下打量着他们，肢体语言渗透出紧张的情绪。

"我敢打赌他是叙利亚的根。"尚蒂尔小声说，"他在用薄荷和玫瑰水清洗街道。这是他们老家的习俗，为了赶走邪恶的神灵，吸引善良的神灵。四五十年以前这里涌入了大量的叙利亚商人。他们开了这些小商品店，卖所有穷人的东西。他们每天早晨都要清扫店周围的街道，用草药水浸润街道给他们带来好运、繁荣和保护。他们当中有几个人显然交了好运，因为他们赚了很多钱。"

埃曲里斯街是麦克斯到目前为止在海地见到的最干净的街道。没有一丁点儿垃圾，街道两边没有流浪的动物，没有乞丐，墙上没有涂鸦，路面上没有一条裂缝、一个洞，裂缝和洞都仔细地用灰石填平了。这可能是迈阿密、洛杉矶、新奥尔良任何一个中产阶级居住的安静又繁荣的僻静街道。

麦克斯按照玛蒂尔达的要求在托多家的门上嘭嘭敲了四下。不久他就听见墙里面传来了脚步声。

"谁呀？"

"我是……"

"明戈斯？"一个女人问。

沉重的门栓弹开来了，门从里面打开了，发出了刺耳的吱嘎声。

"我是玛蒂尔达·托多。多谢你来。"她示意他们进来，然后把门关紧了。她穿着宽松运动长裤、凉鞋和宽大的公牛衬衫。

麦克斯做了自我介绍，然后和她握了握手。玛蒂尔达握手有力，和她直率得甚至有点挑衅的目光相吻合。要是她多微笑一点，可能会是个好看的、甚至美丽的女人，可是她的脸硬邦邦的，带着坚毅的神情，那种见到生活当中太多的负面之后形成的样子。

他们在一个小院里，离一座朴素的橘黄色和白色相间的平房只有几步远。平房有一个倾斜的锡屋顶，房子有一半掩映在野草丛中。房子后面长着一棵粗大的棕榈树，把整个房子罩在黄色的网眼毯子里。右边是个秋千，链子锈迹斑斑。麦克斯猜克劳德特是这家的独生女儿。然后他的目光落在秋千旁边放的两个亮绿色的狗碗上，一个装着狗食，一个装着水。他回头看了看墙那里，发现一个房子状的大狗窝。

玛蒂尔达注意到麦克斯在盯着狗窝看,说:"不要担心。它不咬人。"
"他们都这么说。"
"它死了。"玛蒂尔达迅速回答说。
"抱歉。"麦克斯不由自主地说,不过他并没有感到抱歉。
"食物和水是为它的灵魂准备的。你知道这个国家是怎么在迷信的基础上存在的吗?我们在这里把死人喂得比自己还要好。死人统治着这个国家。"

房子里面小而凌乱,家具太大了,可用的空间太小。
墙上贴满了照片。每张照片里都有克劳德特:眼睛明亮、嘴巴张开的娃娃照装了镜框挂在墙上,有她穿着校服的照片,有和父母、祖父母、亲戚们一起拍的快照,他们所有人的脸都像太阳系的行星围绕太阳一样围绕着她。她是个幸福的五岁女孩,每张照片里都在微笑、做鬼脸;在集体照里是中心人物,不管是从站立的姿势还是从拍照的角度来看都是以她为焦点的。其中有一张照片,她和伯伯一起站在迈阿密教堂的外面,看起来像是在礼拜式之后拍的,因为她伯伯穿着袍子,背景里都是穿着很漂亮的人。另外还有一张,她站在一条黑色的德国短毛猎犬旁边。至少有十张照片是小姑娘和爸爸照的,她看起来和爸爸长得很像,而且她也更爱爸爸,因为她和妈妈照的为数不多的那几张照片里都没有这么灿烂的微笑,有的甚至没怎么笑。
他们夫妇坐在餐桌的对面。客人走进门的时候卡斯珀点了点头,然后握了一下手,可是连句欢迎的话都没有说。
卡斯珀长得不像他哥哥。他又矮又胖,膀阔腰圆,大而有力的手上青筋暴露,手指头又平又宽。态度简慢,简直就是粗鲁和挑衅。他开始谢顶了,头发留得很短,白的比黑的多。他的脸比妻子的脸更吓人,下巴嘟噜着,眼睛下面鼓鼓着,再加上他磨牙的那种方式,简直和恼怒的看家犬差不多。麦克斯估计他年纪在四十五岁上下,穿的衣服和妻子一样。他妻子就坐在他旁边,喝着一杯果汁。
"你们是公牛队的球迷?"麦克斯问他们俩,不过看着卡斯珀,希望打破僵局。
沉默。玛蒂尔达用胳膊肘碰了碰丈夫。
"在芝加哥住了一段时间。"卡斯珀回答说,没有和麦克斯对视。
"多久之前?"
没有回答。
"七年前。'医生宝宝'被推翻的时候我们回来的。"玛蒂尔达说。
"就应该原地不动。"她丈夫补充说,"回到这里来,想干点好事,可是发生在我们身上的都是坏事。"
卡斯珀又说了点儿什么,可是麦克斯没听见。他的声音低沉,吞进去的音比发出来的多。
玛蒂尔达看了看麦克斯,抬起眼皮,似乎在对麦克斯说他一直都是这样。这时候麦克斯猜到克劳德特的失踪对卡斯珀的打击十分严重。
他看见了一张父女两人的合影,两人都在哈哈大笑。照片上卡斯珀看起来更年轻,头发更黑亮更浓密。这张照片比较新,因为克劳德特看起来和她伯伯给麦克斯的那张照片上差不多。

"你还出了什么事?"

"除了我们的女儿之外?"卡斯珀痛苦地问,终于直视麦克斯的脸了。他是小眼睛,眼睛里布满了血丝,眼白也带着悲伤、愤怒的红色。"什么事没出过?这个地方被诅咒了。就这么简单。注意到这里寸草不生了吗?没有植物,没有树。"

"我们在这里从来没好过。"玛蒂尔达迅速转移了话题。"我们过去在芝加哥的消防部门工作,然后卡斯珀出了意外事故,得到了保险公司的赔偿金。我们本来一直在商量放弃美国的一切回到这里来,所以机会来了,我们就想我们该抓住这次机会。"

"你们为什么离开海地?"

"我们没有离开过。我的意思是说我们的父母离开了海地,在六十年代初,因为'医生爸爸'。我父亲有些朋友,他们跟迈阿密、纽约的一些持不同政见的政治团体有联系。他们努力发动了一次政变,失败了。'医生爸爸'不仅把罪犯抓了起来,而且还抓了他们的家人和朋友以及朋友的朋友和家人。就是为了以防万一。这就是他的办事方式。我们的父母猜马库特早晚要来抓我们所有的这些人,这只是个时间问题,所以我们出去了。"

"你们为什么想回来?"麦克斯问,"芝加哥是个不错的地方。"

"我每次说到这些事就想踢自己两脚。"卡斯珀抱怨着。

麦克斯大笑,更多的是出于鼓励而不是嘲讽。卡斯珀看了看他,似乎明白他的本意。可是什么也无法让他从悲伤中摆脱出来。

"我们俩在美国长大,我们看待失去的东西都带着一种失落感。"玛蒂尔达解释说,"我们总是把这个地方叫做'家'。我们曾经拥有对老海地非常美好的回忆,老海地尽管是独裁统治,却是个美妙的地方。尤其是海地人民。这里有无数的爱。我们结婚之前就发誓,总有一天我们会回到这里生活,我们发誓我们会回'家'。我们用保险公司的部分赔款买进了开在一家加油站对面的店铺的股份,把减价食品和生活必需品卖给穷人。人们不喜欢我们到这里来,不喜欢我们开了一家店就开始赚钱。他们这里有一个专门称呼我们的词——'叛徒'。这是一种侮辱,就像我们因为胆怯跑了,背叛了国家,情况好转了就回来了。现在用的就是另外一个词了,不过那个时候……"

"我们听到的就是这个词儿。"卡斯珀打断了她。"不是每个交往的人都这么叫的,他们总是对我们冷淡,好人,绝大多数都是。我们和他们的关系很好。我们经营的方式和韩国人在芝加哥黑人居住区经营的方式比较相似,雇佣几个当地人,对他们好,对每一个人都彬彬有礼。我们在那里根本没有问题。可是和我们一样的人,经商的、我们的同龄人和邻居,当时我们住在佩蒂翁维尔,他们非常明确地表示不喜欢我们靠近他们。他们用各种各样的脏话骂我们。他们尊敬我们的唯一方式就是他们和我们一辈子都知根知底,明白吗?"

"嫉妒是普遍现象。"尚蒂尔说,"不只是在这里。"

"我知道,我知道,石头、棍棒,诸如此类的东西,等等等等。见识过了,多谢!"卡斯珀愤怒地驳斥说。

尚蒂尔举起双手尴尬地道歉。

"所以我们充耳不闻,独来独往,努力工作,尽可能地对人家好。过了一段时间,我们搬到了这里。情况好多了。我们的邻居都是像我们这样的人,都是移民、外来户。"玛蒂尔达拍了拍卡斯珀的胳膊让他冷静冷静,"这里挺好。也真的很干净。"

"我们是紧密的社区团体。"卡斯珀说,"我们这里实施的是'零忍耐政策'。"

"针对谁呢?"

"我们不认识的每一个人。你知道,阻止他们在这里安家。他们从这里过去没关系,只要他们快一点儿。动物和人,尤其是人。另外,我们都轮流清扫大街,早晨、傍晚太阳落山之前都扫。我们都彼此照顾。"

卡斯珀稍微露出了一点心照不宣的坏笑,告诉麦克斯他喜欢暴打那些在这条街上过夜的、不幸的、无家可归的人。这很可能就是唯一一件让他感觉不错的事儿了。麦克斯认识的很多前警察都是这样。他们怀念在街上享有的那种地位,仍然找一些能够对人行为粗暴的工作,俱乐部保安、公司打手、保镖。卡斯珀很可能又重新回到了原来的状态,之前是幸福闯进了他的生活,让他偏离了最初的那种轨道。

"我们在这里也幸福。"玛蒂尔达捡起了话题。"克劳德特让这一切都完整了。我们刚搬到这里几个月我就怀孕了。我们本来没有计划要孩子,我甚至还想过自己年纪太大了生不了孩子了,可是她来到了我们的生命当中,照亮了我们身上我们自身根本不知道自己拥有的所有地方。"

玛蒂尔达停下来,看着自己的丈夫。麦克斯看不见她的脸,可是他从卡斯珀露出温情的脸知道,她热泪盈眶了。卡斯珀温柔地用胳膊搂着妻子的肩膀,把她拥在了怀里。

麦克斯的目光转移开来,落到了他们头顶上方的墙上。他们都是好人,尤其是玛蒂尔达。她是夫妻两个当中的灵魂和勇气,是让丈夫大规规矩矩的人,也是抛头露面的人。她曾经是家里定规矩的人,这就是为什么女儿更喜欢爸爸的原因,毫无疑问只要女儿一提出要求爸爸就会让步。他想到了阿连和弗朗西斯卡。他们之间的距离有十万八千里,方向各异,尽管伤心,但两个人之间没有温情、没有亲近感。他知道失去孩子能轻而易举地让不理想的婚姻走到尽头,也能轻而易举地毁了最恩爱的夫妻。然而,克劳德特的失踪却以其最恶毒的方式把托多家紧紧联系在了一起,更加牢不可破了。这桩事儿让他们紧密相联。

他的注意力集中在克劳德特荡秋千的一张中等尺寸的照片上。她父亲在推她荡秋千,德国短毛猎犬在角落里看着他们。

玛蒂尔达擤了擤鼻子。她恢复了平静,继续说了下去:"生意很好,尽管政治气候不好。一个月我们就换了两个总统,经历了三次政变。不管什么时候,有人要下台了总能看得出来,因为我们的店离总统府不远。不管谁当时在位当权,都会派人来买一批额外的汽油供逃跑的时候用。这个国家的汽油都是从美国进口的,所以每次他们要推翻一个总统的时候就会威胁说要停止海地的汽油供应。不管什么时候,只要有禁运发生的真正危险,就能看见石油公司管理层的人在加油站门口下车,总是那些高大、肥胖、大汗淋漓的美国白人,看起来像是圣经商人。他们会告诉加油站的经理等待额外的运货，因为他们得到了'大风警报'（意指领导人的变更）。汽油从来也没有停止进口，因为从来都是静悄悄地政变。从来没有打过一枪。你在看某个电视节目，然后就有临时插播，一位将军会在电视上发表声明：这个月当选的总统因为叛国、贪赃枉法、超速行驶或者任何什么原因被逮捕了、流放了，军队已经临时控制了总统府，就是这样。每个人还是一如既往。没有人想过会发生禁运。然后就禁运了。"

"我们失业了。我们有无数的货是从美国和委内瑞拉进口的。船开不过来了。"卡斯珀说，"克劳德特过去总是问我怎么不去上班。我告诉她说这样我就能看着她长大了。"

"他们把我们的店烧了，就在海军登陆之前。"玛蒂尔达说。

"谁？"麦克斯问。

"军队。他们只是想让生活对入侵者来说尽可能困难。他们烧了无数的生活福利设施。我认为这不是私人化行为，不是针对我们来的。"

"不是吗？"卡斯珀怒火中烧，"那是我们的生活。我从来没有见过比这还私人化的事。"

玛蒂尔达不知道该说什么好。她的目光转移到了别的地方，发现了其中一张照片，就锁定在了上面，似乎希望自己在那里，回到幸福时刻。

麦克斯站起来，从桌子旁边走开了。他们身后是一张沙发，两把扶手椅，架子上放着一台中等尺寸的电视机。电视机上有一层灰尘，似乎有一段时间没看过了，或者就是坏了。他注意到窗户旁边放着杆猎枪。他看着院子，看见了秋千、狗窝和大门。有什么东西不对劲儿。

"你们的狗怎么了？"他转身问。

"被害了。"玛蒂尔达说。她站起来，走了过来。"带走我们女儿的人把狗毒死了。"

"你的意思是说他们进到这里来了？"

"是的。和我一起来的。"

玛蒂尔达带着麦克斯走出了敞开式客厅，走进了一条黑乎乎的小过道，打开了一扇门。

"克劳德特的房间。"她说。

托多家的人已经承认了再也见不到小女儿的事实。这个房间就是纪念地，很干净，很可能多多少少保留着他们忆记中最后的样子。克劳德特画的画贴在墙上，用蜡笔画的，画的东西都像是站立不稳挂着拐棍儿一样。其中大多数都是家庭人物草图：爸爸（高）、妈妈（不那么高）、克劳德特（小）、狗（在她和玛蒂尔达中间）站在房子外面。爸爸总是蓝色的，妈妈是红色的，克劳德特是绿色的，狗是黑色的。就像麦克斯想象的那样，佩蒂翁维尔的房子要大很多，因为这一家人的比例被缩小了。克劳德特画的"波弗特私宅，闲人免入"的家中，人物的身材是房子的两倍。其他的图画就是被涂成单一颜色的广场，底下签着克劳德特的名字，是大人的手笔。

麦克斯往窗户外面看了看，又把目光收了回来。他看见了床，矮小、蓝色床单、白色枕头，布娃娃从床罩下面鼓出来。他注意到床罩到处都是平的，只有中间不是，被坐过了，皱巴巴的。他想象着父母当中的一位走进来和布娃娃玩耍，沉湎于对女儿的回忆，把眼睛哭得红肿。他打赌卡斯珀来的次数更多。

"她失踪的那一天……我来叫她起床。我走进房间，看见床上空了，窗户开着。然后我往外看，看见了我们的狗托托躺在靠近秋千的地上。"玛蒂尔达轻声说。

"房子里有什么被打破了吗？比如说玻璃？"

"没有。"

"前门呢？被强行打开了吗？"

"没有。"

"你有没有注意到锁有什么问题？锁被撬过之后钥匙怎么拧都打不开。"

"锁没有问题。现在还在用。"

"当时只有你们三个住在这里吗？"

"是的。"

"还有别人有这个地方的钥匙吗？"

"没有了。"

"之前的主人呢？"

"我们把所有的锁都换了。"

"谁换的？"

"卡斯珀。"

"你肯定那天把前门锁好了？"

"肯定。绝对锁好了。"

"有没有后门可以进来？"

"没有。"

"窗户呢？"

"所有的都关了锁了。没有被弄开的。"

"地下室呢？"

"这里没有。"

"房子后面是什么？"

"空地。有个艺术画廊，不过关门了。墙有十五英尺高，而且还装着剃刀网。"

"剃刀网？"麦克斯自言自语地说。他透过克劳德特房间的窗户看外面的墙。墙上都有钉刺，可是相邻的房子上根本看不见剃刀网。

"我拒绝装这个。"玛蒂尔达说，"我不想让女儿醒来看见的第一个东西就是它。"

"装不装这个也不会有什么区别。"麦克斯说。他心想：这从来就没有什么区别。他们想要带走你的孩子，不管怎么样都会带走的。

麦克斯回到外面，朝大门走去。右边是花丛。如果绑架者从那里下来会闹出动静。因此绑架者是从左边下来的，直接从十英尺高的墙上下来，来到空地上。他们很可能是用梯子从街上翻过来的。

他们进来之前不得不在外面观察。他们就是这样知道狗窝在哪里、该从哪边走的。

典型的掠夺者的行径。

麦克斯转身看房子：那个卧室有什么东西不对劲儿。有什么不合适的地方。

他开始朝房子走过去，假设自己就是绑架者，刚刚毒死了狗。克劳德特的房间在前面的左边。他们来了多少个人？一个还是两个？

然后他看见玛蒂尔达站在女儿的窗前，抱着肩膀站着看他往前走。

没有窗户破损。没有锁被撬。没有门被强行打开。从后面没办法进来。他们是怎么进入房子的呢？

玛蒂尔达打开了窗户，开始和他说话。他没有听见。玛蒂尔达说话的时候不小心把窗台上的什么东西碰下来了，一个小东西。

麦克斯走过去，低头朝地上看了看。是个用铁丝做的彩色的男人像，脸像鸟一样。身体是橘黄色的，头是黑色的。人像没有左臂，再仔细看看，脸也不是整个的。

他开始明白是怎么回事了。

他把人像捡起来。

"这个是谁给她的？"麦克斯拿着人像问玛蒂尔达。

玛蒂尔达看起来怅然若失。她拿过人像，握着，眼睛扫视着窗台。

麦克斯进了房子。

床边的窗台上还排列着十几个铁丝做的飞行员，被从玻璃透过来的强烈日光遮掩了。他们都是同样的形状、同样的颜色，除了最后一个以外。那一个更宽大，是两个人像，一个飞行员和一个穿蓝、白色校服的小姑娘。

"这些她是从哪里弄来的？"

"在学校。"玛蒂尔达说。

"谁给她的？"

"她从来没说过那个人的名字。"

"男的？女的？"

"我想是个男孩，或者她朋友当中的一个。她还认识诺亚方舟的两个孩子。"

"诺亚方舟？卡弗家的？"

"对。克劳德特的学校在里西圣安妮路上，诺亚方舟离那里只有几条马路。"玛蒂尔达说，把街道的名字写给了麦克斯。

"你女儿有没有提到过有人在学校附近跟她说话？陌生人？"

"没有。"

"从来没有过？"

"没有过。"

"她提到过通顿黑管吗？"

玛蒂尔达一屁股坐在床上。她的下嘴唇在颤抖，脑子里在翻江倒海。她凝视着手中的人像。

"托多夫人，有什么事你没告诉我吗？"

"我本来以为这没什么关系，可是……"她说。

"是什么？"

"橙子人。"她说。

麦克斯又重新搜索墙上的画，以防自己万一遗漏了某个只画了半边脸的人，可是该看的他都看到了。他回想在黑管村消失的孩子的故事。那位母亲说的儿子告诉她说是一个脸变形的人诱拐了他。

"麦克斯？"尚蒂尔在门口叫他，"你该看看这些。"

卡斯珀就站在尚蒂尔旁边，手里拿着一卷纸。

从克劳德特的描述来看，橙子人一半是人，一半是机器。至少他的脸是这样。克劳德特说他长着灰色的大眼睛，两眼中间有个红点。那个红点像触须一样从他的脑袋上探出来，他不得不用一只手扶着。而且红点还发出一种奇怪的响声。

卡斯珀说克劳德特告诉他的时候他还大笑。他酷爱科幻电影，《机械战警》、《星球大战》以及两部《终结者》都是他的最爱，而且过去常常和女儿一起看这些影片的碟片，尽管玛蒂尔达一直反对说克劳德特年龄太小了不能看。在他看来，橙子人就是R2D2和终结者的变体，他们的脸掉下来就露出了下面的机器。卡斯珀没把这当成一回事，因为他相信女儿的朋友和那些电影里的机器人一样根本不存在。

玛蒂尔达更不会轻易相信女儿关于橙子人的故事了。她和女儿年龄相仿的时候也有个想象中的朋友。她是独生女儿，父母经常让她一个人独处，而且就算父母跟她在一起的时候也没有给她她需要的那种关注。

在克劳德特失踪前的六个月里，她画朋友的画像越来越多。对此，她的父母从有过分担忧过。

"你们从来没有见过他？这个橙子人？"麦克斯问托多夫妇。他们所有的人都回到了餐桌边，画就铺开来展现在他们面前。总共有三十几张，有蜡笔素描，也有水彩画。

基本的图案就是一个脑袋巨大的人形。脑袋是D字形的，是用两部分竖着拼在一起的，左边是个四方形，右边是个圆形。圆形类似一张脸，不过不怎么明显，一条缝隙就是一只眼睛，另外一条缝隙就是嘴巴，没有鼻子，一个歪斜的三角形充当耳朵。另外一半更详细，看起来也可怕：应该是眼睛的位置是个螺旋形的圆，很显眼，一嘴锋利的犬牙往上指着，更像匕首而不是牙齿。这个人像的身上没有左臂。

"没有。"

"你们和女儿谈论过他吗？问过她这人是谁吗？"

"我过去问她是不是有时候跟他见面。"卡斯珀说，"她经常说是的，见过面。"

"没有别的了？她提到过还有别人和他在一起吗？"

他们俩都摇头。

"那车呢？她说过他开车吗？"

又是摇头。

麦克斯又看画。这些画没有任何次序，可是他能看出来发生了什么事，橙子人如何首先赢得了克劳德特的信任然后才把她拐骗的。一开始的画显示这个人在远处，是侧面，站在三四个孩子中间，个子很高，所有的孩子都是橙色的，脑袋前面是平的，后面是圆的，该长鼻子的地方是个凸出的钩子。孩子变少了，减少到了两个，然后经常是一个，只有克劳德特一个人站在他面前，就像她窗台上的人像显示的那样。在所有人多的画像里，孩子们和那个男人都是分开站的；在只有橙子人和克劳德特的画里，他们俩是手拉手的。画面上显示的克劳德特的家庭生活让麦克斯感到寒气刺骨。她画的橙子人就站在房子前面，站在狗旁边，或者在这一家人去沙滩的时候和他们在一起。

克劳德特认识绑架她的人。她让那个人进了自己的卧室。她是心甘情愿跟那个人走的。

"她说过为什么叫他'橙子人'吗？"

"她没有那么叫。"卡斯珀回答说，"是我叫的。一天她把这么一张画带回家。我问她画的是谁，她说是她的朋友。我以为她说的是学校里的小朋友。所以我说：'嘿，你的朋友们和一个橙子人'，这样就一直叫下来了。"

"我明白了。"麦克斯说，"她的朋友们呢？他们有没有说过橙子人？"

"没有，我看没有。"玛蒂尔达回答说。她看了看卡斯珀，卡斯珀耸耸肩膀。

"克劳德特的学校还有其他孩子失踪吗？"

"没有。据我们所知没有。"

麦克斯看了看自己的记事本。

"你们注意到克劳德特不见了的那一天发生了什么事？你们做了什么？"

"我们去找了。"卡斯珀说，"我们一家一家地找。很快就有一群人来帮我们，邻居们，都四处找，在街上逢人就问。我看，到那一天结束，我们就走遍了两平方英里以内的每一寸土地。没有人看见什么。没有人知道什么。那一天是星期二，她就是那一天失踪的。接下来的两个星期我们一直在找她。这里有个叫托尼的人，是个印刷商。他给我们印了寻人启事，我们到处都贴了。一无所获。"

麦克斯画了几笔，然后又往前翻了两页。

"有没有人来要赎金？"尚蒂尔问。

"没有。什么也没有。我们没什么钱，除了克劳德特和彼此之外。"卡斯珀说，他的声音里带着哭腔，强硬的外表开始颤抖。玛蒂尔达拉起了他的手，他把玛蒂尔达的手推开了。

"你们俩要帮我们找她吗？"他问尚蒂尔。

"我答应过你哥哥会调查这件事。"麦克斯说。他不动声色地看着他们俩，本意是要让他们死心。

"你办查理·卡弗的案子办得怎么样？"玛蒂尔达问。

"你什么意思？"

"有任何线索吗？"

"我不方便谈论这个，托多夫人。客户机密。抱歉。"

"这么说你认为是同一个人干的？"卡斯珀问。

"有相同点也有不同点。"麦克斯回答说，"现在说这个还为时过早。"

"文森特·保罗认为是同一个人干的。"卡斯珀说，一副实事求是的样子。

麦克斯停下不写了，茫然地盯着眼前的纸。

"文森特·保罗？"麦克斯尽可能漫不经心地说。他迅速地看了尚蒂尔一眼，尚蒂尔和他四目相对之后，示意他看左上角挂的一张照片。

"是的。你认识他？"卡斯珀问。

"只是闻名。"麦克斯说着站起来。他假装伸伸胳膊、动动脖子。他绕过桌子走到墙上的照片前，摇晃着想象中酸痛的双手。

就是那一张，在角落里，从墙边上数第二张照片。那是一张家庭照片：克劳德特大概三岁；玛蒂尔达和卡斯珀看起来很高兴，更年轻些；亚历山大·托多穿着神甫服；在他们中间就是文森特·保罗，坐着，或许这样他才能照进照片里，光着头，眉开眼笑。神甫的手臂搭在保罗宽大的后背上。

麦克斯猜想到了这是什么意思。文森特·保罗把自己从毒品交易中获得的千百万利润捐献给了小海地一部分，可是这一点他没有告诉过任何人。

他重新回到了自己的座位上。

"我们尽了最大努力找过之后，就请海军帮忙。"玛蒂尔达说，"我是说，我们两个都是美国公民，因此克劳德特也是，可是你知道发生了什么事吗？我们见到了一位上尉，他想知道的就是我们为什么为了这么个'烂地方'离开了美国，他就是这么说海地的。然后他告诉我们说士兵们'太忙了没办法帮忙'，说他们还要'重建民主'。回来的时候，我们去坐车的路上路过一个酒吧，那里有一大群海军在以喝啤酒、吸毒的方式'忙着'重建'民主'。"

"文森特·保罗是怎么回事？"

"美国军队拒绝了我们之后，我们去找了他。"

"你们为什么不先去找他？"

"我……"玛蒂尔达没说完，卡斯珀打断了她的话。

"你了解他多少？"

"我听了好话也听了坏话，绝大多数是坏话。"麦克斯回答。

"和玛蒂尔达一样。她不想去找他。"

"不是这么回事……"玛蒂尔达开始辩解，可是她看见了丈夫对她露出的不要再试图否认的表情。"好吧。有军队在这里，我不想让大家都知道像他这样的人出去为我们寻找女儿。我不想我们作为他的附庸或者同情者而被捕。"

"同情者？"

"文森特和拉乌尔·切德拉斯关系密切，拉乌尔·切德拉斯是刚刚被推翻的全国执政委员会的首领。他们是好朋友。"卡斯珀解释说。

"我本来以为阿里斯蒂德更可能和保罗是同一个类型的呢。"麦克斯说。

"一开始是那样，千真万确。阿里斯蒂德曾经是个好人，当时他是个神甫，帮助贫民窟的穷人。他为他们做了很多事。可是他当选总统的那一天就成了他开始向'医生爸爸'转变的那一天。也是腐败。把成千上万的外国援助都揣进了自己的口袋。他上台两个星期文森特就想抽他的屁股。"

"我从来没有想到像保罗这样的人会有原则。"

"他是个有同情心的人。"玛蒂尔达说。

"所以他帮助了你们?"

"帮了很多。"玛蒂尔达说,"他花了一个月的时间在整个海地岛找。他还请人在纽约、迈阿密、多米尼加共和国以及其他岛屿找。他甚至还请了联合国帮忙。"

"一切都做了,就是没请私人侦探。"麦克斯说。

"他说如果他找不到的话,没有人能找到。"

"那你们就相信了?"

"要是他找到了我们就会相信。"

"还有什么人和你们联系了?卡弗家在我之前还找了其他人。他们和你们谈过吗?"

"没有。"卡斯珀说。

麦克斯又记下了几条。还有一件事他需要从托多家人这里了解。"从我听说的情况来看,这里每天有很多孩子失踪。肯定有很多人去找文森特·保罗帮忙。他为什么帮助你们?"

这对夫妇对视了一下,不知道接下来该怎么说。

麦克斯让他们不要心存芥蒂。他说:"看,我知道文森特·保罗是干什么的,而且我真的一点也不介意。我到这里来是找查理·卡弗的,还要找克劳德特,如果我能找到的话。所以,请不要隐瞒实情。文森特为什么帮助你们?"

"他是我们家族的朋友,我的家族。"卡斯珀说,"我哥哥和他是故交。"

"保罗捐钱给你哥哥在小海地的教堂,对吧?"

"不光是这个。"卡斯珀说,"我哥哥为海地偷渡到迈阿密的移民提供避难所。文森特付钱。他在小海地投入了大量金钱,帮助无数的人站起来。他是个好人。"

"有些人也许有不同意见。"麦克斯指了出来,但就此打住了话题。他没说从海地来的路上,在自由城,十岁的孩子在卖文森特·保罗的毒品,而他们的父母都吸食着这些东西下了地狱。托多家的人现在根本不理会这些,他们为什么要理会呢?

"有些人对你也有不同意见,明戈斯先生。"玛蒂尔达反驳道,态度温和,下定决心不把话明说。

"他们经常这样。"麦克斯说。他冲着他们俩微微一笑。他们都是正派人:诚实、努力、本质好,和他曾经发誓要保护的人属于同一类。"多谢你们的帮助。对克劳德特发生的事请不要责怪自己。你们对此无能为力。千真万确。你们能阻止抢劫犯、谋杀犯、强奸犯,可是像橙子人这样的人,他们是无形的。他们在外表上看和你们一样,通常是你最不可能怀疑到的人。"

"请为我们找到克劳德特。"玛蒂尔达说,"我不关心谁带走了她。我只是想让我的女儿回来。"

"你还以为是文森特·保罗带走了查理吗?"尚蒂尔在车里问。他们正开车去找电话簿那一页上画出来的第一个福斯丁的地址。

"我还什么都没有排除。他帮助寻找克劳德特的事实什么意义也没有。等我跟他谈过就会知道了。"麦克斯说。他把带来的两个铁丝人像和橙子人的两张图画都放在仪表板下面。他要把人像交给乔查指纹。

"你知道怎么找到他吗?"

"我有种感觉,他会来找我。"麦克斯说。

"那就是你中头彩了。"尚蒂尔叹了口气。她没有提过伏都教的庙,看起来她也在生麦克斯的气。她举止正常,闪动着从容的微笑,偶尔露出她那肮脏的笑,都是友好的公事公办的样子。她难以捉摸,一个无懈可击的政客,随时可以取悦的小姐。很多白领类型的人都像她,在虚伪中真诚。

"你丈夫过去和你讨论他的案子吗?"麦克斯问。

"不。我们有规定,都不把工作带回家。你呢?"

"我当警察的时候还没结婚。可是,呀,我和桑德拉过去经常谈论我在做的事。"

"她为你破过案吗?"

"是的,有两次。"

"这难道没让你感到恼火?没让你怀疑自己的能力?"

"没有。"麦克斯大笑,想到这些他露出了微笑。"从来没有过。我为她感到骄傲,真正的骄傲。我总是以她为骄傲。"

塞车了,他们停下来。他们等待的时候尚蒂尔一直在研究他。麦克斯注意到了,努力想看出来她得出了什么结论。她什么也没有流露出来。

单子上列出的前五个福斯丁的房子都毁了,分别被烧毁了、被暴民摧毁了、被军队毁了、被飓风毁了、被联合国坠毁的直升机毁了。附近没有人知道埃迪·福斯丁是谁。

他们去的下一个福斯丁的房子在家乐福贫民窟的边上。那条路上都是用废品改造的棚屋,只有这座房子是完整无缺的建筑。房子离街道稍微远一点,有台阶通往前门。所有的窗户都是光秃秃的,没有遮挡。麦克斯看到玻璃尽管脏却都没破没裂。他们敲门,没有人应答。他们从窗户往里面看,这个地方似乎空无一人。尽管如此,阳面的房间里都有家具,另外麦克斯托着尚蒂尔从墙上往里面看的时候,尚蒂尔还报告说后院晾衣竿上挂着衣服。

他们问了两个过路人,问他们住在这个房子里面的人是谁。他们都说不知道,还说房子很长时间了一直都是这个样,没有人进去,也没有人出来。

"怎么会没有人从街上搬进来住?"麦克斯问。

他们答不上来。

麦克斯决定夜里再回来仔细看看。他破门而入的时候不希望尚蒂尔站在旁边。她知道的已经够多了。

寻找单子上写的其他房子的结果就是房子的主人已经走了,把废墟留给了穷人。杰罗姆·福斯丁以前的房子里饥饿的孩子爆满,他们的肚子那么鼓,不得不叉开双腿走路才能保持平衡。下面一所房子的情形也大同小异,只是那些孩子正要坐下和父母吃饭,吃的东西是干树叶、土饼和一桶绿乎乎的水。麦克斯一开始不相信他们会把那种东西吃进嘴里,后来看见一个五岁左右的小姑娘在烤泥巴上咬了一口,这才信以为真。他突然间感到要呕吐,不过克制住了,一方面是出于对这些贫穷灵魂的尊重,他们还没有吃轻而易举就会失去却不会想念的东西;一方面是出于恐惧,害怕自己呕吐的东西也成了他们食物链的一部分。他想把自己口袋里的钱都给孩子们的父母,可是尚蒂尔建议他不要这么做,告诉他还是给他们买吃的东西比较好。

他们找到一家商店,买了几袋燕麦、大米、豆子和大蕉。他们回来把东西放在了前院。孩子和大人们都好奇地看了看他们,然后继续吃他们的饭。

麦克斯和尚蒂尔继续。到傍晚时分,他们结束了任务。他们跟两个老太太交谈过,那两个人还请他们吃柠檬和过期的饼干;跟一个男人谈过,那个人在阳台上看一年前的报纸;跟一个修理工和他的儿子谈过;跟一个请他们读德语圣经的女人谈过;跟一个在电视上看见过麦克斯并把他认了出来的人谈过,那个人说麦克斯是个好人。尽管麦克斯还没有证实,现在他能肯定家乐福的那所房子属于埃迪·福斯丁,或者在某个时期属于他。

他开车把尚蒂尔送回家之后又回到了那里。

夜色降临的时候,麦克斯绕到房子后面,翻墙进了花园。花园里的草都死了,树丛都干枯了。

他打开了后门的两把锁,进去了。

他打开手电筒。房子里面的灰尘积得又厚又软,看起来像是圣诞卡上的雪。这里很长时间没进来过人了。

房子有两层,还有地下室。

他到了楼上。房间宽敞,摆放着大量品质优良的家具。碗柜、壁橱、抽屉、桌子、椅子都是红木的,所有的家具都是铜脚架。咖啡桌要么是大理石的要么是玻璃的。床都是铜床头的,床垫子都还很硬,扶手椅和沙发的装饰用品都很考究。

这个地方几乎没怎么住过,不过不管是谁拥有这所房子,肯定感到在这里很安全,住在贫民窟边上,离一大片贫困、绝望和暴力仅有几步之遥。所有的窗户上都没有铁栏杆。没有人破门而入。麦克斯猜想主人是当地人,在贫民窟里广为人知,是那种没人会惹的人,那种人人都会尊重其财产而不会夺取其财产的人。

他到了地下室。里面潮湿、闷热,空气里有一股子酸臭味儿。他的手电筒照到了墙上,砖上都是水汽。地面上有什么东西。

他找到一个开关。屋顶吊着的一个灯泡照亮了地面上巨大的黑色风筝形状的祭坛画。是用血画的,被分成了四部分,前三部分各有一个不同的符号,最后一部分里面是张照片。那是查理的照片,直接盯着镜头,坐在车子后座上,可能是辆 SUV。

他按照顺时针的顺序看祭坛画：第一个是黑管先生的标志，第二个是一只眼睛，然后是一个圈，里面有四个十字架和一个骷髅，最后是照片。祭坛画的中间有个粉红色蜡烛留下的花冠。假设这是埃迪·福斯丁的住处，他很可能在绑架查理之前举行了这个仪式。

　　麦克斯把照片放进自己的钱包里。

　　地下室除了这些空无一物。

　　他正要离开这里，然后想起还有东西没有查。他又回到了楼上。灰尘太厚了，他打了两个喷嚏。

　　他什么也没找到。

　　他敲了敲墙。实心的。他查看了椅子底下，把家具搬开了，移动碗橱的时候他都冒汗了。他移动了一个橡木的壁橱，听见什么东西掉在了地上，是录像带。

　　麦克斯回到佩蒂翁维尔就开始看录像。

　　一开始是个男孩在街上走。他穿着诺亚方舟的校服，蓝色短裤、白色短袖衫，背着书包。麦克斯估计他的年龄在六到八岁之间。

　　有人在车子里面给他录像。

　　画面突然变成了黑白的，插进来了新的东西：大概二十个孩子，都穿着校服，聚集在诺亚方舟的大门口。摄像机在对着人群全景拍摄，他们笑着玩着，有的在你追我跑，有的三五成群，有的聚在一起说笑，然后画面上出现了前面看到的那个男孩，正和两个朋友聊天。焦点对准了他的脸，不算漂亮，但很可爱，继而是他的嘴巴，张得大大的，在微笑，然后摄像范围扩大了，捕捉到了男孩的头部、四肢和一点背景。然后，摄像机移到了男孩的右边，刚好在他的肩膀上方，锁定在了一个小姑娘身上，她正弯腰系鞋带。一个男孩在她后面把她的裙子都掀起来了，还和朋友们大笑呢。小姑娘对男孩们的恶作剧毫无知觉，同样她对录像的人在拍摄她蒙受羞耻的情况也毫无知觉。她站起来，裙子也回到了原来的位置，男孩们笑着跑开了。

　　下一个场景是男孩在教室里，是从教室外面拍摄的，摄像的人站在左边的某个地方，藏在树丛里，树丛不时出现在画面当中。这个男孩正在听老师讲课，做笔记，还经常举手。只要他知道答案，脸上就会露出光彩，一种自豪和幸福混合的表情偷偷浮上了他的面颊。如果点到他回答问题，他会微笑着回答，回答完之后还继续微笑，品味自己的成功。他是班里的佼佼者，一个足够成熟、足够有纪律性的孩子，能理解学习的重要性和教育的价值，一个很可能从来都不会惹麻烦、会让父母为他感到骄傲的孩子，如果父母能在他身边看见的话。他的眼睛生动、灵活，闪动着聪慧和求知欲，一双想要了解一切的眼睛。

　　画面突然静止了，然后成了空白。这样持续了好长时间。

　　麦克斯一直没有停止播放。他的心在怦怦跳，心窝里有一种熟悉的扑通声，很久没有这样了。在他才开始做侦探的时候，马上就要有重大发现了就会这样，一方面期待着发现，一方面又害怕，害怕自己发现的情况比以前更糟糕。在他进监狱之前他对此已经麻木了，有免疫力了，想象的边缘已经到了地狱的深渊。如果他发现一个人脑袋上中了一枪就死了,他会认为谋杀者富有同情心、够友善,在所有的杀人方法当中选择了最快捷、最简单的。

监狱生涯让他重新有了当初的感觉,完好无损,似乎这些年经历的恶魔盛宴的残杯冷炙都发生在另外一个人身上了。

屏幕又空白了几秒钟,然后蓝了一下,才出现了一个截然不同的地方,是一个大小和飞机棚相仿的钢筋水泥建筑,坐落在一片绿油油的蔬菜当中。麦克斯暂停播放,仔细看着凝滞的、闪烁的画面。看起来根本不像是海地的任何地方。四周都是树木,郁郁葱葱,周围的土地健康而有活力。

他又按了播放键。

下一个画面是建筑物里面,宽敞的大厅,阳光从高高的窗户照进来。

按照一男一女的顺序排列的一队孩子朝罩着红黑两色桌布的桌子走过去,他们的年龄都不到十岁。孩子们的穿着都整齐干净,女孩子穿的是白衬衫、黑裙子,男孩子穿着白衬衫、黑西装。他们到了桌子那里,喝一个闪亮的金色大酒杯里的东西,就像在圣餐会上一模一样,只是没有可以吃的圣体,也没有神甫主持仪式,只有一个男人在每个孩子喝完之后用金色的长柄勺往容器里再装满稀稀的绿乎乎的液体。

麦克斯在录像带开头部分看见的那个男孩走到了酒杯前,两只手捧起来喝干了。然后他把酒杯放在刚才拿起来的位置上,丝毫不差,直勾勾地盯着摄像机。他的双眼呆滞,像是封存在头盖骨里的两个真空,前面的镜头里所拥有的那些思想和个性都永远消失了。男孩离开了桌子,跟着队伍离开了大厅,走路缓慢而费劲,似乎他体内有人拉着杠杆让他移动。所有的孩子都以这种方式移动着,是老人蹒跚的脚步。

麦克斯知道那种液体是什么。他喝过。他知道有什么作用。那是一种饮剂——丧尸汁。

就像电影里演的一样,伏都教的丧尸实际上就是活死人,不过他们根本没有真死,只是处于深度精神分裂的状态。他们是喝了饮剂中毒的正常人,饮剂完全剥夺了他们的行为能力。他们的脑子在运转,完全清醒,只是既不能说话也不能动弹。他们看起来似乎都不呼吸,既没有心跳也没有可以觉察到的脉搏。他们被人埋葬之后,教士通常也是为他们的状态负责的人会把他们挖出来,给他们吃解药。他们会重新获得意识,只是不再是以前的自己了,而是成了近乎植物状态的人。教士对丧尸施催眠术,让他们成为自己的奴隶,要么是为自己所用,要么为任何付给他钱的人所用。让他们干什么他们就会干什么。

博克曼用过丧尸。

麦克斯按下了播放键。

那个男孩回到了另外一个教室,坐在第一排,不过这一次他的眼睛几乎动也不动,脸上毫无表情,从外表看起来似乎什么也没有听进去。摄像机拉长了焦距,在拍摄某个在左边对着整个班级说话的人。

那是艾洛伊塞·克鲁拉克,诺亚方舟的校长。

"你这个可恶的烂货。"麦克斯嘟哝着,等艾洛伊塞的脸看得非常清楚了,就把画面定格了。艾洛伊塞的相貌棱角分明,在整个平面里就像个啮齿动物。

麦克斯从那个时候就知道录像带后面的内容会更糟糕。

他猜得没错。

放完了，麦克斯坐在那里看着静止的屏幕，动弹不得。他原地不动坐了好长时间，颤抖着。

## 43

麦克斯考虑把录像带的事告诉阿连，可是他决定先不说。他首先要搜集证据。

他把录像带复制了一盘，把母带和人像包装起来，开车去了太子港的联邦快递办公室。

他通知乔有东西送过去了，还请他看看能不能查到鲍里斯·加斯佩西的什么情况。

他开车去了诺亚方舟。他把车停在路边，把镜子调好位置，这样就能看见大门了。

他走进去，核实了艾洛伊塞·克鲁拉克在那里。他看见艾洛伊塞在对学生们讲话，和她在录像里跟丧尸孩子说话的方式一模一样。他又回想到了录像，回想到了自己看见的对那些孩子做的事情。他突然间感到恶心。

他回到车上，等着艾洛伊塞·克鲁拉克出来。

下午下雨了。

麦克斯从来没有见过这样的雨。在迈阿密大雨倾盆，有时候下一整天、下一个星期，还有时候下他妈的一个月，可是雨落下来，就流到水坑里或渗入地面，然后再回到空气中。

海地的雨是袭击。

天空几乎全黑了，雨从浓密的乌云里涌出来，朝太子港猛扑下来，把这座城浸透了，几秒钟之内就把干涸的土地变成了流动的泥浆。

街上的下水道很快就泛滥了，把脏水回灌到街上，变成了黑色和褐色的水流。他四周的房子，屋顶的蓄水池有的都满得往外溢水了，有的干脆挣脱了生锈的固定装置，摔到了地上。电断了、来了、又断了；管子爆裂了；树叶、果子，甚至树皮都被扯下来了；一个屋顶坍塌了。惊惶失措、恐惧万分的人们撞上了同样头晕目眩、吓得发呆的宠物、牛群、流浪动物，都乱作了一团，扭打着、挣扎着。然后老鼠来了，成百上千只老鼠，被从洞里冲了出来，随着巨大的排浪冲向港口，皮毛都不完全了，恐惧、痛苦地吱吱吱叫着。轰隆隆的巨雷在空气中炸开了一个个巨大的口子，一道道的闪电接踵而至，迅速照亮了被摧毁的、被淹没的街道上的每一个细节，照亮了街上充斥的泥、屎以及蟑螂、臭虫，猛然间又回到了一片黑暗，似乎刚才看见的只是错觉。

雨停了。麦克斯看着暴雨流到大海里去了。

艾洛伊塞·克鲁拉克六点半之后才离开诺亚方舟。一辆银色的奔驰 SUV 来接她，车窗遮得黑乎乎的。

麦克斯跟着那辆车穿过城市，沿着山路去佩蒂翁维尔。现在天都黑了。车辆很多。他们排在长长的一队密密麻麻的尾灯后面，慢慢地爬行着。麦克斯的车和艾洛伊塞的车中间隔了四辆车。

对面的车道畅通无阻。这个时间似乎没有人进首都。

联合国的军队例外。

一个车队开了过去，前面是两辆吉普车，后面跟着一辆卡车，然后又是一辆吉普车，车上的人闪着车灯，把所有排队的车辆都照了个遍。光束在麦克斯身上闪过。麦克斯目光直视前方，双手握着方向盘。

他听见吉普车停下来了。

有人敲了敲他的车窗。

麦克斯身上没带护照，只有钱包里的美国运通信用卡。

"先生。"联合国的士兵说。他穿着军装，戴着蓝色头盔，露出一张年轻白人的脸。他用法语对麦克斯讲话。

"你说英语吗？"麦克斯问。

士兵松了口气。"姓名？"他问麦克斯。

麦克斯告诉了他。他还没说完，士兵就掏出手枪对准了他的脑袋。

麦克斯被叫下车。刚一下车，五六个士兵就把他围了起来，用来复枪瞄准他的脑袋。他举起手。他们搜他的身，下了他的枪，架着他离开公路到了那三辆吉普车和一辆卡车停的地方。麦克斯声称自己是清白的，冲他们叫喊着让他们打电话找阿连·卡弗或者美国大使馆。

他感到左臂被刺了一下，看见针管子扎在自己胳膊上，清澈的液体被推进去了，有人在他耳朵边上倒数。然后他明白了：他终于要去见文森特·保罗了。

他应该担心，可是给他打的那一针解放了他，他用不着考虑担心不担心了。不管那是什么，他们给他打的是美妙的玩意儿。

# 第四部

文森特·保罗示意麦克斯坐在他书桌对面的扶手椅上，然后问："你感觉怎么样？"他们是在保罗的书房里。书房朴素，开着空调，靠墙排列的都是书橱，墙上挂着带镜框的照片、旗帜。

"我在什么地方？"麦克斯反问，声音低沉而嘶哑。

麦克斯在一间没有窗户的房间里待了两天。注射的针剂药力消失之后他就是在那里醒过来的。他的第一感觉就是恐慌：他把自己上上下下都检查了一遍，看看有没有缺少什么部件、有没有伤疤、有没有包扎的地方。什么也没有对他做。还没有。

有人定期来探望麦克斯。一个医生、一个护士外加三个武装的守卫都来查看过他。医生问了他一串问题。他说英语带有德国口音，可是麦克斯的问题他一个也没有回答。第二天他就不来了。

他们一天给麦克斯吃三顿饭，给一张美国的报纸看，报纸上从来都不报道海地的消息。麦克斯床尾那头放着电视机，他还可以看有线电视节目。他们带他去见文森特·保罗的这天早晨给他刮了胡子、剃了头，还把他自己的衣服还给了他，衣服已经洗干净，而且熨过了。

"你应该放松。如果我想让你死，早就让那些小家伙们把你撕成碎片了。"保罗用低沉的声音说，麦克斯感到声音传到了自己的五脏六腑。保罗非常黑，眼睛凹陷在头盖骨里，简直就是两个转动的、反射光线的、闪光的针尖，仿佛有萤火虫在眼窝里飞舞转圈一样。他的脸上没什么皱纹。他面带成熟，可根本不是麦克斯曾经猜想的他应该有的那个年纪，麦克斯本来以为他五十出头呢。保罗光脑门，直挺的长鼻子，巨大的下巴，浓眉毛，粗而短的脖子，根本不胖，全是肌肉，让麦克斯一下子就想到了麦克·泰森，一个马蒲树的树干，一个残忍的暴君，还假装伟大。保罗即使坐着也是气宇轩昂，所有的一切都巨大无比。

"我担心的不是死。"麦克斯说，"而是你会让我哪些部分活。"

麦克斯外表看起来并不紧张，可是心里面却七上八下的。他一生当中几乎没有准备过要应对这种情形：被敌人抓住了，完全听凭人家的发落。他不知道接下来会发生什么事。他心想：如果保罗把他切开，把他变成第二个贝森，那他一有机会就一头撞死。

"我听不明白。"保罗皱着眉头。那双抓着一个人的睾丸并用力把睾丸撕扯下来的手交叉在胸前，大得吓人。他的手天生那么大，而且每只手还另外又多了一个小手指，从审美的角度来看似乎是正常的。他的指甲刚修剪过，闪着光泽呢。

"你把我的一个前任切开了，所以他不断地拉屎。"麦克斯说。

"我听不明白。"保罗重复说，说得更慢了。

"难道你或者你的手下没有把克莱德·贝森劈开，没有重新排列他肚子里的部件？"

"没有。"

"那办这个案子的那个海地人呢？以马内利·米开尔？"

"米开朗琪。"保罗给他纠正。

"对。"

"在码头被发现了，阴茎塞在喉咙里，睾丸塞在脸颊里边？"

"是你干的吗？"

"不是。"保罗摇摇头，"米开朗琪和某个人的妻子上了床。那位丈夫请人惩治了他。"

"胡说八道！"麦克斯作出了本能的反应。

"如果你四处找人问问就知道我没有胡说了。他刚开始调查了两个星期这事儿就发生了。"

"卡弗家的人了解情况吗？"

"如果他们四处找人问问就会了解。"保罗说。

"他们怎么知道是这个丈夫干的？"

"米开朗琪承认了。他在自家卧室干的，当着自己妻子的面。"

"他跟谁承认的？"麦克斯问。

"联合国。"

"然后呢？"

"然后什么？"

"他们抓了他？"

"当然。只是让他告诉他们自己干了什么事，然后就把他放了。那位丈夫在佩蒂翁维尔附近经营一家旅馆和一个赌场。生意不错。如果你想的话，可以跟他谈谈。他住在埃尔罗德奥，名字叫菲德里克·大卫。"

"那这个人的妻子呢？"

"离开了他。"保罗回答说，脸上毫无表情，眼睛在笑。麦克斯继续问。

"好。达尔文·米迪呢？他在哪里？你把他杀了？"

"没有。"保罗摇头，看起来吃了一惊。"我不知道他在哪里。我为什么想要杀他？"

"一种警告。就像你给联合国的强奸犯发出的警告一样。"麦克斯用干涸的嘴巴说。

"那不是警告。那是惩罚。从那以后占领者当中就没发生过强奸案。"保罗说着微笑了,"我知道那个时候你在跟踪我。你不怎么容易被人忽略。好车在这里引人注意。"

"你为什么没有采取任何措施?"

"我没什么要跟你隐瞒的。"保罗说,"再跟我讲讲你的前任们。"

麦克斯解释了。保罗听着,脸色凝重。

"不是我干的,我向你保证。尽管我不能说听见克莱德·贝森的事感到伤心。他就是一块儿差劲的臭裹脚布。他称之为腿的木桩子上挂的都是一串串的贪婪。"仔细听,保罗说英语比说法语口音更纯正。

麦克斯设法微笑了一下。"这么说你见过他?"

"我把他们两个都带到这里来问过话。"

"不应该倒过来吗?"

保罗微笑了,没有回答。他有一口闪亮的白牙。他突然看起来不再心存戒备了,开心了,几乎有点孩子气,是那种你能想象得出来会干好事的人,而且本意要干好事的人。

"他们告诉你什么了?"

"就是你要告诉我的:调查进展得怎么样。"

"你不是我的客户。"麦克斯说。

"你了解我多少,明戈斯?"

"了解你会折磨我让我把信息告诉你。"

"我们共同具备的东西。"保罗大笑,从桌子上拿起一份档案,举起来。上面用粗体写着麦克斯的名字。"还有什么?"

"你是绑架查理·卡弗的主要嫌疑人。"

"有些人认为我的名字就是这里发生的所有问题的代名词。"

"目击证人说你在现场。"

"我是到过那里。"保罗点点头,"我真愿意事实就是那样。"

"有人看见你抱着孩子跑了。"

"这是谁告诉你的?鞋店外面的那个老太太?"保罗呵呵笑了,"她是个瞎子。她跟贝森和米迪说了同样的话。如果你不相信我,等我们这里完事了去查查看。你或许还想看看店里面。她把丈夫的骷髅装在玻璃盒子里放在正对门的地方。你肯定觉得有个人在注视着你。"

"她为什么跟我撒谎?"

"我们这里都对白人撒谎。不要认为这是针对个人的。这是骨子里的东西。"保罗微笑,"你认为还了解我什么?"

"你是个毒枭,因为和英国的一桩失踪案有关联正在被缉捕,而且你恨卡弗一家。我到目前为止干得怎么样?"

"比你的前任们好。他们不了解英国的情况。我看你是从朋友那里得到的信息吧。"保罗在翻档案,一直翻到了想要的那一页。"你的朋友叫乔·李斯顿。你们俩交往的时间很长，不是吗？迈阿密特别行动组、'为跑而生'组合、埃尔顿·彭斯、所罗门·博克曼。这只是你在警察局的情况。我还有关于你的更多信息。"

"我打赌能弄到手的你都弄到了。"麦克斯知道保罗调查他一点都不惊讶，可是听到保罗提到乔让他担心。

保罗把档案放下，扫视着桌子前面的照片。镜框大而厚，不过和桌子相匹配。桌子又宽又大，是用高度磨光的深色厚实木做的。上面摆放的所有东西几乎都比平常的大一两号：一支黑色墨水笔，粗细和粗雪茄相当；一个超大尺码的电话机，大听筒和圆圆的大按键会让人错以为是小孩儿的玩具；一个瓷咖啡杯，和汤盆相仿；一盏鹰座台灯，是麦克斯见过的最大的台灯，像是一个街灯按比例缩小的模型，专门做了给小象当游戏围栏用的。

他们俩都一言不发。他们彼此审视着，保罗靠在椅子背上，这样麦克斯连他眼睛里的反光也看不见了，自己的目光投进了两根枪管里。

寂静扩展开来，然后凝结在了他们周围。麦克斯听不见外面有任何动静。这个房间很可能是隔音的。房间里有个长沙发，垫子都叠在沙发的一头，旁边的地板上有本书，打开的，扣在那里。沙发和一张单人床差不多宽。他想象着保罗躺在那里看书，沉浸在架子上那么多大部头当中的一本里。

这个房间与其说是个办公室或者书房不如说是个图书馆。其中一面墙上挂着装了镜框的海地国旗，陈旧而肮脏，中间白色的地方还烧了个洞。国旗对面是一张放大了的黑白照片，照片上一个穿深色细条纹西装的高个子光头拉着一个小孩的手。他们在观察这个世界，带着疑问的眼神，尤其是那个孩子。他们身后模模糊糊的是总统府。

"你父亲？"麦克斯指着照片问。他从眼睛猜出来他们有血缘关系，尽管他比儿子的肤色要浅很多。他很可能是地中海人。

"是，一个伟人。对这个国家抱有幻想。"保罗说，看了麦克斯一眼，麦克斯能感觉到他的目光却几乎看不见。

麦克斯从椅子上站起来，走到照片那里仔细看。父亲的脸上有什么东西非常非常熟悉。文森特穿的衣服和他父亲一样，他们俩都没有微笑。他们看起来似乎要急急忙忙地到什么重要的地方去，出于礼貌才停下来拍照的。

麦克斯确信自己以前见过佩里·保罗，不，是十分肯定见过。可是在哪里见过呢？

他又重新回到座位上。一种想法开始在他脑子里成形。他觉得不可能，所以抛在了脑后，可是这种想法马上又出现了。

文森特·保罗往前倾着身子，微笑着，似乎看透了麦克斯的心思。光线终于照到了保罗的双眼，露出了略带橘黄的浅褐色眼球，出奇地清秀，一双漂亮眼睛。

"我要告诉你一件从来没有告诉另外两个人的事。"文森特轻声说。

"什么？"麦克斯问。期待让他的肩膀周围感到了冰冷的刺激。

"我是查理·卡弗的父亲。"

## 45

"你认识的弗朗西斯卡·卡弗原来叫约瑟芬·拉蒂默。"文森特开始说了。"弗朗西斯卡是她的教名。后面那一个姓是日后才加上去的。我是 70 年代初在英国剑桥遇见她的。我当时是剑桥大学的学生。约瑟芬和她的父母住在那里。一天晚上我在一家酒吧遇见了她,是未见其人先闻其声,她在哈哈大笑,整个地方都回荡着她的笑声。我扫视整个酒吧找她,发现她正盯着我看。她真是漂亮得惊人。"

文森特诉说着自己的回忆,温情地微笑着,头稍微往后仰着,注视的与其说是麦克斯不如说是天花板。

"你帮助她逃离了英国,这样她就不用因为撞死人逃跑而坐牢了。我知道。"麦克斯插话说,"问题是:他到哪里去了?那个拯救这个忧郁少女的家伙?那个为爱而浪费生命的家伙?"

这个问题让保罗猝不及防。

"我没有浪费生命。"保罗反驳。

"所以你把同样的事又干了一遍?"

"你不会吗?"保罗微笑着。

"一点遗憾总是对健康有利。"麦克斯说,"你为什么恨卡弗家族?"

"只恨古斯塔夫。"

"阿连有什么地方做得对吗?"

"他不是他父亲。"保罗回答说,"我和约瑟芬到了海地之后,到了我在佩蒂翁维尔的祖屋。我们家族住在山顶的一座大宅院里。我没有告诉任何人我要回来,只是为了安全起见。我们到了那里,发现整个地方全被古斯塔夫·卡弗下命令用推土机铲平了,五座大房子,其中一座我记得是我父亲赤手空拳盖起来的。我父亲欠他的钱。他来收钱……就是这样。"

"那真是有些极端了。"麦克斯说。

"卡弗极其不喜欢竞争。如果是纯粹的商业债务,这一切我还能看成是'公平'结果而接受。这种事在生意场上随时都会发生。可这不是生意,这是私人化的事。一旦私人化了,卡弗总是要绝对赶尽杀绝。"

"发生了什么事?"

"简而言之:我们家族有两项非常成功的业务——进出口和建筑业。在某些商品上,我们的价钱比卡弗的价钱低,有时候差价高达百分之五十,有时候会低更多。人们开始不买他们的东西,来买我们的。我们还有一个项目,为去朝拜圣泉圣水的人建一家旅馆。那将是座低预算旅馆,鉴于能吸引到的营业额,我们可能会发财。古斯塔夫·卡弗怒不可遏。他丢了面子,也损失了很多钱,而那个人憎恨的还不只是损失钱,他更憎恨的是输给别人。他悄无声息地买下了人民银行。我们为了扩大业务要贷款。古斯塔夫购买了我们的债权,然后来讨债。他接管了圣水的项目,然后从财政上害了我们，坏了我们家族的名声，脏了保罗这个姓氏。故意把我们的世界变成废墟还不算完，更有甚者，你知道他干了些什么？他用从我们家的房子上拆下来的砖去盖他的银行。这对我父亲来说实在太过分了。父亲是个非常骄傲的男人，却不是个斗士。他开枪自杀了。"

"天哪！"麦克斯目瞪口呆。如果保罗没有夸大其词，麦克斯不相信他会夸大事实，他能理解保罗为什么恨古斯塔夫了。"你们家族的其他人呢？"

"两个姐姐、一个哥哥，不在这个国家了，再也不会回来了。"

"你母亲呢？"

"我们到海地的那一天她在迈阿密去世了。胰腺癌。我甚至都不知道她病了。没有人告诉我。"

"叔叔、伯伯、婶子、伯母、堂兄弟姐妹呢？"

"我在海地没有家人。除了我的儿子之外，如果他还在这里。"

"朋友呢？"

"真正的朋友在鼎盛时期都是稀有产品，可是在海地，除非他们一出生就认识你才会和你交朋友。我们过去在金钱圈子里交往的那些所谓的'朋友'，往往都是你衰败了就罕见了，你破产了就绝迹了。对他们来说，唯一一件比没钱更糟糕的事就是曾经有钱又失去了。他们对你唯恐躲避不及，就像你的坏运气会传染一样。我请我父亲一个长期交往的'朋友'帮忙，给我个住的地方，借给我点钱让我渡过难关，这样我就能站住脚了。我父亲过去在很多方面都曾经大力帮助过这个人。他直截了当地拒绝了我，说我不值得他冒险。"保罗恶狠狠地说。麦克斯真的能看见憎恨从他身上冒出来了。保罗是个听了抱怨就会愈加仇恨的人，那是驱动他前进的黑色重油。像他这样遭到背叛、遭受了重大挫折、被暗箭所伤、被毁了的人会努力取得最高的成就，同时也会成为最恶劣的人。

"那你看见家宅变成什么样之后是怎么做的？你还有钱吗？"

"没有，一分也没有。"保罗大笑，"我确实拥有的是阿娜，我的保姆。在她看来我就是她的儿子。我一生下来就是她照顾的。实际上，她还帮忙接生了我。我们那么亲近，我发誓她就是我真正的母亲。我了解我的父亲，并没有特别惊讶。他和我的祖父都不是特别支持垄断的人。阿娜收留了我们。她住在萨林的一个蜗居里。我们吃住都在同一个房间，洗漱在门外的水龙头那里。那是一种我看见过却从来没有想过自己会了解的生活。至于约瑟芬，嗯，她经历了严重的文化冲击，不过她过去常说英国的监狱更糟糕。"

"你从来没想过回英国，勇敢地面对现实？"

"没有。"

"她呢？"

保罗站起来，把椅子移得离桌子更近了些。"我不会让我爱的女人重新回到地狱，只要我有能力阻止就不会这么做。"

"所以你为了干好事而干坏事？至少你是始终如一。"

"别的我还能干什么，明戈斯？"

"犯罪就要服刑。"

"很抱歉这么问你。你曾经是个警察……"

"不。"麦克斯打断了他,"她杀了某个人是因为她开车的时候喝醉了。她不是什么圣人。她办的事也不对。这个你知道,和我一样明白。想想受害人的家庭,错位思考一下。要是她在醉酒肇事者逃跑的情况下被害死了,你是不是会痛不欲生?你的见解会大不一样的,相信我。"

"你杀死的那三个小家伙,你考虑过他们的家庭吗?"文森特冷冰冰地问。

"没有,我没考虑过。"麦克斯咬牙切齿地说。"知道为什么吗?因为那三个'小家伙'为了好玩强奸折磨了一个小姑娘。我知道他们吸毒,可是绝大多数吸毒的人不会对人干那种事。那些卑鄙小人就不该活命。弗朗西斯卡杀害的家伙情况完全不一样,这个你知道。"

文森特的身子探到桌子上,一只手握着另外一只手。麦克斯又看见了他那让人放松戒备的漂亮眼睛。

他们俩谁都不说话。麦克斯和文森特对视,这是对视时间最长的一次。这个高大的男人终于对视不下去了。麦克斯继续提问。

"有人到这里来找你吗?警察?"

"当时我并不知道,不过找到我们的踪迹只是个时间早晚的问题。我们在萨林住了一年半。我们住在那里很安全。那种地方除非你住在那里、认识那里的人或者带着全副武装的军队护卫,否则绝对不会去。去了就是想自杀。现在还是一点都没有改变。"

"当时人们对你的态度怎么样?"

"好。他们接受了我们。很显然,约瑟芬还是从外星球来的更好,可是我们住在那里一直没发生任何问题。为了生存,我们在一家当地的加油站工作,最后我们接手经营了。我们采取了一点当时在这里看来比较有创新意义的措施。我们增加了餐厅、一项洗车业务、一个车库和一个小商店。阿娜经营餐厅,约瑟芬经营店铺。她把头发染成了褐色。我只雇佣萨林的人。我们不得不付钱给两个通顿马库特寻求保护,他们就是埃迪·福斯丁和他十几岁的弟弟萨拉查。我能看出来埃迪真的喜欢约瑟芬。他每天都在附近转悠,给约瑟芬带点什么东西,总是趁我出去采购的时候。约瑟芬总是拒不接受,不过是以最委婉的方式,为了不冒犯他。"

"你是怎么处理的?"

"我能怎么办?他是个通顿马库特,而且在这个国家属于最可怕的马库特之一。"

"这么软弱肯定吓得屁滚尿流了?"

"当然了。"文森特质疑地看着麦克斯,努力要看清他的立场。

麦克斯没有立场。他想让保罗发脾气,故意让他不安。

"继续说。"

"业务很好。我们来了两年之后,就从萨林搬出去了,在镇上买了个小房子。我想我们还算安全。没有人来找我们。我们能稍微放松一下了。约瑟芬适应了海地的生活,她喜欢这些人,人们也喜欢她。她从来都没有真正想过家,可是她显然想念自己的父母。她甚至都不能给他们寄一张明信片告诉他们自己平安无事，不过她也认了，那是自己为了自由付出的代价。那天早晨古斯塔夫·卡弗停车加油的时候就出问题了。我拒绝为他服务。他的司机下了车，用枪指着我，命令我加油。当然，他刚一这么做，他和车就突然被当时在场的人围了起来，二十来个，其中有些有枪，其他的拿着大砍刀。只要我说句话，他们就会杀了他和卡弗老家伙，可是有哪种惩罚方式比在被他夺去性命的人的儿子面前侮辱他更好呢？我告诉你，真是美妙极了。我把枪从他的司机手上夺下来，告诉他和他的老板从我的地盘上滚开。司机不得不在烈日下推着车子走了三英里到下一个加油站加油，因为当时还没有手机，车上的电话在这里没信号，我们实际上也没有紧急救险车来拖车辆。卡弗透过后车窗看着我，就像恨不得杀了我一样。然后他看见了约瑟芬，脸色变了。他微笑，冲着约瑟芬，不过绝大多数是冲着我。我不敢说如果我让卡弗的车加了油开走了情况会不会不一样。那不是我真正过生活的方式。我不能想象自己会在任何情况下给那个可恶的杂种叩头。如果我那样做，还是自己开着推土机把家族的房子铲平得了。可是，那天一整天和接下来的一天，我都在等待最糟糕的情况发生，等待两车的通顿马库特来抓我。"

文森特停下来不说了，看着那张父亲和他两个人的合影。他一脸严峻，嘴唇使劲抿着，下巴绷得紧紧的。他努力不爆发，是因为气愤还是因为难过，麦克斯看不出来。他知道保罗很多很多年没有对任何人说这些了，因为当时他所有的情感都藏起来了，封存起来了，从来就不给它发泄出来的空间。

"这没什么，文森特。"麦克斯轻声说。

保罗深呼吸了几次，重新恢复了平静，继续说了下去。

"过了几个星期，约瑟芬失踪了。有人告诉我她坐着车和埃迪·福斯丁走了。我派人出去找她，可是他们没有找到。我去了福斯丁的住处，他们也不在那里。我继续找。梳理了整个城市，去了福斯丁出没的所有地方。哪里都找不到她。我回到家，古斯塔夫·卡弗在房间里等着我呢。加油事件之后，卡弗进行了仔细调查。他带来了两个苏格兰场的警探，还带来了约瑟芬的刑事档案材料以及一大堆以她的案子和她如何逃离英国为头版头条的报纸。有些报纸甚至声称我绑架了约瑟芬，还刊登了卡通照片把我画成了金刚。卡弗画得很像。他告诉我说他跟约瑟芬进行了长谈，约瑟芬已经理解自己的困境了，同意了他提出的条件。可是一切都取决于我同意不同意。他就是这么说的。如果我拒绝，警探就会把约瑟芬和我带回英国。如果我同意，他们就会离开，说我们不在海地。"

"他想让你同意什么……放弃约瑟芬？"

"是的。他想让约瑟芬嫁给他儿子阿连。她今后要一直和阿连在一起，给他生儿育女，绝对不能跟我有任何联系。就是这样。对我来说，嗯，我自由了，只要我不再试图去看她、不再跟她联络。噢，另外只要卡弗路过，我还不得不亲自给他加油。"

"那你同意了？"

"我别无选择。我猜想他会把我送回英国而把约瑟芬留在海地。至少，我留在这个国家就意味着我离她很近。"

"我不明白。"麦克斯说，"卡弗毁了你的父亲和你的家族建造的一切。为什么不再来一遍，把你也除掉呢？"

"你显然不理解这个人，明戈斯。"文森特酸溜溜地呵呵笑了。"你去过他的住处？你见过《诗篇》了，对吧？金色的，在他妻子的遗像附近，《诗篇》第二十三首第五节？"

"是，我看见了。"

"你读了吗？"

"是的，我能背诵出来。'在我敌人面前，你为我摆设筵席；你用油膏了我的头，使我的福杯满溢。'是从《诗篇》里著名的《上帝是我的牧羊人》那一篇里节选下来的。怎么了？"

"我看你在宗育方面不怎么样。"

"宗育？"

"宗教教育。抱歉，你很可能叫'圣经研究'。"

"我还可以。"

"《诗篇》第二十三首第五节的意思是：古时候，对敌人最好的报仇方式不是杀戮和囚禁，而是让他们看着你狂欢、享乐。不管怎么说，难道成功不是对那些憎恨你、诅咒你的人最大的胜利吗？"

麦克斯努力保持客观、中立，甚至站在自己客户的立场上，可是保罗说的加上他听说的、看材料上的古斯塔夫·卡弗的情况，简直要把自己从公事公办的壳里拉出来了。

"这么说，他把你留在这里就是为了让你看着阿连和你一生中最爱的人出双入对？"

"从事实上来看，对。"文森特嘿嘿笑了，"不过……理论上讲，不对。"

"你什么意思？"

"她不和阿连出双入对。"

"可是我以为……"麦克斯不说了。他不知道说什么。

"你是什么侦探啊？我本来以为你应该是个好侦探，不，最好的侦探。"

麦克斯什么也没说。

"你的意思是说真的什么也没注意到？"文森特马上就要笑起来了，"关于阿连？"

"没有。我应该吗？"

"你一辈子都在迈阿密生活，刚在监狱里过了八年，还不能老远就看出一个同性恋？"

"阿连？！"麦克斯又大吃一惊。又是他没预料到、没看出来的。他一般能看出一个人的性取向，这并不是因为在美国，尤其是在迈阿密更容易看出来，因为那里的人们更开放，对自己搞同性恋还是异性恋更坦率，而是因为自己有这样的能力。难道自己的水平下降得那么厉害吗？

"是的。阿连·卡弗是个同性恋。实际上，明戈斯，你忽视了这一点我并没有感到特别吃惊。阿连非常谨慎，行为像个正常人。有关他的谣言已经好多年了，可是没有证据。阿连从来不在自己家门口乱来。他只会到迈阿密、旧金山、纽约等地过长周末。在那里干自己的事,然后在那里封锁消息。"

"你怎么知道?"

"我有证据,照片,还有录像。克莱德·贝森给我拍摄的。大概十年前我雇佣了他,匿名的,通过第二方雇佣的。事实上,是你把我推荐给他的。"

"我?"

"你不记得?嗯,你为什么该记得?我首先给你提供了这个工作,可是你的原话是:'我不在马桶里掏屎。去找克莱德·贝森。他或许会免费干这个。'"

"听起来像是我说的话。那种低级庸俗的工作遍地都是,离婚什么的,可那不是我的业务范围。"麦克斯说。他的脑袋还在转呢。"这么说,我猜在这里曝光是绝对禁忌的?"

"买通了。你知道人们怎么说同性恋吗?人们说:'海地根本没有。他们都结婚生孩子了。'整个加勒比都是这样。同性恋被看成是性变态、罪孽。"

"可怜的阿连。"麦克斯说,"他这么有钱、有影响力、有身份、有地位,还要偷偷摸摸地假装自己是自己并不是的人。"

"他不是个坏人。"文森特说,"事实上,正相反,还算好人。"

"那你为什么还要找人拍这些照片呢?"

"为了诋毁他。我要把这些照片发给海地的媒体。"

"为什么?"

"阴阳两方面。阴的一面,为了解放阿连,把他从自己的秘密中解脱出来。阳的一面,报复古斯塔夫,让他难堪。时机本来刚刚好:这个老家伙身体状况欠佳。'医生宝宝'下台了,他妻子奄奄一息,他的身体不好。我当时考虑一点公共羞辱会把他推过这条界限,你知道,让他自然死亡。"

"那你为什么没有实施呢?"

"我不能对阿连那么做,剥夺这个可怜的家伙的性行为,践踏他,以此来报复他父亲。"

"多么可敬啊。"麦克斯冷嘲热讽,"我能看出来你是怎么回事,上帝知道你和其他人一样没有不良动机。可是如果你那么恨他,为什么不一枪打死那个狗杂种呢?"

"一朝被蛇咬,十年怕井绳。"

"你试过了?"

"埃迪·福斯丁挡了子弹。"

"那是你干的?合乎情理。"麦克斯点点头,"这么说,古斯塔夫把弗朗西斯卡嫁给阿连是为了平息这些谣言?"

"是的。"文森特点点头,"还有……"

"还有?"

"那只是古斯塔夫想要她做的一部分。他自己也想要她——不只是为了性,而是为了生育。他孤注一掷地想要个孙子。他有的都是孙女,思想又非常落后,相信只有男人才能成为更好的领导人。他十年当中的大部分时间都在试图让约瑟芬怀孕。他把他们的性交称之为'存款'。"文森特恶狠狠地笑着,"约瑟芬流产了两次，生了一个死胎，生了个女儿只活了六个月，就是没生儿子。80年代末我们又纠缠在了一起。她怀了查理的时候，古斯塔夫认为那是他的，国人认为是阿连的，我知道那是我和约瑟芬的。另外，我也拿到了亲子鉴定的结果。从那之后约瑟芬几乎没跟古斯塔夫睡过觉。她设法只在排卵期和他一起睡，不过排卵期是哪些天她跟卡弗撒了谎，所以实际上卡弗不是太早就是太晚。约瑟芬在迈阿密生下了查理。阿连陪着她。实际上，他们是非常好的朋友，你知道。刚到那个家庭的前几年都是阿连帮助约瑟芬度过的。在他看来，他和约瑟芬都是一根线上的蚂蚱，不过拴在两头罢了。"

麦克斯长长地出了一口气。

"你为什么现在告诉我这些？为什么不早些说？"

"因为我现在告诉你，时机、场合正合适。"

"你为什么不告诉贝森和米迪？"

"贝森我不信任。米迪……我认为他不够优秀。"

"这么说我达到了你的标准？"

"在一定程度上。"

"多谢。"麦克斯讥讽地嘟哝着，尽管他也认同保罗的观点。他不像过去那么优秀了。或许他从来就没有那么优秀过；或许他只是很长时间以来一直都非常幸运，因为很多次突破差不多就是运气加上罪犯出现了疏忽；或许他看待这个问题的角度不对；或许他只是不想再干这种狗屎差事了。他吃不准。

他把自己的困惑放在了一边。以后再去想，将来什么时候再去考虑。

"你和你儿子维持什么样的关系？"

"我过去每个星期见他一次。"

"谁给他起的名字？"

"这个我说了不算。"保罗伤心地说。

麦克斯利用这个保罗脆弱的时机来梳理自从来到这个国家第一个夜晚以来一直困惑他的事。

"查理有什么问题？"他问。

"他得了孤僻症。"保罗轻声回答。

"是这种病吗？"麦克斯觉得难以置信。

"这对我们来说是大问题，对他来说也是。"保罗似乎受到了伤害。

"可是为什么保密？"

"古斯塔夫·卡弗不知道。我们不知道是不是该信任你，是不是该把这个情况告诉你。"

"贝森和米迪知道吗？"

"不知道。"保罗摇头。

"你什么时候发现他有孤僻症的？"

"我们俩都知道出了什么问题，从他开始走路就觉得问题比较严重。他不像正常孩子那么交流。"

"你发现这个是什么感觉？当你被告知这些的时候？"

"我们俩一开始惊呆了、糊涂了，可是……"

"不是这个，我问的是你是什么感觉。"

"糟糕，一开始感到糟糕。因为我知道有些事我永远都不能和我的儿子一起做了。"保罗说，声音流露出些许情感，"可是，你知道，这就是生活。生活并非全部都是你的。查理是我的孩子，我的儿子。我爱他。这就是我能感觉到的一切。"

"你怎么把这一切都对古斯塔夫·卡弗保密呢？"

"大量的运气加一点狡猾。他也不是过去的他了。中风让他的心肠不那么硬了。对他我还要说这么几句。他可恶的身体的每个细胞都爱我的孩子。很显然，他不知道查理不是他的，更不用说孤僻症了。可是，撇开这些背景，只看他们在一起的情形真的很动人。这个老家伙帮助查理学走路。约瑟芬把她拍摄的录像给我看了，还说孩子不是他的几乎有点遗憾。约瑟芬说这孩子让他比以前好多了。我不相信她说的。要是卡弗知道了孩子的真相，就会徒手把他打得脑浆迸裂。"

"如果是那样的话，为什么弗朗西斯卡——约瑟芬——和查理不搬过来和你一起住呢？"

"约瑟芬不希望查理在我这样的环境中长大。而且她说得有道理。说不准哪一天就有人会猛烈攻击我的地盘，明戈斯。这个我知道。我不想让我在这个世界上最爱的两个人在交火中被抓住。"

"你为什么不退出、走开？"

"你永远都不能退出我这样的生活。只能是它离开你。"

"这倒是对。"麦克斯表示同意，"那你一开始为什么干这个呢？"

"为了把约瑟芬夺回来。我选择了获得金钱和力量最快的途径，这样如果不得不跟卡弗进行较量，所需要的金钱和力量就都有了。我研究了海地的军队怎么把哥伦比亚卡特尔的可卡因走私进这个国家再走私出这个国家，而且我还看出了改善这种方式的办法。我只能说这么多了。"

"当时没有别的途径吗？"

"二十年赚十亿美元，在海地吗？没有。"

"你的动机，也就是你开始的原因，新颖，我要这么说。十次里面有二十次你听到的都是一些想当强盗的人说他干这个是因为他的邻居，是因为他没有机会，是因为他妈妈从来不像爱自己的男朋友那样爱他。还有同龄人制造的压力啦、社会经济状况啦，等等等等。这些都是你经常听到的。可是你，在所有能说的理由当中，告诉我你是因为爱才贩毒的。"麦克斯傻笑，"那是难以置信的垃圾，文森特。你知道还有更难以置信的吗？我相信你说的一切。"

"我很高兴你看到了你滑稽的一面。"文森特全神贯注地盯着麦克斯，双唇开始绽开了微笑。"我今天晚上就让你回去参加社交活动。阿连问你到哪里去了，你没有跟我在一起，明白？"

"是。"

"好。现在，我们再多谈点。"

## 46

麦克斯被蒙住了眼睛,坐在一辆 SUV 的后排。去佩蒂翁维尔走了好长一段时间,大部分都是在颠簸的路面上上上下下。这让麦克斯认为保罗的藏身地在山里。车里还有两个人,文森特·保罗和司机。他们用克利奥尔语讲了好多话,还发出了一阵阵笑声。

麦克斯回顾了他和保罗之间的交谈,从查理生身父亲的真相开始回顾。真相造成的震惊仍然在冲击着他。他仔细看了文森特和父亲的合影,根本没有怀疑其真实性。查理看起来有点像小时候的文森特,可是查理更酷似自己的亲生祖父:一样的眼睛、一样的表情、一样的姿态。保罗给他看了一本自己的家庭相册,有些照片都是早在 19 世纪 90 年代拍摄的,里面的每一张脸都和这个失踪男孩的面貌有依稀相似的痕迹;保罗所有的亲属一直都是白人或者皮肤浅褐色的黑人,一直到他的祖母为止,他祖母是个黑人。他解释说查理的肤色和自己不一样,鉴于海地的混合血统,在这个国家真的没有什么不同寻常。麦克斯想到了艾洛伊塞·克鲁拉克、想到了杰米镇上波兰士兵的那些蓝眼睛、想到了那些近高加索人的后裔。为了让他确信,保罗给麦克斯看了查理的亲子鉴定报告。

他们谈论了调查的情况。保罗告诉他查理被绑架的时候,自己就在附近。他冲到了现场,看见暴民把福斯丁从车里拖出来,砍呀打呀整死了,然后割下了他的头,用带尖头的竿子戳着,跳着舞去了贫民窟。查理不见了。没有人看见他被从车里带出来,不过也没有人看见弗朗西斯卡怎么到了路中央。保罗猜弗朗西斯卡把查理抱得太紧了,绑架者不得不把他们两个人一起扛着或者拖着带走了,后来把弗朗西斯卡紧抓的手掰开了。不过他没有找到目击证人,只是有人看见弗朗西斯卡在路上苏醒过来。

保罗查了福斯丁。他去了圣水,跟默西迪斯·拉巴利克谈过,也查了太子港的那所房子。他也找到了祭坛画,别的一无所获。保罗肯定查理死了。他本来以为孩子被古斯塔夫众多敌人当中的一个绑架了,偷偷带出了这个国家,越过边境去了多米尼加。那里他也搜查过了,可是白搭。

他们探讨了克劳德特·托多的案子。保罗认为这些绑架案之间没有什么关联。

麦克斯透露了自己发现的一些情况,但没有和盘托出。他没有提到发现的录像带,也没提录像带和诺亚方舟潜在的联系。他没有提从录像带上发现的情况:海地的孩子被偷走了,被洗脑,然后变成国外恋童癖患者的性玩物。

保罗知道他在跟踪诺亚方舟的某个人,可是不知道是谁。麦克斯拒绝告诉他,因为自己还没有找到需要的证据。保罗同意让他完成调查,并且主动提出尽其所能地给他提供帮助。

在佩蒂翁维尔的外围,麦克斯的眼罩被摘掉了。他们乘坐的 SUV 走在一辆带有联合国标志的军用吉普车和麦克斯开的陆地巡洋舰中间。

麦克斯凝视着外面笼罩在暮色中的街道，天刚擦黑。圣诞节就要到了，可是根本没有节日即将来临的迹象，没有圣诞老人、没有圣诞树、没有金箔的装饰。这可能是一年当中的任何时候。他想知道海地在遇到困难之前、在和平时期是什么样子的。这些东西曾经在这里存在过吗？他开始有点关心这个地方了，开始想要更多地了解这个地方，想知道它怎么会培养了保罗这样的人。对于保罗，他有一种排斥性的钦佩，憎恨他的方法却称颂他的意图，甚至理解他从事目前正在从事的这一行的原因。如果他是保罗，会不会也走同一条路呢？可能吧，如果没有事先崩溃的话。保罗会走麦克斯的路吗？很可能不会，不过如果他选择了麦克斯的路，肯定会走更顺利、更快捷的途径，绝对不会像麦克斯这样从路上滑落下来。如果保罗是个遵纪守法的巨头，麦克斯会更喜欢他吗？他们很可能根本就不会相遇了。

"我们没有谈付款的事。"保罗说。他们快要开到"卡弗私宅，闲人免入"那里了。

"付款？"

"你不是白工作不拿钱的。"

"你没有雇佣我，所以不欠我的。"麦克斯说。

"不管怎么说我会给你点什么……为了你遇到的麻烦。"

"我什么也不想要。"

"你会想要这个。"

"试试看。"

"心里平静。"

麦克斯探询地看了他一眼。

"所罗门·博克曼。"

"博克曼？"麦克斯吃了一惊，"他在你那里？"

"是的。"

"他在你那里多长时间了？"麦克斯尽量让自己的语调和表情保持平静，掩盖自己的震惊，不露出任何气愤和激动。

"从你们国家把他遣返回来开始到现在。这些真正危险的——杀人犯、强奸犯、黑帮头领——我都派人到机场接他们。"

"你怎么处理他们呢？"

"把他们锁起来让他们腐烂。"

"你为什么不直接杀了他们？"

"他们不是在这里犯的罪。"

"其余的呢？你让他们在你的总部工作吗？"

"我不雇佣罪犯。对业务不利，尤其是我这一行。"

麦克斯不得不笑。他们在他住处的大门口停下了。

"找出我儿子发生了什么事，我会把你和你的复仇者放在一起。只有你、他、四面墙、没有窗户。他没有武器，你也不会被搜身。"文森特说。

麦克斯考虑了一会儿。他曾经想让博克曼死在美国，当他听说他们把他放了的时候也想让他死。可是现在他肯定自己能冷血地把他打死了，实际上，他知道他不能这么做。博克曼或许是个恶魔，是他遇到过的最恶劣的罪犯，可是杀了他会让麦克斯变得和他一样差劲。

"这个我不能接受，文森特。不能用那种方式。"麦克斯说。他下了车。

保罗摇下了车窗。

"你的国家抓住了他，然后放了他。"

"那是他们的事。我再也不是警察了，文森特。你好像忘记了。"

文森特微笑，把麦克斯的枪和枪套还给了他。"我本来就想到过你不会接受。"

保罗对着司机点点头。车发动了。

"噢，顺便说一下……记得我告诉你古斯塔夫·卡弗怎么把我们家的宅院用推土机铲平的吗？这就是他在那上面建起来的。住得开心。"保罗说，痛苦地微笑着，然后把黑乎乎的窗户关上了，车开走了。

有五个电话留言等着他，乔的一个、阿连的一个、尚蒂尔的三个。

麦克斯首先给阿连打电话。他在坐车回来的路上就做好了行动计划，按照计划行事就可以了。像什么都没有发生一样，一切都照旧。现在他对艾洛伊塞·克鲁拉克只字不提。现在还是初期阶段，他的依据还只有录像带。相反，他解释说最近几天在追踪一条线索，结果是个死胡同。阿连感谢他这么敬业、这么努力工作。

麦克斯给乔打电话。乔办案子不在家，整个晚上都不可能联系上了。

他冲了个澡，煮了一壶咖啡。第一杯咖啡刚喝了一半，电话铃响了。是尚蒂尔。听到麦克斯的声音，尚蒂尔听起来好像松了一口气。他们进行了长谈。麦克斯也跟她撒了谎，内容和告诉阿连的内容一样。他不知道自己该信任尚蒂尔多少。尚蒂尔了解查理的多少情况？了解阿连的多少情况？她猜到阿连是同性恋了吗？女人应该能够察觉到那种事儿。

尚蒂尔告诉麦克斯说自己母亲的情况恶化了。她认为她母亲挨不过圣诞节了。麦克斯以此作为借口告诉她第二天不用过来了。他跟踪艾洛伊塞的时候不愿意让尚蒂尔跟在身边。他说自己会在阿连面前为她掩饰的。尚蒂尔说好吧，可是声音听起来并不是这个意思。

他们通完了电话，麦克斯走出去坐在了阳台上。漆黑的夜里到处活跃着昆虫的鸣叫。微风在房子后面吹着，抚摸着叶子，带来了茉莉的清香和烧毁垃圾的气味。

他把事情想了一遍：

文森特·保罗没有绑架查理。

那么是谁干的呢？

是保罗的敌人还是卡弗的敌人？

如果是卡弗的敌人,那他们知道查理身世的真相吗?

贝森和米迪呢?

这个案子的情况他们肯定比他了解得要多很多,而且他们也为此付出了代价。

一想到贝森取得了什么成就,麦克斯那蛰伏的一丝竞争的虚荣心被激活了。想象着这个汗流浃背的小调查员几乎破了这个案子而自己似乎还没有理清头绪,他几乎要生气了。然后他想到了自己的老对手发生的事,这种想法也就消失了。

他需要再和贝森谈谈,看看他知道些什么。他会请乔把贝森抓去再问他。

到目前为止,他要继续做的就只剩下跟踪艾洛伊塞·克鲁拉克了。

艾洛伊塞·克鲁拉克是否和查理的失踪有关系,这一点他很快就能查出来。

第二天晚上,刚过六点钟,麦克斯看着艾洛伊塞在诺亚方舟外面被一辆银灰色的SUV接走了。他跟踪那辆车到了佩蒂翁维尔。SUV开进了镇中心树木林立的一个居民街道,然后开上了一条私人车道,那条私人车道通往一幢两层楼的房子。

麦克斯沿着路开,摸清了房子的位置,在路尽头停了车。

一个小时之后,他走着去查看这个地方。外面漆黑一片。不仅街上空无一人,其他房子里似乎也没有什么人住。那些房子里没有一盏灯亮。除了头顶上知了的鸣叫和树枝的嘎吱声,其他声响他一点也听不到。出奇地静。他甚至都没有听见山里的鼓声。

他从路对面观察那座房子。楼上的一个房间里开着电视机。他在想艾洛伊塞是不是在看录像,看跟他找到的录像带相仿的录像。

他回到了陆地巡洋舰上。

刚刚早晨七点,SUV就从房子里开出来了。他们几乎同时堵在了路上。佩蒂翁维尔已经挤满了人,在室内市场附近漫无目的地转悠。室内市场是个宽敞的芥末色建筑,锈迹斑斑的棕褐色锡屋顶。街道上已经开始营业了,各个年龄段的男男女女在卖鱼、卖蛋、卖活鸡、卖死鸡(有洗干净的也有没拔毛的)、卖一堆堆看上去质量让人怀疑的红色肉类、卖自制的甜品、卖薯条、卖软饮料、卖香烟、卖烈酒。这个国家或许一瘸一拐地过了很多年了,可是清晨的人们有一种活力,麦克斯在任何美国城市都没有感觉到这种活力。

他们用了二十分钟的时间才开上去太子港的路,又花了五十分钟才到达首都。艾洛伊塞在诺亚方舟前面下了车,她朝SUV挥着手,车一路鸣着喇叭开上了哈里·杜鲁门大道。

麦克斯沿着滨海公路跟着那辆车。看见人民银行了,SUV的指示灯亮了,说明车子要右转弯进入专门为银行职员和重要客户准备的入口。

SUV进了大门,麦克斯飞速开了过去,然后转弯朝银行开过去。他绕着银行走,直到找到了客户入口处。

他正要把车停在公共人员停车场，就看见自己能认出来的某个人朝大门口走去。这个人走着走着停下了，转身朝他们来的方向走去。

职员停车场和普通公众停车场之间只隔着一道中等高度的栏杆。麦克斯能清楚地看见那辆 SUV 和朝着 SUV 匆匆走过来的人。

意义不同寻常。

麦克斯一下子明白了为什么克劳德特把绑架她的人画成了橙黄色。

那是因为那个人的头发——姜黄色的埃弗罗发型。

橙子人：莫里斯·可达达，保安主任。

那天晚上麦克斯给文森特·保罗打了电话，把自己发现的情况都告诉了他。保罗静静地听着。"过几个小时我们就去抓他们，明天凌晨。"保罗轻声说，"我想让你审问他们。从他们身上把能问的都问出来。采取不得不采取的任何措施让他们开口说话。"

## 49

凌晨三点稍微多一点，保罗的人就把麦克斯接走了，开车去可达达和克鲁拉克的房子。这对夫妇被分开关在了地下室里。

麦克斯首先搜了他们俩的身，然后才去搜查房子。

麦克斯穿过了铺着黑、红两色瓷砖的门厅，到了开敞式平面布置的起居室，里面有一台巨大的电视机、一台录像机、一张沙发、几把扶手椅、几盆棕榈盆景。

起居室右边是个库存丰富的酒吧，还配有带皮垫子的高脚凳。麦克斯到吧台的后面看了看。他打开放钱的抽屉，里面装满了纸币和硬币。纸币都是古德，上面印着"医生爸爸"和"医生宝宝"的脸。他在吧台下面发现了一把装满子弹的.38 口径手枪以及一沓海地和南美的音乐光碟。酒吧紧邻的墙上挂着一面"医生爸爸"时期的国旗，黑、红两色的而不是蓝、红两色的。这个时候他就看明白了，这和门厅瓷砖的设计是配套的。

杜瓦利埃的主题在楼上继续表现着。走廊里挂着十几张黑白照片，有一张是"医生爸爸"年轻时候的。他穿着白色的外套，在一群穷人当中微笑着，所有的穷人衣着和背景都蹩脚可怜，却相当高兴地微笑着。麦克斯注意到很多人都缺胳膊少腿的。这肯定是在雅司病流行的时候拍摄的。杜瓦利埃的脚边上坐着一群面色紧张的孩子，除了一个浅皮肤、长着雀斑的男孩之外都是黑皮肤。这个男孩就是可达达。

麦克斯看着照片上可达达从孩子转变为成年人的历程。他和贝都因·德西、福斯丁兄弟一起拍照，这时候穿的是通顿马库特的军装：海蓝色的衬衫、长裤，系着头巾，裤腰带上别着枪，眼睛藏在广角太阳镜的阴影里，穿着靴子的脚踩在死人身上，他们都在微笑。

他停留在一系列展示可达达管理一个建筑工地的照片前。可达达的嘴巴张着，黑管村的庙几乎在每张照片的背景里都有。

他看了看主卧室。可达达和艾洛伊塞·克鲁拉克睡的是有四根帷柱的床，床尾放着一台巨大的电视机。一面墙上挂着一个镜框，里面镶的油画画的是个男孩在吹笛子，穿着蓝军装、红裤子。麦克斯一下子就认出来了，这幅画和他第一次跟阿连·卡弗见面的那家曼哈顿俱乐部的墙上挂的画一模一样，就挂在他们坐的位置附近。他在别的地方也见过，是在可达达在人民银行的办公室里。

他把镜框摘下来，翻过来看。反面有个标签："《火》：艾杜瓦·马奈"。

麦克斯听见走廊里有说话的声音。文森特手下的两个人正从走廊尽头的一个房间走出来。他走过去。那是个大书房，最靠近门的地方是张书桌和计算机，最里面是大量的装帧书籍，中间是个深绿色的皮扶手椅和另外一台大电视。那里坐着个女人，正在用计算机。

抽屉全被打开了，里面的东西都堆在书桌上：五本用过的面值一百美元的汇票；几沓照片；五六张光碟，每张的颜色都不一样；两盒软盘，标注的日期从1961年一直到1995年。

麦克斯走到书柜前，在"医生爸爸"的另外一张画像前停了下来。这一张和他在房子里已经看到的那一张大不一样。这个是独裁者，穿着像是萨摩迪爵爷，戴着高高的礼帽，穿着燕尾服，戴着白手套，坐在一个血红色房间里的长桌子尽头，直视着镜头。其他人坐在他周围，可是脸都没有显示出来。他们都是模模糊糊、影影绰绰的人形，掩映在棕褐色的阴影里，那么暗，简直难以辨认。桌子中间是捆白乎乎的东西。他再仔细地看了看油布，认出来了，是个婴儿。

他的视线转到书架上。书是按照颜色排列的，形成了蓝色、绿色、红色、肉色、褐色、黑色的条块，书名用金字写在书籍上。他把注意力集中在一个书名上——《乔治A》。紧邻的一本书名叫《乔治B》，后面是《乔治C》。他拿下来打开了。

没有书页。"书"实际上是伪装的录像带盒子，像是那种中空的圣经，毒贩子经常把自己的货藏在这类东西里面运进来。麦克斯把里面黑色的录像带拿了出来。下面是张照片，照片上是个不满十岁的女孩儿，一副惊恐万状的样子。他打开了A和B里面的盒子，每个里面都有一张照片，照片上的人不一样。第一个里面的女孩在对着镜头微笑，第二个里面的女孩一副迷惑不解的样子。

他查看了其余的书架。到处都是录像带，都放在以女孩的名字标注的盒子里。到处都没有男孩的名字，没有《查理》，也没有《查尔斯A》到《查尔斯C》。

不过，他发现了《克劳德特T》。

然后他发现了《艾洛伊塞》。

"你找到什么了？"书桌后面坐的女人问。纽约口音。

"录像带。你呢？计算机上有什么？"

"销售记录，已经从分类账里搜索到了一直到1985年的记录。这台机器上有个数据库。这对夫妇一直把孩子卖给男人。"她说。

"我马上就来看。"麦克斯说着,来到电视机前面。他把电视机打开,把《艾洛伊塞A》放进了放映机。

从内容上不可能看出拍摄的日期,在孩子的身上只能看出成年艾洛伊塞的痕迹,她的脸在屏幕上足足显示了两分钟。当时也就是五六岁的样子。

虐待开始的时候麦克斯停止了放映。

坐在书桌后面的女人已经不工作了。她的表情一会儿是憎恶一会儿是绝望,麦克斯知道她看见了自己看的东西。

"我们看看你在干的事吧?"麦克斯快速走过去说。

她把屏幕给麦克斯看。是一张表格,分成六个竖栏,栏目的标题分别是姓名、年龄、价格、客户、日期和地址。是1977年八月份的,显示了哪个孩子被卖给了哪个客户、被带到了什么地方。

他很快就扫视到了最后一行。列出来的十三个孩子里,四个卖到了美国和加拿大,两个去了委内瑞拉,法国、德国、瑞典各一个,三个到了日本,一个到了澳大利亚。买主是用全名记录的。

他们看着数据库。历史还挺悠久的。

数据库先按年划分,然后再按照国家划分。

除了买主(数据库上的称呼是"客户")的姓名、住址、出生日期、职业之外,还记录了他们的工资、性特点、婚姻状况、子女数以及在商务、政治、媒体、娱乐等领域和他们关系密切的重要人物的姓名和地址。

记录的第一笔交易的日期是1959年11月24日,酱菜公司的执行经理帕特松·布鲁斯特Ⅲ"收养"了一个叫格斯纳·恺撒的海地男孩。

收养费是575美元。

记录中最近的一次交易是加利福尼亚州圣莫尼卡市的银行家格雷格森·佩珀"收养"伊斯梅利·克卢埃。

费用是37500美元(S)。

(S)表示标准服务意思是:没有虚饰,没有补助金,没有捷径,没有特殊优惠,买主选择了"商品"(指的是孩子,数据库部分记录了他们的详细情况),付过钱就带走了;价钱一直没变,没有人竞买这件商品。

如果有两个或者几个买主对同一个孩子感兴趣,这笔交易就要归入拍卖(A)类,价钱从目前的标准服务费开始往上涨。

拍卖类里最高的付费是五十万美元,那是在科威特经营一家石油公司的加拿大首席执行官购买了一个六岁的小女孩付的费用。交易的时间是1992年3月。

其他的服务分类还有:

(B)——代表的是朋友,或者是一个不用通过竞买就能定购自己选中的孩子的买主。费用更高,在七万五千美元到十万美元之间,具体金额取决于孩子的受欢迎程度和买主的"附加值"(附加值列在数据库一个单独的框内,相关联的重要人物部分的下面,指的是门路,即和政府部门的联系,附加值越高,价钱就越低)。

(M)——代表的是至交,或者是一个点名定购的买主。他几乎是想要什么就会从任何地方给他送过去。对于这种专利,他的付费在二十五万美元到一百万美元之间。

很多买主都是(R)类的,即多次购买的买主,他们购买的次数都标注出来了。绝大多数购买了三到四次,不过有几个达到了两位数,最高的一个是十九次。

数据库上有两千四百七十九个买主的名字。其中三百一十七个是北美买主,有上议院和下议院的议员、银行家、外交官、股票经纪人、高级警官、高级神职人员、高级军队将领、医生、律师、高层次的商人、演员、摇滚明星、制片人、导演、一个印刷业的巨头和一个前脱口秀节目的主持人。麦克斯认识的只有十来个,可是他们从属的组织、机构和公司都是家喻户晓的。

"菜单"包括各个孩子的照片档案,一张头部照片和三张全身照,分别是穿衣服的、穿内衣的和裸体照片,这些都是通过电子邮件寄给买主的。买主会回复他们选中了哪一个。

互联网还没有出现的时候,都是和买主在私密的俱乐部见面,当面给他们看文件文本的照片档案供他们选择。很多人更喜欢这种方式,因为他们说电子邮件容易被黑客窃取。这些俱乐部也可以上网。

麦克斯接下来看了一份照片档案,上面显示了孩子和其相应的买主。买主的照片有的是在他不注意的情况下从远处偷拍的,有的是从录像上直接提取出来的。

有整个一本档案专门记录在他们藏孩子的地方或者周围居住的买主。这个地方麦克斯见过,从福斯丁的房子里找到的那个录像带上有。照片中有他们彼此见面打招呼的情景,也有检验排队站在那里的孩子的嘴巴的情景,仿佛是在拍卖台上一样。买主从来都不直接对着镜头,这一点让麦克斯了解到他们是被偷拍的。

整个系列的最后一些照片上是他们登上船,开往附近的港口。

"你知道那是什么地方吗?"麦克斯问。

"看起来像是在戈纳夫岛拍的。那是沿海的一个岛屿。"

"能在数据库里给我找个名字吗?姓托多,名克劳德特。"

那个女人把她的详细情况搜索出来之后打印了出来。克劳德特于1995年2月卖给了一个叫约翰·萨克比的人。他住在佛罗里达州的苏德代尔堡。

麦克斯考虑到了北美其他的买主,自己怎么才能让这些被奴役的孩子自由。他要把所有的证据提供给乔一份。他的朋友将成为英雄:一切都结束了,起诉书正式宣布之后,他们会让他当警察局长。

不过要紧的事情要先做。他回到了地下室。

"你要点什么,可达达先生?水?咖啡?还是别的?要吗?"麦克斯主动提出来说,以合作的基调开始审讯。他身边有个翻译,一个矮胖子,长着东方人的脸,头上抹着生发油。

可达达坐在那里，手被反绑在身后，脚踝用链子锁着，光溜溜的灯泡在他头顶上亮着。艾洛伊塞·克鲁拉克被锁在隔壁房间里。

"要。你从我的房子里出去，然后滚你妈的蛋。"可达达用英语回答让麦克斯吃了一惊，他的法国口音很浓，不亚于自己的强烈的反抗态度。

"我本来以为你不会说英语呢。"

"你以为错了。"

"显然是。"麦克斯说。

可达达穿着鲨鱼皮的裤子，黑色细条纹袜子和他的丝衬衫相配，衬衫上面三颗纽扣没有扣，露出了奶白色的胸口。麦克斯数了数，他脖子上挂着四条金项链。他身上还有股剃须后涂抹的麝香润肤香水的气味，涂抹的时候完全没有考虑要稀薄些。来的路上麦克斯听说可达达夫妇从山里的夜总会回来，路上被突袭抓到的。

"你认为自己为什么在这里？"麦克斯问。

"你认为我藏了查理？"他回答说，把查理的"查"发成了"擦"。

"对。我们就不要浪费彼此的时间了。你藏了吗？"

"没有。"

"谁干的？"

"上帝。"他朝天上看。

"你是说他死了？"

可达达点点头表示同意。麦克斯看着他的眼睛。可达达和他对视着，没有丝毫撒谎的痕迹，声音正常，说的是实话。这当然什么意义都没有，至少目前如此。可达达很可能无论如何都没有想到自己死定了。

"谁杀害了他？"麦克斯问。

"杀了埃迪·福斯丁的那些人，他们……"

"这么说，你是在告诉我袭击埃迪·福斯丁的那些暴民也把查理杀了？你说的是这个意思吗？"

"是。"

"这个你怎么知道的？"

"我……调查的。"

"你调查发现了这个？"

可达达点头。

"谁告诉你的？"

"在出事的街上。目击证人。跟我说话的那些人。"

"这么说你有目击证人。谁亲眼看见这事发生了？"麦克斯指着他的眼睛，"多少人？一个？两个？"

"还要多。很多。十个，二十个。在这里是个大大的丑闻。就像克林顿的女儿被绑架一样。"可达达龇牙微笑了一下。光照在了他的金牙上，温暖的黄色光线从他的嘴里淌出来，只淌了一秒钟。"查理死了。我对他父亲说过很多遍了。'你儿子死了'，我说了，可是他不听。"

"你跟阿连·卡弗说了这个？"麦克斯装傻。

"不是。我告诉他父亲。"可达达微笑得更起劲了，准备好要把炸弹扔给麦克斯了。"古斯塔夫，古斯塔夫是查理的父亲。"

此时此刻麦克斯还不想让可达达站不住脚跟。他以自己的微笑回报可达达的微笑。保安主任的脸上露出了恐惧，霹雳般撕碎了他的自信。

"跟我说说埃迪·福斯丁。你们曾经是好朋友吗？"

"不是朋友。"

"你不喜欢他？"

"他和他弟弟萨拉查，他们当警察的时候是我的手下。"

"你是说通顿马库特？"

"是的，我们是通顿马库特。"可达达试图挺直身子，却没能办到，又佝偻下了。

"之后埃迪还给你当差吗，通顿马库特不复存在的时候？"

"没有。"

"你之后见过埃迪吗？"

"只在他给卡弗先生开车的时候见过。"

"你不跟他说话吗？"

"说'喂，你好'。"

"你们不见面吗？一起去喝酒？"

"喝酒？和埃迪？"可达达看着麦克斯，就像他提议的事不仅完全不可能简直就是荒谬。

"是呀，为什么不呢？谈谈过去的时光？"

"过去的时光？"可达达大笑，"我们是通顿马库特的时候，埃迪·福斯丁是我的手下。我是他的上司。"

"这么说你也不和帮手搅和在一起。你做了一些难以想象的最坏的事，可是却因为某个家伙在医生的黄金时期曾经是你的下属而不愿意和他一起度过休闲时光？我告诉你吧，你们这些人的标准真他妈的糟糕。"麦克斯摇摇头，瞪着可达达，"不管怎么说，埃迪·福斯丁要绑架查理。这个你知道吗？"

"不会。不是真的。"他坚持说。

"是的，真的。是的，非常真实。"

"我说不是真的。"

"为什么不是？"

可达达一脸自豪。"埃迪是个好人。他从来不对卡弗先生干坏事。他爱卡弗先生就像……就像爱自己的父亲。"

"这是埃迪告诉你的？"

"不是。我看出来的。我知道。我感觉到了。"

"对吗？你看出来了、你知道、你感觉到了？好。我知道埃迪在为查理的绑架者办事。这就是他为什么那一天把车开到那条路的原因。他在等着他们来把这个男孩带走。"

"不是！"

"是！"

"胡说八道，谁告诉你的？"

"我也调查了。"麦克斯模仿他的发音说，"这不是胡说八道。"

可达达的神色表示他不相信，告诉审讯他的人自己认为他在虚张声势。

"你从来没有偷过孩子？"

"我不偷孩子。"

"胡说！"麦克斯咆哮着，"你和你的同伙偷了孩子卖给有钱的性变态。这就是你干的事！"

"不是！"可达达厉声反驳，试图站起来，结果来了个嘴啃泥。

麦克斯一只脚踏在可达达后背上，使劲踩着，听见了脊椎骨断裂的声音。

"是！你干了，你这个撒谎的王八蛋！"麦克斯咬牙切齿，他的脚踩得更猛了，可达达痛苦得喘不过气来。"你偷了这些孩子，把他们运到戈纳夫岛上，然后卖给和你一样的儿童强奸犯。我打赌我们到了那里就能发现这个，我们会找到你最近的一批商品。你们这帮混蛋！"

麦克斯使劲踩着他，可达达叫出了声。

"把他弄起来！"麦克斯对士兵厉声说。

他们让他重新坐在椅子上。

麦克斯打开了克劳德特的录像带盒子，让他看照片。

"你认识她吗？"

可达达没有回答，只是痛苦地眨巴眼。

"约翰·萨克比就是买她的家伙？跟我讲讲他的情况：他是干什么的？不要瞎编，因为我们已经掌握了你的账本，你的商业账本。回答我。"

"我不想说。"可达达说，他看了一下麦克斯，眼睛盯着地面，眼珠一动不动。

"噢，你'不想说'？嗯，去你妈的，莫里斯，因为我能让你开口。以为我在让你痛苦，现在吗？这还是好过的，莫里斯，因为你现在不跟我说，文森特·保罗就会想方设法让你说。你明白吗？"

"好警察还是坏警察？"可达达嗤之以鼻。

"这里没有警察，莫里斯。也没有好坏。你完蛋了。听见了吗？你死定了。知道为什么吗？我要跟艾洛伊塞谈。我要让她告诉我们你不愿意说的。你明白我的意思吗？"麦克斯说，嘴凑到可达达的耳朵边，"你还'不想说'吗？"

可达达不回答。

麦克斯转身走出了房间。

# 51

麦克斯走进去的时候，艾洛伊塞偷偷看了他一眼，然后就低头看着自己手里素雅的白手绢。她的手上戴着手铐。

"艾洛伊塞？我叫麦克斯·明戈斯。我在调查查理·卡弗的绑架案。"

没有回应。

"我知道你的英语说得和我一样流利。"麦克斯说。艾洛伊塞保持沉默，眼睛盯着手绢，身体稍微往前耷拉着，似乎可能的话早就把膝盖抱在怀里了。

"让我来给你描绘一下这幅图景。这对你们俩人来说将会非常糟糕。"麦克斯保持声音低沉柔和，语气没有威胁性，一种关系很密切的语调。"你知道文森特·保罗是谁。我见过他对人干的事，相信我，那可不怎么漂亮。"

艾洛伊塞甚至动都没动。

"艾洛伊塞，我和他不一样。我想帮助你。我看见了你的录像，你在那上面还是个小姑娘。我看见了隔壁房间的那个男人对你干了什么。如果你帮助我，我向你保证会替你跟文森特谈。我会解释说你参与到这些事情里来并不是你的错。你或许有机会从这里活着出去。"

沉默。

然后，麦克斯听见了房子外面文森特个性鲜明的隆隆低吼。

"艾洛伊塞。拯救自己吧，求你了。"麦克斯恳求着，"如果你不帮我，文森特·保罗会杀了你。他才不会考虑你的过去呢。他也不会关心你曾经是个小女孩，那里那个邪恶的畜牲把你从家里偷出来，强奸你、虐待你。他只会看见自己在看的东西，一个老师，一个对年轻脆弱的孩子、孤儿的生命负责的人，竟然让邪恶的男人们虐待他们，甚至本人还参与其中。他这么做我无法谴责他，艾洛伊塞。考虑考虑吧。好好考虑考虑。我给你一条出路。为隔壁房间的那一堆臭大粪不值得。"

麦克斯走出去，看见保罗站在走廊里。他跟麦克斯打招呼，轻轻地点了点头，露出些许微笑。

"把这个给她。"文森特把一个湿乎乎的小东西放在麦克斯的手掌里。

麦克斯看了看，走回去给艾洛伊塞。

"认识这个吗？"麦克斯问她。

等艾洛伊塞认出麦克斯手指间那血淋淋的闪光金属片，她的眼睛瞪大了，流泪了。

"你们别碰他！"她尖叫道。

"如果你不把我们想知道的告诉我们，艾洛伊塞，我们会把他一片一片地肢解了。"麦克斯抓起艾洛伊塞的手，把她爱人的金门牙塞进她手里。

艾洛伊塞瞪着麦克斯，目光像毒箭。那个时候麦克斯知道了艾洛伊塞并不是个被扭曲的清白人，他本来还几乎确信她清白无辜呢。艾洛伊塞根本不是什么受害人，她和可达达一样罪不可赦。

"不管怎么样，你仍然会杀了我们。"艾洛伊塞不屑地说，法国口音淡化了美音。

保罗走进来，抓着可达达戴着镣铐的脚踝把他拖了进来。

艾洛伊塞看见可达达哭了起来。她试图站起来。

"坐下！"麦克斯雷霆万钧，"你要回答我的问题，要不然那个强奸孩子的卑鄙小人失去的会更多,可就不仅仅是牙齿那么简单了。明白?"

麦克斯根本不等她回答。

"查理·卡弗?你们对他干了什么?"

"什么也没干。我们没有抓他。从来没有抓过。也不会窝藏他。你找错人了,侦探。"

"是吗?"麦克斯凑到艾洛伊塞的脸上。他打算以后再问查理的事。"克劳德特·托多在哪里?"

"我不知道她是谁。"

麦克斯从钱包里抽出照片给她看。她瞅了一秒钟。

"她不是我负责的。"

"你什么意思?"

"我不和她一起工作。"

"'和她一起工作'?你什么意思?"

"我没有训练她。"

"'训练她'?"

"教给她礼仪,餐桌规矩,在礼貌社会里需要的东西。"

麦克斯正要让她把自己说的话解释解释,可达达在地板上叽里咕噜说了些什么。

保罗解释说:"他说他现在愿意说了。"

"是吗?嗯,现在我还不想听他说。把他带回去。"

文森特把可达达拖了出去。

麦克斯转身重新面对艾洛伊塞。

"训练……继续说。"

"你的意思是你不明白怎么回事?"艾洛伊塞窃笑。

"噢,我知道是怎么回事。"麦克斯哼了一声,"我只是想听你说说。"

"我们的客户都是非常富有的男人,是上层社会圈子里的人。他们希望自己的商品达到某种标准。"

"他们的'商品'就是这些孩子?"

"是。在出售他们之前我们教给他们餐桌礼仪,还有在成年人身边表现的正确方法。"

"比如在被强奸的时候如何正确地说'请'和'谢谢你'?"

艾洛伊塞没有回答。

"回答我。"

"不仅仅是这个。"艾洛伊塞开始自卫。

"噢?"

"举止不好的人在生活当中一无所长。"

"你在干什么,在对他们施恩惠,教给他们怎么在恋童癖的餐桌上拿刀叉?"麦克斯大叫,"你为什么干这个,艾洛伊塞?我看了那些录像带。我看见你本人身上发生了什么事。"

"你看了，但是没看明白。"艾洛伊塞反驳说，眯缝着眼睛瞪着麦克斯，"你该再看一遍。"

"你为什么就不能把我错过的东西告诉我呢？"

"莫里斯爱我。"

"胡说八道！"麦克斯"呸"了一声。

"为什么？"艾洛伊塞反驳，镇定自若。"你期待着找到什么？一个受害者？一个无助的、哭泣的成年小孩儿？你的训练手册里记录的那种人？某个用单调的心理呓语、某种安慰性的嘟哝来抚慰的人？"艾洛伊塞在挑衅、在愤怒，声音简直就是在吼叫。可是，尽管如此，她说话的时候却完全缺乏激情，就像她一辈子都在排练这次演说，对她来说这些字眼已经失去了本身的意义，而是变成了一排自动的符号，她不得不一个一个地说出来，直到全部说完为止。

"你很容易就把我们描绘成无知的、脆弱的小被害人，可是我们并不是千人一面。我们当中的一些人钻了这个制度的空子。我们当中的一些人出人头地。"

"你管这个叫出人头地？"麦克斯扬手指了指这个房间的四面，"你要死了，而且会死得很惨。"

"没有一个人像他那样对我好过。从来没有。一辈子都没有过。我没有遗憾。就算我能改变一切，我真的什么也不会改变。"艾洛伊塞说，镇定自若。

"跟我讲讲莫里斯。他是怎么把你偷走的？他有什么技巧？"

"他没有'偷走'我，"艾洛伊塞不耐烦地说，"他拯救了我。"

"不管是什么，"麦克斯叹气，"只要告诉我他是怎么做的？"

"关于他我记得的第一件事就是他的照相机，当时他用的是超8，挡住了他一半的脸。我经常上午看见他。我和我的朋友们会向他挥手。他会跟我们交谈，给我们东西，有糖果，还有他仿照我们做的这些铁丝的小人像。他最关注我，还让我哈哈笑。我的朋友们都那么嫉妒。"艾洛伊塞微笑了。"一天，他问我愿不愿意跟他走，去一个奇妙的地方。我说愿意。接下来我知道的就是，我坐在一辆车里，坐在他身边。我曾经做过的最佳决定。"

麦克斯努力想咽口唾沫，可是嘴巴干得要命。艾洛伊塞说得对，她不是麦克斯本来以为的那种人。麦克斯了解斯德哥尔摩综合征的所有表现，被绑架的被害人爱上了劫持者，可是以前从来都没想到过会发生在虐待儿童的案子里。

麦克斯惶恐不安——不知所措，感到可怕——最糟糕的是他禁不住要表现出来，让艾洛伊塞看穿自己，让她占了上风，让她有主动权。

"可是……你的家人呢？"

艾洛伊塞酸溜溜地笑了一声，脸色严峻，眼神冰冷、凝滞。

"我的家人？你指的是就像你们在美国拥有的'具有美国传统特色的爸爸、妈妈'？这就是你提到我的'家人'的时候心里想的吗？"

麦克斯茫然地看着她。他要让艾洛伊塞说，这样自己就能找到一个办法反驳并确立自己的主导地位。

"嗯，不是那样的，让我来告诉你。我能记得的那一点点我也会不惜一切代价忘掉。八个人住在一间蜗居里，那么穷，不得不吃的唯一的东西就是土饼。你知道土饼是什么吗？用一点玉米面掺上很多土，再用下水道里的水和在一起，晾在外面晾干了就是土饼。那就是我每天吃的东西。"

艾洛伊塞停下不说了，挑衅地看着麦克斯，驱使他再用更强大的东西来反击，驱使他再试试用某些朴实的道德伦理来罩住她。

艾洛伊塞最后意识到麦克斯不会那么做，身上的某些东西变了，变得不确信了。然后她用鼻子吸气，把气屏住，闭上眼睛，低下头。她憋气憋了有一分多钟，眼球在眼皮底下转来转去，手指抓着手绢的角，嘴唇不出声地快速动着，要么就是在祷告，要么就是在和自己的良心作斗争。然后，神经官能症的动作都一个一个结束了：她把手绢放在了腿上，手也放下了，双唇紧闭，眼珠不动了。最后，她把气从嘴里吐出来，睁开眼，对麦克斯说话。

"你想知道的一切我都告诉你。我告诉你我们把孩子藏在哪里、卖给谁。我告诉你跟谁有牵连、我们是给谁卖命的。"

"你们给谁卖命？"

艾洛伊塞睁开眼睛，和麦克斯对视。

"你不会以为这一切都是莫里斯一个人在运作的，对吧？"她大笑。

保罗回来了。

"莫里斯有很多东西，可是聪明并不包括在内。"艾洛伊塞满怀深情地咯咯笑着，然后又马上换上了一副公事公办的嘴脸。"我绝对会把一切告诉你，但是有个条件。"

"说说看。"麦克斯说。

"你放了莫里斯。"

"什么？他妈的绝对没门儿！"

"你放了莫里斯我就告诉你。他只是一个大轮子上的一个小螺丝钉。我们俩都是。如果你不放他，我不会说。你还是现在就用枪打死我们算了。"

"成交。"保罗突然间插了一句，把艾洛伊塞吓了一跳。"只要我们证实了你给我们提供的信息准确无误，我们就放了他。"

"向我保证。"艾洛伊塞说。

"我向你保证。"

艾洛伊塞庄严地一低头，表示他们达成了交易。

麦克斯不知道自己是否相信保罗会放了可达达，可是这个他放在脑后不去想了。

保罗把手放在麦克斯的肩膀上，拍了拍。麦克斯理解这是让他继续审下去的信号。

"告诉我你在给谁卖命？"

"难道你猜不出来？"

"艾洛伊塞，你做了笔交易。我们不能再玩猫捉老鼠的游戏了。我们不能再假装聪明了。我问你一个问题，你给我一个答案，而且要说实话。就这么简单。明白？"

"明白。"

"好。你为谁卖命？"

"古斯塔夫·卡弗。"艾洛伊塞说。

"别满嘴喷粪,艾洛伊塞!"麦克斯大骂,"我已经知道他是你们的老板了!他经营诺亚方舟。他经营你那个混蛋儿童强奸犯的爱人工作的银行!"

"可是是你问我我们为谁……"

"别跟我装蒜!"麦克斯整个身子都探了过去。"你再跟我隐瞒,我向上帝发誓,我会过去亲自结果莫里斯。"

"可是我告诉你了,是古斯塔夫·卡弗!他是我们的老板。他是幕后主使。这是他经营的,他拥有的。他创办了这个!他投资了这个!"艾洛伊塞坚持说,声音颤抖。"古斯塔夫·卡弗,就是他。他干这个干了几乎四十年了。偷孩子,培养他们,把他们当做性伙伴出售。古斯塔夫·卡弗就是通顿黑管。"

"莫里斯第一次遇见卡弗先生,古斯塔夫·卡弗,是40年代。莫里斯住在西南部的一个村庄里,离太子港大约五十英里。那时候海地流行最广的疾病就是雅司病。莫里斯居住的地区是病情最严重的区域。莫里斯给我讲过他父母是怎么突然染上病的。他母亲先得了病。一开始她的胳膊萎缩了,然后嘴唇烂掉了,鼻子烂没了。他们被赶出了村子,住在一个桶板搭的棚屋里,莫里斯和他父母的残留部分。实际上,他是亲眼看着他们支离破碎的。"

"他怎么没被传染上?"麦克斯问。

"杜瓦利埃医生,弗朗索瓦·杜瓦利埃,'医生爸爸'救了他。"

"他们就是这么相遇的吗?"

"是的。棚屋就在通往村庄的路上。医生在附近建了家医院,发现莫里斯坐在自己父母的尸体中间。莫里斯是他治愈的第一个病人。"

"我明白了。"麦克斯说。到目前为止就是常见的"被养育的被害人"的辩护理由。

"他们在保护医疗供应方面遇到了难题。总是被当地人袭击抢劫。所以莫里斯组织了一帮人当保镖。都是和他年龄相仿的孩子,有的更年幼一些。杜瓦利埃医生工作的时候他们看着,夜里还看护医院。他们的工作效果非常高。他们用大砍刀、棍子。他们把武器藏在马库特里面带着四处转悠,就是你看见农民背的那些稻草背包。杜瓦利埃叫他们'通顿马库特',意思是背袋子的小人。这个名字就沿用下来了。"

"这可真是可爱。"麦克斯嘲讽地笑着说,"古斯塔夫·卡弗呢?他是在什么节骨眼儿上出现的?"

"卡弗先生一直都涉及其中。他是莫里斯见过的第一个白人。医疗供应根本保证不了。是卡弗先生运用自己的商业关系从美国运来了供给。莫里斯爱杜瓦利埃医生,可是他们根本就不是情人,如果你这么想的话。"艾洛伊塞仔细端详着麦克斯的脸对他说。

"我没有这么想。"麦克斯说。

"可是这一点你怀疑了?"

他当然怀疑了,可是现在他不再失控了,重新控制住了自己。

"记得我们的交易吗?我问你答。接下来发生了什么事?"

"莫里斯去为杜瓦利埃医生工作。在杜瓦利埃医生竞选总统的过程中,他负责杜瓦利埃医生的安全。"

"他们什么时候开始偷孩子的?"

"杜瓦利埃医生既是个医生也是个祭司,你知道是干什么的吧?"艾洛伊塞问,一副屈尊俯就的模样。

"我在这里的时间已经不短了,女士。"麦克斯回答说,恶狠狠地瞪了艾洛伊塞一眼。艾洛伊塞冲着他微笑着,这是第一次,非常小心翼翼地,露出了黄乎乎的歪门牙。她让麦克斯想到了一只老鼠,只要粘上胡须就惟妙惟肖了。"我还知道有伏都教和巫术。我了解足够的情况把二者区分开来。所以,如果我说得不对就让我停下别说了,不过'医生爸爸'也用巫术,对吧?"

"他和死人也就是神灵打交道。那就是他需要孩子的原因。"

"怎么做呢?"

"把我们和神灵世界分隔开来的唯一的东西就是我们的肉体。肉体没有了,我们就变成了神灵。神灵过去就是人,而且喜欢能被他们愚弄的人。"艾洛伊塞说,伸长了手指。她的手指头细而短,就像用透明胶带粘在一起的棕色的碎铅笔头。

"如果不能看明白一个人会怎么样,做鬼,或者说做神灵有什么用呢?"

"这就是需要巫术的地方。杜瓦利埃医生利用孩子的灵魂,也就是能找到的最纯洁、没有被玷污的灵魂,也是神灵总会与之交谈并帮助的灵魂。"

"他怎么得到他们的灵魂?"

"你认为呢?"

"他杀了孩子们?"

"他牺牲他们。"艾洛伊塞回答,又是一副屈尊俯就的模样。

"这么说莫里斯一伙人过去经常给'医生爸爸'偷孩子?"

"是的。他按照命令偷,因为杜瓦利埃医生要的不是随便从街上拉来的什么孩子。他对自己需要哪一个孩子要求非常具体。每次都不一样。他有时候需要男孩,有时候需要女孩。必须是在某年某月某日出生的;必须是某个地区的;必须是某个年龄以下的。从来不要超过十岁的。到了那个年龄,灵魂就不那么纯洁了。那时候他们就开始转变成大人了,知道得就更多了。"

"神灵跟他们交谈的就没有那么多了。"麦克斯总结道。

"是的。"

"这么说莫里斯偷了这些孩子,古斯塔夫·卡弗都知道?"

"是的,他都知道,而且不仅如此。他还负责采办孩子。杜瓦利埃医生会把自己的要求告诉卡弗先生。卡弗先生和莫里斯会在全国寻找,给适合的目标拍照。他们把照片拿给杜瓦利埃医生,由他选择自己需要的那一个。"

麦克斯的血都凉透了。艾洛伊塞的眼睛没有撒谎，肢体语言也没有欺骗、没有恐惧。她说的是实话。这合乎情理。这和事实相吻合。人人都知道古斯塔夫·卡弗和"医生爸爸"关系密切，而且交情很深。古斯塔夫是个机会主义者。他很可能在杜瓦利埃身上看到了和自己相仿的冷酷无情以及同样昧着良心、无情无义地行事的意愿。

"'医生爸爸'用这些孩子，这些孩子的灵魂干什么？"

"愚弄他的敌人。"

"怎么愚弄？"

"我们都有个守护的神灵，我看也就是守护天使。他们在上面看着我们，保护我们。杜瓦利埃医生抓住一个孩子的神灵，就让它按照自己的要求去做。他利用这些神灵愚弄看护敌人的那些守护天使，让它们泄露被守护人的秘密，看看他们是不是要阴谋除掉自己。"

"为此他得到了……萨摩迪爵爷给了他什么？总统？"

"是的。一旦得到，萨摩迪爵爷就让他一直当权，让他统治所有的敌人，只要他继续奉献牺牲，继续按照萨摩迪爵爷的要求做。"

"你相信这个？"

"莫里斯说萨摩迪爵爷过去常常在举行仪式的过程当中出现在房间里。"

"是吗？肯定和詹姆斯·邦德那部电影里的不是一个家伙吗？"

"你想怎么讽刺就怎么讽刺吧，明戈斯先生，可是杜瓦利埃先生是个非常强大的人……"

"他杀害孩子，没有反抗能力的、无辜的孩子。这个我不称之为'强大'，艾洛伊塞，我称之为软弱、胆怯、邪恶。"麦克斯打断了她。

"你愿意怎么叫就怎么叫吧。"艾洛伊塞气势汹汹地说，"可是这奏效了。没有人杀害他。没有人推翻他，而且当时你们国家的人从来没有侵犯过我们国家！"

"这个我肯定有更合理的理由来解释，而且你们的医生死了。"麦克斯说，"跟我说说卡弗和可达达。绑架孩子的事，什么时候变成买卖了？"

"杜瓦利埃医生一旦当权，就奖赏给卡弗先生商务合同和垄断权。莫里斯成了保安顾问。很多起初支持总统的人都失宠了，可是这种事从来没发生在卡弗先生和莫里斯身上。杜瓦利埃医生死的时候他们俩都在他的床边。"

"感人。"麦克斯讥讽着，"这么说卡弗是在被绑架的孩子们的后背上建立起了自己的现代商业帝国？"

"一开始不是。只是在扩张、成长阶段，就像他们砍伐森林筑路、造城镇一样。杜瓦利埃医生需要让自己奉献的牺牲继续下去。莫里斯告诉我说，一个铝土矿业公司的首席执行官来海地的时候卡弗先生看到了这种商业潜能。这个岛铝土岩的资源丰富。卡弗先生涉足了一笔潜在的交易，可是他面临多米尼加共和国一家矿业联合大企业的竞争。他雇用了一个私人侦探对这个公司进行了调查，调查其管理人员。这家公司的执行经理有恋童癖，喜欢海地的小男孩。他在太子港的一所房子里养了个小男孩。平时这个男孩到一所私立学校上学。他学礼仪，餐桌规矩，在文明场所如何表现的正确方法……"

"就像你教的那些？"麦克斯打断了她。

"是的。"

麦克斯明白,更多的可怕的积木都能拼在一起了。这和卡弗一贯的手法相吻合。他是个创造者,他是个寄生虫。他生来富贵,而且要着手获得更多财富,不是通过企业家现实主义的方法,而是通过收购或者强行获得其他人倾注毕生精力建立并经营的企业经营权。

他想到了这个老头儿,想到了他的房子、他的银行、他的钱。他猛然间感到这些都无关紧要了。自己现在是什么?一个为坏人干好事的人?

"继续说。"麦克斯嘟哝了一句。

"这个执行经理是个有家世的人,有祖传财产,在多米尼加政府有深厚的社会关系。这样的丑闻会毁了他。"

"所以……不要告诉我说……古斯塔夫·卡弗把证据给这个人看了,让他退出了那笔交易?"

"对,有点像这么回事,但不完全对。"艾洛伊塞说,"卡弗先生对铝土岩一无所知,所以他把这家多米尼加公司当成合作伙伴,最终还是一起合作了。"

"看到自己的成功,而且很可能是想到了恋童癖患者有一批相互了解的精英,他开始向这个多米尼加人和他的'朋友们'提供新鲜的'货物供应'了?"麦克斯接了一句。

"说得没错。"

"而且这些'朋友们'要么就是可以跟卡弗做交易的,要么就是和那些能帮助他扩大帝国的人有关系的?"

"就是这样。"

"这么说,他给他们提供孩子,他们给他合同和金钱进行交换?"麦克斯问。

"而且,最重要的是,和非常非常有能量的人之间建立更多的关系,有些和他们一样,有些和他们不一样。卡弗先生得到人。他就是这样把商业帝国建成现在这个样子的,而且不仅仅是在海地。他在全世界都有利益集团。"

艾洛伊塞停下不说了,打开了膝盖上放的手绢,折叠起来,非常仔细地,从左边折到右边,折成了三角形,然后再次对折,又是个三角形。她把三角形的表面抚平了,欣赏着,打开,再摊开来。

"可是除了金钱和门路以外还有别的,不是吗?"麦克斯重新开始问。"他给那些人,那些高高在上、有权有势的人准备了自己可以随心所欲洒落的灰尘?他攒的灰尘肯定把他们掩埋十次都绰绰有余。他拥有他们。他有超越他们的权力。他们是他的奴隶。他让他们跳,他们就会问,'跳多高?'对不对?"

艾洛伊塞点头。

"阿连·卡弗呢?"保罗看着艾洛伊塞,"他参与了吗?"

"阿连?没有。从来没有过。"艾洛伊塞坏笑,然后咯咯地傻笑。

"什么这么好笑啊?"麦克斯盯着她问。她的坏笑让麦克斯厌烦得要死,是那种当教师的人常有的我更明智的表情。

"卡弗先生把阿连叫做'长了鸡巴的女儿'。他说如果阿连知道了会变成同性恋,会把自己出卖给他的一个客户，免费出卖。"艾洛伊塞哈哈大笑。

保罗打断了她。"真奇怪，他以为同性恋是性变态，恋童癖倒不是。"

艾洛伊塞努力想要和保罗对视，却没能做到。她又看着自己的手绢，就像卷油酥面团一样卷成了圆柱体。

"这么说阿连一无所知？"麦克斯又接着问起来。

"我对此也一无所知，麦克斯。"保罗说。

"你不是古斯塔夫的儿子。"

"他是个儿子，不过被否认了。"保罗提醒他，"我相信她说的。我了解阿连。他甚至不了解他父亲的绝大多数合法生意。我有内线，记得吗？这个秘密古斯塔夫确实保守得非常严实。在这么小的地方干那样的事，而且还能保密。这是要采取点措施的。隐藏得这么深，连我都没有听说过……"

"每个人都牵连在里面了。"艾洛伊塞说，"这就是没有人说出去的原因。而且，有他那样的关系，就算真的有什么事泄露了……"

"他也会把它化为乌有。"保罗替她说完了。

麦克斯在考虑阿连。麦克斯决定：除非能找到证据能完全把阿连排除在外，否则他还是要审讯他，问他到底知道什么、不知道什么，以防万一。

"跟我说说诺亚方舟。"

"没有人有一丝一毫的怀疑。每个人都以为那不过就是个慈善事业，其实就是慈善事业，为'问题孩子们'准备的。"

"你说'问题孩子们'是什么意思？"

"多余的，没有被卖掉的孩子。"

"他们的结局会怎么样？"

"卡弗先生给他们找工作。"

"什么都不浪费。"麦克斯看着保罗。保罗的脸紧绷着，双唇紧闭。他那六个手指头的手有一半变成了拳头，麦克斯从他站立的姿势知道他马上就要爆发了。他希望在保罗把艾洛伊塞的脑袋揪下来之前自己有时间能从她身上把所有的事都问明白了。

"你什么时候开始'训练'这些孩子？"

"我肯定有十五六岁了。卡弗为我感到非常骄傲。他召唤了我。我是他的所爱。"艾洛伊塞微笑着，眼里涌出了泪水，与此同时还露出了冷冰冰的燃烧的骄傲。

"卡弗先生当时已经多少了解了伏都教的饮剂，了解他们让人喝了变成丧尸的浆液的成分。他研究了所有的那一类东西。你知道，他是个训练有素的催眠大师。他告诉我说他一直在孩子们身上进行催眠，对贫民窟的穷孩子催眠。"

"怎么催眠？从性方面？"

"他教给他们礼仪。"

"这么说，把这些野孩子偷来进行塑造，'训练他们'，变成唯命是从的、餐桌规矩完美的性奴隶，这样他们就能在那些上流的圈子里出入，这是卡弗的主意？"

"是。没有人会买一部还没有配备齐全的车。"

"他还在干这个吗？给小孩子催眠？"

"偶尔还干，不过他已经把技术传给了戈纳夫岛上的人。"

麦克斯凝视着自己面前那面墙上的一个长长的、从上到下纵贯整面墙的小裂缝，他的注意力不集中了，思绪在飘忽。现在他感到愤怒，胃里恶心得厉害。他看见自己回到了古斯塔夫的身边，看着卡弗夫人的画像，同情这个老头儿，因为他们俩都失去了自己最爱的人成了鳏夫。他珍惜这个形象，把这当成证据证明古斯塔夫·卡弗不是个怪兽，是个人……仍然是个大写的人。即使在文森特告诉了他关于这个老头儿的种种行径之后也没有完全摧毁这个形象。可是这些，他现在听到的这些，他正在听的这些，像硫酸一样完全溶解了他对这个老头儿的好感。他希望艾洛伊塞在撒谎，可是艾洛伊塞并没有撒谎。

他不得不继续问下去，要问完。

"这些被收养的孩子：如果出了什么差错，比如说他们试图逃跑或者告诉别人发生了什么事，那会怎么样？"

"他们被调控得不会这样。饮剂都供应给了他们的新主人，饮剂会让他们处于一种……"艾洛伊塞说不出来了，努力寻找着字眼儿，接着眉开眼笑。"一种'合作'状态。我们还有人手随时提供帮助。如果出了什么差错，主人只要拨一个电话号码，我们会处理的。"

"就像是……一台洗衣机的保修服务？"

"是的。"艾洛伊塞屈尊俯就地微笑着，"就像你说的，一种'保修'服务。这无所不包，从重新给一个孩子定性，也就是重新对他们催眠，到让他或者她禁止流通，如果情况严重就这么办。"

"你的意思是杀了他们？"

"那是必要的，是的。"艾洛伊塞点头，"不过很少。"

"这些孩子长大了怎么办？你们也把他们杀了吗？"

"那有时候也是必要的。"艾洛伊塞表示认可。"不过很少。通常他们长大了，搬走了。有时候他们留下来和主人生活在一起。"

"就像你这样？"

"是的。"

"如果我是一个有特殊想法的客户呢，比如说我想要个亚洲孩子？"

"这很容易安排妥当。我们在世界各地都有分支机构。我们只要用飞机给你运一个过来就行了。"

麦克斯又回到了查理身上。

"如果是个被绑架的孩子呢？"

"这以前没有办过，据我所知。不过，没有限制、没有极限、没有我们触手所不能及的地方，可是从来没有人提出这样的要求。"

麦克斯迅速瞥了保罗一眼，摇摇头。查理不在他们这里。他们没有抓他。他问艾洛伊塞："谁绑架了查理·卡弗？"

"没有人。他死了。这个我肯定，莫里斯也肯定。他跟很多目击证人都谈过了，暴民袭击车子的时候他们都在场。他们都说看见这个男孩在地上被追赶埃迪·福斯丁的人们又是踢又是踩踏。"

"那他的尸体呢?"麦克斯问。

"他只是个三岁的孩子。很容易被忽视。"

"可是暴民不会把尸体留下吗?"

"为什么?某个父亲或者母亲很可能走过去把他的衣服扒下来给自己的孩子穿。"

保罗用鼻孔使劲呼吸着。尽管他的脸严峻而没有表情,麦克斯从空气呼噜呼噜进入他肺部的声音听出来他受到的伤害在心底深处回响着。保罗相信她说的话:他的儿子死了。

麦克斯端详着艾洛伊塞,看她是否听见了或者注意到了什么,可是她的眼皮一直垂着,眼睛集中在手绢角上。

麦克斯无法确认查理是不是死了。什么东西在对着他吼叫,说情况不是这样。

菲列斯·杜弗尔呢?弗朗西斯卡不是也肯定查理还活着吗?

理性的声音反驳说:

你相信一个老算命先生和一个痛不欲生的母亲吗?得了吧!

麦克斯要问艾洛伊塞的问题几乎都问完了。

"古斯塔夫·卡弗是不是密切参与业务的日常运作?"

"他中风之前一直非常密切地参与。我刚才说过,他就是通顿黑管。"

"怎么会?"

"他在给孩子催眠方面发挥作用。"

"怎么发挥?"

"你在书房发现光碟了吗?"

麦克斯点头。

"你听了吗?"

"还没有。我会听见什么?"

"多-来-米-法-索,每个代表一个单独的音符,用黑管演奏的,两个音符之间有短暂的停顿。每张光盘上每个音符都连在了一起。例如,蓝色的上面是'来',红色的上面是'法'。这些都是编码。"艾洛伊塞解释说,"孩子们在被催眠的时候,这些编码就植入了他们的大脑。我们的催眠程序有六个阶段。前三个阶段扫除你知道的东西,后三个阶段用我们想让你知道的东西代替以前的东西。例如:非常多的孩子,大概占到百分之九十,都是从街上带回来的。他们根本不知道什么餐桌规矩,不知道怎么用刀叉。他们像猴子一样用手抓着吃。在催眠状态下,他们被调控得不再那么做了,失去了手指头和吃东西之间的联系,忘记了自己曾经就是那么吃的。如果你们喜欢,也可以用'抛弃以前的知识'这个概念。"

"可是他们不管怎么样都能学会这些呀。"

"当然。绝大多数人通过重复、反复尝试都能学会。可是那太花费时间了。"她解释道。

"这么说他们的大脑把某个音符和某种行为模式联系在一起?就像一只狗学会了

听见铃响就坐起来或者听见铃声就摇尾巴的条件反射一样？巴普洛夫试验的狗？"

"一点不差，就是这样，这就是调控。"

"让我来猜猜看：那些性变态者用这些编码让孩子们中规中矩？"

"是的。"艾洛伊塞点头，"黑管编码引发的就是条件反射。客户演奏特定的一套音符从孩子身上得到自己想要的表现。比如说，如果他们想要完全的性服从，他们就播放一张编码逆向运行的光盘。如果他们想让孩子在成年人面前有最佳表现，他们就播放一张以'来'为主导音符的光盘。你明白怎么回事了吗？"

"明白得不能再明白了。"麦克斯厌恶地含糊不清地说。他看了看保罗，感到保罗的目光深深地埋藏在眼窝的阴影后面。他感到保罗身上散发出一浪又一浪的怒火。麦克斯转身对艾洛伊塞说："你们也用了那种丧尸的饮剂，对吧？"

"你怎么知道的？"

"录像带上都有。"麦克斯说。

"录像带？你在哪里找到的？"艾洛伊塞看起来忧心忡忡。

"这无关紧要。回答我的问题：丧尸饮剂——为什么用这个？"

"让孩子们顺从并对调控作出反应。愚蠢化的大脑更容易操纵。"

麦克斯摇摇头，然后揉着太阳穴。他需要停下来了，不要再听这个了，不要再待在这里了。

"这么说你是要告诉我古斯塔夫·卡弗在那些唱片上，是吧？在演奏黑管？"

"他过去常常参与催眠。他会坐在那里演奏黑管调控孩子们。你到了戈纳夫岛的总部就能发现录像室，里面有他坐在一群孩子中间的大量录像带和照片。"艾洛伊塞说，"莫里斯告诉我说，他曾经问过卡弗先生为什么参与，为什么不一次性地把音符录制下来呢？卡弗先生说这是他最接近拥有'绝对权力'的地方。"

"他什么时候才停下来不演奏了？"

"80年代中期，因为他生病。他可能已经退休了，可是他的神话没有。"

"黑管先生——通顿黑管？"

"是的，就像我反复说的那样，通顿黑管是真人。通顿黑管是卡弗先生——古斯塔夫·卡弗。"

"可是如果这一切都应该成为秘密，神话又是怎么传出来的呢？"

"这么多年以来有几个孩子逃跑了。"艾洛伊塞轻声说，"不是从我们这里逃跑的，是从他们的主人那里逃跑的。有三个至今也没有找到。"

"有一个是叫鲍里斯·加斯佩西吗？"

"是。你是怎么知道的？"

"我问你答。其他的呢？"

"这个男孩和两个女孩——丽塔·拉维克斯和诺丽·佩琳。"

麦克斯写下了这两个人的名字。他问完了。他使劲看了艾洛伊塞很长时间，试图从她那老鼠一样的脸上找到一点为自己做过的事而感到类似遗憾或者耻辱的表情。根本没有这种东西，从来就没有出现过。

麦克斯冲着保罗点点头，说明自己这里结束了，然后站起来离开了房间。

## 53

麦克斯在房子外面的街道上转来转去,脑子里搅动着暴露出来的所有情况。

他有必要看明白所有的证据,最关键的是直面卡弗来确认这一切,尽管他相信艾洛伊塞说的是事实。艾洛伊塞根本没有什么撒谎的迹象,因为她所有的自我保存的本性都被残忍地剥夺了。撒谎的人总是出现前后不一致和无或然性的错误,经常出现在微乎其微的细节方面,就像是一些不严密的针脚散开之后把整幅织锦都给毁了。艾洛伊塞告诉他的都吻合得天衣无缝,都顺理成章。

他所不能理解的就是古斯塔夫心里在想什么,为什么会让外人来调查查理的失踪案呢?难道他没有想到过他们在调查的过程当中会发现他的商业秘密吗?难道他根本没把这当成是一种风险吗?

麦克斯得出的结论是:古斯塔夫当然想过了。你不会像古斯塔夫那样靠贴近太阳飞翔而长时间地主宰自己的游戏。像古斯塔夫这样的人根本就不会盲目冒险,而是在知情的情况下冒险。他们不仅三思而后行,而且了解行走的时候踏上的每一毫米的土地是什么样的。

可是,就像所有彻头彻尾的暴君一样,卡弗总是有自己的办法。他从来没有遇到过自己不能摆平的挑战。他被发现了又怎么样?卡弗的关系网即使真的是像艾洛伊塞说的那样,网罗的都是势力强大的人物,一个人要反对卡弗和他的关系网,他们就真的能把这个人从星球上清除得干干净净吗?卡弗认为没有人能动自己,而且他有充足的理由这么认为。

贝森和米迪遭遇不幸的幕后黑手是古斯塔夫·卡弗吗?他们是不是逼得太近了?不是。麦克斯不这么认为。至少贝森绝对不是卡弗下的手。贝森会敲诈卡弗,卡弗会把他杀了。为什么还留他的活口让他告诉别人自己知道什么呢?

那么,自己最初来这里的原因呢?为了查理·卡弗?查理·卡弗发生了什么事?麦克斯无法确认,可还是怀疑查理已经死了。

埃迪·福斯丁呢?他充当的是什么角色?他被害的那一天肯定试图要绑架这个孩子。这一点毋庸置疑。福斯丁在事先安排好的会面地点等着绑架者把查理带走,然后暴民出现了,情况发生了糟糕的变化。

情况真的变了吗?

或许埃迪被算计了,被绑架者给出卖了。这一点很有可能。他们付钱雇用暴民在车子周围发动民变,杀了这个前通顿马库特。如果绑架者不想被认出来、不想被怀疑,这样做合乎情理。

可是可达达说过福斯丁对古斯塔夫·卡弗忠贞不渝,说他爱古斯塔夫就像爱自己的父亲一样。他为什么要背叛古斯塔夫·卡弗呢?绑架者给了他什么好处?或许他们根本什么好处也没给他,或许他们抓住了他的什么把柄。一个双手沾满血的前通顿马库特,现在为儿童性集团的头目工作,抓到他的把柄并不难。

福斯丁对古斯塔夫的业务了解多少？绑架和这个有关系吗？

可这还是无法解释查理是怎么失踪的。

还要继续干什么呢？

不知道。麦克斯走进了死胡同。

现在去哪里呢？

半个小时之后，保罗出来和麦克斯在街上会合了。

"艾洛伊塞把戈纳夫岛上的地点告诉我了。现在那里大概有二十个孩子。他们用货船运过去的。他们每个月都会往这个藏匿的窝点送新的孩子。"保罗说，"我们明天晚上就把他们解救出来。"

"这里的军队呢？"

"这会是和联合国的联合行动。我在那里有个好朋友。"保罗解释说。

"古斯塔夫呢？"麦克斯问。

"你逮捕他。"

"我？"

"是的，就是你，麦克斯。明天。我想避免伤亡。如果我们去卡弗的地盘，他的人会开枪射击。美国驻军离得很近，他们会来调查。我知道他们会把我们都杀了，然后祝卡弗一天过得愉快。"

"他有非常多的保安。"

"你需要的话，可以带足够的后盾。我们的人会跟你到那里，然后在外面等着。你用无线电和他们联络。"

"假设我把他带出来了，该把他带到哪里去？"

"把他带到主干道上来。我们从那里带走他。"

麦克斯不想干这个。他从来都没有逮捕过客户，而且他还记得自己以前唯一一次和古斯塔夫见面的时候，自己喜欢他。

"你要确保告诉弗朗西斯卡，这样她就不会挡路。阿连也是。"

"这都在掌握之中。"文森特说着，开始往回走，进房子。

"他们——可达达和艾洛伊塞呢？"麦克斯问，"你让他们活着吗？"

"你会吗？"

第二天早晨，电话铃声把麦克斯吵醒了。

是乔打来的电话。他一直在道歉。他说自己太忙了，没有时间干麦克斯要求他干的活儿。

麦克斯告诉他说自己需要跟克莱德·贝森谈谈。乔说这是他打电话来的主要原因。

有人发现贝森死在了自己的活动拖车里。法医估计他死在那里至少两个星期了。警察破门而入的时候，他养的美洲鬣犬已经把他的一条腿啃光了，正在啃另一条腿。尽管还需要尸体检验报告进行确认，他看起来像是自杀。贝森选择了开枪离开这个世界。

麦克斯静静地听着这个消息，非常失望自己没能找到机会跟贝森详细谈谈毁了贝森生活的这个案子。

对于贝森死得很惨这一点，他并没有感到诧异。这都是贝森自找的。贝森得到过瞩目的结果，并且凭这些结果发了一笔小财，可是在整个过程当中坑害了非常多的人，麦克斯就是其中的一个，乔也是一个。他差一点就毁了他们俩的生活。他们也差一点就杀了他。

麦克斯的思想轨道上根本没有出现悲伤甚至都没有感到遗憾。他憎恨并鄙视这个人。

"关于已故的克莱德·贝森，你有什么要说的吗？"乔问。

"有。再见，混账王八蛋。"

看见麦克斯走进起居室，古斯塔夫·卡弗热情地微笑着。他那怪兽似的大脸上流露、加工并展示的高兴的表情简直就像从恐怖卡通片上直接剪裁下来的，眉毛缩成了两个向上的箭头，额头上深深的皱纹就像挣断的扩胸器上的弹簧条一样割裂开来，嘴唇朝耳垂伸展弯曲的时候薄得就像淡粉红色的橡皮筋。

"麦克斯！欢迎！"古斯塔夫透过空洞的空间大叫着。

他们走近了，握握手。卡弗握手的力气太大了，不小心把麦克斯拽了过去。他们的肩膀撞在了一起，趔趔趄趄，就像因为疏忽而飘在太空的飞行员，两个人都不知道正确的规定程序。卡弗一直在用另外一只手挂着银头拐杖，现在他摇摇晃晃往后退，马上就要人仰马翻了。麦克斯猛地抓住了他，扶着他站稳了。古斯塔夫在麦克斯的帮助下恢复了平衡，看见麦克斯的表情里还残留的些许惊恐，卖弄风骚似的咯咯笑了起来。他散发出一股浓重的烈酒、香烟和麝香科隆香水的气味。

麦克斯注意到，在房间的角落里距离犹滴·卡弗的画像不远的地方有棵高大的圣诞树。上面挂着光学纤维的灯，隐藏在松枝中间，不断变幻着颜色，从红色到紫色再到蓝色，然后是一片白，停顿一下再重复整个变化过程。树上其他的地方都装饰着亮闪闪的金、银色的飘带，悬挂着花哨的小玩意儿，树顶上是一颗金色的星星。在卡弗家有品位的环境当中发现这么俗艳蹩脚的东西真是奇怪。

古斯塔夫似乎看透了麦克斯的心思。

"那是仆人们的。他妈的这些灯把他们迷得神魂颠倒，这些傻瓜。每年的一个夜晚我让他们用这个房间。我给他们和他们的孩子买礼物，让他们去找。你喜欢圣诞节吗，麦克斯？"

"我确定不了,卡弗先生。"麦克斯轻轻地说。

"我恨圣诞节。从我失去犹滴的时候开始。"

麦克斯沉默不语,不是因为尴尬,而是因为他本身再也没有喜欢这个老头子的地方了。

古斯塔夫好奇地看着麦克斯,眉头紧锁,眼睛眯缝着,眼角皱出了鱼尾纹,表情中带着一种恶意的警觉。麦克斯茫然地和他那凝视的目光对视着,除了自己的冷漠之外什么也没有流露出来。

"喝一杯怎么样?"卡弗不是提出邀请而是执意坚持。他用拐杖指了指扶手椅和沙发说,"我们去坐下。"

卡弗一屁股坐在扶手椅上,一点一点地往里挪动,因为努力,骨头都在嘎嘎地响。麦克斯并没有主动提出帮他的忙。

古斯塔夫拍拍手,大叫着喊仆人。一个穿黑白色制服的女仆从门口附近的阴影里走了出来,她很可能一直都站在那里。之前麦克斯根本没有注意到她,也没感觉到她的存在。卡弗要了威士忌。

麦克斯在靠近扶手椅的地方坐了下来。

卡弗弯腰从咖啡桌上拿起了一个银质的盒子,里面装着不带过滤嘴的香烟。他拿了一根出来,把盒子放回了原处,拿起了一个烟灰色玻璃的烟灰缸,里面放着个银质打火机。他把香烟点燃,狠狠地吸了一口,把烟在嘴里含了几秒钟,然后才慢慢地吐出来。

"这些,从多米尼加共和国进口的。"卡弗举着香烟说,"他们过去在这里制造。手工卷烟。过去太子港有家专卖店,两个女人经营的,两个前修女。小地方,店名就叫卷烟店。她们整天干的就是坐在橱窗里面,卷烟卷。我观察过她们一次,看了大概一个小时。我就坐在车后排座位上,观察她们卷烟。绝对全神贯注。绝对专注忘我。那种手艺,那种技巧。一直有客户进来,打断她们,买两支香烟。一个人会去招呼客人,另外一个人继续干活。我呢?我会买两百根。令人惊叹的是每根烟都一样,你根本无法区分哪根是哪根。精妙。那么精确无误,那么专注忘我。你知道,我过去经常让我所有的雇员坐在专卖店外面看那两位女士工作,这样教给他们接受一些诸如勤奋、事无巨细的美德,好好为我工作。这些香烟妙不可言。深、透、浓,令人满意。是我抽过的最好的,我看是。这些也不算坏,可是根本不像原创的那些。"

"那家专卖店怎么样了?"麦克斯问,出于礼貌而不是因为感兴趣。他不得不咳嗽,清清嗓子,并不是嗓子眼堵得慌,而是要让对方听见自己在说话。他有些紧张,黑色的能量在他体内迅速穿越,肌肉绷紧,心跳越来越急、越来越响。

"噢,其中一个得了帕金森综合征,再也不能工作了,另外一个把店关了来照顾她。我听说的就是这样。"

"至少得的不是癌症。"

"她们不吸烟。"卡弗哈哈大笑。这时候,女仆又出现了,端着个托盘,上面放着一瓶威士忌、水、冰和两只玻璃杯。"一年当中的这个时候我总是又喝酒又抽烟。去他妈的医生吧!你呢?要放纵一把吗?"

麦克斯摇摇头表示不。

"可是你该和我一起喝一杯吧？"

命令而不是提议。麦克斯点点头，试图露出微笑，可是因为不真诚，双唇撮着成了噘嘴。卡弗又用怪异的眼神看了他一眼，这一眼混杂着狐疑。

女仆一倒酒，转移了卡弗的注意力。卡弗喝了纯威士忌。麦克斯把酒杯里加满了冰和水。女仆走了，他们碰杯，彼此祝对方身体健康、祝福新年并祝愿麦克斯的调查有个开心的结果。麦克斯假装呷了一小口。

麦克斯坐舒服了，试图想出最好的办法告诉卡弗自己是来抓他的。他本来考虑就这么走进来，用自己了解的情况和他对质，然后押着他到自己的车上去。可是他又否定了这种做法，因为自己不是警察。

他曾经决定让卡弗坦白自己的所作所为，一直到承认自己是性圈套的幕后主使，甚至解释自己的行为，并为自己的行为进行辩护。他花了一整天规划，如何一步一步地引诱卡弗让他自己把自己绕进去，同时切断所有的退路，到最后这个老头儿承认不承认犯罪就只是个形式问题了，跟抓住棋盘上的国王一样不过是个表象而已。他在住处的一整天都在出谋划策，预见当面对质可能出现的各种可能的转机，并且准备着每次出现转机的时候自己该如何应对。他排练着自己的问题，揣度着自己的声音，最后定下来的正是自己所希望的那种愉快的、谈话式的、友好的、推心置腹的、近乎坦率的语气：只撒鱼饵不放钩。

下午保罗打来电话，告诉他在他们拿下戈纳夫岛的房子之后去抓老头儿。他已经安排好让阿连给麦克斯打电话，理由是让麦克斯到他家里汇报最新情况。保罗说阿连见不得不打这个电话，都有点崩溃了。在阿连看来，是他背叛了自己的父亲，而不是设法扳倒一个罪犯。

夜幕降临的时候，一切都在麦克斯脑子里头头是道了。他冲了淋浴，刮了胡子，换上了宽松的衬衫、裤子。九点左右，阿连打来了电话。麦克斯猜想保罗的行动成功了。

麦克斯正要开车出去的时候，从吉普车里下来几个保罗的人叫住了他。他们递给他一个没有封口的信封，告诉他时机成熟的时候给古斯塔夫。

然后他们告诉麦克斯说，见古斯塔夫的时候要戴上窃听器。这把一切都打乱了，至少把麦克斯脑子里的东西打乱了。

麦克斯这辈子从来没戴过窃听器。他只是在另外一头窃听过别人。那是绑在害虫身上的线，好带着你去找更大的害虫。

他们告诉他说这是为了保护他本人，还说他不可能带着对讲机进去。

是的，当然，这百分之百合情合理，可是麦克斯反对的是其他的，反对的是做保罗的棋子让古斯塔夫对着录音带供认自己的罪行，签署死亡执行令。

麦克斯考虑了一下，时间不长，因为他没有多少时间，而且他真的没有其他选择，无法拒绝。

他们都回到了房子里。麦克斯刮了胸毛，他们把窃听器安在了他胸前正上方，线一直沿着躯干垂下去，然后像一条拉长的水蛭一样在他背上绕了一圈，尽头就是接收器和电池，别在了他的裤子上。

他们进行了测试，麦克斯听见自己的声音响亮而清晰。

他们各自回到各自的车上。麦克斯问戈纳夫岛的情况进展怎么样，得到的回答是非常好。

开车去卡弗家的路上，麦克斯认定自己圣诞节最想要的就是了断这一切，了断海地、了断古斯塔夫、了断这个案子。

他承认他的案子结束了：查理·卡弗死了，尸体极有可能永远也找不到了。那些杀死埃迪·福斯丁的暴民把他踩死了。

这种结果解释得通，合情合理，所有的信息放在一起条理清楚，至少写下来就是这样。

这还算可以，可是还不够。对麦克斯来说不够，要是他余下的日子还想睡安稳觉的话就不够。

他需要更多的证据来证明这个男孩死了。

可是他怎么弄到证据呢？为什么要弄呢？

可是现在他拿这种胡话糊弄谁呢？他不再是私人侦探了，记得吗？都结束了。他完了。见鬼，从他在纽约开枪打那些小家伙的时候就已经完蛋了。他越过了一条无法回头的线。他是个被判刑的杀人犯；他冷酷地要了三个年轻人的性命。那终止了他所维护的大部分东西。

现在他在算计自己以前的客户。他以前从来没有叛变过自己的客户，而且从来都没见哪个侦探这么干过，连贝森都没有这么干过。这是你不会干的事，是不可违背的伦理道德法典的一部分，法典的内容很多，都不是书面的，都是小声嘟哝着、眨巴着眼传下来的。

毫不奇怪，卡弗喝的是非常上等的威士忌。麦克斯从杯子里飘出来的气味就能闻出来质量上乘，尽管酒都被他添加的水淹没了。

"阿连和弗朗西斯卡马上就来。"古斯塔夫说。

麦克斯心想：不，他们不会来了。麦克斯来的路上和他们擦肩而过，他们被保罗的人带走了。

"啊？调查得怎么样了？"古斯塔夫问。

"不怎么好，卡弗先生。我看自己是进了死胡同了。"

"在你这一行时常发生，我肯定是，就像在大多数需要脑子和动力的行当里一样，不是吗？沿着一条路走，撞在了墙上，怎么办？重新回到起点，再找另外一条路。"

卡弗用黑漆漆的眼睛刺穿了麦克斯。老头儿的穿着和他们上次见面时一样，米色西装，白衬衫，亮得耀眼的黑皮鞋。

"你这次受挫是最近的事吗？前几天阿连还告诉我你掌握了什么，不是马上就突破了？"卡弗的声音里暗藏着对这条消息的不满。他把烟碾灭了，把烟灰缸放在了桌子上。几乎立即就来了一个女仆，把烟灰缸拿走了，放了一个干净的、一模一样的。

"我是掌握了什么。"麦克斯确认。

"然后呢？"

"不是我意料当中的。"

古斯塔夫端详着麦克斯的脸，仔细看着，就像看见了以前从来没有看见过的东西，然后非常浅地微笑了一下。

"你会找到我的孙子的。我知道你会。"古斯塔夫一仰脖把酒都喝了。

对此麦克斯想到了三种可能的答复——诙谐的、讽刺的、慷慨激昂地对质的。他哪种答复都没用，只是微笑着垂下了头，让卡弗认为麦克斯在讨好自己。

"你没事吧？"卡弗问，仔细打量着他，"你看起来不像自己。"

"那会是一个什么样的自己？"麦克斯问，只是不是问题，而是陈述。

"不是上次在这里的那个人。那个我欣赏的、干劲十足的音乐迷，约翰·韦恩-明戈斯。肯定你没染上什么病？你没有和当地的某个妓女鬼混，对吧？分开那些人的双腿你能发现一部性病的百科全书。"卡弗呵呵笑了，没注意到就在他身边发生的事。麦克斯已经把手套摘了。审讯就要开始了。

麦克斯摇摇头。

"那么，你怎么了，哦？"古斯塔夫灵活地探过身子来，用力拍了拍麦克斯的后背，哈哈大笑。"你他妈的甚至还没碰那酒呢！"

麦克斯狠狠地瞪着卡弗，卡弗不笑了。卡弗还没完全止住笑，不过只是嘴角皱缩、露着牙齿的微笑，脸上没有了一丝一毫的愉悦。

"是文森特·保罗，对不对？"古斯塔夫往后靠在了椅背上，"你跟他谈过了。他跟你说了我的事，对吗？"

麦克斯不回答，不为之所动。他只是继续把目光聚焦在古斯塔夫身上，脸上罩着漠不关心。

"我肯定他跟你讲了关于我的一些可怕的事。可怕的事。那些事会让你质疑你为我工作是在干什么，我是这么个'怪兽'。可是你不得不记住文森特·保罗恨我，而且一个恨得那么深的人总会变本加厉地证实那种恨合情合理，更有甚者，会让其他人改变观念，也和他一样这么认为。"卡弗呵呵笑了笑，可是没有和麦克斯对视。他弯腰从桌子上拿起烟盒，又拿了一根烟。他把烟的两头分别在手掌上敲了敲，然后才放在嘴上点燃了。"我肯定，你，和其他所有的人一样，根本无须把这一点向他指出来。"

"他没有带走查理。"麦克斯说。

"哦，真是十足的扯淡！"卡弗咆哮着，夹烟卷的手握成了拳头。

"查理被绑架的那一天他确实在场，可是他并不是绑架者。"麦克斯坚持说，提高了嗓门，不过还保持着冷静。

"你怎么了，明戈斯？"卡弗说，冷笑了一下，"我告诉你，就是他。"

"我也告诉你，非常清楚，不是他。他没干。绑架孩子不是他的风格，卡弗先生。"麦克斯一针见血地说。

"可他是个毒贩子。"

"实际上是毒枭。"麦克斯纠正他的说法。

"有什么区别吗？能多活一年？"

"八九不离十，就是这样吧。"

"那么他跟你说了什么？这个文森特·保罗？"

"很多事，卡弗先生。很多很多。"

"比如说呢？"卡弗张开双臂假装邀请他说，"他跟你说我对他父亲干了什么吗？"

"说了。你毁了他的事业，而且还……"

"我没有'毁他的事业'。这个可怜的笨蛋无论如何都要破产。我只是让他摆脱了痛苦。"

"你毁了他们的宅院。你没必要那么做。"

"他们欠我钱。我收钱。爱情和战争中的一切都是公平的，明戈斯先生。商场如战场，这是我的所爱。"

卡弗酸溜溜地笑着。他又给自己倒了杯威士忌。

"听了保罗哭泣的故事，你感觉如何？"

"我能理解他为什么会恨你，卡弗先生。"麦克斯回答说，"我甚至能同情像他这样的一个人，在这样的地方，你要自己多么强大就多么强大，而且那种老做派的以眼还眼、以牙还牙的报复方式是你们之间唯一能扯平的办法。而且我理解像你这样的一个人——一个理解恨和被恨的真实含义的人——会如何来看待像文森特·保罗这样的人的观点，他是一个因为另一个人对他干了坏事而憎恨那个人的人。你不会有其他的看法，卡弗先生。因为对你来说，根本没有其他看法。以怨报怨，这样没什么错。你罪有应得。"

"这么说你认为我是个'怪物'？咱们都一样！"

"我不会叫你怪物，卡弗先生。你只是个人。大多数人是好人，有些是坏人，还有一些是真坏，卡弗先生。"麦克斯说，没有提高声音，但是每个字都说得真切，目光如刀锋。

卡弗叹了口气，喝了一大口威士忌，然后把烟扔进了酒杯里。烟在剩下的酒里灭了。

"你信了一个毒贩子，不是，按照你的说法，一个'毒品贵族'的话。你是个警察，明戈斯先生，一个警察当中羞辱的失败者，不过一旦做警察永远都是警察。你知道那个人的毒品对你的国人、对他们的孩子造成了什么伤害。你都亲眼目睹了。你的朋友和同事们都亲眼目睹了。毒品是唯一一个对西方社会毒害最深的东西。可是你竟然相当高兴地认同了一个主要毒品供应商的立场。"

"我知道文森特·保罗干了什么，卡弗先生。而且，几个小时之前，我也知道你干了什么。"

"我不明白。"

"好吧。就在这一刻，你在戈纳夫岛的财产已经有了新主人了。你在那里的商业被停止了。"

这个打击对卡弗来说太大、来得太突然，他都没有时间掩盖自己的惊恐。有一瞬间，麦克斯看见卡弗的内心暴露出来了，看起来近乎自己想象中的一个人没有大喊大叫却表现出来的恐惧的样子。

卡弗缓缓地伸出手去拿烟盒。麦克斯采取了预防措施，打开了枪套上的搭扣，尽管他不相信这个老头儿会带着火器一类的东西。

女仆无声无息地从阴影里出现了，换了干净的威士忌酒杯和烟灰缸，然后低着头匆匆忙忙出去了。

麦克斯不想勉强这个老头儿说什么，因为他认为没有这个必要。等卡弗没事了、准备好了，会开口说话的。

老头儿又给自己倒了一杯威士忌，这一杯满得快要溢出来了。然后他又点了一根烟，往后靠在了椅背上。

"我猜你已经知道保罗的人会在戈纳夫岛发现什么了吧？"卡弗问，有点疲倦。

"孩子？"

"二十来个。"卡弗确认了，一种平静的、开诚布公的态度，让麦克斯感到不安。

"你在那里也有记录，对吧？关于每笔交易的细节情况，什么人、什么事、什么地方。"

"对。"卡弗点点头，"还有录像和照片证据。可那些并不是什么御宝。通过进入那所房子，你们这些人用的这种方式……你们是不是一点儿都不知道打开的将是什么？"

"跟我说说。"

"潘多拉的盒子和这比起来简直就是一罐花生。"

"我理解你和权贵有关系，卡弗先生。"麦克斯面无表情地说。

"和权贵有关系！"他哈哈大笑，"和权贵有关系？我他妈的已经插入了这个关系网内部，明戈斯！你知道，我打一个电话就能杀了你，打两个电话就能让你不留痕迹地消失，就像你从来没有存在过一样。这个你知道吗？这就是我操纵的那种权力，这就是我和权贵有什么样的关系。"

"这个我不怀疑，卡弗先生。可是现在那一两个电话号码帮不了你了。"

"噢？为什么？"

"电话线被割断了。试试看。"麦克斯看见房间的另一头有部电话机，指着电话说。他开车上山的时候看见有些人正在电话线杆上作业。

卡弗轻蔑地哼了一声，使劲吸着烟。

"你想从我这里得到什么，明戈斯？钱？"

"不是。"麦克斯摇摇头，"我有问题，需要找到答案。"

"让我猜猜看：我为什么干这个？"

"从这个开始讲起相当好。"

"在希腊或者罗马时期，成年人普遍和孩子发生性关系，这个你知道吗？这是普遍现象。这是人们所认可的。当前，在非西方社会，女孩子有时候十二岁就嫁给了成年男人。在你们国家，十几岁怀孕的数不胜数！明戈斯先生，未成年人发生性关系的到处都是，过去总是这样，将来还是这样。"

"那些根本不是什么十几岁的孩子。"

"噢，该死的，明戈斯，还有你那该死的愚蠢的道德理念！"卡弗气急败坏，掐灭了烟卷，吞下了好大一口威士忌。"像你这样有自以为是的行为规范和道德伦理规范、世俗的正误观念的人最终总是为像我这样的不为诸如'情感'和'为他人着想'等东西所羁绊的人工作，而这些东西正是阻止你们前进的东西。我做的事你甚至从来没有考虑过要做。明戈斯，你认为自己呱呱叫？你对我可是无计可施。"

"那些孩子当中有一些看起来不过六岁。"麦克斯说。

"是吗？你知道什么？我让人把一个刚出生的孩子从他母亲的眼皮底下偷走了，因为那就是我的一个客户想要的。这花了他两百万美元，为我购置了一辈子的影响。这物有所值。"

这并不是一个宿醉不醒、神志不清的醉汉说胡话，尽管卡弗在威士忌的刺激下正怒火冲天。如果没有喝酒，在同样的情形下他也会说同样的事、持同样的态度。他说的每一个字都不是开玩笑。

女仆又出现了，换了威士忌酒杯和烟灰缸，然后拿着用过的迅速离开了。

"明戈斯，怎么回事？你看起来脸色不好。这对你来说有些棘手了？"卡弗嗤之以鼻，拍打着椅子扶手，"你想要什么，我悔过认罪？让我吗?! 见鬼去吧！"

麦克斯怀疑这个老头儿是否真正理解自己的处境。几十年肆意妄为已经让他看不见显而易见和必然会发生的事情了。他从来没有面对过什么不能贿赂、不会腐败、不能摧毁的人。挡住他的去路的没有什么他没有铲除掉、没有移开过。就是眼下，他很可能还在想他所有恋童癖的客户都会来帮他，性变态的骑兵会从山上飞奔而下来援救他。或许他在考虑贿赂麦克斯不要逮捕他。或许他还藏着别的什么计谋，某种机关突然在他脚下开启，把他送到自由空间去。

麦克斯听见房间外面发出一声短促的叫声和玻璃打碎的声音。他朝门口看了看，什么也没看见。

"可是你本人是个当父亲的……"麦克斯开始要说话。

"这一点从来没有阻止过任何人，而且你也明白！"卡弗厉声说，"你把我当成什么了？我是个行家里手：我和自己做的一切都保持着情感上的距离。这使我能够安然无恙地完成不开心的任务。"

"这么说你承认自己在做的是……"

"不开心的？当然不开心！我憎恨自己打交道的这帮人。我鄙视他们。"

"可是你一直在和他们交易……"

"快四十年了，是的。你知道为什么吗？我没有良心。那个东西我很久之前就从自己的思维当中清除掉了。有良心是一种过度的消遣。"卡弗靠近麦克斯说，"我也许憎恨他们，可是我理解恋童癖患者。不是因为他们做了什么，那不是为了我，而是因为他们是谁，他们从哪里来。他们都一样，从来不发生变化：他们都为自己的行为、自己喜欢的东西、自己是什么人而感到羞耻。最重要的是，他们都害怕真相被发现。"

"你利用了这些？"

"绝对正确！"卡弗赞叹，拍着大手强调着，"我是个商人，明戈斯，一个企业家。我看见了一个拥有潜在的忠诚客户基地的市场，而且还有大量的重复交易机会。"

"你还看见了能敲诈的人……"

"我从来不'敲诈'任何人,借用一下你的措辞。我从来都不威胁客户当中的任何一个人让他们给我打开方便之门。"

"因为他们已经知道后果了?"

"正是如此。这些都是在高层走动的人,都是那种名声就意味着一切的人。我从来没有滥用过我们之间的关系,在结识的整个过程当中只要求一个人最多帮我两次忙,从来都没有超过两次。"

"那这些是什么'忙'呢?"麦克斯问,"他们给了你什么?贸易垄断?得到美国政府的机密文件?"

卡弗摇头,一脸坏笑。

"关系。"

"更多的恋童癖?更高层面上的客户?"

"绝对正确!你知道有句话叫'人和人之间的距离不会超过六个人的间隔'吗?你有了我的客户那种利益关系,明戈斯先生,就更可能是距离不超过两个人的间隔了。"

"每个人都认识其他人?"

"是的。从某种程度上来说。我不是和随便哪个人做交易。"

"只和那些对你有用的人做?"

"我是个商人,不是慈善家。这里面我一定要有所得。和风险对应的是回报。"卡弗又伸手拿烟,"你认为我们是怎么找到你的,在监狱的时候?所有的那些电话?这个你从来都没有考虑过?"

"我当时以为你们进行了活动。"

"'活动'!"卡弗模仿着麦克斯的发音,爆发出了一阵狂笑。"'活动'?你们是这么叫的?哈哈哈!你们这些可恶的美国佬、你们这些白痴(俚语)!我当然进行了'活动',明戈斯!我他妈的不仅活动了,还用了一个银行进行了活动,而且还动用了银行的出纳、运钞车和保安!'活动'一个东海岸举足轻重的议员、一个和他妈的雷克斯监狱委员会的某某是至交的人怎么样?这个'活动'如何?"

卡弗把烟点燃了。

"为什么是我?"麦克斯问。

"你过去的鼎盛时期,如果不是你们国家最好的私人侦探,也属于一流的私人侦探,从你解决的案子和未解决的案子的比例来看。我的朋友们给你大唱赞歌,嗓子都说哑了。在你以前的职业生涯当中他妈的甚至还有一两次差点就让我们暴露了。相当悬。这个你知道吗?我印象比较深刻。"

"什么时候?"

"这是我知道的,要由你找出来。"卡弗微笑着把浅蓝色的烟雾从鼻孔喷出来。"你是怎么发现我的情况的?谁泄露了?谁叛变了我?"

麦克斯不回答。

"噢,行了,明戈斯!告诉我!他妈的有什么关系?"

麦克斯摇头。

卡弗的脸沉下来,成了一堆愤怒的、难看的东西,都垂到鼻子以下了。他的眼睛眯成了一条缝，冒着怒火。

"我命令你把名字告诉我！"卡弗号叫，从椅子后面把拐杖抽过来，要站起来。

"坐下，卡弗！"麦克斯从椅子上跳起来，夺下拐杖，粗暴地把老头儿推回了座位上。卡弗看着他，惊讶而害怕。然后他瞥了一眼烟灰缸里还没灭的烟，碾灭了。

"你在这里寡不敌众。"卡弗斜睨着麦克斯，"你能用那个把我打死，"他朝拐杖扬了扬头，"可是你也不会活着从这里走出去。"

"我来这里不是要来杀你的。"麦克斯说着回头看了看，以为会看见那个女仆来收烟灰缸，或许还有其他人和她一起来，冲过来保护自己的主人。那里没有人。

卡弗把拐杖放在长沙发上，坐下了。

然后，咚咚咚的脚步声进了房间。麦克斯扭头看见保罗手下的两个人站在门口。他举手示意他们站在那里别动。

卡弗看见他们了，鄙夷地哼了一声。

"看起来多寡正好颠倒过来了。"麦克斯说。

"不一定。"卡弗说。

"你的仆人们？他们是你从诺亚方舟招募来的，对吧？"

"当然是。"

"他们对你的'客户'来说不够好？"

"就是。"

"他们真幸运。"

"真的吗？你说他们的生活'幸运'？"

"是的。他们的童年不用花在被强奸上。"

卡弗盯着麦克斯看了好长时间，端详慢慢变成了玩味。

"你在这里，这个国家待了多长时间，明戈斯？三四个星期？你知道这里的人为什么生孩子吗？穷人、普通老百姓为什么生孩子？和你们在美国那种矫揉造作的理由不一样，你知道，原因就是他们想要，绝大多数情况下就是这样。这里的穷人不计划什么时候开始生育。顺其自然。他们不过是在繁衍生殖。就是这样。孩子长到会走路了，父母就让他们干活，和他们的父母干一样的活。这个国家的大多数人是跪着生下来的，生来就是奴隶，生来就要做牛做马，和他们悲惨的祖先一样贫穷。"

卡弗停下来喘了口气，又点了一根烟。

"你看，我做的，我已经做完的，我给了这些孩子一种他们可能都无法奢望的生活，一种他们那木讷、无知、不抱希望的父母甚至做梦都想不到的生活，因为他们这些父母生下来脑子就不够大。他们并不是所有的人都受苦。我让几乎所有没法卖掉的都受了教育，所有那些成功的我都给了他们工作。他们当中的很多人都过得非常好。你知道我在这里创造了什么吗？我们以前没有的中产阶级。不算富有，不算穷，不过在中间水平，立志要做得更好。我帮助这个国家变得有那么一点正常了，有那么一点西方化了，和其他地方一样。至于我卖掉的那一些。嗯，你知道他们当中的一些结果怎么样吗，明戈斯？聪明的、坚强的、活下来的？等他们长大了，他们变聪明了，把自己的甜爹当大钢琴一样玩弄着。他们最终富有，生活一帆风顺。他们当中的大多数人继续在文明国家里过完全正常的生活，新名字、新身份，过去只是模模糊糊的不好的回忆，如果还记得的话。你以为我是恶魔，我知道，可是我已经给了成千上万人名誉、尊严、金钱和家。我给了他们一个照镜子的时候可以尊敬的人。见鬼，他妈的连镜子我都给他们了。总而言之一句话，明戈斯先生，我给了他们生命！"

"你不是神，卡弗。"

"不是？嗯，那么，在这么一个地方我就是比神差一点——一个有钱的白人！"卡弗怒吼着，"奴役和对白人叩头是这个国家基因里的东西。"

"恕我不敢苟同，卡弗先生。"麦克斯说，"这方面我知道得不多，的确如此。可是，在我看来，是被像你这样的人堂而皇之地糟蹋了，你们这些住大房子、有佣人给你们擦屁股的富人们。索取、索取、再索取，他妈的从来都不会回馈什么。你帮的不是别的什么人而是你自己，卡弗先生。你的慈善只是你说给像我这样的人听的谎言，好让我们用另外一种眼光看待你。"

"听起来像是文森特·保罗在说话。他给了你多少钱？"

"他什么也不给我，卡弗先生。你还没有告诉我，既然我曾经差一点就逮住你，那你为什么坚持让我来寻找查理？"

"最关键的一个词就是'差一点'。"卡弗设法露出了微笑，尽管他的声音在咆哮。"你只看见了你能证明的，你能相信的。你感兴趣的是像素，而不是整个画面。"

"你以为我会坚持寻找查理而忽视其他的？"

"大体上是这样。"

"你大体上把我看错了，对吧？"麦克斯呵呵笑了。

卡弗怒目注视着他。

"我有个问题问你。"麦克斯说。

"直说。"

"你认为谁藏了查理？"

"那仍然是你的工作。"卡弗喃喃地说，转移了目光。

卡弗把大手握成了拳头。麦克斯看着他非常安静而柔情地哭着，微微颤抖着，一点一点地吸着气。麦克斯看了看敞开的烟盒，一种疯狂的渴望突然间不知道从什么地方蹿了出来，一下子跳到了他的肩膀上。他突然想要吸根烟，想要某个东西占着手，想要某个东西能缓和他不得不坚持着做完的这件事的气氛。然后他看见了稀释过的威士忌，有一会儿还考虑一口气喝下去呢，不过他甩掉了这种诱惑。

"我了解小查理，你知道。"卡弗说，没有转身看麦克斯，在冲着书橱说。"我第一次看见他的时候就知道了。我知道他不是我的。她试图隐瞒这一点，可是我知道。我知道他不是我的。"

"怎么知道的？"麦克斯问。这个他始料不及。

"不完全是我的。"卡弗用同样的语气继续说着，似乎没有听见麦克斯的问题。"孤独症。一种不愿意与人分享的疾病。独占着某个人的一点一滴，从来不会放松所占有的。"

"你是怎么知道的？"

"噢，与众不同。"卡弗说，"行为模式不怎么对。我了解孩子，记得吗？"

麦克斯把手伸进口袋，掏出了保罗的人给他的信封。他拿出了里面两张影印件，交给了老头儿，然后站起来，走开了。

古斯塔夫·卡弗啜泣着，把眼泪擦掉了。他展开了纸张，看了看第一张。他眨了眨眼，呼哧呼哧地吸着气。他凑近了又看，嘴巴半张着，像是被逗得咧开嘴笑了，可是仍然还带着沉重的悲伤。他来回看着，第一张、第二张，然后又是第二张、第一张，仔细看着每一张。然后他一只手拿着一张，看看这一张，再看看那一张，上上下下、前前后后地看，眼睛眯缝得越来越小。他脸上层叠的松垮的赘肉开始颤抖，边缘都变成了亮红色，从下巴开始，一直红到了眼睛下面。他挺直了，深呼吸了一下。

然后他直视着麦克斯，把手里的纸捏成了一团，手指头把纸都攥紧了。他把纸扔到地上的时候，两张纸被皱缩、挤压成了两个小丸子。

麦克斯打开信封的时候发现影印件是亲子鉴定的结果，证明文森特·保罗是查理的生身父亲。保罗还附了一张卡片，上面写着：

"麦克斯：时机成熟的时候把这个交给古斯塔夫·卡弗。"

卡弗往后倒在椅背上，脸色灰白，眼睛空洞茫然，狂怒从他体内消失了，纪念碑坍塌在了地上。要是麦克斯没有听见老头儿亲口说的话，或许会为这个老头儿感到难过。

他们沉默地保持着原样，一个对着另一个，很长时间，时间也过得很慢。古斯塔夫的眼睛直勾勾地盯着麦克斯，可是目光空洞、没有分量，像死人的目光。

"你想怎么处置我，明戈斯？"卡弗问，声音里的权威性和雷鸣声已经被吸干了，更像是在嗓子眼里咕噜咕噜响了几声。

"把你抓起来。"

"把我抓起来？"卡弗皱了皱眉头，"把我抓到哪里去？这里没有监狱。"

"文森特·保罗想跟你谈谈。"

"跟我谈谈！"卡弗大笑，"他想杀了我，明戈斯！另外，我不愿意跟那个……那个农民说一个字。"

"你罪有应得，卡弗先生。"麦克斯从腰带上拿下了手铐。

"等一下。"卡弗举起手来，"让我最后再喝杯酒、抽支烟你再那么做行吗？"

"好吧。"麦克斯说。

卡弗又倒了满满一杯威士忌，点燃了一根他那没有过滤嘴的香烟。

麦克斯在他原来的位置坐下了。

"卡弗先生？有件事我不明白，你有那样的关系，怎么就没有把文森特·保罗除掉呢？"

"因为我是唯一一个能这么做的人。每个人都会知道是我干的。会爆发内战的。"他解释说。

他大口吸着烟，小口品着酒。

"我从来都不喜欢过滤嘴，煞味道。"卡弗一边吸着橘黄色的烟卷一边笑。"你看地狱里有香烟吗，明戈斯？"

"我怎么知道,卡弗先生。我不吸烟。"

"我看你能为我办点儿小事吧?"卡弗问。

"什么事?"

"让我走出自己的房子?我自己走,不让那些……看守押着。"他瞟了一眼门口的人。

"好,不过我不得不把你铐上。以防万一。"

卡弗烟吸完了,酒喝完了,把手伸到麦克斯面前让他铐上。麦克斯让他站起来,转过身,把他的双手背到身后。手铐紧紧地铐上了,卡弗呻吟了一下。

"我们走吧。"麦克斯开始带着卡弗朝门口走。他用力扶着卡弗,因为卡弗瘸腿走路蹒跚得厉害。

他们还没走五步卡弗就停下不走了。

"麦克斯,拜托,不是这样。"卡弗含糊不清地说,把烈酒和香烟的臭味大口大口地喷在麦克斯的脸上。"我办公室有把手枪,一把左轮手枪。让我自裁吧。给我留下一颗子弹,其余的你都卸下来。我是个老头儿。我的时间不多了。"

"卡弗先生。你偷了成百上千个孩子,不仅仅是毁了他们的生活,而且还毁了他们家人的生活。最主要的是你偷了他们的灵魂。你摧毁了他们。你葬送了他们的未来。怎么惩罚你都不够。"

"你这个自以为是的小混混儿。"卡弗啐了麦克斯一口,"一个冷血的杀手还拿道德规范来教训我,你……"

"说够了吗?"麦克斯打断了他。

卡弗垂下了眼皮。麦克斯开始拽着他朝门口走。保罗的人走上来。卡弗踉跄着走了几步,然后又停了下来。

"我想和犹滴告别。"

"谁?"

"犹滴,我的妻子。让我再最后看一眼她的画像。那么好的画像,栩栩如生,惟妙惟肖。"卡弗说,声音突然变了。

"那不是她。她死了。而且你肯定很快就能看见她了。"

"要是我看不见呢?要是那里什么都没有呢?就再看一眼,拜托了,明戈斯。"

麦克斯想到了桑德拉,让步了。他挥挥手让这个人回去,把他带到了画像前。

老头儿凝视着妻子的画像,混杂着法语和英语跟她念叨着什么。麦克斯一直支撑着老头儿的身子。

麦克斯看了看名人堂——壁炉以及卡弗和伟人、名人握手致意的所有带镜框的照片。他在想是否会在交易记录当中发现这些广为人知的名字当中的任何一个。

卡弗不嘟哝了,斜眼看着麦克斯。他揶揄地说:"他们没有一个是客户,别担心。可是他们之间的距离也不超过两个人的间隔。记得吧,两个人。"

"好了,我们走吧。"麦克斯抓起卡弗的胳膊。

"别碰我!"卡弗粗暴地挣脱了麦克斯的手,试图后退,可是他本来就站立不稳,这一下子就失去了平衡,重重地仰面朝天摔在了地上,全身的重量都压在了戴着手铐的双腕上。

麦克斯没有走过去帮他。

"起来,卡弗。"

老头儿侧过身去,很痛苦,喘着粗气,呻吟着。然后他趴在了地上。他往右侧倾斜身体,左腿蜷缩起来,试图站起来。可是这正好是他中风的一侧,需要用拐杖支撑的一侧,所以腿刚撑起来四分之一就不行了,他又趴在了地上。卡弗喘着气,眨巴着眼睛。然后,他一拱一拱在地板上爬行,努力朝麦克斯的方向爬过去,痛苦得龇牙咧嘴。

老头儿的脸要碰到麦克斯的脚趾头了,他尽可能地抬头仰望着麦克斯。

"朝我开枪,麦克斯。"卡弗恳求着,"我不怕死。在这里开枪打死我,在我的犹滴面前。拜托了!"

"你起来,卡弗。"麦克斯无动于衷地说,走到老头儿的身后,拽着他被铐着的手腕把他拉了起来。卡弗又趴下了。

"不要把我交给文森特·保罗,拜托了,麦克斯,拜托。他会对我干无法言说的事。请你开枪打死我,拜托。我能接受你这么做。"

"你简直就是个令人作呕的乞丐,卡弗。"麦克斯跟卡弗耳语。

"开枪打死我,麦克斯。"

"卡弗,至少努力保持点儿尊严。看见这个了?"麦克斯解开了衬衫上的三个纽扣,让卡弗看了看他胸膛上粘着的麦克风。"你不想让文森特·保罗的人把你从这里抬出去,对吧?"

"这不就是'诱捕'吗?"

"这可不是。"

卡弗庄严地朝门那里点点头,一脸厌恶,承认失败了一半。

"我们走吧。"

麦克斯带着他走出了房子。

保罗的人在外面,有三辆吉普车。

所有的仆人和保安都被俘虏了,集中在草地的中央,四个手持来复枪的人看守着他们。

"在美国我会得到公正的审判。"卡弗看着这个阵势说。

"在美国你能用钱买到最佳辩护律师。公正可能是瞎子,但肯定不是聋子。还有东西能胜过冷冰冰的硬挺货币,这一点你和我一样明白。"

有几个仆人冲着卡弗叫了几声,他们的声音悲伤而困惑,听起来像是在问怎么了,发生了什么事。

"麦克斯,你知道他要把我怎么样吗?那个畜牲会把我的肋骨剔下来,然后拿我喂野兽。你想让这个折磨你的良心吗?想吗?"

麦克斯把手铐的钥匙交给了保罗的一个手下,另外一个人抓住了卡弗。

"那样的话,或许我会和你一样。"

"怎么一样?"卡弗问。

"绕过我的良心。"

"狗杂种!"卡弗啐他。

"我?"麦克斯几乎笑起来了,"那你呢?"

"一个内心平静的人。"卡弗不屑地说。

麦克斯示意他们把卡弗带走。

这个时候老头儿爆发了。"去死吧,麦克斯·明戈斯!去死吧,文森特·保罗!去死吧,你们这些拿枪的猴子!你们通通都去死吧!还有……还有把他孵出来的那个小畜牲、臭婊子都去死吧!我希望你们永远都找不到他!我希望他死了!"

卡弗盯着麦克斯,带着强烈得冒泡的憎恶,呼吸沉重而疲倦,像一头奄奄一息的公牛盘算着进行最后一次愤怒的出击。

房子前面笼罩着十足的寂静,卡弗的咆哮似乎吸收了周遭所有的噪音。

所有的眼睛都注视着麦克斯,等待他的还击。

片刻之后还击来了:

"再见,狗杂种。"

然后,麦克斯看了看紧紧抓住卡弗的胳膊和肩膀的两个人说:"把这袋臭狗屎弄出去,埋了,埋得深深的。"

回去的路上,麦克斯在拉古乌拉酒吧外面停下来。拉古乌拉酒吧正在举行派对,热闹非凡。圣诞节的装饰都做好了。这个地方已经用金箔和飘带装扮好了,墙上满是排列成心形的五彩缤纷的闪光灯泡。

音乐是圣诞赞歌大杂烩,难听得要命:机械的、一成不变的音乐节奏,一个德国口音的女歌手在用英语演唱。她大概只是掌握了这门语言,咬字不清,语音模糊,很多发音都走样了。不过,气氛欢快而友好,人们都为着开心而来。每个人都在笑着跳舞,酒吧里里外外的人、吧台后面的人都在笑着跳舞,很可能厕所里都有人笑着跳舞。大量的戏谑声、笑声时不时盖过了音乐。美国士兵和联合国维和部队混杂在一起,他们又都和当地人混杂在一起。麦克斯注意到那里有更多的海地人,男女都有。让他郁闷的是,等他再仔细看看,发现所有的海地女人都是妓女,衣服穿得太紧、妆化得太浓、都戴着假发,还有那种橱窗式的勾引你进来的眼神;同时还发现那些海地男人都是给这些妓女拉皮条的,远远地跟在妓女们的后面,只要有男人走进他们遥控的这些活动的自动取款机的秋波范围就会死盯着不放。

麦克斯买了一杯双份的朗姆酒,走出酒吧去看院子里的人跳舞。一个喝醉的海军问麦克斯是不是军警,还有个人问他是不是中央情报局的。一个耳朵上戴着金耳钉的红脸女孩把塑料的槲寄生枝旋在他的头上,然后用喝了啤酒之后湿漉漉的嘴唇亲吻了他。她问麦克斯想不想跳舞,麦克斯说多谢了,不跳,以后再说吧。她的声音是纯正的俄克拉何马口音。麦克斯看着她走开了,对站在音响旁边的一个海地人作出了同样的举动。几秒钟之后他们跳起舞来,身体紧贴着身体。

麦克斯无法自已,对发生的事感到愤懑,对卡弗感到愤懑,对为卡弗工作感到愤懑。他不介意帮忙扳倒了这个老头儿,不介意老头儿坐在某个地方等着文森特·保罗来,等待宣判。这不是他来这里的目的。

在那些录像带上看见的可怕的镜头如同旋转托钵僧一样在他脑海里狂舞着。

在他把折磨曼努拉的三个家伙开枪打死之前,他曾经感到胃里空洞得没有着落,一种夹在绝望当中的无用的感觉;感到以后什么都无所谓了,感到凡事只是越变越坏直到今天最恶心的犯罪成了明天猫挠的印子一样稀松平常。然后他想起来了:自己在那里干什么,为什么接了这个案子,为什么花费了近两年的生命来解决它。曼努拉曾经对他微笑过。只有一次。那是他们在沙滩的时候,他、桑德拉和曼努拉一起在沙滩上。他正在支阳伞,放甲板躺椅,一对夫妇——一个是黑人、一个是白人——手拉着手走过去,那个妻子怀孕了,她对他们说他们的孩子真可爱。麦克斯看了看桑德拉和曼努拉,她们俩一起坐着,那一刻,他平生第一次想要孩子了。曼努拉可能看透了他的心思,因为她和麦克斯对视着,微笑了。

他开枪把害曼努拉的人打死的时候心里想着曼努拉,而且是只想到了曼努拉。杀人犯中的最后一个,西拉斯·纽伯里,并不是安安静静地死的。他哭着、叫着,祈求麦克斯放他一条生路,结结巴巴地背诵着祈祷词和赞美诗。麦克斯让他祈求,等他求得没有力气了,失声了,一枪就把他打死了。

朗姆酒让麦克斯镇定下来了。困扰他的东西被抚平了,漂流到了某个一时间什么都无所谓的地方去了。朗姆酒是好东西,美妙的止痛药。

两个戴黑色直假发的妓女偷偷走过来,把他夹在了当中,微笑着。她们简直就是一个模子里刻出来的。麦克斯摇摇头,眼睛朝别处看去。其中一个姑娘对麦克斯耳语了什么。他不懂那姑娘在说什么,音乐把她的话都淹没了,能听到的只有最尖的声响。他耸了耸肩膀,露出了"我不懂"的表情。这时候那姑娘大笑起来,指了指人群当中的某个地方。麦克斯看了看那一堆移动的身体——牛仔裤、运动鞋、T恤衫、沙滩衬衫、马甲——没有看见自己应该看的东西。然后,照相机的闪光灯亮了。几个跳舞的人吃了一惊,扭头看是哪里的闪光灯,然后又重新舞动起来。

麦克斯站在原地寻找拍照的人,可是没看见。姑娘们走了。他走到舞池,穿过人群走向闪光灯亮的地方。他问离那里最近的跳舞的人有没有看见照相的人。他们说没有,和他一样只看见了闪光。

麦克斯回到酒吧里面找那两个姑娘。她们正在和两个海军交谈。麦克斯走过去,正要问闪光灯的事,可是等看清了才发现她们根本不是刚才到他身边来的那两个姑娘。他含糊地道了歉,然后继续在酒吧里找,可是再也没看见她们。他问了问酒吧老板,老板光耸肩膀。找了找洗手间附近,没有。他走到外面,前前后后看了看,街上空无一人。

麦克斯在里面又喝了几杯。他和一个叫亚历杭德罗·迪亚斯的中士聊起来。迪亚斯是个迈阿密居民。他肯定麦克斯是中央情报局的。麦克斯逗着他玩儿,暗自窃笑,既不承认也不消除中士的疑虑。他们谈论着迈阿密,谈论着他们两个人都是如何想念那个地方。迪亚斯告诉麦克斯说,麦克斯提到的很多地方比如俱乐部、饭店、唱片店、舞厅都没有了。他向麦克斯推荐了一个只对会员开放的新地方,叫三作家失钱,还声称那里的贴身色情舞女都有大师级水平。他给了麦克斯一张卡片,印着这家俱乐部的名字、标志和电话号码。标志是一只卡通鳄鱼,满脸堆笑,穿着紧身花纹装,戴着圆顶高帽,一只爪子握着羽毛笔,一只爪子拿着香槟酒瓶。迪亚斯告诉麦克斯说打电话的时候他们会问口令。麦克斯问什么口令,迪亚斯记不得了。

麦克斯凌晨三点左右回家,二十分钟之后到了大门口。

来到起居室,他解下枪套,一屁股坐在椅子上,看见扳机保护套没扣紧。他从来都不敞着扳机保护套,从他刚当兵时有个孩子猛地抢走了他的枪以后从来都没有敞着过。他把枪拿出来检查了一下。子弹都在里面,一颗也没有少。

或许他开始健忘了。他过了漫长的一天,事关重大的一天。

他考虑站起来,完成走到床边的行程,可是太麻烦了。床离得那么远。

他闭上眼睛睡着了。

第二天他接到了阿连的电话。他当天下午想要和麦克斯见面。

阿连脸色苍白,一种蜡色,鬼一样的皮肤四周还带着青魆魆的痕迹;脸的下半部露出了胡子茬,眼睛下面有深深的阴影,一直延伸到了脸颊的上缘。麦克斯能看出来他是和衣而睡的。他穿着夹克衫掩盖里面皱巴巴的衬衫。衬衫的领子都折了,袖口卷着,也懒得放下来了。他的领带没戴正,衬衫最上面的扣子也没扣。他把头发往后梳了梳,可是生发油用少了,一绺绺的头发已经开始从主体上偏离了,朝不同的方向岔着。似乎有个人把原来的阿连带走了,那个麦克斯第一次见面时看见的阿连,然后用铁刷子浑身上下擦洗了一遍,阿连整个人在那里还能认得出来,可是很多光泽都掉了,曲线都平了,所有的棱角也都钝了。

他们在顶层的一间会议室,面对面坐在一张圆桌前。透过烟灰色的玻璃,大海一览无遗。麦克斯以为他们面前的卡拉夫瓶里是水,等他给自己倒了一玻璃杯,才闻到冒出来的是酒味。麦克斯尝了尝,是纯伏特加。阿连几乎喝光了自己倒的那一杯。当时是下午三点钟。

"对不起,"阿连睡眼惺忪地说,"我忘了。"

他没有醉。

麦克斯想知道阿连对自己父亲的所作所为了解多少。他跟阿连谈的时候选择了温和的方式,警察和嫌疑犯进行看似随意的、非正式的谈话时使用这种方式。这种方式涉及在交谈的过程当中以不同的方式问同一个问题。

阿连把麦克斯的机票放在了桌子上,第二天回迈阿密的,十一点半的航班。

"尚蒂尔会去接你。"阿连说。

"她在哪里?"

"她母亲星期二过世了。她带着骨灰回老家了。"

"听到这个很难过。"麦克斯说,"她知道发生什么事了吗?"

"知道。知道一部分。"阿连说,"我没有把所有的详细情况都告诉她。如果你不把知道的一切都告诉她,我会感激不尽。"

"当然。"

麦克斯把话题转到了袭击戈纳夫岛。阿连告诉麦克斯他们发现了什么,他把细节一点一点说出来的时候看起来绝对是惊恐万状。他尽其所能地说了一些之后就崩溃了,哭起来。

阿连恢复平静之后麦克斯重新开始提问。父亲从来没有跟他提到过戈纳夫岛吗?没有,从来没有提过。他父亲给他吹奏过黑管吗?没有,不过他知道父亲吹黑管,而且还是个颇有天分的小号吹奏者。是否曾经怀疑过自己的父亲为什么有这么广泛的业务关系?没有。为什么?卡弗家族在海地是重要人物。他记得吉米·卡特竞选总统之前见过父亲。在海地吗?不是,在佐治亚州。海地的花生歉收,他父亲作了一笔交易,进口了卡特的花生。卡特到这个国家商谈全国执政委员会的和平投降事宜的时候甚至还来顺致问候呢。麦克斯就这样来来回回地问着,麦克斯问得越多,阿连回答得越多。阿连用悲伤的、充血的眼睛和麦克斯对视着,酒精和心跳渐渐模糊了视线,他越来越让麦克斯相信他本人对自己周围发生的一切确实是一无所知。

"他恨我,你知道。"阿连不假思索地说,"他恨我是这个样子,恨我不是别的样子。"

阿连用双手往后梳理着头发。他没戴手表。麦克斯注意到他左手的手腕上有个深粉红色的伤疤。

"你呢,阿连?你恨他吗?"

"不恨。"阿连眼泪涟涟地说,"如果他要我原谅他,我会原谅他的。"

"现在也会吗?知道了这些以后?"

"他是我的父亲。"阿连回答说,"这并不能为他的所作所为提供借口。事情还是那样。可他不管怎么说还是我的父亲。在这里我们拥有的一切就是我们本身和我们的家人。"

"他有没有在你身上用过那些心理技巧?"

"什么?催眠术?没有。他曾经想找个精神病医生让我改邪归正,可是母亲不让他这么做。母亲总是护着我。"阿连看着自己在桌子上模糊的倒影。他把自己那一杯喝完了,用手背擦了擦嘴。

然后阿连突然打了个响指,拍了拍夹克衫。

"这是给你的。"他掏出一个皱巴巴的、封着的信封,用手指头夹着递给麦克斯。

麦克斯打开信封。里面是张收据,说明钱已经转入了麦克斯在迈阿密的账户里。

$5,000,000。

五百万美元。

麦克斯无言以对。

一大堆钱堆在盘子上。

明天他就要回迈阿密了。他还要重新开始生活。手头的钱能帮大忙，或许他所有需要帮的忙都能帮上。

然后阴影悄悄出现了，前景冷却了。

"可是……"麦克斯的视线离开了那一串零，开始说话。

麦克斯想起了克劳德特·托多，克劳德特被卖了，钱进入了卡弗帝国，一个用孩子的血肉和骨头建立的帝国。那些钱当中的一部分在他手里，这些钱就是他的前程。

"难道不够吗？"阿连看起来突然害怕了，"我很愿意再多付给你。说吧，多少。"

麦克斯摇头。

"我没完成工作从来都不收钱。"麦克斯终于说话了，"我甚至都无法肯定地告诉你查理发生了什么事。"

"文森特又重新办这个案子了。"阿连说，"你知道，他喜欢你，我父亲喜欢你。他说你是个值得尊敬的人。"

"是吗？嗯，我不喜欢他。"麦克斯回答说，"而且我也不能接受这笔钱。"

他把收据放在桌子上。

"可是钱已经在你账户里了，是你的了。"阿连耸耸肩，"另外，钱并不知道自己是从哪里来的。"

"可是我知道。这是个大问题。"麦克斯说，"我会尽快汇回来。就这样吧，阿连。"

他们握手，然后麦克斯走出了会议室，朝电梯走去。

麦克斯把车停在淡粉红色的罗马天主教大教堂附近，走路去了太子港闹市区。快到钢铁市场了，他在一处名为教堂的地方停下来，那个教堂从外面看起来像是个仓库。

麦克斯把门推开走进去，这简直就是他见过的最不同寻常、最美丽的教堂。

走道的尽头、圣坛后面是壁画，高二十一英尺有余，覆盖了整个墙面，从地面一直延伸到穹隆底下的三个百叶窗。他在外观简陋的长凳中间走过去，坐在了正数第二排的一个座位上。十几个人或坐或跪在各种各样的位置，绝大多数是女人。

耶稣诞生图中画的主要是圣母玛利亚，穿着黄色的长裙，披着蓝色的斗篷，朝围观者走过去，双手交叉放在胸前，两个天使在后面拉着她的斗篷角。她身后是开放式的茅草盖的结构，像是个有屋顶但没有墙的棚子。麦克斯记得自己开车进出佩蒂翁维尔的路上透过车窗玻璃看见的和这个草棚极其相似的建筑。

壁画组图的顶端都是天使，各幅图画之间也用天使衔接着，有的天使在奏乐，有的天使把花环带到下面的场景当中，暗示着耶稣的生活从开始到再生都是一幕。

麦克斯有时候在教堂里独自一人进行头脑风暴之后就能破案，坐一个小时左右，凝视无眼的圣像和有色玻璃窗，闻着污浊的蜡烛烟，感受四周谦卑的静寂的重量。这曾经帮助他清醒大脑，调整思路。

现在呢？在这之后该何去何从？

眼下就是他走之前面临的同样的老问题：他将不得不回到家里，面对那里所有幸福的回忆。那些回忆都挤在门后面，只要他一走进去就会把他淹没，那是神灵的欢迎会。他又把桑德拉前前后后想了一遍，悲痛在眼睛和鼻子后面堆积成了热乎乎、潮乎乎的压力。

等回到迈阿密，他作为私人侦探的生涯也就结束了，他知道该怎么做，而且不知怎么仍然想做的一切就终结了。不管他看见过什么，经历过什么危险，尽管他害怕自己不像以前那么优秀了，害怕自己或许错过了什么东西，他仍然想做私人侦探。

他要从海地带走什么？他会得到什么？不是金钱，不是工作圆满完成的满足感，因为他干这一行以来这是第一次没有解决案子。他要把没有做完的事抛在身后。这个小男孩的脸会阴魂不散地跟着他走完余生。这个孩子发生了什么事他仍然一点都不知道。所有的都是猜测、推测和谣传。可怜的孩子。双重无辜者。

他帮忙摧毁了一个国际性的恋童癖集团，至少是引发了这个集团的崩溃过程。他救了无数孩子的命，让他们的父母免得过生不如死的生活，免得承受爱的人走了还要生活下去的痛苦。他们发现并解救了的孩子会怎么样呢？他们能被治愈吗？这个程序能逆转吗？他们被剥夺的能再还给他们吗？他不得不拭目以待。

拭目以待——现在那是他生活当中能期待的最好也是最坏的事。这种想法吓了他一跳，然后让他沮丧起来。

一个小时之后他离开了教堂。他把从前门进来的一个女人叫住，问那个人这个地方叫什么名字。

答复是"三圣大教堂。"

外面阳光耀眼，炎热和噪音让他一时间迷失了方向。他走过一条条街道，离教堂的凉爽、安静及其内在的清醒越来越远。

他又恢复方向感了，走回了自己停车的地方。车没了。人行道上的碎玻璃片告诉他发生了什么事。

他不介意。实际上他真的不在乎。

他原路返回，找到了钢铁市场。对面停着长长的一排出租车在等客，有60年代的灵车、双门厢式小客车和轿车，外面都涂成了伏都教的迷幻世界。他问排在最前面的那辆车的司机去不去佩蒂翁维尔。司机点点头，让他上车。

他们足足等了四十分钟车上才装满了人，都是从街上来的，带着一篮子一篮子的蔬菜、大米、豆子、活鸡和湿淋淋的死鱼。麦克斯发现自己被紧紧地挤在了角落里，一个大块头的女人坐在他的腿上，后面上来的六七个人几乎把他埋在了底下。

司机准备好了他们就走了。他们从首都的后街出城，那里唯一和他抢道的就是行人和家禽。车里面气氛活跃，似乎所有的人都认识彼此，每个人都在相互交谈——每个人，除了麦克斯以外，他一个字都听不懂。

麦克斯装好箱子，在拉古乌拉酒吧附近的一家饭店吃了饭。

他吃了米饭、鱼和油煎大蕉。吃完留下了丰厚的小费，朝为他服务的漂亮女孩挥挥手、笑了笑，然后出了门。

他一边往回走一边看着那些孩子：满身泥污、骨瘦如柴、肚子鼓胀、肮脏透顶、衣衫褴褛，很多都穿着紧身的包装材料，在垃圾堆里捡东西，有一些在玩游戏，有一些在街角晃悠，还有几个赤脚跟在父母身后跟跟跄跄地走着。他不知道自己拯救了他们什么。

## 58

"听到你母亲的消息很难过，尚蒂尔。"麦克斯说。他们正开车去机场，都走了半路了几乎还没说过话呢。

"从某个角度来说我不难过。"尚蒂尔说，"她最后的时光对她来说真的很痛苦。她遭受了严重的病痛。没有人应该遭那样的罪。我真的希望她去了一个更好的地方。她一辈子都相信死之后会去的这个地方。"

对此麦克斯无言以对，不知道说什么既能听起来诚心诚意又能起到安慰、说服的作用。桑德拉刚刚去世之后他也有过同样的经历。桑德拉的死就是终结，一个突然的句号，之后就什么都没有了。在麦克斯看来生活已经完全没有意义了。

"你准备干什么？"麦克斯问尚蒂尔。

"看看再说吧。眼下阿连想让我继续留下来帮他走出困境。现在他掌管了一切。我看他应付不了。对他的打击真的很严重。"

"是啊，我知道。感谢你开车送我。其实你没必要这么做。"

"我不可能不说再见就让你走。"

"这没必要是再见。"麦克斯说，"可能会是'待会儿见'、'回见'。为什么不等你回到迈阿密的时候给我打个电话呢？"他开始写自己的电话号码，写下区号之后才意识到自己把电话号码忘记了。"我不得不给你打电话了。"

尚蒂尔看着麦克斯，和麦克斯对视，让麦克斯直接看见自己的悲伤。她的痛苦那么深，本人都看不见了；那么强烈，简直要把她淹没了。麦克斯感到笨拙而愚蠢。错误的地点、错误的时间、错误的举动。

"对不起。"

尚蒂尔摇摇头。麦克斯不知道这是谅解还是质疑。

他们在机场对面停了车。

尚蒂尔拉着麦克斯的胳膊，说："麦克斯，不要给我打电话。你还没准备好。没有准备好接纳我，也没有准备好接纳任何人。"尚蒂尔尽最大努力露出了微笑，双唇颤抖着。"等你到了家，知道自己该干什么吗？你该把妻子埋葬了。哀悼她，哭出来，把她的神灵从你的心里洗刷掉。然后你就能继续了。"

# 第五部

## 59

回到了迈阿密,回到了达德县的拉迪逊旅馆。他们给麦克斯的房间不是他以前住的那一间,不过他们也算是给了那一间,因为和麦克斯记忆中的房间毫无二致:两张单人床,铺着黄褐色的格子呢床罩;一个床头柜,里面放着基甸国际所赠的圣经;一张写字桌,配带一把椅子,桌前镜模模糊糊的,需要好好用力擦一擦了;一台中等尺寸的电视机;窗前还有一把扶手椅,配一张桌子。风景也没有区别:斯达巴克咖啡馆、公爵饭店、冰淇淋屋、地毯仓库和一家便宜的中餐馆;远处是肯达尔区一些安静的住宅。那些住宅远离道路,掩映在树木丛林当中。天气不错,天空湛蓝,阳光一点也没有麦克斯在海地所习惯的那样强烈。

麦克斯从机场出来,根本没有费劲去想要走回家的那条路线,而是直接告诉出租车司机把他送到这里。他在飞机上就拿定了主意,飞机轮子刚刚离开跑道、他的肠子下坠到座位上的时候就拿定主意了。他不想在家里过圣诞节,也不想在家里迎接1997年。家是他过去生活的博物馆,过去幸福的博物馆。新年的第二天,1月2号,他就回去,那时候他肯定结账回家。

还没有结束。

麦克斯无法把查理·卡弗忘掉。

这孩子在哪里?

他发生了什么事?

麦克斯做事从来都不会半途而废,原因只有一个:这会让他夜里睡不着觉,挥之不去,让他不得安宁。

麦克斯到了小海地。商店、酒吧、市场、俱乐部。他是那里唯一的一张白人的脸。没有一个人打扰他,很多人跟他说话。他经常以为自己认出了在太子港和佩蒂翁维尔看见过的脸,可是他们根本不是自己遇到过的人。

他每天晚上都到一家叫泰珀-泰珀的海地饭店吃饭。食物美味可口,服务时好时坏,气氛温馨热闹。他总是坐同一张桌子,在布告板对面,布告板中间就贴着寻找查理的寻人启事。

麦克斯反复琢磨着这个案子。他按照时间顺序捋了一遍。他把证据一一列出来，又综合起来，然后把其他细节也考虑进来，包括背景、历史和人。

有什么地方不对劲儿。

有什么东西他没有看见，或者是忽略了，也许是什么他故意不想看见的。

可是是什么呢？他不知道。

还没有结束。

他不得不知道查理·卡弗发生了什么事。

12月21日。上午八点刚过乔就给麦克斯打来了电话，告诉他已经救出了克劳德特·托多并且逮捕了萨克比。他们把手铐刚往萨克比的手腕上一铐，萨克比就开始把自己知道的一切和盘托出了，试图跟所有的人做交易，说他愿意告诉他们有关迈阿密一家私人俱乐部的情况以及被扔进埃弗格莱兹大沼泽的尸体，条件是给他减刑。从警察到卫生员都成了他试图交易的对象。

托多神甫正赶往劳德代尔堡去看侄女。

乔问麦克斯住在拉迪逊旅馆干什么。麦克斯想不出稍许聪明一点的说法，于是把实情告诉了自己的朋友。让他惊讶的是，乔竟然告诉他说自己明白他的处境，麦克斯应该慢慢来，不用着急，没必要急急忙忙地冲进要用毕生的精力去完成并克服的事情里去。

他们约好第二天晚上在L酒吧见面。麦克斯回来以后这是他们第一个见面的机会。乔一直忙：圣诞节总是有很多疯子出现。

"请你喝一杯吗，中尉？"麦克斯看着乔在雅座玻璃窗上的影子问。

乔伸出手站起来，咧开嘴笑着。

他们拥抱。

"现在看起来好了，麦克斯。"乔评价说，"不像头朝下吊在洞里吊了十年。"

"你减肥了，乔？"麦克斯问。乔仅次于文森特·保罗，没有别的什么人再比他更魁梧了，可是他肯定比麦克斯瘦得还要厉害。他的眼睛更大了，颧骨都有点凸出了，下巴有点尖了，脖子似乎也细了。

"对，掉了几磅肉。"

他们坐下来。侍者走了过来。麦克斯要了双份的纯巴朋沽朗姆酒，乔要了双份的可乐。

两个老朋友闲聊着，不慌不忙，悠闲放松。他们从小事谈起，慢慢转到大事上面。酒和饮料不断地送过来。麦克斯把事情的来龙去脉和盘托出，一桩桩一件件按照发生的顺序说了一遍，从在纽约和阿连·卡弗见面开始说起，一直说到在佩蒂翁维尔的文森特·保罗为止。麦克斯讲述的过程当中乔什么也没说，可是，麦克斯详细描述自己发现的情况的时候，看见朋友的表情慢慢失去了光彩。乔想知道古斯塔夫·卡弗会怎么样。

"我猜他会被交给被偷的一些孩子的家长。"

"好。我希望他们每个人都割他一块肉。替每个孩子都割一块。"乔低吼着,"我恨这些混蛋,老弟!恨他们!"

"组织工作方面有什么进展?"

"佛罗里达州的性变态我们能处理。已经组成了一个小分队去抓他们。也就是这一两天的事。"乔说,"其余的我正在交给其他各州的朋友们。联邦调查局也有任务。这是大手笔。等了好长时间了。"

他们碰杯。

"啊,我有东西给你。现在已经没什么用了。可是,你以前要过,所以我还是带来了。"乔说着递给麦克斯一个褐色的信封。"首先,达尔文·米迪,他死了。"

"什么?什么时候?"

"今年四月份。海岸警卫队上了从海地来的一条船寻找非法人员。在货舱里发现了米迪。他被封在一个桶里,赤身裸体,手脚都被绑着,舌头被割掉了。尸体检验报告上说他们发现之前米迪在里面待了至少有两个月,还说他们割下他的舌头的时候他还活着,把他封起来的时候他也还活着。"

"上帝啊!"

"这个人和给克莱德·贝森开过刀的人可能不是一个人。我做了一点调查。米迪到海地办这个案子的时候,联邦调查局马上就要因为贩毒逮捕他了。他在帮之前的一个客户从委内瑞拉带毒品入境。我跟很多人谈过,他们都说他们在船上工作。桶上有委内瑞拉的唛头,船在去海地之前在那里停留过。"

"割他舌头的切口整齐吗?"

"解剖刀割的。专业水平,嗯,除了让他血流不止以外。"

麦克斯喝了一大口酒。

"贝森也是这个人干的。"麦克斯说。

"不一定……"乔开口说话。

"你还查到了什么?"麦克斯打断了他。

"还记得你快递给我的证据吗?那盒录像带上的指纹帮我们破获了一桩旧案。"

"是吗?"

"还记得你去海地之前让我调查卡弗家族吗?我在档案上能找到的唯一一件事就是有人非法闯入了他在这里的住宅,什么也没有丢,但是窃贼在他家的一个漂亮盘子上拉了一摊屎。"乔哈哈大笑,"记得吗?实验室从录像带上提取的指纹和他们在那个有屎的盘子上发现的指纹完全一样。"

"是吗?"

"啊哈。情况好转了,好转了很多。"乔把身子探过来,离得更近了些,微笑着。"现在,我们还没有这个罪犯的档案,只有符合的条件。不管怎么说美国这里没有。如果我们不嫌麻烦和加拿大皇家骑警队一起调查指纹的话,我们就会知道拉屎的人到底是何许人也。"

"还有……呢?"

"你让我查的另外一个家伙鲍里斯·加斯佩西。"乔说。

麦克斯感到自己心跳加速,一股冷气直蹿脊梁骨。

"告诉我。"

"在加拿大涉嫌两起杀人案被缉捕。"

"怎么回事?"

"鲍里斯肯定是卡弗害的那些孩子当中的一个,因为他被这个叫琼-阿尔伯特·李博夫的外科医生收养了。李博夫也是个恋童癖。过去一直去海地。鲍里斯十二岁的时候把他给杀了。捅了他五十多刀。他们发现这个李博夫的碎片溅得到处都是。这个小家伙把他从脖子到肚子一劈两半,而且劈得相当精准。他告诉审讯他的侦探说他那所谓的养父让他看自己做手术的录像带,还常常对他说如果他告诉任何人他们之间发生的事也会这么对待他。鲍里斯告诉警察他实际上姓加斯佩西,还说他在海地被绑架了、被洗了脑子。他说的第一部分他们买账,第二部分就不买账了。收养的手续都合法。法庭对这个小家伙真是宽大仁慈。他们把他送到了温哥华外面的一家医院。他在那里住了大概六个月,做得真的很好,没有人抱怨,是个模范病人。然后,有一天,他突然间和住在那里的另外一个孩子打了起来。目击证人说那个孩子拿刀去捅鲍里斯,鲍里斯进行了防卫,只是防卫过当了,知道吗?袭击鲍里斯的人昏迷了。现在事情搞大了。鲍里斯被医院的保安看管了起来。之后鲍里斯又遭到了袭击,不过这一次是医院的一个工作人员干的,那个男护士刚到那里干了一个月。他拿着装满肾上腺素的针管要给鲍里斯注射。"

"卡弗派人去杀鲍里斯。"麦克斯说。

"现在看起来是这样,当时谁知道?我猜只有鲍里斯知道,因为接下来他就逃跑了,成了在逃犯。他们进行了大搜捕,可是根本没找到他。"

"这一切发生在什么时候?"

"1970年和1971年。"乔说。

侍者走了过来。他们又要求把自己的杯子斟满了。

"就像我刚才说的,鲍里斯因为两起杀人案被加拿大警方通缉。一个是银行家,叫肖恩·迈克尔,另外一个是商人,叫弗兰克·赫胥黎……"

"又来了?又是这些名字?"麦克斯说,心跳加速。

"肖恩·迈克尔和弗兰克·赫胥黎对你来说有什么意义吗?"乔问。

"有一点。"麦克斯说,"继续说吧。"

"他们的尸体上到处都是鲍里斯的血手印。鲍里斯把他们折磨了至少三天才杀的。"

"怎么杀的?"

"用解剖刀割断了他们的气管。"

"老花样。"麦克斯说。他把信封打开,拿出了用夹子夹在一起的厚厚的一沓影印件。第一张就是有关谋杀案的报告。麦克斯一张一张翻看着乔给他的东西,一页一页地往后翻,看见材料中间夹着一张鲍里斯·加斯佩西的快照。影印效果不怎么好,可是麦克斯能清楚地认出这个不苟言笑的十几岁孩子的脸就是他认识的肖恩·赫胥黎年轻时候的样子。

赫胥黎就是鲍里斯·加斯佩西。

赫胥黎动过他在福斯丁的房子里发现的那盘录像带。

他找到了福斯丁的家,多亏了那张从电话簿上撕下来的纸,那张纸放在骇人长发塔或者达尔文·米迪在圣水交给他的那个盒子里。

他没有看见骇人长发塔的脸。

鲍里斯·加斯佩西也是骇人长发塔吗?

一开始他为什么要去圣水呢?

赫胥黎告诉他贝森和米迪去了那里。

赫胥黎一直在指引着他。

赫胥黎绑架了查理。

麦克斯脚下的世界坍塌了,他悬浮在一个巨大的空洞上。

"还有一件事,麦克斯。"乔说,"你和鲍里斯有个共同点。"

"是什么?"

"一个人:阿连·卡弗。屎盘子事件前后,一个叫肖恩·赫胥黎的人在美国I干线上醉酒开车被抓住了。他被登记在册,关进了酒鬼监禁室。他说自己的职业是记者,打了一个电话。打给了阿连·卡弗,卡弗两个小时之后就来了,把他保释了出去。你知道,我差一点就没发现这个。天晚了,我想还是试试互见参照一下被加斯佩西害死的那些人的名字,万一他在用他们的身份证呢。我无意中打了肖恩·赫胥黎这个名字。"

麦克斯说:"你可能是这个世界上最幸运的人,也可能是执法历史上最糟糕的警察,可是好运气让你每次都如愿以偿。要是反过来的话你就会遭到谴责被解雇。"

"这难道不是真理。"乔呵呵笑了,然后他的脸色严肃起来。"麦克斯,你要干什么?"

"让你觉得我要干什么了吗?"

"我本来还以为你什么都不会干了。我真该什么都不告诉你。"

"文森特吗?我是麦克斯·明戈斯。"线路不好,信号时有时无,还有杂音。

"你好吗,麦克斯?"

"好,文森特,多谢。我看我知道绑架查理的是谁了。"

"谁?"

"我明天回来。"

"你回来?"文森特听起来吃了一惊,"什么?回这里?海地?"

"对。明天。我能订到的最早的航班。"

"你没必要这么做,麦克斯。"文森特说,"我在这里就能处理。真的。只要告诉我。"

"不。"麦克斯说。

"你有什么说法?"文森特问。

"让我干完我的活儿。最多给我一个星期的时间,从飞机着陆开始算。要是我一无所获,我会把自己知道的告诉你然后夹着尾巴回到这里来。万一搜查的过程当中我出事了,我已经把你需要的所有信息留给了乔·李斯顿。他有你的电话号码。从明天开始一个星期没我的消息,他就会把一切都告诉你。"

"好。成交。"

"下面是我需要你做的:首先,我想尽可能悄无声息地回去。除了你最信任的人以外其他人都不能知道我在海地。"

"我会派人到跑道上去接你,带你走军用出口。"

"好。第二,我需要一辆好车。"

"好。"

"还要一支枪。"

离开海地的那天上午他把枪全拆了,零部件扔进了佩蒂翁维尔的下水道。

"我看没问题。"

"多谢。走之前我会给你打电话。"

"好。"

"还有一件事,文森特。和以前一样,这还是我的任务,你要让我来处理。"

"明白。"他说。

"回头见。"

"的确是,哦,麦克斯?"文森特说。

"什么?"

"谢谢你。"

尚蒂尔刚把两个箱子放进飞亚达熊猫车的后备厢里,正在锁门。这时候,麦克斯悄悄出现了,拍了拍她的肩膀。

"麦克斯!"看见麦克斯,尚蒂尔吓得跳了起来,倒吸了一口冷气,嘴唇上露出了疑惑的微笑。尚蒂尔穿着牛仔裤、浅蓝色的衬衫,耳朵上戴着金耳钉,脖子上挂着一条细细的项链,基本的淡妆,看起来是一种正式的非正式。她认真对待旅行。

"阿连在哪里?"

"他走了。离开了这个国家。"尚蒂尔说,忧虑爬上了脸庞。麦克斯挡住了她上车的路。"我也要走了。我的飞机两个小时以后起飞,我真的要赶路,所以……"

"你哪里也不去,尚蒂尔。"麦克斯掏出了手枪。那是文森特·保罗到机场接他的时候给他的。

尚蒂尔吓坏了。

"你看，我昨天才知道出事了。"尚蒂尔说，"阿连一大早就过来了。我刚醒。他告诉我不要回银行了，因为他让我走。他说出了点事，不得不去纽约和家族律师谈谈。他不知道什么时候回来。他给了我一张收据，一笔钱已经转进了我在迈阿密的银行账户，说那是我的解雇金。"

"你没查查发生了什么事？"

"当然查了。我给银行的两个朋友打了电话，可是他们一无所知。他们甚至都不知道我不去了。"

"他给了你多少钱？"

"没有给你的那么多。"

"多少？"他坚持。

"一百万。"

"那是一大笔钱，尚蒂尔。"

"阿连慷慨大方。"

"除了做私人助理之外你还给他干什么？"

"什么也不干！"尚蒂尔厉声说，"你怎么敢……"

"查理在哪里？"

"查理？我不知道。"

尚蒂尔害怕极了，可是似乎没有说谎。她甚至没有猜到阿连是个同性恋？

"你知道多少？"麦克斯问，"我走了以后阿连都在干什么？"

尚蒂尔仔仔细细打量着麦克斯，试图看透他，看看他的真实意图。麦克斯不耐烦地用枪敲着腿。

"他一直在进行大笔的资金转移。我无意中听见他在电话里冲着别人大喊大叫，说他们花的时间太长了。我还接到了从开曼群岛、摩纳哥、卢森堡等地的银行打来的电话……"

"你知道多少钱吗？"

"不知道。出了什么事，麦克斯？"尚蒂尔问。

麦克斯递给她一张加斯佩西十几岁快照的复印件。

"看见过他和阿连在一起吗？"

"他是个孩子。"尚蒂尔说。

"他长大了。好好看。他的名字可能叫……"

"肖恩·赫胥黎？"尚蒂尔主动说了出来。

"你认识他？"

"嗯。他说自己是个记者，阿连的老朋友。"

"你看见他们在一起有几次？"

"最多两三次。他总是到银行来见阿连。上个星期刚来过。他问我那个周末想不想和他一起去滑水橇。他一直在租用阿连的海滨别墅。"

"在什么地方?"麦克斯问。

尚蒂尔告诉了他。三个小时的车程。他让尚蒂尔把路线写下来。

"你还了解赫胥黎别的什么情况?听见过他们谈什么吗?"

"没有。我知道他们上次见面的时候一直在大笑。"尚蒂尔说,然后表情黯淡了下来。"他们绑架了查理?"

"你以为我为什么回来?"

"那不可能!"尚蒂尔说。

"你了解阿连多少?"麦克斯问。见尚蒂尔没有回答,麦克斯把自己确定的一切都告诉了她,看着她的脸色一开始是惊讶(阿连的性倾向、赫胥黎的真实身份),然后是不相信(文森特是查理的父亲),最后演变成了完全的迷惑不解(一下子这么多东西)。

尚蒂尔靠在墙上,站立不稳,似乎要晕倒了。麦克斯给她时间让她调整自己。

"这些我一无所知,麦克斯。我向你保证。"

他们四目相对。

"我愿意相信你。"麦克斯说。他已经被阿连、赫胥黎和古斯塔夫骗了,不想把她也归到这一伙儿人当中。

"我知道的都告诉你了。我只想离开这里,只想赶上我的飞机。求你了。"

"不。"麦克斯摇摇头,抓着尚蒂尔的胳膊。"你赶不上那架飞机了,也赶不上其他所有的飞机了,要等到这一切搞清楚了再说。"

"可是我什么也不知道。"

麦克斯把尚蒂尔带到人行道上,朝停在自己车子后面那辆车示意了一下。一男一女从后排下来。

"让她留在家里,除非接到其他指示。"麦克斯说,"好好对待她。不要伤害她。"

卡弗的海滨别墅俯瞰天堂的一角———一个小却绝对漂亮的白色沙滩,掩映在黑色岩石的山坳深处,一边环绕的是山,一边临着明信片般完美的蓝色大海。

麦克斯从上面看着赫胥黎和两个女人上了系泊在小码头的快艇滑水橇去了。然后他走向房子。

那是一座西班牙式的别墅,迈阿密半富有阶层的侨民都买这样的房子或退休住或做假日别墅。房子四周是厚水泥墙,有二十英尺高,墙头上有针刺、碎玻璃和电网。不过,麦克斯一推双层铁门,铁门就大敞四开了,露出了里面铺着地砖的院子、游泳池和日光浴浴床。正常情况下没有必要关门。这里完全与世隔绝,隐藏在一片白石灰岩、野草丛、仙人掌和叶子黄乎乎的没有结果实的椰子树当中。

麦克斯走进去,把门关上了。

有一个人阿连像爱自己一样爱着，或许比爱自己还要多一点。这个人就是阿连的母亲。客厅的角落里有阿连母亲的一个神龛，打磨得亮光闪闪的大理石面上镶嵌着她的黑白照片，是专业摄影师照的，让她看起来既光彩照人又有距离感，一颗她自我宇宙的星星。照片下面印着她的名字和年龄，上面烫着金叶子。神龛下面是个小水池，里面漂浮着几根粉红色的圆蜡烛。

房子里的其他照片，墙上挂的，家具上摆的，都是阿连十七八岁往后的。麦克斯看见这些照片大吃一惊：一个看起来运动量最大的体力活动就是从车上下来再上去的人竟然会冲浪、漂流、悬挂式滑翔、爬山、跳伞、蹦极和线绳下降登山。卡弗在每张照片上都笑逐颜开，显然每次照相的时候都舒适自在，全面享受着生活，而且尽可能地享受到了极致。

麦克斯意识到自己对自己的雇主了解得微乎其微，自己被阿连蒙骗得有多深，阿连这是在公然对抗谁。阿连的这一面人们都不知道，甚至怀疑他有没有。在这里，独自一人，阿连·卡弗才是真正的自己。

客厅的其余部分做了最低限度的配置。靠后窗的地方放了张餐桌，俯瞰阳台和远处的大海，毫无疑问绝对适合亲密的落日晚餐。只有两把椅子，相对放在桌子两侧。房间的另一头，对着大门和游泳池的是一个皮沙发和一台挂壁式电视机，中间是一张铬钢和木头混合材质的咖啡桌。一个四层的书架占了整个一面墙，上面摆放的从皮封面的百科全书到同性恋的黄色小说无所不包。房间中央是个孤立的小岛，放着两张摇椅、一盏落地灯、一张桌子。还有一个影碟机，有弧度的架子上全是音乐唱片，大多数都是经典唱片。

这座房子散发着烟臭味、大麻卷烟味和香水味。

麦克斯搜查武器，发现餐桌底下藏着一把八连发左轮手枪。他把子弹倒出来放进了自己的口袋里。

他检查了位于客厅左面的厨房。厨房里有一台冰箱、一台冰柜，都装满了食物，冰箱里都是新鲜货，有大量色拉和水果。他找到一瓶水，喝了一半。角落的架子上有几摞翻旧了的烹饪书和一本从杂志上剪下来的菜谱。洗碗机开着呢。

他在冰箱上面发现了另外一支左轮手枪，也把子弹卸了下来。

他从客厅穿过到了后面。卫生间非常宽敞，有一个嵌入式浴缸、一个淋浴房，还有大量的化妆品，男用的、女用的都有。然后他到了主卧室，里面主要是一张特大号床，铜栏杆的床头。这里和客厅一样，能看见大海的美景。他能看见快艇正拖着一个人在滑水。床没有整理。衣服都扔在地板上，绝大多数是女人的衣服。

床头柜里有把左轮手枪。他把里面的子弹也收了起来。

他走进第一客卧，发现这个房间空着，一个蓝色的衣箱和一个相配的小旅行包紧靠着放在门口。麦克斯打开旅行包，找到了一张英国航空公司1月3号从圣多明各到伦敦的单程一等舱机票，明天的机票。他还在侧面的口袋里发现了一个英国护照，持照人是斯图尔特·玻意尔。里面照片上的那个人就是他认识的肖恩·赫胥黎。

赫胥黎的外貌发生了一点变化：胡子没有了，头发长了，成了短埃弗罗发型。他看起来很成熟，正对着镜头微笑。

房子里空荡荡的，静悄悄的。麦克斯连海浪的声音都听不见。

第二客卧里有两个小旅行包，是和赫胥黎在一起的那两个女人的。另外里面还放着一台看上去脏兮兮的影印机和一个纸箱。机器的电源插头已经拔下来了。麦克斯打开影印机的盖子。什么都没有。他打开箱子。空的。

他环顾房间其他地方，什么也没看见。

他凝视着影印机。他把机器从靠墙的地方移开了。一层灰尘、两个死虫子。

两个客卧里都没有武器。

麦克斯走进了主卧，站在窗前看那条船。

他们滑水橇滑了一个小时，之后开始掉头上岸。

姑娘们先进来了。听到的是克利奥尔语、笑声。

然后赫胥黎把门关紧了，在说话。

更多的笑声。

麦克斯在第一客卧，跟赫胥黎的衣箱和假护照做伴呢。

他突然间想起了自己喝的那瓶水。那是一瓶新水，他打开的。要是他们去厨房就会知道有人在房子里。

见鬼！

隔壁主卧室嘭地响了一声，之后就是说话声，短暂的笑声。

一双拖鞋在外面啪嗒、啪嗒地走过，就在门边上。

门把手动了一下。

麦克斯从门口往后退，枪上膛。

没有声息。

空调开着。

麦克斯等待着。

啪嗒、啪嗒声去了。

另外一双光脚丫走过走廊朝客厅去了。

马桶冲水。啪嗒、啪嗒的脚步声跟着光脚丫。

一个女人戏谑式的尖叫，赫胥黎号叫，然后呻吟了一下。

第二个女人的声音，从卧室传过来，然后是笑声。

麦克斯听着。他什么也听不见。他想到了水，不得不出去。

他握着枪把的手出汗了。他在衬衫上擦了擦手。格洛克不是他喜欢的手枪。他更喜欢大一点、沉一点的武器，比如贝鲁特和波利斯。格洛克的感觉和样子都像玩具。文森特·保罗给了他一支崭新的格洛克13型，45口径全自动手枪，乔用的也是这个。乔喜爱格洛克，还说过怎么也没想到会配给他这么一把好枪。

啪嗒啪嗒跟着光脚丫走回来，进了卧室。

交谈、咯咯的笑声。

麦克斯移动到门边上，等待着。

他听见赫胥黎低声说话，在床边上走来走去。

麦克斯把门打开一条缝。没有声息。

麦克斯踮着脚尖走出去。

赫胥黎又说话了。

更多的大口喘气、呻吟、在黑暗中爬楼梯。

麦克斯停下来责问自己。他的头脑清醒了。他来这里是找查理的，找出他们把他藏在了什么地方或者埋在了什么地方。他来这里不是报仇的。他在完成自己的任务，结束自己的生涯。他会让他们吃惊，他们不会想到他来这里。

赫胥黎又说了别的什么。

眼下时机到了。

麦克斯悄悄走进了房间。

某种场面。

他们三个都进入了角色，根本没有意识到麦克斯在房间里。

两个女人在床上，赤身裸体，头埋在彼此的大腿里。赫胥黎坐在对面的一把椅子上，穿着黄色的戴安芬牌T恤衫、粉蓝色的平底人字拖鞋，短裤褪到了脚踝，嘴巴大张着，阴茎握在手里，慢慢地抚摸着。

麦克斯用枪瞄准了他的脑袋。

赫胥黎完全沉浸在了表演当中，没有注意到麦克斯站在他面前，没有意识到自己处于近距离平射的射程之内。

麦克斯清了清嗓子。

底下的那个女的抬眼看见了麦克斯，抬起头，尖叫起来。

赫胥黎注视着麦克斯，以为麦克斯只是个幻觉，他表情正常、放松，似乎在等待脑子重新回到正常状态，让眼前看见的东西消失。

没有消失。赫胥黎恐惧万分。他试图不让自己表现出来，可是他脸色变了，鼻孔猛烈地一张一合，眼睛瞪得更大了，嘴唇分开，嘴半张着。

第二个女的也尖叫起来。她们俩都坐起来，抓起床单盖在自己身上。黑皮肤，高颧骨，丰满圆润的嘴唇，漂亮。赫胥黎品位挺高。

麦克斯把手指头放在嘴唇上示意她们安静，同时从床边走开了，以防她们会一跃而起袭击自己。

他对赫胥黎说："查理·卡弗是死是活？"

赫胥黎露出了一丝笑意。

"我跟阿连说过你会回来的。"赫胥黎说，听起来几乎很高兴的样子。"特别是你把钱给他汇回来了以后我就更加确信无疑了。他不相信。那时候我就知道你会识破我们的意图。我知道这只是时间问题，早晚你都会来完成自己的工作。这个我知道。我从来没有看见一个人逃跑得那么快。阿连逃跑了，就像腚上着了火一样。"

"回答我。"

"查理活着。"

"你们把他藏到哪儿了?"

"他很安全。靠近多米尼加共和国边境。"

"和谁在一起?"

"一对夫妇。"赫胥黎犹犹豫豫地说。"他们根本没有伤害他。实际上对他们来说他就像是自己的儿子。"

"我们去找他。"麦克斯说。

赫胥黎开车。麦克斯坐在他旁边,枪抵在他的腰上。

"你最后一次看见查理是什么时候?"麦克斯问。

"三个月前。"

"他怎么样?"

"非常好。身体健康。"

"语言呢?"

"什么?"

"他会说话吗?"

"不会。他不愿意说。"

时间是下午三四点钟。赫胥黎解释说他们要先开车回佩蒂翁维尔,然后上山经过卡弗私宅,最后到达离多米尼加共和国很近的地方,近得足以看见那个国家人家家里的灯光。他预计晚上十一二点左右能到达藏查理的地方。

"跟我说说看孩子的这家人的情况。"

"卡尔和俄莎,都老了,七十几岁了。他们家里最危险的东西就是一把大砍刀,砍椰子用的。卡尔以前是教父……"

"又来了一个。"麦克斯打趣道。

"一开始是从威尔士来的教父。他和阿连的母亲非常熟。阿连十几岁的时候卡尔帮过阿连的母亲,那时候他发现阿连是同性恋。"

"卡尔也是同性恋吗?"

"不是。他恋的是女人和你用瓶子购买的神灵。"

"那他为什么被踢出了教堂?"

"他爱上了女仆俄莎,违背了自己的信条。卡弗夫人支持他们。她为他们买了边境附近的农舍。阿连保证他们什么都不缺。他们是好人,麦克斯。他们视查理如己出。查理在那里非常幸福,真的很滋润。本来情况会糟糕得多。"

"为什么是这样?你们为什么没有杀了他?为什么这么麻烦、冒这么大的险让这个孩子活着?"

"我们不是恶魔,麦克斯。计划里面从来就没有这么一部分。另外,我们喜欢查理,喜欢他的象征意义。古斯塔夫·卡弗,那么有钱有势有关系,可是这个愚蠢的老家伙甚至都不知道这个孩子不是他的,更不知道这孩子是他不共戴天的仇人文森特·保罗的。"

他们到达佩蒂翁维尔之后,赫胥黎的车速减慢了一半。等他们进入人口密集的中心区域,就成了蜗牛爬了。中心区域根本分不清街道和人行道,界限都淹没在大量或移动或静止的人体下面了。他们开车上山,经过了拉古乌拉酒吧。

"你是怎么识破我们的?"

"这是我的工作。"麦克斯说,"还记得你放在福斯丁房子里的那盒录像带吗?你露馅了。你把指纹留在上面了。一条不经意间留下的线索通常就是抓到大鱼所需要的一切。"

"这么说,如果不是那个……"

"对。"麦克斯说,"不管安闲也好、怎么也好,你本来可以过完悲惨的下半辈子。不过,你看,阿连这么仓皇出逃,文森特·保罗找到你也只是个时间早晚的问题。"

"我本来计划明天离开的。"赫胥黎说,后悔莫及,手把方向盘握得更紧了,四个手指节都鼓出来了。麦克斯心想:这是斗士的手。"文森特·保罗不会知道是我。几乎没有人看见我们俩在一起。只有尚蒂尔知道我的名字,嗯,其中一个名字。"

"她参与了吗?"

"没有。"赫胥黎说,"绝对没有。阿连从她那里了解你去了什么地方,每天见什么人,可是她并不知道真正发生了什么事,不比你知道得多。"

"你为什么不告诉我那个?'真正发生'的事是什么?从头开始说。"

"你知道多少?"赫胥黎问。他们正走在危险的山路上。他们路过了一辆吉普车,吉普车栽在了沟里,孩子们正在上面玩。

"知道粗略情况,你和阿连绑架了查理。动机:推翻古斯塔夫·卡弗。阿连参与一开始是为了钱,后来是为了报复。你参与一开始是为了讨债,后来是为了美元,不过讨债重于一切。我说得怎么样?"

"不算差。"赫胥黎笑了,"嗯,你想让我从哪里开始说?"

"随你的便。"

"好。我为什么不把通顿黑管——黑管先生的一切都告诉你呢?"

"开始吧。我洗耳恭听。"

"我妹妹帕特莉斯,我过去常叫她莉斯。她的眼睛美极了,绿色的,像斯莫基·罗宾逊的眼睛,猫眼长在黑皮肤上。人们常停下来看她,她那么美丽。"赫胥黎露出了微笑。

"她当时多大?"

"不超过七岁。很难说明年龄、日期等,因为我们当时都是文盲,不识数,就像我们的父母、父母的父母一样，就像我们认识的所有人一样。我们在黑管村长大，赤贫。我们刚会走路就帮父母干他们干的活儿，这样才能有吃的摆到桌子上。我帮母亲摘果子，把芒果、格尼帕果放到篮子里，然后拿到路边，卖给去圣水的朝圣者。"

"你爸爸呢？"麦克斯问。

"我怕他。他的脾气真的很坏。无缘无故就会打人。我看他的时候眼神不对，他就拿根细棍子打我的小屁股。可是他不喜欢那么对待莉斯，不喜欢。他崇拜莉斯。让我嫉妒。我记得卡车来我们村子的那一天，大卡车，水泥搅拌车。我以为怪物来吃我们了。爸爸告诉我开车的人说他们要建大建筑，让村里的每个人都富裕起来。爸爸到工地上干活去了。佩里·保罗当时是所有人。现在看来那里建的就是给来圣水朝圣的人提供便宜食宿的地方。他们大多数从遥远的地方来，没有地方过夜。他还建了庙宇。我猜他想创建某种伏都教的麦加。古斯塔夫·卡弗让保罗破产之后接管了这个项目。经营方式变了。情况不一样了。一天这个人来了，我见过的长相最怪异的人，一个橘黄头发的白人。你从来看不见他在工作。似乎他所做的一切就是和孩子们玩儿。他成了我们的朋友，我们过去常踢足球。他给我们买了个足球。他是个有趣的家伙，让所有的孩子笑。他给我们讲故事，送给我们礼物，有糖果、衣服。他就像伟大的父亲和大哥哥合而为一的化身。他还经常用带来的超8相机给我们拍照，这就让他的半张脸看起来像是这个带有一只突出的玻璃眼的丑陋的黑色机器，同时也令人感到既毛骨悚然又滑稽可笑。他绝大多数时间是在给莉斯拍照。一天，他把我和莉斯带到一边，告诉我们说他要走了。我们真伤心。我妹妹哭了起来。他说别担心，我们愿意去的话他会带我们一起走。我们说好。他让我们保证什么人都不告诉，否则就不带我们。我们同意了。那天下午我们离开了村子，没有告诉任何人。我们在路尽头的一辆车里和我们的朋友碰头。车里还有另外一个人。那个人之前我们没见过。莉斯开始说或许我们该回去。那个陌生人下了车，猛地抓住她扔进车里。我也被扔了进去。他们开车走了，我们俩都哭起来。然后他们给我们注射了什么东西，之后的事我就不怎么记得了，我们怎么到了戈纳夫岛的住处等都不知道。"

他们经过了卡弗家的宅院，正沿着颠簸不平、坑坑洼洼的路上山。他们停了两次车，一次是因为一辆卡车抛锚了，一次是因为一个人赶着瘦骨嶙峋的羊群从山上下来了。

"你看见录像了，对吧？我留给你的那一盘？你看了吗？"

"从什么地方弄的？"麦克斯换了只手拿枪。

"一会儿再告诉你。你看见上面的东西了？他们给我们喝的毒药？"

"嗯。"麦克斯点头。

"自从那次接受了完整的'灌输程序'以来，我的记忆力就不怎么好了。你不能让我到法庭上作证，因为我这里的东西，"赫胥黎指了指自己的太阳穴，"都是一团浆糊。我记得的东西就像是在梦里一样。我不知道有多少东西是没有关系的，有多少是他们给我们喝的怪汤造成的。怪汤不像伏都教的教士用来让人们精神分裂的东西效果那么严重，但足以让人失去所有的知觉。他们过去每天都给我们喝，就像圣餐一样。我们起床，领受一杯绿色的液体，喝掉。然后就是用音符进行的催眠。古斯塔夫·卡弗坐在四壁皆白的房间中间，我们围成圈站在他周围，手拉着手。他对我们吹黑管。他一边吹奏，我们一边接受'教诲'。"

"你妹妹呢？这一切发生的时候她在哪里？"麦克斯问。

"我不知道。我记得最后一次看见她就是我们被绑架的时候在车后座。"赫胥黎摇摇头。"她很可能死了。不允许我们长大。"

"这一点你怎么知道？"

"我会说到的。"赫胥黎回答说，然后重新讲起来。"我被卖给了加拿大一个叫李博夫的整形外科医生。他看着我，总像是要把我剥得只剩下骨头一样。他让我看他做手术。我学会了怎么把人切开。我随时随地都能拿到刀子。我还自学阅读医学书。我把他杀了，正义在我这边，也在古斯塔夫·卡弗的口袋里，因为他们绝对不会把李博夫和卡弗联系在一起。我告诉他们自己在海地被绑架、被洗了脑子，告诉他们通顿黑管的事、我妹妹的事，没有人相信我。他们为什么要相信？我刚把一个人切成了碎片，还用他的五脏六腑重新装点了房子。"

"警察发现尸体之后搜查房子找证据的时候呢？"

"他们没发现任何和古斯塔夫有关联的东西。就算他们发现了，也没有公开出来。这个老家伙的触角伸得到处都是。"赫胥黎说，"我从他们关我的监狱逃出来了，因为古斯塔夫试图让人在那里把我干掉。我说的话一个字也没人相信，那是个疯人院，我不奇怪。等他们确实开始考虑里面或许有点儿什么猫腻的时候，我已经走了，成了一个逃犯，一个被缉捕的人。我住在街上，我拉皮条、卖淫。不得不做的事我都干，有些我不喜欢，可是那就是我陷入的生活。在逃期间我一直在动脑筋，开始把事情都想透了：发生了什么事、谁是幕后主使。我记得李博夫认识的一个人，不是诊所的人，是他的一个朋友，叫肖恩·迈克尔。他是个银行家。我找到了他，让他告诉了我卡弗的业务，怎么操作的等一切一切。"

"然后你杀了他？"麦克斯说。

"嗯。"赫胥黎点点头，"我拿了他的通讯簿。他知道其他的恋童癖，还把卡弗的服务业务介绍给了那些人。"

"你去找了他们？"

"只找到一个。"

"弗兰克·赫胥黎？"

"正是。他有一堆录像带，上面记录的是戈纳夫岛和诺亚方舟的情况。你发现的那一盘是我做的一个剪辑，你知道，是后面发生的惨状的一个序曲。"

"通讯簿里其他的人呢？"

"他们太难接触到了。"

"那阿连呢？他什么时候牵涉进来的？"麦克斯问。

"在加拿大我绝大多数时间都住在大街上。我知道很多拉皮条、卖淫的人。"赫胥黎说，"阿连也认识很多。他来找搞同性恋关系的粗汉。我认识的有些人他也认识。我认识的那两个家伙总是吹嘘他们傍上的这个富有的海地人。我好奇，设法查出了他的身份。我去了阿连经常和他的粗汉碰头的这家酒吧。我们谈了谈。我发现他和我一样憎恨古斯塔夫这个老家伙,这时候,我们就一起做了笔买卖。"

"所以你们设计了一个计划让老头儿倒台?"

"从根本上来看是这样。我们的动机大不一样。阿连只是个可怜的、被宠坏了的富家子弟,他爸爸因为他的性取向根本不爱他。要不是阿连的一个情人在迈阿密的一个家族律师事务所工作,他也许就这么忍耐下去了。那个人告诉阿连说老家伙的遗嘱里根本没有阿连的份儿。老家伙把所有的家产都留给了姻亲和最亲密的副手。卡弗家业建立的方式就是如果老家伙生病了或者不得不紧急离开到别处去,管理的责任就要由卡弗家族在海地最年长的人承担。老家伙以前不在家的时候阿连顶替过他,所以阿连熟悉情况。他发现各种'以防万一'的现金账户里就有五千多万美元。作为卡弗家族的首领,有了这些钱他可以为所欲为……"

"不过他首先需要这个老头儿别挡道。"麦克斯替他说完了。

"就是这样。"赫胥黎说,"阿连他妈的根本不知道怎么搞到钱。这个家伙够狡猾,可是缺乏在城市巧妙生活的能力,而且感情太丰富。我就几乎没有什么感情。"

"这么说绑架查理是你的主意?"

"千真万确。"赫胥黎骄傲地承认了,"绝大多数是我的主意。我们计划绑架这个孩子,把他藏在某个非常安全的地方,从外界找个侦探,然后再把大家的视线转移到古斯塔夫身上,引导他发现古斯塔夫的秘密。"

"'引导'的意思就是种下一系列的线索?"

"正是。"

"或者说,实际上就是交给我,像你在……"

"瀑布那里那样?是的。那就是戴着假发的我。"

"罪有应得。"麦克斯厌恶地说。

现在天都黑了。赫胥黎放慢了速度。路上只有他们俩。麦克斯回头看了看,看文森特·保罗的护卫队有没有跟上来。麦克斯去海滨别墅、从别墅回来到佩蒂翁维尔,一路上都有人跟着。现在他没看见后面有人跟着。

"当然,你和文森特·保罗友好相处这一点很重要。他一定要信任你,对你敞开心扉。对贝森和米迪他就没有这样。"

"这就是你杀了他们的原因吗?"

"他们俩我一个也没杀。"赫胥黎说,"我让他们做榜样。"

"你把米迪的舌头割下来,把他塞进桶里。他妈的算什么榜样!"

"他是憋死的。"赫胥黎纠正说,"你看,我承认自己做得有点……极端,甚至还有点野蛮。可是,回报那么丰厚,让任何人都来这里碰运气,这个险我们可冒不起。这起到了威慑作用。人们听到了风声,了解了贝森的遭遇,而且一时间在迈阿密的侦探工作报酬更优厚了。你们的世界不大,麦克斯。你们这些私人侦探彼此都认识。"

"可是他们做错了什么?"

"贝森和老家伙太密切了。他直接向他汇报,绕过了阿连。还有,他和文森特·保罗关系不好。他们俩合不来。对我们来说他简直就毫无用处。"赫胥黎解释说,"米迪呢,他几乎要成功了,可是这时候却开始怀疑得到的线索。他告诉阿连说这简直太明显、太容易了。发现我们的计谋只是个时间问题。我采取了预防措施。"

"那个海地人呢?"

"以马内利?以马内利是个懒惰的混蛋。整天忙着四处风流,根本干不了什么正事。要不是有人先下手了,我会亲手把他的鸡巴割下来。"

"然后你们找到了我?"

路不颠簸了。路面不同寻常地平坦,轮子似乎是在上面滑行,发动机发出了平和的音律。星星出来了,一闪一闪地很低,银河距离那么近,简直就像莱茵石的云彩。这一路上赫胥黎一直都镇定自若,一次都没有问过麦克斯打算怎么处置他。麦克斯曾经有过他们根本找不到查理·卡弗的想法,赫胥黎是带自己去他曾经切割贝森和米迪的地方。如果的确如此,这不会在他身上重演。他不会让它重演。只要稍微有点什么不对头的地方他就会杀了赫胥黎,并不是因为他真相信赫胥黎在考虑这个。赫胥黎生活的绝大部分时间都在为自己和妹妹寻仇。现在仇已经报了,他真的不在乎接下来发生什么事。

"你是我一直以来都想找来干这个工作的人。"赫胥黎说,"我跟踪你,每天都在跟踪。我还读了有关你的情况。我真的敬重你的作为。我觉得你会站在我这一边,就像我们如果有一天真的见面了,你会是一个理解我是从哪里来的、经历了什么的人。"

"人们对他们喜欢的摇滚明星也有这种感觉。"麦克斯戳破了气泡,"再说就成了障眼法了。"

"以为你的生活也让你变成了十足的笨蛋呢,啊?"赫胥黎大笑。

"我的生活失败,不管怎么看都是失败。"麦克斯说,"做我做过的事也没有什么区别,对我来说不是这么回事。这无法让受害人复活,不会让时钟倒转,不会还他们清白无辜,也不能帮助他们的父母、家人。从长远的角度来看不会。结束纯属胡说八道。你永远不能从那种损失中痊愈。眼泪一直要陪着你走向坟墓。不过我很高兴你认为我的生活帮助了你,因为它确实没有帮助我。我失去了唯一一个曾经拥有的真正美好的东西——我的妻子。我坐牢的时候她去世了。我永远不能再抱着她、抚摸她、亲吻她了,不能再和她在一起了,不能告诉她我有多么爱她了,都是因为我过的这种生活。都是那种我以为自己在干的'好事',所有的加起来就是一个大零蛋,还害得我蹲了监狱。如果那还不是失败,那我就不知道什么才是失败了。"

麦克斯透过车窗看着外面的黑暗,问:"对了,古斯塔夫怎么会让阿连来找人呢?"

"他没有。记得你去吃的那顿饭吗?那是古斯塔夫对你的面试。如果他不喜欢你,你就会坐下一个航班回迈阿密。"赫胥黎说。

"这种情况发生过吗?"

"没有。我和阿连选的人不错。"

他们沉默地走了一段路。麦克斯把枪收了起来。眼下他不需要这个了。

"跟我说说埃迪·福斯丁吧?"

"用他也是我的主意。"赫胥黎说。

"你们是怎么让他背叛的?我猜他对老头儿忠心耿耿。"

"每个人都有他的价码。"

"埃迪的价码呢？"

"弗朗西斯卡。她是福斯丁的梦中情人。我告诉福斯丁说要是他通过祭司拉巴利克夫人帮助我们，他就能得到弗朗西斯卡。拉巴利克女士是我母亲的好朋友。"赫胥黎解释说。

"停。"麦克斯说，"你告诉拉巴利克夫人，让她对埃迪说埃迪可以'得到'弗朗西斯卡？这么说她是个冒牌货？"

"也对也不对。她确实有些法术，不过她是个巫师，一个女巫。撒谎是她全部本领的一部分。"赫胥黎说，"很多人都是她的信徒。"

"所以，我们去见她的时候，埃迪的'灵魂'告诉我们到庙里去……"

"……在庙里你们遇见了我，我把装着埃迪地址的盒子给了你，你到埃迪家里发现了录像带……"

"你收买了拉巴利克让她给我们指路？"

"对。顺便说一下，她根本不是瘸子，菲利普不是她的儿子，而是她的情人。请不要问我她是用什么花招降神的，我不知道。"赫胥黎说，然后哈哈大笑。

"可恶！"麦克斯说，"好吧。重新来说福斯丁。"

"埃迪受到了极大的困扰。他和他哥哥当马库特的时候干的所有坏事让他疑神疑鬼，寝食难安。他每个月都要去拉巴利克夫人那里算命。我们就在这个时机出现了。阿连给了拉巴利克夫人很多钱让她把预先设计好的命运算给福斯丁，命中注定福斯丁会得到梦中的姑娘，之后能幸福地一起生活。拉巴利克夫人告诉福斯丁说，福斯丁从不认识的一个人会来找他干一件极其秘密的任务，还告诉他说要想梦想成真就不得不完成这项任务。"

"然后你跟福斯丁见面了？"

"是啊，一天晚上在福斯丁常去的那家土朗姆酒酒吧见的面。他听了我的建议之后并不想干。他匆匆忙忙又去找拉巴利克夫人。这个我们早就预料到了。拉巴利克夫人提高了赌注。她说服福斯丁相信查理·卡弗其实是个神灵，他从萨摩迪爵爷手下逃离了出来，附在了这个男孩的身上。应该把男孩交还给萨摩迪爵爷的特使，也就是我。"

"一派胡言！"

"他相信了。"

"天哪！"

"福斯丁如此愚蠢，这种愚蠢实际上就是一种天赋。迷信就是相信夜晚横冲直撞的一切都是鲁莽冲动的神灵，相信这些就是彻头彻尾的迷信。"

"好。说说绑架吧。事情没有按照计划进行，对吧？"

"哪个方面呢？"

"暴民。"麦克斯回答说。

"不，那是计划当中的一部分。福斯丁有很多敌人。他的一些敌人拿了我们的钱到了我们告诉福斯丁去的地方。福斯丁以为我会走到车子那里把孩子带走。"

"保姆，就是罗斯，死了。"

"福斯丁杀了她，不是我们。"

"你们想让福斯丁死吗？"

"想。"

"谁带走了查理？"

"我。我化了装，在袭击车子的人群当中。我一把抓住孩子，带着他消失了。"

他们穿过了一个满是破棚屋的小村庄。麦克斯没有看见什么生活的痕迹，只有一只被拴着的小山羊，被车前灯照到了，在啃小树丛。

"那么，谁是黑管先生？是卡弗还是可达达？"

"他们两个都是。可达达按照命令给小孩儿们录像、偷孩子。卡弗偷窃他们的灵魂、出卖他们的肉体。"

"那个标记是怎么回事？那个变形的'大'字？"

"你没看出来吗？"

"没有。"麦克斯摇摇头。

"马奈的作品《火》。记得那幅画吗？吹笛子的儿童士兵？是这个组织的徽章，他们彼此相识的方式。你和阿连见面的俱乐部里挂着一幅。阿连让你坐在了你能注意到这幅画的地方。阿连带你去可达达的办公室的时候，可达达的办公室里有一幅。诺亚方舟里还有一幅，就在艾洛伊塞·克鲁拉克的教室外面。每个俱乐部里都挂了一幅。这个标记就是这幅画的一个轮廓。本意是意识流的印象派。"赫胥黎说，然后嘿嘿地笑了，"或许太意识流了。"

"你们本来可以把这些弄得更容易些，只要给我留个匿名的纸条，告诉我去找谁就可以了。"

"不。"赫胥黎说，"不可能那么简单。那你就会想知道谁留的纸条。你会找到我们。"

"可是，难道你们就不能告发卡弗吗？"

"在这里吗？还是跟死人说悄悄话运气更好点。你知道在加拿大发生了什么事。不应该再发生那样的事了。"

他们在沉默中继续赶路。麦克斯努力不考虑自己自始至终是怎么被耍弄的，努力集中精力考虑正面结果，考虑自己很快就能从掳掠者手里解放查理，让他和真正的父母团聚。这才是主要的，重要的，唯一的正事。这就是他为什么来这里的原因。

他不知道该怎么处置赫胥黎。

"阿连呢？"麦克斯问，"他去了哪里？"

"你猜也猜得到。他从来没有告诉过我。我们结算清楚了，结算完了，我也就再也没有见过他。我看他再也找不到了。"

"这么说你确实从中得到了钱？"

"对，当然了。我不想回去啃食搞同性恋的淫棍。"赫胥黎说，"我们现在快到了。"

麦克斯看了看手表，已经过了晚上八点了。他能看见远处一个镇子传来的灯光。

他猜他们离多米尼加共和国很近了。

"麦克斯,我不像你,我没有遗憾。我过的或许是贫穷的生活,甚至是悲惨的生活,可这就是我的生活。不是他们的生活,是我的。也是我妹妹的生活。我们的生活。我们要维持、要过活的生活。他们把我们的生活抢走了,他们从我身边把她抢走了。所以,我从他们那里全部索要回来了。阿连根本毫不理会这些孩子。对他父亲做的事他感到恐惧、恶心,这是肯定的,不过你知道,他本来是个什么样的人。他就是他,只想迅速除掉老爸,当众羞辱他,盗窃他的钱财。他过去常说一生当中唯一值得做的事就是为钱而做事。这种心理我根本理解不了。你说你做事、不做事没什么两样,还说自己失败?麦克斯,你不该那么想。你杀了怪兽,救了怪兽们本来要吞噬的孩子们的命。跟我做的一样。"

现在开始是下山的路了,离边界更近了。麦克斯看见左边临近的山顶上的住户闪着灯光。

"查理在那里。"赫胥黎说着车子就拐弯了。

卡尔和俄莎正站在门口等他们。俄莎身穿宽松的棕色裙子、脚穿凉鞋,是个身躯宽大的克利奥尔人,年龄难以断定,脸是那样的慈祥、温柔,根本不会生气似的。卡尔比俄莎矮了一半,站在俄莎身边简直是骨瘦如柴。他的脑袋相对于身子来说太大了,就像一个南瓜插在了穿着衣服的扫把上,留的发型更加剧了这种不协调:头顶秃了,浓密的带栗子色卷边的灰白头发从四周冒出来,一直垂到了肩膀上。他的脸上布满了皱纹,还一脸麻子,饱经风霜、肿胀红赤,简直就是麦克斯见过的最经典的酒鬼的脸,似乎写着成千上万个故事,故事都是开头平淡无奇、中间奇异精彩、结尾被忘得一干二净。不过,他的眼睛显然是清晰而透彻的蓝眼睛,这让麦克斯相信他最近刚刚砸了酒瓶子戒了酒,及时为自己的余生摒弃了恶习。

他们两个人都在冲着车微笑,赫胥黎走下车他们就冲着赫胥黎微笑。然后等他们看见了麦克斯的脸,他们的身子向偻了下去,脸上和身上都充满了伤感,欢迎的姿态也变成了忐忑不安的模样。

麦克斯走下车,他们不屑地盯着麦克斯,已经知道他是干什么来了、为谁而来了。麦克斯走过来,他们上上下下打量着、评判着麦克斯。麦克斯没给他们留下什么好印象。

赫胥黎解释了一下,没有费气力介绍他们彼此认识。

这对夫妇走进房子,带他们到了一个房间,房间的门开着。他们闪到了一边。赫胥黎冲麦克斯一点头,示意麦克斯进去。

查理蹲坐在地上,正用一根长鞋带穿易拉罐的拉环。他眼下五岁了。麦克斯首先注意到的就是查理的眼睛,和照片上的基本上一模一样,不过现在更大了点儿,还闪动着智慧和怀疑。他是个漂亮孩子,一个小天使,无知被淘气盖住了,五官长得像父亲多像母亲少。麦克斯本来以为查理会坐在自己的头发上，最起码也是头发被编起来盘在头顶上，可是查理已经向剪刀和时尚让步了，头发剪得短短的，梳理得很整齐，还中分呢。他穿着蓝短裤、白短袜、闪亮的黑皮鞋和红白条的海军T恤衫，T恤衫的右胸前还有一只锚。他看上去幸福、健康，被照顾得非常好，甚至可以说是无微不至，和麦克斯曾经找到并解救的任何绑架受害人都截然不同。

麦克斯蹲下，做了自我介绍。查理看了看他，一副迷惑不解的样子，向站在麦克斯身后的赫胥黎求援。赫胥黎蹲下，用法语跟这个孩子说话，麦克斯听见自己的名字被提到两次。然后赫胥黎揉了揉查理的头发，把他抱起来转了个圈。查理的眼睛一亮，哈哈笑了，可是没有说什么。他还不会说话。

赫胥黎把查理放下，查理梳理着自己蓬乱的头发，一直把头发梳理到和他们刚看见的时候毫无二致才停下来。然后他重新开始穿拉环，从地板上堆的一堆中选一个，串到绳子上。他完全忽略了麦克斯，仿佛他们根本就不是在同一个房间一样。

赫胥黎出去到隔壁房间跟卡尔和俄莎说话去了。他们俩刚才就站在门口旁边，往里面张望。赫胥黎一个胳膊搂一个把他们带走了，带到听不见说话的地方去了。

麦克斯走出去看了看。俄莎转身面对着墙，墙上正对着她的是一幅镶了镜框的黑白照片，照片上一群穿着黑色法衣的教士，其中一个肯定是年轻时候的卡尔。俄莎捂着嘴怕哭出声来。

卡尔把赫胥黎从俄莎身边拉开了，往后走了几步，一边看着俄莎一边对着赫胥黎耳语。俄莎现在已经斜倚在墙上了。

赫胥黎回到麦克斯身边，小声说："卡尔刚才对我说趁着能带查理走最好现在就走。要是我们再待下去，俄莎会非常不安，就不会放查理走了。"

赫胥黎走进房间，把查理从地上抱起来，太突然了，查理松开了手里的鞋带，所有的拉环都从线上掉下来，洒落了一地。查理的脸一下子变得通红，被带出房间的时候看起来非常气愤。查理发出低吼声，似乎在模仿一个被囚禁的、受伤的动物呼救。

从俄莎和卡尔身边走过的时候，查理的表情从愤怒变成了困惑。俄莎和卡尔现在在一起了，俄莎的头埋在卡尔的肩膀上，使劲抱着卡尔，胳膊交叉在卡尔单薄的后背上，不愿意看眼前正在发生的一幕。卡尔也没有看他们，他拍着俄莎的后脑勺。当时那两个人就是麦克斯曾经见过的最伤心、崩溃得最厉害的人。

赫胥黎抱着查理出门的时候，查理伸手要找俄莎和卡尔。孩子的嘴张着，充满恐惧、迷乱的眼睛看看麦克斯又看看俄莎和卡尔。麦克斯绷紧了神经等待这孩子臭名昭著的尖叫。查理没叫。相反，他开始和其他小朋友一样放声大哭，声音很大，歇斯底里，可是和正常的孩子没什么两样。

他们走出了房子，麦克斯带上了房门。门刚一关上，俄莎就把心中的悲伤释放了出来。俄莎的悲痛传到了麦克斯耳朵里，即使麦克斯所能听到的这一点悲痛也刺痛了麦克斯的心，有那么一刹那他都在怀疑他妈的自己是怎么想的，怎么会愿意把孩子从这个健康的环境、从这些可爱的好人身边带走，带到一个敞开式的垃圾坑周围、带到他的毒枭父亲身边。

麦克斯打开车门，告诉赫胥黎把查理放在后座上。

赫胥黎把查理放在车上,关上了车门。

"现在呢?"

麦克斯伸出手去。赫胥黎握住了他的手。

"远离道路,"麦克斯说,"文森特·保罗就在后面不远的地方。"

"多谢,麦克斯。"赫胥黎说。

"再见,肖恩……鲍里斯。"

"自己当心,麦克斯·明戈斯。"赫胥黎边说边从车子旁边走开了,走进了黑暗中,夜色很快就包围了他。

麦克斯上车,发动引擎,头也没回开车下山了。

他转弯上路,开车走了。

他知道不用多久就能在路上遇见文森特·保罗。确实没错。还没过五分钟,他就看见了车灯,对面驶来一个车队。

第二天一早,文森特·保罗、弗朗西斯卡和查理来接麦克斯。

保罗开车,麦克斯坐在副驾驶座上,弗朗西斯卡和查理坐在后排。他们谈论天气、政治谣言、希拉里·克林顿刺眼的粉红色西装等,绝大多数都是些无关痛痒的话,只是为了打发时间,打破沉默。

他们查理一个也不理会。一路上查理把额头紧贴在车窗玻璃上,注视着外面嗖嗖飞过的金属丝般黄乎乎的、模糊的、干巴巴的风景。他穿着新牛仔裤、蓝色T恤衫、运动鞋。麦克斯注意到查理的腿真长。他会像父亲一样,长个大个子。

弗朗西斯卡轻柔而缓慢地抚摸着孩子的肩膀。说话的时候还时不时地看看他,目光停留在他身上。脸上的微笑一刻也没停过。

麦克斯要乘坐联合国的飞机飞往迈阿密机场。到了那里,有人会护送他出去,不用办手续。他突然间想到文森特会让他携带毒品,可是刚一这么想,理智的声音就把这个想法撕成了两半:保罗连联合国都握在股掌之间,几乎不需要什么毒品走私犯。

他们开车从远离正门的边门进去,到了一条破破烂烂的跑道上,那里停着一辆军绿色DC10。飞机的门开着,舷梯已经放好了。此外,跑道上再也没有别的什么了。

"我是唯一的货物吗?"麦克斯问。

"不是。你是唯一的乘客。"保罗纠正了他的说法,熄了火。他们两个人都坐在那里看着飞机。

"尚蒂尔呢?"

"我放她走了。她再过几个小时就去迈阿密了。"

"古斯塔夫·卡弗、可达达和艾洛伊塞·克鲁拉克呢?他们怎么样了?"

"你以为呢?"保罗不动声色地说。"世界需要平衡,错误需要改正。你知道这是怎么回事。"

麦克斯点点头。他确实知道。

"你打算怎么办，回到迈阿密之后？"保罗问。

"我的世界里也有要平衡的东西、要改正的东西。"麦克斯说。

"嗯，加斯佩西跑了。"保罗从深陷的眼窝后面注视着麦克斯，"当然，阿连·卡弗也在逃。这活儿想干吗？"

"不。"麦克斯摇摇头，"你知道，文森特，你该放手。这个结果对你们三个来说都很好。你们俩找回了查理，查理安然无恙。你们拥有了彼此。绝大多数情况下结局都不是这样的。"

保罗一言不发，只是凝视着跑道。

"你呢？"麦克斯问，"你打算干什么？"

"我在考虑改变我做几件事的方法。"保罗回头看了看自己的家人，微笑了。

麦克斯说："嗯，卡弗帝国现在都是你的了，这个老杂种没有活着看见，真遗憾。"

"你信上帝吗，麦克斯？"

"信，我觉得信。"

"这么说古斯塔夫正在看着发生的这一切，从他在地狱的家里看着。"

他们两个人不约而同地笑了起来。弗朗西斯卡没有和他们一起笑。查理还在看车窗外面。

他们都下了车。

保罗那辆吉普车的保镖把他们一路护送到机场，现在把车停在了旁边。保罗走到保镖那里，留下麦克斯和弗朗西斯卡、查理单独待在了一起。

麦克斯意识到自从弗朗西斯卡到他的住处去找他的那个晚上以来，他一直没有跟弗朗西斯卡说过话。现在看来，文森特·保罗在街上救了他的命之前刚把弗朗西斯卡送到他的住处那里。

"你呢？"麦克斯问她。

"我什么？"

"你要留在这里？是这样吗？"

"为什么不呢？这是家，不管是好还是坏。"弗朗西斯卡笑了，把手搭在了查理的肩膀上。然后她的脸上露出了阴影。"你会说出我的情况吗？"

"这个不用担心。"麦克斯说。

他看了看查理。查理也看看他，眼睛聚焦在了麦克斯的下巴上。麦克斯蹲下跟查理平视。

"再见，查理·卡弗。"麦克斯说。

"跟麦克斯说再见。"弗朗西斯卡说着摇摇查理的手。

麦克斯冲着查理微笑。

查理也报以微笑。

"要安然无恙。"麦克斯揉了揉查理的头发。查理躲开了，举起手整理头发，让头发恢复了本来面目。

弗朗西斯卡跟麦克斯拥抱，吻了吻他的脸颊。"谢谢你，麦克斯。"

麦克斯朝飞机走去。保罗站在飞机边上看着，两个保镖搬着一个沉重的军用背包往悬梯上走。

"是我以为的东西吗？"麦克斯问保罗。

"不是。"保罗说，"你做梦也想不到。不过那是给你的。"

"是什么？"

"两千万美元。一千万是为托多一家给的，克劳德特平安回来了；另外一千万是我们给的，你把查理带回来了。"

麦克斯目瞪口呆。

"你最初来这里的原因是为了钱。你这次回到这里来是为了我们的儿子，为此他们印的钱再多都不够。"

"我不知道该说什么。"麦克斯终于说了一句。

"说再会。"

"再会。"

"再会，我的朋友。"

他们握手。

保罗转身回到了弗朗西斯卡和查理站的地方。

麦克斯走上舷梯。走到舷梯顶上，他转身再次向他们三个招手。然后，他对着查理一个人，招手。孩子微微举起了手，然后改变了主意，又放下了。

麦克斯最后一次透过窗户看了看海地：低矮的山脉、低垂的天空、干涸彻骨的土地、稀稀拉拉的植被。他希望海地好，最好。他以为自己再也不会看见海地了。他本人希望永远也别再看见了。

# 后记

麦克斯在飞机上查了查钱。

整整两千万,都是面值一百美元的票子。

他无法克制自己。他不得不看一看。

他拿出一沓票子,把捆着的纸带撕开,钱撒落在了地板上。

他还麻木呢,没有反应。他以前从来没有见过这样多的钱,就是突击检查毒品的时候也没有见过。

他往钱包里塞了两百来张,把其余的捡起来放进了背包里。他又查看了另外一包。

更多的钱,还有一个白色的信封,信封上写着他的名字。

他把信封拆开了。

是一张用宝丽来一次成像照相机拍摄的照片。他简直认不出来是在什么时候、在什么地方拍的了,然后记起来了,最后一次去拉古乌拉酒吧的时候,摄影师的闪光灯。

他站在那里,直勾勾地看着镜头,手里拿着玻璃杯,杯子里是朗姆酒,看起来醉醺醺的、疲惫不堪。两个想勾搭他的妓女当中的一个站在他左边很近的地方,另外一个几乎没怎么照上。在她的位置上站的是所罗门·博克曼,用枪指着麦克斯的脑袋,脸上带着灿烂的微笑。

麦克斯把照片翻过去。

照片背面写着"你给了我活下去的理由"。字体是博克曼独一无二的写法,和他们在监狱里发现的纸条一模一样。

麦克斯的心开始狂跳不止。

他想起来了,自己发现枪套上的搭扣被打开的时候是多么吃惊。他又看照片。博克曼拿着手枪指着他的脑袋。博克曼本来可以扣动扳机的。为什么没有呢?

"你给了我活下去的理由"。

这时候,一股冷气袭击了麦克斯。他的五脏六腑冰冷。

信封里还有保罗写的一张字条:

"麦克斯:我们在你住的别墅里发现了这个。在枕头上。他从我们这里逃跑了,那时候我没告诉你,因为当时发生的一切。我们正在找他。别担心。他不会再逃掉了。小心,侦探。"

麦克斯心想:不,你找不着。你抓不住他。你有机会的时候就该杀了他。

麦克斯重新看照片,审视博克曼的脸。他们会再次狭路相逢的,这一点他知道,不是明天,甚至不会很快,可是总会有那么一天。不可避免,很多事情就是这样。他们的交道还没有打完。

麦克斯走出迈阿密机场,找到一辆出租车。他把背包放在后备厢里,上了车。

"去哪里?"司机问。

麦克斯根本没想过下一步该怎么走。他考虑再回拉迪逊·肯达尔旅馆,或许住上一个星期,让自己的头脑冷静下来,把几件事想清楚。

然后他又好好想了想。

"回家。"麦克斯说,把他在比斯坎尼堤岸的房子地址告诉了司机。"带我回家。"

## 版权公告

MR CLARINET by NICK STONE

Copyright © 2006 BY NICK STONE

This edition arranged with GILLON AITKEN ASSOCIATES

through BIG APPLE TUTTLE – MORI AGENCY, LABUAN, MALAYSIA.

Simplified Chinese edition copyright ©

2009 QUN – ZHONG PUBLISHING HOUSE

All rights reserved.

图字:01 – 2007 – 3697

图书在版编目（CIP）数据

　　黑管先生 /（英）斯通著；许艳译.—北京：群众出版社，2009.1
　　ISBN 978-7-5014-4335-2

　　Ⅰ．黑… Ⅱ．①斯…②许… Ⅲ．侦探小说-美国-现代 Ⅳ.I712.45

中国版本图书馆 CIP 数据核字（2008）第 155360 号

# 黑 管 先 生

著　　者：[英] 尼克·斯通 Nick Stone
译　　者：许　艳
责任编辑：张　蓉

出版发行：群众出版社　电话：（010）52173000 转
地　　址：北京市丰台区方庄芳星园三区 15 号楼
邮　　编：100078
网　　址：www.qzcbs.com
信　　箱：qzs@qzcbs.com
印　　刷：北京通天印刷有限责任公司
经　　销：新华书店

开　　本：710×1000 毫米　16 开本
字　　数：402 千字
印　　张：18.5
版　　次：2009 年 1 月第 1 版　2009 年 1 月第 1 次印刷
书　　号：ISBN 978-7-5014-4335-2 / I·1784
印　　数：0001—6000 册
定　　价：40.00 元

群众版图书，版权所有，侵权必究
群众版图书，印装错误随时退换